2018

[上册]

大地上的灯盏

——中国作家网精品文选·2018

王婉 崔庆蕾 编

作家出版社

序

  编选这样一本作品集，对我们来说，有着特别的意义。因为是第一次，想说的话难免就多了一些。

  2018 年上半年，中国作家网进行了全新改版，其中非常重要的工作，就是对投稿系统进行升级改造。在此之前，我们经过了反复论证，焦点问题是如何实现新旧系统的无缝衔接，让已注册用户继续使用。但是征询多家技术公司之后，我们不得不面对一个事实：要实现我们改版的目标，要实现网站的长远发展，必须让投稿作者重新注册。我们有担心，也有愧疚，甚至，已经做好了用户大量流失的心理准备，起码短时间内是这样。没想到，新版投稿系统上线后，注册人数和稿量大大超出我们的预料，也因此更加确信，我们所做的，正是很多写作者需要和期盼的。

  投稿者的热情感染了我们。这是一份不能辜负、需要鼓励的赤诚的文学之心。网站投入了更多、更强的编辑力量到投稿平台，尽可能地淘选出优秀的文字、有潜力的新人。投稿量巨大，质量参差不齐，偶尔会让编辑感到沮丧和审美疲劳，但是，从陌生写作者身上辨识才华的惊喜更让人雀跃。每有好作品出现，编辑们首先感到欢欣和鼓舞，好像在冬天还未褪尽的大地上拂开枯草发现春芽，让人有种隐隐的甜蜜——你看，它在。编辑和作者之间退回到一种特别简单而纯粹的关系。我们彼此陌生，却又心意相通。

我们的作者，真正是来自五湖四海、各行各业、各个年龄段，他们对于写作朴素而赤诚的热爱，带给我们很多新的思考。我们感受到一种也许被忽视了的文学现场，人数众多，充满活力。尽管这其中难以产生令人瞩目的经典之作，但是，它们的价值却不应该被忽略。能代表一个时代的文学样貌的，从来不只是卓越超拔但稀缺的经典之作，而应该是一种生态体系，有培育它的时代土壤，有承接它、传递它的众多写作者、阅读者，共同推动杰作的诞生。在大量平凡的人和平凡的作品中，或许都隐隐闪烁着一点点经典的光亮。他们被照亮，同时也把自己的生命经验和创作热力，添加到世代相传的文学薪火中，哪怕仅仅成为保存文学火种的灰烬。这些写作者和他们的作品，或许永远都不能成为金字塔的塔尖，但他们构成了坚实的塔基。很长时间以来，我们对文学、对写作者的评判和研究，多是在注视塔尖上才华灼灼的明珠，但"时代文学"并非仅仅是时代的经典文学，我更愿意将它视作结构复杂的文学生态和丰富多样的文学生活，每一个写作和阅读的人，都是其中微小、但不可或缺的存在。

甚至，我会想，假如放到更加宏阔、久远的历史中，每一个写作者，都是我们这个民族珍贵的文学传人。我们庞大而深厚的文学传统，在浩瀚而绵延的写作中被理解、继承、传递，或许只是其中的星星点点，或许只是心向往之而并不能至，但是只要有人、有足够多的人，去亲近文字、坚持书写，我们民族强大的文学基因就不会断裂。能够抵抗时间的，也许从来不仅是质量，还有数量。很多文明形态、艺术形式、少数民族古老文学，之所以不能流传，自然有历史的规律，但是作品或者创作者数量的稀少恐怕也是原因之一。假如能够留下更多作品，哪怕并非一流的作品，对于我们理解那个时代和民族，也是弥足珍贵的。而今天，我们恰恰幸运地拥有这样一个规模庞大的写作群体，当写作者们在反复练习、琢磨怎么用词怎么谋篇的时候，我们的文学、我们的文字正在时间之河中静静地汇集、流淌。

关注、鼓励普通写作者和文学爱好者，是我们编选作品集的初衷所在。选集收录的作品，以散文和诗歌居多，且多是乡土题材，乡愁浓郁。也曾想过，这样一来，集子的题材和作品风格是否太过单一、雷同？但最终，我们决定尊重这种文学事实。为什么如此多的人、如此多的作品都在抒发同一个主题，都在表达同一种情感？难道仅仅是写作的惯性、惰性？难道仅仅是眼界不够开阔？是否也是转型中的社会必然？这些作者大多是业余从事写作，写作之于他们，是一种最自然的记录和抒情。如此大量、反复的"个人"书写，其实也构成了某一个角度的"时代"书写；恰恰是在这种自发的、普遍的写作中，我们才能认识和理解什么才是这个时代的重大命题，什么才是时代的普遍情绪，什么才是中国人的情感方式。在这些贴近大地的写作中，家什物件，吃喝用度，草木虫鱼，春播秋收，大地上那些平凡、质朴的事物得以精细记录，一个个普通人、普通家庭的生活都被深情描绘。因为普通，所以普遍。从这些文字里，我们一下子就辨认出这是我们自己、我们的父辈、我们的民族所特有的表情。他们用文字记录大地上的一切，也用文字照亮大地上的一切。

蒸馒头，炸丸子，杀猪分肉写春联，磕头拜年送火神……虽然关于过年的书写已经浩如烟海，但我是小民的《年趣散记》里热气腾腾的生活，从不懈怠的生活热情，简白而灵动的文字，仍然能唤起我们心底柔软的温情。所以会有诗人写道，"我要重新返回　重新热爱旧的事物"（周志权《陇中物语》）。"我们在乡野里跑来跑去，像黑色的火焰"（程志强《诗二首》），多么新鲜、富有冲击力的意象，这黑色的火焰不仅仅是少年外形的剪影，更带着少年特有的孤独、叛逆与压抑的热力。

虽然也是写山野民间，夏梓言的《在光阴的渡口看大野萧萧》却是另外的情味。"这么一说，我就极其渴望有一卷陟厘纸，不书一字，只是看着也欢喜啊。让花草的影子筛落在淡青的纸上，极淡的香味儿倏然飘忽而来。若是纸上落了一瓣花，那胭脂的颜色被映衬得愈发清艳了，多么好，多么好。"明明是写草药诸性，却又带着古典的精致与禅意，草木驿站，柔和明净。

墨未浓的《马语》是一种很新鲜的表达方式，虽然略显刻意，但它对语言与形式边界的探索尤其值得鼓励。还有写小说的郑磊，并不为人所知，但是颇有水准。她的作品具有很强的辨识度，我曾在多年前偶然读过一篇，至今不忘，几乎一下子就能确认这是同一个作者。她的作品细腻而凌厉，有着很强的感染力和表现力，叙述节制，在平静中隐含着爆发力。

当然，问题也很突出。比如，总体上语言拖沓，不够凝练、精准和新鲜；文章结构不结实，叙事缺乏节奏感；对人、对情感的内在挖掘不够，等等。而最遗憾的是大多数写作者没有发挥自己的优势，以朴素的文字写出民间生活的丰沛以及大地深处的呼吸，也极少有作者做一些基本的民间文学的挖掘与整理，反而过度追求一种"文艺腔"，也就容易陷入陈词滥调的窠臼。我们特别期待，写作者能精雕细琢，不因是网络投稿而放松对自己的要求，不因网站的容量优势而失去对作品的淬炼。

　　编选这本文集也是对中国网络文学 20 周年的一份纪念。今天，"网络文学"所特指的，已经是网络小说，而网络小说所指的，几乎只是商业文学网站上如火如荼的类型小说。网络小说这 20 年来的成绩让人惊叹，但不可否认的是，最初的网络文学的形态也许更加驳杂、丰富，在芜杂中包含着旺盛的活力和多样的可能性。从论坛、博客、专业文学网站，到微信公众号，可以说，文学，以及普通而数量巨大的写作者，深度参与甚至推动了中国互联网产业的发展，而不仅仅是像很多人以为的那样是被动的承受者。广大网民在互联网上不断开拓新的文学空间，催生新的文学形态。可惜的是，严肃文学的网络平台近年来并没有得到应有的拓展，甚至在萎缩，很多散文、诗歌、中短篇小说的写作者反倒不如早期活跃，也难以形成共同的文学场域。这也是中国作家网在历次改版中，无论如何，都不曾舍弃原创投稿系统的一个重要原因。团结和服务更多文学爱好者，营造一方纯粹的文学空间，发现、培育新生文学力量，是我们始终不变的追求。我们所做的，也许是一种逆流而上的努力，但我们始终坚信它的价值和前途所在。

　　因为时间和体量的限制，入选的只是极少一部分作品，难免有遗珠之憾，我们会在今后的选集中尽量去弥补。在此，也向中国作家网的所有作者道一声感谢，谢谢大家的理解与支持，也期待大家能和我们一起努力，用真诚的态度、精进的艺术，共同营造好我们这方文学园地。

中国作家网总编辑　刘秀娟

2018 年 12 月 4 日

目录 CONTENTS

散文卷

割稻谷…………刘　荣 / 003

年趣散记…………我是小民 / 008

遗世的村庄不老的树…………郭光明 / 025

绰号里的乡愁…………梁李董 / 030

南小市口的蝈蝈草…………卢　静 / 036

花桥故里…………阮以敏 / 040

乡村邻居…………程玉宇 / 045

打花脸与撒路灯…………史庆友 / 057

庭院深深…………王富红 / 062

职业猎人…………黎盛勇 / 070

故乡邻居…………孙同林 / 074

新疆沃尔禾…………啸　行 / 081

茶记…………马巧凤 / 087

山乡之夜…………罗银湖 / 091

浮光跃影…………韩玉洪 / 094

鄱湖草歌…………雪夜彭城 / 101

渔趣…………丁　木 / 106

一寨物景皆入梦…………王沾云 / 112

栀子花儿开…………匡列辉 / 119

蝶的夜…………姜建华 / 124

鞍山散记…………温皓然 / 128

鸽哨声声…………张天柱 / 143

诗歌卷

诗二首…………程志强 / 149

周庄：水的诉说…………胡黎明 / 152

冬天过后…………米成洲 / 156

复活的四月…………夏晓露 / 158

品雨…………孙　雪 / 161

小满…………独上西楼 / 162

追赶地平线的孩子…………李洪程 / 164

我无法再把葱茏的时光还给你…………马巧凤 / 166

灵魂是另一种鱼…………李传英 / 168

握住岁月的锋刃（组诗）…………牧　之 / 169

我那老去的村庄…………孙树恒 / 175

咏梅（外九首）…………郎咸勇 / 179

倾听鸟语（组诗）…………陈　钰 / 182

小说卷

黑鸟…………付尚林 / 191

栓狗叔的祭日…………陈晓龙 / 205

富廷之狼…………孟祥海 / 217

穿过公路到镇上去…………崔玉松 / 239

流年不再…………默默金荣 / 257

山妹的心思…………罗银湖 / 280

人面桃花…………长　安 / 289

捕风人…………高上兴 / 304

散文卷

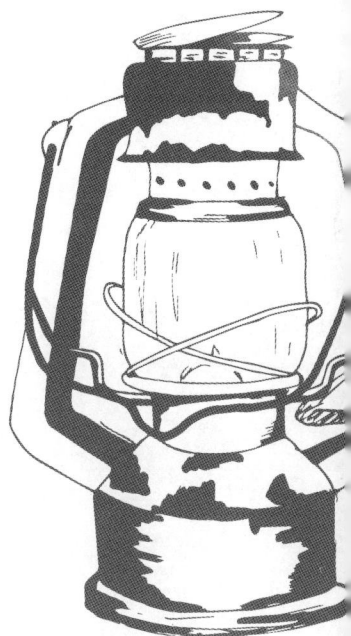

割稻谷

刘　荣

　　稻谷，老家那边叫谷子，割稻谷也就叫割谷子。

　　秋天里的一个黄昏，田野铺上一层金色的地毯，金黄色的稻谷在落日余晖中散发出璀璨的光泽和诱人的清香。晚饭后，父亲从大门背后取下一大一小两把镰刀，蹲在月牙似的磨刀石边，蘸上水来来回回地打磨，一直磨到寒光闪闪。磨刀石深情地唱起了古老而动听的歌谣，每次听着这熟悉而亲切的歌谣，总让人深刻地感受到农耕文化的精深与博大。父亲用指头在刀口上轻轻刮几下，嘴角浮现出一丝满足的笑意。父亲手中的镰刀，平时用来割草，而到了收割季节，用来割稻谷，用来割秋天里的一寸寸时光。

　　清晨，半睡半醒的我听到父亲踩着木梯上楼，拍着木门轻轻地叫我起床，祖屋就是在他的呼唤中搓揉着惺忪的睡眼醒过来的。父亲戴上草帽别着镰刀，提起一壶茶水带着我出门。他教我割草，他教我砍柴，他又要教我去割稻谷，他希望儿子在劳动中一天天长大，像他那样做个顶天立地的男子汉！在乡下，沟坎是路，地埂是路，田埂也是路。出村口，父亲和我一前一后走在弯弯曲曲的田埂路上，空旷的田野响起了窸窸窣窣的声响，像跳动的音符，撒落在路边的草丛中。笼罩在田野上的薄雾慢慢飘散，远处的山峦渐渐变得清晰起来。一缕晨风飘过来，挂在半青半黄的稻叶上的露珠顺着叶脉缓缓滑动，空气夹着丝丝的清凉钻进鼻孔。父亲咳嗽几声，蚂蚱受到惊吓，在稻叶间弹跳起来，沉甸甸的谷穗跟着弹跳起来，田野和秋天也跟着弹跳起来。

稻田在山脚下，那地方叫三家寨。听到这飘浮着烟火味道的地名，你一定会想到那儿住着三户人家，心底涌起丝丝的暖意。其实那儿没有人家，听不到鸡鸣狗吠，是一片远离村寨的山窝窝，偏远而冷清。稻田边上是条窄长的小水沟，沟里一年四季流淌着碗口大小的山泉水，清澈透亮的山泉水悄无声息地浇灌着小水沟两边的土地。父亲顺着沟坎来到稻田边，他把水壶放在一块光滑的石板上，卷高裤腿，搓几下手，从背后取下了镰刀。父亲用刀背碰碰靠边上的那蔸稻谷，弯下腰握着稻秆，用力一拉，咔嚓一声，割下一大把稻谷，稻田割出了一道口子。父亲接着捆草把，几根稻草绕成草箍，结结实实地把散开的稻谷捆紧，轻轻放在身后的谷茬上。谷茬上的草把，远远望去，像展翅欲翔的鸟雀，小巧而精致。我和父亲并排站在稻田里，我学他那样弯着腰左手正握着谷秆，右手握着镰刀用力往后拉，双脚交叉着往前移动。老家那边是梯田，零零碎碎的稻田从河岸边层层叠叠地往高处延伸，像冒着热气的花卷。生活在这片土地上的人们，用不上割谷机，只能握着飞快的镰刀，重复着祖先们割稻谷的简单动作，收割着一行行稻谷，收割着一年的心血和希望！

八十岁的外婆，提着一把小巧的镰刀，颠着小脚一寸一寸往稻田挪过来。她抹去额头上的汗水，弯着腰小心翼翼地摘下一粒饱满而金黄的稻谷，放在手心里眯着眼掂量，像掂着卑微的梦想，一脸虔诚满眼怜爱。她把稻谷放进嘴里轻轻嗑着，咯嘣一声，稻谷裂开了，外婆吐出稻壳，咀嚼着清香的稻米，嗅到了生活的芳香。一阵风从对面吹来，接着又一阵风从头顶刮过，金黄的稻浪就在外婆的眼前翻腾，起伏着往天边涌起，一浪浪涌去，一浪浪接着扑过来。父亲劝了外婆大半天，她才叹着气提着镰刀，挪动着脚步恋恋不舍地往沟坎边移去。她走了几米远，又转回到我的身边，伸出枯瘦的双手，轻轻抚摸着稻秆，轻轻帮我摘下沾在头上的草籽，才吃力地往小路上挪去。望着外婆渐渐远去的背影，一种感动从脚底钻出来，一直往上蔓延，渗透血液流淌在身子的每一个角落。我和小伙伴去山坡上放牛时，望着连绵起伏的大山，望着一片片瘦薄的包谷地，总会一次次埋怨祖先没有眼光，怎么会来到这样的山沟沟安家落户繁衍子孙呢？可刚才外婆对土地对庄稼的那份眷恋，让我感觉到自己是那样的渺小和肤浅。外婆就像这片土地上冒出来的一丛芭茅，顽强地生长，没有一丝怨言，没有一丝绝望。她的幸福和命运紧紧地和生养她的那片土地连接在一起，像血肉一样不可分割。外婆对土地充满了信心和希望，更对未来的生活充满了信心和希望！

　　阳光还是那样火辣，像绣花针扎在我的脸颊，像虫子在啃噬着我的手臂。从土里冒出的热气直逼前胸，我的腰酸了腿胀了，身子里的骨头像被抽走，软绵绵的没有一点力气。父亲一直弯着腰割谷，他割得飞快，永远都在我的前面。后来我才明白，父亲割谷时停下来的次数很少，他才一直走在我的前面，他才一直走在时间的前面。父亲转过身来放草把，豆大的汗珠从他的额头上流下来，吧嗒吧嗒掉进脚下的泥土里。他接着转过身去，后背被汗水浸湿了一大片，衬衫紧紧地贴着脊背。一只蚂蚱跳到我的肩头，我腾不出手去赶，耸动肩膀，它才跳弹着落在田埂边的刺梨蓬上。口渴了，嗓子像在冒烟，我去田埂上提来茶水，咕咚咕咚灌了几口，递给身边的父亲。他接过茶壶，抿了几口，笑着说："娃，割了一大半稻谷，歇歇吧。"父亲放下镰刀，拍打几下膝盖，走出稻田坐在田埂上咂烟。我软塌塌地跌坐在石板上，用劲捶打着后背，默默念起了老师教过的《悯农》："锄禾日当午，汗滴禾下土。谁知盘中餐，粒粒皆辛苦。"

我舔舔嘴角的汗水，有点咸，也有点苦。想着父亲，想着在那片土地上默默劳作的父老们，我默默地流下苦涩的泪水。可父老们是顽强的，他们在那些艰难的日子里，吃不饱饭穿不暖衣，却没有低下挺直的腰背，时时处处都在扯开喉咙唱着山歌。割谷是最苦最累的农活，可有人还是在田埂上歇气时，张开嘴巴唱起了山歌，歌声夹着泥土的芳香，从田坝那边飘来：

> 叫我唱歌我唱歌
>
> 叫我打鱼我下河哎
>
> 唱歌要问歌的根
>
> 歌是开天辟地生
>
> 自从盘古开天地
>
> 三皇五帝到如今
>
> ……

听着这粗犷的山歌，你再也不会抱怨生活的苦累，而是对今后的日子怀满憧憬和期盼！父亲咂完一锅烟，在鞋帮上磕掉烟锅里的烟灰，握着镰刀蹲在田里割起了稻谷。我来到父亲的身边，咬着牙拉动镰刀，绕着草箍捆着草把，双脚交叉着往前移动，一次次重复着这样简单的动作，和季节赛跑。稻田的低洼处，还积着水，只好脱下鞋踩在润滑的泥土上割稻谷。割下一把稻谷，拣出稗草扔到沟坎边，抱到田埂上放好。脚踩着田土，软软的，你可以感受到她的温度，你可以感受到她的厚度。这时，你也许才会明白，土地就像无私而伟大的母亲，用甘甜的乳汁默默地哺育着子女，却从不会向子女索取任何的回报！

十一点来钟，父亲割完稻田角落里的最后一蔸稻谷，他才渐渐伸直弯着的腰杆，重重地吐了一口气，满足与喜悦充盈在心间。父亲的身后，堆满了沉甸甸的稻谷，堆放着一个金黄色的秋天……

年趣散记

我是小民

蒸馒头、炸丸子

这是至少三十年前的事。

一过腊月二十，年就算到了，大人们开始忙年。大人们忙年，是从蒸馒头、炸丸子开始的。准确地说，蒸馒头应该说成蒸包子，因为白馒头的数量极少。包子分白面、黄面、黑面三种。白面的那种是用小麦面做皮子，皮子很薄很薄，馅料多是萝卜、粉丝、豆饼屑，这一种通常称之为"菜馍"；黄面的那种是玉米面做皮子，皮子很厚很厚，馅料多是红小豆、红薯、红枣，这一种通常称之为"黄团子"；黑面的那种用的是红薯干子面做皮子，馅料多是晒干晒透的大白菜的老帮子，拌上极少量的炒大米或者炒馒头屑，它也有个专称叫"黑团子"。菜馍也好，黑团子也罢，菜馅里面是没有油的，为了口感好些，有些人家掺入少量剁碎的猪油油渣。如果用比例表述，馒头、菜馍、黄团子、黑团子的比例大致为1∶2∶3∶4。馒头和包子各有用途：馒头专门用来招待贵客，菜馍多用来招待一般客人。在家庭成员里面，老人和小孩子也有机会享用馒头，菜馍和黄团子才是他们的主要食物，至于黑团子，那是大人以及大孩子的专利。因为蒸的数量实在太多，一般都会请邻居来帮忙，盘面的盘面，上笼的上笼，劈柴的劈柴，烧锅的烧锅，差不多每家都从拂晓忙到天黑。第一笼馒头出笼时要放鞭炮，主妇还会拣三五个品相好的用碗碟盛了端到八仙桌子上，煞有介事祈祷一下老天爷爷、老地奶奶保佑风调雨顺五谷丰登之类，算是上供，当然每次祈祷都少不了要感谢毛主席、祝福毛主席。

那时烧柴短缺，木柴更是难得。农家人会算计，烧了一天的木炭火以及一大锅蒸馍的开水倒掉实在可惜，于是就废物利用，把事先切好的辣萝卜片或者胡萝卜片倒进大锅，焯好了，捞出来，拿出菜刀，当当当当一阵乱剁，十分钟二十分钟，一案板萝卜末呈现在眼前。端来特大号陶盆往地上一放，将萝卜末扒进去，兑上水，放进去适量的面粉，弯下腰，拉开架，猛撅一阵子，丸子馅成了。这时，锅里的豆油已经烧开，男人在锅上，女人在锅下，炸丸子了。孩子们闻到油香，老远地跑回家，站在大人身后，眼却巴巴地望着锅里，看见锅里的丸子渐变成金黄，孩子的眼里就开始冒火，忍不住的可能就出声说些什么话，给娘听见照腔上就是一火棍："小孩子不要乱说话！"孩子就做个鬼脸，赶紧闭了嘴。那时过年蒸馒头、炸丸子、剁饺子馅、包饺子的时候，小孩子在一旁多嘴很犯忌讳的。就要出锅了，爹回头喊一声小二或者小三："放炮去。"孩子听见就噔噔噔地跑出去，很快院门外就传来噼噼啪啪的几声小鞭的炸响。爹拿起大笊篱，一边捞丸子一边招呼孩子："远点远点，烫着了。"孩子就往后趔，丸子放进铺了烙饼的竹筐或者柳条筐里，孩子伸手去抓，娘就会大叫道："别动！还没给老天爷爷吃呢！"说着时就从灶间起了身，摸起个碗，盛了丸子，极快速地到了堂屋，将碗放在八仙桌子上，与盛馒头的碗并放着。感谢过毛主席、祝福过毛主席后，祷告老天爷爷、老地奶奶保佑。炸了丸子，一般家庭还会炸些藕夹，条件好的还可能炸几条鱼或者鱼块待客，藕自然是宅后塘里自种的白莲藕，鱼当然是野生小鲫鱼，绝对绿色食品。如果谁家还能翻出来半斤白糖、二两芝麻，那就再好不过，最后免不了炸些孩子最爱吃的姜丝丝、麻叶子之类，出来锅，稍等片刻，抓一把，捂进嘴里，那嘴立马就鼓胀到极限，连舌头都翻不动。当娘的看见孩子憋出两眼泪，又气又心疼："你是八辈子的饿死鬼托生的啊！"

忙忙碌碌到了很晚，起了锅里的油，凑着油锅炒半锅老白菜帮子，烧几碗面水，一家人围着热热闹闹地喝了。主妇就会用大白碗盛了丸子挨家挨户给左邻右舍送去，这叫互通有无。

有些特会算计或是家庭条件很差的家庭往往把蒸馒头、炸丸子的日子有意后推，这样可以让孩子少抛撒一点，但即使后推也一般推不过腊月二十五。

分　肉

那是在生产队的时候。老百姓一年到头是很难吃上几回猪肉的。不是没有卖，而是吃不起，尽管那时猪肉价格也就五六毛钱一斤，但老百姓照样买不起。

买不起没什么，过年时保证家家都能吃上猪肉。每个生产队里都喂养着若干膘猪，看看快过年了，集中宰杀十头二十头，一吹哨子，分肉！

分肉现场很快挤满了人。队长或者会计将早已准备好的阄儿往帽子里一撒，晃几晃，喊道："一家一个代表，来抓阄儿！"为什么要抓阄儿？第一，几十户集中分肉总得有个顺序，不然现场也太乱，难以控制局面。第二，那时的老百姓和现在不同，他们对五花肉情有独钟，万一谁家摊到后腿、前腿、后臀等瘦肉集中区将会认为很倒霉的。既然这样，不抓阄儿怎么行？

五花肉在那时是所有人心目中的唐僧肉，因为它有个好名字。五花肉地处猪身腹地，人们就冠之以"里肉"之名，"里""礼"同音，它也就顺理成章地成了"礼肉"。这"礼肉"可是大有用场的，刚娶了媳妇不久的小伙子过年是要到老丈人家拜年的，一块纯正有形的"礼肉"既不可少，更能为新女婿挣足面子。如果已经定妥了对象还没有结婚的小伙子过年给未来的老岳父送去一块"礼肉"，那就更不得了了，准岳父、岳母会赞满庄子的。其实，这还不是人们热衷分到"礼肉"的真正原因。真正的原因还是那时人们一年到头很少能见到油星儿，炒菜、喝菜糊糊能有咸味就已不易，饭菜里边如有一两个油花漂着那还不香满半截胡同？"礼肉"里面有相当多的肥肉，更惹人的是里面还附有一块厚厚的油脂。分回家，将油脂扒下来，将肥肉分拣出来，放在大铁锅里，架上干木柴，炼油！那猪油飘出的香味弥漫开来，就算是一头驴走过去也会情不自禁地多打几个响鼻。猪油炼好了，小心地盛在瓦罐里，盖好封严，拿绳子吊在房梁上，家里什么时候来了客什么时候取下来做菜饭。之所以高高吊在房梁上还不是防止馋嘴的孩子偷偷地在干馍馍上抹了猪油吃？但吊得再高馋猫和老鼠也是防不住的，它们照样可以偷油吃。

"礼肉"是当之无愧的特等肉、一级肉。猪蹄髈、猪后臀等现在人心目中的上品就理所当然地被"误判"为下等肉，受到极不公正的对待——它们只能按照 1.3 甚至 1.5 的比例折算为"礼肉"分下去。猪腿、猪头、猪下水待遇更差，二折一、三折一地配分，至于现代男人们的"新宠"猪球、猪鞭、猪尾巴那个时候白给都没人要！

猪血不能分，杀猪的、砍肉的忙活了一整天了，不也太辛苦了吗？无论如何得犒劳一下。那好，队里不是有大锅吗？不是有柴火吗？不是还有两个钱吗？买来油盐酱醋，再弄来几瓶烈酒，剁几棵大白菜，放进去几斤粉条子，还有漏分的一挂猪大肠，剁吧剁吧，一起炖去。锅底蹿出的火苗映红了胡楂子的脸，急性子的隔不两分钟就掀一次锅看看熟了没有，烧锅的每次都会抱怨："掀一掀，烧半天。你就不能一边遛遛去？"终于烧熟了，掀开大锅盖，拿来水舀子，端几个大盆来，三下五去二，舀出去，吆喝一声："开饭！"人们就很快围拢来，当然少不了孩子。席地而坐，嘻嘻哈哈，一阵猛夹，这个说："真香！"那个说："解馋！"还有的说："啥时候能天天吃上猪血！"就有接话的："你还想天天过年？"……大白碗传过来，里面晃荡着大半碗白酒，一低头，一扬脖子，咕咚！拇指随即竖起来："够劲儿！"有故事的这时站起来，来一段快书吧！拿起筷子敲阵子碗，清清嗓子，来了！

"当哩个当，当哩个当，当哩个当哩个当哩个当！闲言碎语不要讲，表一表好汉武二郎。那武松学拳到过少林寺，功夫练到八年上。回家去时大闹了东岳庙，李家的五个恶霸被他伤。在家打死李家五虎那恶霸，好汉武松难打官司奔了外乡。在外流浪一年整，一心想回家去探望。手里拿着一条哨棒，包袱背到肩膀上。顺着大道往前走，眼前来到一村庄。嚯，村头上有一个小酒馆，风刮酒幌乱晃荡。这边写着三家醉，那边写着拆坛香。这边看立着个大牌子，上写着'三碗不过冈'！啊?!什么叫'三碗不过冈'？噢，小小的酒家说话狂。我武松生来爱喝酒，我到里边把这好酒尝。……"

一阵喝彩，那边也对上了，是梆子戏，一边敲着盆打着碗，一边嘴里配合着"哐切哐切哐切哐"，打个照面，一拈兰花指，开唱！

"我的家祖居南阳地，离城十里姜家集。老爹爹练就好武艺，祖传的花枪甚出奇。姜桂芝生来无有兄弟，我母只有一个闺女。我自幼随父把花枪练，爹娘疼爱我，我们一家三人命相依……"

虽不正宗，还真有老旦的味道。

乱糟糟地你哄我笑，不知过了多少时候，个别清醒的说话了："天也不早了，狗也不咬了，回家老婆孩子热炕头的，睡觉去吧！"就有打呵欠的，走吧，于是纷纷回家，抬头看看天，该半夜以后了吧。

写春联

这是二十几年前的事。

那时不像现在，印制精美的春联各处有卖，更有机关、企业、商家等凑热闹似的送春联，那时候的春联全是手写。

春联并不是谁想写就能随便搬张桌子开张的。在村里写春联的人必须同时具备两个条件，一是老少爷们都认为你有学问，二是老少爷们都认为你的毛笔字写得好。尽管那时的老百姓百分之五十以上不认得自己的名字，但谁的学习成绩好、谁的毛笔字写得好在他们还是较有公论的。老百姓不识字，但老百姓并不缺少智慧和幽默，我就听到他们这样臭哄一个自家写了春联贴上去的："谁谁写的春联，字是写得真黑！"

村子尽管很大，但有资格写春联的却没几个。我们胡同有个高中生，公认的才子，毛笔字当然也是受到大家认可的，他就成了我们胡同的写春联专业户。不过，这专业户可不是好当的，也不是谁愿意当的。首先，白尽义务，还要搭进去笔墨钱，不小心给谁家写坏了还要掏自家腰包赔偿。其次，你什么事都不能做，快过年了，人家各忙各的，你不能，你要随叫随到，人家送来几张大红纸，告诉你一声几个大门几个小门什么时候来拿，你就得赶在人家来拿前写好，收拾好，晚了的话，不太讲究的人就会给个脸色，更不要说你找什么借口推拒了。第三，有些急性子的不到腊月二十就送来大红纸，立等着你写好拿走；有些慢性子的到了年三十才慢吞吞送大红纸来，这边写好了左等右等就不见他老先生来拿，眼看家家都贴上新春联了，没办法就送货上门吧。第四，写春联要占用至少一个板凳、一个案板、一间屋子，但那时板凳好找，案板一家也就一个，你一天到晚写春联占了，家里切菜做饭怎么办，到了饭顿除了到邻居家借用一下案板还真没别的办法。最难解决的还是屋子问题，那时谁家有闲着的房子？一家老小七八口人也就挤三两间土墙屋、篱笆子房，你满屋子摆的都是写好晾着的春联，一家人还怎么生活！第五……嗨，这写春联专业户的烦恼多了去了，岂止三言两语说得清道得明？但你还不能拒绝大家啊，这是大伙看得起你，这是老少兄弟爷们赏你光啊，给你脸你还不要脸咋的？那就写，年年如是。

后来换了人了。这位才子远赴某生产兵团子弟中学当老师去了，他老先生的接班人是我。那时我才刚上初中，我怎么都想不通大家怎么会看上我。当前后左右的高邻拿着多少不等的大红纸陆陆续续送到我家要我写春联时，我爹居然兴奋得脸通红："他行吗？"大家都说我行。说我行我就行，买来毛笔、墨汁，搬来案板、板凳往堂屋当门一坐，开张。写什么呢？我还真不知道，记得"前任"写的多是毛主席诗句，可是我却一句完整的也记不下来。那就放下，到各家看看还有没有没撕下的老春联，好不容易踏破铁鞋找到两副完整的，记下来，就照着写吧。来来回回全是这两副，横批一律的"劳动光荣"。因为是新手，写错了不少，好在这家的纸凑一点，那家的纸凑一点，最终我居然没要我爹掏腰包赔钱。不想我一炮走红了。有位来走亲戚的行家看见半截村子全贴的是一样横批、一样内容的春联，感慨道："这是从哪里买来的春联啊！"行家都说是买的春联了，谁还敢说我写的字"真黑"？

"生意"一直兴隆到我上高三。高三时间紧，寒假期间要补课，这一补就将近到了年三十。没人写春联这年还怎么过？这个我早有安排。其实，从我接招写春联就尝尽了写春联的甘苦，开始盘算怎么能找个合适的理由、在合适的机会做出合适的决定。高三学业紧自然是最冠冕堂皇的理由，但交给谁呢？遍察诸少年才俊，我最终选定本胡同一位小兄弟做了接班人。于是有意栽培他，不仅教给他对联的正确书写格式，而且把我的几本对联集锦之类的书悉数送给他，还手把手指导他写了好几副春联。

小兄弟没有辜负我的期望，高三寒假放假回家时已经年二十九，半截村子都贴上了喜气的春联，一看就知道是他的那两把刷子。随便问了几位老者，异口同声说写得好，去小兄弟家看看，对联还没贴，屋子里站着一帮人，小兄弟还在全神贯注地龙飞凤舞着。

第二天我睡了个大懒觉，起来时已经半上午，正刷牙，突然听见胡同里有人乱嚷嚷，跑出去，正看见我的那位"接班人"被他老爹拿着竹笤帚满街筒子赶着骂。原来，这位小兄弟写自家春联时突发奇想，别出心裁地在自家门口贴了一个条幅，上书四个大字"出门见忧"。你说这家伙是不是太有才了！

磕头拜年

一切都在改变，但老家年初一磕头拜年的风俗一直流传。

大年初一，小伙子们起得都很早，干什么去？磕头去。给谁磕头？该给谁磕给谁磕。排门到家，不论是否本家本族，不论往日近日有无冤仇，只要家里有老年人，有长辈人，就进到院子里，由带头大哥照着屋里喊一声老爷爷、老奶奶、几爷爷、几奶奶、几大爷、几大娘……"给您老人家磕头了！"于是就黑压压跪倒一片，磕了头爬起来，打一打膝盖上的泥土，再赶往下一家。一般情况下，老年人、长辈人都起得很早，比赶着磕头拜年的小伙子们起得都早，他们起来时，天往往还很黑，就点着灯，准备好糖果、花生、瓜子、香烟之类，然后坐在屋子里专门等年轻人进院子来磕头。一看见有人进了院子，就会端了盛满糖果、花生等的筐子急忙忙地迎出来，真真假假地说一声："甭磕头了，看地上脏的。"小伙子们嘻嘻哈哈地跪下来磕过头，个别活跃分子没等爬起来就会直喊："有好烟没？有好吃的没？"老年人就会高兴地答应着："有，有。过来吸烟吧，吃糖、吃瓜子……"一把一把地抓着就给他们分，多数小伙子都推让着不抽烟也不吃糖、瓜子等，但不少跟着磕头的半大孩子就是想着吃瓜子、花生，他们往往转一圈回来，身上所有的口袋都会装得满满的。如果碰上雨雪天，地上很泥泞，院子里很狼藉，这磕头的仪式照样不能免。老年人知道小伙子们都爱干净，早早地在院子里铺上了苇席或是草包，脏了，再换。

通常情况下，这一拨磕头过后，小伙子们就赶回家吃饭，饺子已经准备好，家里人都正等着呢，赶紧煮了吃。噼噼啪啪一阵鞭炮响，饺子出锅了，盛上来，一家老小蹲蹲坐坐，说说笑笑，吃饱喝足，各干各的事去。

吃过饺子，小伙子们就几个一伙、几个一班地挤在一处打升级、斗地主去，中年人开始忙碌起来，四处转悠着磕头拜年。看看到了半晌午，穿着花花绿绿的姑娘们、媳妇婆子们开始满街串着磕头了。她们这些人一上街，这磕头的仪式基本到了最后，但热闹也就开始了。有些辈分较低又爱开玩笑的小伙子、半大孩子专门站在路口等那些刚过门不久的小媳妇。这些小媳妇往往由婆婆或本家婶婶、嫂嫂领着各处转悠着磕头，借此熟悉一下左邻右舍，打消些生分羞涩。那些专门等待在路口的小伙子一看见她们过来就会忽地围上来，围着新媳妇这个扯那个拉，跪在地上磕一个头，爬起来就往新媳妇身上乱摸，新奶奶、新婶子地的乱叫："给代岁钱！"新媳妇羞得乱躲，你往哪里躲？四处都是这些个捣蛋鬼，于是就叫。婆婆或是带队的婶婶、嫂嫂就赶紧出面，一边骂着一边挥起老拳照着小伙子们乱抢。小伙子们一边躲一边闹，到底从新媳妇身上掏出三两块钱一哄地跑了，这一出"劫皇纲"才算结束。有心计的新媳妇知道这一遭是跑不掉的，往往出门前先在口袋里装几块零钱，但绝不能装在一个口袋里，不然给一次掏光了，再碰到另一拨"响马"可就没有买路钱了。

放炮仗

说起放炮仗，不能不佩服中国先民丰富的想象力和非凡的创造力。

相传，中国古时候有一种叫"年"的怪兽，凶猛异常，长年深居海底，每到除夕才爬上岸，伤害人畜。因此，每到除夕，人们就扶老携幼逃往深山，以躲避"年"的伤害。照这意思，我们常挂在嘴边的"年来了"在古时绝非什么好消息而应是惊天大恐怖。

但中国人为什么又那么喜欢"年"呢？这可要归功于炮仗了。先民们在和"年"的长期相处中无意中发现那个凶猛异常的"年"最最听不得竹节燃烧时发出的噼噼啪啪的爆裂声：竹节因燃而爆裂，因爆裂而发出噼啪声；"年"因听到噼啪声而发抖进而抱头鼠窜……先民们如法炮制了，还真管用！于是，"年来了"便不再可怕。爆竹一响，一切平安。火药的发明，让我们的古人在"年"来时不必再燃爆竹，他们发明了易燃易爆、方便携带的各式炮仗，过年放炮仗渐成时尚并一直时尚至今。

炮仗是男孩子们的至爱。女孩子不喜欢放炮仗因为她们胆小，胆小的人放不得炮仗。炮仗的火捻很短，燃得又急，你动作慢一点就会在耳根炸响，耳朵给震得嗡嗡响一两个时辰，女孩子的话，那花容会失色老半天的。

男孩子天生胆大。火捻不是短吗，那就再掐去一截让你更短，不是燃得急吗，你急好了，不看见火捻即将燃到尽处还不出手呢！眼看火捻即将燃尽，迅速地奋力地将炮仗掷向空中，那炮仗霎时就砰的一下在头顶炸开了花，随后便有无数片碎纸屑纷纷扬扬地飘撒下来。这才是最刺激最够味的！这才是纯爷们！

单放的大炮仗俗名"大雷子"，通常拇指粗细，半拃长短，"雷"身卷得极紧，火药也极多，所以其爆炸的威力也极大。动作稍慢出手不及在手里就爆了的话，你就哭去吧，手掌甚至整个小臂都会给震得酥麻半日，这还不算，手掌给火药熏得黢黑几天都洗不掉。教训年年有，但接受教训对炮仗敬而远之的从来没有。也有胆子略微小一点的，就把"大雷子"插进土墙的裂缝里，插进雪娃娃的头顶上、脖子里、腿盘里、屁股上，引着了火捻扭头就跑。

如果放成挂的炮仗，那是绝不能放在地上或是挂在树枝上的，必须找来竹竿、木棍挑着，那炮闪着光、冒着烟、噼噼啪啪炸响着，挑竿子的则摇过来晃过去，尽情地享受着、兴奋着。或者干脆拿手提着，不停地转着圈，临到最后，尽力地甩向空中，那炮仗蹦跳着接连炸开了几个花，一切复归宁静。

这种情景是我年少时代过年放炮的常景，如果必得说是什么年代，精确一点是二十世纪七十年代。

那时，炮仗的种类不像现在这么多，包装也没现在精美。要么大的要么小的，大的就是"大雷子"，成盘捆着火捻却不联络，适合单放，也有成盘成挂的"大雷子"，但并不多见。小的俗称"麦秸梃"，只看名字就知道细如麦秸，几十个或者上百个编作一盘尚不如大人的手掌大。"麦秸梃"小，爆炸的震撼力和威力就大打折扣，男孩子总喜欢嘲笑说，"麦秸梃"还不如新媳妇放的屁响。所以，有胆量有"尊严"的男孩子是不屑放"麦秸梃"的，那是更小的男孩子及胆大一些的女孩子唯一的、无奈的选择。稍后有了一种"二雷子"，又叫"二脚蹬"，竖起在地上，点着了，地面上一响，半空又是一响，很震撼，也是男孩子们的最爱，遗憾价格较高，一年买来三两个尝尝鲜可以，要想成天燃放，做梦都不敢，消费不起的。

那时的孩子没电视看、没游戏机打、没手机玩……进了腊月、放了寒假，转悠来转悠去、转悠进转悠出，百无聊赖，除了放炮还是放炮，又都一个个的憨大胆。所以，那时的"年"好像比现在的"年"来得格外早，一进腊月，鞭炮声此起彼落，"年味"就充溢在空气里了。其实，大人也是喜欢过年、喜欢听炮声的。蒸馒头、炸丸子、下饺子、贴对子……无论干点什么事，都会随便喊一声："小二，放炮！"平时不让放还偷着放呢，让放了，那好，"砰！砰！……"一连十几个，那边就喊："你憨熊啊！放完了，过年看你还放啥！"大人有时也疯狂，喜欢恶作剧的更比比皆是，有个二十多岁的大哥把点燃的一个炮仗塞进另一个大哥的黑袄的破洞里，那个炮仗把黑袄炸开了花。

鞭炮的来路大抵有四：其一，买。代销店、集市上都有卖。其二，派。亲戚邻居有做鞭炮生意的，一家一家地派上门来了，一来就是半篮子。派，是鞭炮的最主要来路。其三，送。爷爷奶奶还健在的话，那是很幸福的，表叔表大爷肯定要来好几拨，一般情况下都会捎来一盘两盘小炮给孩子做礼物。其四，造。可别小看那时孩子们的创造力和胆量，他们什么都敢玩也都敢造。枪也敢造：火柴枪，专打火柴根儿，将一根火柴装进去，扣动扳机，啪！比"麦秸楷"都响。砸炮枪，可以多装几片砸炮，一搂，乖乖，手都震得发麻。鞭炮也敢造：没爆响的鞭炮收集起来，将火药取出，装进玻璃瓶子里，太少，那就造火药，不就是"一硝二硫三木炭"吗？四处去刮硝，偷点硫黄，烧点木炭，碾碎了，还是不行，卷不紧。不是有钢笔帽吗？拿来试试，放进去火药，得捣捣吧，火药不实在也不行的。拿棍棒来捣，捣啊捣……砰！炸了。两手鲜血，一脸黢黑，玩大了。每村都有"造"鞭炮的，每午都有"意外"爆炸。最厉害的一个炸掉半截手指，眼也差点炸瞎，那家伙是用小玻璃瓶做的试验。

女孩子看见男孩子放鞭炮挺威风的，一时技痒，可能会偷来哥哥弟弟的三两个鞭炮躲到某个角落里去放。因为胆子实在太小，划完了一盒火柴都没点着，偷偷地再拿回去，找来娘帮忙，娘也不敢放，但是，娘有娘的说法："没听说过吗——憨人放炮，精人听响。那些野小子都是憨家伙，他们放炮，咱听响。"

送火神

老家湖西一带，每年到了正月初七日傍晚，总要举行蔚为壮观的送火神游行。

曾查阅过一些资料，这正月初七本不属火神的，应该属于人类自己才对。传说当年女娲造万物生灵，到第七天时才造出了人，所以，正月初七日被称作"人七日"，人类把它当作自己的生日加以庆贺，故此日又名曰"人日节"。而火神名祝融，居南方。

看来，正月初七日和火神该是风马牛不相及的两码事，却不知湖西一带的先人们怎么将二者拼在了一块儿。

说起送火神，不能不说到灶王爷。据说，这灶王爷生长得俊美无比，受玉皇大帝所封，名曰"九天东厨司命灶王府君"，职责是管理各家的灶火，护佑各家平安并监察各家一年的善行和恶行。灶王爷很敬业、很辛苦，从上年的除夕上班直到腊月二十三上天向玉皇大帝述职半步不离职守。灶王爷要上天述职，这可不是闹着玩的，他回报的结果将直接决定着来年一家的吉凶祸福，所以，各家可不能没有表示，要"送灶"，要给灶王爷送些糖果，让他老人家在玉帝面前"好话多说，不好话别说"。所以要把灶王爷扯拉进来，因为正月初七日送火神时一并要把灶王爷的神像也烧了。

这么绕来绕去，正月初七日，本不该送火神，老家却要送火神，不光送火神，还要送灶君，灶王爷爷本该腊月二十三"上天言好事"，由于老少爷们的盛情，就改作正月初七日成行吧。

甭管是对是错，多少辈子都是这么来的就还这么来吧。所以，每到了正月初七日，傍晚时分，盛大的送火神游行一定如期举行。

游行队伍里，百分之九十九以上的是半大男孩，六七岁到十三四岁不等。每人手里高举着一个火把，跑着，高声喊叫着："火神老爷上西南！"

火把的绑扎也挺有讲究。用料最好是干透了的玉米秸秆、麻秆、棉柴，混杂绑进去适量的干麦草、干稻草，这样既易燃又能烧较长时间。为了易举不至于烧了手，还有的在底端绑上一根短棒。更有大胆的孩子在火把里面绑进去几个鞭炮，过不了两分钟砰地一爆，很吓人很刺激的。据老年人讲，火把里面绑上鞭炮送火神效果最好，因为火神老爷最喜欢听炮声。

绑好的火把必须在自家门前点燃才算数，孩子高举起燃着的火把，顺着胡同直奔大街、直奔村口，出了村，径奔西南，又跑又跳，又喊又叫："火神老爷上西南！"很虔诚很认真的样子。

说送火神的场面很盛大绝非夸张。从村口涌出的火把很快散开在原野里变作数条火龙，翻腾着摇摆着指向西南，砰砰啪啪的鞭炮炸响混合着孩子们的呼喊绝对能让身临其境者深感送火神场景的喧嚣、壮观。火把映红了孩子们兴奋、稚气的脸，也映红了深邃、广袤的原野。

各村各寨的行动几乎同时展开，所以，那时的天空并不灰暗，那时的旷野无限光明。

送火神的本意是驱除火灾并祈求在新的一年里平安无事，因而游行不是送火神的唯一形式。孩子们举着火把飞奔地去了，老婆子也开始了她们的行动，她们从家里抬出个小桌子，放到十字路口，桌子上摆放好香炉，燃上几炷香，趴下磕几个头，口中念念有词："火神老爷上西南……"

家庭主妇走向灶间，揭下贴在灶旁印有一年日历的灶王爷像，小心地撕下日历留着，点火柴把灶王爷像烧了，默默祈祷曰："上天言好事，下界保平安。"

元宵节的灯

农历正月十五元宵节，又称为"上元节""春灯节"，是中国民俗传统节日。正月是农历的元月，正月十五日是一年中第一个月圆之夜，所以正月十五被称为元宵节。

元宵节的习俗很多：吃元宵、观灯、猜灯谜、放烟花、约会情人……

元宵节与情人约会有诗词为证。欧阳修的《生查子》是这样写的："去年元夜时，花市灯如昼。月上柳梢头，人约黄昏后。今年元夜时，月与灯依旧。不见去年人，泪满春衫袖。"辛弃疾的《青玉案》也有描述："东风夜放花千树，更吹落、星如雨。宝马雕车香满路。凤箫声动，玉壶光转，一夜鱼龙舞。蛾儿雪柳黄金缕，笑语盈盈暗香去。众里寻他千百度，蓦然回首，那人却在，灯火阑珊处。"

我童年的元宵节没吃过元宵，没猜过灯谜，没见过烟花，更没约会过情人。唯一留有深刻印象的是在元宵节观灯、放灯。

灯是纸糊的灯笼，简陋至极，秫秸做骨架，糊上一层薄薄的玻璃纸，里面安放一截寸许长的蜡烛，用一根细麻绳做系，拿根棍棒挑着。请千万别小看这纸糊的灯笼，一挑出来可是能吸过来好多双艳羡的目光的。

绝大多数的"灯"，是不能称作灯的，哪怕被称作简易的灯也不合适。但是，不可否认，那些"灯"千奇百怪，有创意，最了不起的一点，都是孩子自己动手设计制造的。

先说材质，辣萝卜、红薯块、胶泥块、猪蹄甲，无所不有。造型更是多了去了，想要什么形就削成什么形，捏成什么形，有的天然成型，比如细长的辣萝卜去掉上头，挖个大大的深深的窝槽儿，双手一捧，不是个标准的"火炬"吗？燃油是个大问题，家里的煤油是有数的，倒不来，就偷偷地撕一块吊在房梁上的猪肉块上的膘油，再不然拿刀割一块猪肚子处的肥肉，拢在袖子里，飞跑出去，装在"灯"槽里，一切解决。灯芯那可是现成的，不必转圈子找寻，穿着的棉裤裆不是早开放了吗，棉花大大的有，撕一块，捻几下，夹在猪油或肥肉块里。"灯"就做成了。

满眼都是孩子们自做的"灯"，满眼都是孩子们满足、兴奋的笑脸。"灯"火比灯笼亮，还不怕风吹，孩子们就不再艳羡简直比国宝还稀有的灯笼。尤其是"灯"火烧得猪肉皮吱吱啦啦地响，被火烤炙的肉皮、猪蹄甲散发出的强烈的焦煳味、油香味，很能勾起孩子某一方面无限的遐想。紧跟着，辣萝卜、红薯块被火烤炙的时间长了，变熟变软，肉香味、薯香味阵阵扑鼻而来，那种美食的诱惑力可不是轻易能抵得住的。我就曾经在放"灯"之后躲在"灯火阑珊处"品尝过那种"美食"，那种世间少有的独特风味至今也没忘记。

遗世的村庄不老的树

郭光明

这棵老树，遗世独立。方圆几十里，一说到老树，几乎没有不知道的。就像外地人眼中的百脉泉，不用详说就知道在章丘一样，成了一个村庄的地标。

树叫梭罗树。按照植物学的分类，这个物种属被子植物门、双子叶植物纲、锦葵目，是梧桐科的常绿木本乔木，生长在神秘的高海拔南方。十多年前，去阿坝藏族羌族自治州采风，住宿的宾馆，名字就叫"梭罗宾馆"。起初，以为这是宾馆老板故作玄虚，拉来美国波士顿的瓦尔登湖搞的一个噱头，没有在意为什么叫"梭罗"。那个年头，拉大旗作虎皮的、挂羊头卖狗肉的、穿件花衬衫就说自己是港客的人挺多，所以也就见怪不怪了。没想到的是，扎西桑吉，当地的一位朋友说，梭罗是棵神树，当年的摩诃摩耶就是在梭罗树下生出佛祖的，让我汗颜了好多年。

也许，佛缘未了。十多年以后，在低海拔的北方，在济南章丘的梭庄，与梭罗树不期而遇。

来到的时候，长白山的上空，飘荡着若有若无的云朵，而云朵的光影下，斑驳的村庄，像一颗岁月的化石，远离喧嚣的城市，孤独地散落在时间之外。一座单孔的小石桥，一棵干枯的老槐树，还有几棵不知名儿的杂树，混合着夏日的银色光线，倾倒进了晒得有些发烫的小河里。瞬间，炫目的光影，五官的深沉，像一张静默的筛网，过滤着时间遗留下来的泥沙，让鸟儿叫着飞起的地方，渐渐变得清晰。

像西北边陲的遗存，村口的明代石砌拱门，静寂无声。拱门之上，矗立起的三间瓦房，看起来有些单薄。这是村里的文昌阁。文昌阁，供奉文曲星的地方，也是读书人崇拜的地方。曾经走过不少的历史村落，发现大凡底蕴深厚的村落，或大或小的都有这么一座文昌阁。这是精神与文化的象征。就像西双版纳的傣族村镇都有一座寺庙一样，有了一个这样的文昌阁，梭庄人津津乐道的"一门三代七举人五进士"才不是传说。

绿色的藤蔓，有粗有细，像历史的筋脉，刻意爬上斑驳砖墙上。砌墙的青砖很大，烧制得方方正正，砌垒的框架，像现代人打造的圈梁，只是墙体的夯土，早已失去黏性，受到轻微的力，便像溃败的身体，扑簌簌地掉下鳞片似的皮屑，让人不敢触摸，更不敢碰撞。从低处的石板路上向它注视，联翩复现遥远而真切的读书场景，仿佛，壮魄的琅琅声音，震得日月发抖。

梭庄的西大门，拱门的门洞狭长，像条过滤的管道，嘶嘶的风声和弱弱的微光，从这头吞进热浪，从那头吐出宽泛的微爽。发券的拱顶，裸露着两边的石头，但洞壁光滑，闪着微微的幽光，不知多少贩夫走卒、商贾流民曾在这里穿梭，又有多少车马驴骡从这里通过。城堡历经了四百多年，却异常坚固。不知出自哪位神人之手，更不知这位神人施了怎样的魔法，如此这般的巧思和艺术，使得高高上举的文昌阁，像一个须发皆白的历史老人，淡然而立，用满脸的沧桑打量着来往的行人，波澜不惊。

穿过拱门，一路向东，都是石板路。路是杂色的，很是平整、光滑，串起了清代的老宅、民国的旧院，还有散步的鸡鸭牛羊、看门的土狗。而明代的药王殿、元音楼、大戏楼却颓崩成了万历年间的遗址……眼前的一切，看起来都是破房子旧屋，是落后的景象，但能够让人感受到朴实的味道。然而，作为高级动物的人类，文明程度越高，心机越重，而越来越重的心机，丢失的却是最为朴实的东西。

来梭庄，我不是旅行者，而是寻觅者，寻觅被现代人丢失的朴实。迎面走来的这位老妪，脸容有些消瘦，但面色红润，看上去很是慈祥，像信佛的母亲。她推着一辆铁制的独轮车，车上横放着豆腐盒子，把手上还吊挂着叫卖的木头梆子。见有外乡人来，她的脸上堆满可掬的笑容，说她的豆腐是原浆豆腐，细腻鲜嫩得很，问客人知不知道啥叫原浆豆腐，她的自问自答让我知道，原浆豆腐原是豆浆发酵成酸浆以后"点"出来的。她说，不信你尝尝，吃起来一点也不沙楞楞的，人家乾隆皇帝都说俺梭庄的豆腐好吃咧……的确，老妪的豆腐，切口干净，软硬适中，具有豆腐特有的香气。

李家祠堂，村里最为古老的建筑。据说，前身是一座名叫"啸园"的花园，只是眼前既没有花，也没有园，看起来还有些破败，但五间老屋，形制独特，气度不凡：屋顶的云瓦，青灰色，很小，排得很密；檐头的滴水瓦当，也是"临清官窑"烧制的，上有精美的祈福花纹；屋脊的抱同瓦，似乎与云瓦有些脱节，长出几棵狗尾巴草，一尺多高，随风摇摆着，看起来倒也可爱。而老红油漆的门，花格子的窗，不着油漆的廊柱，和几通古旧的石碑，孤独决然，营造出的意境和姿态，与黄土地融合在一起，透露出一种安详的气息。

君子堂前，长着一棵老树。老树高大，树干挺粗，一个人搂也搂不过来，而树冠像天然的巨型大伞，将炙热的阳光"挤"到了外面。有了这样的树冠，应该能够猜得到，黑暗中的树根，一定倒影般盘错，而且也一定沉入深渊，要不然何以能够供养星星般的花儿？

树下，不知谁安放了一块方石。坐在上面，透过树叶的阳光，像是被筛子过滤了一般，洒落下一个个细碎的光点儿。看那树干，树皮纵裂、灰褐，像现代派的一尊雕塑。一只笨拙的蜗牛，沿着树干，充满幻想地缓慢爬行，留下一条如银的痕迹。头顶上的树叶，椭圆形，宽而长，开始以为是一棵北方常见的核桃树。但散落在枝叶间的细碎小花儿，朵瓣牙白，有的含苞待放，有的怒放枝头，像盖上了一层雪，闪着惊奇的光芒，飘着宜人的幽香，几只野蜂，嘤嘤嗡嗡着，围着朵瓣上下翻飞，让人忍不住停下脚步，顿足忘返。

这不是一棵梭罗树吗？是的，这是一棵梭罗树！听说，李家的先祖曾在福建的延平府做过知府。知府是个什么官儿？相当于现在的市厅级干部。据说，李家的先祖在做知府时，将一个延平府整治得夜不闭户、路不拾遗，等他回北方探亲时，当地百姓送给了他这棵树。还是据说，当时的这棵树，已经长了三百年……据说也是传说，传说不能以史为记，但这棵树却是真实存在的。它从南方来，在北方扎下了根，不但没有"水土不服"，而且，奇迹般地健康生长到今天，依然茁壮，本身就是一个神奇。

夕阳缓缓沉入天际，长白山渐渐隐没在夜幕中，四周的古宅老院也暗了许多。藏在花叶里的一只知了，叫声也从容了许多，不像其他地方声音，一遍遍地"知了"，不知它们知了了什么。用木棍敲打了几下枝干，知了飞了起来，又落下，仿佛，不愿离开。几丛蒲公英，不染一丝风尘，飞出明黄的颜色，绽蕾的花朵儿指向了南方，仿佛出现了一个孤独的身影。

此刻，时空寂然。唯有那棵梭罗树，闪着银色的光，若隐若现，而整个村庄，就像一位阅尽了沧桑的老人，在黑夜的微风中，从容入定，那只汪汪直叫的小狗，也不再聒噪。

绰号里的乡愁

梁李董

四周环绕的山冈，拥抱着我的故乡；绕村而过的溪水，日夜在低吟浅唱。水田从山脚一直铺展到溪边，色彩随着四季变换；山地像长满青苔的台阶，由低到高地向山冈攀援。

二十世纪六七十年代，大多数社员家里，只有一口烟火熏黑了的灶头，一张岁月漆乌了的饭桌，几张薄板搁成的眠床。此外还有几条竹椅板凳，几个坛坛罐罐。棉絮悬吊空中，衣服叠放箩筐。冬天三九严寒，印花粗布包着的黄旧棉絮，睡觉时硬得塞不拢被角，而身下那张常年不换的篾席，入睡时就像伏在冰上"煎烤"，躺下好一会儿才能焐暖。

生活艰辛，劳动更加艰苦。稻麦一年三熟，四季忙着收种。重担下一步步地拼命挣扎，开垦时一耙耙地狠命挖扒；冷雨中一场场地浇淋沐浴，夏日下一次次地炙烤桑拿。特别是夏季时的抢收抢种，割稻割来一轮红日，插秧插出满天星星。即使隆冬严寒，我们依旧赤脚穿双车胎做的草鞋，要么在飞雪中挑着大寨田，要么在寒风中担着瓦窑柴，两脚皲裂成张张鲇鱼嘴，腰背弯曲成把把弹花弓。

凄凉的生活，繁重的劳动，医疗的落后，教育的缺失，不管是身体还是精神，那时的乡亲们就多了点"特征"，少了份知识，多了些"个性"，少了点文明，于是各种绰号应运而生。大家劳动之余，讲几段荤话；忙碌时候，喊几声绰号。既缓解了劳累，又活跃了气氛。

绰号是在姓名之外的又一种称谓，那时村里男人几乎个个都有，上至耄耋老人，下至学步孩童。它一般根据当事人的外貌、性格、特长、嗜好、生理特征、特殊经历等取号，大多带有戏谑、幽默、讽刺、喜爱等色彩。多少年过去了，我一闭上眼睛，一个个带着绰号的乡亲，就会在脑海中鲜活起来：保钱龙王、丙阳和尚、保宁夜壶、正山壁陡、正明瞎狗、开林木陀、伯春矮子、伯良截手、善平白眼、月其喇叭、伯章大糊。有的干脆直呼其号，赖查头、三卵袋、小猢狲、绿豆雕、望天望地等。这些绰号，这些乡亲，虽经岁月的烟熏火燎，反而更加清晰如昨，烙印在记忆深处，成为内心最为柔软的一个部分，灵魂里不绝如缕的一份乡愁……

夜色中，伴着深巷间的阵阵犬吠，哐哐的锣声随之响起，接着就传来"各位社员大家注意……"的吆喝。敲锣人是对兄弟，兄叫"望天"，弟叫"望地"，年纪也就二三十岁。望天肤白脸方，眼内白多黑少，眼珠拼命上挤，头颅自然上仰，一副抬头看天的模样；望地肤黑脸圆，长着对斗鸡眼，但眼珠集中下压，走路时弯腰低头，好像在寻觅着什么。大队没有喇叭以前，各种通知和注意事项，都由他俩敲锣通知。路灯下，巷弄间，锣声响起，喊声传来，什么卖粮交款、计划生育，什么"灶前弄清""柴火小心"，等等。望天或望地，在黑暗里敲锣，在路灯下吆喝，一路仰首或低头。我们一群屁孩跟在后面，模仿他俩的口气，还不时扯上几句，什么"走路注意，望天望地"，什么"大家小心，三条光棍"。等到望天或望地转身呵斥我们，我们就轰的一声跑开，像群飞散的鸟雀。有一次我跑得慢，被望地一把抓住，他的眼睛似乎在看我，又像没有看我，样子非常无奈，口中嗫嚅着哀求："我们生出就成这样，你还以为我们欢喜这样，以为我们喜欢做独铁（光棍）！"说完把我轻轻一推，接着长叹一声，转身向黑暗中走去，留下一路沧桑的锣声。我听懂了他话中的酸楚，从此再也没有跟着起哄。他兄弟俩视力不好，但乐于助人，每家红白喜事或急难险困，都有他们奔波帮忙的身影。还有他俩的小弟纪红尾巴，也有人呼其"鸡屙尾巴"，平时讲话有点疙瘩，也和俩哥一起打着光棍。三条光棍常常同时进出，排列由高到低，走成一道"风景"。虽然三人都是光棍，但他们都不自暴自弃，既不会偷鸡摸狗，更不去偷"腥"占"荤"。眼睛一眨过去半个世纪，睡梦中还能听到他俩的锣声和吆喝，浮现出他们望天望地的走路身影。

石圪小学比我高上一级，初中留级到我们年级，恰巧与我成了同桌。石圪平时不见得有多顽劣，一有举动却会石破天惊，一些恶作剧我不便写出。上课不吵闹已给老师天大面子，小动作老师根本不管不顾，害得我学习成绩江河日下。一位新来的女老师，对他又是责骂又是罚站，一次这位老师就站在我们桌边讲课，石圪悄悄拿出一枚刮胡刀片，准备去割老师的裤子。我一阵急咳才引来老师转身，老师还以为我在调皮捣蛋，狠狠地瞪了我一眼。一次试卷改后发了下来，我错哪道石圪也错哪道，他看后怒不可遏给我一拳，骂着"真笨，这么简单的题目都会做错"。他学习像根虫，玩时成条龙。爬起树来像只猴子，嗖嗖几下就淹没在翠绿丛中；蹭上竹竿像只鸟儿，吱扭吱扭地就升到半空。所以我和他割兔草拾干柴，总会有意外的收获。夏天时他会爬上人家的果树，裤管一捆扎成布袋，摘桃偷梨满载而归。冬夜他会搬来梯子去掏鸟窝，一次掏出了几只麻雀，不管鸟儿喳喳拼命扑腾。石圪把麻雀用烂泥一糊，丢进灰堆煨上半个时辰，取出后两手一掰，封泥带毛全部脱落，剩下煨熟了的麻雀肉，香得我们吃时不吐骨头。后来我出来参加了工作，他去了舟山海岛种菜，两人从此很少见面。

兴侬原名兴土，因为家中最小，称侬以示宠爱。我和他同一个小队，从小就玩在一起，玩得最多的是打乒乓球。学校的乒乓桌，放学后别人早就占着；那副漂亮球拍，平时也难得摸到。好在兴侬家的门板可以脱卸，搁两条长凳就成球桌。居中两边放两块砖，然后搁把扫帚就成球网。没有球拍自己做，把碗倒扣在一块木板上，用铅笔依样画个圈，然后用钢丝锯绕着锯，最后留个尾巴做柄就成。买球钱也是我俩自己挣，推一车麦秆上西山岭，一趟就能挣五分钱，凑在一起就能买个球。等到乒乓响起，我俩心花怒放，引得伙伴们羡慕。但兴侬父母不会纵容，哪能长期打球不去干活，就没收了我们的球拍。等到大人转身离开，我们又把球桌搭起，没有球拍就脱下布鞋，鞋底击球虽然软塌，照样打得噼里啪啦，直到他妈把乒乓球也收走，我们只好悻悻地去割兔草。后来兴侬和他大哥一样，一直打着光棍。两兄弟那么勤劳善良，却得不到女人的青睐。有几次路遇，想与他聊聊。兴侬只是木讷地看了看我，翕动着嘴角却不说话，很快地从我身边走过，仿佛我俩隔了条鸿沟。自从家乡因水库搬迁后，兴侬你像鸟儿一样迁往何方？至今是否还是孤身一人？真希望你拥有一个幸福的家庭！

后来参加了队里劳动，队里男人个个都是有名有号，仿佛梁山上的好汉。和尚原名梁守信，是兄；赖查头原名梁守礼，是弟。队里总是"和尚""赖查"地叫，从不喊他们的真名。和尚圆头大耳，皮泛青光，目光如炬，声若洪钟，活脱脱一个花和尚模样。嘴里常衔根玉嘴铜斗的竹烟杆。一次挑担中他脱下衣服，贴身戴着个红肚兜，肚兜上还绣了对金鸳鸯，大伙不由得一阵惊叹，那种岁月还如此浪漫？他瞪了我们一眼说："有什么好笑的？笑！"嘴角却笑成了一朵花。和尚有七个子女，前面五个是女，名字最后都带"妃"字。我一直尊称他为和尚大伯，对赖查头开始称叔，后来也直呼其号。与他哥不同，赖查是个独铁。他头小人瘦，眼睛贼亮，牙齿乌黑，像个烟鬼。他爱抽纸烟，那时香烟稀缺，都要凭票购买，但他义气大方，凡是到他家玩，都能赏口烟抽，有的还给整根。正是在他家里，我抽到了第一口香烟，第一次听到了两性。正因为他有这两手，年轻人趋之若鹜，他家热闹非凡。后来父母禁止我去，怕我跟他学坏。但我们仍在一个队里劳动，仍看见他提着把茶壶来水圳提水，听他走路时哼哼唧唧的歌声。

小忠傻子其实不傻，只是看起来老实相。我和他的交情从偷瓜开始，一天晚上我去溪里洗澡，后面跟来了小忠。我们都脱得一丝不挂，任凭月华的亲昵，溪水的拥抱。小忠抹把脸悄悄问我，想不想吃瓜。我点了点头，他向我招招手，两人爬上对岸，登上了沙坝。坝边就是瓜田，大的黑的是西瓜，小的白的是香瓜，在月光下泛着诱人的光芒。小忠先学了几声鸟叫，瓜棚没有动静；再学几声犬吠，瓜棚仍没响声。于是他把嘴凑到我的耳根，如此这般地吩咐了几句。我连忙光着屁股，走到不远的下游，守在哗哗的溪中。不一会儿，一个个玉白的、青黑的瓜，从上游顺流而下，滚滚而来，被我一个个捞起。接着我俩坐在柳荫里，用拳一击，敲开瓜，狂啃滥嚼起来。后来我俩"作案"了几次，直到西瓜摘完落市。

男人都有绰号，女人不大听到。"绿豆雕"却是个例外，我们队里叫，她的家人叫，以致忘了她的本名叫月秋，甚至把"雕"也省掉，直呼"绿豆"。我想大家叫她"绿豆"，一是她的个子小，二是她的手脚快：插起秧来似鸡啄米，挑起柴来像麻雀飞。但她绝不像麻雀那样叽叽喳喳，安静得像只兔子。有几次到数十里外的里山挑柴，我被大伙远远甩在后面。这时绿豆就会出现在我的身边，钻进我的担下推着我前进。说也奇怪，在她的推搡之下，我的步履变得轻快，很快就赶上了大家，及时到马路边装车。如果赶不上趟，我得多挑十多里路。所以对绿豆，至今都心存感激。

有的绰号难听，人却很好，譬如善平白眼。我们是同一个小队，因为他生理上的缺陷，大家都看不起他，他也娶不到老婆。一次我腿受伤回家休养，当时雨大风狂，正愁没法过桥。恰巧善平路过，看见我暖暖地叫声哥后，在我前面蹲下身摆开步，意思是他背我过桥。我想再等等表兄，他回头眯着多白的眼睛说："我背你过桥一样的！"我就趴在他的背上。因我人高马大，他背得有些吃力，狂风缠裹着他的双腿，雨水模糊了他的双眼，他不得不一步步往对岸挪。好不容易背过了桥，善平早已湿漉漉一身，分不清是雨水还是汗水。背到家他像从水里捞起，我想送点东西表表谢意，他千推万辞毫厘不取。第二天还抱来个大西瓜，说没啥慰劳送个自家种的。

现在想想当年那些有趣的绰号，真是一幕幕甜美的回忆，那是我们最有创意的精神产物，最值得留存的宝贵财富。即使这些绰号当时不够文雅，甚至带点侮辱，但形象生动，很接地气，经过岁月的淘洗冲刷，现在听来竟然那么亲切！

每一个绰号，都连接着一份难以割舍的乡情；每一位乡亲，都寄托着一份已断若续的乡愁。如今乡亲有的还健在有的已作古，但他们的音容笑貌，连同那些生动的绰号，都将陪伴着我的岁月，温暖着我的生命。

南小市口的蝈蝈草

卢 静

南小市口，早从北京城的地图上消失了。

南小市口邻近羊市口、花市大街等，顾名思义，可以一忖昔日此地用途与热闹情景。

姨妈坐在院子里几盆长势旺翠的文竹、大叶海棠旁，边趁晚纳凉用彩纸卷搓门帘，边操着并不浓重的京味口音说，花市要搁以前，已在老城外了。我帮她打下手一起搓门帘，彩卷翻飞，搓到精致时便得意地笑了。从南小市口出来向西行走，总是会经过这些让我兴趣盎然的地名，仿佛悠深巷口里都隐藏着什么秘密，犹记得向前门大栅栏的方向继续漫行，还会陆续经过沾染风土气息的地名磁器口、珠市口等。

然而无论羊市口、花市大街、磁器口、珠市口，还有我已遗忘的地名，诱惑也罢，风土也罢，热闹也罢，还仅仅是地名。

南小市口，却在岁月弥深的烟幕中，连同一条悠长的胡同，胡同口的画书摊、蝈蝈笼、酱菜调味店、冷饮店一起，水印一般戳进我的生命里。而如今，南小市口这条胡同早不复存在。

姨妈家搬迁后的第三个年头，在一家人茶余饭后对胡同旧事的絮叨中，不久胡同也消失了。即使未拆除，青灰色沧桑厚重的墙，是否还记得一个十岁出头的女孩，穿着水红纱裙子，轻轻撕开卖得很好的红果冰棒的包装纸，隔了纸看斜阳染出一幅绚丽的画，她便走进流动的花纹里。胡同口浓酽的黄昏色中，归家的自行车铃铛叮叮，寒暄声在胡同里此起彼落地回荡。鸽哨往往巡响在头顶的天空了，百千余灵动的黑点穿梭在暖暖熔金的返照中，炊香时断时续地从庭院大门溜进巷子，曲巷里槐花暗淡地香着，随渐凉的晚风，地上有细碎的花瓣。

"姐姐，姐姐，买冰坨子去……"

姨妈家的蓝色门牌下钻出一个虎气生生的小男孩，乌眉亮眼，鸟儿一样飞快地奔过来，是表弟。

"你远地儿的姐姐来了，快喊姐。"我刚来姨妈家的第一天，饭桌上，姨妈边向暗青色瓷碗里盛白花花的米饭，边挑起眉眼和蔼地望着表弟。

六岁的表弟委实天真，却连珠炮般地讲起"典故"来，手举一双竹筷左右摇舞，竹筷上夹着一截腊肠对我说："以前我有个小静姐姐，我的眼睛碰了，小静姐姐就向空中一伸手，说来吧，新眼睛来了，我的眼睛，就真的不疼了。"

我忍不住转过头去笑，窗台上的虎刺梅也伸开枝杈笑。

"鬼点子多！"姨妈也忍不住笑，点表弟的脑门，"打点瞧菜又凉了，还不好好吃！你猜这是谁呀，这不就是你小静姐姐吗？"

姨妈家所居不是典正精整的四合院，而是一个套院，里院外院共住着七八户人家，孩子们黄昏吃过晚饭，往往聚在院子里兴致勃勃地游戏，雨后看蜗牛，潮湿的地上画格子观刀，晴天捉一只知了，几只破缸后捉迷藏，门墙相照的小院里，总能花样翻新，潜藏无穷尽的乐趣，这时候大人唤他们是难唤得动的。直到星星开始在天涯揉亮眼睛，《西游记》主题歌一唱响，立时为魔力所召唤，各自迅速收拾物什，未商量好明天的花样，便急匆匆跑回家去。表弟的手里，有段时间总是提着蝈蝈笼回来。

"小静姐姐，你瞧，咱们的蝈蝈又长大了！"

我接过笼子看，小家伙在秸秆笼子里刚安静了。挂到屋檐下。

表弟对家中来了亲戚甚高兴。邻家有姐弟俩，素日里姐姐总是帮衬着弟弟，便使独生子的表弟徒然羡慕极了，一直眼馋着别人的兄弟姐妹。我来到姨妈家补充了一个角色，内心充盈起小小的骄傲。每天陪表弟买他最爱吃的冰坨子后，弟弟便拽着我的手一起去看胡同口的蝈蝈山。我们叫蝈蝈山，其实是几个手推车堆在一起，车上高高积满着秸秆笼，精美小巧，蝈蝈们在笼子里卖力地吆喝，响晴的白云下，在我们耳朵里，那声音像音符精灵跳跃，比琴声还要动听，有说不出来的美妙。蝈蝈国的童话还到哪里去寻找？坐在离蝈蝈山不远的小板凳上，交几分硬币，翻拣画书摊上的连环画看，亦是一乐，我至今尚保存着对连环画的兴趣。走街串巷，东看西说，碰上卖布老虎的，泥哨人的，五彩羽毛扎束的美丽小鸟，贝壳垒的大帽檐娃娃，哑哑声里，白云一样柔软的棉花糖渐渐蓬起，都会让我们驻足观望。日子也像白云一样轻飘而变幻。谁知我即将离开姨妈家的时候，我们精心饲养的那只挂在檐下秸秆笼里的蝈蝈死了，快乐不能传续下去，平素好动的表弟两三天都坐在门槛上耷拉着脑袋，硬是找到院子里最幽静的角落双手挖个坑，连蝈蝈带空笼一起掩埋了，添土上还移植来绿油油的草簇。临别，送我们登上归乡的火车时，他从兜里掏出一个黄布包，包着不知何处捡来的旧墨水瓶，瓶里盛装几株草芽，又郑重又悲伤地塞到我包里，说："小静姐姐，留作纪念，记得回来看我们的蝈蝈草。"

　　一晃经年。如今南小市口已经消失了，我又去哪里看夏末的蝈蝈草呢？

花桥故里

阮以敏

　　故里花桥之名源自何由已无从考证，据村中多位耄耋老人自述，曾闻长辈谈起，古桥为木廊桥，横跨东西，精雕细琢，工艺精美，花样百出，乃当年十里八乡唯一大桥，遂有花桥之名。新娘路过，都要下轿步行。盖因此，自然村取名曰：花桥头。老人们所见，唯有三根水杉铺就的木桥，旧时花桥几时被拆毁，竟无记载，也无人知晓。20世纪60年代末，由于木桥出现腐烂，拆卸重修为石桥。

　　花桥之头地势平坦，良田肥沃，其形似蛇，沿院后山脉蜿蜒而下，头从山坳抬起，眺望远方。十里八乡大户人家便动土迁居于此，自然成村，形成"富人区"，沿街两旁家家户户商铺林立，柜台连排。杂货店、裁缝店、小吃店、青草店、客栈、布庄、油行、茶行、面坊、豆腐坊、织布坊……一时商贾云集，当地乡绅名人齐聚，渐成闹市。主街雨亭从街头延伸至街尾，方便村人过客雨天往来不需打伞。溪石铺就的石路，沟沟坎坎，见证了花桥故里的年代久远。村民姓氏繁多，以阮姓为主，还有彭、余、陈、林等姓氏，不如彭厝里、陈厝里、溪边里、董洋里等乡村姓氏之纯正。

　　随着时代的变迁和交通的发展，以及当时对工商业的社会主义改造，喧闹的乡村自然而然日渐式微，繁华已然不再。许多商铺或关门歇业，或改换门庭。高高的柜台，便成了乡人们饭后茶余聊天时的座椅。到我四五岁返乡定居之时，记起的只有杂货店、裁缝店、豆腐坊、面坊、油行之类。

祖先们在溪边择地建屋，择邻而居，既为方便生活，更希冀在有风有水的地方瓜瓞绵绵。母亲河——大甲溪，源头为院后山脉汇流而成，自溪边里自然村顺流而下，清澈见底，可见成群鱼儿游往。每日清晨，乡人们都会到溪边挑水，装满大水缸，准备一天的饮用、洗漱。因为经过一夜的沉淀，水质特好，没有污染。大大小小的石潭，依形状被命名为"牛潭""龙潭""鸡角潭"……因此，游泳也俗称"游潭"。村妇村姑每天都会到溪边洗衣服，三五成群蹲在溪边，找块大石头，搓洗起来，其间不乏欢声笑语、嬉笑怒骂。20世纪80年代末期，水源渐渐枯竭，再加上环境污染，溪流便仅为排污了。每次返乡，对景徘徊，往事成风，总是感慨不已。好在现在开展新农村建设，计划全面改造溪岸，铺溪底、设管道，建设沿岸景观，恢复长流清水。

每年，油茶籽（俗称"楂籽"）和油菜籽收获的季节，油行便开始忙碌起来。老师傅提前清理卫生，然后坐等乡人们送货上门。收来的油茶籽和油菜籽晒干了，再放到锅里炒香，然后倒进巨大的圆形石砌凹槽里，由老黄牛拉动巨石，不断打转碾压成粉末，清扫出来装入蒸笼蒸上许久，热气腾腾倒出来用稻草包住，圈上三个铁箍，做成直径40厘米左右的圆形茶饼，然后拆下外围的两个铁箍，一块一块放入一棵大树桩凿成的凹形槽内，插上木尖，便开始榨油了。五六个大汉，推动着悬挂的树桩，在把头老师傅的吆喝下，齐齐喊着嘹亮或沉重的号子，或者唱着家乡民谣，树桩撞击着木尖，清澈透明的油便汩汩而出，其情其景煞是令人心驰神往。榨油后的饼粕，即"茶枯"，俗称"楷枯"，内含丰富的茶皂素，是一种天然的优良表面活性剂，不但可以做洗涤剂，还具有洗发、护发等功效，是天然的绿色洗发剂。儿时的我们在这个季节总是天天到此游玩，除了好奇，还可以闻闻四溢的浓香，沁人心脾，气爽神怡。我们更是满怀期待快快长大，加入到他们的劳动行列，一显身手。偶尔，大人们也会让我们扶上几把，推动几下，其景其情总是令人恒久难忘兴奋不已。

面坊是爷爷的。他早年在水尾桥下还有个磨坊，是个水磨坊，收购的麦子都在这儿加工成面粉，或出售或自己加工做线面。每天夜里，爷爷总要起来几次，频看天象，判断第二天是晴是雨，是南风还是北风，以定翌日是否做线面。当晚要称好面粉，溶化好盐水。第二天凌晨起床再看看天象，便开始和面。那可是体力活，硕大的面缸，倒入面粉，逐渐添加盐水，用双手不断搅拌，揉成面团后，还要不断抱起翻一面，再拳击，以达到均匀柔韧。若是隆冬，冰冷刺骨，寒气难当，但随着劳作强度的加大，也会大汗淋漓。真是不但学手艺，而且还练了武功。十来岁的大哥也曾跟着爷爷当了一段时间学徒，终因个小体弱、学艺不精而转作他行。面团发酵后，紧接着的工序就是搓条、粉条、串面等等了，待这些准备就绪，已是日上三竿，可以拉面了，厉害的师傅可以双手夹住五六根面杆，在稳步的进退、拉抻、抖动中，线面越拉越长，越拉越细。我们兄弟姐妹虽小，但也会打打下手，帮助做点简易的工序，因此从小养成了热爱劳动的好习惯。也有判断失误的日子，天公不作美，下起雨来，不要紧，有焙房（相当于现在的脱水厂、烘干房），未干的线面全部搬到焙房，烧起木炭，渐渐烘干，一些断了的线面掉到木炭上，烤得香脆可口，我们趁机吃起了"烧烤"。若是冬天，这焙房恰似空调间，暖洋洋，让人不舍离开。

说起这线面，由于面很长，所以又叫"长面"和"寿面"。按照乡村习俗，每年大年初一早上，乡人们都要吃一碗线面、两个鸡蛋，意为长寿圆满，好事成双。祝寿送线面，方言"长面"和"长命"谐音，长即为寿，意为长寿。待客吃线面加蛋，意为平平安安（在老家鸡鸭蛋又俗称"太平"）。结婚当天，新娘接进新房，坐在床沿，先吃上一小碗"榾油面"（即茶油拌线面），俗称"床沿面"，意为夫妻和谐专一，绵绵长长。这线面，煮食简单方便，只要将线面投入烧开的水中，看着线面渐渐浮起，白色变成透明即捞起，倒入炖好的鸡肉、鸭肉或排骨汤中，添加些老酒、味精、葱花即可食用，柔韧滑润，香甜可口。茶油拌线面，还有治疗胃病和预防胆结石等功效，长期食用，还能有效降低胆固醇、防止动脉血管硬化和冠心病的发生。

每当夜幕降临，劳作了一天的乡人们吃饱喝足之后，都会集中到一两户农家，谈天说地"讲古典"（家乡方言，意为讲故事）。农家厅堂，排着长椅矮凳，男女老幼陆续就座，主人泡上一杯热茶，主讲清清嗓子便朗声开讲。村中几位有文化、口才好的长辈，常常轮流开讲，各领风骚。儿时的我们，对他们简直是佩服得五体投地。这是乡邻们在那个物质匮乏、精神空虚的年代，开心的精神生活。偶尔，我们这些小屁孩，听着听着支撑不住，居然当场入睡了，散场时，被大人们叫醒，又在迷迷糊糊中被父母或哥姐牵回了家。

若是夏夜，乡邻们便会集中到花桥之上，在月色朦朦、凉风习习、流水潺潺中听讲《隋唐演义》《三国演义》《西游记》《水浒传》

《封神榜》等，什么隋唐十八好汉，诸葛亮借东风，三打白骨精，一百零八将，纣王妲己，牛郎织女，孟姜女哭长城，狸猫换太子，包公铡陈世美，唐伯虎点秋香……曲折离奇惊心动魄温婉凄美的故事，我们听得如醉如痴，忘乎所以，仿佛穿越时空置身其中，而不忍曲终人散。有时，主讲人也会在听众的请求下，开讲"聊斋"之类的鬼故事，在惊悚恐怖的故事情节中，听得我们不敢独自摸黑回家。也曾在七夕之夜，好奇地跟在老太太身后，悄悄躲在葡萄架下想偷听牛郎织女都窃窃私语些什么，遗憾的是从来都没有听到过只言片语。

前些年，在花桥头村，为了修建宁古路，家家户户几乎是无偿献出了部分田地。为了工业园区的发展，又支持政府征田征地，甚至祖先们的坟墓都无怨地迁出了园区规划范围。乡人们真的是淳朴善良，深明大义！

如今的花桥头，已然换了不少新面孔。原住民中的年轻人大多融入了新城市，长辈们也渐渐老去。更偏远山村的村民，为生计或为儿孙上学搬来租住，成了花桥头的新居民。乡人们重情重义，从不排斥外村外姓人，婚丧喜庆都有往来，俨然本家本族。

故里总有许多叙述不完的故事，抒发不尽的情怀。酸甜苦辣咸，有艰辛，也有温馨。那远去的村庄，流逝的故事，多情的花桥，伴随着岁月的斗转星移，酿成了一坛沉香的老酒，恒久弥珍，回味无穷……

乡村邻居

程玉宇

乡村，就是我们所有人的老家。而家园，则是人们最美丽的忧伤。

近年来流行一个词语：记住乡愁。

我想，乡愁就是我们村外那片田野、那条小河、那片白杨林吧！或者，乡愁就是村子后面那座高山、村外稻田里那一缕缕青禾的气息，就是田野树林间的一声声鸟鸣。

我有一个文友，文章写得并不怎么样，但我一辈子也忘不了他写的一首诗：这不是我们的城／我们只是城市上空／那群匆匆而过的飞鸟。

是的，我虽然为了生存常年在一个小县城里摸爬滚打、辛苦奔波，但在这个小县城里，却没有一处单元房是属于我的，更没有一扇灯窗为我而亮。我的家在乡下，在距离县城五里路之远的红椿树沟。我在我的承包地里建了房屋，收拾了一个简朴的农家小院，西窗下，我移植了一丛竹子，数年间，它竟繁衍成了一片茂盛的竹林，一竿竿粗若孩儿手臂，也高过了二层楼檐。这小小的农家院落，有花草、果树、竹林，就招引来了诸如布谷、斑鸠、灰鸽、麻雀、喜鹊等鸟类来与我为邻，与我生活在同一个天地间，让我从一个对飞禽完全陌生的人，逐渐变得熟悉起各种鸟类的鸣叫，也成了一位观鸟者、画鸟者。

我在鸟鸣声中陶醉，亦在鸟鸣声里睡醒。在燠热的夏夜，我会搬出一把摇椅，就在月色下竹林里与鸟儿们同眠。正因有了这些相处与感触，我的一篇写鸟的散文，在北京一家散文刊物刊出后，被两省三市选定为当年的中考语文阅读试题。

如果这个世界上仅仅有人类，而没有飞禽走兽、花卉虫鱼的话，那么这个世界该有多么的寂寞。我们的生活又该是多么的枯燥无趣。

感恩家园，感恩乡村，它使我们至今还拥有一片纯净的天空，更使我们保留了一份古典情怀，使我对我们赖以生存的天地万物心存敬畏，对每一只小动物和每一只鸟雀心怀怜悯。这不是懦弱，它使我们的情怀更加博大和宽广，使我们的人格更加完善和崇高。

灰　鸽

灰鸽是家禽，也是人们饲养的一种飞鸟。而我看到的那一群灰鸽，它们大部分时间，则是飞翔在村舍树林之上碧蓝的天幕之下，或者就在田野里呼啦啦落下一片，在庄稼地里啄食虫子。

今年秋天，我在我的拥山庐加盖了层楼房，收拾妥当之后，有一天，我在二楼的阳台上晒太阳，发现偌大的阳台空荡荡的，没有任何有趣的东西。恰巧，与我场院相连的一个外孙女婿，因平日里与我相处融洽，也上了我家露台来和我聊天，他说："外爷，你看我楼上养了五十多只信鸽，鸽子笼都挤不下啦，今年我都买了二百多斤包谷，全叫它们给吃光啦。你看你这么大的露台，你也修一个鸽子笼吧，我给你逮几只鸽子过来。"

我闻言大喜，就请工匠砌了一个鸽子笼，工匠还在笼子里隔了个二层，顶端铺盖了胶板，做了一对儿木门，俨然一个漂漂亮亮的灰鸽的家了。

妻子和儿子埋怨我："现在砖头都涨价啦，六七毛钱一块哩，你闲得用好砖修这玩意儿，简直是吃饱了撑的！"

我大怒："我盖的房我还做不了主啦？老程我不赌不嫖，就养几只鸽子你们还来弹嫌？"

妻子儿子倒也不再多嘴。

外孙女婿给我抱来了四只灰色的幼鸽，我喜欢得什么似的，天天早上临出门前都去给它们喂食；每天下午回家，不管有多劳累，都要爬上楼去看看它们。它们非常温顺，十分漂亮，更通人性。我天天来喂食，来看它们，它们一看见我就咕咕叫起来，仿佛是在给我打招呼问好哩。别看它们一身灰色，惊奇的是，它们的翅膀上有一两撮羽毛却是碧绿的颜色，绿得发光发亮，透着宝石般的光芒；它们的一双双小眼睛，则是红红的，如同滴溜乱转的小红豆。

有一天，我回家已是黄昏，坠落西山的太阳，只剩下一片最后的光芒。我上楼打开鸽笼一看，大吃一惊，咋只剩下两只鸽子啦。原来，我在小木门的上方，做了通气孔，大约长一米五宽五十厘米的空隙，许是鸽子架不住外面大群灰鸽叫声的引诱，也因自己羽毛已然丰满，从空隙钻了出去，随同大部队回前院它们的老家去了。

我心里虽然十分遗憾，转念又想：鸟儿也有它的自由，咱没有把它养家，飞回去就飞回去吧。外孙女婿家不是有很多吗？我再去要几只就是了。

今年冬天天寒地冻，滴水成冰，我担心那两只鸽子受冻，每天晚上就拿一条旧毛毯苫盖在鸽笼上，每天早晨又上去揭开，让它们晒晒太阳，再给它们喝水的碗里续上热水，让它们不至于喝太冰凉的水。

一日大雪初晴，阳光尚好，又适逢星期天，我去照看它们，只见它们毛色发亮，羽翼丰满，翅膀上不同色的羽毛绿得耀眼。可是，当我再仔细审视它们时，却发现它们的状态呆滞，一时间，我顿生怜悯，咱是养鸟还是囚鸟？咱愉悦了，可它们却天天被困在这小小的笼子里，它们能快乐得起来吗？我养着它们，图了乐趣，却不曾顾念到鸟儿们的痛苦，这是不是有些残忍呢？

再看看外孙女婿家那群灰鸽，它们自由自在地在田野间树林上空无拘无束地飞翔，飞了一圈又一圈。飞累了，它们就落下来，停在人家的屋顶上，展开着翅膀晒太阳，那才是鸟儿的生活啊！

既然热爱，又何必因为一己之私把它们囚禁起来呢？为何不让它们自由自在去飞翔呢？

想到这里，我便毫不犹豫地撤掉毛毯，打开那两扇小门，可那两只灰鸽仍然呆呆地趴在里面不动弹，我用小竹竿戳它们，它们才迟疑地走出鸽笼，在露台上步履蹒跚，它们东张西望，似乎不敢伸开翅膀，我又用小竹竿撩拨它们，它们这才咕咕叫着飞了起来，噗噜噜地飞到人家屋顶上它们的大家族里去了。

我长长地叹了口气，向我养了好几个月的两只灰鸽望去，其实，它们已混迹于大群的灰鸽之中，我已分辨不出它们了。

群鸽振翅而飞，飞向了阳光灿烂的天空，我似乎听到我的那两只灰鸽欢快的鸣叫声。

我放飞了两只被囚禁的灰鸽，也放飞了我狭隘的灵魂。

斑　鸠

斑鸠是乡村的隐士。

在乡村，在庄稼地和树林深处，你可以听到斑鸠们咕咕——水、咕咕——水的叫声，其音深远悠长，斑鸠们似乎很害羞，因为你只闻其声而难见其形，根本看不到它们的身影。

有一天，我突然想，斑鸠才是乡村鸟类中的智者啊！

有幸的是，我终于见到了斑鸠，并且通过对它们的观察，窥探到了斑鸠许多不为人知的"隐私"。

我家居住在南山脚下金钱河以北的川塬地带。村庄田野间到处树木丛杂竹林幽幽。我从县城将家搬回红椿树沟口以后，在自家的小院里栽花种草移植竹木。岁月飞逝，转瞬已是二十多个春秋，我家场院花草成型、竹鞭摇曳，每到夕阳衔山、彩霞满天之时，那一群一群归巢的倦鸟在竹林里栖身安眠；每日清晨，我就是在鸟儿们的鸣叫声中醒来的。

有一日凌晨，我被麻雀叽叽喳喳的叫声吵醒，便披衣起来小解，一打开屋门，便看见从竹林里扑棱棱飞出几只大鸟，身形比家养的信鸽要小，我刚要定睛细看分辨它们是什么鸟儿，谁知它们瞬间就失去了踪影。我正遗憾呢，忽然听到大河边的白杨林里传来一声声咕咕——水、咕咕——水的叫声。我方明白，原来栖身在我竹林中的大鸟，竟然是斑鸠啊。

不知不觉，那两三只斑鸠，在我家场院的竹林里栖身有大半年之久了，可能是我从未伤害过它们，驱赶过它们，或者捕捉过它们吧，它们渐渐地与我熟悉起来，不再有戒备防范之心。它们有时候大白天也敢在我门前的高树上鸣叫，在我场院的花丛中觅食，还不时地扭头瞅我一眼，一会儿又瞅我一眼。我呢，则装作若无其事的样子，躺在竹椅上品茶、看书、抽烟，与斑鸠们互不打扰。时间久了，斑鸠完全对我亲昵起来，它们围拢在我身边悠闲地散步，惬意地觅食，似乎我是一个可以信赖的君子。夜晚来临，它们就钻进竹林里去。我发现，斑鸠从不做窝筑巢，但又疑惑它们是怎样孵出小斑鸠来的。

斑鸠的体形，比起人们饲养的信鸽要小很多，如果说灰鸽气宇轩昂、光明磊落，那么斑鸠则神态萎靡、藏身匿行。

斑鸠与人一样，相处久了，就喜欢三三两两相聚在一起抱团儿。原来的斑鸠只有两三只，没想到三四年时间就聚拢来二三十只斑鸠，无论春夏秋冬，它们总在方圆五里路内的田野里、树林里、河流边觅食。它们不时地鸣叫，呼唤一场又一场豪雨来浸润这片家园的土地。

我联想到唐诗宋词中的鹧鸪、杜鹃，它们是斑鸠吗？我以为那肯定不是。因为杜鹃会啼血。鹧鸪也好，杜鹃也罢，还有布谷，它们音调十分相似，无非是古人和今人在文字语言上表述不同而已。

对了，还有一种鸟儿，叫作"算黄算割"，每到夏忙时节，这种鸟儿便会不分白昼黑夜地鸣叫：算黄算割，算黄算割……直至它们的声音沙哑甚至啼出血来，使人无不生出敬畏之心。

还有一种鸟，专门在黑夜里鸣叫：我儿种错，我儿种错……如怨妇夜哭，使人悲凉。

而另外一种夜啼的鸟儿，叫声极其恐怖，它们总在月明星稀的夜晚，于大地深处，发出一声声哎——哟、哎——哟的呻吟，听得人毛骨悚然。

我得出一个结论，唐人宋人在诗词歌赋吟诵的鹧鸪、杜鹃、子规，只能是布谷鸟、算黄算割，或者是我儿种错和寒号鸟，而绝不可能是斑鸠。

我在乡村生活了五十多年，从没有听到过斑鸠在夜里鸣叫，而且斑鸠鸣叫声幽远悠长，但从无悲愁之音。

每遇干旱天气，斑鸠们便在树林深处声声呼唤：雨乎？雨乎？或者咕咕——水、咕咕——水，时隔不久，天空便黑云翻墨，大雨倾盆，庄稼、树木、土地便沐浴在雨露里，茁壮成长。

每每这时，作为农夫，我千百次地验证了斑鸠这种特异功能。难道斑鸠是上天给乡村土地派遣的使者吗？它们与上天与自然有着什么样的神秘联系呢？这是我至今破解不了的疑惑，也使我对斑鸠这种鸟儿产生了一种喜爱与敬畏之情。

布　谷

鹧鸪、鹧鸪——

在乡村白茫茫的晨雾中，是谁在叫？又是谁在对农人们声声呼唤？

"快起来呀，春天来了，赶快趁墒情点瓜种豆呀！"

我仿佛听到了父母对我的催促，听到了妻子儿女对我的企盼。

在布谷鸟的叫声中，作为土生土长的农民，你不早起不行，你不辛勤劳作更不行。因为，土地就是农民的命呀，因为春种秋收、点瓜种豆就是农人赖以生存的根本呀！

我读过唐诗，也读过宋词，我不明白，这都什么年代啦，它们还在叫？还在声声嘹唳着农耕民族的收成？难道它们是从哪本唐诗宋词中飞出来的吗?

我经过仔细考证,蓦然明白:原来唐诗宋词中的鹧鸪是形容声音的,说白了它就是我们村里的布谷鸟呀!你侧耳倾听:"鹧鸪——""布谷——",有什么区别吗?不过是形容词不同罢了。

而布谷鸟,实际上就是在田野、树林里飞来飞去,与灰斑鸠相似的一种鸟。它的前一声"布谷",在东边的麦田尚未落地,后一声的"布谷",又在西边的荷塘响起,在布谷鸟的声声呼唤和催促声中,农人们起早睡晚,风雨不避地在田野里劳作,忙忙碌碌地赶着二十四个节气。

"布谷——布谷——"

小河边的洋槐花,刚刚开得一片白、一片粉嘟嘟的,满山遍野都笼罩着一股股芬芳之气,有小媳妇和姑娘们正一嘟噜一嘟噜地采摘着,准备回家蒸槐花米饭和做甑糕呢,那可真称得上是山野美食,舌尖上的乡村呀!那份鲜甜清香的味道,至今想来,还让人掉口水呢!

"布谷——布谷——"

村前村后,房左屋右的梨花,在布谷鸟的嘹唳声中说开就开了,说谢就谢了,那一片又一片洁白的花瓣,便在春雨中落了一地,或者在小河边,随流水款款漂去。

清明时节,远看草色近却无,但几场春雨过后,地气上涌,万物萌动,正是点瓜种豆的日子。此时,乡村里竹林幽幽,田野里坡塬上菜花黄黄,小麦还未分蘖和灌浆呢。在一声又一声的布谷叫声中,我那些勤劳的父老乡亲,就在土豆地留下的空隙里,又早早挑大粪点上了早包谷。

布谷鸟呀,当月明之夜你栖身在我窗外的竹林里,噗噜噜地振羽或者私语，我在窗内读书或者品茶，听着你在窗外竹林里的响动，我打开窗子与你简直近在咫尺，我多想喊你一声："兄弟，睡不着，你就进屋来喝一杯吧。"

喜　鹊

喜鹊兄弟，你就是我家院门外那棵红椿树上的邻居。你的窝巢在高高的天空，我的农家小院就在你的檐下。其实，咱们两家本来就是同饮一条河的水，同享一片田园的亲人。

五月的早晨，天还刚刚露明，我也刚起床推开屋门，你就站在对门的高树上，叽叽喳喳地高叫起来，仿佛是对我说："哥呀，你起得早呀！喜事来啦！喜事来啦！"

我美好的心情，就像咱家责任田里那些快成熟的麦子，颗粒一日又一日变得圆润饱满起来。

夏天凌晨，我趁凉快，刚刚到包谷地里锄头遍草，花喜鹊兄弟便穿着白衬衫，跟在我的身后一步也不离地啄食虫子，对我毫不设防。我回头望了一眼，花喜鹊就叽叽喳喳地对我说："谢谢呀大哥。"我也随即回答它说："谢啥呀兄弟，我还得感谢你对我这样信任呢。看来，兄弟呀，咱俩天生就是一对形影不离的伙伴。"

喜鹊呀喜鹊，你是乡村传播喜讯的天使，你也是喜欢凑热闹的欢乐之神！在你的鼓噪声中，东邻的老李家生了个大胖小子。西隔壁的老王给儿子娶了个貌美如花的媳妇。就连你们家也添了两只叽叽喳喳爱叫的小宝贝，忙得你和兄弟媳妇，整天捉虫子给一双儿女喂食。

吃饭的时候，我坐在房阶上，最喜欢望的是你高叫一声，展翅飞向碧蓝天空的身影。而此时，整个村子里炊烟缭绕，鸡鸣犬吠，远山淡若墨影，小河流水清澈得透亮。我仿佛听到，你的翅翼划破气流的声音。上天呀，是你派遣喜鹊这个天使，来给我们这个草木掩映的小村，带来祥和福音吗？

闲下来的日子，你带着一双已会飞翔的儿女，如指挥家小征泽尔一般，打着洁白的领带，穿着黑色的燕尾服，显得那么有派，昂首挺胸地踱着方步到我的院内来散步。你这儿走走，那儿瞅瞅，一边时不时打量我一眼，一边像个大领导视察似的对我赞许说："嗯，不错！不错！你这小小的农家院落，收拾得很有品位嘛！"我见你那神气活现的样子，就问你："哥们儿，吃饭了吗？要不来一盘花生米，咱俩也喝一壶?！"

麻　雀

我原是从来不养鸟的。我只在院落的西边房屋窗子下种植了一片竹林。那片小小的竹林，数年间竟繁衍成了一个大家族，不但竿竿青竹粗如儿臂，高过了楼檐，竹叶还密不透风。一阵风来，似乎能听到唰唰的雨声。夜来明月在天，竹影印地，就是再炎热的夏天，搬把椅子往竹林下一坐，也能感到翠色携带着的丝丝凉意。最是初秋的早晨，雾气漫上来，竹林里的每片叶子上，都闪耀着露水那千点万点的亮光，时不时地便能听到露珠从高空中坠地的吧嗒吧嗒之声。

但是不知何时，一群麻雀便把我的竹林，当成了它们的家。你们这群小机灵鬼呀，连主人也不告诉一声，就擅自侵犯他的住宅，你们是经过谁的允许啦？

　　小麻雀们呼朋唤友越聚越多。每天黎明时分，我还未睡醒，就听得窗外一片叽叽喳喳唧唧啾啾的叫声，把我聒噪得再也睡不成懒觉了。

　　我刚刚披衣推门，到院子里伸了个懒腰，就听得一片嗖嗖的振羽之声，它们像一颗颗子弹似的，从竹林里蹿出，又瞬间飞向虚空，仿佛是谁撒了一把满天的黑豆，顷刻不见踪影。

　　一会儿，那群小鸟，又吵吵嚷嚷地从田野里飞了回来，不是哗哗地落地，就是在我的农家小院里与家禽们争食，唧唧啾啾争吵讨论不休。小混蛋！在你们眼里，哪里还有我这个主人！

　　我哭笑不得，烦得要命，本想挥挥手，或者扔一块石头让它们远走高飞，可是看着它们在我的院子里跳来蹦去的顽皮劲儿，还有它们那一双双机灵的黑豆般的小眼睛，我又顿时心软下来。我见它们在我身前身后跳跃歌唱，对我没有一点恐惧。我突然明白，小麻雀们早已把我当成了它们的亲人。我顿时感到满心的欢喜，简直有点恨铁不成钢的感觉。只好长叹一声："罢罢罢！小家伙们，你们就唱吧、闹吧。不过你们也太吵啦，难道你们真的就不怕我生气?!"

　　与鸟同眠，与鸟为邻，与鸟为友，与鸟相悦，把各种飞禽当作自己的家人、朋友、邻居，这无疑会使我们枯燥的生活充满诗意，仿佛我们也成了花鸟小品中的一员。其中的乐趣、喜悦之情，只有亲身经历过的人方能品味，又哪里能用语言尽述？

　　我本身就生活在乡村里，经常在田野里劳作，也最喜欢在山中树林里游走，而我最乐意倾听的，则是各种不同颜色的飞禽发出的鸣啭和嘹唳。我甚至可以说，每一只鸟，都是一位音乐大师。在倾听或者模仿鸟鸣的过程中，我浮躁尽消，俗念全无。我仿佛已返老还童，又回到了我的孩提时代。

如果我的一生，能伴随着各种鸟鸣度过，那么此生足矣！看谁敢说他比我生活得更好？

心怀怜悯，善待万物生灵，那么，纯净善良美好的种子，就会与乡村植物、山川草木、各种生灵，一起蓬勃苗壮地生长，从而使我们的灵魂融入山川大地，使自己卑微的生命开出花朵，发出歌吟！

打花脸与撒路灯

史庆友

在我的老家辽宁省阜新蒙古族自治县哈达户稍镇白音昌营子村有两种习俗，正月十五全屯人第一次见面都要给见面礼，那个见面礼可真好笑，不分老少、男女、辈分，见面互相之间用墨水、锅底灰、印泥等一切可以动用的搞得到的有颜色的东西，想尽一切办法往对方的脸上涂；特别是新结婚从外乡来的新媳妇这一天不知道得洗多少次脸。谁的脸被涂得越重、涂得越怪、涂得越丑，谁在新的一年将会越吉祥。这种习俗称打花脸。

正月十五太阳一压山，全村人要敲锣打鼓扭秧歌，抬着一口大锅，大锅内放着点燃着拌了燃油的糠麸。随着秧歌队伍的行进，乡亲们要不断将燃着的糠麸撒在路边引不起火灾的地方。那个时候你会看到整个村子沉浸在一片"火海"中。不管天多冷，没有一个人掉队，人们的脸上挂满喜气。这个习俗称撒路灯。

据妈妈讲，打花脸、撒路灯还有一个美丽的故事。

相传在很久以前，人们生活的地球上有许多凶禽猛兽，随时伤害人和牲畜，人们为了生存，组织起来捕杀这些家伙。有一天，天神的一只神鸟因迷路降落人间，被不知情的猎人给射死了。天神知道后非常愤怒，立即传旨令天兵正月十五到人间放火，将人畜财产通通烧光。

天神的女儿心地善良，不忍心看着无辜百姓受难，冒着生命危险偷偷来到人间，扮作一个新婚媳妇模样，将消息告诉人们。众人听了犹如五雷轰顶，不知如何是好，过了好久，才转过神来。不论怎么样，得先将仙女保护下来，不能被抓回去。一位老人出了个招：先将仙女美丽的容貌弄丑陋了，让她的家人认不出来。那时候没有整容医院，想让一个人的外貌有变化，只有化妆。那时也没有现在这么多的化妆品，人们用锅底灰之类的东西将一张美丽漂亮的脸涂得面目全非、丑陋无比。你还别说，真管用，十五那天，天兵在人间搜查了一天，好几个天兵遇到过仙女，但都没认出来，就这样仙女留在了人间。心地善良的仙女随后又给人们出了一招：天神的命令是第二天放火烧人间，咱们不如先下手，先给自己放火，待天上的人来了，已是火海，天兵会以为人们都被烧死了，回去交令。大家一听感觉有道理，反正也没有什么更好的办法，死马当活马医，便分头准备去了。到了十五晚上，每户都点爆竹、放烟花，把所有能烧的东西都点着了。天神往下一看，发现人间一片红光，响声震天，整整持续了一夜。天神可不知道燃烧了一夜的火焰，是在人们把握之中，有火没灾，就这样人类保住了生命及财产。

一个美丽的传说，随着时代的发展，形成了打花脸、撒路灯的习俗！

这两个习俗都有相当长的历史了。随着社会的发展，两个传说也在与时俱进，越来越被人们接受。随着社会的发展，故事的内容在不断更新。

过年回家，拜访了88岁的王有田老人，老人给我讲了他曾经参与过的打花脸、撒路灯的经历，听起来很有滋味。

据老人讲，我母亲讲述的故事他们都知道。不论故事的真实程度啥样，但祈盼幸福是人们的共性，特别是在他们年轻的时候，没有广播电视，人们的业余文化生活相当简单，那个时代的人比较保守，人与人之间很少交流，遇上个年节时令，可乐坏了年轻人。人们会尽最大的努力去参与、去娱乐。打花脸、撒路灯适合年轻人，所以非常受欢迎。

打花脸是认识新媳妇的一个好机会。那个时代结婚，平民百姓是很少操办的，除非有钱有势的大户人家。不是因为别的，社会不安定，大操大办容易给外人造成这户人家有钱的印象，又有新娶的媳妇，容易将胡子（土匪）引来。常言说得好，不怕贼偷，就怕贼惦记。一旦胡子惦记上了，这日子就别想太平。所以那个时代人们结婚都不操办。新媳妇入门常常是大门不出。结婚之前两个人都是听媒妁之言，没见过面，其他人就更不认识了。年轻人都好事，都想认识一下新媳妇，打花脸是一个最好的由头。看新媳妇可是当时的四大美事之一：抽蹭烟、吃饱饭、来媒婆、扒着门缝把新媳妇看。刚结婚的新媳妇描眉打鬓、披金戴银，一般人收拾一下都很好看的，对年轻人很有诱惑力。

那一天的小伙子也都打扮得很干净，没有现在年轻人的西装革履、裘皮真丝，穿的都是手工缝制的棉袄棉裤、千层底的棉鞋，大多数人腰间系一条宽而长的黑、蓝或红色的腰带子。棉袄不系扣，系上腰带子起到了纽扣作用。系腰带子不进风，还显得干练，特别是干扛重物等农活，还能起到保护作用。腰带子很受男士青睐。

在通常的情况下，农村邻里间都沾亲带故，平日里除非是叔嫂、姑嫂间以及姐夫与小舅子、小姨子之间可以开点玩笑外，其他人之间是不能随便开玩笑的。但正月十五打花脸是不受辈分限制的。平时绝对不能开玩笑的两人之间也是可以相互打花脸的。

打花脸也不是一番风顺的。通常多个小青年聚在一起，一家一家地走，单个人是要吃亏的。不为别的，到了谁家，一家人都会动手，人少了，真的对付不过来，常常是没给别人打成花脸，自己已经被打成了花脸。偷鸡不着蚀把米。有的人家一年也不来几个人串门，而那天只要是有开玩笑可以打花脸的人，大家就照去不误。

每到一家，大家要分工合作，相互配合才能达到目的。首先要过老婆婆这一关。那个时候会看到亲情重于友情，往往婆婆不给开门。通常反复做工作或是几个人硬开。当门被攻破后，婆婆宁愿让来者尽情地往自己脸上涂，也不交出儿媳妇。嘴上还不停地讲着儿媳妇回娘家了等借口来搪塞，采取丢卒保车的策略。不论婆婆怎么说也不好使，大家都知道正月十五新媳妇是不能回娘家的。当时有正月十五新结婚的媳妇看见娘家的月亮会给娘家带来灾难、五谷不收的说法。媳妇必须在婆家。年轻人兵分几路，各个击破，几个人对付婆婆，几个人对付其他阻拦者，最后几个精英攻击的目标是新媳妇。不论到谁家，不达目的不罢休。

正月十五在旧庙是不平静的一天，甚至是鸡犬不宁的一天，人们的脸可能是花里胡哨、五颜六色的，但却是幸福快乐与人们相伴的一天。

正月十五的夜晚更火爆。吃过晚饭，人们不约而同聚集在土地庙前。秧歌队长与屯中有头有脑的几个人一起为土地庙敬香，参拜各路神仙后，将存放在土地庙一年、不知流传了多少辈子的一口特大的生铁锅抬出来，几经捆扎，将其放于一个井字形架子上，八个壮小伙抬着，将锅里拌过油的糠麸点燃。撒路灯开始了。

　　那个时候，没有现在这样方便的燃料油，人们从早春就做撒路灯的准备。家家户户都在水肥充足的地块种些蓖麻。撒路灯用的油主要是蓖麻油，都是自己榨的。榨油可是个麻烦而且累人的活。将去了皮的蓖麻用碾子压细，用锅蒸熟，乘热放在一个叫"油榨"的器皿中，室内温度越高越好，用大铁锤猛击油榨两端的两个大楔子，给油榨加压，往往是还没等把油榨出来，打大锤的人已经全身是汗。有人说，打大锤的人出多少汗，就能出多少油。

　　当时，人们对撒路灯都非常重视，别看榨油不容易，当撒路灯的队伍走到谁家门口，谁家都要往锅里添油，让火旺起来。那是因为传说美丽，一是能保人畜平安，二是种庄稼不出"乌米"。在那个时候，也没有现在这么多防治"乌米"的办法，撒灯不出"乌米"，人们都信其有；再有撒路灯是全屯人聚会的好时机，谁也不会放过。

　　撒路灯活动不论进行得多晚，天有多冷，没有一个人掉队的，每个人的心都很虔诚，祈盼着平安幸福、五谷丰登。

　　将全屯所有角落全都走一遍，撒路灯才算结束。所有撒路灯者再一次返回土地庙，参拜土地庙诸神，将撒路灯用的大铁锅送回土地庙收灯为止。

　　如今，打花脸的越来越少了，传统的撒路灯已经被饱含现代科技的灯会所取代。但不论科技含量多高，劳动人民借打花脸、撒路灯、开灯会祈求平安幸福、五谷丰登的主题没有改变。

庭院深深

王富红

　　每到新春佳节，天下游子仿佛被巨大的磁石强力吸引，纷纷回到家中与亲人团圆。骨子里的家国情怀使他们年年如此，欲罢不能。我年过半百，已在他乡生活了三十余年，早把他乡当故乡了，但每当中华民族的传统节日到来或某个偶然事件发生时，必然会激荡起内心深处珍藏的浓浓乡愁。

　　我的老家在青海省海东市乐都区一个贫困山区。

　　就一般意义上讲，老家的内涵很丰富，老家的外延也很宽广，但对我来说，最割舍不下的便是老家的老宅。老宅占地不到一亩，分不同年份盖有三面共大小十间土坯房。从我十三四岁起，我们就从爷爷家隔壁小院搬到这里，到现在已近四十年了。庄户人家很重视在房前屋后栽树。由于父亲的勤勉绿化，不知不觉中，老宅就掩映在郁郁葱葱之中。每当夏日午后，清风徐来，树叶沙沙作响，忘情天籁，心旷神怡。门前那棵大柳树，一到夏天枝繁叶茂，家人围坐其下喝茶纳凉、轻松谈笑，好不温馨！

　　老宅既是穷窝又是江山。

　　当年分家时，由于条件所限，爷爷只分给父母两只豁口黑碗、一口小锅、一条毛毡、一床被子，此外一无所有。在最初的五年里父母亲是住在土窑洞里的，后来才一步步地挪窝，逐步改善居住环境。

父亲一生克勤克俭，朴实无华，从不讲究穿着。记忆中，他从来都是穿着补丁摞补丁的衣服。我上高中期间，有次父亲来给我送干粮，当时正值课间休息，正在与同学玩闹的我无意中看见父亲牵着毛驴向我们班教室走来，我赶紧向他跑去。走近一看，父亲膝盖上两块蓝布大补丁异常醒目地映入眼帘。在那一瞬间，我觉得全校的师生在盯着我和父亲指指点点，我顿时羞得满脸通红。事后才知道，他之所以穿成这样，是为了博得校方同情，好给我免去学费且多给点助学金。

自从我参加工作后，父母亲总算可以穿上新鲜、体面的衣服了。但父亲总是舍不得穿新的，万般无奈之际，最多穿上个把小时，接着赶紧找出以前的旧衣服套在上面护着。即便在过年时，也要在我们的力劝下，父亲才极不情愿地换上新鞋帽。记得在生产队时期，每当母亲做饭时，父亲总是蹲守在灶旁进行监督，生怕母亲炒洋芋时手重多倒了清油。因此，与其说是炒，不如说是煮或炖，清油只是个引子。父亲的所作所为简直到了吝啬的地步。

小时候家里很少有白面，成年累月都是青稞面、大麦面，且一年当中没有充足的馍馍吃。由于面粉不精，擀的面条像烂布衫。等锅里的洋芋块基本烂了，再把切好的面条下锅，不一会儿一锅汤饭就做好了。每当此时，父亲总是叮嘱撇去上面的沫沫凉冰后给牲口喝。就是这样的粗糙面粉也经常不够吃，不时会面临吃了上顿没下顿的窘境。吃肉更是天方夜谭了。那时，最好的情况是每年腊月二十几宰一头小猪，除宰猪当天及过年时吃上几顿过瘾的肉外，剩余的肉在接下来的几个月里就像药引子一样食用，其后不会再见到肉的影子，直到新的春节到来。尽管如此，不少的年份是没猪可宰的，而是把猪赶到供销社卖钱，因此，过年望嘴是常有的事。当时，村里人情味很浓，谁家要是宰了猪，就打发孩子们挨家挨户去邀请庄邻来吃肉。邀请、被邀请的都心照不宣，每家一般由家长一人去"赴宴"，吃肉时表现也较文雅，不会大吃特吃。因此，所谓请吃肉，是为了自觉维系庄邻关系，象征意义更大一些。有年腊月，伯父家宰了猪请父亲去吃肉。父亲临走时，我们兄弟姐妹拉住父亲的衣袖再三央求，让他回家时带些肉来。在望眼欲穿中总算把父亲等来了，可他却两手空空，这使我们很不高兴。后经母亲开导，我们总算明白了：一则那么多人，主人不会分发；二则人都是要面子的，父亲怎会伸手要肉呢？

三年前，母亲随三弟离开了她生活半个多世纪的故土。虽说住在县城、住进楼房，各方面条件与老宅相比有了天壤之别，但在相当长的一段时间里母亲很不习惯，经常失魂落魄，整夜整夜地失眠。每十天半月她都要"偷偷地"坐上班车回老宅看看，把屋内、院子及大门外的卫生扎扎实实打扫一遍，并且要生起火炉、煨上炕独自住上几天。她的这个举动引起了左邻右舍的猜疑：这个老阿奶是不是与儿子、媳妇合不来了？在西宁定居的我有空时就与妻女一道去县城新家看望母亲，晚上同母亲睡在宽敞的木板炕上，好几次都听到她在唉声叹气。我知道，她这是想老宅了。这几年，每逢我们开车回老家探亲访友，母亲总是要求把她也带上，并像小孩一样早早穿戴一新等着。金窝银窝，难舍自己的穷窝，母亲早已与老宅融为了一体！

老宅经风雨剥蚀，已显陈旧、萧条。但对于父母来说，老宅是倾注了他们毕生心血才打拼下的江山，寄托着他们全部的感情和希望。如今，父亲已先老宅而去，把无尽的遗憾、牵挂留在了老宅；母亲怎会在有生之年舍老宅而不顾呢?!然而，母亲毕竟是七十多岁的人了，且身体本就不太好，每次回去她都会有不同程度的高山反应，老家的气候已经适应不了了。这也许是老宅体谅母亲一辈子的辛劳和不易，因而以拒绝的方式奉劝她好好在县城颐养天年吧!

老宅既是摇篮又是车床。

小时候，得益于母亲的巧手，我们总是穿得体体面面、光光鲜鲜，即便是补丁也打得平平整整、有模有样。我上小学时，有两件棉袄，一个大的，一个小的。天冷时，大的套在小的上面，因而大棉袄被人们戏称为"尕宗（我的小名）的大衣"。由于夜晚有烫炕，白天有棉衣、棉裤、棉袜、棉鞋、皮套袖，无论多么寒冷的冬天，我们兄弟姐妹从来都是全身暖和、手脚发热。就在这样快乐的时光中，我结束了童年、少年生活，走出大山去外面求学。

回忆过去，许多美好的往事历历在目。想起小时候的肉饭至今还会下意识地咽口水。那时，离春节没有几天时，关系友好的庄邻们互相帮忙宰猪。约早晨九点以后，帮忙的人陆续到家了，接着便是抓猪、宰猪、烫毛、刮洗、卸肉、洗肠、灌肠等程序。开膛破肚后，主刀手便割下一大块肉交给厨房做肉饭，女人们便麻利地切成均匀的大肉块，然后放到大锅里翻炒几下，接着倒入多半盆自家晒的萝卜片，撒上青盐、葱花、花椒粉再翻炒几下，倒上多半锅水烧开，再用慢火煮上十来分钟。等肉基本熟了，再往锅里倒入多半盆洋芋块继续烧煮。三五分钟后，再往锅里下入早就擀好、切好的两大张白面面条。不一会儿，等了一年的一大锅香喷喷的肉饭终于做好了。小孩子们迫不及待地趴在屋檐下或院子里的随便什么支撑物上，手捧大碗开始狼吞虎咽。在一边炫耀、一边遮拦中，吃上几大块鲜嫩的肉，喝上几大口清香的面汤，然后咂咂嘴——真是回味无穷、妙不可言！不知不觉中，一个个吃得肚皮圆鼓鼓的。

距离老宅一公里多有两眼大、小山泉。当时，邻村有不少山泉，但唯有我村的这两眼泉常年不干，以其水量之丰、容积之大在众多的山泉中拔得头筹，因而成为方圆四五个村子名副其实的救命泉。每天早上、傍晚，浩浩荡荡的驮水大军则成了崎岖山路上一道亮丽的风景。春节前的一段时间，用水量剧增，泉水出流量供不应求，因此人们从凌晨三四点就来驮水。每个毛驴背上的木桶有节奏地发出不绝的咣当声，三五个毛驴便会合奏出连绵不绝的木桶交响乐。

我从十岁左右就开始赶着毛驴去驮水。通往山泉的大部分路段只容单个驮水牲口通过。因个矮力小，最初的几年里很害怕与迎面驮水的牲口互相让路，一不留神或处理不当，"互不服气"的牲口在扛挤中会酿成大祸，轻则驮桶被掀下摔得粉碎，重则靠外侧的牲口被挤下陡坡桶毁畜亡。在跌跌撞撞中，我不知不觉地成为了一个"大人"，可以随意从驴背上搭卸驮桶。

与驮水相关的一次经历令人终身难忘。那时我还不到驮水年龄。有次晚饭后父亲要去驮水，我硬要跟着去拾粪。刚开始我还能轻松地赶上前面的父亲和毛驴，但随着背篓中的粪慢慢上升，每走几步我不得不斜靠在路边的缓坡上歇息，这样就逐渐拉开了与父亲和毛驴的距离，任凭父亲如何催喊，我只能无动于衷了。我从小性格倔强，也不会偷奸耍滑，因此没有向父亲张口求援，也没有倒粪减负，就这样走走停停，在漫天星斗的陪伴下背着满满收获回到了家。时过境迁，想起此事，我坚定地认为那是一次脱胎换骨似的人生历练和自我超越：背篓沉重，夜色漆黑，恐惧负重叠加，身心备受煎熬，来回三公里多点的山路漫长得如同百里、千里、万里；我敬重父亲，是他给了我生命，是他供我上学，因而也给了我稳稳当当的工作和饭碗，但毋庸讳言，我当时也恨父亲，恨他近乎绝情地不向年幼、瘦弱的儿子伸出援助之手；但恰是父亲的"无情"，成就了我"置之死地而后生"的勇气，使我蜕变成了一个不畏艰险的男子汉！老家有一句传承已久的励志语：男儿十五要当家！成年之后，想起那次拾粪情景，有一天我终于顿悟：这是父亲秉承父辈教子传统，以农民特有的方式在打磨我。因为曾听父亲在某个场合依稀讲过这样的故事：他小时候随爷爷外出办事，返回的路上突遇三五个疑似歹人尾随而来。情急之下，爷爷骑着骡子飞快地去前面村子求援，惊恐万状的父亲拼命狂奔，跑了好长时间才与返回救他的爷爷他们一帮人会合。也许这就是特定环境下无法超越的原始教子方式，自觉暗合着适者生存的自然法则。

感谢老家汪汪的山泉，她是存我性命、壮我筋骨的母亲泉！感谢拙朴厚重的老宅，她是锻造我人生的车床。正是传承了老宅的基因，在高中、大学阶段，面对生活条件好的同学，置身于生活环境与老家有天壤之别的第二故乡，我虽有过些许自卑和爱慕虚荣，但很快就会猛然警醒：不能忘本！毫无疑问，是老宅补足了我的精神之钙！

老宅既是推手又是磁石。

随着社会发展、时代进步，老家早就在发生日新月异的变化，可不少的村民却陆陆续续离开了故土去城镇购房定居。当三弟在我们三兄弟中最后一个搬到城镇居住后，老宅就孤零零地留在那里，心甘情愿地成为了真正的留守者。此时，我猛然觉得老宅是祖先的载体，她不就是先辈们希望后人走出大山、闯荡打拼、自立自强的巨大推手吗?!

然而,老宅毕竟是一块无形的巨大磁石。

我曾经主张,人应凭自己本事自食其力,更应杜绝暴发户似的炫耀。因此,在父母眼里,我不是个传统意义上光耀门庭之人。因为我没有为家里盖几间像样的、令左邻右舍眼热的房子,更没有给家人带来任何看得见、摸得着的物质实惠。为此,父亲也许带着深深的失望离开了老宅。人非草木,任何人都不是生活在与世隔绝之中,无论过去、现在还是相当长时期内的未来,竞争、攀比不仅是各地、各行、各业永恒的主题,更是难以泯灭的社会心理。父母希望子女为家庭实实在在做点事的要求一点都不过分,我对自己未能为老宅添一砖一瓦感到愧疚不已。

但近年来党的富民政策使老家发生了空前的巨大变化,进而也根除了我的内疚和不安。去年,宽敞的村户硬化路延伸到了大门口。在城镇再平常不过的道路硬化,对于老宅来说无疑是划时代的沧桑巨变。从此,除了大农忙时节,父老乡亲们终于可以告别晴天一身灰、雨天一身泥的尴尬日子,并以此告慰先辈们的在天之灵;从此,每家每户的生活物资不用在村口用背篼一趟趟地转运,可以直接在自家门口装卸了;从此,搬到县城居住的新时代庄户人,可以很方便地在城乡间来回走动,务农、打工两不误;从此,在外打拼、居住的游子,在空前的便捷中,可以使自己浓浓的乡愁增添几多温暖和自豪。此时,我情不自禁地脱口喊出父老乡亲们的共同心声:党的富民政策真好!

距老宅约一华里处便是祖坟,父亲、爷爷、奶奶长眠在那里,那是我们的心路驿站和人生港湾。我曾提议在县城周围重选一块坟地把祖坟搬迁过去,却遭到家族所有人的一致反对,这使我内心产生强烈的震撼。曾经有首歌歌名叫《把根留住》，今天我猛然对它有了全新的诠释！

如今，老宅无时不等候主人的光临。不，不是她在等主人，而是她以主人的身份期盼依然是客人的游子。老宅四周的大树无时不通过树梢，静静探听、回应风儿送来的游子的消息。

随着时间推移、人事代谢，老宅势必逐渐从后人的生命、记忆中淡出。无疑，在默默等待中，老宅会一天天变得破旧、萧条，再过几十年、几百年后，不知老宅的原址是何种情景，抑或一直存留，抑或开发他用，抑或被另一姓氏后人居住……然而，老宅虽旧，也曾遮风挡雨；老宅虽远，也曾亲情氤氲。打断骨头连着筋，面对难以割舍的故土，游子会不禁泪洒土地，泪洒梦中，泪洒心头。虽说老宅只是几间土坯房，也没有深深的巷道，历时也不过几十年，但在我的心中她就是深宅大院，庭院深深，我永远走不出她的臂弯。老宅的温暖印象和风骨精神一直会保存在我心中最重要的位置。

庭院深深深几许，故土情怀无尽期！

职业猎人

黎盛勇

　　我家河对岸西南方向，有一排五棵高高的红枫树，晚秋的时候，那树就像是五面缤纷的旗帜。据说，那是老辈人为破解东来河流的风水不利问题而栽的。在那排枫树的后面，一眼可望见一环一环的郁郁葱葱的绑田——我们地方口音把梯田叫"绑田"。绑田里边的山麓处，是一排三连院子的老瓦屋。那里住着我二姐的公爹。我们那里，都把这样关系的亲戚叫"干老儿"，人们在背后叫他"聋子"。别看他耳聋，可在我故乡的村里，他可是个心明眼亮广受敬重的人物。

　　聋子干老儿，脸部精瘦，目光炯炯，两耳长大，有着一张仿佛永远严峻、永远冷凝的古铜色的脸。这似乎是他这位职业猎人所独有的一副硬汉表情。他原来是陕西重庆交界处南山雅河的人。据说，他的耳朵就是因为年轻时一次打野猪给震聋的。传说出事的那天，他的猎枪里误装填了过量的火药，枪响后，始料不及的巨大声音和后坐力，震得他昏倒过去。他醒来后，脸上裂了口子，左右两边的耳朵便不再灵便了。为此，定了亲的漂亮媳妇悔了婚。后来，还是教他打猎的师傅将女儿许配给了他。要强负气的他，自知在雅河上下丢尽了颜面，无法面对老亲故戚，婚后不久，就带着媳妇翻山越岭移居到我们秋河来，依靠打猎为生。

聋子干老儿是个玩家，用现在的话说，就是一个地道的"玩主"。听力上的障碍，使得他在平时跟人的交往中，没有什么话说。又据说，你要说他的好话，他听不到，你要是说他的坏话，他还是能听到的。估计那八成是从口型、从说者窃窃的表情上做出的一些近似的判断。

聋子干老儿的主要事体，就是下河打鱼、捉鳖、套水獭，上山打猎。当然，织网、补网，也需要花费他很多的工夫。另外，他还驯养着猎鹰，养着游子，也还管理着村上的事情。

平日里，他就是一副趿拉着布鞋、叼着短烟斗、披着衣服，到处指挥人劳动的样子。干活偷懒的人最怕他，他的眼睛训练有素，隔得远远的，他能看清是谁在树荫下消极怠工；沿堤岸行走，他能看清花石浪里是何种游鱼，他能准确指认沙滩上鳖爬的路线。他扎猛子的功夫也很过硬，入水就是半袋烟时间。

在那个经济困难的年代，因为能够经常到镇上的收购站卖出麝香、鲜鱼鳖、猎物的毛皮之类，他手头是不缺钱花的。而像他这样的人，在乡村里，自然就有资本经常较为阔绰地出入一些婚丧嫁娶的场所。故而，他被认为是会事和有本事的人。在村里，他也自然享有了崇高的威望。同辈人当面叫他"大哥"，晚辈的当面叫他"大伯"。

我二姐和在外当工人的姐夫定亲早。那时候，我们家是"地主"，"成分高"，是受歧视的对象，聋子干老儿在暗中可帮衬了我们不少。他们家成分好，他老伴去世后，他们家真是缺人手。我们家兄弟姊妹七个，但聋子干老儿没有要求我们家将二姐早早地过门儿。二姐待字闺中的那些年，除了例行的辞年拜节的礼物之外，聋子干老儿还经常给我们家送来粮食和他的猎物，野猪肉啊，麂子腿啊，鱼啊，鳖啊什么的，再就是山鸡。

我记得，他的猎枪是单管猎枪，装霰弹。

初春直到夏季刺梅花开的时节，是打山鸡的好时候。可单打雄性或雌性一种游子的，也可以打两性游子的"满笼子"。枪上伪装了很多的树枝叶，那伪装做成了一个大大的像伞一样的圆形，中心留有孔，这叫"蓬"。他就是扛着这蓬去他熟悉的也必是预先选择好的伏击地猎杀山鸡的，这叫"打蓬鸡"。

早春，天气晴朗的日子，朝阳升起来，他扎好绑腿，踏着晨曦出坡了。在整个八角庙一带的猎人中，聋子干老儿的装备是一流的：腰带上挂着胡银匠制的镶银边儿的火药葫芦，王皮匠制的牛皮的弹袋，子弹是李秤匠做的，弹药是肖铜匠配制的黑火药，手里提着柯篾匠编的装游子的精致的篾笼子。游子，是早些时候在山上捡到的山鸡卵，由家鸡代为孵化出来自己在家养大的野鸡。炒得半熟的黄豆，在聋子干老儿的嘴里嚼吧嚼吧过后，是喂养游子的好东西，另外就是玉米粉做的小豆豆。游子发情期间，喂土鳖子虫是最好的。

到了伏击的地方，选好位置扎下蓬，从笼子里放出游子。游子如果是雌的，它上场工作的时候，会发出咯咯的叫声。这叫声不怎么迷人，可那是要命的叫声。雄的山鸡，一只两只闻声飞快地跑来，这时候，那些最早跑进伏击圈的雄山鸡，就意味着已经在为爱情献身了。

中午时候，聋子干老儿直接就到了我们家，猎枪上挑着他猎获的十来只羽毛长长的、红红绿绿的、漂亮的雄山鸡，那样子是很神气的。他把山鸡给我们扔下两三只，对我母亲说：

"干妈，你个人拾掇嗷！"

在我们那里，两亲家之间，是随着子女的口气相互称呼的。

然后，接上我敬的旱烟叶，喝口茶他就走了。

那时候，粮食缺乏，一般家庭不会也不敢轻易留客人吃饭。煮一餐饭，量是预算好的，又没有应急的吃食，有了客人吃的，主人就会不够吃了。给客人敬烟是只有整张的旱烟叶的。聋子干老儿知道我们的家底，我母亲留他吃饭，他都是很客气的，总是摇头说："不饿。"

他把"饿"念成"卧"。

后来，聋子干老儿老了，由我二姐赡养着。他再没有上山下河的力气了。渔网、猎枪什么的，不得不束之高阁，高挂在了他们家正堂屋里那面黑黑的土墙上。

我二姐的孩子叫刚刚，大眼睛，很漂亮，也很乖。一天，刚会说话的刚刚见他老爷爷在院子里摆弄那杆黝黑的老枪。不知道打哪儿来的灵感，刚刚猛地冒出一句话。刚刚说这话时的样子，现在想来很是幽默。这话，笑得在场的人前仰后合。多少年后想来，也还很经典、很好笑——"打野鸡，怪搞场！"

这"怪搞场"一语，在我们的方言里，有类似今天"作秀"的意思。

记得那天，聋子干老儿也跟着大家笑了，他那是莫名其妙的笑。

聋子干老儿生于清光绪二十九年（1903），卒年八十有五岁。晚上睡觉时还好好的，第二天没有起床，原是无疾而终的。

故乡邻居

孙同林

不常住乡下，时常忆起那里的人和事来，然而，不少当年很重要的角色却都模糊了，记得的偏偏是那些生活中无足轻重的人物。

炒米匠王聋子

小时候常能吃到的一个食物就是炒米。一提到炒米我就会不由自主地想到王聋子，并以为这个世界上但凡炒炒米的人就必然是个聋子。

王聋子的耳朵是不是因为爆炒米时震聋的，我一直没有考证过，反正从我记事起人们就都这样叫他——炒米匠王聋子。

王聋子的个头不高，黑黑的脸，黑黑的手，甚至连他身上的一身衣裳也经常是黑不溜秋的；王聋子出门必是挑着一副炒米担子，一头是黑黑的炒米机，黑黑的机身，黑黑的摇盘儿，另一头的风箱和炉子，也是黑黑的。这一全黑形象，在我印象中特别深刻。

年根岁底的王聋子最兴时，他一路走一路叫："炒炒米噢——"

那一声"噢"拖得长长的，袅袅余音把整个村子都拖入了过年的意境。在我的童年里，年底最爱听王聋子的叫声，听到叫声，少不得就要缠着母亲炒炒米，母亲一般不肯答应，我再去缠祖父，祖父总是尽量满足我的要求。

也许王聋子不是真聋，有时他又好像听得见，比如有人叫他，他便知道把担子停下来，生炉子炒炒米。孩子们当然闻声便赶了过来，一个个歪着头围着他看，或者悄悄地喊一声："王聋子！"这时，他真的一点不知道——果然是聋子。我们便壮了胆，围着他一边拍手一边唱："王聋子，炒炒米，炒得好，吃牛草，炒得多，下油锅。"再看王聋子，他只管生自己的炉子，全然听不见的样子。被大人听到了，便骂我们"不上相"，举了手做出要打的样子，吓得我们一个个作鸟兽散，逃到一边去。王聋子却笑望着我们，对大人们直夸我们懂事、听话。这时我们更觉得他是真聋，聋得可爱。

王聋子把米灌进炒米机，架在炉子上就开始摇。炒米机上是装有火表的，但王聋子从不看表，全凭经验掌握时间。根据我们的"研究"，他可能是数了转数的，要不，不会有这么准确，待一定转数，他突然对我们喊一声："要炸了，快跑！"然后把炒米机机口对着口袋，撬开机头，嘭的一声，炒米出来了。炸响一过，孩子们就又奔了回来。

王聋子住在我家的东边，离我们的学校不远。接近年底了，我们就去他家看他炒炒米，也就认识了王聋子的三个孙女。至今记得，王聋子大孙女叫玉兰，二孙女叫玉凤，三孙女叫玉芳，三个人一个比一个长得好看。因为他们家是富农，所以她们一个个早早就辍了学。我们有时借口去他家看炒炒米，其实也看她们。

后来，村里有几年不准王聋子炒炒米，既不准他出门炒，也不准在家炒。还有人写了大字报，批判王聋子炒炒米的剥削行为。他们为他算过一笔账：炒一机炒米只要2分钱的柴草钱，1分钱的工钱，但王聋子却要收5分钱，其中就有2分钱属于剩余价值，属于剥削。我一直以为这是一位理论家，他确实算得上一位伟大的《资本论》研究者，居然能把炒炒米这么小的事情与《资本论》联系起来，而且算得如此精准，这让我十分敬佩。这以后，我去王聋子家，看到他的黑黑的炒米机收架在房梁之上。

这以后，我们还是要吃炒米的，但必须到小镇上集体合作社去炒，价格也是5分钱一机，但这当然不属于剥削，因为这是集体化的合作社。只是这于我们是没有以前方便了。

如今王聋子早已经作古，他的几个好看的孙女也多少年不曾看到，也许差不多都成为奶奶了吧。只是每到年根岁末，我还会想起王聋子。想起那嘭的一声炒米机响声，想起喷香的炒米味，还有王聋子那拖得长长的"炒炒米噢——"的叫声。

做豆酱的西场奶奶

小时候的我喜欢吃豆酱，记忆中总是吃西场奶奶家的黄豆酱。

西场奶奶是我母亲娘家的堂姑，母亲叫她"细娘"，在我们老孙家她属于祖母辈，又是我家的西邻，因此，我就叫她"西场奶奶"。

西场奶奶做得一手好豆酱，而且每做好后，总要先送一些来给我家尝新。这以后，母亲每天在煮饭的时候，就用原豆酱掺一点水，炖上小半碗，其时，再在里面搁一些细碎的青蒜叶儿，滴几滴香油，开锅时厨房里便溢满豆酱的鲜香味。早上，我就着豆酱，喝着稀饭，常常要被妈妈催好几次"上学了，快迟到了"，才肯放下饭碗。

做豆酱一般都是在夏天。

梅雨前几天，我就看到西场奶奶坐在门口拣豆子。我很喜欢西场奶奶拣黄豆的样子，但见她将竹筛端在手里，倾斜成一定角度，然后手腕轻轻地抖，抖动中的黄豆在竹筛里跳动起来，纷纷"跑"向竹筛的下方，凡是跳跃着"跑"到竹筛下方的豆子，一个个必是浑圆饱满的，就可以成为豆酱的原料了。

做豆酱时，我便站在一边歪着头看，西场奶奶见我看得认真，便问我："想学做豆酱呀？"我说："想！"她嘻嘻一笑："你就吃吧，有我在就有你吃的豆酱。"

看西场奶奶做豆酱多了，我也掌握了不少做豆酱的知识。豆酱制作的确不是一件容易的事。从煮豆子开始，到黄豆发霉，再到浸泡豆酱、晒豆酱等等，每一项都含有技术。煮豆子的晚上，待一家人睡下，西场奶奶才开始烧锅煮黄豆。她将泡透的黄豆置于锅上，然后坐在锅门口，用文火慢慢煨，煨熟了，置于锅内过夜，经过一夜的文火处理，到第二天早上，豆子就煮得透烂。

翌日清晨，西场奶奶颠着一双小脚又忙活开了。西场奶奶的小脚，是我所见到的现实中的三寸金莲，和我外婆的脚一样经过特殊处理，所以走动时的动作显得很夸张，用"颠"这个字是最恰如其分的。西场奶奶把煮熟的豆子捞出来，晾在苇席上，作"霉化"处理。煮豆子的"原汤"西场奶奶是舍不得倒掉的，留作泡豆酱用。

黄豆的"霉化"处理是做豆酱的一大关键。"豆酱好与丑，全在这发霉上。"西场奶奶一边做一边教我。熟豆子发霉有这样几种情况，有白霉、黑霉、黄霉、绿霉之分，其中以黄霉为上，黑霉次之，白霉为下。豆子的发霉多取决于用什么催霉材料。所谓催霉，就是让豆子发霉更快、更好。由于"霉""媒"同音，因此，老家民间谐其音，留下了"想做好媒人，先学做豆酱"的俗谚。

做豆酱的那些日子，西场奶奶整天围着豆酱转。豆子上床后约摸一个星期，霉菌形成了，她把它们铺在簸箕里，端到太阳底下晒，发霉的黄豆就不再叫黄豆了，改叫"豆酱黄（王）子"。西场奶奶天天将豆酱黄子不厌其烦地端进来端出去，待晒得干透了，这时就准备"湿豆酱"了。她找出一只干净的坛子，将豆酱黄子倒入坛内，注入适量的冷开水和煮黄豆时的"原汤"，再加上一些切成片状的生姜。西场奶奶一边做着，嘴里还在不停地唠叨："盐卤要分几次加，不能把豆酱黄子霸住了。"她是在说给我听，更是在说给自己听，生怕弄错了哪一道工序和工艺，从而影响了豆酱的质量。这以后，她又把泡好的豆酱置于太阳底下晒，晒上十几二十天，就可以开坛食用了。待一切做好了，西场奶奶才长长地松一口气，摸摸我的头："有的吃了，林儿。"我瞪着眼看她，她又用手一捏我的鼻子："你学会了吗？"看我点点头，她叹口气："奶奶的豆酱你吃不几年啰！"我听不懂她话中的意思，依然呆呆地看她。

西场奶奶有时也用蚕豆作豆酱原材料。将干蚕豆泡开，剥成豆瓣，然后按黄豆酱的制作工艺，一步步地做，但蚕豆豆酱其味道远远不及黄豆豆酱来得鲜美。"媳妇好与赖，酱缸看出来"，这是老家乡里的一个俗语，西场奶奶的酱制得好，算得上一个好媳妇吧？

西场奶奶去世以后，我就再没有吃过那种家制的豆酱，西场奶奶已经去世三十多年，但至今我依然记得她颠着小脚做豆酱和"跑黄豆"的样子，尤其记得她所制作豆酱的味道。

采草的梅子

算起来梅子今年应该五十多了，但我所记得的还是儿时的梅子。

梅子最会采草。乡下孩子放学回家的任务就是采草，采猪草、羊草、兔草等等。放学以后，我把采草的竹篮一背，这时，梅子就会准时出现在我的身边。

那时，我十三四岁光景，梅子十岁左右。我虽然比梅子大几岁，但梅子长得快，个头比我还高。十几岁的我自以为是一个小男子汉了，正是最不愿意与女孩子为伍的年龄，我本来就嫌妹妹跟我一起采草，梅子还硬要凑过来，真烦。但梅子的妈妈却叮嘱我带她家梅子一起采草，梅子与我家紧邻，而且，我叫她妈妈婶婶，这让我不好拒绝。

采草不是男孩的专长，男孩子总是贪玩，常常因为玩而把采草的事给忘了，比如采草的时候，我们玩捉迷藏，我们去爬树掏鸟窝，我们去拔茅针，我们去走"五马儿"，玩得很晚了，才猛然想起采草的事情，这时就体现出梅子的作用来。梅子的手脚勤快，她的篮子满了，就来采我的，于是我不再烦她。

有一段时间，我们采草去得最多的地方是西荒田。西荒田是专门埋死人的地方，又叫"西荒荡"，或"西乱茅场"。那里的草多，而且碍不着谁家的庄稼，在那里采草手脚放得开。但我们必须结伙去，因为坟地里有"鬼"，这也是梅子妈妈要梅子跟我一起采草的原因吧。梅子对草似乎有一种特异功能，草名只要说一遍她就能记住，她认识的草真多，什么猪爱吃的繁厘头、牛眼乌儿、野苋菜、马齿苋、孩儿菊、麦荞荞儿、刺凯、兔儿草、野苕、野芝麻等等，羊吃的草比猪草还要广泛一些，除了猪吃的那些以外，它们还吃野天竹、芭茅草、野韭菜等条叶草，这些梅子都是记得的。因此，我们采草，时常由梅子来识别草类，她采羊草时就将顺手采下的猪草送给我。

我和梅子采草是有分工的，通常情况下，发现有好草在沟壑处，就由我去采，采来两个人平分，平地上的草她就多采点，这样也就扯平了。有时我们不在一起采草，回家时，她就在路上等我。有多少次，因为贪玩，回家时我还只有半篮子草，梅子就从她的竹篮里捧出草来塞进我的竹篮，这才各自回家。

一个秋日的黄昏，我和梅子正在采草，突然走来几个大男孩，他们臂上戴着红袖套，一见我们，为首的说："你们怎么跑到这儿来采草，这是我们生产队的呀，快倒下来！"说着，就去抢梅子的篮子。这时，我便觉得自己应该体现一个男子汉的作用了，于是，我上前一把抓住竹篮不放，其中的一个"红袖套"火了，吼道："你放不放？"我不作声，但就是不松手，他随手将我的竹篮子扔出老远，还不解气，又追上去，在我的竹篮上狠狠地踩了几脚，直到把我的竹篮踩扁，才扬长而去。他们一边走，嘴里还在高喊："革命无罪，造反有理。"

梅子帮我捡起地上的竹篮，想把它恢复成原样，但竹篮的竹篾已经被踩断，根本无法恢复，梅子就让我把她的竹篮子拎回去。我说这怎么行，那坏了的是我的篮子呀。梅子说："你不是为了帮我吗？不要紧的，我爷爷是个竹篾匠呀，叫他重做个新的呗。"

梅子把我的坏篮子拎回去了。

新疆沃尔禾

啸　行

　　我到克拉玛依沃尔禾的时候，当时的工期已经近半，只剩下最
难啃的万亩胡杨林和北区的山地。沃尔禾常年干旱，一年下来降雨
量不足一百毫米。但这里的白杨沟水库却储水量巨大，一条长长的
干渠通向遥远的白杨河谷，水流清澈。在仪器搬家转场的时候，抬
起头不经意间就会看到远处山头上一股巨大的水柱从半空咆哮而
下，澎湃激越万马奔腾一般。水势倾涌之处四周会升起一团浩大的
雾气缓缓向四周弥漫，又在空中慢慢聚拢，纷涌着向上升腾，远远
看去如同一座古希腊神话中的巨神像。这是白杨沟水库又在开闸放
水了。很奇怪，这里每年降水量这么稀少，在哪里形成这样丰厚的
水源呢？我一直没搞明白。是百公里外和硕特勒盖附近的雪山吗？
觉着又太远，水体也不能有这么宏大充沛。但也只能是这个答案
了，这里的地理环境和天气条件不可能滋生大型的地下暗河，只
能是远方雪山的冰雪消融。那些雪山如此高冷，一动不动，表面
上看没有一丝的变化，却在深下里点点消融，暗流涌动，聚汇成
这么丰厚的水体。其中的过程和细节是我浅陋的头脑不能想象和
建构的。

这里是准噶尔盆地的中心地带，过去属于蒙古大汗葛尔丹的腹地，葛尔丹的墓就离此不远。当年清圣祖康熙三次出征葛尔丹，最初是在离北京七百里的乌兰布统第一次决战。葛尔丹败逃，其实双方各有损失。后来又有第二次、第三次大战。地点和时间跨度都比较远。我在巴里坤西郊城角附近看到过康熙粮草大营，2012 年出山西杀虎口大约三十公里处又看到过康熙左军大营。冷兵器时代清朝的八旗弯弓铁马，驰骋征战如此之远让人叹服唏嘘。说不定我今天所过，一抬眼远处那块宽阔的蔓草坡就是当年两军杀伐角斗之所！

沃尔禾戈壁深处有国内面积最大的野生胡杨林，这里一望无际的胡杨已经数以万年了！胡杨三千年不死，死后三千年不倒，倒后三千年不烂。按照这个说法，在这片浩瀚的林子里，我随便一脚就能踏到秦皇汉武的"时代"了。胡杨生长缓慢，木质坚硬，现在有人讲这是一种很好的家具用材。新疆人视胡杨树为神木，巨大的胡杨能够长到两搂多粗，枝繁叶茂。夏季巨大的树冠投下来，密不透光，能够遮掩半亩的阴凉。胡杨树还有一种特殊的功用，就是它能够形成一种盐，经过蒸煮蒸发晾晒以后可以食用。我想，新疆人之所以如此热爱胡杨，除了感叹它旺盛的生命力以外，可能也有这方面的原因。盐是生活的必需品，过去西域地带人迹罕至，商旅匮乏，物资交流不多。胡杨树产生的盐对本地土著人来说，有可能是救命的。夏天的胡杨林里密不透风，地面已经盐碱化，形成几厘米厚的白霜。汽车轧过，扬起滚滚的白土，弄得人灰头土脸。偶尔会在林中发现土著人的村落，都有一条长长的小溪环绕四周。河边草木旺盛，有各色的野花点缀其中。尤其多的是一种红色的小花，瓣数不多，色泽艳丽，小巧玲珑，很是亮眼。在炎热的夏季，在浊辣辣的热气中，在汽车扬起的遮人眼目的滚滚尘土里，能够看到这样一处怡心养眼之地，会给我们带来一种意想不到的窃喜。生命中，总有一种变化和跳跃会打破持久的沉闷，只是最好不要让人等太久。我后来发现在我的记忆中新疆的野花大部分都是红色的，只有干旱的戈壁滩上一种外形像马荇菜的植物会开出白色的花朵，其他无一不是红色。这是我的见识浅陋游历不广，还是因为红色的小花格外亮眼引起我的注意才留下这个偏执的印象呢？我宁愿这些都不是，而真的就是绿草红花。不单单是因为这种色泽搭配最为跳跃，富有活力，而且我个人并不喜欢过于富贵和美艳的牡丹和玫瑰。只有这不经意间跳入眼中的无名红色小花才会为日常的单调沉闷注入一种意想不到的欢喜。

沿着窄窄的小路进入村里可以看到十几户人家，他们是维吾尔族人或哈萨克族人。这里往往保留了他们本民族最质朴的风俗习性，打馕饼，吃奶疙瘩，满嘴听不懂的民族话，偶尔蹦出几句汉话我们也不能辨识。见到我们这些贸然的闯入者，他们很本能地反应出有些戒备和冷漠。这一点与大草原上的游牧者截然不同，可能是他们封闭太久了，视野已经被这茫茫的胡杨林所遮掩，习惯了吧！

十月的胡杨林最为美丽舒缓，带着一种成熟的绚烂和静气。朝阳升起或夕阳西下，染红了一片天际的时候，胡杨林的灿烂和静谧被完全调动和释放出来。无论是一片、一棵，还是大的、小的，都是一幅美丽的风景画。金黄的树叶，湛蓝的天空，遥远的天际，冉冉的落霞，相映成趣成色。从一棵树下抬眼上望，胡杨树粗壮笔直的树干不屈地向上，遒劲的枝干有力地向四周伸展，树叶在蓝天下夕阳中更加明丽舒展和温暖。这是不屈的而又美丽的生命的色泽！

沃尔禾一带有一种通体透明的石头，本地人命名为"宝石光"。

这种石头分为红色、黄色和白色三色。以红色最少最贵，黄色次之，白色的比较常见，色泽单调，价格最低。最初并不为人看好，几年前头脑精明的广东人最先发现这些石头的色泽、质感和硬度与翡翠相仿，所以收购它们用来制造假翡翠，因而走俏，价格一路上升。后来一位有心的本地奇石爱好者找到珠宝鉴定中心检测了一下，发现这些色泽鲜艳、通体澄亮的石头竟然具备只有宝石才有的单向聚光性。"宝石光"由此而来，随之价格大幅跳跃。个头较大、通体没有杂裂和棉绺的顶级宝石光非常少见，红色的更是价格不菲。我见过一块由红到白中间有层次过渡的宝石光，只有拇指大小，无杂无裂，2013年已经标价一百八十万了。旁边的一块鸡蛋大小的黄色宝石光，质地与它无异，标价三十万。完全是色泽的差异导致价格的悬殊。仔细观察这样的宝石光会发现，这种通体或艳红或暖黄的石头其实只是内里有几根强有力的色根，而因为本身质地通透，所以才整体泛红或泛黄。如此澄净的宝石光拿在手里让人感觉舒服。我尤其喜欢那种明黄色和暖黄色的宝石光，会有一根淡淡的红筋，逐步过渡到黄色，再逐渐变淡，冉冉而成通体的明黄，质地怡人如膏脂状的胶质一般。太阳下暖和养眼怡心，好东西。沃尔禾近几年就是因为有了宝石光而名声大噪，加上本地政府热衷以此拉动经济，因此在2013年中秋节前后延请了一批专家将本地大量存有，原来称之为"戈壁彩石"的一种石头唤为"金丝玉"，而宝石光正是这种金丝玉的极品。一时之间，戈壁滩上到处都是采石之人。

宝石光真正的形成原因目前还没有定论。一般玉石都有矿脉，可以沿着矿脉追索。但宝石光大多只是一种被雨水冲刷后露出于地面的奇石，目前还没有成型的矿脉可循。而对于它的宝石质地的成因，专家也没拿出令人信服的结论。我想，这个说法可能并不成立，只是人为制造一种神秘，借此拉动宝石光的市场，欲盖弥彰吧。因为，真正在理论上解决这个问题可能并不太难。

我最初在沃尔禾本地搞到一小块白色的宝石光，耗费五百元。有位同事在戈壁滩上眼亮，当场发现了一块小点的但质地优良澄净的白宝石光。他嘿嘿一笑说："啥是宝石光？这就是！"说完往大家伙眼前一展，迅速被一位年轻人以"再仔细看看"的名义拿走了。我晚上才知道这个消息，询问他谁拿走了，我也想看看。同事猜到我的心思，嘿嘿一乐："你找测量的小李去。"我找到小李，他已经躺下了。"我看看。"我说。拿在灯下一看，这块石头只有我买的那块五分之二大，但质地更加澄净。灯光下闪闪透光，中间还有一小点淡淡的黄须。相比之下，我的那块则有些发暗。于是我就顺手保留了！地上捡的终是无主之物，我来当这一回主吧！这是地质作业者的乐趣。

我们最初住在一家宾馆里，老板是一位六十几岁的老人，姓李，胖胖矮矮的个头，湘西永州人。"永州之地产异蛇，黑质而白章，触草木尽死。"中秋节晚上一起喝酒，我想起这句话。李老板对我很客气，表示最喜欢读书人。他自己1966年高中毕业，本来很有希望通过高考的，但十年"文革"浩劫开始了，他只好回到乡里。这之后就要感谢他的一位恩人，也是他后来的岳丈。准岳丈给他分析："你个子矮小，不能力人，在农村就当个赤脚医生吧！"他听从了准岳丈的建议，潜心二十多年行走乡野，四处为医。到了1992年才从湖南老家出来，来到沃尔禾这里。最初是养了六年猪，积累了一定的本钱，开了这家旅馆。现在他在长沙、乌鲁木齐、克拉玛依都有房子和商铺。他的三个孩子也很争气，老大博士、老二硕士，都在石油系统就业。唯一的女儿也名校毕业，有家有口了。酒至酣处，他又拿出一瓶据说珍藏二十多年的"魔鬼城"高度白酒，与我们畅饮。李老板是个很勤劳的人，每天早晨四点钟他就一个人起来熬粥煮饭，为旅馆住宿的人准备早餐。这一点，他从不让他的老婆劳累。人生来就有两手两脚，本来就是能谋生的。只要不被人为地控制，在现代社会吃上饭是不难的。李老板就是这样一个典型，最近他又在扩大旅店的规模。沃尔禾有的是地方，只要足够勤劳，甩开膀子干吧！

茶记

马巧凤

回族爱喝茶，也喜欢饮茶和用茶待客，客人来访，必先上茶，而父母，也是极为喜欢喝茶的。

受父母耳濡目染，自小，我就没喝过白开水，虽然到现在，作为一个纯粹的穆斯林，我不是很懂茶，但茶的记忆却占据了我生活的大半。还在老屋的时候，父亲和母亲都是熬茶喝，也就是俗称的"罐罐茶"。初始，是没有铁炉子的，大都是用废旧的铁皮桶泥的，烧的都是劈好的细柴，每天早起的第一件事就是熬茶歇馍。那时茶叶种类很少，也没有好茶叶，我不记得茶叶的名称，只记得形状像晒干的树叶，一熬开满罐子都是茶叶，也闻着没什么清香，只有浓烈的苦，但父亲却喜欢，喝得有滋有味。每天天麻麻亮，父亲就起来熬茶，红黑的茶汁，金黄的馍馍，虽然那时没有白面，但那香脆的味道是以后再也吃不到的美味。喝了浓浓的茶，吃了金黄的馍，这一天的劳作便开始了，常听得父亲说，早上不喝茶，一天没精神。茶，是父亲一天劳作的动力剂，也是结束劳作的解乏剂。熬好的前三罐，倒在一个杯子里，记得那时用的是搪瓷杯子，三罐刚好一杯，浓烈而苦涩，父亲倒一半，母亲倒一半。一般熬过四五遍，就没了茶味，但对我来说，喝起来还是满嘴苦涩，但却总是忍不住好奇地陪饮。母亲总是把最后剔除了苦味的茶水倒给我喝，而我总是闹着等不及熬到最后，母亲便将熬好的茶兑淡，只留下好看的浅黄色，清清纯纯的，看着像质地上乘的清油，仿佛一入口就有了油的醇香与滑腻。不知不觉中，我也跟着染上了"茶瘾"，总清晰地记着出门走亲戚，我总哭着要茶喝，还口口声声地说着"我不喝白水水，我不喝白水水，我要清油茶……"亲戚不懂，不知何为"清油茶"，只有母亲知道，我只是要喝那淡淡清清的茶水，每每想起，记忆里是最幸福的模样。

后来，有炉子了，茶杯换成了罐头瓶子，高的、矮的、胖的、瘦的，那是亲戚们走亲访友带来的，橘子、雪梨、苹果都是我最爱的，杨梅是奢侈品，但只要被我看见，就统统地消灭了，所以，家里的罐头瓶子就很多。而那时，用罐头瓶子做茶杯也很普遍，似乎用了好多年，但熬茶的习惯没变，只是熬茶的工具成了厚重的铁炉子，少了四面敞风，但也少了烟熏火燎。那时，已经有了砖茶和春尖，砖茶是那种小块头的，就像一方小小的砖头，而春尖都是散的。但父亲最喜欢一种叫作"锤子头"的茶，那是一种形状貌似农家夯实房屋地基的尖头锤子，个不大，像男人的拳头，一个一包装，十个摞起来扎一包。每次，父亲敲下小小的一块，或熬或泡，都是浓浓的一杯，渐至后来，演变成袋装的小小"窝窝头"，精致了好多，也小巧了很多，只有一颗核桃大小。忘记了什么时候，也忘记了什么原因，父母很久都不熬茶了，只在冬天里偶尔熬几次，茶叶也固定成了毛尖，罐头瓶子用了好久，却也不知不觉淘汰了，换成了商店买的简易茶杯。家乡卖的茶叶都不是很纯，在我们开的小旅店里，总会来一些张家川做羊皮羊毛生意的客商，父亲那时也做，熟了，他们都称呼父亲为"马爸"，不知谁先给父亲带了茶叶，父亲就喜欢上了张家川带来的毛尖，其他的茶都喝着不合口味，客商来来往往，父亲都会让他们捎买茶叶，总是这次买的没喝完，就已经买下次的了，所以，我们家最不缺的就是茶叶。

后来，旅店易主，父亲带着他攒下的茶叶回到老屋，时间久了茶叶经不起喝，父亲的茶叶渐渐少了起来。而那时我已经工作，虽然薪水不多，但凡有机会，总惦记着到哪里看看有好茶叶，而我买的都是包装精美的礼盒，每次父亲总说，别买这么贵的茶叶，这都是买包装，茶一般，他只要散装的茶叶就行了。父亲说着，我自顾自着，我总觉得只要精美的都是贵重的，也更能显现我所谓的"孝心"。除了茶叶，我也喜欢网罗各式茶杯，印象最深的是给父母买过一对蓝色和红色的小巧保温茶杯，装水不多，但父亲总是爱不释手，逢人必说，这是我家女子出门给我买的，茶泡一天也不凉。为了儿时的记忆，我也曾经找过最初的那种"锤子头"茶，可那茶终于销声匿迹，无处可寻了，只留下小小的"窝窝头"，但早已没了旧日的醇香。而我，因着婚后怀孕，母亲说，不能喝茶，茶喝多了生下娃娃脸黑得很，为了这，我硬生生地戒茶。初始，开水根本难以下咽，总觉得生涩、无味，喝到口里都有想吐的感觉，可是为了孩子，拼了，就这样，竟然渐渐习惯了开水，直至现在，开水醇香，茶竟可喝可不喝，可给父亲买茶叶的习惯，一直没变。

直至，父母渐次走出我的生命，我再未买过茶叶，只是爱人也是极喜喝茶，茶叶变成了碧螺春、铁观音，偶尔跟着小啜两口，嗜茶如命的日子忽然一去不复返了。及至收到云南一个朋友寄来的茶叶，看着满满的几包，我第一反应就是告诉爱人："明天给爸妈（公婆）多拿些吧，让爸妈也尝尝云南的茶叶。"原来，不知不觉中，我对父母的情感已被婆家人代替，忽然，心有余涩，但我知道，这应该也是父母一直希望的。可转过头，我心里的痛还是随着茶叶弥漫开来，我多么想亲口告诉我离开的父母，这茶叫"古藤条茶"，你们和我一样一定是第一次听说吧，我多想让你们也尝尝啊。那么，从今天起，我代你们一一品尝，好吗？

岁月如茶，或浓或淡，总要细熬慢泡后，才品得到其中甘美与醇香，感谢我的友人，让这记忆枝芽舒展筋骨，也感谢这生命里所有的暖，就如此刻这一杯清茶，盈握在手，芬芳长存。

山乡之夜

罗银湖

南国山乡的夜，一轮泠泠的如水的月，高高地悬在深蓝色的天际，远望去似山顶上一盏炽灼的不灭的灯。远的近的山，影影绰绰，以万千种不同的姿，立于朦胧的雾霭之中。只听山的那一边传来紧一阵慢一阵的如潮的声音，奇妙而又动听。那便是久负盛名的山乡一绝松涛阵阵了。

山脚下是几畦苍翠的芭蕉林，如扇的蕉叶轻歌曼舞，摇曳多姿。新爆的几串蕉芽，在凉风中散着芬芳，吐着香馨，醉得几多寂寞的山雀子也禁不住了，在蕉丛中窃窃私语、呢喃。

蓦然回首，村落边是几蓬如盖的古榕，枝撑着丫，丫连着枝，伸得好远，好远；根盘着地，地托着根，盘得好紧，好紧。这古老的榕树啊，这山乡的活见证，百余年来，你静静地守候着这小小的山村，深情地凝望着她的儿女，是在思索？是在期盼？还是在诉说？

榕树脚下，几多山里的娃娃，在树缝间蹿上蹿下，追逐嬉闹。是在寻觅那绿叶上流光的月色？还是在探访那远古深邃的故事？噢，他们竟将妈妈的嘱托忘了，明早还要到那山巅去打柴、放牧呢！古榕树似也忘了疲倦，伴着她的子孙们乐呢。

村子中央，是一汪清悠悠的塘水。月色下，老塘泛银，波光潋滟。时有山蛙鼓噪，水鸟长讴。池塘边的荔枝树，已蒂落果熟，随手可摘，缀满枝头。啊，经历了冬的洗礼，春的蓬勃，夏的热烈，今夜，终于粲然成熟，出落得令人沉醉。

池塘中，漂过几叶轻盈的小舟。凉风习习，空气清爽，是姑娘小伙们谈情说爱的好去处。

每到夜晚，这里就会聚集村里十七八岁的年轻人。老人和孩子们，也好像心领神会似的，主动拐到别的地方，把这一方净土留给那些花季男女。

平常日子，姑娘小伙们各奔东西，在遥远的陌生的城市各自打拼，为了自己心中的理想和父辈们的那份期待，他们远离亲人，忍受着孤独和寂寞的煎熬，忍受着对家乡那份深深的思念。但每到荔枝飘香的季节，他们都不约而同地回到了家乡，像眷念春天的候鸟一样，迢迢千里，往家乡飞。

因为这是收获的季节，是爱情开花结果的季节，所以他们不远千里万里，也要回到家乡，与儿时的伙伴、梦中的情侣，相聚在荔枝树下，相拥在清风明月中，倾诉相思之苦，表达爱慕之情。

当然，他们也曾有过迷茫。城市里喧嚣的人流，灯红酒绿的夜生活，几乎带着疯狂的生活节奏，使他们迷恋，使他们向往，使他们失落。他们多想融入那高昂着头颅的城市，与那些天生优越的城里人平起平坐，共享繁华盛世和谐相处。

可他们最后发现，城市不属于他们。他们不过是城市里的匆匆过客。他们的根在这悠悠的大山，他们是山的子民，他们是山的希望。

是啊！大山离不开他们，大山的一代又一代得靠他们去延续。他们的生命就是大山的生命，就跟鱼儿离不开水一样，谁也离不开谁。

也许，若干年后，随着城镇化和工业化速度的提升，大山将会被轰隆隆的推土机推平，山底下的各种丰富的矿产资源将会被开发，大山或许将不复存在，取而代之的将是一个现代化的都市。

然而，大山孕育出的儿女们，他们的血脉中，那种大山的精神将会永远一代又一代地传承下去。

南国山乡的夜哟，这醉人的夜，这让人神思梦想的夜，这留下山里人多少爱恨情仇的夜，令人几多感慨！几多思索！

浮光跃影

韩玉洪

　　我从未想到过有一望无际的鲜花。在高原若尔盖，红中有黄，一尺来高的格桑花，从天边铺来，又从四面八方铺向云彩。人在花丛随意走，任你踩踏采摘，都好似在海中玩耍，丝毫不损花海的半根毫毛。

　　来吧，到若尔盖花湖撒野打滚，随意摧花折朵，这便是对高原的无限亲昵！

　　嘉陵江支流白龙江，流经四川省阿坝藏族羌族自治州若尔盖县的红星、降扎、崇尔、冻列等乡，长约 90 公里，所经之处，河床狭窄，宽约 20 米，常年水流湍急。流域内红军长征走过的草原，已变成花的海洋，花湖最令人向往。

　　前往花湖可从若尔盖县城出发，有 40 公里碎石路；也可从唐克的九曲黄河第一弯前往，全程约 90 公里，均为柏油路面；还可从甘南藏族自治州郎木寺前往，全程约 40 公里土路。多年前，我曾经在碌曲工作，只能从郎木寺骑马前往。其实，就在路上，我已经把花湖的景色看个够。

　　我是和藏族导游尕怡姑娘一道骑马前往花湖探奇的。她骑一匹枣红马，我骑一匹发亮的大黑马。

213 国道像一把乌色的长剑，从海拔 4000 余米的甘肃郎木寺，插向海拔 3400 余米的四川若尔盖。我们打马行走在我国仅次于呼伦贝尔大草原的热尔大坝草原上，前往"宇宙中庄严幻影"天然海子花湖。尕怡告诉我，在藏语中，"热"指一种名为"热"的经，"尔"指部队。因当年吐蕃国征服此地时，出兵前念了一种名为"热"的经，故以"热尔"命名。

草原上帐篷点点，走近后，时常会看到从帐篷里走出身穿藏族服装的老奶奶或老爷爷，他们中或许有人会用熟练的四川话向我们问好，我们也乐意和他们交流，向他们致敬！因为，他们很有可能就是失散多年的北上抗日的老红军！

即使在夏季，花湖的气温也只在 5 摄氏度至 20 摄氏度之间。热尔大坝草原空气湿度大，温馨而清寒，只见花开，难闻花香，不会闷头，使自己的大脑永远清晰，不会成为花痴。

欢笑吧！高唱吧！随便怎么都行！我进入花团锦簇的梦幻世界，渐行渐远，从城市地狱跃上高原天堂，融进魔力般的妖艳世界！

每一朵鲜花都是妩媚的小妖精，热情摇动花朵迎接我们，马蹄用践踏来收复它们。

碧波万顷的湖泊，被花海随意割裂，在浮光跃影中更显得幽深神秘。被花海割裂开的无数小的蓝湖，犹如身边尕怡少女，时而思春低头一抹酡红，时而望月仰面一脸羞涩，使我产生浓烈的初恋味道。

夕阳西照，紫霞低飞。清澈碧绿的高原花湖，湖面漂浮着一块块巨大的冰块。湖中的鱼黑压压的，像要挤上湖岸。

驮满物资的牦牛队摆开一里多长的队伍，浩浩荡荡、气势磅礴地行进在湖边鹅黄色的草滩上，行进在花的海洋之中。

藏民舞圆了抛石器尔个多，吆赶着气喘吁吁的牦牛，口里不断喊着："哦果！哦果果！"抛石器尔个多把石子抛向前，足有三百多米远。

尕怡教我使用抛石器尔个多。我抛出一个石子，落进明镜般的高原湖里，激起一簇雪白的浪花，逗得尕怡大笑起来。

其他民族的牧民放牧牛羊，用的是鞭子，而藏族同胞用尔个多。尔个多制作方法是先用牦牛毛搓捻成粗毛线，再编织成毛辫。毛辫上端制一个直径约为三寸的套环，使用时将套环套在中指上。中间编一块巴掌大的椭圆形乌梯，用来放石块、土块，末端用羊毛做鞭梢。

尔个多主要用来驱赶牛羊和马匹。如果要赶牲口，就用手捏住尔个多两端，乌梯内放上石子或土块，提鞭挥抡，然后放开一端，石子便飞到几十丈以至一二百丈远外，使头畜转换方向。藏族牧民使用尔个多的本领高强，有的人打百余丈远的距离，可以百发百中。尔个多不仅可以赶牲口，还可以用来驱赶野兽。百年前的抗英战场上，尔个多还是藏族人民打击侵略者的有力武器！

尕怡放进一个鹅卵石到乌梯中，驱赶枣红马快速奔跑，疾呼"哦果果……"，将一丈多长的尔个多在空中舞圆，突然一松手，借助马速的鹅卵石抛向蓝天，逐渐成为一个黑点，呼啸着向前飞去，竟飞出三百多米远！鹅卵石落地后好久，啪啪的砸地声才传过来。走在队伍最前面的领头牦牛，被飞来的鹅卵石惊得向旁大蹿几步。可能挨过砸的头牛生怕飞石落到自己身上，逐渐带着队伍改变角度继续前进。

我和尕怡痛快地笑了起来。

湖水清莹，鸟禽成群，野生动物成群出没，气象万千，使我想起李商隐的诗《瑶池》："瑶池阿母绮窗开，黄竹歌声动地哀。"

透明洁净的湖面上，金风送爽，波光潋滟，数十万只野鸟在湖空盘飞缭绕，脆鸣悦耳。

湖面映照着蓝得发黑的天空，湖中还有几座小岛和一些冰山。湖的两边是茫茫无边野草丛生的沼泽地。沼泽地中，野鹿点点，野马成群，羚羊成团，野驴野牦牛结队。一切都是那么悠然自得，和睦自在。

湖的西边是白龙江闪着银光的冰河。再往西，是一座被浓雾遮盖的冰山。这座高大的冰山银光刺眼迷人。河水流到这里，汇成为一个堆着冰块的广袤的高原湖泊。

清晨，无际的湖面像一面波动的蓝色丝缎，一叶扁舟在湖面划出白色的蕾丝，远处褐色的山脊雪线上，万年不化的积雪闪闪发光，湛蓝透绿的苍天与广袤无边的湖面，共同上演着绝妙的朝阳东升，构成一幅奇幻的若尔盖花湖清晨图。

姹紫嫣红的云雾在湖面上随之而起，逐渐将湖周的灌木植被半遮半掩，一切都在虚无缥缈的天宫之中。芦苇里，溪鸥、野鸭、黑颈鹤嬉水自乐，花鹿、旱獭、灰兔穿梭出没。成群的白鹤、天鹅、黑颈鹤，翩翩起舞，翱翔蓝天。

红彤彤的朝阳又圆又大，从一座无名山脉的冰峰上喷射而出，洁白无瑕的冰峰被霞光射透，像一根根即将融化的鲜红透明的玻璃柱。

瑰丽的霞光给尕怡妹妹的脸上抹上一层妩媚的色彩，她卷曲柔软的长发迎风飘逸，仙女一般婀娜迷人。嗒嗒的马蹄声敲响在亘古荒原，回荡在澄明的碧空。

神气的小天鹅扑棱棱飞向岸边，尕怡嬉笑着下马，在浅滩上轻轻跑步。尕怡穿着一身单衣短裤，两座微微突起的胸峰轻轻地上下跳跃着，头发湿漉漉的，艳阳一照，彩珠耀眼。

多么自由的世界啊！多么新鲜的空气啊！我下马张开双臂迅跑着，脚下溅起一束束水花，像只展翅飞翔的稚嫩的小天鹅。

在有规律的掌声和打击乐声中，尕怡竟然表演着大胆热辣的藏族舞！她跳起这种古老而神秘的舞蹈，伸展出错综复杂的性感肢体动作。她快速狐步滑行，交叉摇摆双手，时而优雅柔美，时而性感娇柔，时而傲酷神秘。她有时还加上甩袖舞的动作，自信地性感地任意地表现出自己的美。

一会儿快速晃动如金蛇狂舞，有时又缓慢伏地如鱼翔浅底，尕怡用腰胯、手臂、手腕、腿部、臀肌等部位的肢体语言，充分体现了她的妩媚娇柔和对美好生活的强烈向往，叫人如痴如醉。

马蹄嗒嗒，为其击拍；群鸟浅唱，为其伴奏；歌声悠扬，传向天际。

太阳冉冉腾空，空气中弥漫着清新的鱼腥味道。再看那湖中的鱼儿，从白龙江急匆匆地游来，又络绎不绝地顺着一个方向游走。

花湖里金黄色花蕾，有的已舒展花蕊，清香馥郁；有的含苞待放，娇艳妩媚，令人浮想联翩，情欲潮涌。

我对这些格桑花爱不释手，干脆就躺在格桑花丛中，采摘几朵细细品尝起来。

舒舒服服地躺在格桑花的天然地铺上，清风拂面，许多带有清香微苦的密密麻麻的格桑花瓣，潇潇洒洒地落到我身上，和着格桑花丛，把我遮挡得严严实实。

透过晃动的格桑花朵往远望去，眼前呈现出一个虚幻的世界，这个世界触手可及但似乎又不太真实。

感恩五月的微风吹过，浓郁的格桑花香引人入梦，弄得我如痴如醉。蒙眬中，看见尕怡洗浴归来，犹如贵妃出浴，香体圆润，光滑柔软，丹凤眼正发出妩媚的光耀。

姹紫嫣红的云雾在湖面上随之而起，仿佛小岛的一切，都在虚无缥缈的天宫之中。

尕怡围着一件长浴巾从云雾中走来，毫不犹豫地盘坐到我的对面草地，温柔得像一只驯服的小鹿。

我深情地注视着尕怡：两只外眼角向上弯的丹凤眼，水溜溜的眼珠饱含深情，细长的柳眉挂着温柔的情意，微微上翘的嘴角带着少女的稚气，薄薄的温润的红唇，彩色薄纱衣裳里，富有弹性的双乳随着呼吸上下急促起伏。

这是花湖对我的慈悲，不敢亵渎，飞身上马赶路。

我们骑马一路疾奔，任意践踏。

骏马奋蹄。一大群野驴被蹄声惊动，轰然奔走。

骏马奔腾。一群野牛懒洋洋地呆望着我们，悠然自得地吃草游玩。

骏马飞驰。百鸟在我们的头顶蓝天下，随着骏马飞驰的方向展翅竞翔……

清晨，百灵鸟在高原上领唱。它百娇千啭，清脆悦耳歌喉，引导百鸟唱响草原晨曲。初夏的草原生机勃勃，野驴野马奔跑欢叫，鸟儿翩飞，鸣唱和谐。

陆地上的走兽不断变换节奏地奔跑，蓝天下的飞禽变换无穷音律地鸣叫。这个引人入迷的动物大舞蹈，这支天籁之音似的草原大合唱，常常把我们从梦乡唤醒，开始一天探月追日向往心湖的步伐。

远处红军走过的雪山主峰如拔地耸天的玉柱，峻嶒黝黑的峰尖卷起一团团乌云雪雾，显得神秘莫测，巍峨雄峙。

高原又迎来一个明丽的清晨，我们打马沿着花湖的湖边，踏花向着明晃晃的雪峰飞驰，奔向未来。

鄱湖草歌

雪夜彭城

"天刚蒙蒙光呀，小妹子河下望呀，望到草船回来了，心凉肺也凉……"

湖边人自己编的歌，带着一股子草味，难登大雅之堂，却死死纠结过一代湖边女人的心。

正是青春年少的女人，在油灯下望着灯草头发呆，总想从灯花里看出什么预兆来，一边细细地纳鞋底，把所有的祝愿一下一下都纳到鞋底里去。其实也没有太复杂的愿望，就是盼那个在草洲上打草的汉子，天天打草都杀料，千万别掉到水里什么的。就这样守到夜风伸懒腰，守到子鸡学打鸣，一天天地重复，屋树上的鞋底都挂成了一串。到河下望了不知多少遍，河里的水是无情的家伙，永远是那么不紧不慢地拍着岸，把泛着腥气的虾须草推到岸边，虾须草吐着好看的泡泡，好像在告诉女人船就要回来了。女人就远远地看着和天相连的水平线，幻觉中草船来了，近了，近了，船拢了岸，男人下船了，一个，二个，第三个就是俺家那个人，猪鬃样的头发，黑黑的脸儿，一身的孬肉……心凉肺也凉了。"凉"不是冷，是舒坦的意思。男人来了，嘿嘿，那就……是吧？当然就舒坦了。

打草，其实是割草，草不是普通的草，那是鄱阳湖枯水时洲上长的一种丝状草，有近一米长，叶宽不过半厘米。这种草一般连片地长，少有杂草充斥其间，打草的汉子动手前，可以在草上好好地躺躺，头望着蓝天，听到怪怪的小鸟叫，太阳暖暖地在脸上摸着，身下的草那么柔柔的，汉子不禁想到家里的热被窝。但这种享受是短暂的，艰苦的工作马上就要开始。其动作也不同于一般的割草，用的是一把特制的刀，刀柄和刀身呈陡角，打草的行家一刀过去，一溜弯的草齐齐倒了。

当然打草的活儿不是快活地划一刀那么爽利。这是一种高耗能的活儿，打草人成天重复同样的动作，等到打下了大片的草，还要用勒头（竹片制成的挑具）把草挑到泊船的地方。

一天天远离了船，挑一担草来回很费时，没有人挑轻快担子，一担草没有一百六十斤，那是会令人耻笑的。一担三百斤依然做不了好佬。

饭是基本上可以吃饱的。家里什么收成先不管，草船出门，公家会把米带足的。菜就吃自己带的辣椒酱、萝卜干了。偶然，在港里捕到了鱼虾，或者打到一只野鸭，大家就会美美地吃一餐，直到锅巴吃完了，米汤也没了，舌头还在嘴边转了一圈又一圈。

俗话说，读书怕过考，作田怕打草。作田的汉子，如果不过打草这一关，会终生令人轻薄的。即便是大过年的时候，大家一起嚼糖糕、嗑瓜子，也不忘侃侃打草的经，说到某个技术过硬、劳力吃价的行家，大家都由衷地赞美。至于某个技术有破败，或者挑草担子太轻飘的，大家会嘲笑那人狗屁不是，如果被嘲笑的人在场，绝无辩驳之举，因为，那是经过严格考核得出的结论。笑过之后，大家还会对打刀、磨刀、下刀等技术进行仔细的揣摩、玩味，虽然那苦得要死的日子已经去得有些远了，下一次打草之行要等水涨水又落。

我生长的村里，有过吃价的打草行家，这个人叫和鸡，在故里人心中，他受到的尊崇大约不亚于今日的好莱坞明星。他有三绝：一是棕绳揩痒。传说，他皮厚肉粗，难为草木所伤，闲暇之时，用粗大的棕绳搓背。一是他打草之时，从来光着脚板，走在砍过芦苇的地上，留下斜口的芦苇桩一路开裂，他的脚板却没事。还有就是他有把蛮力，令所有的乡亲叹服。有一次，船在县里泊着，缺了米，大家就推举和鸡回家挑米，说他走路快些。不料他说："其实我没个压肩担子也不快。"大家就附和："你就挑担柴回家吧。"他果然挑了满满一担硬柴，重量不下一百八十斤，一程不歇从河床里走回周溪，到家里喝口凉水又挑米回去。

这个汉子我根本没有见过，因为他在我晓事之前就死了。

那是涨水的时节，船在离家不很远的地方泊着，吃过夜饭，和鸡站在水里洗碗，不经意间，筷子漂走了，和鸡就伸长了手去取筷子，万不该脚下也下意识往前走了，到了够不着的地方，和鸡就像落秤砣一般没了。哎呀，这么个顶天立地的汉子，竟然是个旱鸭子！

有时打好了草，河道就干过了分，船回不来了，于是只能派两人看船，其余的人走着回家。

看船的人要在湖洲上猫过冬天，等到第二年春上发水。

家里人得到消息，断了盼望男人回来过年的念头。

那雪就飘飘地下，下得满湖床全是白白的，什么也看不见。熬糖了，切糖糕了，杀年猪了，爆竹噼噼啪啪地响。年三十不等人，说来就来了，看草船男人家里，一大盘海带熬肉摆上了桌。做爷爷、奶奶的迟迟不下筷子，爷爷在听外面的风，好半天，说："湖洲上，屋影子都没有。"女人就催孩子"吃。海带，腐参，想吃就吃。

还留了二两干的，等你爷回来了再熬。"

元宵刚过，地上的雪就开始融化，瓦沟里滴滴答答地下水。女人在竹罩上烘尿片，突然听到什么响动，丢下尿片，靸着一双破套鞋死命往外跑。

外面有人喊："看草船的人回来了。"

回来了，真的回来了，还挑着一副担子呢。

老太太欢喜得有了眼泪，就有眼毛逆了向，赶紧找眼毛扎子去了。竹床上死命咳嗽的老人刚喘过气了，就问："是他爷回来了？"

是的，是的，看草船的回来了。哎呀，担子里有了好东西，那是野鸭子。刚到家的男人不顾劳累，欣喜地告诉家人："这是红脚板，这是游鸭子，这是雁……红脚板味道就是鲜，雁嘛，有点膻……这是细绒，暖身得很。"女人接口："可以做几双暖鞋。"

女人对男人说："你背上硌手，一身肉到哪里去了？"男人说："俺吃得可好呢，天天鸭呀雁的，似做了皇帝。"女人拉着脸："鬼啊，我看你是饿了一冬，我还不知道你，你鸭毛都没舍得吃一根。"男人被揭穿老底，只好把话带转："冬下是落肉的时候，春上就长肉了。"女人笑了："春到六九头，穷人不用愁。"

看船的人也是走着回来的。

等草船回来时，天就暖了。这当口，广播筒响了："大家都去挑草。"

挑草的是那些在家里望草船归来的女人。打草的汉子这个时候是要摆摆资格的，绝不会随女人去挑草。女人也心甘情愿：人家把草打来了，咱挑挑也应该。于是一路的女人，全都压满担子挑，正哺乳的女人挑得两只大奶上下波动，新媳妇的灯芯绒裤咔吱咔吱一路响过去。也有半大孩子为了赚几分工，挑得脸红背弯。

那真是好草呀，沤了一冬，黑油油、香喷喷的。满垄的地全施上草肥，肥又足，地又松，不愁年成不好啊。

这是二十世纪五十至七十年代的事。

如今农村的土地，要么是高楼林立，要么是茅草丛生，能长出红薯、花生的不多。种田的老汉说："这地巴结的，铁样硬。下些化肥，地都死了。"

谁要说"要是有草肥就好了"，老汉会哑然失笑："那是啥时候的事呀？还草肥呢，长在地里的茅草都没人拔。"

大约老汉们也有了儿子的供身钱，对土地也失去了希望，也到牌桌上去抠那一块、两块了，不带孙子的老太太也在为贝壳加工厂做计件工。

地上什么样，没人管了。茅草长出了白绒，远远看去像鄱阳湖洲上的芦苇花，有人记起鄱阳湖打草的旧事。有个半老的女人在教训孙子："读书怕过考，作田怕打草，不好好读书，考不到分数，你爸、你妈要整死你的。"孙子无言了。女人叹口气，不知想起了什么，竟然悠悠地唱了起来：

　　天刚蒙蒙光呀，
　　小妹子河下望呀，
　　……

渔趣

丁　木

老屋房山头的季节井，雨季到了才会冒出水来。

那是一口有点怪的泉井。周围并没有水源，地势还比较高，秋冬季节，它一滴水都没有，干涸得像一个远古人家的炕洞。初来乍到的人，是不大相信它有朝一日竟会汩汩冒出泉水来的。

开春以后，一夕风雨，雷鸣电闪，哗哗下起了新年的第一场瓢泼大雨。

我家老房子是三柱二的小瓦房。屋顶上的瓦盖得薄，一遇大雨，这里那里就会漏水。父亲爬上楼去，用笋壳叶从下面塞到瓦缝里去，承接漏下来的雨水，将它们引流到房顶上的瓦沟里去。母亲则找来水桶、脸盆、锑锅、床头、柜上，哪里有水漏下来，就用它们去接，以免淋湿了粮食或物品。雨大，漏洞也大，父母穷于应付，忙成一团。盆很快就接满了，母亲让我端着葫芦瓢替换，等她把盆里的水倒掉，然后再拿来接上。雨越下越大，替换得越来越勤。从屋上漏下来的水，通通坠入我手上的葫芦瓢里。水珠溅了我一脸，我侧脸躲避，没保持住葫芦瓢的平衡，里面的水荡了出来，淋到下面的粮食上。母亲救火似的奔过来，迅疾地把手上的空盆支过来接着，并拿去了我手上的葫芦瓢："叫你接水，你把脸歪到一边去！谷子淋湿了，吃啥呢！"

我却答非所问："妈，妈，今夜这场雨下哪个大，小水井明天可能会冒水了吧？"

我念念在意的却是，房山头的小水井一冒水，里面就会浮上胡子鱼来，我们就可以钓鱼了。

我家园地边上有一小林荆竹，鱼竿的来处是不必费心考虑的。鱼线可以用母亲针线篮里的缝衣线来代替。我家没有缝纫机，要不然，用滚子线来做鱼线会好些。滚子线是涤纶质地的，不会有毛叉，易于脱水，收放较自如。缝衣线是纯棉的，沾了水后，黏鱼竿，收放较为麻烦。

大号的鱼针五分钱一颗，两分钱一颗小号的。那也没钱买。怎么办呢？偷母亲的缝衣针来自己加工。缝衣针有三种型号，我只要一、二两号。三号针太小，我老是拿捏不住，将它窝成鱼钩的时候太费劲。

小鱼钩钓尖嘴鱼，一钓一个准。我们附近的鱼都不大，我一直用大号缝衣针改制的大鱼钩在小河里钓鱼，一直没钓到鱼——有一尾都已经被我提到半空中了，它泼喇喇一气儿挣扎，又给脱了钩，返身河里去了。

钓鱼还得有耐心，也要专心。心浮气躁钓不到鱼，一会儿捉蜻蜓，一会儿捉蝴蝶，三心二意的，也不可能钓到鱼。我最缺乏的就是耐心。我还有见异思迁的毛病，所以钓不到鱼。缺了这两项品质，不光钓不到鱼，在生活中很多事情都会难以成就。

用缝衣针加工鱼钩，得用打火机把针烧红，使之软化。那时最流行的是春碓火机和抹火机。春碓火机正名叫"101"，打火的时候，摁键前头有一圆筒扬起来，用过了火，按回去，它正好兜头将火苗罩住，使之缺氧熄灭。那机关昂起、扑下，昂起、扑下，就像农村人舂米舂饵块粑的碓嘴一样，所以叫它"舂碓火机"。抹火机则简单，打火的时候直接用拇指肚狠劲抹转那坚硬粗糙、特别硌手的砂轮，使之摩擦火石，引燃棉芯，生出火苗。抹火机没有罩灭火苗的设备，使用结束，用嘴吹灭。

把针烧红软化后，拿夹钳一掰，将缝衣针弯成鱼钩状，就大功告成了。缺憾是无法弄成鱼钩那种倒须。倒须就是鱼钩尖端那枚倒刺，是防止上钩的鱼脱钩逃逸的。我又想起，那次钓上来的那尾鱼，半空中脱钩而去，可能就是因为我的鱼钩没有倒须吧。

讲究的鱼竿通常得放在火炕楼上烟熏火燎一阵子，使它附着上一层黑里透黄的包浆，那才有派。我这什么都不是正路货，鱼钩鱼线将就，鱼竿也将就点得了。

鱼竿、鱼线、鱼钩都准备好了，再于鱼线半中绑一段玉米天花的梗，作为漂筒（浮标）。扛锄头到潮湿的后檐沟，刨几根蚯蚓做鱼饵。万事俱备，可以钓鱼了。

据老辈人说，房山头的那个季节井其实是与阴河（潜水）连通的，不过是由于水位低，得靠雨季地表水略加补充，才能够涌现出来。我深以为然。要不，光是地表水渗透汇集而成的话，这无源之水，哪来的鱼呢？既是有鱼类生存，那阴河也必然与远处某个湖泊相通，否则，鱼类也生存不了。

井里面出来的鱼大多是胡子鱼，也有少数七星鱼。有一年，水井东边的堂姐家拿了一条猪尾巴在那儿洗，中间离开了一会儿。等到再回井边时，却见一条较大的七星鱼正将猪尾巴往井下拖，想拦截都来不及了。

一夜大雨到天明。小水井里果然冒出水来了。我高兴地大声通知附近的邻家小伙伴："水井冒水喽，水井冒水喽！"

水井附近的原住民就我们三户人家。另两家都是我的堂姐，一为亲堂姐家，另一家是五服以外的本家姐姐。两家的长子年龄都只比我小三岁，少年舅甥当弟兄，我们常常在一块玩耍，钓鱼也一起钓。他们一听说小水井发了，披蓑戴笠，像小大人似的，载欣载奔而来，看水冒得大不大。

然后，我们着手整制渔具，挖蚯蚓，单等夜黑，下钩钓鱼。小水井太小，白天鱼们轻易不敢出游，只能晚上去钓。

晚上，几个毛头小子提着四方灯到水井边垂钓。水井太窄小，鱼竿过长，我们又矮，我手执鱼竿中部，一起竿，尾部拄地，鱼钩却还没能拉出水面来。我只好远远地把着钓竿尾部。离得太远，我观察不到浮标的动态，压低声音问井边提着方灯的俫外甥们："鱼儿上钩冇？"俫外甥们见我那么严肃，也不敢出声太大，近乎哑语地，悄悄说："漂筒都还没有动一下嘞！"

半路杀出个程咬金来。我的大弟光着脚板，噼里啪啦从庭院里一边跑向我们，一边性急喇喇地大声嚷嚷："哥，哥，你们钓到鱼冇？"我在那边急得顿足，叫那冒失鬼别吵吵，怕把鱼吓到了，游回龙宫去，还怎么钓到它？

肃静既然已被大弟所打破了，我们也就不再压抑。我用放开了的声音问俫外甥们："钓了哪个半天，到底你们看见有鱼上钩冇？""漂筒倒是稍微动了一下，好像是正在咬钩，你一顿足，又把它吓跑了。"

一声叹息。

有一个吴姓乡亲，戴着斗笠也来了。他已经是"大老者"了。

他不用钓竿不用浮标，徒手提着鱼线，软钓。通过一根细细的鱼线，他能感应到鱼儿是否上钩。我见他稳重沉着的样子，预感到下面的鱼儿很有可能要被他钓走，于是故意咳嗽、顿足、高声说话："走了，不钓了！水刚刚发，鱼不会出来的！"

鱼似乎感应到了我的暗示，果然固守老营，绝不出窝觅食。软钓是很耗费体能的，那"大老者"坚持了不大一会儿，也罢钓归去了。

我们不光把竿钓鱼，我们还会捞鱼和摸鱼。

从我家院坝往东，是一弯层层递上的梯田。水从东垄来，每每跌下一条田坎，就会在下面冲击出一个小水凼。大大小小几十个水凼里，有蝌蚪，有"八字公公"，更有鱼虾。鱼虾是从高远的柘仑水库随水漂流而来的。大鱼目标大，早在沿途已被人捉走了。只有小鱼和虾米才能流落到这流水尽头。它们在上游随波逐流而来，到这里水少滩浅，只好随遇而安。只要水凼不干，它们就固守不去——也不是想去就能去。所以，我们要想捉它，比瓮中捉鳖还没有悬念。

我们提着撮箕，拿着洗衣粉包装袋，来到田边的水凼子前。先刨田泥把凼子周围筑成一道围堤，封堵住鱼虾们逃逸的途径。然后用撮箕到凼子里兜底一捞，平端撮箕出离水面时，水从撮箕的篾丝缝隙漏下去了，剩下的是鱼虾。也有虾巴虫。听说那也可以吃，但我从未尝试过。被我连带捉住的虾巴虫是幸运的，我把它们挑选出来，放归田野，让它们自生自灭去了。

一个凼子一个凼子地扫荡，从下到上，那一弯梯田走完，一斤装的洗衣粉包装袋里面，连水带鱼，也有大半袋子了。回到家，滗掉养鱼的水，可得半碗净鱼虾。交由大人厨中烹饪，坐等美味上桌。

田角有鱼虾生存，证明水域生态良好，污染少。吃着那样的绿色原生态野鱼虾，你会感觉现在的人工养殖、喂饲料长大的鱼虾，吃起来有点像假的哩。

　　要想捕捉到大一些的鱼，得下到小河沟里去摸鱼。小河沟游鱼成群，三四指大小的居多，少数有巴掌大。我们走在岸上，故意顿足惊吓它们。它们受惊逃窜，我们就一路跟踪，看它们躲到哪个旮旯角落。鱼们通常会躲到沟帮石缝里。探明去向，我们宽衣解带，拔掉衣裤，赤裸裸地跳下浅河沟中，搬泥巴围水摸鱼。

　　我们用泥巴将鱼的巢穴前面圈出一个围堰来，使之与沟水相隔绝，互不流通。再用盆将里面的水戽掉一些，使之浅一点，免得下去俯身摸鱼时，嘴巴喝到脏水。这样，我们跳进那个圈子里去，弯下腰身，用两只手在水里暗中摸索堤岸的大小石缝，"浑水摸鱼"。发现里面藏着战战兢兢的鱼，立马两只手围而捕之。一捉不成，鱼们从手上溜掉也没关系。它们是不能跳越我们筑的堤埂，逃到主流里溜掉的——终将要被我们捉拿归篓。

　　吃鱼没有打鱼欢，沟里白条的我们，捉住鱼了，放声欢闹，快乐得很。

　　遥想当年，少年时代的我们在泥里水里摸鱼捞虾，那份欢乐，无与伦比，恍如昨昔。转眼之间，却已由当年的垂髫小儿一变而为田舍翁了。时光如白驹过隙，真是令人感慨嘘唏。

一寨物景皆入梦

王沾云

老山寨

布依山寨里，几十栋百年老木屋，犹如几十位百岁老人，用沧桑的神态含混不清地讲述山村的久远传说。

走进几栋老木屋，走进几条小巷道。

倚立古朴石墙下，仰望茫茫苍穹，感叹岁月沧桑，感慨世事无奈。

几许愁绪在墙间？几多长息在巷道？

不是我要伤感怀旧，只是院子里的一口石缸、一架木梯，屋子里的一楼包谷、一窗阳光，房屋后的一棵古树、一沟山泉，房屋前的一园辣椒、一泓水塘，让人泪飞几多？欲语几何？

曾经，我是多么渴望走出这个沧桑的布依山寨。我以为，只要走出这个山寨，就会变成城里人，就会在现代文明的熏陶中愉悦地享受着城里人的舒坦与闲适。可是，我做不到。离开山寨走进城里二十年，我所有的梦境，都是发生在这个布依山寨。这里的每一栋木屋，每一堵石墙，每一坨石头，每一棵树，每一条巷道，每一条山路，每一条水沟，每一口水井，每一块田地，都是我最深刻的记忆，都是我梦境里时时出现的物景。我的灵魂无法走出这个布依山寨。

回到山寨里，我仿佛回到了童年的岁月，仿佛扑到了母亲的怀抱……

石板路

从后山的垭口上，有一条石板路直通寨子。石板路呈偏斜状，从山垭口一直蜿蜒进村。一里地的偏石板路，让无数外乡人只走一次便会终生难忘。

走着这条石板路进村，便有归家的绵绵幸福。走着这条石板路出村，蓦然生起无限的惆怅。这条石板路，已被村里人一代接一代走了六百多年。

走在这条石板路上，我想起背着背篼扛着扦担沿着石板路走进深山找药材割茅草的童年，似乎还能想象一些古人牵马驮物走出寨子到外地做生意的情景，似乎还听到一些远逝岁月里马蹄声马嘶声的回响。

与这条石板路遥相对视的，是一条从寨前山腰穿过的高速公路，将山寨前行的路越伸越远。

山后的这条石板路，注定要被繁荣的时代丢弃，被岁月流逝的时光湮没……

古寨墙

一弯古石墙，将寨子与外界相隔开来。石墙顺着山势修建，将寨子紧紧地抱在怀里。

这段古石墙，不是普通的围墙，而是古寨里曾经的防御工事。

石墙上，蹲台、跺口、猫眼错落有致，虽已历经沧桑岁月浸蚀，但依然显得厚重而坚实。动乱年代，这堵石墙就是全寨父老乡亲的生命财产安全的第一道防线。寨南的石墙有一缺口，那是进寨的通道。在这个通道上，曾经修建有寨门，常年有人把守。

站在墙下，爬上墙头，伏在墙上，耳边仿佛响起一声声急促的抵御外来抢劫匪徒的号角和鼓声，身边仿佛站立着一群群身强力壮的手握刀枪的布依汉子。

布依寨子的抗匪故事，从一堵又一堵防御寨墙上发生，从一个又一个山沟里传出，汇成布依寨子的远古传说……

空院落

三栋石墙瓦房，一正两厢，被一弯石墙围成一个院落。

一洞朝门，木门半掩半开，一只鸟儿蹲在门槛上，一动不动。一堵厚重的石墙，写满了岁月的沧桑。一屋长满苔藓的泥瓦，写满了岁月的无奈。一方钱孔石窗，孤独地凝望远方。一洞方框石门，深邃地吞噬山村的寂寞。一窝石臼，沧桑中显露一缕时光的失落。

猪圈还在，但已经没有了猪。猪圈门还在，但已经没有了门栅栏。猪槽还在，但已经没有了猪食。猪圈的瓦架被拆除了，只剩下残墙，圈里充溢着空气与阳光，长着茂盛的杂草。猪圈门的栅栏被拆除了，只剩下门洞，任由猫狗耗子麻雀自由进出。没有遮拦的门洞里，似乎还有猪哼的声音隐隐传出。猪槽被抬出了猪圈，放在院子里，白天装阳光，晚上装星辉，装着季节的落叶，装着风雨带来的泥沙，装着我对老家的念想……

小巷道

寨子里有很多小巷道。

走进仄仄的小巷，两边的石墙便壁立成了挤压人生挤压岁月的岩崖。

走进仄仄的小巷，悠远的乡村历史被挤成了一巷仄仄的乡村时光。

穿过仄仄的小巷，眼前豁然一亮：被岁月打磨得光滑锃亮的门闩石，静静地立在路旁。门墙不见了，门框不见了，门闩不见了，本是一对相向而立的门闩石，也只剩下了一块。即便只剩下一块，也令人生发无限的想象。

小巷的尽头，还有多少寄托乡愁的物件？一园新种的蔬菜，刚出土的豆藤努力地往豆架上攀爬；一堵历经岁月侵蚀的老墙，石块层次分明棱角尖锐表面光洁依然坚实厚重；一栋石墙瓦面老木屋，屹立在日子的沧桑里让岁月变得更加沧桑。眼前的一切，犹如一帧又一帧褪色的老照片，让人感慨岁月的流逝，更令人担忧时光的流逝。

走出仄仄的小巷，两边壁立的石墙随着渐行渐远的脚步与我渐行渐远。小巷里那些承载乡村历史的记忆，是否会在渐行渐远的乡村时光里湮灭？

金丝楠

寨子里生长着数十株珍贵的百年金丝楠。

这些百年金丝楠，或独树参天，或三五成林，遍布寨子的旮旮晃晃，屹立村里人家的房前屋后。

当时光流淌成了悠远的历史，一株株金丝楠也苍老得成了山寨的神灵。村里人对金丝楠的敬畏，寄托着对美好生活的向往，一年又一年，一代又一代，用无字的言行写成了山寨的规矩。时光在流淌，岁月在更替，对金丝楠的敬畏世代相传。

是的，当金丝楠苍老得成了神灵，山里的每一棵树每一根草都是金丝楠的子孙，没人敢伤害；山寨里的每一户人家每一个人都是金丝楠的子孙，都受到庇佑。

是的，当金丝楠苍老得成了神灵，山寨里的山总是翠绿的，山寨里的水总是纯净的，山寨里的人总是平安的，山寨里的人与环境总是和谐的。

是的，当金丝楠苍老得成了神灵，对金丝楠的敬畏被演绎成了对自然的敬畏对环境的敬畏对生态的敬畏。

因为有金丝楠，山寨变得更加沧桑更加厚重更加宁静更加幽静。因为有金丝楠，让一个山村从远古一路走来，走得富有诗意，走得生机盎然，走得鸟语花香……

神石林

寨子里矗立着数十尊奇石。

这些石头各自独立，或像神兽，或像神禽，或似神仙，或似神器，矗立在竹林或树林当中，构成形态各异的石林，与树林和竹林相映成趣。由于形态神奇，被村里人视为神石林。

矗立在岁月里，神石林守望了一万年？十万年？百万年？无人知道。村里人只知道，在神石林的守望里，时间的长度已经没有了意义。当地老天荒天荒地老的守望被藤蔓厚厚实实地遮盖起来的时候，神石林的守望被岁月演绎成了村里人一代又一代口口相传的神话。

数万年时光，一年又一年从神石林身上滑落，神石林身上的沧桑痕印，串成了神石林执着守望的记忆。这些记忆里，有酷暑的烈日在暴晒，有寒冬的霜雪在凝冻，有雷霆的炸响，有雨水的冲刷，有狂风的吹刮。这一切，都在沧桑的岁月里悠久成了村里人仰望神石林时的想象。

矗立在时光里，神石林的守望是村里人一代接一代繁衍生息的精神支撑。

万年守望不言苦，百年人生有几人？一万年尚且太短，何必感叹人生易老！只争取朝夕，为人生出彩而努力，为实现梦想而奋斗，才不枉人活一世！

山寨夜

回到寨子里——

逛一趟田坝，视野开阔，空气清新，蔬菜葱茏，芳香馥郁，心旷神怡，所有的压力所有的忧虑所有的烦恼都烟消云散。

串几户人家，石墙小巷，鸡群漫步，瓜下缸前，狗卧伴眠，静谧闲适，所有的无助所有的无奈所有的失落都被浓郁的乡情溶解淡化。

品几盅小酒，叙一院亲情，夹几箸猪脚，吃几片豆腐，扒几碗米饭，酒足饭饱，宠辱皆忘，人亦微醉了。

夜色渐深，在堂屋里安上一个"铁三脚"，生起一堆柴木火。

全家人围火而坐，聊摆老屋久远的夜话。

山村夜空的幽远星辉，在柴火的光亮中黯淡。犬吠声一阵接一阵，在山村夜里热烈骤响。

夜色悠悠，火光烁烁，山村的夜晚在时光悄悄流逝中慢慢变得宁静。据说，当我如雷的鼾声在老屋宁静的夜色里激越回荡，邻居的狗立刻停止狂吠，屏息竖耳蹲在老屋的院子里，很久很久都没有走动……

栀子花儿开

匡列辉

　　四季中，唯有夏天我不太喜欢。一提起这个季节，心里便生出许多疙疙瘩瘩的不舒服的情感。可能是天太热了吧，身子偏瘦的人一到夏天无论你躲到哪一个角落，都是一身汗津津、黏乎乎的，夏天一过，再看自己，似乎又更瘦了一圈。这种感情，不独我一人所有，翻看古往今来的写四季的文章，写春秋冬的特别多，写夏天的却少了很多。大概是人们因热的缘故，都有些慵慵懒懒，不肯动笔为夏天唱几句违心的赞歌，也许，想写，笔下，流露的也多是憎恶与焦烦。

　　夏的烈日还未来得及打开它那热的壶盖，春的繁花早已收尽了一切姹紫嫣红。太阳底下，到处都是一片片单调的绿色。不管是深绿还是浅绿，都在中午的日光下，低垂着，静默着，叶片上那星星点点白得刺眼的光，正在焦炙着那一层层嫩绿的肌肤。叶们一动也不动，似乎只要一动，也会像那些花伞下的匆匆忙忙赶路的人，浑身大汗淋漓。

　　而此时，栀子花开了。

　　娇艳的花朵，只会在春的呵护里争奇斗艳，夏天一来，它们便不见了踪影。在一片绿的憔悴中，在一片人们热的叹息里，我欣喜地看到，楼下，栀子花开得正旺。迎着白花花的太阳，一朵，两朵，三五朵，一丛丛，一簇簇，在绿叶的枝头，素白的花朵正怒放着，招展着。有一丝热的风穿窗而过，撩得窗帘也微微动了一下。风里，带着一股浓郁的芳香，绕过鼻梁，融进了我的胸怀。我深深地一吸，香味便觉更浓烈了。那是一种沁人心脾的香啊，一时间，头也有香晕晕的感觉了，体内体外，人的全身似乎都被这随风而来缭缭绕绕的、无声无息氤氲着的栀子花香给围绕着、沉浸着。

记忆里，家乡的山不高，一座连着一座，起起伏伏的，绵延不断，不突兀也不险峻，没有大山们那样的雄浑与壮丽。但是，却如这山里的人一样，很有情怀也很坚忍。一方山水养一方人啊。小的时候，我们对花的印象，就是那漫山遍野开放着的野花。至于那些名贵的牡丹、红得发紫的芍药都只是从小学的语文课本的图画里、从《聊斋志异》那个爱讲鬼怪故事的老头笔下才知道，幼小的心灵里还隐隐地觉得这些花里有着种种不可捉摸的妖气，一想起就有些害怕。是那山头燃烧成一片红色海洋的映山红，叫我们认识了什么是红；是山边那倚崖开成一垛垛黄色花墙吐着长长金色小舌的金银花，叫我们知道了什么是黄。而这些花，都不及栀子花那般叫人欣喜，叫人怜爱。因为，它开在夏天，是那样的洁白，又是那样的芳香。

初夏的早晨上学，要从山的脚下沿着蜿蜒的小路翻过一个小山头才能到学校。红的太阳才升起，透过林间的缝隙，将一点点红的黄的光线射进小树林。时间尚早，小孩子们也不急着赶往学校，在林子里欢呼着，清脆的叫喊声惊起了林间栖息的鸟儿，也跟着在枝头惊疑不定地叫着，飞来飞去。这个时候，林子里，到处散布着开放着的是栀子花。栀子花树并不高，低低地生长着向四处蔓延。一到夏天，那些绿叶间，嫩绿色的小花蕾便从重重叠叠的深绿叶子的怀抱中悄悄地探出头来，在不经意间一个劲地向上生长着，小花骨朵们在晨风的抚摸下日复一日地不断高长着、膨胀着，像是一个个绿的小小的心脏，也像是一个个绿色的小火炬。终有一日，绿的外衣裹藏不住那一颗颗跳跃着的长大着的小小野心，它们努力向外齐齐地挤着，慢慢地从最前端的花尖尖处胀裂开了，露出了白白的一点点花瓣，接着这层层的花瓣又悄悄地向外不断打开，绿色渐渐褪去，素白的花儿慢慢地盛开，像是情人微笑的皓齿，又像是待哺的宁馨儿闭着眼睛嘟起的那粉粉的小嘴儿。

花全开的日子里，还没有靠近山，老远老远，山里弥漫着的花的芳香味儿就扑进了你的鼻中。有古人极力地夸耀他那闲淡的生活，也与栀子花紧紧地关联着。在炎炎且漫长的夏日里他可以"抛书高卧北窗凉，晚来骤雨山头过，栀子花开满院香"，让我非常向往，有书读，有香伴，还有比这生活更好的吗？湖南的濂溪先生很喜欢莲花，但是我不太喜欢他对花的态度，一句"予独爱莲"便让我觉得他的偏执与独断了。水陆草木之花，我都爱，但对栀子花的喜爱，我不是独爱，却是爱得更深一层了。看到它，除了和刘禹锡一般有着从心底里像"色疑琼树倚，香似玉京来"这样无尽的夸赞以外，还因为它那如雪如凝肤般的花色、那时时给人芬芳给人振奋的花香，伴着我的童年，又一起走过了岁月的一年又一年。

小孩子们从山中采着一大捧一大捧栀子花一路欢笑跑进了山村学校的教室。有些陈旧了的课桌面上有宽的缝隙，于是我们便将还带着露珠的栀子花小心地满插在课桌的一个角上。顿时，教室里便芳香四溢了。教室是土砖砌成的平房，尽管简陋，但是墙壁却刷得白白的，教室后边还有一大块地方，用来作学习园地，上边记着同学的各种表现。同学们的名字后或多或少都有一些红色的对钩，记载着他们好的表现。教我们的老师是外村来的，年纪轻轻的，有点小胖。脸白白净净的，印象中一直是笑着的，很好看。小孩子们早晨上学采来送给她的栀子花，她接过来开心地捧着，又将花贴着脸偏着头微微地朝着我们笑。嫩绿的叶素白的花衬着年轻老师的白里有点羞红的笑脸，我从不怀疑这就是世界上最美的老师呢。

在满是花香的教室里上课，突然，老师的声音停了下来。就那么几秒钟，教室里显得格外的安静。女老师点名要学生回答问题，点的名字是我的同桌，点了两次，没有动静。同学们都将头转向我的同桌，我也偏过脑袋，这才发现同桌早已伏在他那满插栀子花的桌面上睡着了，仔细听还有细细的鼾声。我连忙用手肘暗暗用力碰了他几下，他才醒来，抬起头，睁开红着的眼睛茫然地看着我，又四顾地望了一下周围憋着笑望着他的同学们，嘴角边有一丝清亮的口水一直拖着没有离开桌面，而桌面却已湿了一大块。同桌站了起来，等着老师的惩罚。老师问："怎么睡着了，是被花香倒的不？"教室里漾起了微微的哄笑。同桌急急地说："不是的，不是的，是昨天晚上和父亲一起在田里扎泥鳅搞晚了。"扎泥鳅是我们童年时随大人晚上常做的一件事，扎来的泥鳅第二天到集市里卖掉可以补贴些家用，也可以用来买些写作业用的笔和纸。晚上打着手电筒，对着田里沟渠里照，看见水里有小气泡正冒着或是有小而细的水中的黑影，拿着带长柄的前头挤着密密长针的针扎急速往下一甩，再往上一抬，一条肥的泥鳅或鳝鱼便在针尖里痛得不停地挣扎着摆动自己的尾巴。看着纯朴的同学老老实实地回答，老师没有像往常一样叫同学们犯了错时伸出手来用教鞭轻轻地敲几下，也没有罚同桌抄作业，只是脸上的笑容少了些，轻轻地叹息了一下，叫同桌坐了下来。

写到这儿的时候，窗边又起风了，栀子花的香又随风悠悠吹到了我的桌前。而那满山遍野的溢着芳香的栀子花，那流着口水晚上扎泥鳅白天在栀子花下睡觉的同学，那像栀子花一样美丽的脸上终日含笑的却又发出那一声轻轻叹息的女老师的形象，又浮现在我的脑海里。

蝶的夜

姜建华

一

月亮，没有升起，人却很安静。在这个别致的夜晚，一切事出有因，万物皆有因果。时间躲在各式各样的风里，顺着风自由蔓延，波澜不惊，或跌宕起伏。在雪花抵达春天之时，也不会和谁撕破脸面。春风没有沉醉，却发着冷气。

年轻骚动的梦想，在云霄之上生机勃勃，那魅影的乡愁，轻得像一只风筝，一阵微风斜雨让它逃离故乡的土地和天空，逃离了故乡那朦胧的月，童年的梦破碎如沙如尘，萌发不出早春那一片朦胧的绿意，嫩芽找不到破土而出的欲望，和破天荒的恣意妄为的奇想。

二

春夜，鸟太冷了。它们躺在巢里，冷冷地打量着人，一只鸟的孤独，从不蔓延，蔓延的，永远是人的情绪。

躲在角落里的小兽，找不到合适的词语表达，它慵懒或迷惘的眼神，那原野腾挪跌宕的身影，已是久远世纪的传奇，暗蓝的夜能否表达出，云朵纯净的牵牵念念，看天边皎洁的圆月，无语泪流没有合适的理由。

那只酷似枯叶的蝶，伏在夜的一角，兀自独立地存在，唯那原野的星空、蓝雾、虚空，和厌倦，一种浮华的苍凉。一只乌鸦在暮色里疾飞而过，它去找它的伙伴，还是要急匆匆地逃离这个春天的夜晚？它叫破苍穹，也叫不醒那个沉睡的黎明，于是它默不作声，快速地穿过黑的夜，寻找属于它的那个下弦月的静谧的夜空。

那是只什么鸟不知疲倦地，喳喳叫个不停，吱吱吱叽叽叽，一会儿又吹起呼哨，然而没人，也没有鸟和它应和，像极了演技极差的街头艺人，独自陶醉，无人关注。一道妖风，瞬间卷走稀奇古怪的存在，一切的假做派假惺惺的和谐存在，突兀怪异的风撕破夜的衣衫，也吹掉那假的可笑的面具。

三

我学着枯叶蝶的姿势，在夜的一角，冷静、客观、略带忧伤地，冥想那些关于月夜的奇怪词语，依旧也没想出一个确切的词，表达这个夜的形态，如水柔软，如风疯狂，又如铜墙铁壁，坚硬、隔绝。

我静坐在这狂飙的冷风里，没有表情和声音，我不敢惊扰这寂寥空阔的狂野，月牙弯弯也好，四野惊悚也好，原野依然，天空依然，只多了一些飞扬的尘埃，和奇怪的风的表演，怡人妖娆的舞，抑或张牙舞爪的舞。

谁的翅膀忘记了飞翔，顺着那白的云灰的云，在蓝色的月光下游荡，不知风从哪个方向吹来，那红衣的少女是否在静静的山岗，采了她青春的花枝，烂漫了那三生三世的桃花源，那如水的月光，清晰了谁的生生世世。

我没有合适的词语表达这虚空而丰富的夜。

一切的秩序仍将持续，什么也没有发生，一声轻轻的叹息，把我变成了另一个人，一个快速逃离春天的枯叶蝶。

四

一只飞鸟拓宽了天空，一阵阵鸟鸣击落一片片飞扬的微尘，那落花雨溅湿了谁，跌落尘埃的梦想，那白的月，漂洗梨花洁白云端之上浅蓝色梦的霓裳。

空着的酒杯看不到十里桃花，更看不到粉红色的三生三世的桃花的诺言，今朝有酒没理由不醉，爱恨就在一瞬间，春风沉醉的万亩桃源，能否找到桃花的缘分，窗外月光明媚，燕已归来，只不见带来故乡的消息。

我醒来时小树林朝阳一同醒来，琅琅书声梦魇般，抓不到一点根据，那个扎马尾的红衣少女的身影依然清晰，只是再也找不到，叙述故事的理由。

活在今日的我还是活在昨日的我，梦回那青涩时期的爱，找不到天空的浓墨重彩，梨花映明月，离乱那飘零的落花雨。

五

这样春的夜晚，没有风，原野上，一棵静默的树，伸展光秃秃的枝丫，在凄凉的寒夜，把四时的欢乐，蕴藏于心底，静观春夏秋冬的更替，独享风花雪月的洗礼，冥冥中的温柔之手，抚摸它干瘪凄寒的心情。

莽莽原野花陌陌，别说，桃源望断无寻处，也别说，青花开在红尘里，飞花轻似梦，打湿了这卷帘人梨花带雨的秘密。

我就坐在明媚的春天里，明媚的月色里，听遥远故乡寻不回来的牵牵绊绊。

鞍山散记

温皓然

一　有朋自远方来

应友人赵晓虎之邀，我和达摩于 19 日晚乘上了北京直达鞍山的火车，到鞍师演讲。到达目的地的时间为次日上午 9 时许，近一周的重感冒加上一夜的空气质量不佳，使我几近失声。而此时，赵先生早已等候在接站口，这位之前与我素未谋面、只在电话里数闻其声的朋友是一位地道的东北人，有着与达摩不相上下的高挑身材和一张朴实的脸，看到我们，一声"达摩兄"，一排警卫森严的牙齿便已暴露无疑。

"哈哈哈！晓虎！"达摩立刻大踏步地迎了上去。

"哈哈哈！甲乙！""哈哈哈！丙丁！"是他问候人的一贯作风。每当这个时候，他总是咧个大嘴，两眼闪闪发光，一脸兴奋地迎上前去，像是见着了深情的恋人一般，紧紧握住对方的手，更兴奋些，便保不准会有口水迸溅而出了。

说实话，我总试图要让他变得再秀气文雅一些，为此，私下里不知耐心教过他多少回。就比如刚才那一幕，为什么非得用"哈哈哈"，而不是用"嗨"，或是"喂"呢？

和我打招呼时，赵晓虎发现了我的嗓子有恙，便连忙招呼着我们去了当地鼎鼎有名的三宝粥店去喝粥，结果，这顿早餐便成了他二人的叙旧会。待到我们的住宿地——鞍师专家公寓之时，已是近11点了。赵晓虎一面帮我们安排着行李，一面仍旧喜上眉梢地说："趁空赶紧休息一下吧，11点半院里请你们吃饭。"

就在他刚刚离去不到半分钟的时间，达摩的手机便又滴哩滴哩地响了起来。

随着一声"哈哈哈！臧（张）后！你在喇（哪）里"，那个"z"和"zh"不分、"n"和"l"不分的，粗犷不羁的家伙又一次放开了他的男高音："哈哈哈，你们在红磨坊？三（山）里弟也从沈阳赶过来啦？哈哈哈！现在不行，你们俩先吃吧，待会儿院里请我们，哈哈哈……"

好容易等他哈哈完了，却不料，在那之后不到几秒钟的时间里，竟又有人打来了电话。我连忙向他作揖："拜托，您能不能到外边去展示您的豪情，让我稍稍休息一下行吗？"

他甚是无辜地看了我一眼，之后，洒脱地，一路嘿嘿嘿地走出了房门。

我暗自嘘了一口气，走进卫生间，才刚洗去了半脸的疲惫，便又有人来敲房门了。经验告诉我，敲门的一定不会是达摩，那个粗枝大叶的家伙今时今日似乎已然不会对我再有这样的礼貌和规矩了。

"哪位？"我连忙快速冲洗着满脸的泡沫。

"赵晓虎，我来给你送药。"

之后，不待我走出卫生间的门，客厅里便响起一阵来去匆匆的脚步声和关门声。

少时，走出洗手间，一大盒胖大海润喉片已经端端正正地摆在桌子上了。

午饭是由该院院长、党委书记及其他几位重要领导共同宴请的，由此便不难看出，赵晓虎在该校的人缘和地位。

谈话间得知，坐在我左侧的王院长是南开大学毕业的博士后，与我是仅仅一墙之隔的"校友"。而坐在右侧的刘处长竟然是一位生长在内蒙古的才女，这可真是有缘何处不相逢啊！因而，我随身带去的两套书也就近水楼台地分别送给了他二人。至于其他的几位，达摩连忙打圆场说："等我们回北京后，每人补寄一套！"

不知是急于想要得到书的缘故，还是其他什么原因，坐在斜对面的徐书记接下来的一口一个"神女"的称呼，把我叫得笑起来好不自然。幸而达摩还懂得些周旋之术，连忙甩开膀子跟人家轮番干起杯来。不消片刻，酒量低得惊人的他，便由原来的包公脸变成了关公脸。

饭后，同样没有半分钟的休息时间。

按计划，本应是赵晓虎陪同我们前往享有"东北明珠"盛誉的玉佛苑的——早就听说，那里面的玉佛是由当今世界上最大的玉石王雕制而成，因其博大雄伟，被英国吉尼斯世界纪录总部授予"世界最大玉佛"证书。这对于我这个笃信佛教之人而言，自然是不可错过的佛缘。但是因为达摩一心牵挂着他的两位朋友——张后和山里弟，而只得暂缓行程。

达摩当即兴奋地给张后拨去了电话："臧后，哈哈哈！对，是我，哈哈哈！你们还在红磨坊啊？我这就过去看你们，然后我们一起去玉佛苑……哈哈哈！一会儿见。"

笑音未落，坐在副驾驶座位上的赵晓虎一脸春风地回过头来问："我们现在先去红磨坊吗？"

"对，"我抢先答道，一面故意学着达摩的腔调说："我们先过去看'臧后'，噢，还有'三里弟'！"

哪知赵晓虎听罢，竟将头摇得拨浪鼓似的："唔，没有三里地，也就几步路的工夫。"

我和达摩不禁相视大笑起来，赵晓虎一脸惶惑地四下环顾着，但终究还是不知自己错在了哪里。

二　玉佛苑

玉佛苑位于鞍山玉佛山风景区内，占地面积约4.6万平方米，三面环山，连绵迥绕，一面临水，镜湖澄澈，清流泻注。远远望去，宛若镶嵌在东北方的一颗璀璨的明珠一般。苑内的各种梵寺阁楼或古朴典雅，气势恢弘，或精美壮观，绮丽超凡。世界最大玉佛坐落于主体建筑玉佛阁内，集七色为一体，瑰丽斑斓，瑞象万千，果真是巧夺天地造化之工。

此时，我们已经是一行五人了。

为我们担当导游的小姐，讲话的语速特别快，尚不及我听清那玉佛的高度，她便已经开始在叽里哇啦地介绍那尊佛的重量了，结果，我又一次只听清了一个"吨"字，她便再次如同众仙附体般地滴里嘟噜地讲解起那尊佛各个周边部位的祥瑞妙相了。没办法，我只得转头去问达摩到底听清楚了没有，他立即向我露出了一脸尴尬的笑容。

咳！我只有在内心深表遗憾。之所以没再去问其他那三位，是因为，他们之中，好像除了张后之外，其他两位根本都是心不在焉的，陪我们来到此处，完全是出于礼貌。不但如此，那位山里弟居然还当众说出一句耸人听闻之语来："我有点怕佛。"

这可真是天下之大，无奇不有。怕佛的人，我还是第一次听说和遇到。

出于无奈，我只好从结缘架上拿来一本《玉佛苑简介》细细察看起来。令我始料未及的是，这本装帧精美的简介册中，也并没有这尊"采稀世之珍宝，创人间之奇迹"的出深山之瑰宝的详细介绍，而是不厌其烦地、过多地提及了这尊大佛何时何地受到过何种史无前例的嘉奖和殊荣，以及吸引了多少国内外高官贵客前来拜谒的经历。

如此看来，现如今，果真就连佛寺这种超尘绝俗之地也难以真正做到免俗了。

三　听讲座与丢孩子

于玉佛苑分手之际，山里弟和张后再三询问了我们当天演讲的具体地点和时间，并表示他们一定会按时出席。

晚上6时，我和达摩在赵晓虎和徐书记等人的陪同下，准时出现在该院的多功能报告厅。在座的几百名师生，立即给予雷鸣般的掌声和欢呼。少时，赵晓虎首先走上讲台，分别为全体师生简单介绍了我们的身份及讲座题目之后，达摩便从容不迫地在大家的又一次掌声雷动中阔步走上讲台。

这家伙，几万字的讲稿他老人家居然看都不看一眼，就那样洋洋洒洒、豪气逼人地一气讲完了。难怪后来鞍师中文系会给出这样的评语："谯达摩先生的演讲纵横捭阖，妙趣横生，翩翩然如屈夫子之临世也！"

更为要命的是，在他使转顿挫、发喜愕忧愉足足一个半小时之后，竟又立地书橱、口若悬河地回答起同学们接连传递上来的、写在厚厚一沓纸条上的各种尖锐问题了。有他在前面这么一出，接下来，我岂不是要惨？

正当我有些惴惴不安时，讲台上已经传下来他的声音："接下来，我们有请温老师为大家讲'70 后'女作家的创作现状……"

就这样，甚是有些恍兮惚兮的我，终于在一片如潮的掌声中，走上了讲台。

站在讲台上，顺势向下一望，天哪！那么多双闪耀着智慧光芒的眼睛！

实话实说，我的这一次演讲，真是远不及达摩的洒脱与顺畅。好在，从同学们那一双双专注的眼睛和他们接下来的蜂拥抢购我的《凤兮凰兮》的热情中，还是不难判断，这次的演讲，还是成功地画上了句号。

说到学生们的抢购，就令我有些感动。我记得，当时赵晓虎才刚说了句："温老师考虑到同学们的经济状况，所以呢，18 元的书就按 10 元收费，如果有特别困难的，也可以考虑免费赠送……"结果，话音未落，那些可爱的孩子便一拥而上，拿到书后，又争先恐后地向我拥来，要求签名并写下自己的人生格言，以致我的下颌、脖子处多次受创。拥挤中，不知是谁不小心碰翻了讲桌上的一瓶矿泉水，立即便有人以迅雷不及掩耳之速，以自己的衣袖将那汩汩而出的水流拭了去，一边不忘连声安慰："老师，没事的……"接下来，便是一些没有拿到书的学生，拿着他们的笔记本请我签名并写上鼓励之词，而那些得到签名和赠书却也不肯离开的学生，便轮番向我提出一些很是深刻的问题，这便使我由衷感慨于当今大学生的思想的厚度和视野的开阔。一股暖流就此涌上心头，久久挥之不去。

后来，还是赵晓虎在不得已的情况下，将我的住址公布在了黑板上，并再三再四地说："同学们，今天就到这里为止吧，如果大家还有什么问题要和温老师探讨，以后就按照这个地址给她写信就是了，温老师旅途劳累，我们还是让她早些回去休息吧！"那些将我团团包围着的同学方才意犹未尽、一步三挪地回到自己的座位上去了。

最后，当我和达摩离开教室之时，全体师生再次响起了经久不息的热烈掌声。

刚走出院子，还未待我们从那热烈的气氛中回过神来，就见张后慌慌张张地走上来说："达摩，现在，我必须先回家一趟，我，我的孩子丢了。"

"什么？"我和达摩同时怔住。

"是，是的，我的孩子丢了，放学到现在，他一直还没回家……我，现在必须赶回家看看……"

"哎呀，有这样的事？那你快回去找找，三里弟你也不用陪我们，赶紧和他一起回去找孩子吧，有了消息，一定要打电话告诉我一声。"我听出达摩的声音似乎比张后还要紧张一些。

山里弟连连点着头向我们告辞，少时，他二人便忙忙地向着校门外飞走了出去。

"哎呀，为了听你们的课，竟然把孩子都弄丢啦？"赵晓虎一脸讶异地看着张后和山里弟匆匆离去的背影，自言自语道。

这可真是让我和达摩哭笑不得。

四　千山大佛

千山位于鞍山市东 20 公里处，海拔 700 多米，占地面积约 300 平方千米，因有山峰千座故名。又名"千华山""积翠山"。以峰奇、石怪、谷幽、寺古、松苍、花盛而名闻遐迩。

这里四季风景各异，春天繁花遍谷，姹紫嫣红，妙香芬馥；夏日崖壑交辉，波涛横生，各种异果奇花开得如云似锦，含辉发焰；到了秋季，漫山青红如绣，松偃龙蛇，烟染长堤，满眼的仙洞灵台，罡风陡峭；冬季，银装素裹，美景纷呈，彩云石、水晶石、松花石，遍地棋布，举目旷观，直令人心神恍惚……早在 1400 多年前的北魏时期，这里就有了佛教徒的踪迹，辽金以后，禅宗僧人不断占峰建寺修塔，多达百余所。

因而，这里又有"关外第一梵山"之美誉。现存佛寺龙泉寺、祖越寺、大安寺、香岩寺和中会寺五大禅林，始创于唐朝，明代重建。由于明清时期道教的传入，这里同时成为佛、道两教的圣地。这里的历史遗迹也颇为纷繁，不仅有当年唐太宗李世民驻跸和薛礼兵营之遗址，还留有清帝康熙、乾隆游历的足迹与诗篇。其中，主峰仙人台、第二高峰五佛顶以及天上天、大佛寺和鸟语世界都久负盛名。整个游览区 300 余处景点，要游览全程，是需要几天工夫的。

由于时间所限，我们自然是无法逐一游览的。不知在谁的提议下，我们一行五人踏着各种花香草香夹杂在一起的妙香与清芳，直奔千山弥勒大佛而去。

听说，坐落在大佛景区的千山弥勒大佛，是由一座山峰天然形成的，其面部五官清晰生动，栩栩如生，实属世界一大奇观。

"啊！我曾多次来到过这里，可还从来没有遇到像今天这样的殊胜景象，真是祥云普照，瑞象万千啊！"张后这时正仰头望着天空中那一片片诡状殊形、变幻莫测的云朵，用他那纯正的东北口音如是感叹道。

不知是谁回了句："云说，'我们就等着你们几个来，才一展风采呢'！"

大家便一起笑了起来。说笑间，已经来到了一处鱼塘前。

好像是赵晓虎首先发现了游曳在其中那一条条、一群群、一排排，间或游出水面扑玩跳跃的小精灵，当下便如同发现了一个个水盼兰情的娟娟淑女一般，兴致激昂地跑了过去。

"啊呀！漂亮啊！真是美啊……"

当我们四人也陆续赶过去之时，他已经兴奋得只会说这一句了。间或，拿出照相机，深情地捕捉着那些玲珑剔透、鳞光闪闪的水中倩影。

"哎呀，你们快看，皓然有仙气呢！快看那些鱼！还有那边那些，统统都游到这边来了呢！"张后忽然如是惊呼道。

我们看时，可不是，面前早已是尾尾相承、圆整可爱、鳞光闪闪的一片了！就仿佛是开放在七宝池八功德水中的那些优钵罗、拘物头、波头摩、芬陀利和尼卢钵罗一样，青色青光，黄色黄光，赤色赤光，白色白光……不但如此，就连最远处的那些鱼，也像是有谁下了命令一般地，威仪堂堂、瑞采翩跹地向我们这边聚拢了来，就这样，越聚越众，越聚越盛……

而我们黑白有别的五张面孔中，至少已有三张就剩下惊悚地

"哦！啊！噫！吁！唏……"了。

再往前边走，来到了一处更大的鱼池前，远远地便听到那里面传来野鸭嘎嘎嘎的叫声，那声音，就好像一群疯傻女人在仰天大笑。偶尔几声，又像是达摩和人打招呼时的"哈哈哈"，我顿时便有些忍俊不禁。

这时，耳边竟又传来了一阵连绵不断的嘎嘎声，我不禁回头笑道："达摩，它们这是知道你来了呢！"

达摩未待如何，山里弟不知所以地由衷感叹道："还真是的，看来，就连佛境圣地里的小动物们也都通灵呢！"

我被他逗得直揉眼睛，达摩这才从我的笑声里听出了真意，不禁气得暗地里向我咧嘴又瞪眼。

大家一路拾级而上，不觉来到了弥勒宝殿前。

进了殿门，依旧是我和达摩逐一礼拜那尊笑得荡气回肠的佛尊，其他三位照样或心有旁骛，或怀着敬而远之的心情远远观望。就在赵晓虎悄悄向我请教分立在佛殿两端的四大天王的名号之时，我才刚说出那尊位于西方、身着红色、手执缠蛇的是广目天王，位于北方那尊一身绿色、右手执伞、左手执银鼠的是多闻天王之时，佛殿的大门忽然被一阵来势迅猛的风吱呀呀，扑棱棱地重重关上了！结果，不多不少，正好将我们五个和笑佛与四大天王关在了里面。不用问，这一回，又有至少三位吃惊得非同小可。说起来也真是奇怪，当达摩笑嘻嘻地、铆足了劲，再去推那佛殿的门时，却怎么也推不开了。

"既来之，则拜之。我看我们还是一起拜拜弥勒佛尊吧！"

在这句不知是谁的提议之下，我们五人齐刷刷地一起虔诚叩拜起来。

不多时，只见一位僧人从后面的殿门轻轻推门走了进来，里边的一干人等方才释然。大家若有所思了片刻之后，便都眉开眼笑地由那扇门相继出去了。

接着，我们便要由弥勒后殿开始攀登那些近 1400 个的阶梯，以到达大佛景区。

就在我一鼓作气走出了几十步之外时，忽然有个披着军大衣的似僧非僧之人向我气喘吁吁地跑了来，一面神秘兮兮地向我频频招手说："这位女施主！请你到这边来一下，师父有话跟你说！"

我的心头不禁掠过一丝惊喜："难道是这里的哪位大德，以法眼看出了我的宿缘？"

就听达摩在我耳边说："既然师父叫你，还不快过去？"

我一听，一脸的喜不自胜，几许的心头乱跳："哎呀，自从上次的五台山一别，已有近十年不曾遇到过大德的点化了！这近几年'时运不济，命途多舛'，也实在该让高人给看看究竟了。"

"这位女施主，刚才你从这里一过，师父就一眼看出你头顶红光，脚踏祥瑞，女施主，你的佛缘可真是不浅哪！"说话的是刚才喊我下来的那个青年，我这才看清楚，他生着一张屠夫一样的脸，上面缀着两粒滴溜溜的鼠眼。

"噢？那么，师父在哪里呢？"我发现自己很是不愿与他啰嗦。不过话一出口，却又不禁在为自己的以貌取人而感到有些不安。

"这位女施主，请不要着急，你先站住了，听我把话说完。正因为师父看出了你的与众不同，今天才要点化你，才要让你和佛门结下更深的缘。正所谓'天雨虽广，不育无根之草，佛门虽大，难度无缘之人'！女施主，师父从你的五官和步态中看出你是个贵不可言之人，但是，又从你的眉宇间看出，你应有的福禄还远远没有释放出来……"接下来，他愈来愈口若悬河，语速也越来越快，这不禁使我想起了在玉佛苑遇到的那位导游小姐来。后来，甚至就连他的嘴角都泛上了白沫。我才发现，他还有着一张如同江湖骗子般滔滔不绝的嘴。

由于他的语速之快、遣词之怪，我的耳朵自然不免经受一番格外的考验。后来，他总算是有所停顿，郑重地向我递上来一把大铜锁，又是一阵翻江倒海般的絮叨之后，我连忙按照他的意思向着旁边不远处的铁栏杆飞奔而去，并以迅雷不及掩耳之速将那大锁牢牢地锁在了上面。

返回来之时，我的脸上已经露出了将福运尽攥在手中的表情了。因为他刚才对我说过，那把锁锁得越快，我的福运也就会随之来得越快。

"真是谢天谢地！"我的内心里不禁乐开了花，一面忍不住再次向他问道："请问，现在我可以见见师父了吗？"

不料他却眨巴着一双贼亮的小眼睛笑了。我觉得那笑容很是莫名其妙。

"呵呵，女施主，我，就是师父。"少时，他居然就这么镇定自若、脸不红心不跳地对我说道。

"啊？"我不禁惊悚得半天没有回过神来。

这时，好像感觉出有些情况不对的达摩等人也都陆续返身来到我的身边，向那人询问着什么。那人一面巧舌如簧、口吐莲花地向大家一一作答，一面不忘再次向我送上护身符、吉祥物等，而此时，我的内心早已颓丧得一句话也说不出来了。与此同时，那人竟平地一声雷地说道："女施主，请在这功德簿上写下你的名字，以后每逢初一、十五或是寺里举行各种法事之时，师父都会为你祈福诵经的。女施主，这次的结缘是 300 元！"

这样一来可惹恼了正直不阿，现如今恐怕除了偶尔对我之外，再不会轻易对任何人粗声大嗓说话的达摩君。结果，不消三五回合，对方便被他教训得面红耳赤、无言以对了。再加上后来山里弟、张后和赵晓虎的纷纷加入，最后，我象征性地在他那"功德簿"前留下了一些钱，才又与大家继续前行了。

途中，又有七八回类似的经历，或是女子，或是男子，或是男女混双一齐跑来向我挤眉弄眼、频摇橄榄枝："女施主，师父叫你过去呢！"这时，偶尔顺着他们的手势看过去，映入眼帘的总是躲在桌案后的一个个面目猥琐、一脸俗气的"师父"。

"怎么，又看见我们头顶红光、脚踏祥瑞啦？"每当这时，平日里从不刻薄的达摩总要冷冷地奉上这么一句。

"哎呀！这一路上的好心情都让这些人给搅坏了！居然打着佛教的幌子公然在这里招摇撞骗，真是太不像话了！"张后随之也气愤不已地补上几句。

我的心头不由一沉，猛然想起佛经中佛尊早于 2000 年以前就说过的话来："末法时代，诸魔贼人，假我衣服，裨贩如来，造种种恶，皆言佛法，斗乱僧众，贻误众生，夺人慧命，坏人道法功德善本……"

回头看时，山里弟正大姑娘一样满脸含笑、从容优雅地拾级而上，赵晓虎则每上一个台阶，嘴里便自言自语一阵……

及至攀上弥勒千佛阁——可以与大佛平视的位置，我的心情才重又变得豁然开朗起来。身边的几位男士意气风发地谈论着那尊天然形成的大佛的各种不可思议与妙相，说他的眉毛生得如何如何，眼睛怎样怎样地传神，笑容又是何等的扣人心弦……然而，令我内心震惊不已和留给我印象最深的却是：大佛的右手，竟是像拳王一样抡圆了的、重重举起的姿势……

下午4时许，三位朋友一起到火车站与我们送别。由于卧铺票实在难以买到——赵晓虎说他两天前就已经开始托人问询了，结果得到的回答都是："已经全部售完。"幸而张后经验丰富，他告诉我们根本无须担心，只需买几张站台票，进站后，拿着记者证直接找列车长就解决了，并数度以他那位在北京某报社工作的爱妻为例证，说她每次都是以这种方式解决问题的。

结果，还真是如他所说，我们五个拿着站台票的人随着拥挤的人群刚刚走下站台，正好一眼看见一位女列车长英姿飒爽地站在我们的面前。走上前去一试，还真是顺利得不得了，女列车长凤眼含笑地翻了翻我的记者证，又看了看赵晓虎的记者证之后，立刻便在她手中的小票上签下了"2车1中，2中"几个与她本人一样秀丽如珠的字。

一切就绪后，张后和山里弟忍不住笑道："最享福的就是达摩，什么也不用操心，就都办妥了，也就这么巧，正好晓虎也有个记者证，不然还真是难办了！"

笑过之后便是分离。

东北的天气已然寒意毕现，我在微笑致意中已经不自觉地上了车。达摩没有紧跟着上来，几个大男人仍旧站在那滚滚的寒风里说笑着……后来，我看见赵晓虎使劲拍了拍达摩的肩膀，将他推上了车，之后，他们三个便头也不回地大踏步而去了。

上车之后的很长一段时间里，我都有意回避着与达摩对视。这个比女人还容易动情的家伙，我怎么忍心让他尴尬呢？就在火车刚一启动的一刹，他竟扑哧一声笑道："皓然，你知道吗，那阵大风把弥勒宝殿的殿门吹上之时，赵晓虎的脸都吓青了……哈哈，还有臧后，为了听课，差一点把孩子都弄丢了，幸亏后来找着了，不然，你我的罪过可就大了。哈哈哈！还有三里弟，他居然怕佛……"

飞速的车轮载着我们一路向前飞驰，却把我们和朋友的距离拉得越来越近。

鸽哨声声

张天柱

　　父亲生前爱养鸽子，全因了鸽子那清脆的哨声，当天空中急促的鸽哨倏然掠过时，父亲就会抬起头来，仿佛聆听天籁一般，凝神捕捉那渐远渐轻的音乐，布满蜘蛛网似的脸上，每道皱褶里都涌满了笑意。这时，母亲就总会笑话他："看看，魂又给勾走了。"

　　父亲是个偏心眼，我打小就知道，我和大哥，大鸽和小鸽，在父亲心中的位置是：大鸽比小鸽重，大哥比我重。大鸽和小鸽是父亲很喜欢的两只鸽子，大鸽身架高大，魁伟结实，是父亲的鸽子王；小鸽精瘦灵巧，单眉秀眼，总是不声不响，不如大鸽那样讨人喜欢。试飞那天，父亲在鸽笼里只给大鸽腿上绑扎鸽哨，小鸽扑腾着也想出去试飞，父亲拍拍它的小脑袋说："待着吧，还轮不上你呢。"说完，父亲看了我一眼，究竟是啥意思，我也不清楚。

　　父亲提着鸽笼，爬到楼顶，双手从鸽笼抱出大鸽，一下子举得老高，双手一松，大鸽便双翅一抖，扑棱棱飞向空中。我发现，大鸽飞向空中后，只在高空做盘旋状，毫无飞走的意思，直到盘绕了几分钟后，才扇动着翅膀，在我们的头顶趔了两圈，咕咕叫了几声，算是行了一个告别礼，而后扶摇直上，像一股黑色的旋风，立时旋上蓝天白云之间，清悠悠放嗓叫了几声，便箭一般向西射去。

一望无际的天庭纤尘不染，就像清水洗过似的，没有一丝浮物，大鸽像一颗黑色的小流星在空旷的天际运行，最后，它终于消融在远方。我盯着它飞翔的英姿，心里顿时升腾起一股无限的艳羡。

可是，不知是被人用猎枪打死了，还是飞远后迷路了，大鸽一去杳无踪影，父亲伤心了好一阵子。那年，大哥中学毕业后，到了一个国营大型煤矿当了井下工人，把自己火红的青春写在了井下八百米深处。

从此，父亲把整个心思放在了小鸽身上，可是，父亲吃一堑长一智，却再也不肯放飞了，任凭我百般劝说，父亲总是警惕地说："我已经失去一只，不会再失去第二只了。"也就在那年，大哥走后的几个月，来信了。那时候，通信极不发达，书信就成了唯一的通信工具，在我们那个小县城，一封信，走个十天半月是常有的事，丢失信件也是常有的事。你想大哥走了这么长时间，父亲用"家书抵万金"的喜悦让我读着大哥的信，大哥的信写得很长，有十几页，他热情洋溢地描述了井下采煤的种种新鲜和第一次拿到工资的那个滋味，还有外面世界的精彩。我一字一字给父亲读着信，读信时，我看到父亲脸上泛起聆听鸽哨时的灿烂笑容。

读完信后，我心里不由得升腾起一种对大哥的由衷敬意，大哥真像家乡天柱山上的苍劲松树，无拘无束，自由自在地向广阔的空间延伸枝叶，而我呢，却像父亲手中的一盆家花，捧在手上怕摔了，摆在院里怕晒死，就像他的小鸽一样，囚在笼里供养着，任你日益扑腾着坚硬的翅膀，也只能扼杀在父亲"我已经失去一只，不会再失去第二只了"的摇篮中。我开始恨父亲的偏心眼，那时，我快高中毕业了。

走过九月，一纸通知书打开了笼子的锁，我可以自由地飞了。

记得离别那天，窗纸刚刚发亮，父亲就起了床，早早扫了院，从瓷罐里取出攒了一年多的鸡蛋，煮熟后，给我装在一个塑料袋里。"大（家乡方言：爹），你装那些干啥？"我大声吼道。"路上好吃，出门在外不容易。"我发现父亲用那青筋暴突的手，哆嗦着给我装进旅行包里。

早饭后，天气阴沉如铅，满天飘飘扬扬下起了雪，平添了几丝悲凉气氛。父亲从房里拿出了他的鸽笼，给小鸽绑扎好鸽哨后，禁不住鼻子一搐，泪水夺眶而出，抽抽泣泣地说："你也走吧……留不住了，都飞走了。"随即父亲把小鸽拿在手中，用手给小鸽来回梳理着羽毛，最后，他爱抚地吻了一下，把小鸽举高，双手一松，小鸽扑棱棱一抖翅膀，向着高空飞去。父亲望着越飞越远的小鸽，我发现记忆中的父亲确实老了，凛冽的秋风吹拂着他那近乎全白的稀疏头发，矮小清瘦的身子伫立在那儿，宛如一尊爱神。看着看着，我心中腾地升起一股热浪。

随着汽笛一声长鸣，二十年委屈的泪水冲决闸门，放肆地奔流着。父亲，我二十年从未读懂的父亲，其实我和大哥才是你心中的鸽子，当我们一只只被放飞时，我们都成了杨柳岸上的匆匆过客，留给你的，只有一封封薄薄的书信，一声声清脆的鸽哨……

直到父亲去世后，我才得知，送我走后，父亲一反常态，小县城里有名的"葛朗台"，整了半锅海煎山药烩豆腐。亲戚们嘲笑他脱了裤子跳进锅里也找不见一丁点豆腐。他就是这样星星点点、含辛茹苦为儿女们操持，那次却破例割了猪肉，买了瓶酒。可能那次父亲喝多了点，整整闷头睡了一个下午。

　　每当有鸽子划过长空时，清脆的鸽哨从天空铺洒下来，我就情不自禁地想起了父亲聆听鸽哨时的那种灿烂心情。

诗
歌
卷

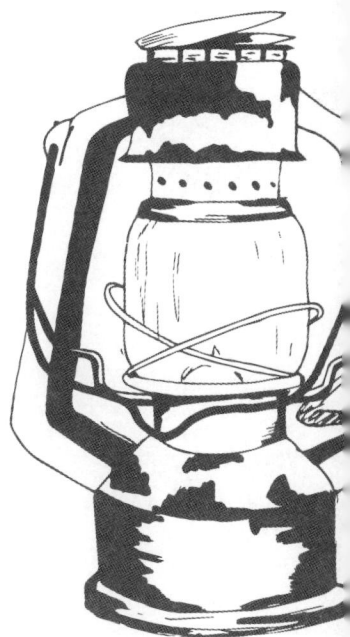

诗二首

程志强

路过乡野

路过乡野，溪水缠绕脚踝。

杂草丛生，但耽误不了爱的行程。

牛啃噬天空的草，

羊群咩咩叫。在山丘主动的跳跃中，

我们的幸福变得沉重。

树梢的鸟窝，招揽着仰望的思想。

像庙宇，

像一颗痣。

山腰的小屋和溪边的小屋，

是恩爱的夫妻。

我们是那条小路。

每棵树都是筛子，地上的光斑是欢快的鸟。

远山——那么舒缓。

我们在乡野里跑来跑去，

像黑色的火焰。

黄昏来临，

每一颗星星都像露珠一样闪烁着，

每一颗露珠，

都像灵魂一样明亮。

听——乡野的呼吸声，溪水诉说的心事。

孤独的月亮

孤独是一种经验。

开采月亮的矿工一直幻想着能采掘到爱情。

她身披月光，

她的爱在深夜里像月光一样燃烧。

杂草从孤独的月亮身上漫过。

世人听到了虫鸣。

玻璃熔化，黑夜的实验室刚刚建造完毕。

她被描述为爱的琥珀。

她的黑夜在收集被月亮遗忘的部分，

像一种临行前的短暂告别。

周庄：水的诉说

胡黎明

梦里水乡

梦回水乡，小镇

被一条条水，拆开

像拆一本书一样，拆开

水写的日志

拆去历史人文

拆去琳琅满目的商埠

拆去小桥石栏

拆去河埠廊坊

拆去明窗清瓦

拆去青砖白墙

拆去摩肩接踵的人流

拆去深宅大院

拆开乌篷船、吊脚楼

剩下的泽国

四面是

比唐诗里的水更遥远的水

比宋词里的水更清澈的水

水赶水，写周庄故事

水绕水，润梦里周庄

水问水，圆月当空

那个头戴旧毡帽

颈戴金项圈的少年不知哪去了

周庄：一首水写的长诗

周庄是一首诗

诗的扉页上，汉字线条或苍劲

或柔美，像二八佳人

纤柔无骨

宛如一支笔

从春秋开始

写尽周庄与水有关的事物

桥，一座连一座

像书签一样夹在诗页

卧在水上，横在水底

每一座

都有一个诗意的名字

富安桥，双桥，博济桥……

她们落户周庄

听水

听水下鱼儿的情话

看水

看水上船儿来去如梭

走出黑，提灯的人

为了让周庄诗意澎湃

他用水写诗

写下风情万种的水

晶莹剔透的周庄

周庄：水的诉说

爷爷说，古老的河从家中过

碧波荡漾的水

是鱼儿的家

也是我们的家

我知道

水生万象，顺水我们可以扬帆

奶奶说，船从桥下行

人在画中游

这让我想到河畔的金柳

水中的青草

我知道

水润天下，逆水行舟易知进退

诗人说，在周庄

历史的水，落地生根

水涨水落水无情

镜湖为鉴，秦淮难泊

周庄可回

小桥流水，忘忧歌舞玉树后庭花

冬天过后

米成洲

冬天过后，苍穹布满了雾

雾演变成一滴滴感伤

她绕着头顶，进入我的血液

败落的花朵，就这样在山岗、平原、河道

找着落脚地。如烟的花瓣在空中散落

仿佛还想于曾经朝夕相处的土地上写意

过往匆匆，而垂直落下或呈曲线状

来到世间的凡事，总诉说不完

情爱绵绵，世间乌托邦

走吧，走向泥泞、模糊的世界

凉意似乎是春天的平常心

温暖被外衣裹得严严实实

天还在演变，暗淡走进夜晚，进入子夜
黎明不远。祈福、祝愿都在黎明里
敞开大门，时空仍那么深远

沙沙沙，谁在时空素描？像涂鸦
念想轻柔，飘飘然，划着弧线
走向内心，落在地上

躺倒的画卷，清洗着，腐烂着
臆想成河。一片绿叶漂浮
水，一股脑地流

复活的四月

夏晓露

四月

不只属于人间四月天

在死亡的时辰

睁开复苏的名字

孤独地凝视

蚀骨地哭泣

四月

在雨雾的黄昏

焚烧着火焰

香灰沿着大地行走

最终凝固在黄土深处

石头般的坚硬

与雷电撞击风雨的门扉

四月

天空与鸟不分彼此

一起飞翔　在天地之间

灵魂披着素袍

站在真理的肩上

用一生凿出坟茔

把生看成死亡的前生

活着的态度就会明朗

四月

活着的蟋蟀

用铁翅把荒谬

的土地一遍一遍翻犁

让疼属于四月

夜色下的和唱

然后等绿色复活

四月

生命最软的季节

是杏花尖上水淋淋的清明

昂头望天

连春天也浸透悼念的呼吸

连死亡也无法灭绝的四月

四月

不只属于人间四月天

墓碑是活着的一本书

刻嵌进山谷

回响命运的镣铐

我们跪向春光

轻触血色签名

把生命的硬与死亡的软

扣在春的指尖

企图寻找灵魂的解码

从此交给

生死通灵的人间四月天

大地说：

只有春最接近我的心

在这人间四月

复活的每一天

品雨

孙　雪

天黑了，屋子亮了，雨点染湿台阶
循脚步声而来，雷在吼叫，谁要发言

是雨，滔滔扑向绿叶，一地池塘瞬时生起
水花开了，闪电忙着曝光，上蹿下跳

屋顶燃起雨雾，有风路过时，悄声捎走
是树，渴盼着雨，忙着一鞠躬二鞠躬三鞠躬

嘶哑了，这一场演出，雷是主角的主角
雨跑着腿，声声急，哗哗，声声慢，嘶嘶

伞打开了红黄蓝绿，人影稀疏藏在细雨下
车趴着水面慢行，送雷一程，说是客来客往

这次第，翻书声又起，茶香味飘来
雨珠儿闲敲窗扉，叩问：长驻人间，能否

小满

独上西楼

江南终于沉醉

在这一场烟雨中

布谷鸟是声音清脆的信使

捎来一些让人微醺微醉的信息

小河的水渐渐丰盈

麦粒忙着灌浆

果实专注丰满

少年们专心充实知识

两耳不闻窗外

地里的苦菜

长得有了点甜味

还需要一些时间

成长自己内在的一份期待

外面的世界

一夜之间长出

薄如蝉翼的翅膀

好像一只蝴蝶

飞过蜻蜓的窗口

追赶地平线的孩子

李洪程

蓝天。黄土。辽阔而苍茫的
大平原。一个方额垂髫的孩子
在太阳下，飞快地奔跑着

是在跑向一条远远的绵长的
地平线，那里有一棵大树浓重的
远影，地平线就延伸于树下

孩子跑着，呼叫着，挥着帽子
汗珠飞溅，跌倒，爬起，再跌倒
再爬起，再再跌倒，再再爬起

跑近大树时，他笑了，脚下抖擞出
一道如诗如画的风景，而新的地平线
又在更远的一朵白云下出现了

孩子接着向前跑，跑啊，跑啊，跑成
一个汉子，跑啊，跑啊，跑成一个老者
老者又跑成孩子，跳跃着，欢叫着

跑到那朵白云下，拉起那条地平线
又抖成一道风景，哈！更美的一条地平线
又出现在远方，远方晃动水波似的光影

我无法再把葱茏的时光还给你

马巧凤

1

她是一块纯梨木案板

也曾在根深叶茂的时光里

看朝阳夕落，看风云更迭，看叶芽一点点绽放

她是有梦的啊，春天嫩嫩的绿，四月繁茂的花

七月累累的果实。她过往的春秋已模糊

可这树干的年轮替她活着

2

应该是某个晴朗的天气，也许老去，也许腾地

她被砍伐，被抽枝剥叶，开始与大地平行

花儿与她无关，果实与她无关，也许

也被阳光照耀，可这阳光已经不能让她生长

她静静地，以一摞一摞的木板形式喑哑着
直到成为一个案板，从不食人间烟火的仙子
成为一个红脸大汉，可以轻柔，也可以暴力

3

她浑身刀痕，每一处都凌乱错综地遍布
除了这些，她浸染过污水
承受过拍打，还有经意不经意的烫伤

她从不言语，只承受这外力给予的所有的疼
与打磨之后生活赋予的所有的香
即使她必须存在却总被忽略

4

很多时候，对她我从不会小心翼翼
每次轻下来的时候，只不过是我忽然想起了
一些从不再回来的时光
和与此有关的人

灵魂是另一种鱼

李传英

更多时候源于泡沫　臆想出来的楼阁
电梯　纸上层次分明的图章

鞋一直在路上　公交车　地铁　高铁
绿皮火车拥挤　缓慢
晚点在手背

习惯没有预料的暴雨　狂风　刀子一样
磨损过的棱角
家的意念丛生　一棵树　一丛草
一畦整整齐齐的庄稼
或者被隔离　被圈进的良田
荒芜是生活的一部分

灵魂是话外之音　沿着古道
回归到最初之水
再三被加固　焊接　无数遍伸缩的神器
还是搅拌上更多的诱饵

握住岁月的锋刃（组诗）

牧　之

日子的间隙

月光入眠，我们像时光的潜伏者，在等
遥远的冰山上雪莲花迎风绽放，而这晚
太过安静的夜，弥漫着菊花之野的冥想
柔和的光晕，正在我们的指尖伫立
日子的间隙里，我们刚抬了一下头
旷野的蚂蚁们，纷纷从它们的家里出游

我们抓一把时光抛撒，日渐苍老的河流
一如所有的石头转瞬消失，爬山虎
有红尘的禅机在眺望，一些风声和雨声
在随我们一脉相承的乡音，再叫醒
小桥流水人家，在四季里翻转轮回

回首一阵风一场雨，光阴摇曳着无奈
一块秦砖与汉瓦泄露了祖先的山盟海誓
树枝上有黑色的风雨飘摇，而鸟巢安静
我们只有等待那些跳动的灵魂，与微风
在一条古藤上，重新走回炊烟的乡愁

守　望

日子有时锈迹斑斑，而鸟鸣、荒野、泥泞
默守着一方寂静，我们在春天铤而走险
而江畔，在游走的鱼儿念叨着慈悲的词
恍惚间，一道闪电劈痛了如水的炊烟
一片莲，在晚风中与无尽的余晖守住春梦

一只小鸟，在时光里悠然打坐
我们在一首民谣里嬉戏，一场连绵的雨水
开始与沧桑往事和世事磨难，一起剖析
石头的腹语，在虚掩的窗棂里反刍时光
直到鸣啾的麻雀和叽喳的母鸡唠叨岁月
腾起的尘埃里，有寒光依旧在闪动

落花开始清瘦，风华褪尽的梧桐留下风骨
岁月把灵魂引渡，我们无数的借口
刻入守望的明眸，与又起的秋风追赶

太阳落寂的脚印，穿越时光的渡口

看春花秋月何时了，然后，把守望挽留

远 方

渐行渐远，西风把夕阳吹落

鸟影在树枝上摇晃，向阳的山坡上

有我们思念和牵挂的亲人在赶路

那些天涯的套路太深，我们只有沉下心

与闯入尘世的游魂，一起临水而居

雪花飘得高深莫测，远方的旅人

却与天涯不离不弃，逝去的风声悠远

把一壶酒温成旧时光的跌宕起伏，之后

与河流的伤口在岸上翻滚，等前行的渴望

被风带走，迎着落月与古道的忧伤

在时间之外，抵达石破天惊的一段时光

说走就走，江湖的尽头有百川入海

却暗含清晰的杀机，而荒草杂芜的墓地

有一匹卸鞍的马在嘶鸣，放纵的辽阔与幽深

在远方与延伸的雾岚嵌入逼仄的雨巷

而我们留在旅途的灵魂，像飘摇的雪花

一片被就地吹散，一片还在远方跋涉

一场雪

秋风突然拉长忧伤的日子，一场雪
不期而至，河水在不紧不慢驾驭空寂
阳光走在雪地上，我们保持着沉默
而一只鸟在雪里啄食，身后是日暮苍山远
有尘世无数的城府在归途中掩埋来路

隐秘的刀锋，在风雪中切下一段月光
一朵腊梅，有生与死在众生芸芸中
去赴汤去蹈火，之后驻在不胜寒的高处
将光阴闲置，等雪灌满风和田野的空旷
时间之水便有暗流汹涌，苍茫的空白
依然有我们搁浅的春光在远方闪烁

寺院的钟声依旧不知疲倦，我们的
梦里梦外有青草青、有落叶黄
而喜鹊的空巢在积雪的树丫上
有缅怀在敲击着大地，与追月的孩子
在树藤上系紧聚拢又飘散的雪花
于是，黎明的风景与我们，用熟悉
走在陌生的雪地里，看树影埋名

眺　望

春风在恍惚中隐身，安静坐在自己的影子里

绿色无所顾忌，纷繁的想象渴望暮晚的霞光
我们的内心有大海与天空在蛰伏，一阵风
陷入沉思，而四月的残雪里，有蝴蝶厮守
并随风搬运花粉，我们俗世的生活
便有眺望翻山越岭，在喧嚣中撞出日子的痛感

生活的弦外之音，把漆黑变成火光，那些
桃花梦都回到纸上，对空山新雨后视而不见
我们在光阴的敲打下，立在思念的斜坡上
把眺望种在孤独与飞翔里，然后，与桂花
在断魂的路上，把风与雨的记忆留给落月

阳光开始漫不经心，马蹄在长亭之外
与岁月的迷茫交谈，我们守候的月光星光
便有经声和风铃在烟花三月，抱雪而眠
那些梦见小鸟的人，行走在薄冰之上
我们放眼眺望，有独立的鹤感叹，逝者如斯

黄昏辞

此刻，树影下的蚂蚁们无迹可寻
一团团烟云，与山一程水一程的跋涉
天各一方，而我们习惯了深秋黄昏的独白
渐行渐远的背影，如夕阳迟迟没有落幕
晚来的风里，有候鸟来来往往打开天之门

时光之泪已经遁迹，苍山已远，纷至沓来的
誓言如卜辞，被荒野的祈祷预约，遍地尘埃
我们抵达不会叛逆的天空与河流，残余与灰烬
同我们指尖上的锋芒和夜露，赞美或记忆
铭记透明的白莲花，枯死的红玫瑰

在黄昏的大道上独自苍茫，我们需要安宁
赎回自己的忏悔，像黑夜般寂静，燃一炷香
同时间锋刃上长出的斑驳锈迹，一起忍耐
在荆棘或花朵中埋葬自己，远山依旧苍茫
散而不乱的桃花里，有尘世的辽阔
与措手不及的忧伤一起，在黄昏，层峦叠嶂

我那老去的村庄

孙树恒

1

一个村庄老了

在老屋与田野之间

在园子和庄稼地之间

杨枝、柳叶、榆钱儿变得越发单薄了，在风中燃烧的枫叶
　　越来越暗淡了

墙角的犁铧，门后的锄头，墙上的镰刀，还有衣挂上的草
　　帽，似一幅未完成的图画

村庄的炊烟少了，屋旧了，女儿墙裂缝宽了，灯也熄得早了

村庄老了，白了的头发，掉了的牙齿，深刻的皱纹，黑白
　　之间，像时代的老照片

夜幕是低垂的，人影是孤单的

牛背的摇篮早已朽了，不肯销声匿迹的河流，袖手于老榆
　　树旁

含着月牙的钥匙，怀揣银质长命锁

指尖的烟，一节节吹散。饮下的酒一意孤行，缄口，闭目
　　不语

坐不暖的石头，焐不热的胸口，默默与自己争执

蟋蟀在夜里唱它最后的歌，老黄狗眼含浑浊的泪光，在黑
　　暗中发出最后的呼唤

雨线的针脚也稀了，雪的步子密了

秋天的芦苇，先是在雨里走，后是在雪中走，就这样走白
　　了一个村庄

2

一个村庄老了

黄昏里手掌，打开了丰盛的谷类，富裕的嫁妆，整个村庄
　　都在颤抖

有人盖房，有人赌博，有人结婚，有人死亡

紧紧系在黄土地里的血脉，根开始松动

一阵阵紧迫的风，吹折了"大秧歌"

树下的二胡拉的是"二泉映月"

院子里唱的是"二人转"

在村庄的日历上，在墙上，在树上

都画满了思念和牵挂的记号

徘徊于天地间

在四季的轮回里独守，等待却成了每日的空候

儿孙归来，才能扶起弯了的腰杆

月亮仍盘坐井底，苍老的呼吸，在水井边借助月色，打捞
　乡村的心事
无关生死、赞美、罪孽，交织
消逝在村庄的蛰唱

3

一个村庄老了
曾经下河摸鱼的外出打工了
一起打坷垃仗的伙伴都背井离乡了
好玩弹弓子的也走远了
村庄就像空洞的眼睛
转移了视线
有了好的路，走的人却少了
有了超市，没有人买东西了
有了医务所，无人看病了
有了村部，无须评判善恶了
人口在减少，牲口在减少
像沙子滑下宽大的指缝
而大门闭合
泥土活在村庄之中，祖坟留在村庄之中
先人怜惜，一抹磷火是高过村庄久远的灯盏
田间的"哨兵"，是村庄仅有的一把救命稻草
空了巢，空了心
想从燕子嘴里夺下所有的回声

蝉鸣仍在丈量，那棵老榆树的高度

在村庄探视新芽和绿意，寻求再续的香火

群山擎着半轮太阳，那是离村庄很近的地方

把灵魂朝向这一切吧，分头把村庄寄往春天

咏梅（外九首）

郎咸勇

咏　梅

枯草连天漫清霜，冰雪玉质绽芬芳。

风姿绰约笑冬尽，漫披红日迎春光。

寒　夜

月色凄迷渐酒醒，独坐窗下对昏灯。

蓦然一阵奇香至，知是梅开凛凛风。

漫　兴

落花流水红颜去，燕声呢喃留不住。

且抛愁意夕阳外，漫把酒樽读闲书。

饮　酒

山肴野蔌酒三盏，洗尽凡心意悠闲。

陶然醉卧花荫下，吟风弄月学少年。

咏　怀

雁过长空冲霄汉，鹤鸣九皋声闻天。

云泥有别趋舍异，遥遥相看两不厌。

咏青松

峰回路转漫登山，石磴蜿蜒入云天。

遥望青松最豪杰，倒挂绝壁披寒烟。

咏桃源

千竿摇曳遮碧山，水波粼粼鹭翩翩。

渔舟唱晚夕阳落，一尘不染是桃源。

老风帆

漫乘江水过万山，何惧激流与险滩。

波涛汹涌等闲渡，颠沛流离老风帆。

咏音乐

缠绵悱恻可荡魄，穿云裂石能开胸。
仙音漫传云霄外，鸟鸣山涧作和声。

忆童年

夕阳西下絮漫天，野鸭交颈洲上眠。
遥望鲤鱼戏小荷，抚栏最爱忆童年。

倾听鸟语（组诗）

陈　钰

倾听鸟语

透过高原迷蒙的雨雾

涉水而来的鸟语如花开放

穿过一座座苍翠的山峰

向五月走来，如花期美丽如初

在那苍茫的密林深处

倾听鸟语，会让时光停下脚步

鸟们的絮语，时而悠远时而绵长

清清瘦瘦渗透进夏的叶脉

在五月倾听鸟语，我的

双脚已生根双手已发芽

鸟语，让我漂泊的灵魂

找到了青苍的归宿

山村清晨

第一声布谷鸟的鸣叫

滑过情感丰沛的五月

一粒粒露珠爬上草尖

渴望在一束光里燃烧

曙色初露，山村的太阳

羞红着眼睛，抵达万千宠爱的家园

此时，青涩的果实比花朵更值得关注

阳光的火热将柔顺的部分融化

布谷鸟之歌

布谷鸟的鸣叫就是一首歌

是千沟万壑秘而不宣的语言

顺着一片阳光嫩绿的思绪

它们婉转歌喉把自己留在山村

我亲眼目睹了它们的飞翔

唱起急促催耕的歌谣

"快快布谷，快快布谷"

它们的歌声能把山村的心事穿透

倾听夏日

一朵一朵的鸟鸣

开在秧苗和绿树之间

用最高的音域

标出丰收的刻度

弥漫着乡村的原野

酽浓得整个土地都在高唱

鸟鸣沿枝丫间斑驳的光影

款款走下来　　走上

庄稼的叶尖，平平仄仄的歌声

自农历深处响起

嫩绿嫩绿的音符

把农谚抚得又熟又香

鸟声，滑出时节的领地

在苗壮成长的庄稼上欢跳

揪一把鸟声，放在禾苗的耳边

整个夏季就咧嘴笑了

你听　稻菽瓜果的足音

铿锵地向前跑着，跑着

山　居

山的幽静岩石般无言无语

一声清脆的鸟鸣把我叫醒

阳光依然明媚，像一群孩子

在老木屋四周嬉戏

这是清晨，初夏的清晨

清脆的鸟声破窗而入

听觉无限扩大

每一粒鸟声都敲在心尖上

痴痴地倾听　倾听

窗外的鸟声押着淡淡的韵脚

曙色初露，窗外一片幽静

谁将伴我饮尽最后的岁月

鸟　鸣

鸟的鸣叫，从山村的上空滑过

在仲夏的山野里滑翔

滑过一个又一个乳房般隆起的山峦

在一面又一面山坡上跌宕起伏

婉转悠扬的旋律，越过

这些被庄稼包围的田野

多么美呀，滴露的庄稼悄悄牵着

曲折幽深的小路在山间穿行

滑翔的鸟鸣，连绵不断

仿佛闷热里泛起的一缕缕凉风

辽阔的回声如光阴落地

安抚在田土里劳作的弯曲的身子

在宽阔水倾听鸟鸣

鸟鸣，在太阳山的密林中滑过

滑出优美的曲线，瞬间

我看见原始森林的古树上

一排排明亮的阳光在颤动

我首先感到的是清凉

流火的七月，这里清凉无比

走进宽阔水，仿佛走进

一段遗忘烈日炎炎的生活

鸟儿也纷纷来此避暑

它们用优美的语言

让满山的绿叶

安抚劳累的心房

鸟语在滑翔，滑过

一面又一面状如波浪的山坡

我停下脚步

挑拨一盏盛夏的心灯

用暂时的闲暇

倾听宽阔水的鸟鸣

布谷催春

乡村四月，布谷鸟的鸣叫

滑过老屋上空

恳切的声音

就是赶快耕种的命令

布谷鸟扇动的双翅

如我们翻耕泥土的姿势

扶牛驾犁，是这个季节

我唯一的使命

这个不能偷懒的季节，我们把

应该播种的深埋进泥土

让种子在春雨中好好发芽

让禾苗在阳光下好好长大

小说卷

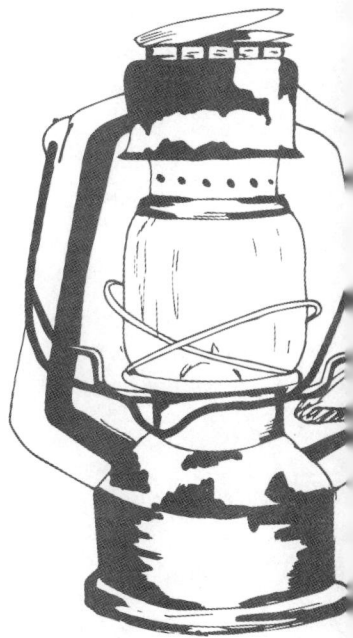

黑鸟

付尚林

上

太阳如一醉汉跌跌撞撞爬上丁仙垴时，父亲晃荡着那身黄色大衣到了村口樟树底下，村里十几个民工在等他。父亲的大衣似乎从来没认真穿好过，总是歪歪地披着，显得漫不经心的。大衣上那六枚铜扣锃亮，让我常常心生怀想。

清早的露水还在空气中流动，我听到露液在阳光里滋滋冒烟的声音。父亲说我这是幻觉。我告诉父亲说，我还听到一种鸟同我说话的声音。父亲说，再胡说，老子就撕了你的破嘴。我赶紧噤声，我相信我再在早晨说这种无踪无影的话，他真的会撕破我的喉咙，至少会封了我的嘴。一片樟树叶落下，又一片黑色落下，带有一股恶劣的气味。父亲抬头，一只黑色的大鸟正在一枝粗丫上阴沉地看着父亲。我想，刚才就是这只黑鸟要和我交谈说话的，但我不敢开口。

那股黑色的臭味其实就是一坨鸟粪，蓬勃地盛开在父亲的肩上。父亲皱着眉，似乎不喜欢或极其厌恶这种臭味。找死！父亲举枪，一声爆响在一缕蓝烟中蹿出，一片黑色的东西便覆了下来，砰的一声落在我的脚下，两只诡异的黑洞绝望地看着我。

父亲的枪法在周围百里是数一数二的。我记忆里，父亲的枪总是换来换去，有汉阳造，有三八大盖，还有火铳。枪有长有短，曾经还有过一把德国造的小手枪。射杀这只该死的黑鸟的是一杆三八步枪。父亲将枪递给我，我像一个兵痞一样将这只黑鸟斜搭在枪杆上，父亲看我的样子笑着。后来父亲常笑我，像电影里那种抢了老百姓家鸡鸭的小日本兵。

那只黑鸟有三四斤吧，也许没有。等着父亲的十几个民工早围了上来，赞颂父亲的枪法，说是名师出高徒。我父亲的师父是我爷爷。我父亲说，论枪法，他还比不上我爷爷一根小拇指。爷爷的枪法乃是千里之内乃至万里之内更无其右。我不知"更无其右"是啥意思，但我明白那十几个民工都在打那只黑鸟的主意，父亲说，中午再弄几个萝卜烩了它。四眼说，这家伙大，至少要用十个萝卜。

四眼是这十几个民工中唯一不姓付的人，姓和名我都不知道，只知是个外乡人，因戴了眼镜，全村人都叫他"四眼"，父亲让我叫他叔，我不叫，也一样跟村里人叫"四眼"。四眼挑着一头锅一头干松木段柴。父亲问四眼带火没，四眼说带了。父亲又说四眼，火线要长，要算好。四眼说，连长，我计算过的。父亲说，我知道有规定。

父亲是基干民兵连长，今天是带队去苏家涧水库工地爆破。父亲摸摸我的头让我把枪背起来，我努力把腰挺直，像一个小兵，只是那只黑鸟有点重，还有一点温热落在我手背上，是那只黑色巨物身上洇出的血。父亲将鸟扔给了旁边一个扛着钢钎的堂哥。父亲瞄了瞄我又瞄瞄那杆枪，说还是小了点矮了点，不知是说我个子小了点还是那杆枪。那年我读小学二年级，读一年级时因老师身体不好我们长期放假，读二年级时因老师经常组织学生排戏，我也常处于无组织的流浪状态。这种时候我多半跟父亲的连队上工地水库。父亲说，跟上四眼叔。

时值冬季，抽干了村里的泥塘，将泥塘里黑油油的污泥挑到田里，经过霜冻，油菜和萝卜、红花草都种了下去，公社里又给全社劳动人员安排了新的战斗——修水库，在我的童年记忆中，农民就是这样过来的。

那时的冬天很像个冬天，大塘山的塘里早晨的冰层很厚，扔一拳头大石滋地到对岸了，屋檐下的水滴冰串常如尖凿。我和父亲的爆破连队就在这样一个冬天的早晨向苏家涧水库进发。田野里有几片绿油油的萝卜地，生产队里的甘蔗地里，瘦骨伶仃的甘蔗在北风中高傲地挺立，经过羊肠山道再过了几个山垇，鄱湖便在远处展开。山垇上的枫叶和不知名的果实黄了红了，再下一个山道，一座孤零零的土砖房有点破败，那是沈家山林场。前面便是我们的目的地苏家涧水库。

父亲说，四眼，你上午在林场做饭，下午去工地。四眼嗯了一声，父亲又瞥了我一眼，说你上午跟四眼叔弄柴火，下午再到工地。我也嗯了一声，其实我是最喜欢最赞成父亲这个安排的。

那只黑色的鸟一路上老在跟我说话，说要带我飞去一个神秘的世界。我不能告诉父亲，告诉他他一定说我又产生幻觉。自出生起，我父母给我不止一次问卜算命。算命的先生说我是女命，命里缺木，生来就是一个劳碌命，命有伤官，命里带煞，反正和别人的命不一样，说我思想和别人不一样，说我是一个惹祸鬼。说得我母亲两眼泪汪，把本来准备给我生日煮的两个红鸡蛋全给了算命人，求人家指点迷津，好让我平安度过吉凶难测的童年。算命先生叹了一口气，说，你就把他看紧点，尽量少惹祸。父亲是一个坚决的唯物主义者，所以根本就不相信那人的鬼话。只是后来我告诉他我能听出鸟语花言时，他怔了半天说不出话来，后来我又干了一件连他都不敢想象的事，他才相信我是一个惹祸鬼。他开始相信一定是妖魔作怪妖祟随身，他长期佩枪，他说邪不压正，他是正义的代表是正的化身，妖魔再恶有他在身边，儿子也惹不出什么大祸。我的童年便一直在他的掌控中。我想离开他的掌控，找到我命中注定的那个神秘天地，那个属于我的世界。

四眼叔放下锅灶用器，在土砖屋前用几块土砖垒起了一个简易灶，林场原本是一座寺院，叫"华严寺"，"文革"时各村祠堂、各处庙宇都被红卫兵要么拆掉要么改作他用。华严寺拆了后在原地用土砖土瓦围起了一个革命林场，林场里栽种了许多桃树、梨树。除了父亲的爆破队，还有别的村庄的红旗队、先锋队和学大寨队也都在林场弄饭，故水桶菜盆之类应有尽有。我在附近山脚下弄来茅火柴引火，四眼叔挑来干松树段，光树段开始火是燃不起来的，必须先用茅火柴类先旺一阵，才有可能把柴烧着。弄火，我是极有经验的，我经常在家帮母亲弄火做饭，有一次在家里弄火没弄着，便跑到村前禾秆堆里弄，结果火光冲天，像烽火台一样，狼烟滚滚，全村民兵老小以为是老地主富农破坏，弄得全村涌动。

火很快旺起来了，锅里水也开始热。林场里每天有一位大队干部值班，我听四眼叔尊称他沈主任，沈主任穿着和我父亲一样的黄色大衣，后来我才知道那是威严的军衣。沈主任穿的黄大衣笔挺板正，六枚铜扣没有一枚没扣端正。他在林场土屋前头踱着，用脚勾勾那只黑鸟，眼睛眯起一条缝，像要盯穿什么，又看了看被柴烟弄污了的我。我说，这鸟还活着，在跟我说话。沈主任突然目光如炬盯着我，说，你说什么？

我又将一根干木头塞进灶内说，它说它来接你。沈主任半信半疑的样子，我忽然一下又后悔起来，我怎么能跟沈主任说这种话，他一定不相信。果然他狠狠地用脚踢了一下脚下的那根木柴，像是恨这根木柴又像是对我说的话不满意，呸的一声狠吐了一口吐沫走开了。四眼叔正在淘米，抬头说，主任，肉熟了我盛碗去，你试试鲜不。旁边罗家队里的一个胖女人笑，主任要吃个鸡巴。沈主任突然回声，一脸灿烂说，就吃你的肉。

中午要做萝卜红烧鸟肉，这是我父亲安排的。四眼叔说，去弄萝卜，我说去哪里弄。叔说小孩子哪里都可以。我说咱村萝卜地不在这里。四眼叔说，你小孩腿快。我说我就去山脚下弄，别村人说我就说是你叫的。四眼叔说，老付家到底有个胆小的。我说，你胆大你不怕，你去偷萝卜。四眼叔说，咋是偷呢，是向生产队里借。我说，是借你就打个借条或给我两毛钱我埋在萝卜坑下。四眼叔说，咱借萝卜，为苏家修水库，有那二毛钱咱不用萝卜，人参都有了。我说，你就是怕偷萝卜别人看见了你挨骂，让我做替死鬼。四眼笑，你是小孩弄萝卜谁骂你。我说你逗我，我叫我父亲用枪崩了你狗日的，说着便用手做掏枪样，四眼叔忽然脸色苍白。

那天的阳光一直软乎乎的，如打霜后的稻秆一样硬不起来，虽然四眼叔一直催我去附近萝卜田里弄别村萝卜，但最终还是四眼叔翻过几道山梁去付家山生产队萝卜田地弄来了十二个萝卜，我将萝卜的菜头切去，又用水洗了几遍，洗去黄泥土，萝卜露出白色，有几口萝卜是经过霜冻的，颜色里也显露出晶亮的纹路。在打理萝卜时我一直在和黑鸟交流。我说，黑鸟，我吃了你。黑鸟说，别吃我，你不吃我就带你去一个地方。我说，不行，我父亲说用萝卜红烧，我从来没吃过红烧肉。黑鸟说，红烧肉没吃过，以后还有机会吃，我带你去的地方你不去，以后你就去不成了。我说，不对，红烧肉没吃过，以后就吃不成了，我们村的猪都集中发了瘟，全村吃了两天，我母亲不让我吃瘟猪肉，牛也死了，全村都分了牛肉，母亲把牛肉放在烟囱头上风干了，说是过年吃，鸡鸭也都死了，被黄鼠狼偷了去，我从去年开始就没吃过肉。黑鸟说，黄鼠狼吃了你家鸡鸭，你可以吃黄鼠狼。我说黄鼠狼是阶级敌人，黄鼠狼给鸡拜年没安好心。全村的黄鼠狼都被枪毙了，挂在村口的樟树丫上示众哪。黑鸟说，那你真的只能吃我了，不过你吃了我你会后悔的。我说，我不后悔，我父亲说吃你就吃你，我父亲是这方圆百里乃至千里说一不二的人。

我在和黑鸟对话的时候，四眼神色紧张地看着我，那个胖女人也看着我。沈主任用一双阴沉的眼睛看着我，那双阴沉的眼睛让我想到黑鸟的眼睛，那里面充满诡异或幸灾乐祸的意味。沈主任说，老付家的小孩有毛病。四眼叔说，没毛病，只是爱幻想爱说胡话。沈主任呀了声，呸的一声，一口带有血丝的痰吐在一根松木柴上。四眼叔说，沈主任有病。沈主任仿佛听到有人咒他似的，盯得四眼叔头皮发麻，问，你说啥？四眼叔用一根禾秆挑起那沫痰中的血丝，看了又看，说主任痰中带血，旺火，肺中气血不顺，肺病。沈主任又狠狠地吐了一口更浓的痰说，老子天天吐痰也没病。说着扭头回土砖屋里去了。

四眼叔仿佛是得了个没趣，回过头又看着我，找回另一个话题，对土屋前的几个生产队的伙夫说，这娃没病，就爱幻想。那个女伙夫胖腰胖脸，有点像《红灯记》里的李奶奶，说，身体没问题，脑子有问题。四眼叔说，脑子也没问题，听老付说出生时是手先出来。女伙夫说，手先出来是个讨债鬼。四眼叔说，不讨债，只惹祸。

旁边一位说，烧生产队里稻秆垛的是他。四眼叔说，不怪他，只怪老师乱说什么典故烽火戏诸侯。我烧村里秆垛的事一直被村里人戏谑，突然有人为我平反撑腰，我突然感到四眼叔比亲爹还亲，先前和村里人那样四眼四眼地叫他，实在是不应该，我忽然感到跟父亲母亲不能说的话，可以跟四眼叔说。

叔，我刚才和黑鸟说话，黑鸟要带我去一个地方。四眼叔说，黑鸟不会说话，即使会说话，早晨被你父亲一枪崩了，死了会说话吗？我说，叔，黑鸟没死，刚才还让我别吃它，我不吃它，它千年以后就回来，就像白蛇精回来找许仙报恩情一样。黑鸟真的死了，叔刚才拔了它的毛已经碎了大小几十块下萝卜锅。叔，黑鸟不会死，即使你把它碎成千块万块它也不死，它的头在，思想在，灵魂在，它会飞过千山飞过万水回到它的家里。

四眼叔怔了怔，说，你咋知道思想灵魂这些词？

我说我不知道，是黑鸟说的。四眼叔怔怔，好一阵才说，他们都说你有问题，我不信，除非你是那黑鸟肚里的虫，除非你也是那只黑鸟。

除非你也长出翅膀。四眼叔突然站起来，抬头看天空，天空中隐约有鸟飞过。

半夜里有人叫我父亲，原来沈主任下午吃完付家山村爆破队的午饭萝卜红烧鸟肉后，回到家里就开始咳嗽，开始吐血，他家里人来付家山找我父亲找我四眼叔，四眼叔是一位下放的医生。当我和父亲找到四眼叔时，四眼叔人躺在村里棋盘厅旁的一个土屋床上，床头枕着一双红鞋。这双红鞋一直在我脑海里，我不知四眼叔自杀是与黑鸟有关，还是与他身边的红鞋有关。

下

那些年的冬天很长，父亲在水库工地和大塘山村来来回回，母亲和村里青壮男女白天在水库坝上战天斗地，晚上归家。我像一只小狗小猫，在村里游荡，偶尔被父亲像扛一根铁锹钢钎工具一样，被父亲背在背上带到工地，然后在红旗飘扬人山人海中仰望天空。每到吃饭或歇工的时候，父亲总能准确找到我的位置，并迅速像老鹰抓小鸡一样叼住我。

有一次我为了不让父亲找到我，我没在水库坝上而是溜到坝下一块甘蔗田地，啃了一下午被收割后余下的长短不一的甘蔗笋，看到太阳已经日落西山，心想父亲这下该找不到我了。睡梦中我被父亲踢了一下，用那双我祖爷爷穿过的日本皮靴轻踢我瘦骨伶仃的屁股，父亲嘲笑我像鸵鸟，藏起了头却忘了屁股。父亲又像老鹰抓小鸡，一只手一拎便将我放到他肩上，说，回家。途中我问他怎么又找到了我，父亲得意地说，你爸是谁，如来佛，你再淘就是淘成猴子，也在我老人家手心里。

父亲的话让我怵了好一阵。后来每一次想弄出点动静时，总感到父亲的五指山会突然压下来。有一天夜里半夜醒来，听到父母在讨论是否把我送到雷家村上学的问题。母亲说老细再这样下去，怕是将来误了，书没读成，人也尽惹事，把他放在工地上也不是办法，万一在工地上再弄出火呀水呀什么的就难办了。父亲嘿嘿地笑，你当我每天在工地上扛着枪来来回回是在监视"地富反坏右"

什么的吗？我是在监视咱儿子哪。

许多年后我一直忘不了那个黑鸟的故事，父亲的枪一枪精确无比，子弹从黑鸟的左眼穿进又从右眼穿出。父亲从第一眼看到这双阴森森居心叵测的鸟眼后，心里就充满了厌恶，要把这双恶毒的招子毁了。我后来在互联网上和许多朋友叙述这个过程时，他们没有一个人相信，那颗子弹穿过鸟眼时，鸟头应该被打爆，就像子弹穿过人的胸膛，会在人的胸前爆出一个大洞，从洞里会流出血污，那时枪膛里的子弹都是开花弹。

黑鸟的头没被打爆，依旧完整，两个孔代替了两只阴森的鸟眼，我把这个故事讲给我的物理启蒙老师听时，他沉吟了片刻，便果断地说，你没说谎，鸟头和人头不能相比。我说那是一只巨鸟，鸟头虽然没人的头大，但那巨鸟的头也是一只硕大无朋的头。我的物理学前辈几乎没任何犹豫斩钉截铁地说，我能不信你吗？我在成人世界也有许多人说我喜欢幻想，说胡话，我总想咋你们又不信我哪，每次我都是掏心掏肺说真话。天哪，这位我尊敬的物理前辈让我觉得有把故事讲下去的必要。

吃过中饭，铁锅里萝卜红烧鸟肉被我父亲那伙民工抢光了，就连铁锅里那剩下的一点星沫油子也被德旺叔用米饭混了粘了，我没吃肉也没吃萝卜，我喜欢锅巴。四眼叔在红烧肉弄好时，就给我盛了一碗。我不吃，我想吃，我不吃。四眼叔可怜地望着我。多久没吃过肉了？我也记不清了，反正生产队里我吃得最多的是锅巴，后来我想那时我长成这锅巴样，是不是也跟我吃多了锅巴有关。曾有一段时间村里老人后生都锅巴锅巴地叫我，锅巴，今天烽火戏诸侯吧？锅巴，今天又是你姐帮你洗澡吧？锅巴，你小鸡掉了吗？锅巴，你听到黑鸟说什么呀？锅巴，你真的看到那只鸟头在砧板上长出翅膀了吗?

我没敢吃那红烧鸟肉,我把四眼叔给我盛的满满一碗红烧萝卜鸟肉偷偷地端给了在土屋里的沈主任。土屋里一长排小间小间的门,所有门都紧闭着,走廊里静得连放个屁都声如巨雷,我知道我在烧火时已经冒犯了他,要不然他不会把带血丝的唾沫吐在干松木柴上。我在走廊里尖声细气地叫唤,沈主任,红烧肉。红烧肉,沈主任。空荡荡的走廊里只有风像贼像老鼠一样穿过。我知道没人应。但我相信沈主任一定在这土屋里,或在这土屋的某个老鼠洞口阴沉沉看着我,随时随地都有可能像老鼠一样滋的一声蹿出来逃走或咬我一口。

我有被老鼠咬过的经历,半夜里,那家伙贼头贼脑靠近我,似要和我有许多亲密的话说,我正要在黑暗中和它示好表示友谊时,那狗日的竟突然不顾一切地扑了上来,咬住了我的手,咬得我鲜血淋漓。哭声惊动了我母亲,母亲说,谁让你吃糖不洗手。不讲卫生,下次老鼠还咬。我说,谁说我不讲卫生,吃了糖之后我将手指吮了三遍。事实上在吃完我母亲不知从哪里弄到的一颗糖后,我已经不止十次吮过每一个手指,直到残留在手指上的最后一抹糖味也消失了。怕有鼠疫之类传染病,父亲叫来了四眼叔,给我用肥皂水冲洗了几次,又弄了点红药水。母亲叹了口气说,这年头老鼠也疯了,饿疯了。父亲小声地搡了母亲一下,乱说话。

我在走廊里一遍又一遍叫着红烧肉叫着沈主任。并不是我不想吃红烧肉,后来读三年级时,我的同桌付贤彦叔公每次将一只青色小竹筒带到班上时,我总心跳得像有三四只老鼠在抓我挠我,肉肉肉肉。那青色竹筒里是米粉蒸肉。贤彦叔公的父亲是景德镇红光瓷厂工人,光荣退休了,他父亲每月到三汊港公社领退休金,在全村所有男女中就他父亲有这份殊荣有这份幸福，他父亲领了工资之后便在三汊港人民公社食堂里吃一份馒头包子，那时馒头二分钱一个，包子一角钱二个，一小碗米粉蒸肉二角五分。

老人家有时吃碗米饭加米粉蒸肉，走时便将一只自制的竹筒制具盛回一碗米粉蒸肉。这份米粉蒸肉是为他五十岁得来的儿子带回的。每次看到那个老人夹着一个青竹筒往我们走来时，我总想，那个老家伙咋不认错人呀，什么时候把我也认成他儿子。后来有一段时间我恨竹子一类的东西，在我的屋前屋后种植了一大片竹子，我每天用刀砍刀削。后来我母亲发现我恨竹子，便和我父亲花了一个夜晚挖光了挖清了屋后屋前的竹根。我母亲知道我的心思，说明天给你买个小刀加一块糖。我说，不要糖，要米粉蒸肉，要天天吃米粉蒸肉。我母亲笑，乖儿子，毛主席也不能天天吃米粉蒸肉呀。

长廊尽头处终于探出了一个头，是一个女人头。叫鬼叫魂呀？我一看就认出是那个胖脸胖腰女人，我说，我不找你找沈主任。那个胖女人哦了声，找老沈呀，话没说完显然盯上了我手上那碗红烧鸟肉，半是惊咋半是欢呼地说，老付家的小子谁说有毛病呀，也知道拍老沈的马屁。我听她说老付家的小子有毛病，恼怒地将碗后缩，说四眼叔给老沈的。胖女人脸上有点尴尬说，老四眼给老沈的。随即又满脸如花地说，我家老沈刚才吃过肉了。吃过了，啥时吃过了？我不信，这女人是骗我，想让我把这碗红烧肉送给她，我才不上当哪。那胖女人忽然轻声靠近我说，不信？不信你问沈主任。那胖女人靠近我时，我忽然嗅到一种我从来没嗅到过的气味，那是一种什么气味？那气味仿佛我每天都嗅到过，但每天都离我很遥远，我盯着那女人，突然间我感到这女人并不那么可厌可憎。胖女人用手拧了我的脸一下，又拧了一下。我没反抗，心想拧吧拧吧拧吧。胖女人看到我的样子突然说，老付一个模样。

沈主任斜披着军大衣，咳了一声从里间走了出来。用手摸了摸我的头，老四眼叫送的？我嗯嗯地应着，还没有从那双柔软胖实的拧吧中走出来。沈主任干笑了两声，说，告诉老付，他儿子大了。我忽然仰起头，盯着沈主任说，我明白她说你吃过肉的意思。然后头也不回昂首挺胸来到林场前那一片桃树林里。

桃树林里有一棵桃树光着枝丫，几只干干的残桃在享受阳光的同时也经历着风霜，夜里仿佛就是一夜工夫，这棵桃树便开了小叶小花。我跟我父亲说，我要离开棋盘厅睡到四眼叔的土砖屋里，跟四眼叔睡。

我靠在那棵光秃的桃树上，看着土灶前那块将黑鸟碎尸百块的砧板上伸出一只巨大的头，黑鸟的头，那双深陷的巨目可怜地望着我，像在嘲笑我，在引诱我，在陷害我。我感到我在这个冬天所有的童年都将随风而去，我懂得这个冬天的故事关于一只黑鸟的情节和片段都要被我戛然而止。那只黑色的鸟从那血肉糊糊的砧板上伸出了翅膀，那被四眼叔拔得干干净净的羽毛，本来打算编十几只扇子的羽毛，突然间从土筐里片片飞起，片片飞起片片集结，集结成两羽巨大的翅膀，我要飞，我要飞了，那只鸟突然圆孔怒睁，我要飞，我要飞到天上去。

我要去另一个世界，另一个神秘的属于我和黑鸟的世界。父亲说，沈主任在呕血。我说我知道。父亲说，四眼叔畏罪吃了安眠药。我说我知道。父亲说，你啥都知道，那赶快去救四眼叔。我说，我啥也不知道，是黑鸟知道。父亲说，你这个熊孩子，又犯病了。我说我没病，有病也只病这一回。父亲说，病一回又够你爹受的了，还能病几回。我说多我就病这一回，下次再病，你用那双日本军靴踢我。父亲说，拿你没办法。我说，你拿我没办法，你走到四眼叔那里去，我乘黑鸟飞到四眼叔那里去。

父亲叹了一口气，这孩子越来越不像了。飞吧飞吧，让他飞上去跌下来，飞上去跌下来，说不定跌了几跤又正常了。母亲说。

父亲到四眼叔土屋时，狠甩了四眼叔两个耳光，母亲在旁边像叫魂一样叫，四眼醒过来，四眼醒过来。我看到四眼叔脸色红润，精神饱满满脸微笑地躺在土砖叠高木板横搭的床上。父亲像一只暴怒的狮子又甩了四眼叔一眼，四眼，再给老子装死，老子就让你真死。父亲抽出了一只勃朗宁手枪。四眼，老子开枪了，老子真开枪了。四眼，老子数三下，再不醒来，老子是你日出来的。砰，砰，砰，砰砰砰。这勃朗宁手枪的枪声和三八大盖的枪声就是不一样。这勃朗宁不该我爸这样的人用，他就该用三八大盖。这勃朗宁，像个女人，爸你该把工地上的三八大盖或汉阳造拿来，保证四眼叔准醒过来。

你给我闭嘴，你给我闭上你的黑鸟嘴。父亲咆哮着。四眼叔依旧满脸灿烂紧闭双目不理我父亲，我父亲拎起一盆冰水往他身上一浇，四眼叔依旧坚强，依旧不理这凡间红尘的雷鸣瓢泼。

母亲一边像叫魂地叫四眼醒来，又一手紧紧搂住我，你这样吓着锅巴。母亲小声地责怪父亲。父亲终于软塌下来，像全身被人抽去了气血筋骨似的。父亲说，几乎是哭腔，老四眼怕是躲不过了，人家沈主任呕血等着他呢！该死的黑鸟！不吃这黑鸟肉，人家病就不会这么快发作。母亲说是呀，锅巴不吃干吗要送给老沈呀，小孩送肉还说什么四眼叔送的。

我明白我又惹祸了，和上次烧村里稻秆垛一样。我说，妈我要尿。父亲说，外面尿去。我说，不我要高尿。我几乎是飞一样越过母亲的手臂，越过几块土砖，飞一样飞到四眼叔那张洁如白纸的床上。哗啦哗哗啦，淋淋尽致尽致淋漓地泡在四眼的眼里鼻里嘴巴里耳朵里。

> 静得像死一样的夜
> 静得让我欲飞的夜

四眼叔喉结耸动，咕噜咕噜了一阵，几粒白色随之而出。父亲像猛虎下山般将四眼叔双脚倒立，母亲嘘了口气说，人是活过来了，你四眼叔最怕脏。你以后跟四眼叔睡，要讲卫生，要洗手刷牙洗脚。

2008 年那个冬天，我在都昌四中教书，母亲给我打电话说父亲昨夜突然半夜醒来，对母亲说，叫锅巴来。母亲说，锅巴是谁呀？父亲说锅巴就是锅巴。母亲仿佛记得小儿子被人叫过一段时间锅巴，便打电话告诉她小儿子，说你爸快不行了，他常说四眼叔穿着红鞋腾着云驾着雾来看他。我在电话里一直嗯着，我知道父亲病得不轻，他老人家自从得了盲肠炎医生帮他割了之后，身体就一直没好过。仿佛冥冥之中真有神灵，这世界来了个轮回。父亲说，锅巴，那黑鸟昨天开口了，说要带我走，带我去那边。我默然无语，那只黑鸟真的在我童年中存在过吗，那个关于黑鸟关于四眼叔的红鞋真的存在吗？

栓狗叔的祭日

陈晓龙

一　栓狗叔这辈子

栓狗叔死了。他是在寒气侵袭了黄土高原，西北风四处肆虐，天空飘扬着大雪片的一个冬夜，躺在自家破旧窑洞的冷炕上，悄悄地断了气。

那场雪，非常大，鹅毛般的雪片断断续续下了好几天。等到雪终于停了，天空慢慢放晴，窝在窑洞里的村民出门活动，一脚踩下去，地面上的积雪能把膝盖都给埋没掉。

村里人谁都说不清，栓狗叔到底是什么时候死去的。只传说是在雪停后的大清早，栓狗叔生前的老伙计王三叔，打算叫栓狗叔帮忙一起扫雪。王三叔在窑洞外隔着墙喊了半天，没听到一点回应，感觉不太对劲。

于是，他揭起栓狗叔家窑洞门口的破草帘，轻轻地推开漏着风的旧木门，抬脚跨过高高的门槛，进到了窑洞里。借着白纸糊着的窗户透进窑洞的昏暗光线，王三叔看到栓狗叔身上盖着露着棉花的脏破被子，静静地躺在炕上。

"栓狗，咋还睡着呢，快起床，雪都停了半天咯——"

王三叔一边喊着一边往炕边走去。

"栓狗，栓狗——"

喊了几声，还是不见栓狗叔有任何反应。王三叔心口一紧，三步并作两步，快步迈到炕边。看到栓狗叔紧紧闭着双眼，脸色死灰，脸庞下瘪。急忙伸出手指在栓狗叔的鼻孔处探息，却感觉不到一丝气息，再用手摸触栓狗叔的身躯，发现已如冰僵一般，这才意识到栓狗叔死了，而且是已经死去多时。

记忆中的栓狗叔，经常穿着一件掉光纽扣的灰布上衣，用一根粗布带围腰扎着，半敞着衣襟，隐隐露出焦红的胸怀；斑秃的脑袋上常年顶着有些泛白的蓝檐帽；长满胡须的黑脸庞上，经常挂着些许傻气的微笑，似乎穷人的生活苦恼，跟他一丁点的关系都没有。

冬天的清晨，总能在村里的大路上看见栓狗叔叼着湿漉漉的旱烟棒，背着大粪斗，拿着粪叉，自言自语着，低头寻找路上冰冻的牲畜粪便。故而，栓狗叔家的粪堆，总是村里最大的，而他种的庄稼，也总是全村长势最好的。

模模糊糊记得栓狗叔好像是个大脑有点"不太正常"的人，而他大脑的"不太正常"，也是有点说头的。老人们说，栓狗叔年轻的时候，其实是个很英俊的后生，娶过一房婆姨，还有过一个男娃。

据说他还写着一手好毛笔字，曾算是十里八乡有点小名气的"文化人"。每到逢年过节，村里人总会找他代写对联，对前来求字的乡邻，栓狗叔总是有求必应。

栓狗叔的日子，原本过得还算平稳顺当，但在他家娃儿六七岁的那年，忽然出现的一场变故，却彻底改变了他的后半生。

那年秋收后，村里来了一个外地"货郎担"，他白天走村串巷，晚上就在村头麦场边的柴火堆里寄宿。

清晨，早起拾粪的栓狗叔恰好路过麦场，看见秋霜覆盖着的柴火堆里背身蜷缩着一个人，以为是村里哪个夜醉忘归的汉子，便走上前推醒。待柴火堆里背躺着的人转过身来，才觉得那人看着很面生。于是就边打量着，边问蜷躺着的人是谁。交谈后才知道，原来陌生人是一个游庄换货的"货郎担"。

出门混生活的人，都不容易。栓狗叔见"货郎担"背井离乡，无依无靠，寒秋晚上没地方住，只能在柴火堆里将就，十分可怜，心里一软，就把自家后院无人居住的窑洞打扫出来，让"货郎担"暂住在里面。

谁料几个月后，"货郎担"却带着栓狗叔的婆姨私奔了，连娃儿竟也一起领走了。栓狗叔四处打听，苦苦找了有大半年，母子音讯全无。

婆姨和娃跟着"货郎担"走后，栓狗叔就像得了一场大病，躺在炕上几个月没咋下地。后来，在乡亲们的劝导下，慢慢想开下了炕，但人却变得颠三倒四，有些"不太正常"了。

从那以后，栓狗叔没再寻找出走的娘俩，也没再续新房，一直孤孤单单地过着光棍生活。

小时候，孩子们在路上遇到栓狗叔，总会大喊一声："栓狗叔好！"往往孩子们的喊声，会把正在自言自语乐呵着走路的栓狗叔惊顿住，他总会盯着孩子们的脸仔细端详半天，并用粗大的手轻抚孩子们的头，嘴里不停念叨着："真乖，真乖——"

然后，伸手到敞露的胸怀里，像变戏法一样，变出一两颗糖果塞给孩子们。接过糖果，孩子们高兴地鞠个躬，说声："谢谢栓狗叔！"便欢喜地一溜烟跑远了。每当孩子们跑远，栓狗叔都会盯着孩子们远去的背影，立思许久，许久——

村里的孩子都很喜欢去栓狗叔家的窑洞玩耍，原因是他总会在孩子们去他家玩时，打开上锁的炕柜，从柜里拿出一些糖果分给孩子们吃。

那时，觉得栓狗叔炕上陈旧的炕柜，简直就是百宝箱，总有好东西从里面变出来。懂事后才知道那些糖果等玩意儿，原来是那个拐走栓狗叔老婆的可恶"货郎担"，在匆忙逃走时遗留的罪证。现在想来，栓狗叔舍不得吃糖果，留着分给我们这些小孩，可能是以此种方式抒发对自己孩子的思念吧。

就这样，孤苦伶仃的栓狗叔在对自己娃儿的思念中，傻里傻气地简单生活了几十年。最终，竟然在冰天雪夜中悄然地死去了。

在偏远的农村，人死是件大事，但栓狗叔的死，并没在村里引起太大的反应。在村里人看来，栓狗叔早就应该死了，因为与其像他那样孤零零地活着受罪，不如早点死去而解脱。故而，栓狗叔的死去，就像村里哪家死了条老狗一样。

栓狗叔死后的当天，他生前的几个老烟伴，用一张破炕席卷了栓狗叔僵冷的尸身，在村西头土山坡上的浅坑里掩埋了。

老人常说，人活一世，就像白纸一样苍白。一堆黄土，几张纸钱，孤零零的坟堆，给栓狗叔的一生，画上了一个凄凉的句号。

二　栓狗叔的儿子

草绿又枯，花开又落。

庄稼人在早出晚归的不停忙碌中，日子一天天过去，不经意间竟已过去好些年。随着时间的推移，村里人对栓狗叔的印象逐渐模糊，以至于后来基本遗忘掉。直到有一天，一个偶然情况又把栓狗叔从人们的记忆深处翻了出来。

那年秋收时，新上任的县长来到村里视察。一行人走走停停、指指点点地在村里走了一圈后，来到栓狗叔生前曾住过的窑洞旁。经过多年的风吹日晒，雾霜雨淋，没人住，也没人经常填泥修补的窑洞，墙皮多处掉落，已经破旧不堪，远远望去，寒风中的窑洞似乎摇摇欲坠，几近随时都会彻底坍塌。

穿着一身灰色中山装，鼻梁上架着一副眼镜的县长，此时却双眼紧紧盯着破窑洞，清瘦的脸上神情凝重，似乎若有所思。沉吟半会儿，他问了一句："这是谁家住过的地方？"

身边陪同着的老村长慌忙答道："噢，这个啊，是一个叫栓狗的老人曾经住过——"

"栓狗？！哪个栓狗？"县长好像对这个名字有点敏感。没等村长接话，他又问了一句："这个叫栓狗的老人，如果活着的话，有多大年纪？"

"这个——"村长一时说不出来，只是紧皱着眉头，掐着指头推算了老半天，才不太肯定地说："如果他能活到现在，有七八十岁吧——"这时，旁边有人附和道："对，应该是这个年龄了。"

"七八十岁？"听闻后，县长嘴里也跟着轻声念了一遍，顿了顿他又问道："他家里现在还有其他什么人吗？"

"其他人？这个没有了。"村长摇着头肯定地回答道。接着他又说道："不过——他曾经有过婆姨和一个儿子，但后来，婆姨领着娃跟人跑了，到现在没有任何音信，不知道是死是活了。"

听了村长的话，县长低声噢了一声，又低头沉吟着，半天没再问话。

县长竟然对一个死去多年的"傻栓狗"表现出如此大的兴趣？这让所有在场的人都有点丈二和尚——摸不着头脑了。

村里人见县长对栓狗叔这么感兴趣，就努力回想着，尽可能详细地把栓狗叔活着时候的一些事情讲给县长听。村里人讲得很仔细，县长听得也很认真，不时他还会再插话问上几句。

听着栓狗叔的老烟友们讲栓狗叔生前的事迹，县长脸上似乎还隐隐掠过一丝悲伤的神情。当听到栓狗叔悲凉死去，只用一张破炕席包卷了草草埋葬，连棺木都没有时，县长眼眶居然悄悄湿润了。

县长这一反应，让村里人和随行的人员都大吃一惊。谁都猜不出县长到底为何会这么伤心。人们诧异地盯着县长的脸，试图探出个究竟来。后来，还是县长自己道出了原委——原来，县长竟是栓狗叔那离失多年的儿子。

这么多年来，他都一直以为那个养活他、支持他上学、干过"货郎担"的人，就是他的亲生父亲。没想到是"货郎担"拐骗了他们母子，在离村子一百多公里的地方安家落户，仍旧以"货郎"为业，养活他们母子，并供他上了学。"货郎担"在县长二十多岁的时候，就过世了。县长的母亲在几年前去世，临去世时，县长母亲告诉了他实情。县长大学毕业后分在邻乡的乡政府工作，靠着自己的努力，一步步爬升，两个月前，刚当上县长。

应县长的要求，村里人带着他去村头山坡看栓狗叔的孤坟。一般来说，黄土坟堆太干燥，是寸草不生的，但栓狗叔的坟上不知何时竟长出许多茂盛的蒺草来。只见坟堆顶上和周围，一簇簇高高的蒺草，郁郁葱葱，非常茂盛，就像无数美丽的丝带在迎风飘摇着，简直不可思议。见到此情景，村里人恍悟：原来早有征兆，栓狗叔家要出贵人。

县长在栓狗叔的坟前跪倒，恭敬地磕了个头。在场的人也都跟着县长跪下一起磕，县长磕一个，人们就跟着磕了一个。县长双手捧了黄土撒到坟堆上，所有人都跟着县长捧土往坟堆上撒。一座旧坟，转眼间，换了容貌，俨然是个新坟堆了。

当天晚上，县长一行没有回城，而是住在了村长家里。对故乡这样的小村庄，县长算是个很大的人物，何况这次来村里的大人物，竟然就是村里的根苗。

于是，消息传开，村里的男女老幼纷纷聚到村长家，都想亲眼目睹县长大人的尊容，人群围拢的阵势，居然比村里大户人家娶儿媳妇还壮观。

深秋之后，就是寒冬，再过不久，就是栓狗叔的祭日。县长对众人说："到祭日的时候，打算排排场场地过一下，烧烧纸，以超度栓狗叔亡灵，尽尽做儿子的孝道。"

听了县长的话，村里人纷纷点头表示赞同，他们说："栓狗叔命苦了一辈子，死后也应该给好好烧烧纸了。"

给县长大人的父亲——栓狗叔烧纸的事，成了村里、乡里甚至是县里即将要办的一件大事。

三 栓狗叔的忌日

时间过得飞快，自从县长离开村子，一晃就离栓狗叔的祭日不到半个月的时间。

这一天，县长秘书亲自来到乡里，转达县长的指示，要求乡长务必安排好县长亲爹的烧纸事宜。县长秘书走后，乡长为此事召开了专门的会议，还又亲自跑到村长家，郑重要求村长务必认真张罗好这件大事，绝不能有半点闪失。

这是一次非同寻常的烧纸，是县长老爹的祭日。为了能把烧纸这事弄好，村长召集全村老少爷儿们一起商量着安排事宜，这次人们表现出的积极和热情，有点出人意料。

大家七嘴八舌，出着各种各样的好主意，纷纷主动请求做事，似乎给烧纸的人，不是栓狗叔，而是每个人的亲爹娘，甚至连外村人听说此事，都主动找村长商量，希望到时能来帮忙。

村长也像个说话有人听的大人物，指挥这个，安排那个，柴米油盐、菜肉米面、纸火供具、阴阳道士、姑舅亲戚等烧纸仪式所用的物事和要请的人士很快都有人专门去负责。商量完毕，大家各负其责，只用了两三天的工夫，祭日烧纸的各种准备竟都做好，效率高得有点惊人。

祭日前一天，村里请来的十里八乡的鼓乐手俱都到位，吹唢呐的、打鼓的、敲锣的、击卡的，估摸有三十多人，这些人分别坐在不同方位的敞门帐房里，梯队式地击奏，幽怨的哀乐声此起彼伏，这种阵仗的鼓乐队是村子里历来最壮观的一次。

傍晚，阴阳道士（据说是常年修炼神法、会招魂抚灵的人）带领着孝子和鼓乐队，带着酒肉瓜果等物，吹吹打打来到栓狗叔坟前。阴阳道士把写着栓狗叔的大名（真正的名字）的小木牌放在坟头，念着咒语，孝子们在坟堆四面跪下烧了灵符，称为"烧符请灵"。

依照县长的意思，不但要请栓狗叔的灵位，还要请县长爷爷等祖辈的灵位。只是日月过去很久，实在没人知道县长老祖先具体埋葬在哪里，阴阳道士只好手里摇动着挂着符文的铃铛，嘴里呜里哇啦地念叨着根本听不懂的咒语，带着众人在村头的十字路口走圈圈，直到圈圈走到最小，道士才捧着一个木牌烧了灵符，又在木牌上用朱砂写了个名字，算是请到了县长祖先的灵位回来，称为"请祖"。

灵牌被阴阳道士敬供在村长家正屋的方桌上，灵牌前摆着香烛和各种酒肉水果，供逝者灵魂前来享用。供给栓狗叔的各类纸火应有尽有，只见左童男右童女，前门庭后堂院，鹿鹤羊马俱双件，阁殿楼宇摆中间，门头彩纸三丈三，彩色灯笼高空悬，白纸飘带随风展，远远望去甚壮观。

正值冬季，没啥农活可干，晚上村长安排了人轮班守灵续香，很多人都自愿不回家，围在砖头垒架的地炉旁，抽着村里提供的上品好烟，或烧茶闲侃，或围成一圈玩纸牌，不时有人自觉地去查看香炉，香快烧完了，就再续上。

县长是栓狗叔唯一的儿子，按说是要亲自为栓狗叔夜里守灵的，但村里人认为，县长是金贵之躯，不能太过劳累，言说谁守灵都一样，还是让村里人代为守灵。县长嘴里说着"这样不好，这样不好"，但还是没太强扭，只是随着村里人的劝说和众人的推搡，半推半就地去到村长家厢房过夜了。

祭日清晨，送纸的人陆续到来，十里八乡的都来送纸，真是人山人海，热闹非凡。

送纸在当地是很讲究的一种拜祭仪式，按照老传统，每逢人死，各家各户都要买了白纸回来，卷成直筒，用黑颜色的细丝线捆好，再蒸十个瓷碗大小的白面馒头，在祭祀当日，带到丧葬人家院门外，分两堆，摆放在长方形的大木盘里，底下三个成三角摆放，上面头朝下放一个，而后再在上面放一个，成三一一式地分三层垒起来，再把白纸卷筒放在两堆馒头中间，有专人端盘引路，送纸人跟在其后，顺着"孝子们"跪夹而成的通路，进到摆放灵位的桌前，引路人把盘里的纸放在灵桌上，馒头放在灵位前的大竹篮里，返到大门外准备引领下一位送纸客，送纸人则在引领人返回后，拿三炷备在灵桌上的香，在碗灯上点燃插在香炉里，接着跪下烧黄表纸、磕头，跪拜作揖后去到偏房里吃猪肉甚或是牛肉粉汤。

栓狗叔只有县长这么一个儿子，为避免县长一家三口跪孝时显得太寒碜，村里人让所有年轻媳妇、半大女孩和小孩子都着了长孝，跪成长长的两队，中间留了路径出来，供送纸人通过。

中午时分，很多坐着小车的人来送纸，看到这些人，县长夫人立即停止假装着的哭，擦去涂在厚粉脸上的两行眼药水痕，扭动着肥硕的屁股，眉开眼笑地迎上去，热情地一一打招呼，来人递过来的礼金包，县长夫人连点推辞的意思都没有，就已伸手接过来，麻利地收进自己的手包里去了。

下午四五点钟，请来了多年不来往的姑舅们（栓狗叔舅舅家的人），姑舅们带来了一件纸火和两只公羔羊。"司仪"领着众"孝子"，排着长长的队伍，吹吹打打迎出半里路。

待姑舅家人洗过脸、吃过茶饭后，最庄重的"出门头纸"祭奠仪式开始。随着哀乐响起，"孝子贤孙"各就各位，跪在铺垫上，揪顿着开始号哭。

栓狗叔的"孝子贤孙"队伍，除了县长和他那体态丰腴的妻子以及他的儿子外，其余都是由村里妇女和小孩组成的陪哭团，跟栓狗叔没亲缘关系，也没啥感情，故而，"孝子贤孙"的哭，大都是假哭。在需要哭喊的时段，"孝子贤孙"们便放下头上的白色孝帽盖头，扯开嗓子撕心裂肺哭起来，实在挤不出眼泪，就用手指偷偷沾了唾沫，在满是灰土的脸颊上抹两下，抹出两道像泪痕的轨迹，给人以十分悲伤的假象；倒是孩子们，听大人讲过栓狗叔生前的事后感觉老人很是可怜，一时动容而跟着流泪痛哭；当然，也有一些人，在哭喊中可能想起自家的一些悲伤事，竟真一把鼻涕一把泪地大声号啕起来。

待到天黑，县长捧着栓狗叔的灵牌，众人带着所有供奉的酒肉水果和各样纸火，在阴阳道士带领下，吹吹打打一路来到栓狗叔的孤坟前，在坟前摆放好，众人都围着坟堆跪下，道士又呜里哇啦地念一顿咒语，烧几张符文，然后大家一起倒酒点火，巨大的纸火堆燃起的火光照亮了半个夜空，高飘的火焰几乎把天都能烧掉，围着的人们受不了火焰的烧灼，后退了十来丈远才勉强能承受得住，纸火烧了一两个小时，最后才统统燃成灰烬。

在返回的路上，村里人在各自家门口放堆麦草点燃，言说是让在黄泉路上走着的栓狗叔，能循着火光的通明指引，顺利地返回到阎王爷那里报到……

老人说，三十年河东，三十年河西。恐怕栓狗叔做鬼都没想到，他潦倒而贫苦地过了一生，死后会有这么盛大的一次祭奠仪式是为他的。

四　结尾

烧纸仪式结束，送走县长一行后，村里老少爷儿们意犹未尽地继续围在村长家吃喝了好几天，最后村长实在承受不住，一再恳求，甚至后来直接催赶，村里人才恋恋不舍地各回了自己的家。

只是后来有种玄乎的说法却在村里悄悄传播开。有人言说，栓狗叔其实是天上的一位神仙，只因犯了天条被贬到凡间，受苦难只为赎罪。

据说还有事实依据，有人说，曾好几次见栓狗叔一个人坐在窑洞里，吃着鸡肉，喝着美酒。他又没钱，如果栓狗叔不是神仙，哪来的鸡肉和美酒？因为从来没听过村里谁家丢了鸡和钱。既然栓狗叔不偷不抢，他哪来的钱去买酒和肉？所以，他肯定是神仙，酒肉都是他自己变出来的。

栓狗叔活着的时候，到底是真傻还是假傻，他到底是不是神仙？传来传去，谁都说不清楚，成了一个永远都埋于地下的谜团。

再后来，有一辆警车突然停在村长家门口，村长被几个警察押上车带走了。一打听，才知道村长在那次烧纸中私收礼金，还给乡长和县长行过贿。还听说栓狗叔那当县长的儿子，在这次烧纸中收了很多的礼金，被上级查办，被查办的还有县长夫人、秘书和乡长等人。

而随着栓狗叔儿子的落马，村里各种各样的说法又传出来了，甚至还有人说得非常恶毒。

午后，黄土高原上卷起一阵强劲的风，盘旋起一股通天的尘柱，尘柱从远处盘卷而来，绕着栓狗叔的坟堆游走着，久久不能停息。

旋风中，仿佛看见栓狗叔那张胡子里挂着鼻涕的脏脸上，依旧带着笑容，只是那笑容，似乎不再像是以前那样了。

富廷之狼

孟祥海

引　子

冬风、冷月、寒星、旷野、枪响、狼嚎、尸横。

冬风，是深冬刺骨的风，不大，但飕飕。冷月，上弦，几近圆月，寒星闪闪，无边旷野隐隐可见远村黝黑的轮廓。尸横于野的十八个鬼子兵鲜血四溢，五脏被掏，体无完肤，五官让狼啃食得面目全非，此刻和死亡的灰狼尸体凌乱杂陈。

"嗷……嗷……嗷……"一只白脸的雄狼，蹲坐在汽车的前边，向着那高天的冷月悲歌。

这是一场人与兽或者说是兽与兽的较量，这是一场主人与入侵者的战斗。在富锦县往集贤县去的道南有一个叫富廷的地方，两边草甸连片的甸道上，一场决战就这样结束了。富廷其实是富克锦即富锦县的别称，满族语高岗的意思，广义的富廷辖域东到乌尔古力山，西到别拉因子山，南到像成串珍珠的七星河，北到银练逶迤东流入海的松花江。在这土肥水美的山清水秀的空间里，既有鹰击长空的海东青，也有遍地成群的獐狍野鹿、狼虫虎豹，还有鱼翔浅底的三花五罗，"棒打獐子瓢舀鱼，野鸡飞到饭锅里"，这对闯关东的人来说是一片风水宝地。狭义的富廷就是日本人与狼决斗的这个高岗，因岗上的屯子叫富廷而得名富廷岗。可以说这里是狼的家园，也是狼的战场，更是狼的墓地。

松下少佐坐在驾驶室里，吹着口哨，让其他十六名手下分两排坐在汽车车厢里，怀里抱着三八大盖步枪，各个气势高昂地从富锦县城出发沿着甸道向集贤县开进。

一　白脸狼

一方水土养育一方的事物。就说富廷这一带，这里的灰狼，就有白脸的遗传基因。它们一群的数量在五到十几只，在冬天寒冷的时候可到几十只，甚至上百只左右，这是因为小型动物躲起来冬眠，因此多猎食鹿类等大型动物，然而，猎杀大型动物时必须成群结队合作才能成功，所以狼在冬天要组成较大的群体。这里的狼群由一只雄壮的脸上长着白毛的狼领导。

冬闲季节，猫冬的人们又扎堆在老聂太太家的大炕上，靠东拉西扯、神吹海侃，听老聂太太讲闲话。她家南北大炕，屋子宽绰。棚杆上吊着一盏带罩的煤油灯，堂屋地摆一个黄泥糊的大火盆，炕烧得滚烫。屋里弥漫着一股叶子烟、灶膛里沤火的秸棵以及鞋里抖落出来的靰鞡草混合在一起的味道。这时候，大人小孩最爱听老聂太太给人接生走南闯北听来的奇闻异事，什么鬼的神的，但人们最爱听的就是狼的段子。

老聂太太说："狼是铜头铁腿豆腐腰，过路狼蹄一条线，入村狼蹄团团转，公狼蹄印圆又圆，母狼圆中略带尖；跳墙入户一条道，不从新路往外逃；掩门开门从不进，偏从房顶往里跳。"

有人说老聂太太："你还给白脸狼接生，那可是野兽啊，翻脸不认人。"老聂太太说："我也知道白脸狼，奸、狠，可我也不能见死不救啊。话又说回来，狼也有人性，有的人连狼都不如，都说狼心狗肺，还真冤枉狼了。"

老聂太太所说的白脸狼，奸、狠，就是白脸狼在别拉因子山脚下干的几件坏事。

有一年的六月正是青纱帐起的时候，后甲屯的王老五一大早去庄稼地里看水。夏日里，王老五喜欢在这个时候去田野里巡视，那个时候露水还没有退尽，田野里朦朦胧胧的，空气里夹杂着雾水，清新而凉快，闻着都感到身子骨轻爽不少。那天王老五也和往常一样，扛了锄头轻松地走在田间小路上，走到一块西瓜地时，王老五似乎听到背后有些响动，刚准备回头看的时候，两个肩膀上就一边搭上来个毛茸茸的爪子。王老五在山下做了几十年的农民，一寻思就知道这是遇上狼了！

王老五压根就没把这头狼当回事，王老五当然知道这个时候只要一回头，狼就咔嚓一口咬断他的脖子。王老五往前猛跨了几个大步，拿起锄头往后朝着狼的腰部使劲磕了一下，狼惨叫一声，在他的肩上咬下一块肉，跳在一旁。王老五痛得差点没晕过去，转过身，看见这么一只腮帮子上长着长长的白毛，狼嘴还血淋淋地嚼着自己鲜红的血肉，还有狼那闪着白光的眼睛。王老五就怯了，边晃动着锄头边往后退，狼一步步紧逼着，忽然，王老五感觉后脚跟被什么东西绊了一下，一个趔趄就往后倒，狼如同一道白光一样射了上去……那片西瓜地被折腾得呀！到处都是令人触目惊心的红，有老年人说："这是公狼给狼崽子们打食哪。"

第二件事传说是发生在花马屯北的世一甲。有一条河从世一甲流过，河边有一大片很肥沃的草地，村里的牛羊就放养在这里。那还是六月底七月初的样子，几个差不离大的放牛娃早早地就把各自家的牛赶到河滩草地上吃草，几个孩子就像往常一样坐在草地上玩耍。其中有个小孩最先听到牛的惨叫声，他站起来张望了一下，就看到有一头狼正咬着自家牛崽的脖子！牛娃大喊着提着牛鞭就冲了过去。那狼不慌不忙地把牛崽往背上一甩，迈开步子往山上跑了。那牛崽是给地主放的，牛出事了，回去会挨鞭子抽的……

世一甲的男人们在河边找了一天一夜也没寻着牛娃。第二天晌午才在一片林里一块巨大的岩石后头发现了吃剩的半个牛头，离那不远处的一堆灌木丛边，人们看见了牛娃的惨不忍睹的已被掏空的身体。

二　狼的对决

松下的汽车到了花马屯，已经十一点多了，花马屯警察署署长张大麻子，老早就等在警察署大门口，恭恭敬敬地把鬼子们迎进屋，这个老汉奸早就炒好了菜，备好了酒，把两个八仙桌子摆得满满登登。

原来今天是张大麻子的小儿子的满月酒。张大麻子已经有四个千金了，不孝有三，无后为大。眼下老婆又要生了，却又难产，他赶紧套上马车，到富廷屯去接有名的接生婆老聂太太。说起老聂太太，那可是接生的老手，据说她还给狼接过生呢！还真挺好，老聂太太来到产房，一阵折腾，已经难产三个时辰的张大麻子老婆真顺利地生了，而且还是个大胖小子。

老聂太太家住在富廷屯的西头。老聂太太是个接生的，村里人生小孩，都找她给接生。那时生小孩，都在自己家里，消毒只能用草灰。一个妇女一生能生八九个孩子，可是，能成活的也就四五个。有的妇女在生孩子时难产还丧了命。

有一天早上附近村庄的一个男人来找老聂太太，说他老婆快要生了，想找她去接生。老聂太太是个急性子，二话没说就答应了。她深知此时此刻时间是多么宝贵，能不能顺产还不知道，要是难产的话，如果耽误了，可能就是两条人命。她焦急地对儿子说："大宝，快去把马牵出来！"那个来的男人说："不用牵了吧！咱俩骑我这头驴走。"她看了看那头驴说："你看，这驴这么瘦，驮上两个人是跑不快的，咱还是一人骑一个，不能耽搁时间啊！"这时那头棕色的马被牵出来了，她裹的是小脚上马不好上，在儿子和那个男人的帮助下她骑到了马背上。不一会儿他们就到了地方，还没进门就听到一个女人撕心裂肺的声音，这种声音对作为产婆的她来说再熟悉不过了，她下了马对那个男人说："我先进去看看，你把马拴好。"然后摇摇晃晃地进屋去了，刚一进门就看见一个妇女在屋里焦急地踱步，这个妇女一看她来了，惊喜地说："来了来了！产婆来了！"屋里那种撕心裂肺的声音渐渐缓和了，那个生孩子的女人看到了希望，老聂太太走到炕跟前看了看镇定地说："别害怕，第一胎难免费事点，鼓点劲，用力！"那个生孩子的女人此时汗已经把上衣湿透了，她已经疼了三个小时了，她的两只手死死地抓着炕席，把手都扎破了，老聂太太一边安慰产妇，一边鼓励她用力，这一用力啊，孩子还真出来了，孩子的哭声、大人的笑声在屋子里回荡。

老聂太太要走了，那个男人把一袋糜子放到了她的马背上，说："这袋糜子就权当是回礼了，咱家也没别的啥好东西，我送你回去吧！"她说："不用了，我自个儿回去吧，你留下看媳妇，女人哪这时候最需要男人了，没事，又不远我一会儿就到了。"那个男人把她送出了门，她上路了。

走着走着，老聂太太看见远远地好像有条狗在向她这边跑来，那条狗离她越来越近，定睛一看，可把她吓坏了，原来是一头白脸狼，那眼睛里闪着绿光，死死地看着她，而且还在马的前边跳着嚎叫。她害怕把马给惊了，用力地抓紧马的缰绳，马不能前进，掉头往旁边走，狼又拦了过来。她无所适从，虽然以前也见过狼，但这次只有她一个人，她真的有点害怕，她心想：这狼该不会想吃了我吧！她恐惧地瞄了瞄眼前的这只狼，她好像看到了一种哀求的目光。老聂太太一开始真像没了魂似的，浑身上下哆哆嗦嗦，脸吓得刷白！只见那狼将两只前爪往上拱举，双眼流出了眼泪，盯着老聂太太一动不动，好像没有想伤害人的意思。老聂太太看着这只狼的样子，忽然想到，是不是这狼也是来接我给母狼接生的呀？老聂太太大胆问了一声，这狼真就点点头，并把爪子着了地。她想：我今天要是不顺着它走，是一死，要是顺着它走，可能也是一死，我干脆顺着它走，看看它到底想要做什么。她拉了拉马的缰绳顺着狼的方向走，这时那头狼嚎叫声停止了，它在前面走，她骑着马跟在后面，老聂太太明白是怎么回事了，就来到了富廷岗上。在岗上一个土洞里，只见一只难产的母狼躺在地上呻吟，看到母狼痛苦的样子，这老聂太太不知哪来的胆子，把母狼当成了一个岌岌可危的产妇，上前就给母狼开始接生。她走到母狼身边帮母狼揉着肚子，母狼的气息有点微弱，她努力地帮母狼揉肚子，母狼的气息渐渐地平稳了，好像缓过劲了。好一阵子忙活，才把小狼崽子从母体中分离出来。

在她的帮助下母狼终于产下了三个狼崽。她还给母狼的患处抹上了用于消炎的草灰。她还有意地看了看狼崽，有两只是母的，一只是公的，这只公的白嘴巴，很壮实，掉了胎衣就直拱着要吃奶。

老聂太太出了土洞，那头公狼就跟着来到洞门口，她看了看那头白脸狼，朝自己的马跟前走去，白脸狼也没有阻拦。她来到马跟前，由于是小脚，再加上旁边有狼瞪着眼睛瞅着，腿有点抽筋，上马有点困难，试了几次都没有上去，白脸狼在一边死死地看着，好像有点着急，就来到了马的跟前，吓得马直躲，老聂太太紧紧地拽着马嚼子，马在原地打转，狼也站那不动。在几次没上去马之后，她才明白白脸狼的用意，她攀着马鞍子，用小脚蹬着狼背骑到了马背上。她不知是吓的还是累的，一身是汗，打着马朝着家走去，而那头狼就在离她不远处一直跟着，直到她平安到家，那头白脸狼看着她进了门才回头走了。第二天，大概九点多，她起来时院子里不知放着一个什么东西，走过去一看，院子里躺着一只羊，这只羊脖子上有被咬过的痕迹，还沾着血，她向四周看了看，那头白脸狼正趴在墙头上往里看呢，她把儿子叫出来，两人把羊抬进了屋。当她再出来时，那头白脸狼不见了。这事在全村传开了，一传十，十传百，好事的人还过来看个究竟。都说这事怪了，难道这狼还通人性？再后来，传到了花马屯警察署那里。一天警察来传老聂太太到警察署去。到了警察署，见到张大麻子，老聂太太赶紧站在一边。署长张大麻子说："老聂太太，你先坐下。给狼接生这事是真的吗？"老聂太太连忙点头说："署长，确有其事呀，我一个老太太不敢白话啊！"张大麻子狠狠地说："如果在七天之内，有丢羊的来找，你必须加倍赔偿损失！"可是，一个多月后，也没有一家说丢了羊。此事也就不了了之。

从此，十里八村的人家，凡是生小孩的妇女，都来请老聂太太接生，因为她给狼接生出了名，说她手法好，能保证孩子大人平安！她给人家接生还从不收钱，人们过意不去，有的送米，有的送面，有的送肉，有的送酒，也有偷偷给扔下钱就走的。老聂太太实在盛情难却，这些东西也就收下了。

在酒桌上，张大麻子为了讨好松下少佐，也为了助酒兴，大讲特讲老聂太太给他老婆难产接生和给狼接生的事。"狼？白脸狼？"松下显然对狼的事很感兴趣。张大麻子一边频频举杯一边口若悬河地讲起了自己和白脸狼的较量。松下端着酒杯，喝红的眼睛瞪得溜圆，听着旁边的稍懂汉语的手下呼啦半片地翻译着，听得津津有味。

张大麻子说："这只白脸狼才邪乎哪。听说白脸狼通人性，我偏不信，那年七月的一天，就率领警察署的几个弟兄到富廷岗的野草甸子里打狼。要说这狼还没怎么祸害人，顶多是屯里没个鸭鹅啥的，冬天就有一家猪让狼给赶跑了。"

这天狼像知道似的，躲得无影无踪。别说，还真让张大麻子他们找到了一个狼窝。

狼窝里有四个狼崽，他手下的弟兄就要给四个狼崽都整死，张大麻子忽然想到太君的狼狗，这狼崽可能对太君有用，他就让手下把狼崽用麻袋装回了警察署。

说到警察署就在花马屯西头老正大街道北，而张大麻子家就住在警察署东隔壁，都用警察署的茅房。

这一天晚上天刚擦黑，张大麻子和老婆与邻居正在屋外柳树下乘凉唠嗑，张大麻子六岁的大丫去上茅房。"哇，"随着大丫一声凄厉的惨叫，一帮人赶紧跑了过去，可是大丫不见了。这时，屯西的野地里传来一阵狼嚎，月光下，张大麻子影影绰绰看见一条老狼正叼着大丫飞奔而去，张大麻子着急地呼喊着："狼叼走小孩了！快撵狼呀！"

听到呼救声，警察们纷纷拿上枪，跟随着张大麻子朝野地里追去。

老狼在前面不紧不慢地跑着，人们在后面紧紧地跟随，这样的情形持续了约半个时辰，追到花马山一座山岗脚下的时候，老狼坐到山头，两只前爪压在哇哇哭的大丫身上，目光喷火似的怒视着追上来的人群。人们朝老狼一步一步地逼进。

这时在老狼后面不太远的山石上，蹲着一只白脸狼，它仰起脖子嚎起来，这时在周边的树林里、野地里也都传来了狼嚎。

人们这时和狼相差十几丈远，大伙看清了这是一条全身白灰的母狼。母狼的乳房胀得饱满。这时有几个警察子弹上膛，端起了枪，有的瞄准了母狼，有的瞄准了山石上的白脸狼。

看着人群，母狼既不向人们发动攻击，也不畏缩后退，而是一味地冲天发出凄怒的嗥叫，双爪更用力地按在了大丫身上。 这时，只要枪响，就是狼亡。"不要开枪。"一个岁数大的警察说，"我们现在已经让狼群包围了，听见狼嚎没，得有上百只。"

僵持中，人们看出母狼并没有伤害孩子的意思，它好像把小孩当筹码，要交易似的。忽然，那位岁数大的警察醒悟地说："署长，咱们快把白天抓的狼崽拿来放了。"

张大麻子也六神无主了："快，快去把狼崽抱回来，快，晚了，大丫就没命了！"

几个警察背着枪跑着回警察署拎来了装着狼崽的麻袋，把四只奄奄一息的狼崽放了出来，人退远了，母狼见到狼崽，嘴里呜呜地跑向狼崽。

大丫得救了，张大麻子暗自庆幸这回没有把狼崽整死或交给太君。那个岁数大的警察告诉张大麻子："那只白脸狼很可能就是被猎人夹子夹住，咬断自己腿逃掉的那只。"

等他们往回走，回头一瞅，那山岗上全是狼，得有几百只。

松下听完，硬着舌头："白脸狼的，大大的狡猾，你的大大的笨蛋。"张大麻子像小鸡叨米似的，揉着红光闪闪的酒糟鼻子点着头："是的是的，太君。碰着皇军的统统的死了死了的。"他做了一个麻利的指挥刀下砍的动作。

从花马屯出来，已经是下午两点多钟了，司机请示松下："少佐，再往富廷岗，回来黑天了。"松下吐着酒气："黑天的不怕，最好能碰上白脸狼。"

其他士兵也都吃得红光满面，酒足饭饱，有的沉沉欲睡，有的议论着明天要到大陆旅馆乐呵去呢。只有汽车棚顶上，负责机枪的两个日本兵，一个拿着望远镜瞭望，一个把持着机枪。

已经过了富廷岗快到火烧屯了，该往富锦城返了，汽车在甸道的一个十字路口刚掉过头，走不远，拿着望远镜的鬼子兵喊："狼，白脸狼。"迷迷糊糊的松下听见喊声，顿时来了精神，松下让汽车停下来，他摇下汽车窗户的玻璃，伸手接过望远镜，举起来顺着士兵指着的方向望去，在甸道南的旷野里，真的看见了两只狼，颠颠地向远方走去，其中一只瘸着后腿，颊上长着白毛。"快的，干掉它。白脸狼的干活。"松下兴奋地来到车厢上，举着望远镜命令道。负责机枪的鬼子，哗啦啦拉动枪栓，嗒嗒嗒……嗒嗒嗒……一串串火舌，喷出去在草丛里一阵阵抖动，溅起一片烟尘。"呦西，呦西。"松下兴奋得直跺脚。松下看见有一只狼中弹倒在了草丛里，而那只瘸狼却也不瘸了，箭一样地消失在了草丛中。

　　松下命令四个士兵下车去看个究竟。这时，从野地里传来了一阵阵的狼嚎。这四个鬼子端着枪，在草丛中哗哗地向狼倒下的地方走去，嗷嗷……嗷嗷……，狼嚎一阵接着一阵，啪啪啪，这四个鬼子害怕了，胡乱地向前面的草里开枪，一面来到了那只倒下的狼面前，这时他们已经离汽车六百多米的距离了。

　　这只母狼，腹部中枪，眼睛微睁，口中吐着血沫，已经奄奄一息了。那只白脸的公狼看见四个鬼子兵围着它的母狼，远远地徘徊，低头哀嚎，一个鬼子兵端枪向着没死的母狼头开了一枪，这只狼彻底地一命呜呼了。他们哇啦哇啦地商量后，决定把死狼抬回车上。这只母狼体形不是太大，但也有六七十斤，一个鬼子端着枪在前面开路，两个鬼子在中间抬着死狼，一个鬼子断后，时不时地向在后面一面哀嚎一面尾随的那只白脸狼开枪。

　　风呼呼地刮着，干枯的蒿草在风中摇晃着，这个时候，夜色已经朦胧地笼罩着旷野，只听见这四个鬼子在覆盖雪的草地上的嚓嚓的走路声，和后面的鬼子壮胆射击跟着的狼的枪声。

　　汽车一步一步越来越近了，但才走了一半的距离，为了看清楚四个鬼子的情况，松下让汽车对着四个人的方向，打开了汽车的大灯。看见前面的灯光，四个鬼子只能感觉到左中后三面黑乎乎的一片。透过望远镜，松下看见几道黑影从草丛中扑出，四个士兵一下倒了下去，他用望远镜隐隐看见前面的士兵倒在地上，向着汽车挥手挣扎，汽车上的其他士兵也隐隐地听到了同伴的哀号声。

　　倒地的前边的鬼子仍在绝望地挣扎，松下回头用手指着："你，你，你，你，你，快去接应。"有五个鬼子赶紧哗啦啦把子弹上膛，扑通扑通跳下车，排成尖兵队形向哀号的地方跑去。枪声响了，狼退了。五个鬼子来到四个倒在地上的鬼子兵跟前，看到躺在后面的三个鬼子已经被狼扯得乱七八糟了，只有趴在前面的鬼子连吓带疼，还在喊着："救命，快救命。"这五个鬼子，向黑暗的草中射击，还抛出去几颗手雷，轰轰轰，夜色里的一对对发着绿光的眼睛不见了。

三个鬼子开枪掩护，两个鬼子架起受伤的鬼子向汽车方向走去。刚走不远，蒿草中又蹿出几道黑影，又是鬼子的惨叫哀号，望远镜中，松下又看见有两个士兵在挣扎着，绝望地搏斗。

黑夜是狼的白天，旷野是狼的家园。松下意识到狼群满可以一次就把那几名鬼子咬死，但它们不是，而是要留下一两个活口，求救，然后再干掉救援的人，狼也懂围点打援？

松下看着在狼口下挣扎的两个手下，痛苦地皱着眉头，放下望远镜，命令机枪手："向伤员的周边开枪。"他又命令四个鬼子："快去。"这四个鬼子，在机枪的掩护下，架起了还有活气的一个鬼子，终于跟跟跄跄地退到了汽车上。这个还有活气的鬼子锁骨被咬断了，松下的几个士兵赶快给他包扎，抬进了驾驶室。

"少佐，我们怎么办？"有个鬼子问。有个岁数小一点的鬼子，轻声嘟哝："我们撤吧。"十分懊恼的松下把指挥刀拔出一半又唰地放回去："打，给我狠狠地打，专往有闪绿光的地方打。"为了能看清黑暗中的狼眼，松下又让司机把汽车大灯关了，汽车也熄火了。月光下，一只狼还在凄厉地嚎叫，机枪、三八大盖，嗒嗒嗒……嗒嗒嗒……嗒嗒嗒……，啪啪啪啪，如同爆豆一样，在夜色里传得很远很远。

蒿草中的绿光不见了。枪声也停下了。此刻已经冷静下来的松下，理了理思路，命令司机把车启动，把大灯打开。

煞白的灯光把前面的旷野照得清清楚楚，白雪晃动的蒿草，倒把天上圆圆的月亮显得更加清幽。

此时的白脸狼，已经停止了低嚎，它以自己传递信息的方式，布好了一个包围圈，等待时机，发起进攻。

司机启动汽车，汽车没有发动起来，松下少佐命令两个鬼子拿着摇把到汽车前面去启动发动机，这两个鬼子把摇把插进去，一起摇动起来，但汽车发动机像有病的老太太一样，哼哼了几声，还是没有发动起来。松下在驾驶室里半开着车门有些急眼了："统统的，给我下来，摇车。"他话音刚落，就听见嗒嗒嗒……嗒嗒嗒……，架在驾驶室上机枪的声音。"怎么回事？"有个鬼子用手一指，松下看见车旁边后面二三十米蒿草中，闪着无数的绿光。那两个摇摇把的鬼子听见枪响，连摇把都没顾上拔，转身就想往车厢上爬，车上有两个鬼子想用手往车上拉爬车的鬼子，只觉得眼前很多黑影直往车上扑，那两个撅腰凹腚爬车的鬼子就觉得有狼爪搭在了肩上，又有狼乘着冲劲，踩踏前边狼的后背蹿上了车厢，车厢上有一个端着枪的鬼子没等反应过来开枪，就已经被狼扑倒，咬住了喉咙，他两手挣扎着试图推开这只狼，又有其他扑过来的狼撕咬他还在扑腾的胳膊腿，一会儿这个鬼子就被撕成零碎。开机枪的鬼子端着机枪扫射，打倒了几只刚爬上车厢的狼，看到拉人的两个鬼子被扑倒，在狼的身下手抓脚蹬地拼命，竟紧张得扔下机枪，想爬到汽车驾驶室的上面，又被狼咬住了穿着翻毛皮鞋的脚，他蹬狼拽，狼拽他蹬，又有狼咬住了他的腿，这个日本兵死死地抓住车厢的护栏，就是不撒手，又有狼扑上来撕咬他的胳膊、上身……直到他再也不动弹了。

松下见势不妙，赶紧砰的一下关上车门，躲进了驾驶室。司机把着方向盘，惊恐地瞅着驾驶室外来回穿梭的狼影。松下拔出俗称"王八盒子"的手枪，紧张地瞪着眼睛盯着驾驶室顶来回走动的狼，这两三只狼把驾驶室顶踩得嘭嘭响，啪啪，松下扣动了扳机，听见有一只狼哀叫着扑通一声，从驾驶室顶跌到了地面。这时，已经有两头狼站在了汽车的前机器盖上，龇牙咧嘴地用爪子使劲地扑打前风挡玻璃，司机吓得脸煞白，一个劲地叫喊："少佐，少佐。"此时的松下也乱了分寸，抬起枪啪啪两枪，两只狼应声滚下了汽车，同时，汽车的玻璃也被打了两个洞。这时，驾驶室顶上，又响起了扑腾扑腾的声音，驾驶室两边的车门也发出了咔哧咔哧的挠门声，又有狼蹿上了风挡玻璃前，松下啪啪又是两枪，可是那只狼竟灵活地跳下车去了，这只从这边下去，又有一只狼从那边跳了上来，啪啪……

这只狼又巧妙地躲开了，而在这时，又有两只狼用两只后爪蹬着脚踏板张着血盆大口，竖立前爪，分别拍打着驾驶室的两个车门，司机吓得往里躲，压在了还在昏迷的伤兵身上，松下和伸着长舌头的狼仅仅隔着一层玻璃，也惊得往后一缩，又是两枪，那只狼歪着头硬是躲过了这两枪。松下想继续瞄准，枪一指狼就躲，这时，哗啦一声，风挡玻璃因为几次枪击，被乘机蹿上来的狼扑碎了，松下急忙用手枪顶在了已经用两只前爪搭在他肩膀上的狼的下颌，开枪了。

松下已经感受到了狼嘴哈出的带有血腥的气味，那只狼半身车里半身车外地耷拉下来，松下容不得喘息，把死狼推出了车窗外，滑下了汽车。松下感到昏迷的伤兵有些碍事，就让司机和他一起把伤兵抱起头朝外，堵在了没了玻璃的车窗上。他把指挥刀抽出来，递给惊魂未定的司机，自己用沾满狼血的手又给手枪压满了子弹。

这时，受伤昏迷的士兵似乎醒过来了，开始动弹了，松下和司机惊愕地发现是狼隐蔽在车旁用牙咬着伤兵，伤兵这时醒了过来，用有气无力的声音说："救命，救命。"松下和司机忙抓住伤兵的腿，把伤兵往车里拉，又有两只狼上到了机器盖上，咬住伤兵的衣服往外拉，一点，一点，一寸，一寸，没有了声息的伤兵被拉出了窗外，同时还有一只狼猛扑那块也被子弹打了几个洞的没碎的风挡玻璃。松下用右手拿起枪，随着几声枪响，伤兵，不，是尸体和狼一同滑下了汽车，松下又打扑风挡玻璃的狼，那只狼聪明地跳下车了，可是枪声过后，那块已经有裂纹的风挡玻璃也跟着破碎了。

群狼，不远不近地围住了汽车，像有秩序似的，等待着新的一轮进攻。那只白脸的雄狼，蹲坐在道边的雪岭上，一阵瘆人的长嚎，狼们开始行动了。这时，先听到的是司机身边的车门被抓的声音，一张狼脸出现在车门玻璃上，司机拿着战刀的手哆嗦着往少佐这边靠，少佐抬起枪来向车门射击，这时，两只狼分别从驾驶室的两个窗户扑了进来……

把已经生了个女孩的美由子安顿好，回到值班室的广野治郎（松下的上司），一直没有看见巡察的松下小队回来，忙给二道岗、花马屯警察署打电话，回答是松下小队是来巡察了，但往富廷岗去了一直没有回来。

广野命令张大麻子："一有松下小队的消息，马上打电话报告。"说完，把电话放下，发起了呆：遇见抗联了？不能啊，抗联都让皇军给消灭了，莫非还有李景荫的残部？松下呀松下，你给我个消息呀。

松下是广野的同乡，而且两人是好朋友，都是东京人，这次来满洲之前，在松下的家里，松下的母亲一再请广野关照松下。

第二天，一宿没睡的广野又带上两辆汽车的鬼子兵，沿着富锦至集贤的甸道开始寻找失去联系的松下小队。

来到花马屯，张大麻子老早地把警察带出来列队迎接，广野简略地了解一下松下离开花马屯的情况，就向着富廷岗出发了。

在车上，广野拿着望远镜，急切地观察着，看到了看到了，他终于看到了松下的军车。

来到松下的车前，看着眼前的惨状，广野挂着战刀，看着雪野中的狼迹只说了一句："富廷岗的狼，大大的厉害。"也有士兵报告："武器弹药一件都没有了。"广野怒吼："红狼李景荫、祁致中的干活。"还真让广野猜对了，红狼山林队的大部分人过江去苏联，加入了国际八十八旅，可还有十几个人潜伏下来，没有走。老聂太太的儿子大宝就是一个。住在富廷屯西头的他，听见枪声，以为是战友和敌人交火了，就拎着猎枪，出来了。听见狼嚎，听见敌人的三八大盖响，他明白了，是鬼子和狼干上了。第二天一大早，他来到现场，把能拿的武器装备都就近藏了起来。

广野让手下把死去的鬼子兵就地火化，把他们的骨灰用布袋装了起来，回到富锦后，放到了富锦的日军神社里，为此，广野还专门举行了一次祭祀。他发誓要像剿灭抗联一样，歼灭富廷岗的狼，他也要兑现对松下母亲的承诺，把松下的骨灰带回东京去。

一九四五年四月春天来了，河沟边的柳丛刚开始露出嫩芽尖，黑土地的面层才有几厘米的松土，下面还是冻得结结实实的。

广野决定到富廷岗去，一是打狼，为松下他们报仇。二是借机打击红狼游击队。因为这个时候草还没长高，人和狼没有地方隐藏。

这次给带路的当然还少不了花马屯警察署的张大麻子和他的七个弟兄。虽然劳师动众但没有什么收获，广野只好悻悻而归。

尾 声

这年在苏联红军来进攻前，驻富锦的日本守军就开始了有计划的撤退。

在五月末，就有消息灵通的人士传出了德国战败了，日本也要完蛋了的消息。

六月中旬，在富锦往集贤的甸道两旁居住的老百姓常常看到一辆一辆满载着日军的汽车沿着甸道往西开。车厢四周插满了绿色的树枝，车上满满地站着持枪荷弹的日本兵，他们头上也都戴着用绿色植物编的伪装帽。这样的车一次有五六辆每天都在上午八九点钟从富廷岗路过，一连过了五六天。

这年的八月，是多雨的季节。草甸子上的狼，这时都是以一对大狼和新生不久的孩子们以家庭的形式散居着。这时的母狼只好自己在窝里照顾着几个月大的狼崽。白脸狼尽量尽到当父亲的责任，捕到食物囫囵地吞到肚里，到一定量了，就颠颠地跑回来，母狼像闻到了气息，远远地迎上来，亲昵地，讨好地，用尖尖的嘴去蹭白脸公狼的嘴。公狼就低着头，享受着母狼的温存，吐出了已经半消化的食物。这是为方便母狼消化，利于奶水充足。母狼像是饿得难受，几口就把食物吞进肚里。白脸公狼像是很有成就感似的，站立着，竖起耳朵，四处张望了一下，像是倾听它嗷嗷待哺的孩儿们娇小的呻吟，又好像是骄傲自信地说："媳妇，我再给你弄些好吃的来。"这一次打食，它首先得填饱自己的肚子了。

在八月十一日这一天，天空被阴云遮盖着，往下飘着小雨，下午三点多钟，花马屯警察署走进来一个身材瘦小四十来岁的日本人，他穿着军装没拿雨伞，也没穿雨衣，整个军服被雨淋得全湿了。他看见张大麻子在值班室，就用还算流利的中国话说："我来看看你们，去找些干柴，给我烤烤衣服。"张大麻子，赶紧屁颠屁颠地安排人连忙找来柴火，在厨房灶边烧起火为广野烤衣服。广野心神不宁，总往雨中的道口张望，很沮丧，又很惶恐，等张大麻子把衣服烤干递给他时，他接过衣服看也没看就穿上了，告诉张大麻子："今天，我、我的家属就在这里过夜了，你的安排。"张大麻子受宠若惊，忙吆五喝六地命令手下把广野一行人安顿好。

这时的花马屯里，除平常的气氛，夹杂在雨中的还有一种说不出的情绪淋在每个老百姓的心头。

在地主老白家的院里停着有十多辆大板车（木制畜力车，四个轮，前面两个小轮，后面两个大轮，这种车一车能坐十多个人），还有一些日本人在走动。

在张大麻子家也住了日本人，是广野的家眷，三十多岁的美由子，怀抱着一岁多的女孩。那个女人带着一个不太大的背包和一个骨灰盒。骨灰盒用白布包着，高一尺左右，长和宽不足一尺，她会说汉语，主动告诉张大麻子老婆，她带的是丈夫老乡的骨灰，被狼咬死在富廷岗，回国之后，家人生活能得到国家的保障，孩子受教育费用也由政府承担，还说用不了二十年他们还要回富锦，日本人对富锦的感情还挺"深"呢！

这个日本妇女领着孩子到花马屯警察署吃完晚饭，晚上住在了张大麻子家。第二天，这个妇女起得很早，孩子还在睡，天大亮了，美由子包好孩子，抱起来，到隔壁的警察署去了。天还下着雨，但比前几天小得多，七点左右日本人才集合出发，大板车沿屯中的甸道一字排开。等广野带着日本人上车坐好之后，临时抓的中国车老板才驾驾地驱动马车在风雨泥泞中恓惶地逃窜。

大板车上坐的多是妇女儿童，每辆车上只有两三个年龄较大的男人，他们手中持着三八步枪，也有个别年轻女人拿着短小的马盖子步枪，他们没有打伞，也没有穿雨衣。在前面的第二辆车上，坐着一个穿着花格西服戴着黑边眼镜的人，他一点表情也没有，他是最后随军撤出的穿着便衣的广野。

十点来钟，在花马东面传来了嗡嗡声，接着轰轰两声巨响，好奇的老百姓出来探望，原来是苏联红军的坦克把早已人走屋空的花马屯警察署给轰了。

原来，一批批日军在富锦县被苏军击溃后，仓皇逃往福利，途经富廷岗，此处是通往福利的必经之地。走在前头的是零散的骑兵、步兵、炮兵，随之而来的还有大批日本宪兵、警察、特工人员及其家属。他们在跑出县城后，路经一些村屯时，边走边抓车、抓人赶车。八月十四日早晨他们从花马屯出发后，在通往富廷岗的几十里的山路途中，下起了大雨。电闪雷鸣、大雨哗哗。挤在车上的日本人，男人愁眉苦脸，泪水和着雨水顺着脸直往下淌，妇女们有的低声哭泣，有的叫苦连天。有些日本人不时地传达着命令，鼓舞士气说什么："皇军的先头部队早已到达了前方的目的地富廷岗，大家快走，到那里用餐，连夜赶往福利，上了火车直达安东，过了鸭绿江，就安全到了高丽，那里是我们大日本天皇陛下的殖民地。天照大神保佑我们，最后胜利是我们的……"坐在车上的日本人多数还是深信不疑，面露喜色，也有些日本人则是半信半疑，议论纷纷。

满载着日本人的车队在泥泞不堪的道路上走了几个小时，眼看快到富廷岗了。这时忽然有几架苏军飞机从东北方向飞了过来。日本人十分紧张，都纷纷下车拎着包袱拿着东西，慌慌张张地钻进道旁的庄稼地隐蔽了起来。飞机飞过来了之后，在车队上空盘旋了几圈，但没有射击和轰炸，只是撒下了无数张各种颜色的传单，有红的，有蓝的，有黄的，从天空中飘飘洒洒地落了下来。

日本人在苏联红军飞机飞走之后，马上从农田爬了出来，争抢着捡沾着雨水和泥巴的日文传单看。传单的大意是：日本天皇已经无条件投降了，今天世界反法西斯战争已取得了决定性胜利。苏联红军命令日军立即放下武器，缴械投降。富锦、同江等县城已经完全解放了。红军坦克部队，正乘胜向佳木斯挺进……他们看后，一个个都傻了，有的像木雕泥塑一样嘴里嘟哝着："不可能，不可能。"有的面如土灰，不知所措，茫然若失。在半天的沉寂之后，有许多人瘫倒在泥泞里，不少人捶胸顿足，仰天大哭，哀叫着："天皇保佑啊！""天照大神保佑啊！"在他们呼天喊地的悲哀的叫声里，忽然传出几声沉闷的枪声，这是几名日军军人开枪自杀了，同时又掺杂着传出几声杀猪般的号叫声，这是有人剖腹自杀了。顿时，哭声四起，哭叫连天。广野操起旁边已死的军官的军刀先将站在他身旁的妻子美由子的头颅一刀削了下来，鲜血顿时喷溅当场，又刺了美由子怀中的襁褓一刀，然后，这个疯狂的野兽剖腹自杀了。

在富锦县城被苏联红军击溃的大批日军残部，在八月十五日中午之前到达富廷岗集结。他们在富廷屯西面的尹家大车店内设立了指挥部，准备阻击苏联红军。十点多钟，几十辆拉着日本人的马车刚到尹家大车店，还没有来得及吃饭，苏联红军的十多辆坦克追赶了上来，开始时红军没有发现日本人，可有日本士兵向红军开枪射击暴露了目标，大部分妇女儿童，留在店内，搁不下了，有一部分妇女儿童，到屯中各家躲避。红军首先抢占了村东的制高点，用高音喇叭向尹家大车店的日军喊话，命令日军立即缴械投降。尹家大车店的日军没有反应。喇叭声刚停，轰轰几声炮响，从尹家大车店院内打出的几发迫击炮弹落在了苏军坦克的不远处。苏军坦克也不客气，马上调准了炮口打向尹家大车店。尹家大车店只不过是几间连脊大草房，苏军坦克马上向尹家大车店轰了几炮，坦克车又轰轰地把尹家大车店推得壁断垣残。双方经过不长时间的交火，日军就全部被消灭了。这时的尹家大车店大院内外，日本人死伤遍地。有少数的日军向红军举手投降，也有四处逃散的，成为了丧家之犬。

富廷屯的老百姓听说打完仗了，有大部分人从隐藏地出来，要逗点"洋落"。老聂太太的儿子大宝，不大一会儿工夫，就逗着"洋落"回来了。他又把捡到的枪支弹药藏起来，只拿回来了几件衣服还有一个带玻璃罩的装满油的马提灯。

半夜，没有多少觉的老聂太太听见家里大黄狗的异常嗥叫，就叫醒儿子大宝，让他拎着点着的马提灯，拿着防身的扎枪，出去看看。

不大一会儿，大宝一只手拎着提灯和扎枪，一只手抱着一个东西进屋了。"妈，是个孩子，日本小孩。""搁哪弄来的？"老聂太太问。"我一出屋，就觉得不对劲，咱家的大黄狗，像十分害怕似的，朝着大门呜呜直叫，我举起灯一照，是一只白脸狼，它嘴里叼着个东西，我以为又是给咱家送啥东西，它看见我，放下那东西就走了，我一看是个孩子，还有活气。""呀，咋还有血呢，这天杀的鬼子，连自己的孩子都不放过，真是连条狼都不如。"老聂太太接过小孩打开："还是个丫头哪，多亏伤得不重，快，化点盐水，洗洗。""哇……哇……"那小孩像受了天大的委屈，大哭起来，哭声传出了草房，传出了院落，在富廷岗上回荡……

狼给老聂太太家送来一个小孩，这件事很快传遍了南北二屯，人们都对这群白脸狼啧啧称奇，茶余饭后，津津乐道。但是，人们再也没有在野甸子里看见过它们。

　　只是后来老聂太太家的大黄狗下了一窝五个狗崽，小狗个个脸上都长着白毛，大伙都议论说："这窝崽都是白脸狼的后代。"这几只狗，后来成了已经是花马武装部部长特派员的聂大宝的好帮手。

穿过公路到镇上去

崔玉松

一

清水沟里的水缓缓淌到清水河水库，变得平静温柔起来。闸门一开，又开始欢快奔腾，就像关久的孩子，跑了起来。清水河一路狂奔，到清水镇的时候，河面宽了，水又安静下来。

河这边依山，河对面是地。房子就顺着河道盖在北边，南边基本没有房子，全都是田。整个镇只有这个地方有田，有田的清水镇人过得富足安逸。

镇不大，就一条街，也是顺水而建。河道朝老街弯了一下，街也弯了进来。镇上的居民全都依着这条街盖房子。后来又从老街的背后拉了一条新街。这样一来，整个小镇就像一个弯弯的月亮。清水镇的人吃饱了没事就喜欢聚在一起聊天，有时候在河边的柳树下，有时候在卫生院的院子里。自从建了老年活动中心，大家都跑到那里去了。活动中心有房子有院子，还有两棵高大的桂花树，桂花树下围着一圈水泥围子，都被人坐得发亮。

清水镇虽然不大，但该有的都有，卫生院、理发店、汽车站等等。清水沟的年轻人，就是从这里，一个个带着五颜六色的梦坐着车离开。

清水沟离镇上不远，到镇上去，只需穿过一条高速公路。说它是高速路，其实也不是，当年修路的时候人们都这样叫它。这条路没有一个高架桥，到处开的是口子。清水沟村子小，连口子都没有开。村里的人到镇上，都得从公路的隔离带上爬过，快速冲过公路。冲过公路，就会拍着胸口笑，一副死里逃生的样子。

清水沟的年轻人就像清水河水库的水，只要把闸门打开，水淌出去，就再也收不回来了。村里只剩下娃娃和老人，老人们吃过晚饭，喜欢去镇上的老年活动中心吹牛皮聊天。

二

自从跟着爷爷去过几次，小风子开始每天往镇上跑。他个子小，猫下腰就从隔离带钻出来，像只灵巧的兔子。瞅准时机，冲过公路，跨过中间的绿化带，再钻过对面的隔离带，奔下高速公路。

清水沟离镇上近，村子小，如果不是高速公路，怕是早就同清水镇连在一起了。说是老年活动中心，其实就是镇里的一个综合场所，门口挂了好多牌子，什么妇女之家、红白理事会、留守儿童之家。牌子多，人自然就多。每天傍晚，到处都是人。带孙子孙女散步遛弯的，到活动室打牌下棋的，还有拿着烟袋坐在门口吸烟吹牛皮的。

小风子不喜欢跟那些在门口跑来跑去的小屁孩玩，他会跟着爷爷听大人们聊天。他们喜欢张家长李家短地说些镇上的人在外面的事，李家老三包了一段路，发了，孙子也领到城里去，请了个保姆带着。张家姑娘逃婚出去当了鸡，主任去出差遇到她连认都不敢认。老王家小儿子在矿山打工，矿塌了，把肩膀打折了。老赵家丫头嫁了一个比她大十多岁的二婚男人，她爸妈都不认她。杨老大回来说已经有机器人进行流水线作业了……他们也会说起清水沟，他们会笑他爷爷："你们清水沟原来多牛，山清水秀，地多人少，好多镇上的姑娘都想嫁到你们村。"爷爷会很自豪地说："当然，柴方水便的嘛。现在也很好啊，水源保护地，我们清水河水库的闸门一关，你们喝什么，种什么。"那些老人大笑起来："你们清水沟的人都一个毛病，爱面子，就喜欢吹牛皮，买不起被子都要买笼蚊帐。"小风子跟着笑起来，头昂得高高的，那副样子就像公鸡头上那团高高的鸡冠，骄傲得很。

肯定，话题一定会转到小风子身上。"这孩子不错嘛，整天跟在你身边。我看这小子，有你老人家的影子呢。"一到这时候，爷爷就谦虚起来，开始数落小风子的种种不是。这种时候，小风子就会离开那些老人，把门外那两个孩子的小皮球接过来，一脚踢得远远的。

他知道，爷爷肯定要说他今天的事了。

不就是上学路上，他抓了一条小水蛇放在文具盒里吗？早自习的时候，他问漂亮的语文老师这个字的拼音怎么注，老师一边说一边打开文具盒，想拿铅笔，水蛇游了出来，小老师鬼喊儿狼叫。不就是条水蛇吗？哈哈哈，水蛇又没毒，老师连这个都不知道还当什么老师嘛。小风子一想到语文老师那个样子就想笑。为这件事，班主任专门跑到清水河水库找爷爷告状呢。爷爷呢，弓着腰，在班主任面前，完全没有了清水沟人的样子。老师气哼哼走后，爷爷把小风子狠狠打了一通。一边打一边骂："你把我的老脸都丢尽了！等你爹你妈回来，饶不了你！"小风子就想不通，爷爷那脸，皱皱巴巴的，就像家里塞在墙洞里挡风的旧报纸，有什么丢不丢的？何况，不是还好好地长在他头上吗？

更何况，小风子他爹他妈，早进城打工去了，一年半载都不回来一次呢。

其实小风子也不像爷爷说的那么丢人，虽然成绩平平，长相平平，又不会像班上那些好学生，整天到老师面前告小嘴，讨老师欢心，照样有一帮同学一下课就围着他，听他讲外面的世界。这些都是小风子从镇上的活动中心听来的，大到卫星上天，小到水库防涝。什么井下有一种东西叫瓦斯，会要人的命。机器人长得跟人一样，会端茶送水，陪人聊天。有人提出异议，他总会说："我爹告诉我的，他在广州造机器人的厂里上过班……"小风子，变成了班上的万事通，懂得可不少。

三

爷爷越来越老，眼睛越来越瞎，腰也越来越弯，就像一只从清水河水库里捞出来的老虾米，头和脚都快勾在一起了，再也不能翻过高速公路去镇上。小风子倒是越来越爱去了。为了去镇上，他比平时乖得多。吃过晚饭，就会洗碗了，洗完收完，急急忙忙往镇上跑。去镇上他一定是不会约人的，连他家的那条小黄狗都不能跟着。

每次去镇上，他都会先往车站跑。一趟趟客车就像一个个魔术师，把人装进去又放出来，只是再放出来的时候，人就不再是那些人了。小风子发现这个奇怪的现象的时候，他正坐在车站对面的桥墩上。他不懂，为什么水流走了，淌下来的还是水，而人走了，再回来的好像就不再是那些人了。他问过爷爷，爷爷说，水也不再是那些水了，清水沟里的水小、清，流到清水河就有些浑浊了，再往下流，就不知道会变成啥样子了。水会变，人自然也会变的。

小风子每次来，都会坐在桥墩上，看着人上车下车，来来去去。有时候他也会看到熟人，清水沟的，他会发现他们也变了。原来瘦瘦的人，变成大肚子了。还有的是两个人出去，再回来的时候，就成了三个人。那个变出来的小人被送了回来，变成了地地道道的清水沟人，而原来的清水沟人似乎变得不是清水沟的人了。穿着变了，人也变了，只有声音好像不变。

开始的时候小风子常常跑到车边到处看，师傅会客气地问："去哪点？"小风子说："我接我爸妈，我爸说他们要买很多东西回来，我怕他拿不动。"去得多了，车上的人就会抱紧怀里的包包，用一种警惕的眼光盯着他。师傅也会不耐烦地撵他："去去去，一边玩去。"小风子就不再过去了，他跑到桥边的桥墩上坐着，盯着一辆辆车，直到最后一班车走光，车站上再也没有车的时候，他才低着头往活动中心走去。

聊天的老倌们还在，打牌的也就那些人，就连在外面跑来跑去的孩子都还是那几个。这个世界就这样，每个人都屈服于自己的习惯，不愿意轻易改变。见到小风子，老倌们叫他："哎，你爷爷呢？""我爷爷脚疼，不来了。""你这些天听话吗？"小风子瞅了他一眼："我什么时候不听话了？你去我们学校打听打听，六一节还被评为三好学生呢。"话一出口，小风子愣了一下，定定神，继续往下说："我们老师说了，我知识面很宽，团结同学，学习进步很大。"

他拉了拉身上的衣服，"你看，这是我妈给我买的，我妈听说我被评为三好学生，可高兴了，这是奖品。"老倌们听他这么一说，看他的眼神都变了，他忽然就成了他们期盼的人，就是他们的亲孙子。

穿过公路，有车灯，小风子停了下来。灯柱越来越近，蚊虫密密麻麻奔着灯柱而来，追逐着那股光和暖。他来不及多想，车把他远远地抛在身后。小风子这次没有从隔离带下面钻过，他轻快地跃过护栏，冲过那段缓坡，跑上回家的路。月光照在小风子身上，又明又亮，他的影子紧紧跟随着他，就像一个从来不曾分开的伙伴，平时被自己忽略被自己忘记，只有在这月光朗照的夜里，才发现自己才是自己最亲爱的伙伴。

他忽然停了下来，影子猝不及防，一个趔趄，很快停在了他的前面。他左边一下右边一下，依然摆脱不了影子的追踪，小风子笑了笑，跑得更快了。跑着跑着，就到清水河水库了。家里的灯亮着，爷爷一定又坐在自制的沙发上打瞌睡了。他抄起一块石头，侧着身往水库扔去，石头砰砰砰带起一路水花，月亮的脸被石头砸出了皱纹，不停地晃动，粼粼的波光好像是水库里的水挤出的眼泪。

他拍了拍手，往家里走去。

四

街天，恰好遇到周末，小风子早早起来就往镇上跑。

小风子他们镇赶街时间很奇怪，赶十二生肖里属牛和属鸡这两天。要碰到周末，不是很容易，就像上课打盹的时候，正好遇到老师出去上厕所一样，少之又少。小风子早就盼着这一天。

街还是在老街上赶，只是把牲口、粮食交易撵到新街上去。老街太挤，那些牲口不出去，一个街子下来，拉得到处都是，得把人熏死。

小风子赶到集镇的时候，街上已经很挤了。

一到街天，整个镇的人好像全都放下手里的农活儿，跑到镇上聚集一样。大人娃娃都兴奋得睡不着，就好像吃了兴奋剂。卖东西买东西的，闲着没事只是逛逛的，一个赛着一个，非要早早赶到镇上。好像晚了点，满街的东西就被别人买走，或者自己那几个桃子李子、青白小菜来晚了就卖不掉。街两旁临时搭起了摊子，街更窄了。背箩挂着背箩，人碰着人，有的地方不侧过身都让不开了。

街口牛菜馆已经杀好了牛。牛头、牛蹄放在旁边的案板上，眼睛还鼓鼓地睁着，看着这个喧闹的集镇。骨头和肉在水泥搭起的大灶上翻滚，发出阵阵的浓香。老板娘背着孩子，用个铁钩钩起里面的牛肉，称好，切片，放进袋子里，再抓些薄荷、芫荽进去，递给客人。老板拿着一把刀，对着牛身子狠狠地砍。老板娘背上的孩子手里捏着个包子，眼睛闭着，摇摇晃晃的背就像摇篮，孩子快睡着了。小风子摸摸肚子，饿了。他嗖一下钻到老板娘身边，趁她弯腰舀汤的时候，张嘴就把孩子手里的包子咬掉一半，转身就跑。背上的孩子一下醒了，哭声把老板娘从肉汤里捞了出来，拎着大勺，直起身子到处找。小风子像只偷了牛骨头的狗，早就跑得远远的了。老板娘只得大骂："小死娃娃。"

街头有个卖玩具的。小风子盯着那个会打鼓的小象看了半天，忽然发现变形金刚，忙拿过来低头摆弄起来。"我要那个。"一个奶声奶气的声音传来，老板一把抢过小风子手里的变形金刚递了过去。小风子抬起头来，一个三四岁的小男孩骑在他爸的肩上。爸爸两只手卡着孩子的腰，把孩子从头上抱了下来，指着摊子上的玩具，说："喜欢什么，爹给你买。"小风子站起来看着那个男孩，他满脸得意的样子，就像他手里的变形金刚。小风子冲他吐吐舌头，做了个鬼脸，转身就走。

小风子挤过人群，往姑妈家走。姑妈家住在卫生院对面。姑妈一家原来也出去打工，表妹出生后，他们回到了清水镇。她在家里推豆腐卖，她跟爷爷说："做豆腐，挣得也不比外面少，只是人磨豆腐豆腐磨人啊！"姑爹像个闷头鸡，不吭声，每天除了地里的活儿，就是帮姑妈打打下手，泡豆、磨豆，做些简单的活计。平日里，小风子来的时候，姑妈总是不作声，埋头磨豆。姑爹也忙出忙进，好像有做不完的活儿。只有表妹，一看到哥哥来，就高兴地拉着他的手，缠着他带她出去玩。

这天，是姑爹姑妈最忙的时候，平时一天只能卖一个豆腐，街天得卖三个。这时候，小风子来，姑妈就会很高兴，给他抓上一些零食，还会给他一点零花钱，让他带妹妹去玩。他牵着妹妹的手，从高速路上穿过，回到了清水河水库。

太阳高高地挂在天上，就像一个刚从锅里捞出的洋芋粑粑，黄生生热乎乎的，把水库里的水也搅得明晃晃热乎乎的。小狗阿黄冲了出来，尾巴摇个不停，一会儿嗅嗅表妹，一会儿舔舔小风子，就像多年不见终于再见。小风子脱掉上衣，一头扎进水里，水面上泛出一个一个的大圆圈。妹妹吓得大喊大叫，阿黄也跟着吠了起来。小风子突然从另一边钻出来，冲着妹妹摇手。妹妹嘟着嘴，不理他。小风子又是做鬼脸又是说好话，最后拿出绝招，带妹妹捞鱼，妹妹这才高兴起来，拿了只桶和网兜，到水库边水浅的地方网小鱼小虾。

夕阳慢慢往下坠，快要掉到清水河水库了。水被染得红彤彤的，水边的芦苇茅草变成暗黑色，迎着晚风一摇一摆，冷眼瞧着水库和贪玩的孩子。小风子拎着小桶，送妹妹回家。走到大坝上，小风子把手罩在嘴边，对着水库里的水喔喔喔大声呼叫，表妹也学着他尖声尖气吼了起来。水库里波光粼粼，好像有无数条金色的鱼在不停地游动。

后来表妹说，她妈不准她再去捞鱼。她瘪瘪嘴，学着她妈的口气说："捞鱼摸虾饿死全家。"表妹踮起脚尖，附着小风子的耳朵悄悄说，那是她吃过的最香的鱼。小风子说："那当然，清水河水库的鱼又大又香，还有一丝甜味。多少城里人都想来水库钓鱼，村上不准，叫我们发现一律没收，还要罚款。"说到这里，小风子昂起头，捏紧拳头，一副哨兵的样子。小风子接着说："你负责帮我问姑妈，我爸妈的消息。我负责抓鱼，抓到鱼我就给你留着，什么时候来我家，我做给你吃。"兄妹俩拉拉钩，把吃鱼的事定了下来。

五

把妹妹送回家，小风子来到活动中心，发现这里的人越来越多了。

小风子到处转转，吹牛聊天的老倌们挪到桂花树下。带孙子的老太太，还自带凳子，那种凳子放下去是凳子，合起来就像一本书，老太太们随身拎个袋子，居然可以把凳子装进袋子。小风子看了看，又趁一个老太太起身追孙女的时候用手按按，试试承重。那边两个孩子在抢水枪，都快打起来了，孩子们的打闹很快变成了两个老太太的争吵。

小风子摇摇头，还是回到老倌们身边。他说："奶奶就是惯娃娃，爷爷好，爷爷不护短。"老倌们笑了，小风子很懂事。小风子接着说："我小的时候，我爹带我来赶街，要什么就给我买什么。变形金刚、飞机、枪什么都买。我妈更是，不管我饿不饿，总塞些零食在我手里。背在背上都要递个包子给我，其实包子我都吃腻了，有什么好吃的，不就是点肉吗？我最不爱吃肉了，常常把包子里的肉抠出来给阿黄吃。后来我爷爷狠狠说了他们，说平时不省，荒年断顿。"

大家笑了起来。小风子又说："爷爷想多了，只要清水河水库积满水，就不会断顿。我爹我妈在外面攒了很多钱，说要回来盖房子，把清水河水库建成一个漂亮的大花园，种上很多果树，开个馆子。"一个老倌说："你家要在水库边开农家乐啊，那敢情好，我们几个老倌也去找你爷爷喝几杯。你可要优惠啊。"小风子摆摆手："嗨，你们来那是不要钱的，水库鱼、土鸡、土猪肉，管饱。"

镇上只有一家理发店，现在不叫理发店了，换了名，叫"剪吧"。剪吧不但理发，还烫发染发。理发多由老板娘亲自动手，烫发染发那些新鲜的手艺呢就是老板的事了。老板娘胖乎乎的，头发染成枣红色，嘴唇也红红的，就像一个胖胖的大红枣，是这个小镇上最时尚的人。

小风子喜欢傍晚去，这时候人不多，不用等。小风子躺在洗头的椅子上，闭上眼睛，老板娘十个指头轻轻地搓洗着他的头发。伸手够毛巾、拿洗发水的时候，硕大的乳房挤压着小风子的头，小风子闻到一股甜滋滋的香味，忽然就有一种想睡觉的感觉。

洗完头，老板娘把他拉在凳子上，往他脖子上围上一块布。小风子有些瘦小，布围过去松垮垮的。老板娘换了一块，还是大，她只好把布头挽过来掖进小风子的脖子里。整理好，她对着镜子拍拍小风子的脸，说："不好好吃饭啊，这么瘦。"剪好头，她把小风子的头抱在怀里，轻轻地按揉一会儿。又扶着小风子的脸对着镜子左看右看，说："看看，多帅啊。"在剪吧理发，小风子就不说话，他享受着剪吧里温柔的音乐，暖暖的粉色灯光，还有老板娘身上那股甜滋滋的味道和那对软软的让他迷糊想睡的乳房。

爷爷病了，整天咳个不停，不咳的时候也像姑妈家那只老猫，呼哧呼哧喘粗气。小风子的心就跟着爷爷，一会儿到天上，一会儿就到地上，他真担心哪一天爷爷把气呼到天上就回不来了。

他急了，就往姑妈家跑，告诉姑妈以后他又跑到卫生院给爷爷买药。医生说没看到病人不好开药，还是把病人送过来看看。小风子又回到家。爷爷不去，说这是老毛病，就像抽水机，用的时间久了，难免会生锈堵塞，过几天锈掉了又会好的。

小风子说不过他。最后还是姑妈过来，找了个三轮车，把爷爷送到卫生院。爷爷就是不住院，医生左说右说，住了三天院，每天输液。姑妈忙，送了两次饭就没过来了，叫小风子自己去拿。第三天，小风子去姑妈家，说爷爷要出院了。姑妈在磨豆，头都没有抬一下，她说："好啊，出院好，病好了嘛。"小风子不再说话，把表妹带出来。小风子让妹妹看着爷爷，自己回家拿钱。到医院的时候，医生说："输完液就可以出院了，出院的时候必须结清医药费。"小风子抬起头，说："我知道，我们家有的是钱，我爹他们每个月都按时给我们寄钱来。只是那天走得急，没带钱，等我回去拿。"

爷爷睡着了，就像一只嗜睡的老猫，终于安静下来，在病床上蜷成一团，小风子忽然觉得爷爷变得又瘦又小。他看了看爷爷，指着吊瓶里的针水压低声音跟妹妹说："针水滴到这里就赶紧喊医生，我回去拿钱。"

小风子回到家，翻箱倒柜，没找到钱。不知道爷爷把他的命根子藏在什么地方。应该等爷爷醒了问问才对。他回头往镇上跑。跑了几步，又停了下来。想了想，拎着桶往水库上游走去。

清水沟水快进水库的地方，忽然分出有一塘水，不大，也不算深。水塘里的水好像特别拗，不愿意跟其他水一起流进水库，偏要流朝一边，自立门户。其实雨季水大的时候，水塘跟水库还是会连在一起的。小风子把这个水塘子叫作"小水库"，他说小水库是清水河水库的儿子，分家过日子呢。小水库是小风子的乐园，游泳扎猛子就是在这个水塘里练会的。

小风子脱下衣服裤子，就像进了自家屋里，弯着腰到处摸。不一会儿就从水塘里捞出几条鱼，他在桶里用手翻搅着，把那两条小的丢回水里。又找了两个黑色的塑料袋，把鱼装了进去，往镇上走去。

不是街天，老街上的人少多了，冷冷清清。就像院角的李子树，一阵风过后，掉下的几片叶子。小风子拎着鱼往卖鱼的摊子走去。有人过来看鱼，他迎上去，说："看看我的吧，我这是野生鱼，清水河水库里的。"鱼贩子就骂："哪点来的小杂种，有你这么卖鱼的。"小风子不应声，继续追着买鱼的人："叔叔，你看看，我这个真的是水库鱼，你看嘛，鱼鳞的颜色淡一些。"那人一听，低头看了看，还真是野生鱼。"你哪里的，不好好读书，怎么跑来卖鱼？"小风子一听，赶紧说："我爷爷病了，我等钱用。"买鱼的叔叔看了他一眼，又看看鱼，掏出几张钱递给他，叹了一声，说："不用找了，赶紧给爷爷看病去。"小风子在鱼贩子的咒骂声中跑开了。

办完出院手续，扶着爷爷回家了。爷爷没问他住院费的事。小风子有点失望，他多想爷爷主动问起，他就可以把小水库的秘密告诉他了。

安顿好爷爷，小风子开始做饭。翻翻灶台，才发现家里没盐了，只好到地里摘了个小瓜，煮锅瓜稀饭就卤腐把晚饭打发掉。

六

再到镇上，已近黄昏，清水河已经黝黑一片，黑夜就像一瓶墨水把清水河染黑了，河堤上的树也黑乎乎的，清水河像一条浅灰色的飘带向远处飘去。

街两旁的人家关上门，窗户里透出昏黄的灯光和饭菜的香味。卖猪肉的摊子已经收回去，只是门口的炉子上还炼着猪油，大门没关。小风子还没走近，油渣的香味就像清水沟里一条条翻滚的泥鳅，不停地朝他袭来。他好像已经看见肥肉在锅里滚着，滋溜滋溜朝他叫唤。小风子跑到门口，往里一看，一大家子在吃饭呢。这家伙，真热闹啊。小风子靠着门板不停张望。咚一声，门板倒了，人也跟着门板滚了进去。吃饭的人吓坏了，那副样子就像一家人在树下野炊的时候，忽然掉下一条蛇。

他们全都站起来。一个男孩把碗往桌上一丢，冲到小风子面前，喊："你是谁？"小风子从地上爬起来，拍拍裤子上的灰，什么也不说，就走出去。他想，不就是点猪肉吗，我们家天天都吃，我们家还吃烤鱼烧鸡呢。男孩跟上来，推了小风子一把，问："你躲在我家门口想干什么？"小风子从地上捡起一块石头，说："我怎么了？你再推个试试，老子砸死你。"男孩的爸爸跟过来，从门后抄起一把扫把，说："谁家孩子啊，怎么一开口就骂人，信不信今天我帮你爹教训教训你？"

小风子一看，把手里的石头一丢，赶紧往外跑。

跑了一阵，看没人追出来，才停下身，使劲拍拍手上的灰，就像要把刚才的不快与难堪拍打得干干净净。这才稳稳地往红利商店走去。

红利商店什么都有，在小风子眼里，这里就是一个大大的聚宝盆，什么都有。小风子扒着柜台，对老板娘说："老板，我要两包盐巴，一把面条。"老板娘坐在门边给女儿梳头，她从小凳上拿过一个红色的皮筋扎一道，头都不回，说："等一下。"老板娘站起身把盐递给他。小风子站在柜台前看着她给女儿扎头。她仔仔细细把女儿的头发用五种不同颜色的皮筋扎成五截。扎完左边，她用手挽一下，扭一扭，把右边扎得跟左边一模一样。拨过女儿的脸，认真端详一番，又摆弄两下，从兜里拿出两条红色的绸带，扎在最上面那根皮筋上，亲了女儿一口。回过头来看小风子盯着她看，笑笑："妹妹好看吧。"小风子点点头，说："好看。"他停了停，又说："阿姨，我打个电话。"老板娘指着电话："在那，自己打。"

小风子拿起话筒，拨通电话，对着电话大声说："爸爸，我爷爷病了，你们赶紧回来吧。什么，太忙，走不了，好嘛，不用担心，出院了。钱？收到了，用不了那么多钱，留着等你们回来盖房子用。嗯，你给我买了好多玩具？不用了，我都大了。糕点？等你们回来的时候再买吧。"小风子打完电话，递了五毛钱给老板娘，老板娘看了看计费器，又抬头看了看他，没收。对他说："我这里的电话不要钱，你以后想打就过来打吧。"

小风子拎着盐巴往回走。

夜悄无声息跟着他来了。清水河里的水被太阳晒成了水汽，整个小镇变得昏暗潮湿起来。街两旁的房屋矮了许多，偶尔走过的人也变得高大起来，在夜色里恍惚飘动。小风子心不在焉地走着。

猪肉摊的最后一扇铁门还没关，屋外，锅里的油还在冒着热气。门里透出昏黄的灯光，人影晃来晃去。灯光下晃动的人影和锅里发出的油香味像根针，不停挑拨着小风子。他停下来，定了定神，看看手里的盐巴，往四周瞟了两眼。夜晚的清水镇变得空旷幽静，路灯在夜的掩映下显得孤独而单薄，不但没有给清水镇带来光明，反而把夜染得更加黝黑孤僻。小风子悄悄摸到油锅边。咬咬牙，把盐口袋撕开，一股脑儿倒进去。想了想，又捧了一捧沙放进去，捡起地上的棍子搅了几下，才转身往家跑去，一边跑一边吹口哨。

再到活动中心，熟悉的老倌一看到小风子就说："好几天没来了，干啥去了？"小风子拿出含在嘴里的棒棒糖，咽了咽口水说："我爸妈他们回来了，整天黏着我，不放我走。"老倌们笑了："这孩子，总说大人话，是你爸妈黏着你，还是你黏着你爸妈？"

大伙又问："给你买好东西来了吧？""那是当然，"小风子又舔了舔棒棒糖，说，"买了糖、饼干、豆奶、蛋糕，还有好多玩具和衣服、书。我爸妈也是，啥都想搬回来。爷爷又说他们不会过日子，成天只会花钱。我妈妈都不高兴了，说就这么一个儿子，我不为他花钱为谁花。""哟哟哟，你爸妈怕是没给你爷爷买吧。""哪能啊，给爷爷也买了，蛋糕、牛奶、脑白金，还有各种药，吃的、贴的，一大堆。"他们说："那你爸他们挣到大钱了吧，该回来了吧？"

小风子说："爸爸说，他们要挣够我读大学盖房子的钱才回来。爸爸说外面钱好挣，只要肯吃苦，到处都能找到事做。爸爸还说，等我长大了，要好好读书，大学毕业就去考一个公家的单位，坐在空调房里上班，不流汗不辛苦，就不会有人敢欺负我了。"

说到这里，忽然想起猪肉摊的事来了。他说："妈的，那天我到镇上给爸爸买烟，不小心碰倒了卖猪肉那个屠夫家的门，他就撵着出来骂我。想欺负我，门都没有。老子买了两袋盐巴，抓了把沙，全倒进他家油锅里了。骂老子，老子让你的油卖不出去又吃不成，以为老子好欺负。"小风子正说得起劲，一个黑胖子挺着个大肚子走了过来，远远看去，就像抱着一口油锅。听到这话，眼睛都冒出火来了。芭蕉扇一样的大手掌往小风子这抓来。嘴里骂道："小狗日的，我就说老子一锅好好的猪油，怎么会有沙，还他妈咸得要命，原来是你这个小狗日的在捣鬼。你信不信，老子拿着你，剥掉你的皮。"小风子一低头，从他腋下逃了过去。他一边跑一边回过头来说："以大欺小，你等着，等老子爸爸回来，我让他拿枪打死你，我爸爸是保安，有枪。"

七

小风子咬着牙一口气跑到红利商店，拿起柜上的电话，拨了一串数字，对着电话大声喊道："爸爸，你们快回来吧。"喊完放下电话就走，眼泪一颗一颗往下掉。老板娘看看他，又看看计费器，想说什么，小风子已经跑远了。

小风子跑到车站，坐在桥墩上，看着一辆辆来来去去的车子，不停地用袖子抹眼泪。那一辆辆车和街上的人变得有些模糊，就像下雨的时候，雨滴一滴一滴把窗外的景色隔开来，湿淋淋的。他坐在桥墩上想了想，忽然冲过街，跳上一辆班车。师傅问："你去哪里？"小风子不说话，坐在最后那排座位上。乘客来了，师傅忙着招呼乘客，没管他。乘客多了起来，没座位了。师傅挤过来问小风子："你要去哪里？"小风子说："我要去城里找我爸爸。""城里，哪个城里？"师傅一把提起小风子的衣领，说："小杂种，你闹什么，城里，城里，谁知道你要去哪个城里。起来起来，让别人坐，你赶紧下去，老子没时间陪你闹。"

小风子下了车，走到车后面，对着车轮子狠狠踢了两脚，还不解气，又掏出小鸡鸡，冲着车撒了泡尿。车一溜烟开了出去，带起来一屁股的灰，把小风子的尿盖住了，只看得到一条细细的痕迹。小风子对着那股灰吐了一口吐沫，慢慢朝家走去。

走着走着，眼泪又不争气地掉了下来。小风子一哭，夜就来了，一片墨黑。风就像疯了一样，把清水镇上的灰和纸屑、垃圾吹得到处乱跑，树叶在地上翻着跟头。接着，雨点急急忙忙砸了下来，小风子被砸醒了，抹了抹眼睛往高速公路冲去。

雨越下越大，雨点变成了雨丝，随着风漫天乱飞。小风子弯下腰，从隔离带下面爬了过去，冲过公路。一声急刹，车停了下来，小风子看到爸爸朝他走来……

爷爷知道小风子出车祸已经是第三天下午了。班主任带着警察来到清水河水库的时候，爷爷拄着拐杖正想出门。

看着爷爷瘦弱弯腰的样子，警察有些犹豫。爷爷问："小风子又闯祸了？"班主任说："不是，我们想问问孩子爹妈的电话，有份文件要他们签字。"爷爷说："打工去了，没留电话，字你们签好，我去按个手印，我认着。"警察说："不行，这个字非得父母签，最好让他们回来几天，把这事处理一下。""这孩子就是不让人省心，这回祸闯大了吧。"爷爷嘟嘟嚷嚷。几个警察你看看我，我看看你，其中一个清了清嗓子，说："这事还真得他爹妈过来。"爷爷把手里的拐棍往地上敲了两下，说："他的事我做主，要剐要打我说了算。"

班主任沉不住气，说："小风子受伤了，要做手术呢，得他父母过来签字。"爷爷叹了口气，有些无奈，说："活该，平时就说他，不要一天到晚跟人家争，这回被打了吧。也好，让他长长记性。"一个年轻警察知道他误会了，忙解释："孩子出车祸了。"他顿了顿。看看爷爷的表情，又说："等着父母签字做手术呢。"爷爷一下子愣住了，身子晃了晃，就像村口那棵婆树，风一吹，就开始晃晃悠悠的，叶子也哗啦啦掉了下来。爷爷使劲握着拐棍，勉强站住稳住，问："在哪里？伤得厉害吗？快带我看孩子去。"警察没有再说，赶紧把爷爷扶上车，往城里开去。

阿黄跟着车子跑，一边跑一边吠叫。车上的人好像什么也没听到，根本没人理它。阿黄一直跑到村口，再也看不到车的影子，才吐着舌头，夹着尾巴，慢慢朝家走去。

爷爷还是不肯说出孩子父母的电话，警察左劝右劝，说了半天，他才叹了口气，说："不怕你们笑话，这孩子可怜，一岁不到，他妈就跟着人跑了，我那背时儿子跟着去找，一直没有音信，也不知是死是活。这孩子，这孩子，其实就是个孤儿。"爷爷再也忍不住，眼泪顺着满脸的褶子流了下来……

流年不再

默默金荣

在广东工作十多年，这是赵斌第一次回江城。

下了动车，他决定先去住在城里的姐姐家吃午饭，再回乡下看母亲。

赵斌望着满脸疲惫的许玲，心疼地说："你带满满在超市外面歇歇，我一个人进去买点礼品就出来。"许玲顺从地点点头，拉着儿子走到超市门口的椅子上坐下。

赵斌匆匆走进超市，直奔饮品柜。在饮品柜面前，赵斌正弯着腰看牛奶包装上的生产日期，忽然被撞了个趔趄。"对不起！无意撞到您，实在对不起！"一个穿着超市工作服的中年女子放下堆满货物的购物车，冲赵斌直道歉。

赵斌有些恼怒，立直了身形，皱着眉头看了看撞他的人。不回头不打紧，一回头他吃了一惊："谭馨！"

谭馨看到赵斌，脸色唰地变了，推了购物车就走。

赵斌望着她的背影，想起过去的事，心里五味杂陈。"她那么骄傲的一个人，怎么会落到在超市做这么辛苦的工作了？"赵斌疑虑重重，又想到超市外的妻儿，随手拿了一提牛奶，步履沉重地出了超市。

透过超市橱窗的玻璃，谭馨望着赵斌气宇轩昂的背影，望着他身边娇小玲珑的妻子和活泼可爱的儿子，心里有一股说不出的滋味。她呆呆地坐在黑漆漆的仓库里，任泪水恣意地奔流。往事像一根根针，密密地扎在她的心口，撕心裂肺地疼……

一

谭馨高中毕业后，在叔叔的安排下，将户口办了农转非，进了江城城区一家国营企业做计量员。好比金凤凰飞出了鸡窝，她从此端上铁饭碗了。从小家境优越，加上相貌出众，难免有点心高气傲，如今又摇身一变，成了标准的城里人，她心更高气更傲。

单位以女职工居多，男的除了领导，就是机修工和配电工。几百平方米的大厂子，五六个车间，每个车间三四十个女工，却只有三四个机修工，一个配电工。真正是僧多粥少。

赵斌是三车间的机修工，也是公认的美男子。他一米七八的个子，身体偏瘦，肤色白皙，性格内敛，有一股书卷气。赵斌身边不乏追求者，却对谭馨情有独钟。自从谭馨进了三车间，赵斌没事就总爱往计量室跑，但凡有人找他，同事们都会说："去计量室找。"

明里暗里地腻歪了个把月，赵斌觉得火候到了，开始大着胆子约谭馨："晚上看电影吧。"谭馨不置可否地抬了抬嘴角，没说同意，也没说不同意。赵斌调皮地用胳膊肘撞了谭馨一下。谭馨一扭，故作生气地说了句："你真烦！"赵斌看着谭馨脸上藏不住的笑和两朵红云，又用力撞了一下，满脸笑意地飞出了计量室。

电影是一部爱情片。赵斌被凄美缠绵的爱情故事感动得眼皮发胀，心口发闷，就差落下泪来。谭馨却无动于衷。回家时，两人并肩走在灯火通明的街市上，谁也不说话。谭馨暗暗观察赵斌，发现他的确很帅，特别是此刻，一副心有戚戚焉的样子，更像台湾偶像剧中的男主角。按理，谭馨是瞧不起像赵斌这样感性的男子的，她觉得男人应该是侠风义骨，豪迈洒脱，而不是像赵斌这样过分温和。但是，厂里没有她所欣赏的江湖英雄式的男子，女工们都喜欢赵斌这样的帅哥。赵斌撇下三千宠爱，独饮她这瓢水，令她的虚荣心得到巨大的满足。

谭馨舍不得赵斌的另一个原因，是赵斌的细腻。每天早上睁开眼睛的时候，赵斌就帮她把早点买来放在床头；她只要轻轻咳嗽一下，赵斌马上去厂医务室给她拿感冒药；逛街的时候，她只要多瞄某样东西两眼，赵斌立刻就会买来送给她。

赵斌和她一样，来自江城乡镇的一个小村。高中毕业后，他嫁到城里的姐姐托关系将他安排进了这家国企做了个临时工。父亲早逝，母亲一个人将姐弟二人拉扯大。知道这些后，谭馨的心有点冷。以她这么好的条件，完全可以找个商品粮户口，或者地道的城里人，而不是赵斌这样虚有外表、没房没钱的临时工。

正在她为赵斌的家庭背景惋惜的时候，她叔叔托人送来口信，说给她介绍了个对象，要她回去见个面。据说男方背景好，一家子都是吃商品粮的。她迫不及待，随便编了个理由就请假回家了。一见面，她的心顿时凉了半截：眼前这个人，又黑又瘦又矮，人还拽得很。聊了半天，几乎每句话都离不开"我们啤酒厂"。这户人家父母兄弟姐妹都在红极一时的五星啤酒厂里工作，家里一座两间三层楼的私房，年前刚盖好，计划给他结婚用的。谭馨找了个借口结束了这场相亲，回过头来就责备媒人不该给她找这样的人。媒人是她叔伯家的一个婶娘。婶娘很不悦地指责她："人家全家都是商品粮，铁饭碗哪！地地道道的城里人，你还挑肥拣瘦，人家还不知道看不看得上你呢！你嫌人家丑了矮了，你到哪里找既吃商品粮又长得好看的小伙子？"

婶娘的话把她噎了个半死，父母也指责她不知道天高地厚。她气呼呼地回到了厂里。赵斌看到消失了两天的谭馨，高兴得不得了。谭馨生气地吼他："走开！不要老像只苍蝇！有本事你转正了再来和我谈朋友！"赵斌呆呆地望着谭馨，不知所措。谭馨说："我回去相亲了，对方是啤酒厂的，条件很好。你如果真的喜欢我，就快点想办法办转正手续吧，不然我父母是不会同意我们交往的。"

下班后，赵斌直接奔了姐姐家里，一屁股坐在沙发上耍开了赖："姐姐，我要转正！不然我结不成婚了。"姐姐赵慧知道赵斌谈恋爱的事，对赵斌说："这女孩子是不是真的爱你？如果真的爱你，怎么会这么功利呢！你这傻小子，可得清醒点。"

赵斌说："我不管，反正你要给我转正！不然她父母不同意我们交往。"

赵慧轻蔑地说："嘿，不同意就不同意呗！她要是真心爱你，哪会管你是不是临时工？你以为转正那么容易！那得花大钱！我们家什么家底？你把老娘亲的老骨头卖了看有没有几个钱……"

赵斌打断姐姐的话："要多少钱你借，关系你求姐夫去找，钱我到时候还给你。"

赵慧哑口无言。她问弟弟："你真的就这么爱她吗？"

"是的，姐姐。她那么漂亮，又是商品粮、正式工，她父母有所要求也是应该的。我希望尽我的能力给她最好的生活。"赵斌望着阳台外霓虹闪耀的街市，充满了对未来的信念。他像小时候那样，拉着姐姐的手摇晃："姐姐，你就帮帮我吧！我的幸福全靠你啦！"

赵慧点了点赵斌的脑袋，半是无奈半是嗔怒地说："真是个犟种！"

二

一个多月后，姐姐交给他一份资料，对他说："从今往后，你就是正式工了！"

赵斌接过资料，欣喜若狂。他高兴地抱起姐姐转了一圈，然后转身，边跑边说："姐姐你回去吧，我去找谭馨！"赵斌孩子似的模样惹得赵慧又好气又好笑。自从父亲去世，弟弟就是她和母亲的掌中宝。弟弟是家里唯一的男丁，赵慧一直很宠爱他。为了让弟弟顺利完成高中学业，赵慧甚至放弃了青梅竹马的恋人，嫁给了城里一个根正苗红的瘸子男人。对于赵斌的户口，其实就算赵斌不来找她，她也会要丈夫帮忙弄的，只是这事被赵斌先提出来了，而且是那个未来弟媳妇以此来作为和弟弟结婚的条件，赵慧就很不爽了。她觉得这个女孩子不简单，很有心机，弟弟跟她在一起，难免日后不被欺负。

谭馨见赵斌的户口这么快就办好了，顿时喜出望外。想到赵斌不仅人帅气，还是正式工，城里还有个有点社会关系的姐姐，谭馨幸福极了。不几天，她就带着赵斌回家了。谭馨的母亲对这个女婿是一百个满意，一千个放心。双方的长辈相互见过面后，就敲定了婚期。赵斌和谭馨开始了紧锣密鼓的筹备，他们到单位开了证明，领了结婚证，又到厂工会主席那里申请了婚房，在一个秋高气爽的日子，婚礼如约举行。

婚后的赵斌依然很疼爱谭馨。谭馨十指不沾阳春水，家务都是赵斌在做。常去串门的赵慧心疼弟弟，对此颇有微词。日子久了，谭馨恨透了赵慧，时常对赵慧冷言冷语，恶声恶气。赵慧怕弟弟为难，就不来了。赵斌觉得愧对姐姐，很难过。谭馨有次又在赵斌面前骂赵慧，赵斌被骂烦了，气冲冲地把谭馨吼了一顿。为此，谭馨又哭又闹不依不饶，赵斌哄了她一个多星期才算息事。

他们在吵吵闹闹中迎来了儿子赵威，刚出生的赵威白白胖胖，虎头虎脑，喜坏了一家人。赵慧也似乎忘了前嫌，帮着母亲一起伺候月子里的谭馨。

儿子出生后不久，经济形势日落西山，好多国营企业都面临破产。赵斌所在的单位半死不活地挨了一些日子后，被政府部门划为民营企业保护区，所有职工买断下岗，赵斌彻底失业了！

屋漏偏逢连夜雨。正在为生计发愁时，赵斌赫然发现，儿子已经两岁多了仍不会走路，说话吐词不清，还一天到晚流口水。他多次和谭馨说儿子的事，谭馨都语气很冲："你少听外面那些神经病嚼舌根子！小孩子是喜欢流口水的，我们儿子走路走得迟，你操心赚钱就行了！"姐姐也曾同样安慰他。一晃，儿子已经快三岁了，仍然是老样子。赵斌再也沉不住气了，抱起儿子和姐姐去了省城里最具权威的几家医院，检查的结果犹如晴天霹雳，惊得他一阵阵犯晕。

儿子竟然是脑瘫！

谭馨也呆了。

那天赵斌喝醉了酒，抱着儿子失声痛哭。工作没了，儿子是个傻子，未来怎么办啊！赵斌的发泄不仅没引来谭馨的怜惜，她反而更瞧不起赵斌："跟了你这个没用的人，生个儿子都是个傻子，这日子有什么盼头！"骂完，她也号啕大哭。引以为傲的铁饭碗碎了，生活没着落了，儿子又是这个鬼样子，像个肉孩子一样整天抱着背着，原以为跟着他能享点福，谁知道竟落到这步田地！呜呜，我的命真苦啊！谭馨边想边哭，边哭边想，惹得孩子也跟着大哭起来。一家三口此起彼伏、呜呜咽咽的号哭给整栋宿舍楼都蒙上了一层悲戚。

为了生计，从没吃过苦的赵斌去工地上做起了小工。他准备说服谭馨和他一起工作，攒点钱了去做小生意。他想，他们还年轻，可以再生一个健康的孩子。只要有希望，日子总会一天天好起来的。

在谭馨眼里，如今的赵斌简直就是个乞丐，头发乱糟糟的，衣服上都是水泥、涂料、胶水，脸也晒黑了，话比以前更少了。谭馨看到他这种邋遢、颓丧的样子就心生烦闷。才三岁的儿子，重得像个秤砣，拉屎撒尿，吃饭喝水，一刻也离不了人。

下岗后，单位收回了职工宿舍，他们在郊区租了一间二十一平米的小平房。谭馨每天抱着儿子坐在阴暗、潮湿、狭小、凌乱的屋子里，心情抑郁到了极点。她隔三岔五就和赵斌吵架，偏偏赵斌在谭馨面前毫无脾气，无论谭馨怎么恶语相加、挥拳舞脚，他均以沉默应对。谭馨气急了，就打儿子发泄，赵斌也只是抢过儿子，把自己的后背留给谭馨撕咬。

三

赵斌将儿子送到了乡下由母亲照看，建议谭馨找份工作。在国营单位里散漫惯了的谭馨，找工作眼高手低，大事做不来，小事扛不起，日子又陷入了另一种苦闷。连续碰了几次壁后，她心灰意懒，整天借着找工作的幌子在外面和朋友打牌。在牌桌上，她认识了一个叫何得龙的男人。何得龙高大魁梧，声如洪钟，举手投足间无不透着一种男人的魄力。谭馨很喜欢何得龙这样的外形，而何得龙似乎也很欣赏谭馨，总会对她投以别样的目光，有时候谭馨输惨了，何得龙会悄悄把自己赢的钱都塞给她。

这样混了几个月后，谭馨手上分文皆无，日子捉襟见肘。谭馨大闹了一场，然后摔门跑出了这个让她愁苦不堪的家。

她又去牌场，又遇到了何得龙。何得龙高兴地叫："谭姑娘！怎么好几天都没来打麻将？三缺一，可愁死我们了，没你不行啊！"

谭馨强颜欢笑："哪里哪里，何总腰缠万贯，人缘又好，还愁没牌角？"

何得龙笑眯眯地望着谭馨说："只喜欢和你打。"突然，他发现谭馨的情绪不对，立刻换了一副紧张的神情问谭馨："你心情不好？怎么啦，能不能和我说说？"

谭馨没有说话，一阵咕咕咕的声音叫得她人一阵阵发虚，她觉得饥肠辘辘，胃壁痉挛。

何得龙显然听到了谭馨肚肠里传来的哀鸣声。他朝谭馨一挥手："走！吃饭。"

何得龙将谭馨扶上车，一边开车，一边打了个电话。不多时，车停在一家叫"流金岁月"的茶楼前。谭馨随何得龙走进茶楼，茶楼的服务员冲何得龙一躬身："何总好！"何得龙点点头说："给吧台说一声，刚才点的餐快一点做。"

何得龙领着谭馨走过一排别致的茶座，拐弯走进一道石门，石门里别有洞天，就像一个溶洞，溶洞里缀满了绿色的藤蔓，藤蔓与藤蔓之间又分隔了一个个雅致的小茶座。溶洞里光线昏暗，气氛却很温馨，低缓的乐声似有还无，茶座间的人大多低声窃语，偶尔有热恋中的情侣四目相对，隔着石桌深情对视。

谭馨像是走进了《红楼梦》中的大观园，又像是坠入了《西游记》里的水帘洞。

何得龙找了一个靠角落的座位坐下。服务员端来茶水和小半杯红酒。何得龙看着谭馨，指指茶杯说："先喝茶，润润喉咙，再喝红酒。"谭馨没喝过红酒，说："我喝茶，不喝酒。"何得龙笑："放心，这点喝不醉。红酒养颜，女士要多喝。"

服务员端来一碗皮蛋瘦肉粥，一份甜品，一杯木瓜炖牛奶。何得龙说："你饿昏了，吃这些对胃好。快吃吧！"

谭馨想不到看似粗犷的何得龙还有这么细腻的一面，心底陡然升起一股暖流。"你回家晚了老婆不会说你吧？"谭馨一边吃，一边和何得龙聊天。

"孤家寡人一个。"何得龙躺在宽大的藤椅里，仰着头，吸着烟，用心地吐着烟圈，烟雾笼罩下的何得龙在昏暗的背景下，像谜一样。

"孤家寡人？"谭馨有些意外。

"六年前，她患了直肠癌，发现的时候，已经是晚期了。她怕拖累我，给我留下一纸遗书，割腕自杀了……"何得龙闭着眼睛，像是在逃避回忆，又像是在努力搜寻。谭馨将椅子挪到何得龙身边，使劲握住了何得龙的手，向他传递着一份温暖。何得龙睁开眼睛，看看谭馨，拍了拍她的手，深深地叹气："我从来没有那么无助过，从来不相信世上有什么事情可以难倒我，但是，在病魔面前，在一个即将消失的生命面前，我发现自己是那么渺小。你永远不会体会到那种感受……"何得龙有些激动，以至于被烟呛了喉咙。他拼命地咳嗽。谭馨连忙站起来在他的背心轻轻拍打。

何得龙有个十岁的儿子，妻子过世后一直是他的老母亲带着。妻子的离去，曾使他万念俱灰，后来，看着年迈的父母和年幼的儿子，他振作精神，重新开始了事业上的打拼。如今，他的生意做得风生水起，人人羡慕，可内心情感上的空虚谁又懂呢？

"你这么年轻，又这么优秀，怎么不再找一个呢？"谭馨问他。

"不是没想过，一是没遇上有感觉的，二是怕对孩子不好。"

何得龙将车开到襄河大堤上，两个人手牵着手，肩并着肩，在河堤上走着、聊着。夏天的河岸热闹非凡，到处都是纳凉的人。河堤下的树林里有一片摇篮，那里似乎是情侣的胜地，每一个摇篮上都坐着卿卿我我搂搂抱抱的男女。堤岸的轻风夹杂着浓浓的暧昧气息，吹在身上，使人忍不住亢奋。何得龙不自觉地收紧了握着谭馨的手，谭馨呻吟了一下，嘟起嘴娇媚地捶了一下何得龙。谭馨的拳头像棉花一样落在何得龙的背上，何得龙心里酥酥的。

"给我讲讲你的事吧！"何得龙对谭馨说。

"我？唉……一言难尽！"想到自己，谭馨脸上又蒙上了一层灰色。她不愿意提那个家，更不愿意何得龙知道这些。与何得龙聊了这么多，谭馨已经彻底喜欢上了何得龙。她觉得像何得龙这样的人才是她心目中理想的爱人，她甚至觉得，上天在这样的时刻安排她和何得龙相识，分明就是在帮她做抉择。

何得龙的手不知何时挽住了谭馨的腰。一只挣脱了链子的大狗，在黑暗中箭一样冲过谭馨身边，柔柔的毛挨着谭馨裸露的腿部扫过，谭馨只觉眼前一道黑影掠过，腿边又有毛茸茸的东西扫了一下，吓得躲进何得龙的怀里大叫起来。她一边叫一边跳，饱满的酥胸像一对惊慌的兔子在何得龙的怀里乱窜。何得龙全身酥麻，血液在瞬间沸腾起来，他再也控制不住欲望，一口吻住谭馨的唇，一只手捉住那对兔子，轻轻抚慰……

四

谭馨如愿以偿地和何得龙结婚了。

离婚几乎没费吹灰之力。她和赵斌不涉及财产分割，儿子给赵斌，她走。赵斌什么也没有说。谭馨隔三岔五的夜不归宿已经触到了他的底线。倒是获知消息的赵母抱着孙子从乡下赶来，拉着谭馨苦口婆心地劝谭馨看在孩子的分上，别离婚。谭馨一把推开赵母，咆哮道："一个穷得叮当响的破屋，一个又瘫又傻的孩子，我有个什么盼头？有个什么活头？"五岁的赵威看着妈妈狰狞的面目，吓得抱着奶奶伤心地大哭："拉拉（妈妈）不料（要）我啦！"

一旁的赵慧冲过来，扶起被谭馨推倒在地的母亲，抱起赵威，指着谭馨大骂："你不是个人！你是个害人精！像你这种连自己的孩子都不管的人，走到谁家，谁家都会倒霉的！"

何得龙带谭馨在市区最好的婚纱摄影店拍了婚纱照。看着镜子中明星似的自己，谭馨幸福得流泪了，何得龙让她认识了真正的城市生活，也过上了真正的城市生活。他们的婚礼虽说是从简，但在谭馨眼里并不简了。何得龙在一家三星级酒店里订了十多桌宴席，比她和赵斌的婚礼不知热闹、豪华了多少倍。

谭馨躺在柔软的婚床上，与何得龙极尽缠绵。她望着何得龙满足的神情，由衷地说："得龙，我要好好报答你，好好珍惜你。"

结婚后，何得龙的货运公司就忙碌起来了。他把儿子何宇飞从母亲那边接回来，交给谭馨照顾。何宇飞是个小学五年级的学生了，很懂事，非常乖巧地称呼谭馨"妈妈"，叫得谭馨心花怒放，仿佛何宇飞就是自己的亲生孩子。

嫁入豪门的谭馨日子过得很惬意。她只需要为何宇飞做好一日三餐，洗洗衣服，做做清洁就好了。何得龙跑长途货运很辛苦，经常不在家，他每次出门前都会给谭馨留下一叠钱，多则一万，少则几千。他从来不问谭馨那些钱的去向，给钱时总是喜欢说，对宇飞好点，吃的穿的不要刻薄了他。谭馨也乖巧，她总是说："放心，宇飞就是我亲生的！"

半年后，谭馨发现自己怀孕了。她欣喜地告诉何得龙，何得龙却并没有她预期的那样高兴，只是淡淡地嗯了一声。临睡时，何得龙提议，要谭馨打掉孩子。

谭馨惊讶地反问："为什么？这是你的孩子啊！"

何得龙没有说话。

第二天，何得龙的老母亲来了。她和谭馨东拉西扯了一会儿，终于把话引上正题了："得龙的意思完全是我的意思。现在时代不同了，多一个孩子多一些开支。得龙能力有限，宇飞读书要钱，我这做母亲的不想他太累了。"

谭馨委屈地说："得龙他开那么大的货运公司，还在乎这点钱？您少说笑了。别人家的老人，都巴不得儿孙满堂，您怎么就不喜欢呢？"

何母没有接话，只说自己年纪大了，如果她坐月子的话，肯定没有精力照顾她了。"宇飞还小，他妈妈又走得早，我身体一天不如一天了，这孩子可怎么办啊！"何母说着，竟落下泪来。

谭馨终于明白了：何得龙和母亲是怕她有了自己的孩子后忽视何宇飞。她很生气，觉得何得龙完全不爱自己，他何得龙之所以和自己结婚，只是为了给儿子找一个廉价的保姆。

谭馨呼地站起来，对何母说："您不用多说了，这个孩子我一定要生下来！"

何母也急了："你就不怕再生一个傻儿子！"

谭馨气得浑身哆嗦，气急败坏地与何母大吵起来。八十多的何母骂了两句就气力不支，浑身颤抖着倒在沙发上了。正巧接了儿子的何得龙开门进来了。何得龙一脸阴沉地走过来，一把推开挡在他身前的谭馨，去扶母亲。娇小的谭馨被何得龙推得连连倒退，退到客厅的酒柜下，一屁股跌倒在地，巨大的震动惊飞了酒柜上的酒，那些瓶子呼啦啦落下来，砸在谭馨的头上、肚子上，各种酒液和谭馨的血混合在一起，流了一地。

五

谭馨流产了。

酒瓶不仅在谭馨的额头留下了一道难看的疤痕，而且致使她的子宫内膜严重受损，再孕的机会渺茫。

何得龙没想到是这样的结果。谭馨住院的日子，他丢下公司的事务，日夜守在病床边。他望着谭馨苍白的脸，心里充满了愧疚。谭馨，我是爱你的啊！何得龙在心里呼唤。最初遇见谭馨，他承认自己是有私心的，年轻漂亮的谭馨，不仅在相貌上与前妻有些神似，而且性格温柔，容易驾驭。何得龙的事业成功，与前岳父的社会背景有很大的关系，而前妻在病魔面前选择自杀，是希望他把钱留下来好好培养儿子，好好善待双方的老人。

前妻的遗言像一把刀子，在他的心上刻下深沟浅壑，他不能忘记，也不敢忘记，但是，他毕竟是个正值壮年的男人啊！他有正常的需求，他还没有伟大到为了儿子牺牲自己对幸福的渴求的地步。他爱谭馨，爱她玉一样的肌肤，火一样的激情。他在爱的同时，自私地希望谭馨顺从他的一切意愿，支持他的一切想法。但很快他又悲哀地发现：他并不了解谭馨。谭馨是那种表面温柔似水，骨子里十分强势、泼辣的女人。他明白，自己爱谭馨，离不开谭馨，他驾驭不了谭馨，那就顺从她的意愿吧，反正，谭馨也只是想生一个他们的孩子而已。他去找母亲，计划让母亲暂时带着儿子宇飞，等谭馨的孩子顺利出生了再做安排。谁知，母亲对他阳奉阴违，答应得好听，转身就找谭馨摊牌去了。

谭馨从麻药中醒来，想起何得龙推她的那一幕，想到从此可能再没有生育能力，不禁悲从中来。她满脸泪水地呜咽着，痛骂何得龙："我有什么错，至于你这样下狠手打我？我只是想生个我和你的孩子而已啊！呜呜，我的孩子啊……"

谭馨的泪像一颗颗石头砸在何得龙的心上，疼得何得龙一阵阵抽搐，他懊悔得无以复加，他承认自己的自私伤害了谭馨。他捉住谭馨的手，不断抽打自己的脸："都是我不好！都是我鬼迷心窍！你打我吧，打我吧！"

谭馨出院后，何得龙比以往对谭馨更好。为了博得谭馨的欢心，他花一万多为谭馨买了一套黄金首饰，去省城将谭馨额头的疤痕整得光洁如初，又把存折交到谭馨手上。一直对何得龙冷眼相加的谭馨这才有了笑脸。

几年后，何得龙的母亲去世了。何得龙安葬好母亲，卖掉了母亲居住的单元房，儿子宇飞重新和他们住在了一起。

何得龙依然跑着他的长途货运，与谭馨聚少离多。谭馨经历了流产一事，对何得龙和宇飞的态度完全变了。她再也不像以前那样一日三餐热汤热饭地对待宇飞，她拿着何得龙的钱与小区阔太太们去逛商场、做美容、打大牌，花钱如流水。刚上高中的宇飞因饮食无着，每天饥一顿饱一顿的，很快便丧失了求学的信心，沦为了社会青年。

谭馨出院后的不几天，赵斌的母亲突然来访。谭馨本来心情很糟，看到赵母后更加不爽，但是，衣着寒酸的赵母，站在何得龙家豪华宽敞的屋子里那种手足无措和拘谨不安的神情，狠狠地满足了她的虚荣心。她带着讥笑的语气，问赵母找她有什么事。赵母小心地、字斟句酌地说："呃，我来，是想问你，以前和你一起上班的那个李利荣你还记得不？她家的孩子和我们家威威的情况差不多，人家去北京做了两次手术，很成功呢！我们去问了地址，也准备带威威去做手术。"

谭馨皱了皱眉头，不悦地说："你们赵家的事赵家自己解决就好，没必要和我商量。"

赵母更加小心地说："威威不也是你的孩子嘛，我们肯定要和你这当妈的说一声嘛。再有……那个，手术费很贵，威威他姑拿了两万出来，我一个乡下老婆子没有什么收入，钱凑不齐呀！"

谭馨生气地说："赵斌呢？他当爸的就不管？"

赵母说："他哪能不管？他本来找姐姐借了些钱开了个粮油店，哪晓得生意不好。今年刚去广东打工了。跟他说了威威的事，他在单位借支了半年的工资，寄了两三万回来，但还是不够。我扯下这老脸来找你，一来，是看你方不方便为威威凑点钱，二来，斌斌在广东不能回来，你能不能陪威威和他姨伯去趟北京？"

谭馨没有立刻回答，她沉思良久，又问赵母："这些年赵斌没有再找一个吗？"

赵母悲戚地说："一个穷家破户，哪个女人愿意跟啊！"

谭馨想起她和赵斌的恋爱时光，不免生起一些慨叹。她从钱包里拿了五千出来，递给赵母："我只有这么多。北京我不能去，我这边有事。您以后不要再来找我了，对我影响不好。"

赵母有些愕然："威威可是你的亲生儿子啊！"

谭馨大声说："不要跟我提那个傻子！"

这天，谭馨却突然想起了那个她一直视为耻辱的傻儿子。

从赵母离开那天开始，好几年的时间里，谭馨没有他们的任何消息，也没有遇到过去那些年里的任何熟人。她和赵斌的故事好像突然被从时光里剪辑了一样。她偶尔和宇飞一起吃饭，高兴地跟人介绍："这是我儿子。"长大后的何宇飞十分叛逆，这样的情景，他通常是头也不抬，闷声闷气地拆穿谭馨："你不是我妈。你是我爸续娶的老婆。"

已过不惑的谭馨，虽然每日纸醉金迷，却时常感到孤独和空虚。她突然想起了过去的旧时光，还有她的傻儿子，还有赵母说起的那个同事李利荣。

谭馨找到了李利荣。

李利荣的女儿已经上初一了。谭馨到李利荣家时，小丫头正坐在书桌边写作业。看到谭馨，她露齿一笑，叫了声"阿姨好"就继续埋头写作业了。

李利荣的家很小，不足七十平米，但布置得十分温馨。谭馨记得，少女时期的李利荣白白胖胖，被同事们笑称"小胖"，如今却是又黑又瘦，满脸沧桑，比实际年龄大了好多。

"你们可真不简单！"谭馨望着李利荣脸上吓人的斑块，忍不住感叹连连。

李利荣淡然一笑："走过来就好了。孩子好，比什么都好。"

她想起赵斌曾经跟她提起过，说李利荣背着孩子在工地上垒砖。她当时很同情她，她一直觉得来自城区、娇声娇气的李利荣是那种吃不了苦的阔小姐，却没想到她能去工地做小工。李利荣为了孩子，吃了许多常人难以想象的苦，她的孩子和谭馨的孩子一样是脑瘫，谭馨和赵斌闹婚变的时候，李利荣和老公正在求医的路上艰难跋涉。走了许多弯路后，李利荣终于摸对了门路，她的孩子通过三次手术，现在恢复得很好了。

"你们家威威的情况比我们家女儿的情况要严重些，威威的智力有障碍。他奶奶来我们家打听了医院的地址，带他去做了一次手术，手术比较成功，听说威威能扶墙走路了呢！"李利荣告诉谭馨。

这么说自己的儿子依然是个傻子？谭馨在心里想。一缕失望像烟一样在心里漫开，她沮丧极了。

"你后悔过吗？"想起李利荣十多年的磨难，谭馨忍不住问。

李利荣十分惊诧："后悔？我为什么要后悔？我感谢都来不及呢！正是这些磨难成就了我和孩子。因为这些，我们的心思会比一般人更细腻，也比一般人更懂得珍惜。"李利荣一边叠着衣服，一边望着正在写作业的孩子，满目欣慰。

看着瘦小羸弱，却坚忍刚强的李利荣，谭馨落荒而逃。

她不懂李利荣的信念，却无端地被她身上的光芒灼伤了。

回到宽敞、豪华却冷若严冬的家里，谭馨的心里空得发慌，想着李利荣和她的孩子，想着她一直引以为耻的，如今不知道是什么模样的儿子，她哭了。

六

何得龙趔趄着步态，高唱着谁也不知道名字的洋歌，掏出钥匙，在楼下的门上使劲捅着。二楼的户主打开门，看到何得龙，笑着将他扶上三楼，帮他打开了门。

谭馨站在卧室门口，面无表情地看着他。

何得龙唱着唱着，猛然起身，一口污物喷涌而出，溅得茶几上、沙发上到处都是。屋里顿时弥漫着一股难闻的酒味和食物腐蚀了的味道，强烈地刺激着谭馨的嗅觉神经，它变成一条蛇，与谭馨心底的怒火相互撕咬、争斗，几番下来，谭馨的怒火终于占了上风。她呼的一下打开房门，抄起衣柜中的一个木衣架，冲向何得龙，对着他一顿猛抽。

醉得心烦意乱、倍感痛苦的何得龙像猛虎一样从沙发上一跃而起，夺下谭馨手中的衣架扔向电视，电视屏哗啦一下，碎了。

谭馨哭号着扑向何得龙，边抓边骂："你这个醉鬼，你害得我没孩子了，你猪狗不如！"何得龙一只手揪着谭馨的头发，另一只手阻挡着谭馨尖锐的指甲，反唇相讥："我害你什么了？你没害我？你害得我儿子饥一顿饱一餐，小小年纪成了社会青年！你害我辛辛苦苦回来吃没吃的喝没喝的，锅冷灶冷被子冷……"

何得龙打累了，骂累了，瘫软在地板上。谭馨还不累，她双手叉腰，双目喷火，像一个正义凛然的革命党一样，把何得龙当成卖国求荣的汉奸走狗大加痛斥。何得龙在她的嘴里成了个一无是处、万人唾骂、头顶长疮、脚底流脓、十恶不赦的大坏蛋。谭馨不知疲倦地、声色俱厉地罗列着何得龙的诸多错误。何得龙最怕谭馨翻旧账。他们每次吵架，谭馨都会把从他们相识到结婚再到现在所经历的一些陈芝麻烂谷子的事从头到尾、从尾到头地，翻来覆去、覆去翻来地连念叨带辱骂。

何得龙望着披头散发、满脸泪痕、面目狰狞的谭馨，感到陌生极了。他时常想起他和谭馨初识的时光。那时的谭馨，是多么温柔可人，多么善解人意呀！她把他和前妻的儿子当自己的儿子一般，热汤热饭，嘘寒问暖，多贤惠呀！自从他失手杀死了谭馨和他的孩子后，他万分后悔，为了弥补他的过错，他对谭馨完全不设防，他把自己辛辛苦苦赚来的钱都交给谭馨，他努力做事，想方设法多赚钱，就是为了让谭馨漂漂亮亮、开开心心地过日子。他以为他和谭馨会和和美美幸福一辈子，偏偏事与愿违，无怪乎老人们常常讲：花无百日红，人无千日好。

谭馨依然过着令人艳羡的阔太太的生活。何得龙将儿子送到了军营，自己依然亲自押送长途货运，偶尔回江城，都是满身酒气、深更半夜才归家。他和谭馨没什么交流，但是谭馨的卡上从来不缺钱。虽然对谭馨失望透顶，但是他仍然把她当成自己的责任，就像他对儿子一样。

谭馨这天心情格外好。她首先去美容院做了汗蒸，做了保养，又去做了头发，接着去一家新开的茶楼吃了那里最有名气的木瓜炖雪蛤。下午打牌时手气竟然奇好，板凳似乎都没有坐热，就赢了一万多。真是人要发财，神鬼难挡。

欣喜之余，谭馨的手机不合时宜地响起来，谭馨抓起手机，看了看，是个陌生号码。"喂？"她有些纳闷。

"喂！是谭馨吗？我是何得龙货运公司的合伙人。你们家何得龙酒后驾车，出了点事故，现在人已经被拘留了。你赶紧给他送点换洗衣服日用品去，再想办法筹钱捞人！"

砰！谭馨身子一软，手机落在大理石地板上摔得四分五裂。

何得龙撞死了一对母子，母亲不到三十岁，儿子刚满四岁，听说现场惨不忍睹。家属好几天一直在拘留所闹，如果不是警察调解阻拦，估计何得龙早就被死者家属撕成了碎片。事后经交警调解，何得龙赔偿死者家属一百万。

谭馨卖了房子，又找何得龙的几个叔伯兄弟东挪西凑，总算把一百万赔款解决了。

从拘留所出来的何得龙似乎变了一个人，似一只斗败的公鸡，成天耷拉着脑袋，神情呆滞，面色无华。他除了去出租屋附近的小酒馆喝酒，其余的时间都在家里蒙头大睡。

谭馨始终不能接受现实，她希望这是一场噩梦，醒来时，一切又回到他们初识的日子。

如果能回到当初，她一定不会像现在这样尖刻，她会一如当初，与何得龙相亲相爱。至于孩子，他不要就不要，他爱她，比什么都好。

可惜，时光从来不能倒流，流年逝去，不再来。

何得龙更希望这是一场梦。他希望这场梦没有结尾，永远不会醒来。他不愿意面对梦醒后的沉重，不愿意面对那个恐怖的片段。

他驾着巨大的加长货车，行驶在凌晨的街道上，刚刚，他在市区一家早点店里就着两块牛骨头，喝了两杯白酒。最近他的头总是隐隐作痛，视力也有些模糊，只有喝了酒，痛感才会消失。凌晨的路上少有行人，他加快了车速。忽然，一个小男孩拉着母亲的手蹦蹦跳跳地跑到了马路中间，何得龙赶紧刹车，却鬼使神差地踩了油门！他看到那对母子像两只蝴蝶一样飞起来，在空中划了一道优美的弧线，又像流星一样陨落，在地面开出了一朵鲜艳夺目、惊骇无比的生命之花……

何得龙又来到小酒馆。他觉得自己的酒量见长，一斤多白酒下肚，他依然清醒得要命。他烦躁地捶着桌子大叫："老板！老板！再拿酒来！"

他听到旁边有个声音在嘀咕："狗日的！大呼小叫的影响老子心情。"他霍地站起来大喝一声："你他娘的说谁呢？"对方也不甘示弱，比他更大声地回骂："说你这老东西呢！"他抄起桌子上的一只菜碗唰地朝那人扔去，那人头一偏，顺手抄起脚下的长板凳怒吼着向他劈来。

何得龙躲避不及，被板凳砸中头部。他一声闷哼，红的白的花蕾立刻在他的头顶鲜艳地绽放，他庞大的身形像一堆泥一样瘫软在地，一动不动。

"打死人啦！"食客们一声惊呼，蜂拥着奔出了屋子，远远观看。肇事者顺势而逃。

何得龙的葬礼上，从军营赶回来的何宇飞冲到谭馨面前，将她推倒在地，大声哭号："都是你！都是你害死了我爸爸！你这个狐狸精！害人精！"

七

谭馨从仓库拖出一车食品，吃力地推着。忽然，她感到浑身一轻，抬头一看，英俊的赵斌接过了推车："推到哪里？你带路，我来推。"谭馨默默地在前面走，到了货柜前，机械地把货物摆上陈列柜。她想找些话来说，脑子里却似一团乱麻。

"威威和我差不多高了，长得可帅了。"赵斌说。

"是吗？这么高了？"说到儿子，谭馨的神采焕发起来。

赵斌找对了话题。

"嗯。你回去看看他吧！他比以前好多了。他做了两次手术，已经能独立走路了。除了说话有点不清楚，其他的都好多了。"赵斌也很高兴。

"你还有心管他，你不是又有个健康的儿子了吗？"想起那天那一幕，谭馨心里有些酸。虽然，她知道她无权这么质问，但是，她又藏不住心里的许多牵挂，骄傲的她，只好以这种偏激的方式表达了出来。

她看到赵斌的眼里泛出了光彩，好像青年时期的他看到自己的模样。她心里顿时涌起更大的酸楚和失落，她努力地克制，不让泪水滑落。

"她是我在广东认识的，在我最落魄、最灰暗的日子里给了我许多温暖和力量。谭馨，认识你的时候，我以为人生最好的时光是两个相爱的人永远相爱，认识许玲后，我明白了，原来最好的时光是两个相爱的人在贫穷的岁月里不离不弃。谭馨，你懂吗？世上的每一种幸福，都需要我们踏踏实实认认真真地去努力、去奋斗，如此，你才配得上去拥有。"

谭馨的泪不可抑制地落下。她冷冷地对赵斌说："不需要你来给我讲什么人生的大道理，我不后悔离开你，你也不必怨我。"

赵斌还是那么好脾气，递了一张纸巾给谭馨，对她说："我怎么会怨你呢！我经历的一切，都是我该走的路，人都是到了一定年纪，才豁然明白，经历真的是一笔财富啊！谭馨，你去看看威威吧，他毕竟是你的儿子呀！我在那边买了房子。我妈年纪大了，我这次回来，就是接他们过去的。"

听说赵斌要带儿子去广东，谭馨惶然。近几年，她常常生出惶然的感觉。在她生病的时候，在她情绪低迷的时候，这种感觉尤为强烈。

见到赵威的时候，谭馨的眼前一亮：穿戴整齐的赵威就像是赵斌的翻版，他坐在堂屋的椅子上和弟弟快乐地笑着，白净的脸上显得干净、阳光，完全不像在这种穷乡僻壤长大的孩子。

看到谭馨，赵威冲里屋叫了一声："婆婆，挨（来）热（客）了！"

赵母从里屋出来，看到谭馨，有点惊讶，又看到赵斌和许玲进屋来，一时不知所措。赵斌走过来拉过两个孩子，对他们说："威威，快叫妈妈！满满，快叫伯娘。"满满脆脆地叫了声伯娘。威威说："拉拉（妈妈）不要我们了，哪样又回来呢？"

十多年了，威威已经不记得谭馨了，却清晰地记得谭馨离开他的事情。

看着赵威一手牵着弟弟一手牵着婆婆，蹒跚着走向检票口，看着赵斌一手提着行李，一手扶着许玲，谭馨心里有说不出的滋味。深秋的风无情地刻着她的脸，她的容颜瞬间老去。

山妹的心思

罗银湖

一

在一片朦朦胧胧的期盼中，在一片无以名状的迷茫中，在一片依依不舍的眷恋中，山妹子终于走出了大山，开始了新的生活。

水水比山妹子大三岁。水水说，村里人都弄不明白，自己出生那年，本是湖区的家乡，却遇到了百年一次的大旱，地里的庄稼几乎绝收，渔塘里的鱼，也大都因缺水而死亡。父亲认定自己命里缺水，便给自己取名"水水"。水水还说，自己的家乡在美丽富饶的汉江平原，那里沟汊纵横，湖泊众多，田野肥沃，交通四通八达，是个人见人爱的好地方。水水说这些时，脸上满是自豪，听得山妹子好不羡慕。

在山妹子眼里，水水不但人生得秀气，还是个文化人。水水告诉她，那年高考落榜后，望子成龙的父亲让他去复读，他死活不肯，硬是跟着村子里几个愣头小子，走南闯北跑江湖，卖起了老鼠药。也真怪，那些年老鼠格外多，生意特别好，自己不但长了见识，赚的钱也足够全家人的花销。

山妹子感到好新奇，她对水水心生由衷的敬佩。在这崇山峻岭、交通闭塞的大山里，山妹子梦一般地生活了二十个春秋。她知道，山里人大都没读几天书，不识几个字，憨厚老实，胆小怕事，哪怕是树叶掉下来，也怕砸破了脑壳，哪有什么头脑和胆识去闯世界呢？山妹子不禁摇了摇头，叹口气，为自己，也为山里人。

山妹子穿着二愣嫂给她缝制的那件大红对襟夹袄，紧紧跟随在水水身后。穿过几条车流奔涌的大街，那一幢幢鳞次栉比的高楼，那一群群熙熙攘攘的人流，引得她好生惊奇。她的心咚咚咚跳得好快，几乎要蹦出胸膛。她感到山外的天空好高好大，跟山里的世界相比，简直有天壤之别。她奇特的装束、惊诧的神情，引得来往的路人不时驻足观望、议论，随即掩笑而去。

山妹子并不理会，水水也不气恼。自他在大山里见到山妹子的第一刻起，他便从内心深处喜欢上了这位带着山野的纯朴、热情和有些叛逆的山里女孩。山妹子的俊美更可说是百里挑一。这就是人们所说的一见钟情吧？他为自己能娶到她这样的女孩而深感荣幸和骄傲。

他们登上火车。山妹子此生从未经历过这样的场面，可此刻她已没有了丝毫的惊悸和惶恐。她认定眼前这个小后生，她的丈夫水水，就是一位顶天立地的男子汉，他会给她一生的幸福和安定。而她，也会一辈子跟定他，他是她今生的唯一。山妹子这样想着，深情地望了一眼身边的水水，幸福地、满足地笑了。

火车在人们的喧嚣声和焦虑的等待中，缓缓地启动了。车窗外，城市、村庄、高山、河流、田野，飞也似的向后退去。轰隆隆，轰隆隆，车轮碾着铁轨发出的有节奏的咣当声，有如一首催眠曲。山妹子有些疲惫的脸上渐渐有了睡意，坐在身旁的水水，一把将她搂在怀里，心疼地抚摸着山妹子飘逸的秀发和她那俊美的脸庞。笑意写在山妹子的脸上。

山妹子做了一个奇特的梦，她梦见自己长了一双彩色的翅膀，飞呀，飞呀，飞到了一个好远好远的地方。那里，有一团团的彩霞，有一片片的鲜花，有好多美丽的女孩子在尽情地唱歌、跳舞。见她到来，她们齐齐围拢过来，问她："你会唱歌吗？""你会跳舞吗？"……

她摇摇头，怯怯地不知所措地望着她们。女孩们一阵哄笑，七嘴八舌地说："这个时代哪有女孩子不会唱歌跳舞的？""来！我们教你。"……

她便跟着她们，唱起来，跳起来。

唱得好甜，跳得好美……

二

这些日子以来，山妹子的每一根神经都处于一种亢奋状态，这是她有生以来从未有过的体验。生活给她的感受就是新、奇、美！

丈夫水水住的这个小村庄名叫上车湾。一条宽阔平坦的柏油马路，打门前经过。公路上整天车水马龙，人来人往。宅子的后面是一汪二十多亩大、方方正正的渔塘。时令虽然已是腊月，可渔塘四周的坡埂上，依然长满了郁郁葱葱、绿油油的鱼草。阳光照在如镜子一般明净的水面，风儿一吹，波浪起伏，金光闪闪。这汪渔塘就是水水家的，水水家渔塘的左邻右舍，也全部是清一色的渔塘，放眼望去，好一派水乡恬美的田园风光。

　　说实话，水水家的这座楼房，可以说是鹤立鸡群，在整个村子里是最漂亮的一幢。墙面贴着金灿灿的瓷砖，楼顶盖着红色的机制瓦，瓦面上架着一部红色的太阳能热水器。阳台上摆放着各式各样的奇花异草，在朔风中尽情摇曳着，彰显出一种生命的活力和旺盛来。家里的各种陈设更是山妹子前所未见的，彩电、冰箱、洗衣机、VCD、摩托车，一应俱全，应有尽有，完全是一副小康之家的派头。这不是山里人梦寐以求的生活吗？这种物质上的优越感，真的令山妹子有些无所适从。

　　生活在这样的环境中，山妹子真的有一种如坠仙境的感觉，这就是属于我的生活吗？这简直就是人间的天堂啊！她想起水水跟阿爹阿哥和自己说过的话，他的家乡就在"洪湖水浪打浪，洪湖岸边是家乡"的地方。真是一点不假啊！她不敢相信自己的眼睛。这一切来得太突然了，太容易了！她怕自己把握不住，它们会从她身边悄然溜走。她想起了在大山里的每一个日日夜夜，那些山里的姐妹，一个个如逃命似的，远走高飞，从此不再踏进大山半步。难道她们也跟现在的自己一样，过着这样优越无比的日子？她们忘了生养自己的大山和山里的父老乡亲们吗？抑或是她们过着另外一种不尽如人意的生活？

　　山妹子眼里溢满了泪水，那是激动和喜悦的泪水。她脑子里过电影一般，浮现出阿爹那张苍老的脸，俩阿哥那无可奈何和忧郁的眼神，二愣哥和二愣嫂那勉为其难、为生活劳碌奔波的身影……

　　山妹子一次又一次地回想起水水初到她家那一天的情景。吃过晚饭后，阿爹和俩阿哥在那间狭小的堂屋里，就着昏暗的煤油灯和水水唠着嗑，自己不时地给水水倒茶、上烟。看着水水和阿爹唠得那么投机，俩阿哥的脸上时不时现出赞许、惊诧和期盼的神色来。

从他们的谈话中，山妹子感觉得到，水水对自己一见倾心，而阿爹和俩阿哥也似对水水很满意。阿爹当场还收了水水三千块，说是见面礼，把自己许给了水水……他们唠到了三更天，水水便凑合着，在阿哥那张用老杉木做成的木板床上睡了个囫囵觉。

那些日子，山妹子总是胡思乱想，只要一闭上眼睛，她的面前就会出现水水的身影。虽说山里的日子清苦，可自己在这样的日子里生活了二十年啊！怎能说舍弃就舍弃呢？人人都说，金窝银窝，不如自家的穷窝。想想不久就要和一个素不相识，与自己完全生活在不同世界的陌生男子厮守一生，将来的命运究竟是啥样？山妹子心里那种滋味，真是欲哭不能，欲说还休，比打翻了五味瓶还要难受、复杂。

三

好在水水不负山妹子所望，他对山妹子是疼爱有加。

水水的父母，虽然都是年过半百的老人了，因为生活条件的优越，却依然生得十分年轻，光彩照人。两位老人虽然过去一直希望儿子能考上大学，出人头地，但水水却执意不肯复读。他的理由是：只要自己勤劳，有智慧，无论做什么事，都能发财致富。何必要千军万马争过独木桥，挤在一棵树上吊死呢？父母说不过他，只得作罢。水水也很争气，在外面生意做得顺顺当当，风生水起，把这个家也弄得和和满满的。父母这下可真的安心了。

水水有个妹妹英子，在镇上读高中，虽然人有些娇宠，但却十分聪明，成绩在学校数一数二，所以，水水父母的日子，在村子里过得十分惬意。唯一让他们有些抱憾的是，儿子水水不该带个外乡女子回家来。这倒不是因为他们嫌弃山妹子，而是他们认为，山妹子娘家离这里千里迢迢，途遥路远，将来走个亲戚都不容易，岂不孤单？虽然这样想，但他们还是打心眼里喜欢山妹子的。

山妹子从小在大山里长大，什么苦活、脏活、累活没有做过？每年砍甘蔗的时候，那是山里最苦最累的时候，她都要和阿爹阿哥一道，将砍好的甘蔗，肩挑背扛，运到小驴车上，在崎岖不平的山路上，运到圩上去卖。有时候，后山坡上的几棵荔枝树，果子熟了，她也会像男孩子一样，噌噌噌几下爬上树，去摘下果子，然后扭身扔给阿爹……

嫁给水水后，山妹子感觉自己就是一个大闲人，实在是觉得别扭，不自在。她要去洗衣，水水说："不用你洗，家里洗衣机现成的。再说，现在天也冷，手冻坏了怎么办啊？"山妹子着急地说："我闲得发慌啊水水！你忍心看着我堵出病来吗？"水水拗不过她，便由她了。

烧火做饭，喂猪养鸡，都是山妹子的拿手好戏，她也一一包揽。婆婆心疼新儿媳，她抢白说："娃儿啊！你都做完了，婆婆咋办咧？"山妹子笑吟吟地说："婆婆，您都做了半辈子了，还嫌没做够啊？您该歇歇了，让儿媳妇来孝敬您！"婆婆喜不自禁地说："我是哪辈子修来的福气哟？你阿爹生你这样的好闺女，真是他的福分啊！"婆婆赞美的话，山妹子听着，心里却格外地难受。她陡然间想起了许多，阿妈，可怜的阿妈在自己五岁那年，就得了肺气肿，因为无钱医治，就那样咳嗽得鼻青脸肿，口吐鲜血而死。阿爹阿哥都哭得死去活来。而那时的自己，还是个一无所知的孩子，哪里懂得什么悲痛和伤心啊？阿妈过世以后，是阿爹又当爹又当妈，把自己和阿哥们，一手一脚拉扯大，阿爹何曾享过一天福啊？想到这儿，山妹子悲从心来，她别过脸去，眼眶里满是热泪。

山妹子每天里里外外，忙个不休。水水看在眼里，疼在心上。他将山妹子拉到身边，悄声对她说："老婆，你咋闲不住啊？你若真的闷得慌，我就教你做件事，好吗？"山妹子睁大眼睛，怔怔地望着水水，生生地问："什么事啊，水水？"水水诡秘地笑笑，对山妹子说："老婆啊！我说了，你可别多心啊！"说完，水水把嘴凑到山妹子耳边，轻轻地说："老婆啊！从今天起，我教你——"说到这儿，水水卖了一个关子，不说了。"教我做什么呢？你快说啊水水！"山妹子急不可待地催着水水。"教你识字！怎么样啊？"山妹子一听，心里怦怦跳了起来。识字，这是自己多少年以来梦寐以求的啊。为了这一天，山妹子心里不知盼望了多少个日日夜夜！今天，在这远离大山和亲人们的他乡，她的丈夫，一个带给她希望和幸福的男人，终于圆了她的这个梦想，给了她如此奢侈的希望。山妹子的心，激动得如山脚下奔腾不息的江流，久久不能平静。她的眼里又情不自禁地淌下了热泪。这真是上苍对自己的眷顾啊！山妹子想着，心里对水水和阿爹更添了一分感激和感恩之情。

四

山妹子的悟性极好，没几天，那些常用字都被她记得滚瓜烂熟了。并且，还会四个字四个字地用词了。看着山妹子进步如此之快，水水那高兴劲儿，就别提了。他快言快语地说："老婆啊！你天生就是读书的料呢！只可惜……"水水话还没说完，看到山妹子的头耷拉下去，知道自己说漏了嘴，伸了伸舌头，安慰说："老婆，好好学下去！将来，我一定圆你的读书梦，让你堂堂正正地坐在教室里，做个大学生！"看着水水一本正经的表情，山妹子的脸上绽放着甜蜜的微笑。

转眼到了年关，水水家的二十多亩渔塘，全部起池了，几辆拖鱼的车辆，装满了肥肥胖胖、活蹦乱跳的鱼。接过从客户手中递过的一张张崭新的百元大钞，山妹子的手抖得好厉害。"这是六万块钱，你好好点点，老婆！"水水细声说。山妹子长这么大，连做梦也没有见过这么多的钱。她的心跳得厉害，口里直说："你数，水水，我怕点不明白……"水水朗声一笑，说道："老婆啊！这算啥啊？以后，点钞的日子还多着呢！不学会哪行呢？"山妹子抿嘴笑了起来。"老婆啊！嫁对人了吧？"水水又有些得意地和山妹子开起了玩笑。山妹子脸一红，狠狠地拧了水水一把。"其实，我们这里遍地都是宝。"水水又说，"野沟野河里，到处都是莲藕菱角，还有泥鳅鳝鱼、小鱼小虾，只要人勤快，遍地都是钱。"是啊！山妹子想，山里不也是这样吗？满山的甘蔗，还有野板栗、荔枝、龙眼，后山的楠竹，山里人换了多少钱啊？哪一样不是贱卖给了那些山外人啊？想到阿爹、阿哥，还有那些憨厚的山里人，整天在岭上开荒、掘地，勤耕苦扒种出来的果实，就那样几乎白白拱手送人，被那些山外人讥笑为"山古佬""傻蛋"，山妹子心里痛得几近吐血。她恨自己是个不识字不中用的阿妹。今天，在山外，在男人水水的家乡，山妹子觉得自己长了好多的见识，也学到了许多。"水水，过完了年，我想让你陪我一起，回到山里，回到阿爹和阿哥身边。"山妹子鼓起勇气，对水水说，她的脸，跟燃烧的花儿似的，变成了一片红云。"嗯，老婆，你放心，我知道，你不会撇下阿爹和山里人不管的！我支持你！"

这个年，是山妹子二十年来，在外过的第一个年。水水父母杀鸡宰鹅，腌肉腌鱼，煎制各种油炸食品，忙活得不亦乐乎。

这个年，山妹子过得好开心。因为，她看到了希望；因为，春天就要来了；因为，她和丈夫水水，不久又可以回到大山里去了。

人面桃花

长　安

1

妈妈告诉我，打雷闪电的时候不能站立于大树之下，以免遭雷击。

奶奶也曾对我说，被雷击中的人都是些忤逆不孝的人。我从刚刚的惶恐中稍稍平复了一下心情，缓缓站了起来，去客厅倒了一杯水，咕咕咚咚一饮而尽。

我失魂落魄地瑟缩在客厅的一角，浑身莫名地颤抖着，望向窗外，觉得刚刚窗外那道闪电好像击中了我。玻璃被雨水袭击得面目全非，溅起的水花牢牢地封锁了透视的功能。屋里和屋外成了两个世界。

母亲和奶奶的话，让我的泪水不住地倾泻。是我的忤逆激怒了雷神？可前几天才给秦岭山里的母亲寄去了钱……惊恐中我的身体抖动得更厉害了，玻璃杯哐啷一下掉在了地上，我发疯似的哭了起来。

"他妈的一个大男人，半夜三更哭丧呀！"这句话随着门咚咚咚的响声挤了进来。我立即就住了声。门外似乎也没了声音。突然，砰的一声，隔壁关门的声音，震得整栋楼嗡嗡作响。

我大骂一声，真他妈是有病。

阿雅不耐烦地催我赶快睡，说明天还要开店干活。

我说，你先睡，我喝点啤酒，解个乏，一会儿就睡。

打开冰箱，取了几罐西京啤酒。我拉开拉环，一饮而尽。啤酒与空气接触的那一刹那间因变异所发出的滋滋声，那是一种美妙的乐章，这声音是我百听不厌的乐曲。今晚尤为动听。我常在心里把自己想象成啤酒，一种与世无争的碳水化合物。可事与愿违。

大学毕业，我留在了西安。这座最为熟悉的城市开启了我的人生道路。我对于脚下的厚土有着一种发自肺腑的敬重。我独自走在古都的街上，看着那些秦砖汉瓦，回想着历史上的风雨硝烟，总是浮想联翩。

第一份工作是在西高新的一个广告公司做创意设计。作为美院的毕业生，还算得上专业对口。经我策划的几个项目，为公司创造了不菲的价值，因此我如鱼得水，在公司的地位不断提高。原本平静的心，几乎像是要跳出来。我开始膨胀了。

遇见辉子是两年后的事。那是在一家腊汁肉面馆里。那天辉子见到我，眼睛先是一亮，闪烁着几分光芒，转瞬间就低眉垂眼。以往那个满身珠光宝气、吆五喝六的辉子像是变了一个人。

我叫了他一声，辉子。

他抬起头看着我，眼中就流出了泪。

那天我们就在这个小店里，整整喝了两箱啤酒。我们酩酊大醉，勾肩搭背地走了，一直走进了我所租住的屋里。

辉子的父亲因为贪污受贿，整个家族轰然倒塌。辉子从一个富二代沦落成了连我都不如的社会最低阶层的人。我同情他，收留了他，带他进入了公司。

辉子动情地对我说，这一辈子都认我为哥哥，唯我马首是瞻。

我笑着反驳他说，咱们是同学，是哥们儿。你咋还弄古人的那套把戏。

他露出了森白的牙齿，跟着笑了起来。

我们很快成了公司老总最为赏识的年轻人。

辉子父亲出事那段时间，母亲和妹妹靠辉子养，我的银行卡成了他坚强的后盾，给他解了很多燃眉之急。

当年上学，我心里一直铭记辉子对我的恩。那时辉子家境殷实，父亲开着宝马，掌管着一家国有大企业。辉子在学校是出了名的富家公子，身边的女朋友络绎不绝，比换衣服都快。他出手阔绰，挥金如土。我没少沾他的光。红烧肉、东坡肘子都是他买单请客。金钱让他的身份变得让大家仰视。

有一年，西安的冬天特别冷。辉子见我衣服单薄，就把他的一件羽绒服给了我。

他笑着说，兄弟，别嫌弃我穿过的，这是我最好的一件羽绒服，送给你了。

我看着他，想要拒绝。舍友们大都知道我家里的条件，他们都劝我接受馈赠。我的个性没有抵挡住西北的寒风刺骨，欣然接受了。

说实话，那是我第一次穿羽绒服。看着很单薄，但穿在身上很暖和，我在心里深深地记住了这个富家子弟。

大学四年，父亲为了我的学费累断了肠子。母亲靠着东挪西借、省吃俭用勉强维系了我的学业。

辉子在我困难的时候，通过一些我至今也没搞明白的渠道，竟然帮助我争取到了一个帮厨的名额。我的饭食就有了着落。母亲也不再为了我的一日三餐焦头烂额了。

辉子是我的恩人，我打心眼里敬重辉子。

本以为毕业后，也许这辈子都不会再见到辉子了。当时毕业晚会上，很多同学都谈了毕业后的去向，辉子说他父亲已经安排好了他去法国深造的事。这让很多人羡慕不已。我只是在心里默默祝他学有所成。

分别那天，辉子做东，请我们几个舍友去了西安城最豪华的酒店猛搓了一顿。饭桌上大家哭得稀里哗啦，唯独辉子笑着安慰大家说，等哥们儿回国后，成了大画家，尔等有事尽管开口。

几个舍友立即就回嘴说，谢主隆恩。

哈哈哈，狂笑过后，各自背上行囊开始寻找自己的人生。

想起这些，我心里竟流淌着温暖，这是久违的感受。我嘴唇又急需要啤酒的浇灌了。又开了一罐啤酒，一饮而尽。这种酣畅淋漓的感觉，让我很享受。固然头有些晕，眼有些花了，可啤酒穿过我喉咙直达到胃的那种快感是一种不能言传的美妙。

2

看来，今夜我注定无眠了。

我的头很晕，眼睛眨巴着难受。我使劲地摇了摇头，直勾勾地看着窗外。模糊的街灯连在一起，像一条火龙把城市照得通亮。

我从沙发上滑了下来，半靠着沙发，半眯着眼睛，低垂着头颓，空虚地坐在地上。啤酒成了唯一麻醉我的东西。

那年高考后，我和几个同学在班主任高老师家汇报考试情况。师娘热情地招待了我们。那天我第一次喝啤酒，竟被这不起眼的啤酒撂倒了。同学们说我不行，不算是男人像个女人，没有男子汉的气概。他们说啤酒在他们眼中就是一种饮料，是解渴的东西。

高老师送我回家的时候，对我说，啤酒毕竟也是酒嘛，喝醉也很正常，喝醉了也并不能代表什么，别往心里去。

我低着头，小心翼翼地问高老师，你喝啤酒醉过吗？

高老师笑着看着我说，你要知道，是个男人都有喝醉的时候。

他又笑着拍了拍自己的胸脯，说，我也是个男人呀。

那晚，我和高老师聊了很多关于啤酒的话题，我清楚地明白了，自己的人生还未精彩，岂能被几罐啤酒打败。

从那以后，对于酒，我只选择啤酒。渐渐地，我对啤酒酷爱了起来，不管天晴下雨还是雨雪冰霜，都会在别人的惊讶下咕咕咚咚地将一罐罐啤酒饮它个底朝天。

窗外的雨依然，窗内的我在啤酒的作用下，想着一切。身边的画有钟鼓楼画面的啤酒罐散落在一旁，一只、两只、三只……

辉子跟着我进入公司后，发挥了他善于交际的长处。上到公司领导，下到保洁阿姨，对他大加赞赏。几个女同事更是为他争风吃醋，闹出了很多笑话。对此，辉子总是显得很谦卑。

辉子对绘画是有天赋的，但在创意设计方面略显不足，可他用良好的人际关系弥补了缺憾。

我的女友阿雅，曾不止一次地在我面前说起过辉子。她说辉子以后一定是一个能干大事的人，比我强多了。

我笑着说，但愿他能成就一番事业，这也是我心里期盼的事。

半年后的一个早上，我出去晨练。

回家的时候，我买了油条豆浆和凉皮肉夹馍，兴冲冲地进门。

一阵呻吟声从辉子的房间里传了出来。我放慢脚步，轻轻放下早点，蹑手蹑脚进入自己的卧室，想问问阿雅是哪个女孩子一大早就去了辉子的卧室里。

我卧室的床上空无一人，我仔细聆听那让人作呕的呻吟声，明白了一切。

我走出卧室，走出客厅，大吼了一声不要脸的东西后，使劲儿摔门而去。

灿烂的阳光照射着大地，照得我睁不开眼睛。我奋力地打了一个喷嚏，心里隐隐作痛。阿雅跟我同居了两年，我们彼此真心相待，前段时间还商量着去看看楼盘，准备按揭买个房子呢。

我的手机接二连三地响了起来。辉子和阿雅不停地拨打着，我没接。不一会儿，微信和短信都弹了出来。我没看，而是奋力地把手机摔在了路上，摔了个粉身碎骨。

夜幕降临的时候，我喝得大醉，摇摇晃晃地回了家。

茶几上有一封信。我扫了一眼，其中大致意思已经明白了。辉子和阿雅彻底搬出了我这个免费的旅馆。

当天晚上我向公司老总撒谎说母亲身体不好，请了一周的假。我跟着旅行团去了一趟内蒙古。在那一望无际的大草原上，我骑着骏马奔驰，对着清澈的蓝天喊出了自己的悲伤。

手机依然每天都在响，辉子每天都会打十几遍。我还是没接。上百条微信和短信的意思都是请求我原谅，成全他们的姻缘。

那天我从马背上摔了下来，突然就摔明白了。人各有志，强扭的瓜不甜。每一个人都有争取自己幸福的权利。我从心里原谅了他们。

当我再次碰见他们的时候，三个人显得极为尴尬。一时间没有了话语。辉子提议晚上喝啤酒，我同意了。

那晚，我和辉子都喝醉了。不同的是阿雅与我有了很明显的距离，她一直搀扶着辉子，歪歪斜斜地站在路边打车。而我，孤零零地一个人看着他们远去的背影，五味杂陈。

喝酒的时候，辉子说，兄弟如手足。

我补充着说，女人如衣服。

阿雅恶狠狠地瞪了我一眼。

我厚着脸皮冲她笑着说，照顾好我的兄弟，别把他吸干了。

辉子举起杯说，干杯，谢谢你的大度。他仰着脖子，一口干了。

他们两人走后，我想起了母亲，她是这个世上唯一真心对我好的女人。

我曾在大雁塔下发过誓，要靠着自己的才华在这座繁华的城市里扎下根，要把母亲从穷困的秦岭小山沟里面解脱出来。可是，几年一晃就过去了，母亲依然还是面朝黄土背朝天，耕种着她的那一亩三分地。我该为自己的誓言奋斗了。对于辉子，我已仁至义尽。

3

我和辉子的阴霾在一个来月的时间里烟消云散了。

这时公司来了一个重磅人物，她很漂亮，很有气质。

周一例会上，公司董事长隆重介绍了新上任的创意总监。

他说，王雯刚从国外归来，有很丰富的创意设计经验，美术技艺得到了国外著名画家的真传。

我从同事们赞许的眼神里发现了辉子那颗不安的心。

三个月后，我知道了事情的真相。一是这个王雯竟然是公司王董事长的掌上明珠；二是辉子和阿雅分手了；三是阿雅辞去了公司总经理助理的工作；四是辉子和王董事长的女儿成双出入高档会所。

那天在街头，我偶遇了阿雅。

她哭着说，我是鬼迷心窍，对不起你。辉子他妈的就是陈世美，负心汉。

我看着她哭得红肿的眼睛，心里很是气愤。

阿雅从侧面表达出想要和我重归于好，我断然拒绝。

她很失落，临走前告诉我，以后要防着辉子。

我说，防着辉子？从何谈起呢？

阿雅说，我劈腿都是辉子勾引的。跟他好了后，他一直让我打听公司内部的人事调整。

我笑了笑，没说什么。心想，求上进是人的本能。

当天晚上我约了辉子。

一见面我就打了他一个摆拳，他的嘴角冒出了血。

他没有怒，看着我说，我知道早晚都会挨这一顿打，我不是个东西，不该抢你的女人，更不该抛弃她。

我又是一拳把他打倒在地，看着他窘迫的样子说，你他妈真不是个东西，早知道你这样，老子当初就不该收留你。

他像个孩子一样哭了起来。

他说，我一穷二白，只有这副臭皮囊可以利用。你说我攀高枝也好，走捷径也罢，或者更难听的那些话都可以。但你看看，我有什么，我还有什么？我不像你本来就很穷，你是体会不到从一个富二代跌落的感受的。

我大声呵斥，住口。你这些话都是在放屁。这是一个男人说出的话吗？

辉子从地上爬了起来，拍了拍屁股上的灰，说，男人？有时候，我都想变成女人。这世界上就他妈属男人命贱、辛苦。男人没钱，什么都不是。

木已成舟，就算打死辉子也无济于事。我向他撂下好自为之的话，转身走了。

辉子在公司依然以一个光辉的形象出现在大家的面前。在王雯的帮助下，他顺利地拿下了几单生意，这让董事长另眼相看。在辉子成功的影子下，我反倒显得才思枯竭，人微言轻了。

一次王董事长找我谈话，话里话外透露出的都是关于创意总监职位的人选消息。

他说，你是公司的老员工了，这几年在公司的所作所为我都看在眼里。我希望你能考虑一下创意总监的职位，这对你的发展将是一个质的飞跃。

我对王董事长的为人很是佩服，他明知自己的女儿王雯正在和辉子谈恋爱，却将此消息放给我。我内心感激，笑着向王董事长连连致谢，感谢他的知遇和提携之恩。我随口问了一句，王雯不就是创意总监吗？

他摇了摇头说，她不行，承接不起的。我打算让她去宣传部。

一个月后，公司并没有直接下达对我的任命，而是出了一张竞选公告。大致意思是从公司所有年轻人中通过创意大赛的方式遴选出这个创意总监。

同事们个个都摩拳擦掌，跃跃欲试。我也是格外用心，希望能抓住机会，胜出。

辉子那段时间总是有意无意地打探着我的创意方案，让我心有顾虑，总感觉自己的身后有一双陌生的眼睛时刻盯着我。

周末的下午，正是我的方案完成的时刻，我接到了辉子的电话。他邀我去冰凉一夏主题啤酒屋喝酒。

我到达地方一看，王雯也在。我们起先是三人边聊边喝，一会儿工夫又加入了几个不知从何处来的美女。东一杯，西一杯，我喝得人事不知了。

第二天下午，王董事长召集全体干部开会，宣布比赛结果。

辉子成了创意总监，他儒雅地站起身向在场的人点了点头。

接着王董事长恶狠狠地瞪着我说，鉴于公司里有人剽窃他人作品，这个人被解雇了。他用手指着我说，请你马上离开。

我明白了一切。

我极力争辩说，一定是辉子将我的设计方案从我的 U 盘里拷贝走了。

辉子面带微笑，突然间就凶神恶煞得面目狰狞。我百口难辩。

对于辉子，我诚心对待，就连我的银行卡密码都告诉过他。就在公司老总质问我设计方案的成型时间和存储时间时，辉子像玩魔法一样拿出了我窃取他的作品的证据。我很清楚，辉子不是在玩魔法，而是先拷贝走我的方案存储进邮箱，又从邮箱直接发到了公司的内部邮箱里。我无力争辩。

辉子尽情地表演着一切，他嘴角那一抹杀人的笑容，让我心里流着鲜血。我很气愤，气得心颤，欲哭无泪。

我转身跑出公司大门，一路狂奔，一直跑上了离公司不远的国贸大厦的楼顶。我的心被辉子用刀一刀一刀地割着，我仿佛看见自己的心滴答着鲜红血滴的样子。

我狂奔去了国贸大厦，并没有乘坐电梯，而是爬楼梯爬上楼顶的。到达楼顶的时候，我几乎丢了半条命，大口喘着粗气。

我瘫坐在国贸大厦的楼顶，像一堆烂肉似的了无生气。我整个身体都铺在了国贸大厦的楼顶。

脑海中充斥了一张张丑恶的画面。公司老总当着同事们的面，说我不思进取，靠着窃取别人的设计方案蒙混过关。说我是麻绳穿豆腐，烂泥扶不上墙。

老总重重地将两份设计方案摔在了我的面前。我慌乱地翻开。我的头嗡的一下大了，两份方案竟然完全相同。所不同的是一份上面写着我的名字，而另一份方案上面却是署着辉子的名字。

我站在大楼的边缘，心好像已经死亡了。迷幻中我听见辉子对我说，跳吧，快跳吧，跳下去一了百了。跳呀。

我整理了一下我凌乱的头发，转过身背对着街，想着这样跳下去也许会死得仰面朝天。我要在死的那一刻瞪大双眼，看看老天爷那副面孔。

我下意识地回头，向下看了看，很奇怪，并没有路人驻足向上张望。那些电影电视里的桥段，没有出现。

我又想，此时公司里肯定正在为辉子庆功。辉子因为设计方案的事也肯定被公司老总任命为创意总监了。

我心灰意冷地看了看公司的方向，大声喊着，别了你们，别了西安。

我闭上了眼睛，慢慢将身体向后倒。突然间，狂风大作，天黑沉沉的，我感到自己的身体被一股强大的气流冲击着。我已经倾斜的身体瞬间被推直了。我看见一只硕大的乌鸦，正盘旋在我的头顶。我感到惊讶。

小时候，奶奶但凡听见枝头的喜鹊叫，就会笑着说，今天有喜事。可奶奶只要听见乌鸦叫，就会奋力地叫着驱赶乌鸦，她说乌鸦叫是一种不吉利的征兆。

我看着那只硕大的黑乌鸦，心里就想这么高的楼层它就能飞上来？我冷笑着，指着乌鸦大声说，你成了凤凰了，还是一只黑凤凰呢。它一个俯冲就停在了我的眼前。它居然扑打着翅膀指着我，张口说我是懦夫，是一个没用的家伙。生命短暂，不可轻易糟践。

我颤抖着身子，惊恐地望着它。

它突然跃过我的头顶，两只巨大的爪子使劲蹬了一下我的背，我被它蹬了一个狗吃屎，匍匐在了国贸大厦楼顶的中央。

也不知过了多长时间，我醒了过来。我草草收拾好了心情，顺着楼梯一步步向楼下走去，到达一楼的时候，我的心情轻松了很多。好险，身体发肤，父母所给，为了那不值得的人和事差点就铸成了大错呀。我苦笑了一声，起身走了。

4

我开始在城市里流浪。

在酒吧买醉的日子里，我迷上了红酒。猩红的酒在高脚杯里默默地散发着清香，映照着我悲惨的人生。我有意识地学外国电影里那些金发碧眼的漂亮女人品红酒的高贵的样子，乐在其中。

我却不知道，自己正被一双贪婪的眼睛盯住。每次去酒吧，我只要一瓶红酒，慢慢品咂，轻轻地嘬它，味蕾里涌动着翻天覆地的变化。直到一瓶红酒被喝个底朝天，我才晕晕乎乎地喊买单。

服务员告知，有位女士已经买过单了。我四下里张望，一个臃肿的女人冲我招手，看样子是个富婆，我向她拱了拱手，径直走出了酒吧。

一连好几个晚上，同样的事不断地发生着。那个胖女人，主动走近了我。

一来二去，我和她接触得多了，彼此也就熟识了起来。为了羞涩的口袋，我成了她的员工，做起了服装设计效果图的绘画工作。这虽然与我在美院学的专业大相径庭，但毕竟还是拿画笔的。

这个女人四十多岁，一脸横肉，生得五大三粗，除了走路带风，并无半点女人的温柔，让人有一种望而生畏的感觉。私底下我们几个同事都叫她——尔顿（二吨）。

跟着这个女强人，我大开眼界。短短两个月的时间，我感受到了她对我的"攻击"。我时常忍受着这个老女人在我身上摸一把或掐一把，我厌恶至极。

她在一次醉酒后，想用一张五十万的现金支票，买我做她的情人。我感到恶心、想吐，断然拒绝了。我想，自己又不是辉子那种人。

她是一个典型的女强人。老公常年在国外，她独自一人撑起这么一家大企业也实属不易。在她公司期间，我画小样的工作成了第二位，陪她倒成了首要工作。当时我一度想放弃，但她开给我的薪金却很诱人。

我发现自己变了。

直到有一天，在她的公司我碰见了那个我一辈子都不愿意再见的辉子，再一次被命运戏弄。

辉子和王雯手挽着手，和我相遇了。辉子西装笔挺，身边的美人熠熠生辉，幸福甜蜜的一对才子佳人。

辉子慢下了脚步，调侃着说，哟，你还活着呢?

王雯咯咯直笑，像母鸡下蛋。

我淡淡地看着他们说，你们都没死，我咋敢死呢？

他们立即就红霞满脸了。

算算日子，已经六年了。看来辉子已经是新一代的当家人了。辉子见我的表情竟然没有丝毫愧疚感，他瞪了我一眼就拽着王雯走进了胖女人的办公室。

那天晚上，那个胖女人约我去了酒吧。

她问，你和辉子之间有啥过节？

我说，不说了，都过去了，说来话就长了。

她又说，辉子想以少赚十个点的让利生意让我轰你走。

我的心立即就扭曲了，想要报复辉子。

那天晚上，我成了这个老女人的猎物。辉子的生意也因此黄了。

当然，两个月后，我就像一件衣服一样被那个老怪物丢弃了。因为她又瞄上了新的猎物。

我默默地离开了，带着那次想轻生一样的心境离开了。

后来我竟阴差阳错地又遇见了阿雅。

阿雅显得成熟了许多。她说这几年一直在心里忏悔着自己的过失，反思着对我的伤害。她说她这些年都拒男人于千里，不敢越雷池一步。

我们又开始了新的恋情。

我们共同经营起了一家面馆，用一双手擀着自己的明天。

上周，我和阿雅去逛商场，发现王雯和一个外国人也在商场里。他们亲密的举止，使我心里有些空落落的感觉。

王雯看见我的时候，趾高气扬，一脸不屑的样子。

我和阿雅惊诧地看着她说，辉子呢？

王雯笑了笑说，那就是一个废物点心，早离了。

阿雅跳了起来，高兴地看着我说，狗日的辉子活该，罪有应得。

那晚我一直都在想辉子，失眠了一夜。

啤酒的成分大半都是水，我的膀胱憋得难受。我晃悠悠地走进了卫生间，看着镜子，我满脸是泪，竟失声痛哭了起来。

阿雅睡眼惺忪地走出卧室，像一个泼妇一样大声叫嚷着说，你有病呀，半夜不睡，还喝酒，还哭？

我用毛巾擦了擦眼睛，走进了卧室去睡觉。

第二天中午，忙完了午饭时间，我在街上闲转，看见一个穿病号服的人，被一群穿白大褂的人追逐着。那前面跑着的人终于被后面追的人按在了地上，周围的人忽的一下就围观了起来。

不一会儿，一辆车身写有"某某精神病医院"字样的车开来了。我走进人群，一眼就看见了那穿病号服的人不是别人，正是辉子。

我喊了一声，辉子。

他转过头，定定地看着我。突然间就发起了狂，几个人连拉带推地将他塞进了车。

救护车的警报声，划破了城市的天空，那车冒着青烟消失在我的眼前。

捕风人

高上兴

到处都是烟。它们堵满了屋子。很闷，又热。没有一点风。

阿吉听到奶奶在大声咳嗽。今天他比往常早半个多小时到家。往常，他捡完干树枝后，路过水潭，会游一会儿泳。但今天，他只游了一会儿，就感到刺骨的冷。他感到身体都僵了，像一块冰一样下沉，他挣扎着踢了几下。而后，他爬出了水潭，回家了。

所有的门窗都开着，但浓烟死赖在屋子里，它们懒洋洋地在旧家具和蜘蛛网间蠕动。房梁和墙壁，到处都黑乎乎的。

奶奶从厨房里出来，脸上有一条污痕，额头上都是汗珠。她从柜子里拿出两个鸡蛋，又跑回厨房。奶奶一定是在烧紫菜蛋花汤。厨房里传出蛋壳打碎的声音，奶奶把鸡蛋打在瓷碗里，用筷子搅拌鸡蛋。

奶奶又在咳嗽了，她的咳嗽老不好。浓烟弥漫，没有一点风。在屋子里，奶奶常说喘不上气，她的喉咙里像堵着东西。到外面有风的地方，奶奶才会好一些。但她总是在忙，在屋子里忙来忙去，咳嗽声就一阵紧跟一阵。

奶奶咳得深，一下，又一下，从喉咙深处咳出来。好像有什么东西一直卡在那儿。阿吉的心也跟着，一下，又一下，抽个不停，他总担心奶奶会咳嗽太深，一口气喘不上来。奶奶会不会死掉？

一想到奶奶会死掉，阿吉心里就很难过。奶奶死了，他该跟着谁呢？那时，他将一个人，坐在空荡荡的屋子里，夜幕降临，不知道从什么地方传来呜呜的哀鸣声，他大声叫喊奶奶，想奶奶把他抱在怀里，但奶奶已经死掉了。

想到可怕的事，阿吉就坐在青石门槛上难过不已。这时，他看到淡蓝色的半透明的风从门口掠过。它们带动着窗户上的塑料纸唰唰作响。阿吉想请它们到房子里来，带走这该死的浓烟，但风跳跃着过去了。

"奶奶，我出去一下。"阿吉叫了一声。奶奶没有回应他。她大声咳嗽着。

阿吉追着风。它们像极了松鼠，但尾巴要更长更大一些。落在最后面的那一只，有巴掌般大小，但尾巴却长得出奇，好几次拂上阿吉的脸。凉飕飕的。

风群掠过青草地和小灌木丛，很快就进了甜槠林子。到了这里，风群才渐渐安定了下来，它们齐刷刷蹲在甜槠树枝上，拿眼睛瞄着阿吉。

甜槠林子是风群栖息之地。这些小东西最喜欢在甜槠树上欢闹，到了秋天，大概是深秋或者更早一点，它们整日在甜槠枝头跳来跳去，发出呼呼声。一粒粒饱满的、乌黑的甜槠子，就会吧嗒吧嗒落在地上。

阿吉便和奶奶捡甜槠子，他们用塑料袋子装着沉甸甸的甜槠子回家，烧起土灶，将甜槠子倒在锅里翻炒到开口，当作小零食。

阿吉花了不少力气才爬到甜槠枝头。但风群很怕人，早就溜到远处的甜槠树上了。

站在甜槠树粗壮的树枝上，阿吉看到远处土黄色的水潭。它像大大地张开的黄色独眼，冷冰冰地看着阿吉。阿吉这时有一点害怕。

尝试着追赶风群，他将自己交给树枝，不停地从一条树枝荡到另一条树枝。越来越多的风从四面八方涌来。坐在树枝上，很容易就能分辨出风群从什么地方过来。从草地上来的风是浅绿色的，从远山来的风是青色的，从天边来的风是蓝色的，从更远处的雪山来的风是浅白色的，还有其他一些颜色，阿吉一时半会儿想不通它们从哪里来。

他需要捕捉一些风，将它们放到屋子里。他确信，当这些风在屋子里跳来跳去，当它们长而柔软的尾巴拂过房梁和墙壁，屋子里的烟会从门窗逃窜出去。一些更细小的风，可以溜进奶奶的嘴里，像冰可乐一样进入奶奶的肚子里。奶奶就不咳嗽了。

如果奶奶允许，他还想关一只风到鸟笼子里。那只挂在大堂柱子上的鸟笼子已经空了很久了。阿吉曾经捉过一只鸟，他把它关在笼子里，用米饭和青虫喂它。但它什么也不吃，整日耷拉着脑袋。

奶奶说，鸟不可以关着。捉鸟的人，会没有奶奶。

"就像破缸一样。没有奶奶，没有爸爸，自己一个人，变成单身人。"奶奶说。

破缸打了太多鸟。他一天到晚扛着一把破土枪，在林子里转来转去。鸟哇，松鼠哇，一听到他的脚步声就没命地跑。有跑昏了头的，百忙里乱窜，一头撞在树干上，折断了小脖子，吧唧一声摔下来，就死了。

破缸还说甜槠是他们家的。有一回，阿吉在甜槠林子里捡甜槠，破缸扛着一把枪，从林道里出来，黑着脸，墙一样站在那里。

"谁个许你在这里捡的？"他说，"我把你吊在树上。"

破缸拿走了他捡的甜楮，并说要奶奶送五个鸡蛋赔偿损失，不然就把他吊在树上。奶奶给了五个鸡蛋，才让破缸答应不吊阿吉。

"树林怎么突然就变成破缸的了呢？"他问奶奶。奶奶没有告诉他。后来他关了鸟，奶奶一说捉鸟的人会没有奶奶，阿吉就赶紧把那鸟送到了林子里。那么多鸟在枝头叫，不知哪一只是阿吉那只。

笼子空着，如果风愿意，关它应该没问题。风不用吃东西，也不会耷拉脑袋，更不会死去。它会整日在笼子里跳来跳去，发出欢快的声音。

阿吉用几张塑料布和一只塑料袋，在树梢间布下了一个陷阱。

风从东边来。它们跳跃着，塑料袋沙沙作响。它们在塑料布的破洞间钻来钻去，像一群鱼在水稻丛中一样活泼。这些小东西，浑然忘了阿吉的存在。

阿吉悄悄靠近它们，他将那塑料袋一点点移动过去。他看准了一只雪白色的。它拖着长长的尾巴，比别的更慢一些。阿吉看向它，就觉得清凉。这大概是来自遥远的北方雪山的风。他喜欢这一只，就是它了，他靠近它，将这雪白色的小东西装进塑料袋里。

那风在塑料袋中挣扎着，发出嘶嘶的声响。阿吉轻拍着鼓起的、跳动的袋子，安抚它。可是，不一会儿，袋子停止了跳动，恢复了干瘪。

袋子里空空荡荡。那来自北方雪山的风，悄无声息溜出了袋子。

阿吉看到它蹲在不远处的树梢，冲着他龇牙。它的牙是银白色的，像月光一样亮。阿吉冲向了它，但它溜得飞快，它在树梢上跳转自如，时而回头逗引阿吉，时而悄然远遁。树梢上，满是清凉的北方雪山的味道。奶奶一定喜欢这种味道。

阿吉没有去过北方，也没有见过真正常年不化的雪山。这地方四季分明，只有到冬日大雪封山时，才可以远远看到雪山。它们像白了头似的。

"雪山像奶奶。"阿吉在作业本里造这样的句子。老师打了一个大大的问号。

阿吉在林间绕了半日，还是将那雪白色的风追丢了。

他往林地的西边走。老捕风人苏及就住在那儿。

苏及过去总爱披一条大红毛毯，长长的头发上系着一串串红辣椒。他往空地上一站，嘴里嚼着红辣椒，风就围着他转。有次他喝醉了酒，在村里骂着人，说要把村里的风都抓走，让火苗不再蹿动，稻田不起稻浪，晾晒的衣服整日湿乎乎怎么也干不了。所有人都笑他，只有阿吉深信不疑。

阿吉求他千万不要把风捕捉走。他知道，没有了风，锅灶里的火苗就不会蹿起来，这样，饭就煮不熟；树叶也不会落，这样，就没有干燥的叶子做火引。总之，没有了风，一切都会很麻烦。

苏及摸了摸他的头，好像答应了他又好像没有答应。阿吉忐忑了一夜，到第二天，村里人发现村里没有一丝风，火苗刚刚蹿出来就熄灭了，衣服挂在竹竿上不会摆动，稻子像死了一样直挺挺地杵着，村里人才相信起苏及的话。大家一块儿去找苏及，最终，大家在一个破猪圈的破猪槽里找到了呼呼大睡的苏及。

人们说了很多好话，才让苏及同意把风放出来。苏及瘸着腿——谁也不知道他什么时候瘸的腿，拐到空地上。他的手在空中夸张地挥舞着，就有一只只小小的风从他的手掌间跳出来，随后，风越来越大。

被囚禁了一夜，风们愤怒了，嘶吼着，塑料纸大片大片被卷飞，瓦片咔咔往屋檐下掉，树林轰轰作响。最好玩的是被风刮起来的猪。不知道谁家的大白猪在天上嗷嗷叫着，阿吉奶奶就口中叫着："天收哎……天收哎——真没路嘞——真了不得咧——"她口中叫着，冷不丁扑倒在地，磕掉了一个门牙。

那风整整刮了一天，到傍晚才消停下来。由此，大家知道了苏及的厉害。不过等人们回过神来找苏及的时候，苏及已经不知所终了。只有阿吉知道，苏及进入了树林，往西边去了。苏及告诉他，他是捕风人，在林地的另一边，是捕风人的家。

苏及的石头房不大，大半个房子都被青苔和藤蔓覆盖了。穿过林地后，阿吉找了好一会儿才找到石头房的石门。

"苏及之家"，他努力辨认石门上歪歪扭扭的字，觉得自己的字比苏及的好看太多了。

他推了石门，没有推开。苏及却从房顶上跳了下来，吓了他一跳。有段时间不见，苏及身上挂着的东西更多了。玉米、辣椒、大蒜、土豆、萝卜，还有一些别的杂七杂八的东西，全被他穿在一起，挂在了身上。这让他看起来像一块长满蔬菜的地。

苏及摸了摸他的头。他眼睛湿漉漉的，嘴唇微微颤抖着，好像他不该来。但他来了，苏及也没有赶他走。

阿吉就说："苏及苏及，我找你帮忙来了。"

苏及说："我知道。"

阿吉说："你知道？"

苏及说："小阿吉的心思，瞒不过老苏及。"

阿吉说："我只要捕捉一只风。苏及，你一定能帮我。"

苏及说："这简单。不过，阿吉，你不该来这里的。"

他这样说了一句，又摸了摸阿吉的头，而后，那些在枝头蹦蹦跳跳的风，一只只都跳到了他怀里。它们在苏及身上跳来跳去，用巨大的尾巴轻抚苏及的脸，用柔嫩的爪子揪苏及的胡须——很遗憾，它们什么也揪不下来。

"来来来，摸摸它们。"苏及招呼阿吉。

阿吉小心地走近这些小东西，他伸出手去，一点点靠近。一种暖烘烘的感觉从他的指尖传到了心房。噢！这是春末夏初的风。另一只风自己跳在了阿吉的肩膀上，凉飕飕的，这是初冬的风。

在这么多风里，他找了一会儿那只慢一点的、雪白色的风，但他没有找到。这让他有点失望。不过，很快他就没心思失望了，热的冷的轻的重的干的湿的，一只又一只毛茸茸的风跳到了阿吉身上。

这让他感觉到浑身上下都暖烘烘、痒酥酥的，他忍不住打了个喷嚏，风们一下就散开了。

它们怯生生地围在远处。阿吉为错失了良机而懊悔不已。

他试图像苏及那样招呼风，但所有的风都远离了他。它们跳上树梢，不一会儿就消失了。

"苏及，我的风跑了……"阿吉说。

苏及摸摸他的头。"告诉我，你要风做什么？"

"你知道的，我家屋里很闷，没有风。"阿吉说，"有了风，屋里就没有烟，奶奶就不会咳嗽。"

"如果有了风，奶奶还会咳嗽呢？"苏及问。

"不会的。"阿吉说。不过他有点不确信。

"如果你有很多很多风,你会做什么?"苏及问。他说这话的时候,口里喷出一股大蒜味,这让阿吉感到辣眼睛。

阿吉想了一会儿,说:"我会在夏天刮冬天的风,冬天刮夏天的风,这样夏天不热冬天不冷。"

苏及说:"不热的夏天还是夏天吗?"

阿吉想了一会儿,不知道怎么回答他。苏及自己说:"夏天就该热,冬天就该冷。掉过头来,可不行啊。"

阿吉点了点头,说:"那,那我就刮大风,很大很大的风,刮跑破缸的屋顶。"他盘算很久的计划终于脱口而出。

想到破缸的可恨样子,他说:"让大风刮烂他的破屋顶,让大雨把他的破床冲走,让他光着屁股到处跑。"阿吉想到破缸光着屁股在天上飞的样子,就想到了那头大白猪,他忍不住哈哈大笑起来。

风停下来了。破缸从天上醉醺醺地下来。他躺在破破烂烂的家里,呼呼大睡。他以为刚刚的灾难是大梦一场。他睡得比所有人都香。想到这,阿吉就感到失望。就像警察拿他没办法一样,阿吉也拿他没办法。

"苏及,我恨破缸。"阿吉说。

这时候林地唰啦作响,破缸从那一边出来。他后背挂着一只鸡,在那里咯咯叫着。

完了完了。破缸来了。要是破缸知道他的捕风计划,他一定会嘲笑他。或许,他还会说,风也是他们家的。这样,他会提出更多要求。破缸总能找到这样那样的理由,拿走鸡蛋、酒、米、油、面条、土豆,甚至是盐巴、味精和辣椒酱。没有人能制他。

镇子里的派出所带走了他。但没过一段时间,他又会重新出现在村子里。他有时喝得醉醺醺的，逮着人就打骂。有一回，阿吉叔叔和破缸狭路相逢，两人一言不合，就在路上乒乒乓乓打了起来。

阿吉叔叔把他按在路上，狠狠揍了一顿。你猜怎么着？等叔叔走后，破缸就提着斧头冲到阿吉家，要不是他们得到消息，跑到林地里躲起来，指不定早被他一斧子全砍了呢。作为报复，破缸当天砸碎了他们家的全部玻璃，且顺走了奶奶放在抽屉里的八十三块两毛三分钱和一个银元。这事还没完，破缸说了，迟早要和叔叔算账。

破缸还会赖在镇里。他没钱花的时候，就跑到镇政府门口，口中嗷嗷叫着："饿死人了，饿死人了，政府不管死活啦——"这样，他有时就能从苦哈哈的工作人员那里讹诈一点钱，买酒喝。

"破缸来了，苏及，怎么办？"阿吉慌了。还好苏及反应快，拉了他一下，很快就躲进了石头屋子里。苏及把门关上。出乎阿吉的预料，石头房里非常明亮，一块块雪白的石头散发着柔和的光，桌子上没有一点灰尘，几只南瓜被苏及当成了凳子。

还有更多的东西，阿吉没来得及看。透过门缝，他看到破缸在空地上转来转去。他腰上挂着的，是一只死松鼠、几只小麻雀。看起来，他今天运气不怎么样，只能在村里抓只鸡充数。他将那只绑住的鸡挂在树枝上，用土枪瞄了又瞄，口里发出嘭嘭的打枪声，假装要打死这只鸡。

那鸡无辜地在那扑腾着。过了一会儿，破缸举起土枪，瞄准了树梢。一只松鼠蹲在那。它一点也没觉得危险正在靠近，兀自在那轻轻颤抖着。

破缸也很小心。他一会儿蹲下，一会儿站起来，慢慢调整自己的位置。

枪声响了。松鼠一蹦而起，在树枝上跳跃了几下，一溜烟跑了。

破缸抽了那破土枪一个巴掌，但这让他疼得龇牙咧嘴。他把打不到松鼠归因于土枪太破。破土枪好几个地方都开裂了，破缸用胶布缠了几圈，看起来就更破了。过去，破缸有一把漂亮的猎枪，他扛着它，总在山上和林间打猎。后来，镇里没收了他的枪，还抓他去蹲了段时间的牢房。

"怕个鸟！大不了再吃国家粮！包吃包睡！"回来后，破缸把坐过牢当成了本事。他爱干吗就干吗，谁也拿他没办法。反正坐牢房有饭吃，有床睡，他一点也不担心。

"苏及，你该让大风把他刮走的。"阿吉说。他说得很小声，免得被破缸听到。苏及没有回答他，可能没听到。

破缸走过来了。阿吉躲在门后面。他大气也不敢喘。

如果破缸发现他在这，一定会说："喂，阿吉！我数三下，还不出来，我一枪弄死你。"

这样，他就不得不走出去。天晓得破缸会做出什么缺德事来。在他那个坏脑袋里，藏着一脑袋的坏主意。有一天，破缸背着一只手，笑嘻嘻地招呼阿吉："阿吉阿吉，你过来，有好东西给你。"

阿吉就去了。到了跟前，破缸背着的手冷不丁扬起，啪的一声，用指骨砸在他的脑袋上。

"送你一个五爪栗。"破缸仍旧笑嘻嘻，哼哼着不阴不阳的歌，走了。

破缸靠近了。他将一脚踹开石门，闯进石头房里，揪出他。太可怕了，鬼知道这个坏蛋要做些什么。

破缸在石门前站住，他没有再前进。他吹着口哨，朝着苏及家的门，拉了一泡尿。而后，他一手提枪一手提着松鼠、麻雀和鸡，一头扎进了树林里。

阿吉像躲过一场大难一样坐在地上。他有点想回家了。他想跟苏及讲一声，但苏及不知道哪里去了。他只好自己推开石门，走出石头房。外面阳光满地。真怪，从傍晚到现在，天色越来越亮了。

石头房子门前，一些美人蕉自顾自开着。空地上有一株柿子树，没有结果，叶子落得差不多了。这些，早前阿吉并没有看到。他转身的时候，看到一座破烂的木房子在那儿。

没有石头房子，也没有苏及。

屋子里到处都是蜘蛛网和灰尘，没有一点苏及待过的痕迹。只有风从破窗户外吹过。一只只风从树梢上跳跃着，向着这破破烂烂的房子涌来。红的黄的蓝的白的青的紫的绿的黑的，还有很多叫不出名字的颜色的，全拖着又长又大的尾巴，一股脑儿向着破房子涌来。

破窗户咔咔作响，屋顶上的泥沙直往下掉。阿吉一度担心这破房子的屋顶被掀翻，但这些风显然没有用全力，它们只是尽力摇晃屋子，并不打算将它掀翻。它们在这破屋子里蹦蹦跳跳，不一会儿，阿吉便被它们抬了起来，从破窗户飞了出去。

一只巨大的风托住了他。更多的风围着他。天空中到处都是各种颜色的风。他一伸手，就有一只小小的风跳入了他的掌心，像刚孵出来的小鸡一样细小、柔软、温暖。

他这时才发觉自己捕捉到了风。他感觉到苏及就在这些风中，但风实在太多了，他找不到。他只好喊："苏及——"

风呼呼刮着，他的喊叫声被风带出去很远很远。

在风中，他们掠过林梢和稻田，也掠过草原和雪山。过雪山时，阿吉一度冻得鼻涕流个不停，还好一只火红色的夏天的风及时包裹住了他。

他们一起到海面上空的时候，阿吉有点慌了。他在学校造过句子："大海是无边无际的。"但这时他才知道无边无际的意思。

"我想回家了。"他说。看到无边无际的大海，他感到害怕。如果风消失，他将掉入到大海中，冰冷的海水，将瞬间把他吞没。他像一块石头一样，永远，沉入到那暗无天日的水底。

他开始想念他的阴暗的小屋。一只淡蓝色的风蹲在他的肩膀上，它用滑溜溜的小脑袋摩擦着他的脸。

他们就往村里赶。到村里了，他看见一辆小轿车在路上开着。他一眼就认出来了，是叔叔的车。叔叔很少回村里的。上一回到村里是什么时候来着？他想不起来了。但他记得他的车，就是那个样子的。

叔叔回来了，他有点不想回家。他想，总得找点事干，好打发掉这段时间。

破缸。阿吉忽然想看看破缸在干什么。如果他在干坏事，他不介意跟风们打声招呼，让大风把这坏家伙吹到大海里去。大海那么大，总可以淹死这个坏东西了吧。

破缸在自己的破屋子里，松鼠、麻雀和鸡，被他随意丢在地上。他家的窗户嘎嘎作响，窗台上放着一只暗红色的女鞋。谁的鞋？阿吉在脑海里翻了一会儿，没有想到村里谁是穿这种鞋的，倒是镇口草药店的女老板穿过类似的鞋子。是她的吗？阿吉不确定，但这跟自己又有什么关系呢？所以阿吉很快就忘了这女鞋。

破缸在磨斧子——就是他提着，闯到阿吉家的那把斧子。破缸从不干农活，他的斧子早就生锈了。他在磨斧子，他磨斧子干什么呢？

风吹得破缸家的窗户呜呜作响。破缸关了窗，但没关住，又被吹开了。这样开开关关几次后，破缸手起刀落，把破窗户劈到了地上。风没了阻挡，开始在破缸家里翻跟头。

阿吉想招呼它们出来，但风不听他的。如果苏及在就好了。

破缸磨好了斧子，将它放在他那把宝贝破枪边上。他那把宝贝破枪，被靠在墙边。枪的上边，是一张旧照片。破缸妈目光看着窗外，好像能看到阿吉似的。

阿吉一下就心软了。老太太还活着时，常常带阿吉去找野菜。阿吉找得少，老太太就抓一把给阿吉，两人比一比，差不多，就回家。

阿吉想到，这破烂屋子，不仅仅是破缸的，也是破缸妈的。要是掀翻了他的屋顶，破缸妈的照片就会在空中飘来飘去。老太太肯定很怕高。

家里比平日里热闹。大概是叔叔回来了。

一些小只的风在屋子里进进出出。那只动作比较慢的、雪白色的风，蹲在他家的窗口，它长长的尾巴垂落下来，一直垂落到地上，这让它看起来特别温顺。他想回屋了，到窗台上去，摸摸它凉飕飕的背，拉拉它长长的尾巴。

但托着他的风不肯下去。它带着他，在屋顶上绕来绕去。瓦片上透出一缕缕白色的烟。烟里夹杂着什么人的哭声。

是姑姑。姑姑也回来了。奶奶，奶奶。阿吉的心沉了下去。一定是奶奶不在了，怪不得叔叔和姑姑都回来了。

爸爸呢？他没有看到爸爸。爸爸在工地干活，他把阿吉交给奶奶。现在，奶奶不在了，爸爸在哪?

奶奶不在了。他很难过。他觉得自己应该哭，但眼睛里却没有眼泪。他有点怪自己，如果早一点，早一点把那些可恶的烟，从屋子里驱赶出去，奶奶就不会咳嗽了。奶奶不咳嗽，也许，就不会死。

"烧了吧。"这时候，他听到了爸爸的声音。原来爸爸一直在屋里。他的声音已经哑了。爸爸哭过了。

他看见爸爸和叔叔抱着一些衣服。他们来到门外草坪。

是了，他们准备烧了那些衣服。奶奶不在了。他们将烧掉她的衣服，她的床，她的一切。然后，奶奶就真的不在了。

"苏及，苏及，求求你，让风带我下去吧。"他求苏及。他想好歹留点什么。如果他央求爸爸，爸爸一定会同意的。

但风嘶吼着，把他的话吹散了。他有点怪苏及。苏及没有教会他如何让风听话。风带着他绕来绕去，他想自己跳下去算了，但他估计了下高度，实在没这个胆。破缸从小道的另一头过来了。他一只手背在身后，笑嘻嘻地一步步靠近他们家……

这个坏蛋想干什么? 阿吉心里着急，他拍了一下风。这下，风顺从他的心意，绕过去了。他站在了爸爸的对面。他喊爸爸，爸爸脸上全是泪，没有看他。叔叔面无表情，用木条挑起一件小孩的衣服，随意地丢到火里。那衣服他很眼熟。谢天谢地，不是奶奶的。

2018

[下册]

大地上的灯盏

——中国作家网精品文选·2018

王婉 崔庆蕾 编

作家出版社

目录 CONTENTS

散文卷

背篓…………王冰冰 / 003

洋芋…………陈　刚 / 007

故乡（组章）…………韩卫贤 / 010

故乡的草原…………法京涛 / 015

父亲的鸽子…………阎保成 / 019

白马河的春天…………段家军 / 024

在光阴的渡口看大野萧萧…………夏梓言 / 030

老马…………远　航 / 042

少年之水…………罗光成 / 050

湖上书（十四题）…………李伯喜 / 058

绍兴的水…………梁孟伟 / 090

花开的村庄…………王永军 / 095

乡村塾师…………刘恒杰 / 100

马语（十章）…………墨未浓 / 114

时光藏在草木里…………罗拱北 / 123

汪曾祺与书画…………乌　人 / 128

又见炊烟升起…………李北墨 / 133

犹记故园橘…………黄爱华 / 137

母亲的石楠…………周火雄 / 142

父亲的土蜂蜜，甜甜的爱…………吕映珍 / 145

静听桃花落雨·········张修东 / 149

萤火虫的情话·········张思建 / 152

诗歌卷

春天的疼痛·········立　夫 / 157

陇中物语（组诗）·········周志权 / 161

月亏月盈（组诗）·········田　君 / 167

像一株植物一样活着·········月若初见 / 172

月亮·········曾小霞 / 173

春日雨歇（外二首）·········清心如云 / 175

黄昏的时候，所有事物都静默·········宋　煜 / 178

周庄的雨巷（外二首）·········杨龙美 / 179

中年书（组诗）·········尹宏灯 / 181

树意（外二首）·········树吾冲三晚 / 185

失散的牛羊（外二首）·········绝　也 / 187

祭（节选）·········韦兴生 / 190

小说卷

断竹续竹·········羊　毛 / 199

加娜的春天·········牛的草原 / 244

故人犹未还·········梦蝶书生 / 264

马谣·········雪夜彭城 / 276

群山回响·········秋高鹿鸣 / 289

理发店的故事·········郑　磊 / 296

白勇是在什么时候变老的·········朱东润 / 309

接班·········碧海莲心 / 312

后记 / 325

散文卷

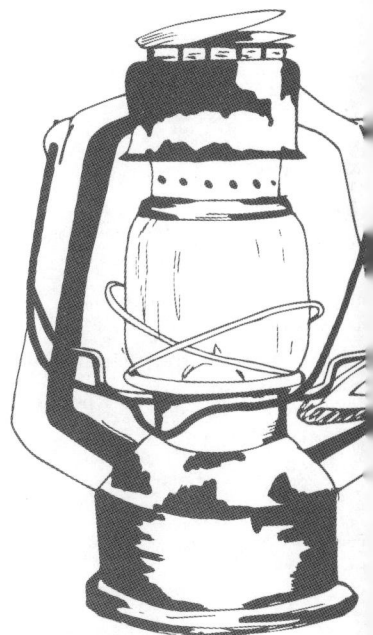

背篼

王冰冰

"你可知道，我这会儿头比背篼都要大。"朋友在一旁耷拉着脑子，一脸抱怨地说道。

我忽然想起这句地道有味的家乡话，我是好久都没有听到过了。因为长年在外走动，不是读书就是工作的缘由，每年也是难得地回一趟老家。背篼，这个曾经熟悉，这会儿却又陌生了的劳作器物我也是怀念得紧。

庄浪，藏语的意思是"野牛出没的地方"，明万历《庄浪县志》亦记载："立群山之中，居偏隘之区，田不川，山不林。"这样看来，庄浪背篼的历史，应该是有点年头的，就连后来的梯田建设，不能说没有它的功劳。尽管它一直保守着竹般的虚心，然而历史总是这样的客观朴素，在褪色泛黄的照片的一角，我还是发现了它的踪迹，那么地显眼，又那么地内敛。大山泱泱的庄浪，历来就是坎沟深陷，坡路陡峭，背篼的作用就可想而知了。发明者，不知是受了何方造物主的指津，竟使其不失美学的造诣，又兼了实用、方便的效用，单单是这点，就令人十足地感叹了。难怪有人说，"人类一思考，上帝就发笑"呢。

斜阳西坠，阙与西一方，我眼前仿佛出现了这样的画面，一群人，黝黑着身子，身后背着方背篼，麻绳勒紧在两肩，低着头，弯拱着腰踩着脚下的坑坑洼洼，一步步地走来。这一走，庄浪人不知道历经了多少个春秋，多少代的人，铲黄土、造梯田，才有了今天的庄山浪水。

我对背篼的记忆，大都定格在了少年时候。小时候的夏天，似乎比现在还要热，哪怕田地里再是忙碌，大中午的、毒辣的太阳炙烤着滚烫的地表层，没有谁是愿意跑到田头里去。这样，树下纳凉就成了大家在这个时间段的主要活动了。编织背篼的工作，大多是在这个时间展开的。当然，这是门手艺活，不是说谁都可以胜任的。村子里，有这么两位编织背篼的好手巧人，一少一老，老者从小的手艺，约莫是从自己的老辈那学来的，也算是一种手艺的继承。少者，是位木匠，手上的功夫本来就很厉害，编织这样的东西，于他而言，自然不在话下了。

编织背篼的工作就在这样的闲聊碎事里开始了，选用材料一般有两种，一是竹子的秆茎，另一是被当地人冠其名为"蕣树"的藤条。不管从哪个方面上说，第一种材料是有绝对优势的，当然在篾货市场上也能卖个好价钱。编织工作最关键的部分，就是打底，这一步，关系到背篼将来的品相，好的开端永远是成功的一半，这点自始至终错不了。这一步，两位手艺人都是用足了功夫，挑选了长而高挑的藤条，锋利的刀刃将其削割得干净锃亮，找准了底心，以心为基点，四散开来，这样基本的骨架就有了。接下来的工作，才是编织的整个过程。如蛛虫结网般往来缠绕，任劳耐怨，朴实忠厚，埋头苦干，本是庄浪人自始至终的品性。千百年来，一直如此。

邻居的老奶奶，是个裹着小脚的奶奶，一辈子都很是忙碌，哪怕是与你坐着闲谈，手里的活计也不会停下来。庄浪人喜欢说"光阴"，将过日子说成"挖光阴"，这是多么好的一个词，我曾经听过"偷光阴"或者也用过其他的动词匹配过光阴这个名词，然而在我心中，都不如"挖"字来得自然体贴。老奶奶挖光阴的用具就是个自己亲手编织的背篼，背篼被她如做衣服一般量身裁体得很是得体，小脚一点一点地从小坡上爬上来，将需要的东西拾掇得一样也不差，最后收进了自己的背篼里，弯下了身子，靠在地根上，将绳子紧了紧，就又一点一点地走开了。

我至今还记得她背着背篼的样子，那条路本来就不短，在我记忆的消融下，似乎是越发地长了。多少个记忆里，我曾逢着个背着背篼的老人，或是叔叔伯伯，或是姨婶姑婆，他们背着个背篼，一辈子就这样走着，黄土朝面背朝天，书写着历史的大千变迁，改变着自己的生活。

头比背篼都大，这是句玩笑话，有打趣的成分，但也恰恰言明了老百姓对它的熟悉与认可。头比背篼大，不是说明头的大，恰恰是说明了背篼在人心里的大。一背篼，背在了身上，什么东西，都可以装下，割草、搬件、盛放物品，等等此类，没有什么比背篼更合适了。记得小时候玩捉迷藏的时候，每次我都喜欢躲在倒置了的背篼下面。阳光从缝隙间透了过来，树叶摇曳着婀娜的倩影，仰着头望着天空，似乎每一个格子里，都是个精彩的世界。现在想起，也是一番很亲切的怀念。仿佛整个夏天，都是在背篼里走过的，太阳被背篼的竹篾分割成了一格一格的，每一个格子，都是个新的世界，后来，我学了建筑学，干了设计，才明白，那是古典园林里的框景与取景的手法，小小的背篼，竟然有如此的古典美学趣味，难道真的只是巧合吗，我看未必吧。

　　田间地头，乡间小道，总能逢到背着背篼的人，他们打着招呼，说着亲切的话，抖了抖肩膀，将下滑下来的背篼的绳子往上移了移，瞧着天色，或是晨起而作，或是日夕而返，或是父亲，或是母亲。坑坑洼洼，皱褶难堪的乡间小道，总有这样一幅画面植入到你的脑子。那是个背篼，更是段记忆。

洋芋

陈　刚

　　洋芋是在冬天里播种的一种农作物，这种农作物广泛地生长在乡村的土地里。包谷收了秋，男人就吆喝着赶出牛，为种植洋芋去耕耘板结的田地。他们身后新翻出的土地像波浪一样在广饶的田野里翻滚，村庄里到处弥漫着一种好闻的土腥气息，亲切又熟悉。女人握一柄锄头把大块的土疙瘩敲碎，她们像整鞋垫子一样把田地弄得整洁又平实。她们仿佛觉得去年的日子又原原本本地铺展在了脚下，有时觉得好像不对劲，扶着锄把细细一想又没什么不对劲了。远处，一群在新翻出的土壤里捉虫子的花喜鹊，偶尔也会莫名其妙地停顿下来，像乡村里几个怀春的少女，在相互揣摩心事。

　　屋里择洋芋种的老人们，曾经是多么地挚爱土地啊。但他们现在没有能力再去亲近土地了，他们在成千上万的洋芋堆里选择唯美的种子。他们挑剔的目光总是对那些个子娇小，表面有许多凹陷的美丽芽痕的洋芋感兴趣。他们坚信这些充满了凹陷的生命之脐的洋芋都能成为生儿育女的一把好手。洋芋也眯眼望着满脸皱纹的老人，期待着被鱼一样游来的大手捡到篓子里去。她们更像一群待字闺中的女儿，正处在少女与少妇之间最美的韶华里，她们渴望嫁给肥沃的土地。当然体形太大的洋芋是不敢奢望被垂青的,她们面临的是会被人们随时端上餐桌或者被制作成淀粉。她们只能眼热地看着许多比自己身材娇小的洋芋妹妹被依次选进了篓子,她们在分离的瞬间才懂得惺惺相惜。老人们把小个子的洋芋装进篓子的时候,高兴得像是领养了一群活泼可爱的孙子。

土地很愉快地接纳了这群新鲜的洋芋。女人们总是担心洋芋受不住寒冷的侵袭,就用细土给她们隆起了厚实的被褥。一行行,一列列。从远处看就像是谁把一块块泥色的灯芯绒布匹遗失在了乡村的旷野里,那样的田野真是让人无限遐想啊!洋芋是不会知道自己能创造出这样美妙的田园胜景的。多年以来,我一直把老家的洋芋田认为是最经典的乡村艺术画卷。

新年一过,布谷鸟就会把春天啼开一个绿色的缺口。土黄色的洋芋田仿佛在一夜之间就燃烧成了一块绿色的火焰,洋芋们用刚出土的嫩绿身体同其他的绿色作物一起兴奋地围猎着土地的颜色。画面的颜色是一回事,画面带给人的感觉是另一回事。这样的场景总是令我感动的。去年埋在地里的洋芋好像成了一桩陈年旧事,她们其实在悄悄地孕育着一大群儿女。在儿女们一嘟噜一嘟噜的生长过程里,她们也日渐成了皱脸的瘪嘴老太,直到最后悄悄地融进了土壤。只有她们的灵魂才会在明年的这片土地里寻找自己的儿女。谁会想到洋芋也像人类一样在重复、延续着自己的生命历程呢。这些都是非常切近又非常遥远的情节啊。

夏天是收获洋芋的季节,这正是包谷挂须扬穗的时候,挖洋芋的人们好像游击队员一样出没在漫天漫地的青纱帐里。人们满脸灿烂地把锄头挖下去就会翻出一股醉人的土腥气,那是洋芋在土地的胎腹里汲取到的阳光的味道,是一种可以让人酥酥麻麻感动的味道。男人的目光也许会被这些从地里不断冒出来的洋芋绊得七零八落，但细心的女人会用手去轻轻地抹干净黏附在洋芋上的软泥，再扔进花篓。洋芋散发出润泽的温暖的光，安静地躺在花篓里。如果你愿意，可以从她布满全身的生命之脐里看见生命的另一种颜色和质地。

这群从地里翻挖出来的洋芋，后来被层层累列堆放在了老屋的一个角落里。在这段寂寞的时光中，这群土地的好儿女将面临着是否能在下个冬季里重新回到田野的怀抱。她们在苦苦地等待着一双粗糙的大手来选择，渴望的神情就布满了她们隐秘的眼睛。事实上，就算一个只有小拇指头大小的洋芋，也能够发出新芽并孕育出一群新的洋芋，只要有土、有水。这些在乡村里长大的洋芋甚至比某些人还要懂得生命顽强的意义。

洋芋的种种不凡表现，让我明白了这绝不只是一种单纯的粮食作物。其实乡村里有很多的东西像洋芋一样，是值得我们顶礼膜拜并诚谢景仰的。

故乡（组章）

韩卫贤

很多年之前了，我披一身秋风，坐于一棵树下，静心笃思。残叶飘零，没有风。树是孤独的，我也是孤独的。

我第一次听见树的喘息声，很沉痛。我绕着树转圈，目光观察着粗糙的树干，渴望聆听到更多关于一棵树的内心秘密。整整一个下午，我都在为一棵树的事冥思苦想。树，给了我想象力不能抵达的深度。像我的祖父，一个年逾八十的老人，成天坐在院坝里自言自语，讲述他一生的经验和阅历。尽管祖父把自己的一生都梳理得如此明白、透彻，可在我的眼中，他仍然是个谜。

我观察一棵树，实际是在寻找那棵树与我的祖父相同的部分。

那个下午，我看到树枝上的黄叶是怎样一片一片坠地的，听见树的喘息是怎样一声一声变微弱的。遗憾的是我始终没能进入一棵树的内心，就像我未能进入我祖父的内心。

时间静止，与我同样未能进入一棵树的内心的，是几只不知名的鸟儿，在树枝上蹦跳、高叫，将天地喊得苍凉。

我坐于一棵树下，体验了衰老，却与死亡无关。

父亲的心事

父亲放心不下他肩上扛着的那把锄头，像放心不下母亲，放心不下我。

父亲这辈子，有太多他放心不下的东西。

田里的麦子，他是每天都要去看的。他担心那些讨厌的虫子，会在暗夜里分享他的劳动成果，占了便宜，还四处唱赞歌。父亲的心，很慈善。明知那些虫子会偷吃粮食，他也不喷洒农药。每天就那样在田边干守着，他说，生长于暗中的动物，都是值得怜悯的。

屋檐下的那条狗，跟父亲很多年了。他也不放狗出去见见世面，颈项上，总给人家拴条粗粗的铁链子。父亲说，世界太繁杂，现今的人，得罪不起。狗再好，也是畜生，放它出去，咬了人，就闯祸了。若咬的是穷人，别人会骂它"狗仗人势"。若咬的是富贵之人，被骂"疯狗"不说，人家肯定找上门来，狠咬你一嘴。若真碰上这样的事，让我这张老脸往哪儿搁。被狗咬，痛一时；被人咬，痛一世。

父亲还放心不下村庄。没事的时候，他提着锄头，去铲荒地上疯狂生长的野草。他怕有一天，野草淹没村庄。他必须替那些离家的人，守住一个家园。哪怕是精神家园，也好。

父亲有时也放心不下城市。他说，城市里的人那么多，无地可耕，无田可种。既不生长麦子，又不生长大米。那些人，会不会有一天坐吃山空？

父亲的担心，遭到很多人的嘲笑。从城里念大学回村的侄儿说，大伯，城里人早就不吃大米了，人家喝牛奶、吃海鲜。你在杞人忧天。

父亲不懂"杞人忧天"这个词。他沉默半晌，然后说，我就不信没了土地能活命。

这个世界上，有太多的东西，父亲都放心不下。

父亲放心不下的东西，最终，全成了我放心不下的东西。

大地母亲

我一直在回忆母亲的样子，像回忆养育我的那片土地。

每天清晨，母亲都起床很早。当她起床的时候，整个村庄还在沉睡。母亲这一生，习惯了走在生活的前面，就像雪，最早感知寒冷。母亲是迎接日出最多的人，可她从来不知道，日出是什么样子。日出时，母亲正在担水、劈柴、挑粪、烧火，为准备上学的孩子准备早饭。

迎接日出最多的人，最先被太阳晒老。

我是顺着母亲额头上的皱纹，来到这个世界的。那些皱纹，多像我童年爬过的山路，曲曲折折，遍布荆棘。山路上的每一个脚印，都是一道伤，滴着母亲的血。

母亲这辈子，走过很多泥泞路，碰过很多壁，忍受过太多的风雨、黑暗和委屈。这些，母亲都不曾怕过，不曾哭过。再难走的路，母亲都走过来了。再贫瘠的土地，母亲也能种植出玉米和稻谷……

但有一天，母亲哭了。她趴在村庄的脊背上，泪流成河。母亲的伤痛，不是因为贫穷，而是比贫穷更可怕的空虚和惶恐。母亲说，她做了个梦，梦见偌大一个村庄，成了她一个人的坟墓。

母亲，我多灾多难的母亲啊，你为何直到暮年，还走不出自己灵魂的孤独呢？

母亲的孤独，是乡村的孤独。

母亲的痛，是乡村的痛。

母亲的模样，是乡村的模样。

正在沦陷的故乡

下午三四点钟的时候，我散步在故乡的山路上，寻找走失的青春。路的一头，连着我出生的茅屋。茅屋里，装着太阳和月亮，还有我童年的梦想。

山坡上，庄稼收割了。粮仓里，藏满了疼痛。每一粒麦子，都是我祖先的信物。我幼年爬过的那棵树，又老了许多。它的年轮上，刻着吴氏的族谱。树的根须，是我身体上放大的毛细血管。血管里流着的不是血，而是贫穷和苦难。

风穿过树林，穿过我的前世和今生。大地上烙满我踉跄的脚印。每一个脚印，都是我心上的疤痕。那是一种挥之不去的旷世哀愁。那哀愁，是我父辈的，也是土地的，像一片乌云，或一片阴影，飘荡在命运的天空，一旦降雨，就是一场灾难。

爱和苦，把我锻打成人。

我不想用凭吊的眼光来审视我的故乡，但现实总是让我处处碰壁。河流正在消失，花朵正在远离花期，候鸟正在迁徙，荒草正在淹没墓碑……

我的故乡正在沦陷。乡村已是一个遗址。

我终于成了一个无家可归的人。

我一个人在故乡的废墟上行走。我试图用仅存的天真和脆弱的爱，在那荆棘丛生的遗址上，找到我降生于世的来处，我的悲悯，我的灵魂。

可我每走一步啊，都泪流满面。

故乡的草原

法京涛

　　想起故乡的草原，一种亲切感便会自然而生，思想暂时游离尘世的喧嚣，却并不恍惚。记忆源头似有微风抚过，梦幻般的感觉，交织着无数童趣的画面相约而至，悠长、温暖、醇厚，渗透着时光的香气。故乡的草原，我的出生之地，那沉淀着岁月芬芳又令人陶醉的绿，那里永远是一个充满温情、充满遐思的地方。

　　黑土地上的生命都别具一格。这里的草种类多，生命力极顽强，不但对生长的贫瘠土地不挑剔，即使是大旱之年也丝毫抑制不住它们的生机。艳阳天，当旁边耕地里那些经过精心耕耘、施肥的禾苗被太阳晒得完全蔫下来时，最靠近路边的野草也只是草尖处枯干，草叶间纹理有些许泛黄，在风中柔韧地摇曳着。雨过天乍晴，这时如果留心一下观察，你会惊奇地发现，青草枯黄的尖端也迅速地恢复过来，有的还格外珍惜似的挂着颗颗水滴，无数的水滴连接起来，在阳光下闪成一片，草原上就有了波光流动。

　　故乡并不以放牧为主业，因而这里的草原没有那么辽阔，从它被人们称作草甸子就可以清楚它的规模，在四周耕地的环围中，它孤岛般地横亘在那里，显得有几分落寞。但是，在一天耕作结束或是农闲时间，人们都会在这里放牧牛马，天造地设的翠绿大地毯上，大人们轻松地聊着田里的收成，间或高声吆喝着企图"越界"的牲畜，小牛犊在母牛周围撒着欢来回奔跑，草原也就跟着热闹了起来，虽不产出粮食，它仍以自己的方式无所求地养育着一方生灵。

夏天，草原是我放牛的所在。"牧童归来横牛背，短笛无腔信口吹"，也有我的影子。过去真正的农村生活，放牛不但缺乏诗意，有时也是一件苦差事，牛虽然吃苦耐劳，但对吃的青草却很挑剔，大人们总结的就是：牛是吃好草喝脏水，马是吃赖草喝干净的水。这话我感同身受。草原上高大茂盛的草，老牛却不屑一顾，对那些已经被啃了几茬快到根部的草却啃起来没完没了。眼瞅着太阳快下山了，我又急又气，对着老牛就是一通鞭子。老牛不知所措地看着我，打着响鼻。无奈之下，我只好拉着它去四处寻找它爱吃的青草，好在草原上适合牛吃的草很多，等到远处村庄的炊烟袅袅升起时，我就可以牵着肚子吃得鼓鼓的老牛得胜似的回家了。夕阳牧归，草原目送着我和老牛回家，这个时刻是我最觉惬意的时光。

草原上的趣事也是不少，阳光好的时候，蓝天纯净，白云悠闲，天地之间深远辽阔，置身其中，万物生长的力量似可触摸感受。这里从来都是鸟的天堂，经常会看见一种叫不出名字的漂亮小黄鸟，不知何故受到惊扰，脆声鸣叫着，笔直地飞冲向天空深处，这时的我总是仰着头，目光好奇地追着它的身影向上，直到它变成一个小黑点，然后彻底不见踪迹。鹌鹑也是这里常见的鸟，它在本地鸟里体形最大，尾巴极短，憨态可掬，虽然不擅于长距离飞，动作却是敏捷异常。平时，它就隐藏在草丛里，有时即便离人只有几步远，它一番闪转腾挪，一会儿就消失在草丛深处。儿时的我虽然不算机灵，但想抓一只胖鹌鹑的虚荣心促使我想出了一个笨办法。那一次，我找来一条破麻袋披在身上，又抓了几把草胡乱撒在麻袋上作为伪装，趴在草丛里的鹌鹑窝旁，一动不敢动、眼巴巴地守候着回巢的鹌鹑。也不知道过去了多长时间，在我被太阳晒得快睡着时，鹌鹑终于出现了。它先是在几米开外的地方停下来，来来回回地跳跃着，窸窸窣窣的声音越来越响，由于怕惊着它，我尽量地压低身子，拼命地屏住呼吸，近了，近了！当我颤抖着伸出已经压麻了的手的瞬间，鹌鹑扑棱一下飞了起来。我无奈地站起来，痛心地看着鹌鹑逃走的方向，狠狠地打了"不争气"的自己一巴掌，愣了半晌。那次失败的捉鹌鹑经历，在我的儿时算是比较严重的一次了，如果我成功了，那在小伙伴当中可是要被崇敬好久的。夏天的草原总能给我带来不少的惊喜和骄傲。

冬天的草原被白雪深深覆盖，在这样的天地间，它与周围土地在外貌上没有什么差别，但不同的是在积雪的下面，那里生命并没有停滞，草根深扎在冻土中，从中汲取着珍贵而又稀缺的养分，积蓄着勃发的能量。一待冰雪消融，大地回暖，草原上的镜头在不知不觉间切换，它总是最先给大地装点出生命的绿色，提示人们为春耕做准备。

由于放牛、捉鸟、捉迷藏这些属于孩子们的生活，草原无私地给予了我最为本真的快乐，也在潜移默化中给了我若干关于生命的启蒙教育。经年累月，在相互接纳中，我与故乡的草原有了密切的联系，在我的潜意识里，草原是我的一部分，或者说我是草原的一部分，我们已经是一个整体，不可分离。

离开故乡十九年后，恰有亲戚来探亲，我问起草原的事，他的回答非常干脆："早没了，都种上地了。"是吗？嗯。我有些茫然，不知道该说些什么。属于我的草原牧歌无法在现实中重新拾起了，那就让它珍藏在记忆里吧，如老牛反刍般时常回味，在岁月里演绎为一种生命之间的约定。

父亲的鸽子

阎保成

父亲刚退休不久，不知啥原因，突然有了养信鸽的想法。

对于父亲这突如其来的念头，母亲知道后坚决反对。反对的理由其实也很简单，就是嫌鸽子到处拉屎，不卫生。父亲对母亲的反对表现出男人特有的办法，那就是置之不理，也不去辩解，保持沉默，该干啥还干啥，利用空闲时间把鸽舍早早在屋檐下建好。还当着母亲的面把我和弟弟叫到跟前，用手一指鸽舍，说："看见了吧，看谁家养有信鸽，想办法弄上两对，花钱买也可以。记住，一定要雏鸽，就是那些还没学会飞的鸽子。老鸽难养不能要，一放开手，就飞走了，必定咱这里不是它的家……"

过了半月，弟弟休班回家，还真带回了两对鸽子。瓦灰色，羽毛基本长全，只有脖子和头上还残留一些胎毛，每个鸽子的腿上还都戴有鸽环，这正是父亲想要的鸽子。父亲把鸽子小心地托在手心，仔细地摸着鸽子的胸部，然后又认真地看鸽子的眼睛和头部，自言自语地说："不错，不错……"

家里有了鸽子，父亲哪里也不去了，天天在家待着，精心伺候着这两对幼鸽。喜欢洁净的母亲，看着父亲如此精心，也就不再反对。不过，时不时地会有几句冷言冷语："那是动物，不是人娃，不用那么认真的，自个已经会吃食了，死不了的……"父亲说："要想养好，就要像养人娃一样细心……"母亲则说："要养养一对就可以了，止个心慌，玩玩就行，为啥还要养两对？"父亲说："这你就不懂喽，鸽子越多越好养，如果只养一对的话，很容易被别的鸽群引走，一旦随了别的鸽群，就很难回来了。"母亲听了还是有些不理解。

没过几天，幼鸽就会飞了。父亲抽着烟，看着在天空飞翔的四只鸽子，满脸的喜悦。

究竟父亲为什么会突然想起养信鸽，我心里始终是个谜，这个谜过了将近两年方才破解。大半年后，两对鸽子都有了自己的后代，鸽舍中又多了四只幼鸽。幼鸽出生后，因没有来得及在鸽子的腿上戴上鸽环，这让父亲很是后悔。母亲说："没有戴上鸽环碍啥事了，难道还能变成斑鸠不成？养鸽子就是为了图个开心，又不参加放鸽比赛。你也太细法了……"父亲听后也不再说啥，依然安心养他的鸽子。在这半年时间里，母亲不知不觉跟着父亲也学到了很多养鸽子的知识，有时还把家里的麦子和豌豆取出一些喂鸽子，让鸽子也换换口味。母亲平时过日子很节俭，能舍得把家里的麦子和豌豆拿出来喂鸽子，这让父亲一时很费解。先前不让养，现在倒上心了。父亲嘴上不说，心里自然是欢喜的。但他自己只给鸽子喂一些玉米粒，不敢拿家里别的粮食去给鸽子吃，唯恐母亲哪天心烦不允许养鸽子而生气。

鸽子繁殖得很快，不到两年，数量已经超过 20 只。看着这支庞大的空军部队每天在天空飞翔，父亲看起来年轻了许多。鸽子数量的增加，有时会引来一些孤单的鸽子，时间久了，孤单的鸽子就不走了，在我们家的鸽舍里落户。

一天傍晚，父亲正在屋里喝茶，母亲急忙进屋对父亲说："又飞来一只鸽子，翅膀上还有血呢，你快去瞧瞧……"

对于那些孤单的鸽子，没人理会，来去自由，可对受伤的鸽子就另当别论了。父亲很谨慎地把这只受伤的鸽子捉住，仔细看后说："是鹞子伤的，伤得不算重，上点药，估计一个礼拜就好了。"父亲居住的矿区，四周都是山，常有鹞子出没。鹞子的个头跟鸽子大小差不多，属猛禽，主要以捕食鸟类和鸽子为主。上完药，父亲看了看鸽子腿上的鸽环，惊讶地对母亲说："你瞧，这是一只上等的雌信鸽，不是咱陕西的，像是四川的。""净瞎说，四川离咱这远着呢，它能飞过来？"母亲不信。父亲回道："不是它要飞过来，是路过咱这里飞往四川，是信鸽协会运往外地放飞的鸽子。"

父亲不再和母亲多说，找来一个笼子把受伤的鸽子放进去……十天后，父亲把鸽群中一只孤单的雄鸽和这只雌鸽放在同一个笼子里。母亲见状，说父亲这是"拉郎配"。父亲的这种做法，两个月后竟起了作用，等这两只鸽子相互接受了对方，父亲才从笼子里把它们放出来。鸽子放出来的那两天，父亲的心一直悬着，唯恐那只伤后痊愈的鸽子展翅远去，飞回它的家乡。大半个月过去了，那只信鸽不但没有飞走，反而安居下来，后来竟产下两枚蛋，父亲悬着的心这才放下。

"拉郎配"看起来不错，但不是长法。两个月后的一个下午，父亲在鸽舍里寻找那只四川鸽子，最终没有看到。父亲不停地说："走吧，走吧，飞走了好……"

"飞走了有啥好，白白养了这几个月？"母亲说。

"不能说白养，这鸽子还算有良心，为了感谢咱们救它给它治伤，还给咱留下了它一对儿女。不然的话，从笼子里放出来的当天就飞走了。它只是路过这里，四川才是它真正的故乡，所以我说飞走了好。"

父亲的话，说得母亲心里软软的，眼眶也湿润了。父亲和母亲前些年老是吵架，自打家里养了鸽子，渐渐地，架也几乎不吵了。

邻居家有个孩子在神木上班，几年不回家一次。老人想儿子了，只好托父亲帮他写封信，没过多久，这孩子回来了，他父亲很是高兴。孩子临走时，父亲把一对鸽子放进笼子，然后交给他，希望他到单位后的第二天早上八点，准时把鸽子放了，看看它啥时候能飞回来……

放飞鸽子的那天，父亲吃过午饭就站在门前，遥望北方的天空。因为神木在矿区的北面，两地直线距离有五百多公里，鸽子什么时间能回来，无法预测，父亲只好提前静静地在门口等候。好在是秋天，不是多热，一顶草帽戴在父亲头上，挡住光线便于瞭望。下午三点半，第一只鸽子回来了，十分钟后，第二只也回来了。当时我不在家，无法看到父亲喜悦的笑容。这一切都是在我休班回家后母亲告诉我的，说父亲当时高兴得像一个孩子……鸽子归巢后不到一个礼拜的时间，在神木上班的那个孩子就给家里写了信，还问起鸽子是否回来。父亲看后，在回信里写道，鸽子很温顺，最恋家，当天下午就飞回来了。你在外地工作，希望也能常回家看看父母……

父亲的这种做法，让这个孩子思想上有了变化，打那以后，每年都会抽空回来两次。我总算悟出父亲让他把鸽子带到单位放飞的真正用意了，即便是鸽子在回家的途中遇到天敌没能回来，父亲也会在信中告诉他鸽子已安然归来。我上班的地方虽说离家不足一百公里，每次去上班，父亲也会让我带上两只鸽子，如果有啥事的话，写了信可以让鸽子捎回来，在休班离开单位前把鸽子放了。并给我交代，鸽子比你快，它回来了，家里人也就知道你快回来了，好让你妈给你准备饭菜。不足一百公里的路程对信鸽来说不算啥，一个多小时就到家了。但有了这小家伙，总是有个方便，有了念想。到了后来，父亲家里安装了电话，我上班再也不用带鸽子了。

后来，矿区进行棚户区改造，退休职工和家属只好住进市区的单元楼，父亲和母亲也离开了矿区，住了新楼房。没有地方养鸽子，父亲只好把养了十几年的这一大群鸽子留在矿区，任其自生自灭。离开矿区上车时，我看见父亲眼眶中有泪，始终坚持着没有流出来。

矿区是鸽子的家，也是矿区职工的家。过去曾经在矿上工作过的老工人和他们的家属，很多人都会利用空闲时间到矿区走动走动，四处看看。他们像信鸽一样，永远恋着自己的家。

白马河的春天

段家军

一

白马河的岸边柳树吐了新芽儿，一条一条泛着嫩嫩的绿随风摇曳，地边和田埂上，沉寂了一冬的野草野花在春露的滋润下一天天地拔节蹿高，鲜嫩的野菜一簇簇钻出了化了冻的泥土，伸展着泛着新绿。就连沉寂了很久的白马河似乎也被这满天满地的春意感染了，撒着欢儿奔腾着流向远方。

一只雄布谷鸟在村口的大柳树上"哥咕、哥咕"地叫着。

这布谷鸟一般是不会在村子里叫的。春天来了，它的警惕性便不由自主地放松了。它其实并非没有目的地在那瞎叫，这种鸟很贼很滑很难抓，村子里的孩子们都叫它"贼难拿"，是只闻其声，不见其鸟。

布谷鸟是很忠诚的一种鸟，不说从一而终，其实也差不多，并不是随意就接受异性的召唤。有可能是中年丧偶的，也有可能是今年才发育成熟的，在这明媚的春日里，它们都希望找到如意的伴侣。

二

"老家贼"和燕子们也叽叽喳喳地在树林中乱叫着，到处都可见到它们跳动异常活跃的身姿，到处都可听见它们的甜言蜜语。

春天是个好季节，"老家贼"交配时从不避讳村里人的目光。

雄的"老家贼"在雌的"老家贼"身上跃来跳去，在叫人眼花缭乱的动作中完成自己神圣的使命。做完"夫妻"之事的"老家贼"们会成双成对地在村里人的墙洞里、屋檐下做好自己的安乐窝。

"老家贼"的窝可不像布谷鸟或是喜鹊窝只在树杈上横竖搭几根枝条，而是一次次用嘴不辞辛劳地叼来柔软的稻草以及鸡鸭鹅身上落下的绒毛做成，小两口睡在里面既可以遮风又可以避雨，那个亲亲热热舒舒坦坦的样子是人所想象不出的。但它们并不是为自己着想，它们做窝的主要想法是为了后代子孙。待后代从麻色的蛋中孵出长大后，"一家人"便都会从窝中搬出，改在树林里去睡了。

开始，村里人并不加害它们，只是在晒谷场上驱赶它们。后来，一些调皮的孩子会用自制的弹弓射它们，村里的老人们瞅见就会说，别伤它们，在村里它们和咱也是个伴儿，好歹那也是一条性命，活在世上也不容易。

也有那村里调皮的孩子，在"老家贼"还没有长大翅膀飞出巢穴时，悄悄搬出屋里的梯子，悄悄地靠在墙上，悄悄地顺着梯子一节一节爬上去，用一把特制的铁钩子，捅进窝内去捉那正在孵窝的"老家贼"。

大人们瞅见了就又都会说，不准干那缺德事，那窝里有蛇，你们张嘴掏"家贼"窝，没准儿会掏出一条蛇来，钻进你们的嘴里就不得了啦。

事实上，村里的孩子偶尔抓了"老家贼"也不会吃它，也不打它，无非是给它的腿上系上一根绳子，然后牵着它玩几天。小孩子没长性，玩个三天五晌的，玩腻了便会放飞它，重新给它自由。

三

对乡下的小孩子来说，春日里最有意思的地方就是那绿色的白马河与大洼。

蛤蟆在白马河或大洼里蹦蹦跳跳，嘴里呜哩哇啦地又似说话又似唱歌。它们的种类很多，有的背皮是绿色的，有的是花儿的，也有一种是褐色的，肚皮却一律全白。叫的时候，有的蛤蟆的两腮旁会鼓出两个大大的细泡儿，眼睛一翻一翻的。

花皮儿（花里豹子）的蛤蟆气性最大，也很会和人斗智慧。偶尔有小孩子抓住它，它就会装死，而且身子马上会鼓得很大，一动不动。小孩子以为它死了，便会把它重新扔进河里。到了河里的它，很快会活动下四肢，紧接着一蹿就没了踪影。

这些蛤蟆有的跟大人的拳头差不多，有的只有小孩子的指肚子大小。蛤蟆大的小的都不怕人，放肆地在河边、田野里、池塘里、路边的草稞儿里唱着叫着，声音此起彼伏。

它们也许憋的时间太长了，很不情愿地在泥土中躲了一个冬天，有太多的情绪在肚子里需要发泄，有太多的话需要和情侣说，有太多的情歌要唱。瞅着它们那目空一切的样子，莫非它们以为自己才是这大地的主人？

四

村里人不吃蛤蟆，哪怕是在日子最难的时候。

蛤蟆的卵子对于村里的孩子具有无穷的吸引力。一开始，这些卵子会在水中像一张褐色的网，慢慢地，网子一点点就解开了，水中会出现一片片如围棋子般的东西，形状像极了黑棋子，只不过后面会有一条很小的尾巴，一甩一甩的。城里人管它们叫蝌蚪，而乡下人管它们叫蛤蟆蝌子，一群群的蛤蟆蝌子在水中翻腾。村里的孩子会蹲在它们的旁边，端详着它们那傻傻的憨憨的游泳姿态。

它们根本无视小孩子的存在，依然我行我素。小孩子的脸笑了又笑，笑的样子比蛤蟆蝌子还憨。小孩子会做一个简易的抄子，把它们捞上来，左瞅右瞧，咋也想不明白，它们浑身上下黑乎乎的，还带着小尾巴，长大了会变颜色，肚子下会长出脚来，尾巴变得没有了。

小孩子便回家去问大人，大人也说不出来，就说等你们长大了就晓得了。也有的大人会说，它本是水里的鱼，老想着瞅瞅岸上是个啥样子，闷在水里不舒服，便背着爹娘老往岸上跑，等来到岸上就回不去了，慢慢变成了蛤蟆。

五

白马河水中的鱼儿不会叫，或者说叫了人也听不到。人们只晓得河边的水草常常会发出"咔咔"的声响。大洼里几乎有水的地方就有鱼的倩影，水中最多的是鲫鱼，最狡猾的是鲇鱼，最扎人的是嘎鱼，最吓人的是鳝鱼和黑鱼。

鲫鱼常躲在水草最多的地方，鲇鱼则鬼似的贴着河边或田埂边的草活动，听见人来就伏在水草中或坑洼处一动不动，人从它的身边走过去也很难发现它的存在，但当人们欣喜地发现它时，它便会迅速地如箭般向远处逃窜。

白马河里和大洼里的鱼很多，小孩子要抓住它们却很难。要抓它们是要费很大周折的，弄不好，鱼儿没抓住，身上会弄得又是水又是泥。在小孩子的眼中，鱼和人一样聪明狡猾。也正是如此，小孩子抓的不仅是鱼，更多的是一种不抓鱼的人无法体会的快乐。

就拿抓那似蛇非蛇的鲇鱼来说，这鲇鱼在白日里很少能见到它的影子。白马河里的鲇鱼很多，这家伙只在日头落山时才出来活动。在水里，它是横冲直撞，见啥吃啥，吃小鱼吃小虾，连水里的蚯蚓和蚂蟥都吃。

鲇鱼在河水里很会打洞，水边或田埂边到处有它们藏身的洞。鲇鱼的头很硬、很宽、很大，嘴两边长着长长的两根须子。鲇鱼的洞长的有一米多，一家多少口挤在里面，遇上那会抓鱼的，常常是一锅端。

六

白马河，还是清凌凌白洼洼的一片水；桥还是那座桥，阴湿的桥洞里，水从桥的缝隙里沁出来，凝成大小不一的水珠落下来，响在桥下一片空空洞洞里，滴答滴答的。

掏鲇鱼窝是件很过瘾的事儿。把手伸进去，一条一条地往外抽。村里的孩子有时会学着村中大人的样子在河边沟埂处，两手拢

在一处，先分后合，摸索着前进，这种活动只能在春季白马河枯水的季节进行。

小孩子抓鲇鱼很少能抓着，即使掏着鲇鱼的老窝。有时候已经抓住了，当把它从洞中往外带的时候，也就是在鲇鱼出洞的那一瞬间，它很快地一扭身子，脑袋一晃，便从小孩子的手中逃脱了。

偶尔地，鲇鱼抓到了，也不能马上吃，还得拿回家让娘去做，让娘在锅里给做熟，自己托着腮，在一旁瞅着娘做鱼。

小村，还是一片犹如蝴蝶翅膀似的黑色屋脊，偶尔会冒出几缕炊烟。

白马河，每一方水土都有它特色的神韵，透出幽古空灵淡泊的美。

在光阴的渡口看大野萧萧

夏梓言

  风吹来，阳光铺开。赤脚，和百草繁花交谈心情。花开着，草绿着，几间茅舍，三两啼鸟鸣。走着，走着，一脚就踏进了古风的大野草木里，踏进明朝，踏进光阴渡口的蕲南古城。

  我一点也不慌张，一点也不害怕，因为我知道这是我魂牵梦绕的地方——明朝的蕲南。

  "出城十里荷香好，天赐医圣出蕲春"，这里没有苍凉与失意，没有惆怅与凄惶，只有青青草木，风动花香。

  这蕲南古城寻常巷陌的每一株花草，可都是恩泽天下的好草药呢。我这样肯定地说时，请你们先别用一个哂笑来回答我，因为这时，你们的脚步一定还没有到过蕲春，到过蕲南，也一定没有听说过那一句"路人皆懂医，指草皆为药"的蕲春古语。

  "人往圣乡朝医圣，药到蕲春方见奇"，我用我的蕲春方言，念着这样的诗句时，我以为我是在用白描的手法平铺直叙，可透在骨子里的夸耀与自豪，却是怎么藏也藏不住的。不是吗？

  走过四祖寺，走过西门街，走过东门口，过了四牌楼，便到了东长街。在青石铺就的东长街，我遇到一个叫李时珍的先生。

先生正在坐诊，看病的人说有一种草药，叫曼陀罗，见者心悦。食用汁液后手舞足蹈，眼里会有幻觉。吃多了就会失去知觉，醒来后不知今夕是何年。

先生听闻后，极为惊叹。

"曼陀罗，曼陀罗。"先生日思夜想，决定北上寻药。他嘱咐学生在家坐诊，他背一篓淡竹叶，只身一人千里跋涉到北方。先生行走在山野深处，只为那一株曼陀罗。

山野里的路，曲折而险峻，先生一路攀爬了过来，再回头望去，可真是远啊。

先生松下问百草："这里可有曼陀罗花？"

百草答曰："确在此山中，云深不知处。"名贵的药都生长在山野深处，白云缭绕的地方，怎么能轻易找得到呢？

先生走累了，看到一座简陋的茅舍。茅舍之中，有一豆灯火。先生上前敲门借住歇脚，开门的是一位白发苍苍的老者。老者请先生入内，两人隔案对斟。温茶的器具，是竹子做成的，叫竹叶青盏。他们的窗户，叫牖。多么的风雅。

呲，碰一下，青盏内的茶水晃了几晃。然后，一饮而尽。宽大的衣袖拂过面颊，须发飘然，仙风道骨。他们品的茶，叫古风。他们一问一答，就如同东坡与佛印，禅意，玄机。俗人似懂非懂。两人就坐在佛家的空里，坐在一卷水墨画里，坐在诗经里。凡俗之人，看一眼都肃然起敬了。风雅在古时呢。今人，满身的俗气都要溢出来了，怎么附着都是闲的。

先生问老者："这山中可有曼陀罗？"

老者告诉先生，北山之下有曼陀罗花。先生欣喜若狂告别老者，下山寻之。

北山下，先生果真找到了曼陀罗，亲自尝试，乃验。先生说："曼陀罗，花似牵牛花，早开夜合……割疮灸火，宜先服此，则不觉苦也……"

多么细心厚道的医者啊。不仅要告诉你草药的药性，还要告诉你它的形态，它的用处。让你吃药的时候，心里踏实，又有几分诗意来。

曼陀罗旁，有决明子。

先生说："决明，有两种。一种马蹄决明……状如马蹄，青绿色，入眼目药最良。另一种，茳芒决明，《救荒本草》所谓山扁豆是也……俗呼独占缸。嫩苗及花，皆可食也……"

你看，先生什么草药都知道，什么变化他都明白。他能为草木把脉，能够洞悉草木的前世来生。真真是学识奢侈到极致了啊！

陟 厘

只这两个字，就有一种妖娆，在心底暗暗摆动。美而清，缠而绵。也蔓延不起来，细微的一脉香气，随风而逝，稍有疏忽就寻不见了。

先生说，晋武帝赐给张华侧理纸，是陟厘为之。本来就叫陟厘纸的，但后人讹传为侧理了。陟厘生在水中石头上，取了粗苔，做纸青黄色，隐隐透着一点儿青，极为淡雅。陟厘纸稍微有点儿涩，光色柔和，作水墨画，厉峭带涩，简直清美到惊艳。陟厘纸在潮湿的屋子里放一宿，隔天落墨，墨色微微有点洇潮，墨迹苍凝朴拙。

这么一说，我就极其渴望有一卷陟厘纸，不书一字，只是看着也欢喜啊。让花草的影子筛落在淡青的纸上，极淡的香味儿倏然飘忽而来。若是纸上落了一瓣花，那胭脂的颜色被映衬得愈发清艳了，多么好，多么好。我像那个老和尚一样，哆嗦着嘴唇说，宝贝袈裟！不，是宝贝陟厘纸啊！

陟厘。甘，大温，无毒。主治心腹大寒，温中消谷，强胃气，止泄痢。采陟厘，直接捣汁服用，治疗天行病心闷。丹毒赤游，亦可捣碎涂抹。

一味草药，在时光深处安静生长。自己把自己修炼得禅意深深。入药，是好药。做纸，乃纸中上品。不必在世俗里招摇，只简单朴素地生长。在低处，悄悄地妖娆飘逸。真是好。谁说过的，一个笑就击败了一辈子，一滴泪就还清了一个人。一人花开，一人花落，这些年从头到尾，无人问询。

无人问询也很好啊，随意生长，幽静度日，有什么可忧伤的呢？

昨叶何草

又名铁脚婆罗门草、天王铁塔草。奇怪，为什么这样叫呢？先生说，我也不知道哦。

胡乱想，是不是最早从西域传过来的呢？好像也不是，到处都有，并不挑拣地域。大概，在异域是这样叫着吧。真是洒脱狂傲。

陟厘在水洼里，活在低处。而昨叶何草选择了屋顶，在陈年老屋的瓦上过自己的光阴。新瓦才不爱去呢，有些年头的旧瓦上，越陈越好。瓦一旧，落满光阴，肃静、幽深。昨叶何草在光阴深处独自思考，那是一种禅意。

古人的美，鬓发眉毛是首选。一个毛发稀疏的人，绝对不算美。小女孩，才七八岁，就把眉毛头发剃刮干净，葫芦一样光溜溜的，难看。然后呢，晒干的昨叶何草，掺了生麻油，一同煎，直到烧焦了为止。焦了的昨叶何草研末，再浸生麻油，往秃脑袋上涂抹，秃眉毛上涂抹，一天三次。这样打磨过之后，二茬长起来的头发眉毛都很漂亮，蛾眉青黛，乌发蝉鬓，美得不能再美了。

据说汉朝的宫女们养发很喜欢烧焦的昨叶何草。她们梳一种高耸的发髻，头顶绾了结，状若云雾。烧焦的昨叶何草研末，掺一点麻油涂抹在发髻上，可以保持云鬓的乌黑发亮。

民间用来治疗头风白屑，昨叶何草晒干，浇灰淋汁热洗。汤火伤，用昨叶何草、柏叶同捣烂，敷涂，恶疮，用昨叶何草阴干，研为末，先以槐枝、葱白汤洗净患处，然后以药末涂搽。

在高处，昨叶何草低低地活着。谦卑、安静，兀自和光阴一起年轻，一起苍老，独自吐露柔美的风骨。

卷　柏

也叫长生不死草。辛，温，无毒。

很不起眼。宿根紫色，多须。春天生苗，主茎粗直，小枝很像柏叶，稍微有点细，痉挛如鸡爪，也就三五寸高。不开花，没有籽实，多生在石头上靠孢子繁殖。

天气热燥时，小枝蜷缩如痉挛的鸡爪子。沾点雨露，枝叶舒展开来。雨水好，逍遥自在。太干旱，就打算挪挪窝。悄悄把根从土壤里拔出来，蜷缩成一团，遇见大风，跟着风走了。风落下，它也落下，没有水分，就先歇着，不着急的。等到有点水分，它慢慢舒枝展叶，扎根生长，从容不迫地过光阴。甚至有些优雅和禅意。

若是长时间等不到雨水，它会再次迁徙。等风吹来。大风刮到哪儿算哪儿，随遇而安。石头缝里也行，墙头上也行，伺机行事。遇见一点雨水，枝叶迅速展开，饱饱吸一顿，然后扎根，吮吸大地。

多么旱，也无所谓。枯了几年，干撅撅的，蜷缩着。别的草都轮回好几世了，卷柏还缩着，不吭声，你以为它已经死得不能再死了，枯草一样了。其实没有，它只是在休眠状态，还活着哩。它以柔韧的心态，来抵御寒凉的凡尘。

风总是要刮的，这儿不行走那儿。雨总是要下的，三年不下五年下。好了，雨水一来，它恢复了正常的生长状态，该扎根就扎根，该撒开枝叶就撒开枝叶，毫不含糊。就算在干茬茬的荒滩上搁十来年，给点水分，卷柏照样还魂复活，旺盛得很，直接死不掉。所以，都叫它长生不死草。

一棵草，坚忍到这样的程度，谁也拿它没有办法。机会是给有准备的人预留的。卷柏从头到脚都准备好了对付这个浮躁尘世的招数。苍天能给，老子能受。你把我扔到岩石缝里，我就在缝隙里等雨水。你把我一脚踢到阳山坡上，我就在太阳底下收缩起自己。今年不活明年活。这辈子等不来雨水，下辈子接着等，没关系的。光阴漫长，一天活不老，两年也活不老。就这样，和日子耗着，和干旱耗着，和命运耗着，看谁耗得过谁。总有雨来的时候，总有重新活人的机会。滚滚红尘的事情，机缘多着呢。

若是药用，那就采摘去好了，不生气，也不遗憾。就这样朴素地过一生。

先生说，但凡用卷柏，先用盐水煎煮半日，再用井水煎煮半日，晒干，还得用火焙之后，才用。不然不死。

读到这儿，简直乐不可支，笑得嘴都咧成个破皮鞋了。好吧，卷柏，你赢了。你看为了让你入药，医家们咕咚咕咚煎煮着一天的操劳。你啊，实在太能活了，实在太皮实了，实在太透彻生命了。洞悉命运玄机，打磨好爪牙，牢牢钳在阳间三世，死活不死，你是怎么做到的啊？

面对这样顽固柔韧的一味草药，简直要束手无策了，把自己搁置十来年，遇见水分随便又活了。时光轮回，多少草木都老了枯了，找不见了，卷柏还是自己，朴素随缘。人生如此啊。诗人说，走着走着，就散了，回忆都淡了。看着看着，就累了，星光也暗了。听着听着，就醒了，开始埋怨了。回头发现，你不见了，突然我乱了。

实际上，读到卷柏时，我自己真是凌乱了。

卷柏入药，主治五脏邪气，女子阴中寒热痛，症瘕血闭绝子。久服轻身和颜色。也可止咳逆，散淋结，治脱肛，头中风眩，痿厥，强阴益精。

先生说，卷柏治尸疰鬼疰腹痛，百邪鬼魅啼泣。

疰，有灌注和久住之意。这是怎样的一种病呢？本来人好好的，走路，多半是夜路，心里害怕，就出现幻觉，周围鬼哭狼嚎，阴森森的气息袭来。倏然被鬼拍了一下，随便拍哪儿，回头一看，妈呀，鬼呀！于是，闷绝倒地，如中恶之类。就算吓不死，也是心腹刺痛，余气不歇，连滞停住积久。抬回家，抽搐、心悸，乃至于死。死后，鬼多一半还要注易旁人。就是会转移给别人，这样的症状，就叫鬼注。鬼灌注进身体里了。

这时候，首选卷柏。卷柏有安魂的作用。所谓的一物降一物，大概来源于它不死的强大霸气。

总觉得古代鬼多，动不动要闹鬼的。大概，那时候人烟稀少，人也朴实慈厚，好欺负。哪里像现在，人多得挤折肋巴，路上车堵得走不开，街上人都没地儿走，哪有鬼插脚的地方？况且某些人坏得不能再坏，鬼算个啥？鬼直接吼不住人，镇不住场子，哭着消散掉了。

读了一段话，挺有意思。说，做鬼也是很难的。衣服要奇异，知道穿什么样的衣服才能吓人。化装技术也要一流，保证一眼吓倒。还要变幻无常，怎么惊骇怎样变。关键时还可以钻到人肚子里去，不被闷死。还要会轻功，神出鬼没。还要懂得穴位，知道钻到哪里致命，必须有老中医的资格。

我觉得卷柏也很妖孽了，一味草怎么能这样天下无敌啊？

卷柏全草有止血、收敛的效能。民间将它全株烧成灰，内服可治疗各种出血症，和菜油拌起来外用，可治疗各种刀伤。

有人说，有一种神秘的芽孢在清风里飘。落在水里，就是陟厘。落在石上，叫石濡。落在瓦上，叫昨叶何草。落在墙上，叫垣衣。落在地上，叫地衣。芽孢哪儿都去不成呢，就在朽木上把自己长成苔衣，跟风走。在石头上叫乌韭。在屋顶上叫瓦松。在墙上叫土马鬃。在山林里叫卷柏。在水里，就叫也。真的很奇异啊。原来卷柏的上辈子就是神秘的苔衣。据说，每个人的前世都要把灵魂栖息依靠在一株植物上，所以今生总喜欢一种草木来寻找自己。可是，每一味草药也是有前世的，今生不相忘，来世碎碎念。

莼

又名马粟、水葵、马蹄草。

甘，寒，无毒。

莼生南方，也叫茆。《诗经》里说，薄采其茆，说的就是莼。吴越人当作小菜享用，应该是很好吃的吧。水草，浮在水面，叶子椭圆形，开暗红色花。茎和叶背面都有黏液。刚抽芽儿，嫩叶叫稚莼。叶子稍微舒展一点，长大一点的时候，其茎如丝，叫丝莼。等到长老了，茎叶不柔软有点柴的时候，叫葵莼，可以喂猪。有人讹为龟莼。

莼，消渴热痹。主治热疸，厚肠胃，安下焦，逐水，解百药毒并蛊气。

张翰临秋风思念吴中之鲈鱼莼羹，说的就是它。不过，孟诜说，莼冷而补，热食之，亦壅气不下，甚损人胃及齿。不可多食，令人颜色恶。又不宜和醋食之，令人骨痿。久食损毛发。又说，莼毕竟是草药，不能大量食之。温病后脾胃弱的人吃多了，不能磨化，导致疾病加重。说，有一年春夏瘟疫，饥民无食可吃，就在湖中取了莼充饥，结果死了很多人。到了秋天大旱，湖中水枯竭，饥饿的人们掘了藕食之，却养活了好多人。可见，瘟疫病后，不能食莼。

现代医学认为，莼有清热消肿、解毒抗癌的功效。

菰

干，冷，滑，无毒。

先生说，菰乃蒲类。河边生，喂马是极好的。多生浅水中，叶似芦苇，根茎可食。八月开花如苇。结青子，皮黑褐色，状如米，称雕胡米，古人以为五饭之一者。菰米呢，必须在霜凋时采之，所以称为凋菰。后来或讹为雕胡。掺和了粟米煮粥，甚为济饥。杜甫所说的"波漂菰米沉云黑",说的就是菰米。

菰米多半是饥民无奈的选择。"波漂菰米沉云黑,露冷莲房坠粉红。"菰米漂浮在池面,菰影倒映在水中,望过去黑压压一片,像乌云一样浓密。秋季莲蓬成熟,花瓣片片坠落。杜甫肯定是吃过菰米的,滋味如何,他是知晓的。读来,心里总是荒凉瑟瑟的肃杀之气,有些痛,隐隐的,欲罢还休。

先生说,菰,利五脏邪气。主治白癫、面赤、目赤。热毒风气,卒心痛。可用青盐、醋,煮食之。能去烦热,止渴,除目黄,利大小便。止热痢。和鲫鱼炖粥,开胃,解酒毒,压丹石毒发。

蒲 黄

甘,平,无毒。

先生说,也叫香蒲,初生的根茎称蒲蒻。花上黄粉名蒲黄,花初绽时采收入药。茎叶可造纸。初春生在水际,似莞,有脊而柔,嫩根可食。《诗经》里说,其簌伊何,惟笋及蒲。是矣。

蒲蒻主治五脏心下邪气,口中烂臭,坚齿明目聪耳。久服轻身耐老。止消渴,补中益气,和血脉。

蒲黄主治心腹膀胱寒热,利小便,止血,消瘀血,通经脉,主痢血。治癥结,五劳七伤,停积瘀血。凉血,活血,止心腹诸痛。

先生说,蒲黄,手足厥阴血分药也,故能治血治痛。生则能行,熟则能止。与五灵脂同用,能治一切心腹诸痛。

他转述了一个故事,许叔微记载的。说,有士人的妻子,某天突然舌头胀满,不能出声。这可太痛苦,鼻子都急歪了。病急乱投医,吃了好多药都不见效。路上遇见一老叟,教了个方子,用蒲黄频掺，一天就好了。果然，蒲黄慢慢咽下去，隔天能说话了。

又说，《芝隐方》讲，宋度宗欲赏花，一夜之间突然舌肿满口，清涎水流。蔡御医用蒲黄、干姜研末等分，干搽而愈。根据这两个病案，则蒲黄是凉血活血的例证。因为舌头乃是心之外候，而手厥阴相火乃是心之臣使，得干姜蒲黄是阴阳相济也。

产后烦闷，蒲黄方寸匕，东流水服，效果是极好的。关节疼痛，蒲黄八两，熟附子一两，为末。每服一钱，凉水下，日一。坠伤扑损瘀血在内，烦闷者，蒲黄末，空心温酒服三钱。

中医里说心，指的是胃脘。空心，是空胃，饭前。心按，是指胃里折腾难受。心痛，也是胃痛。心倦怠，是胃里不舒服。

莽　草

辛，温，有毒。

先生说，莽草有毒，人吃了很迷惘，萎靡不振，本意叫惘草，后来称为莽草。深山里人拿来毒鼠，也叫鼠莽。

老鼠吃了，大概也是很迷惘的。过于迷惘，便绝望，于是老鼠们都是绝望死的呗。

又说，水边的人拿莽草捣碎加了陈粟米粉，纳水中，鱼儿纷纷吞食。然后，鱼儿也因为迷惘而死，浮出水面。人取食鱼，倒也无妨。

虽然无妨，但总归还是多少有点迷惘吧？抑郁症的人，可不敢吃。噢，这是我胡诌的。

就算不吃莽草，有时也会迷惘的。世俗烦闷，很奢求一处烟柳迷蒙的清静小院，门前小径旁开满野花。院子里柳絮儿满天飘着，石桌上摊开的一卷经文。心之所往的，不可及，多么迷惘。不过，只是迷惘一下罢了。这尘世，许多梦做着做着就会清醒，连迷惘也没有了。

但是，莽草是草药，人必须吃。所以炮制就要格外用心。先生说，采得后，取叶细锉。又生甘草、水蓼二味，并细锉之，用生稀绢袋盛毒木叶于甄中，上甘草、水蓼同蒸一日，去诸药二件，取出，晒干用之。

莽草主治风头痈肿，乳痈疝瘕，除结气疥瘙。杀虫鱼。疗喉痹不通，乳难，头风痒，可用沐，勿近目。

皮肤麻痹，煎浓汤淋。沐浴时万万不可接近眼睛，切记切记。古方里治疗风虫牙痛，取叶煎汤，热含，少顷吐出，含后净漱口。不可咽下去。若是不留神咕咚一口咽下去，完了，中毒了。然后就狂躁不安，四肢麻木，惊惶不安，感觉全身爬满虫子……太吓人了，不要再说了。

莽草药效很猛烈的，一点都不知道世上还有"柔和"二字。治疝瘕结气，荡涤在内之宿积也。疗痈肿头风，搜逐在外之邪毒也。药性最猛烈，服之令人瞑眩。

人，总要活得恬淡一些才好呢。过分追逐名利，也如莽草，药效猛了，烈了，会迷惘的。

草木驿站，柔和明净。坐在光阴里，看花开鸟鸣。能让自己平静下来的，无非就是一笺水墨，几行汉字，半帘幽梦。有草木陪伴的日子，始终都是温暖宁静的。

老马

远　航

那一年春天，我的堂叔花了三百块钱买了一匹马。

记得那匹马是公的，黄色的，身材高大，身体各部分配合得相当匀称和优美。也许是马的年纪比较大的缘故，我们都叫它"老马"。

当天下午，堂叔就把马牵到村公路边来，想必是学骑马。他叫我们千万不要靠近马，防止被马踢伤。我有些害怕，只好远远地看。只见堂叔在上马前，把马肚带勒紧，检查肚带、缰绳、脚蹬的牢靠程度，还调整了脚蹬的长度。他从马的左前方上了马。

这匹马显然是有些倔脾气的。它可让第一次骑马的堂叔吃尽了苦头。它站在原地位置就是不往前跑，任凭堂叔怎么抽打，都不为所动。它那四条修长的腿，在我面前就好像是四棵树。足足在原地团团转了一分多钟，它才开始往前跑。谁知它性子烈，不听指挥，差点把堂叔摔了下来。我们都为堂叔捏了一把汗。

马不听话，也无怪堂叔决定要狠狠地揍它一顿。我们接着便有了参观堂叔和几个彪形大汉教训马的命运了。堂叔把马拴在梨树上，高高地扬起马鞭子使劲地抽在马屁股上。马打了一个很响很响的响鼻，把吃食物的味道和气愤全都喷了出来。堂叔一次又一次地扬起马鞭子使劲地抽，马不停地躲闪，却惹来了堂叔的兴奋大叫："你妈的巴子，谁叫你不老实！"

"打它！"围着看的人都拍掌欢呼起来。这种欢呼声，此起彼伏。但在我，这一声却听得特别刺耳。堂叔后背衣服都湿透了。于是，他对几条彪形大汉说："你们轮流，好好教训！"这群大汉，平时都是十分好斗的家伙，对马自然也就不会太客气。

说来也怪，第二天堂叔就得意扬扬地骑着马在公路上奔跑了。在接下来的一周里，堂叔用语言口令或哨音对马进行调教、训练和使役。如果马不听指挥，他就把它拴在梨树上，扬起马鞭子使劲地抽。每次教训马的时候，堂叔总要说他那句永不变更的话："你妈的巴子，谁叫你不老实！"我在心里暗暗佩服堂叔的本领。慢慢地，堂叔只要呼叫马的名字之后，叫它停，它就停；叫它走，它就走；叫它跑，它就跑；甚至叫它卧倒，它就卧倒。我认为，堂叔所曾做到的最高贵的征服，就是征服了这匹马。堂叔真正地成了这匹马的新主人。堂叔非常热情地教我们学骑马。我也想学骑马，却不敢。我只能在一旁眼睁睁地看着他们骑马，羡慕不已。

有一个星期日的下午，堂叔叫我和他一道，坐着马车到镇上去装运肥料。我想，马最怕堂叔，有堂叔在，马应该是不敢欺负我的。几户人家购买的肥料叫马车装了个够，堂叔和我也坐在马车上。马背上的压力直往马的肉里扣，马把头沉重地垂下。它横竖没有说过半句话。也许它特别气愤，就算有泪，也只能往心里咽。堂叔甩了一下长鞭子，它又猛地抬起头望望前面。它喘息着，竭尽全力，好不容易才把车拉回家。

我立即去抱来一捆红薯藤，顺势抛给马。它大口大口地吃着，并用眼睛望着我。我还是有些害怕。我提醒自己，与马保持距离。

我总是担心它踢我。如果它的后腿从侧面或后面端时，后果不堪设想，肯定会很惨。

我原以为，堂叔养马，也无非就是这样：骑马和拉车。真没想到，农忙时节我目睹了一件新鲜事，堂叔犁田耕地不用牛，而用马。他说："马犁田耕地，并不比牛差。"

那天刚好是星期六，我起得特别早。我很好奇，便把用藤条捆好的一大捆红薯藤扛在肩膀上，跟着我的父亲、堂伯和两个堂叔去河那边，观赏他们用马犁我家的那块田的情景。他们每两个合成一组，非常紧张地轮流着干。人很辛苦却快乐着。其实，更辛苦的是马。马犁田的速度比牛要快得多。

待他们把那块田犁完的时候，太阳已经挂在河边那棵大白杨树上了。我早已把那一大捆红薯藤捆成了若干小把，我将它们依次放在藤条上，然后绑成一大捆。我留了几小把没有绑，随时准备喂马。堂叔把马牵过来，把马缰绳递到我手中，指了指河边那棵大白杨树，对我说："就到那里去喂马吧！我们吃了早餐，再来犁另外一块田。"堂叔把一匹马交给我照顾，竟那样放心。

我迅速把一小把红薯藤直伸到马的嘴边。马一张嘴，就把一小把红薯藤含在口中。我胆怯地望了望马的眼睛，又望了望河边那棵大白杨树。我的左肩膀上扛着一大捆红薯藤，右手牵着马且手里还攥着几小把红薯藤。马跟着我向河边那棵大白杨树走去。我怕它，于是我走得很快，它也走得很快。难道它想攻击我？我很着急，我告诫自己千万别惹马生气。我忍不住回头张望。我一不小心，脚不慎碰到了路边的一个大石头上，摔了一跤。我一骨碌爬起来。我无意中说了一声："老马，我的朋友！"我的额头直冒汗。

我看见马停了下来，站在那里，用细长的眼睛凝视着我。我感觉到了微小而又确切的温暖和幸福。我想：可能是我把马吓着了吧！要不就是马怕吓着我吧！就在这个时候，我感觉自己就是一匹需要照顾的小马。我不再那么怕它了。

我情不自禁地说了一声："老马，我的朋友！"很显然，老马能够分辨出，是我在呼叫它的名字，当然不是它懂得名字的意义，而是说明它已经建立了名字的声音反射。老马一步一步地靠近我，我又拿了一小把红薯藤让它吃。我尝试着用手去抚摸马的头、颈、耳朵和背，它没有拒绝我。它没有生气，也没有咬我，更没有踢我。

当老马在河边那棵大白杨树下吃完那一大捆红薯藤之后，渐渐地，我与老马就混熟了。堂叔第一个到来，对我说："上午继续犁田。你回去把红薯藤切碎，拌些米糠，用桶装着，中午拿来喂马。下午你到河边的那块草地上去放马。"

我回到家，吃过早餐之后，就拿着镰刀去瓦窑附近的菜地里割了一大捆红薯藤。我担着红薯藤到黄泥拱的老沟里把藤洗干净，然后担回家，把藤晾在房子空坪旁边用来晒衣服的竹棍上。我便去搞卫生。我把房子里里外外，连同靠近房子不远的公路，都打扫得干干净净。紧接着，我将红薯藤一小把一小把地切碎，拌些米糠，用桶装着。我胡乱吃了三五口冷饭，喝了一瓢井水，然后就随手拿了一把梳子，提着喂马的食物出发了。

当我到达河边那棵大白杨树下的时候，堂叔也牵着马正朝这边走过来。我高兴地呼叫堂叔以及老马的名字。老马打了一个响鼻回应我。我想，大概老马听出了我的声音。堂叔把马牵过来，把马缰绳递到我手中。老马应该认出了我。我把食物拿过来，让它吃个够。我把马缰绳拴在白杨树上。

马背上没有马鞍。我一边对马说话，一边用梳子分别在马的头部、颈部、背部、腹部等，由轻到重来回地梳。梳得它心里美滋滋的。一个小时之后，我本计划试一试骑马，可考虑到下午有的是时间，因此我就不打算打扰老马了，也因为它确实要站着睡午觉了。我则在离老马不远处的一棵大树下打盹。我一点也不担心老马，它绝对不会来袭击我。

下午我便到河边的那块草地上去放马。蓝天白云村庄，草绿水碧花美。我多么想尝试一下骑马挥鞭的感觉。我在草地上模拟在电影中看到的有关骑马挥鞭的那些最简单的动作：双手握拳，双臂自然前伸，手腕处交叉，想象自己手中拉着缰绳在骑马；两腿张开，扎马步，做出骑马的姿态；挺直腰杆，上身略微向后倾斜；手和腰身有规律地摇晃，仿佛骑在马上一般；两个脚交换踩地，节奏为：右左右右、左右左左；左手握拳，左臂横在前胸；右手朝天，像挥鞭一样剧烈摇晃手臂，身体继续晃动；脚下还是按照原节奏，想象着自己在大草原上飞驰。骑马挥鞭的那种感觉真美妙。

我哈哈大笑起来，看了看正在吃草的老马。老马打了一个响鼻，并朝我这边走过来。我感到有一种说不出的惊喜。我想，大概老马知道了我的用意。我搬来一个比较高的石头，放在马的左前方。我拉着缰绳，双脚站在石头上，双手按住马背，径直往马背上爬。第一次，我的肚子横着压在马背上，不敢转动身子。只几秒钟时间，我就下来了。老马很体贴我，它很温顺，不走，不咬我，也不踢我。

有了第一次的经历，第二次我一爬上去就迅速转动身子，两腿张开，真正骑在了马背上。我拉着缰绳，身体前倾，围绕着草地转了几圈。我获得了实实在在的快乐。接着，我便一次又一次地骑在马背上，转圈、直行、上坡、下坡。我乐此不疲。

不过，我永远也不会忘记。那一次我骑着马上陡坡的时候，我整个身子伏在马背上，一会儿抓住马的鬃毛，一会儿抱住马的脖子，总担心从马背上滑下来。这样的担心似乎是多余的，由于重心后移，我便滑向马尾，然后往下掉。就在我的双脚刚落地的那一时刻，我眼明手快一把抓住马尾巴，死死不放。我借助马的力气爬坡，马用它的尾巴把我拖上了陡坡。我赶紧把双手松开。马打了一个响鼻。

我看得出，马爬坡的时候，用了很多力气，应该很辛苦吧。我用手抚摸着老马的头，并说了一声："谢谢老马，我的朋友！"老马用双眼望着我。跟上次一样，我掏出梳子分别在马的头部、颈部、背部、腹部等，由轻到重来回地梳。梳得它心里美滋滋的。

大约过了半个小时，我便骑着马下陡坡。蓝蓝的天上白云飘，听鸟儿鸣唱着那动听的歌谣，骑在马背上多逍遥，乐呀乐呵呵。走得最快的是最美的时光。正当我得意忘形的时候，不料马踏进了一个泥坑，突然马失前蹄，我便重心前倾，从马上翻跌下来。如果我及时提住缰绳，重心后仰的话，就不会发生那样的事情了。我的前额肿得老高，并有部分皮外伤，很痛。我坐在地上，祈祷：但愿老马没事。

就在这个时候，老马出现在我面前。它打了一个响鼻，低下头，然后在我身旁卧倒。我知道，我的朋友老马来救我了，它要驮我回家。我很感动，我的泪珠从我的眼睫毛上滑落，在鼻翼两边挂住。我爬上了马背。

夕阳缓缓落山。我骑在马背上，老马驮着我，慢慢地，稳稳地，走得很仔细。我真真切切地体会到了，马确实是人类忠诚而高贵的朋友。马把我驮回了家。我强忍着疼痛，特意给老马喂了一些它最喜欢吃的食物，算是对它的报答。这是我和一匹马的感情。

当天晚上，我在父亲的陪同下到了卫生站，赤脚医生帮我处理了伤处。第二天上午，我便要收拾行李准备搭公共汽车回学校读书。将走之前，我抱了一大捆红薯藤去喂马。马打了一个响鼻。我用手抚摸着老马的头，凝视着它的双眼，并说："老马，我的朋友，我会想你的！"老马也用双眼望着我。那一刻，我的泪水在眼珠里打转。

我离开老马之后，不知怎的，我总还时时记起它。我在外地读书，极少回家。只是越到放暑假，就越是想家，想父母亲，还有想老马。学校放暑假的第一天快到中午的时候，我回到了家。我第一件事情就是问候我的父母亲，然后就准备好喂马的饲料，跑去喂马。堂叔对我说："刚刚给马打过针。"我见到老马，说一声："老马，我回来了！"看到老马平平安安，我心里非常高兴。我抚摸着老马的头，一边同它说着悄悄话。下午，母亲叫我去了舅舅家。五天后的一天上午十点多钟，我回到家，竟然再也见不到老马了。

母亲告诉我，老马是前天下午死的。据说是劳累过度，生病死的。我哇哇大哭起来。我失魂落魄。我想，要是我留在老马的身边，精心照顾它就好了。那天，我没有吃中餐和晚餐，也没有说过一句话，只是望着天空发呆。父母亲以为我傻了。

其实，我是对老马有一种别样的愧疚之情。自那以后，我也便对马怀有一种敬畏之情。有一次，十几个朋友聚餐，吃马肉。我拒绝参加，不过编了一个冠冕堂皇的理由。我这一辈子，可以吃很多牲畜的肉，但绝对不会吃马肉。

前年清明节，我回到成家山，特地到我曾经放马的地方走了一趟。河边那棵大白杨树不见了，路边那一个大石头不见了，我双脚落地的那一处找不到了，坡上那一个泥坑也不见了，河边那块草地成为了一片森林。我凝视着那块草地，并用相机拍了照片，这是为了忘却的纪念。我在河边那块草地旁的一棵大树下，足足坐了近半个小时。我在记忆中仔细搜寻关于老马的点点滴滴，别有一番滋味在心头。老马，我的朋友，你可知道，我在想你。老马，我的朋友，你在我的眼里和心里是伟大的。

生命是有趣的。我放了一天的马，而那匹马却要放我一辈子。

少年之水

罗光成

我的梦，常常充盈少年之水。

我在充盈少年之水的梦中，有种置身青藏高原，天是夸张的纯蓝，云是大把的舒卷，风是澄碧的馨明，韩红的歌声"那是一条无言的天路哟"破空而来，又穿彻而去的感觉。

我的眼睛，在梦中漫漶成无边的湖泊；

我的心头，在梦醒滚掠过无言的怅恋。

我的少年之水，她真实的名字叫戴汇河，发源于山高林深的谢家圩，汇聚于波光激滟的千山水库，流经戴汇、红星、工山、柏一、城关，一路与后港河、漳河英雄同志，相见恨晚，遥遥迢迢，共奔万里长江……

少时的冬天是真正的冬天。北风割得脸上皱出一道道红红的口子。白雪在地上铺了厚厚的一层。屋檐下的冰溜长长地吊着，夹裹其中的稻草露出与众不同的神情。树是一片叶子也没有，鸟关于不喜欢这么冷的发言还没出口就被寒风堵回到胃里。我们穿得破旧而单薄，没有帽子，没有围巾，没有手套，没有袜子。但这又有什么关系呢，我们有少年之水，我们就一点不冷，就一点也不畏缩了。冬天的戴汇河一改往昔的脉脉，展示给世界一种坚定与凝重。我们穿着布鞋或草鞋，滑或游戏在河冰之上。我们在冰上追逐，我们在冰上赛跑，我们在冰上打滚，我们在冰上摔跤。我们捏起雪团，比赛谁能扔到河的对岸，雪团在河上划出美丽的弧，大多在不及对岸的冰面盛开冬日的礼花；我们用力敲开冰层，将手伸进冰下的水里，立即有寻找温暖的小鱼游到手心，任你撩拨再也不肯离去；我们挑捡河滩扁圆的小卵石，斜斜砸向厚厚的冰面，卵石紧贴着河冰，一路响亮地呼哨。这些最终停歇在某一处冰面的卵石，一个夜晚便魔术般成为封存在河冰之中的琥珀。在与冬天的戴汇河每一次嬉戏的尾声，我们总不忘敲下大如澡盆或小如手掌的冰块，取稻草两结之间的一段，对着冰块吹，慢慢或死劲地吹，脸吹红了，腮吹酸了，冰块像回报似的也就现出了一个圆圆的小洞。用两根稻草穿过小洞拎起冰块，一路敲打一路走回家去。某一面墙上的某一根钉子某一棵树上的某一根枝杈，就是我们手中冰块驻憩的地方。冰块就被这样的钉子或树杈控制在墙上或空中，静静或动作着听我们教化：冰冻冰冻阳阳，挂在家婆墙上，家婆出来洗衣裳，掉到家婆头上。只是，冰冻从来没有掉到家婆头上，我们也记不清冰冻最后以什么样的方式消失在什么样的时间。我们所领教的往往是母亲指着我们湿衣湿鞋气恼的责骂，往往是母亲拧着我们的耳朵问还去河上玩冰冻吗？回答当然是再也不去了。但戴汇河，我的少年之水，我们在耳朵十分疼痛难忍的时刻这样应答了母亲，但你肯定知道，而母亲其实也肯定清楚，我们是多么的违心！多年以后我终于悟达，对于一条曾养育自己的故乡之河，那些远离故土的游子为什么生生不忘，其实不忘的是童年与水的天趣少年对水的情结啊！母亲紧夹的手指让我的耳朵感到的切肤但却没有了具象的痛，在形式上是如此生动，而在效用上又是多么鸟过无痕。冬天的少年之水坚厚的冰上，我们依旧嬉戏如常，欢欣如常。即使在耳朵被第一百次拧过，依然阻挡不了我们第一百零一次对少年之水的贪恋。不过，这时，草，已露出了芽尖。

草露出芽尖，就是早春了。

我的少年之水，在早春，轻盈如风，欢快如鸟，心境一如脱去棉衣的我们。她笑，不知为什么也许就是根本不为什么无尽无了地笑，就像小小姑娘莫名其妙地开心；她唱，不知为什么也许就是根本不为什么无休无止地唱，就像一张 CD 被预置在循环播放；她跑，不知为什么也许就是根本不为什么撒开脚丫跑，就像人群中走失的孩子忽然找到妈妈那般惊喜和急切。春雷惊乍乍的，在河的上空新鲜而嘹亮，让人产生精神的无由悸动心灵的莫名渴望；春雨喜滋滋的，在河的上空无章地飘或疯疯地洒，让人的心思潮漉漉地在一帘幽梦中发芽。母亲们蹲俯在河滩，目光专注在一种黑黑的腻腻的与卵石和卵石间新生的春草搅混在一起的事物上。这是少年之水滨春天的事物，她的名字叫地苔，她是春雷春雨两个前提都必须具备的产物，她是我们的母亲们十分喜欢捡拾的事物。雨，也许一直如雾般若有若无；阳光，也许突然在离西山还有丈来高的云里刺刺地透出。河滩尽头辽远的天幕上，也许不让你有任何思想准备就倏忽描上一道彩虹，彩虹气贯长空，召唤着少年之水梦一般向她流去。这时母亲手中的竹篮已挤满看上去十分生动的地苔，母亲们将竹篮浸进河水，用手搅一搅，捏一捏，筛一筛，簸一簸，拎起，钻进篮里的河水瀑一般滤出。母亲们将篮里的水再甩一甩，就互相说着看上去是十分开心的话，走向村庄去，笑声在河滩的卵石上蹦蹦跳跳弹出春天的节律。彩虹把河水河滩母亲们的脸映衬得饱满而兴奋，而这种饱满和兴奋，在晚餐中我们顷刻就让一碗拌着辣椒撒着香葱的地苔不见了的时候，在母亲的脸上达到了至臻至美。

少年之水的上游，野竹密密丛丛。野竹一个春天都像在河水中漂过，翠得令人心痛。我们脚趾中的老大最是受不了鞋的条条框框，总是在某一个不经意的时刻冲破束缚，露出新生事物睥睨一切的活力，让鞋感到无奈的羞赧和惭愧。我们就这样把脚放进被成长冲破的鞋里，让大脚趾神气地露在外面，沐着四月的春光，向着河的上游进发。野竹丛中到处是淙淙的流水，她们都是急急扑向少年之水的快乐妹子；野竹杆叶上到处是等待滴落的露珠，她们肯定地会在某一个喜欢的早晨以薄雾的方式将她们喜爱的少年之水从睡梦中包裹；野竹丛里到处是青青的春笋，这正是我们向着河的上游奔行的缘由。一根根野竹春笋，规规矩矩站在流水淙淙的湿地上，在野竹的庇护下，样子是十分的天真无虑。她们青青的、紧紧的，像一座小小的宝塔，顶端尖尖的笋衣微微向外扑棱披散，是流水中静伏的泥鳅长着胡须的口。我们急急地寻，急急地掰，鞋在湿地里弄出的叽叽声，笋和大地道别的叭叭声，与野竹丛被我们挤弄出的娑娑声，很和谐地融入少年之水戴汇河早春的歌唱。

早春的歌唱被少年之水带向远方，六月的春末就从少年之水的上游赶来了。六月春末的少年之水，让人产生着一些担忧，可又是多么让人兴奋和不可忘怀！骤雨，连续几天几夜；乌云，几乎擦着河面。水，从犀牛山、寺冲、谢家圩、戴公山、落牛岭上汇聚；洪，在上游千山水库的泄洪道滚涌咆哮。戴汇河一夜之间昂扬激奋情不能禁。我们小镇所有土墙草房，在这被称作汛期的春末六月，对泄洪道，对水库大堤，对水已快要涨到墙脚的河，总是平生出极端的关注、敬畏，甚或恐惧。但这都是在闪电、惊雷、瀑雨的暗夜。天亮了，雨累了，恐惧也就进入休眠了。父亲们手握铁叉、钉耙、锄头、木棒，带着蓄谋已久的意图，不成队形地奔向浊浪排空的河床。父亲们掂掂自己的水性和胆量，站在离岸或远或近的河里，紧紧抓住手中的器械，盯着浊浪里的动静，眼睛眨也不眨。水，在父亲们阻挡她直抒胸臆的腿上狠命地拍打；鱼，在疯狂跌宕的波浪中无助地落魄；叉，在父亲们手里意念般地舞挥；笑或惊叫，在立在岸边的母亲和我们中间轰然或炸响。嗬！一条大青混！快！快！！随着岸边母亲们惊喜的指点和尖叫，一位健硕如古希腊斗士的父亲对着波涛嚯的一声已叉起大青混高举头顶，大青混在空中做出摆头扫尾的姿势，成为这位父亲吸引全场眼球张扬智勇果敢的旗帜。哇——一位母亲没命地追着洪水，所有的父亲，所有的母亲和孩子瞬间都没命地追向洪水——哪位父亲被鱼从裆下拱翻，呼地被水冲出好远，只有黑黑的脑袋在浑白的波浪中一隐一现……

少年之水，注定要在某一个季节与我们进行最亲密的接触，完成少年与水从一开始就注定要实践的肌肤之亲——你想，一条河，若没有与少年的肌肤之亲，又怎能被少年以及少年以后永远的时光所铭记，又怎能被少年在以后无时无刻的时光里唤作少年之水。天烈烈地蓝，太阳火火地热，知了聒聒地叫，大人们早就处在树荫或晒场角落的草棚里，对这不可删节的季节过程做出被动的回避。少年之水就在这时呈出无与伦比的诱惑。哗哗的流水清澈无尘，水底的卵石亮亮地颤动，绿嫩的水草没完没了演绎被水抚摸的情形，拃来长的鲳条子一阵一阵组织纪律性并不很强地在明静若无的水中钻过来，又钻过去，它们是带着什么样的目的呢？我们头上没有帽子，我们不用戴什么帽子，摘一片荷叶顶在头上，太阳就变得绿凉绿凉的了；我们脚上没有凉鞋，我们从来就没有也根本用不着穿什么凉鞋，我们的脚对这个季节的大地是再亲爱不过了。我们呼朋引伴，比知鸟还要聒噪地奔向少年之水，猿一般跳过布满卵石而每一枚卵石此刻都是一颗小火球的阔阔的河滩，裤衩还在一只脚脖上挂着，人已扑通一声浸进水里去。先是尽性地打一阵水仗，对面打，打得眼睛睁不开就背对着打，直打得一方连连求饶，一方胜利地哈哈哈。然后一齐发声一二三，猛地往前一扑，向着河的上游，一个劲地划，划，划，划到再也抡不开胳膊，就顺势一倒，像条独木舟，任水带着向下游，漂，漂，漂，一直漂到某一个水坝或某一处水湾。这段长长的一点气力也不用花，巧云随我意青山跟我走的漂流，像拧发条一样让我们在划向上游时损失的精神一点一点又鼓胀起来，鼓胀起了精神我们就开始做另一道功课了。摸鱼、扳蟹、钓虾、掏黄鳝。扳蟹最有意思，揭开一块卵石，小毛蟹十分惊诧，先是梦一般怔怔地望着我们，待好一会儿仿佛醒来了知道不是梦的时候便鼓起眼睛对我们舞一舞自以为很不得了的小钳子，然后急急逃向一边去。我们当然不会把它那根本没什么用的小钳子当作一回事。我们一般是让它逃出一段距离，然后在它感到有些得意甚或不大以我们为意的时候将手掌唰地往它前面一切，它当然又是一怔，不过很快便又重复被揭开卵石后所进行的过程。当我们与蟹逗了很久或想到要扳更多的蟹或摸更多的鱼时，便用一根小草往早已被我们切来切去的手掌逗弄得晕头转向方寸大乱胡乱奔逃的小毛蟹前一亮，这时的小毛蟹显然已十分生气了，会用尽气力钳住小草，任你把它拎起也不松开——它就这样十分任性也十分可爱地与小草一起进了我们临时用稻秸编织的鱼篓。

少年之水开始变得宁静了，河滩开始变得宁静了。河水河滩宁静得像个懂事的小姑娘了。秋天也就在这个时候莅临少年之水了。这个时候，雁鹅子从河的北岸戴公山背后的天空飞来，啊哦啊哦犁过少年之水上碧蓝如洗的天空，把我们的颈脖一点一点把我们的目光一缕一缕牵扯得酸痛；犀牛山上的枫叶一片一片一层一层开始渐次地红，一只白兔在林间潜现一只松鼠在枫叶上顿跃，它们是在与枫叶、雁鹅子和少年之水联袂诠释季节的含义演绎秋天的童话么？我们也好像突然长大了许多，也像个有那么一点懂事的小小少年的样子了。这时的戴汇河，让人很容易产生一种恋意和怀想。太阳从河的下游宏阔的河滩升起，从少年之水戴汇河与云天相接的尽头升起，一颤一颤地顶，一寸一寸地拱，一丝一丝地长，一点一点地拼，并从此将一种鲜亮的在未来岁月的征程上永不言败的朝阳情结种植在少年的心。在一个又一个充满希望的早晨，我们默默伫立河滩，等候从河的尽头新生的旭日，等候少年之水滨初升的太阳给我们热情，给我们智慧，给我们信念，给我们毅力，给我们启迪，给我们能量。我们用心折叠一只又一只纸船，将理想挂在桅杆，将彩梦放进船舱，然后交与少年之水，目送少年之水承载着少年的心思，从少年时光的港口起航，去探寻梦中的大海，去问鼎未来的太阳。黄昏，河水平静如一首古典歌谣，河滩迷离如一幅印象派油画。我们捧一本书，坐在河滩，把脚伸进河水；我们躺在河滩，将摊开的书本按贴在胸口，一任目光以每秒三十万千米的速率撞击辽远的无极。不远的老牛咕喳咕喳啃嚼着甜滋滋的水草，一只鹭鸶在旁边一动不动望着老牛一派老朋友的贴心，少年之水在鹭鸶独立的脚边唱着祝福的歌子，远去远去。一只麻雀站在一块突出的卵石上歪着脑袋用一侧的黑眼睛望着我们唧唧地叫几声，那是在向我们发问，发问我们读懂黄昏的河滩了吗？太阳就要在河的上游谢家圩落牛岭下山了。万丈光芒绚烂至极，生动的火云映印河滩。所有的故事都在此刻戛然而止，静谧从天而降。蜻蜓无声地扇动翅膀，蚂蚱无声地挥舞触角，野花无声地散发馨香，只有身边的少年之水汩汩汩汩，把岁月的恋歌无尽地弹唱。夕阳远远地望着我们，用意识与我们心灵对话，用意念在我们的心里不可阻挡地拨动来自宇宙的玄妙和震撼。秋夜的月光，圣洁如银。北斗星排出思想者的符号，对时空又像是对自己进行着心灵的披露或拷问。河滩的边界线条柔和，感觉是一首暧昧的朦胧诗，又像琴键上滑落的抒情的音符。河滩的卵石大大小小，一律高深莫测的样子，这高深是那样的富有底气，因为我们年少的智力确实无法达知哪怕一丝关于它的过去或它的未来。我们身披如银的月光，在流淌着碎银的少年之水畔，在秋夜的月光下呈现出一派沉默是金哲学意象的河滩，第一次静静地踱着对人生思考的步子，第一次尝试以理性的目光解读喧嚣的尘寰。少年之水汩汩汩汩，不舍昼夜。少年的心在这秋夜如银的月光里，在这秋夜落满碎银汩汩的流水中，第一次升腾，升腾，升腾为无尽的苍穹上一颗不落的恒星……

　　戴汇河，我的少年之水。
　　戴汇河，我的生命之河！

湖上书（十四题）

李伯喜

二月兰

二月兰，开在瓦那湖畔的南大洼湿地，那里偏远，少有人来这里，那幽幽的蓝色，让你忘却尘世的烦恼，让你感到生活的美丽、诗意。二月兰，好像春天的使者，叫醒了春天的原野，那一汪汪的蓝里带紫色，让你感到灵魂在一点点地净化，那世俗的喧哗和浮躁，也渐渐地远去。

二月兰，开在我灵魂的原野，有着儿时的委屈，少年时心灵的伤害，中年时的忧伤。二月兰，带给我的多是少许的感伤和无尽的乡愁，虽然那乡愁充满了诗意，但又有太多的无奈、失败，甚至是困境和绝望。二月兰，在我的生命里，你见证了这一切。二月兰，在我的生命里，你遇见了那些苦难。二月兰，在我的生命历程中，你似乎又给我暗示着什么？

那年春天，刚开春，也是我入一年级的第二个学期，天气正在转暖，一切都充满了欣欣然。这天，我看到同班的一个女学生，正在吃一种我没见过的糖块，很远我就闻见了糖的味道，甜丝丝的气息。那气息诱惑着我，那时我也不大，好像七八岁的样子，我难抵诱惑。我问了那个学生，她告诉我学校东面的供销社里就卖这种糖。我记在了心里，甚至那甜丝丝的糖味刻在我的记忆和脑海里。晚上，我还跟着母亲睡觉。我躺在母亲的里侧，夜里我久久不能睡去，辗转反侧，我的内心充满了苦涩，我小心翼翼地打开了母亲内衣口袋里的布钱包，我害怕极了，几乎不敢喘气，我摸了摸钱包里的钱不是很多，有五分的硬币，有一毛的，两毛的，还有五毛，一块的都没有。我有点担心，又悄悄地放了回去，没敢拿。第二夜，我下定决心，终于拿了一张两毛的钱，我以为妈妈不会发觉的。因为里面还有好几张，钱虽是不多，但也有几张，也许不会发现。我抱着侥幸心理，就拿了一张。我清楚地记得那两毛钱的花销，一个削铅笔的刀子八分钱，一个本子五分钱，剩下的买了几块糖。我津津有味地吃着糖，感到了那一丝丝的甜味，但又有点忐忑不安。如果被母亲发现了怎么办？我甚至有点害怕，放学后不敢回家。

有一天，放学后，母亲正在我家的菜园里弄花。母亲问我，放学了？我说，放学了。我接着问母亲，你侍弄的是什么花？母亲说，二月兰。我说，很好听的名字啊。我望见了我家南墙根的二月兰开得很旺，蔚蓝蔚蓝的，蓝得让你心惊，甚至是胆战害怕。事情终于发生了。母亲问我，我口袋里钱少了？我嘴硬，我没见啊。母亲说，拿了就拿了，给我说拿了都买了什么？我斩钉截铁地说，我没拿。母亲突然说，你书包里的削铅笔刀、本子，哪里来的？我知道母亲发现了我的秘密。我口气很硬，买削铅笔刀和本子的钱是过春节的带岁钱。母亲不相信，母亲已经打听到，我趴在学校里的杏树上，偷偷地吃糖块。母亲显然是生气了，大声地说，小孩子从小不能撒谎。你说实话，就行。拿了就拿了，没拿就没拿。我有点侥幸心理，呆呆地站在那里，眼里望着一院子的二月兰。母亲动手了，把我摁在二月兰的花旁，狠狠地给了我两耳刮子，又跺了我一脚。我哭了，真的哭了，望着一南墙的二月兰。

那年高考落榜后，我没有去复读。我感觉没考上大学，就在家里复习、读书。这天，我家南墙根的二月兰开了，开了一大片，蓝汪汪的。邻居家的一个灰色的小家兔，跑到我家。邻居在墙那边问我，我家的兔子跑在你家吗？我说，是。就在这个时刻，那只兔子突然掉在粪坑的台阶上，把腿摔折了。邻居却说，是我把她家的兔子腿打折了。她家喊来了很多人来和我理论，甚至要动手打我，我说，我没打你家的兔子，真的不是我打的，是它自己不小心掉下粪坑的台阶的。母亲喊着我二哥，还喊了我的近人，给我来撑腰。母亲说，我家孩子，我知道，我家孩子从来不拿别人家的东西，更不会打你家的兔子。我望着母亲弱小的身影，感觉母亲的形象是那么的高大。我深深地理解了母亲小时候给我的教训，那次她打了我。我忍受了巨大的委屈，没有人知道事情的真相，只有母亲理解了我。我望着那一院子的二月兰，感觉一切都是那么的美好。二月兰美好，母亲美好。

那年春天，突然飘起了第一次春雪，雪花飘飘，下了不是很长的时间，就停了。我家院子里二月兰，竟然开得是那么的绚烂、蔚蓝。我记得很清楚，是阴历的二月初四，我母亲突然离世了。真的。就在二月兰开得茂盛的季节。我对着二月兰，呕吐、哭泣。想起母亲的点点滴滴，意识在慢慢地流动。母亲对我的好，一丝一丝都记在心里。我所在的单位，一把手因为贪欲进了监狱。所有的人都怀疑我会进去，母亲却说，谁进了监狱，我儿子也进不了。果然，我没有出事。每次想到那年二月兰开得正旺的时节，母亲打我的情景，我都充满了感激之情，其实那年母亲打我，真的打得不狠，只是象征性地吓唬我。可在幼小的心田里，不亚于一场大的风暴。我再也不敢伸手拿不该拿的东西，包括金钱和所谓的爱情。

很多年过去了，我都会在二月兰盛开的季节，怀想我的母亲，甚至想起在艰难的岁月里，母亲把二月兰用开水烫过之后，给我做一道可口的菜。那菜里，有着母亲的味道。那菜里，有着母亲的大爱。那菜里，弥漫着淡淡的乡愁。

苇笛声声

站在谷雨这个节气前后，一河芦苇，已经密密麻麻地显示出蓬蓬勃勃的葱绿，蔚为壮观。宽阔的河面上，荷已长出小小的荷叶，发着娇嫩的黄。荷叶上竟然还有一两滴水珠。连片的蒲草也来和芦苇争夺生存空间，显示出不弱的阵势，在阳光的热力波涛下，也成了气候，和芦苇一争高低。

惊蛰后的第二天，我游走在这段荒河之间，突然发现了一个苇芽，从燃烧后的芦苇的根部破土而出，我感到有点吃惊和意外。难道芦苇的生命力那么坚韧、顽强？难道芦苇的生命非得需要大火的锻造？难道芦苇就是这样的命运，需要火的挚爱？难道芦苇就有这样的贱性，得需要火热的激情？芦苇是不是一棵会思想的芦苇？

那还是冬至的时候，我看到芦苇坡里燃起的芦苇，火焰熊熊，像太阳一样。我担心芦苇会不会死掉？芦苇也是有生命的啊。

走在荒河的南岸，看着新出生的芦苇，心里充满了喜悦。我忍不住薅下新生芦苇细细的叶尖，掏出嫩白的叶心，放在舌尖上品尝，那是春天的味道，甜香。然后，用剩下的苇叶卷成圆筒，做成苇笛，用嘴使劲一吹，呜啦呜啦地响起来。我感觉春天是被苇笛吹出来的。苇笛一响，春天就来了。

春天，湖上观涛

暮春雨后的一天早晨，天阴沉着，风也很大。瓦那湖边的渔村里的楝子花开了，只是有的绽放，有的含着苞，散发着迷人的花香。杏花、桃花也有了自己的果实。紫色的梧桐花，一树的灿烂，一树的繁花。

湖湾处，芦苇顽强、坚韧地蹿出地面，有的已经超出原来干枯的芦苇，大部分新生的芦苇在金黄色的老芦苇底部青翠着。湖湾处的湿地上，荷已经诞生，初生的荷叶，一两只，怯怯地漂浮在水面，荷叶上竟然有露珠。也许是昨天一夜春雨的缘故吧。一阵蛙鸣，让我感到惊奇和意外，那声音里充满了嘹亮，那声音里充满了希望，那声音里有着春天的号角。那蛙鸣，此起彼伏，连绵不断。

还未到湖，我就闻到湖水的气息，那是春天的气息。还未到湖，我就听到了湖水的喧哗声。

沿湖湾，我急急地往湖的深处走。

波浪翻滚着，泛着亮光，一波一波地涌来，波浪是从西北方向涌来的，像一道道厚墙，又像一道道防线，拥挤着、喧嚣着，向岸边袭来。湖面像一块巨大的绸缎，那起伏的波浪，像缎面上起皱、凸起的缎布。一湖春水，被谁叫醒？骚动起来了。那高高的浪头，从西北方向来，一个接着一个，一个连着一个，一个过去了，另一个又来了，前赴后继，好像永远没有完结似的。仿佛我的灵魂，被浮起的波涛湮没。我沉醉在波涛汹涌的喧哗声中，哗——哗——哗。那波涛的喧哗里，你是否听到了那是生命的喧哗？你是否听到了时间流逝的声音？难道这一湖春水里，储存了大量的古老的时间，现在的、未来的时间？那游动的浪花，好像时钟的秒针正日夜不停地走动着。

红腿、白胸的湖鸟，三两只，五六只在湖岸边的湿地上，嘹亮地叫上几声，又飞走了。一只白鹭，突然旋起，挓挲着翅膀，沿湖的上空低低飞翔，真的好像那只白鹭从一幅水墨山水画里飞出来。青蛙在湖湾处的芦苇丛中鸣叫，此起彼伏，一呼一应，似乎在交流。东面的叫上几声，西面的也叫上几声。北面、南面的也叫上几声。连绵着，也许它们也在叫春。布谷鸟，在湖南岸的麦田里，只是象征性地叫几声，咕——咕——咕，咕——咕——咕。

走进湖边的那一片杨树林，那树叶的哗哗声，让人感到恐惧，风几乎把我的手机给吹走。湖水好似发怒了，好像千军万马在怒吼，在厮杀。

走进浪花，我再也不想回到人世。水，水，你淹没我吧。浪花，浪花，你吞没我吧。水，水，你侵袭我吧。浪花，浪花，你带走我吧，连同我的生命。水，水，真想和你融为一体。水，水，我情愿和你死在一起，或者活在一起。

去年夏天，我辞职了。辞职，好听一点。把你的笔记本电脑上交，不上交的，六、七月份工资不发，暑期培训时，接不到通知，就别再来了，暑假两个月不发工资。等待了两个月，到了暑期培训的日子，我没接到通知。一下子我惶恐起来，以后就没有固定的收入。无奈、困境、荒诞、绝望。我想，暑假里的两个月，我也不能闲着，那就自由撰稿吧。

最近，在七十二家报纸杂志发表文章，真正给稿费的有几家？少的四十元，五十元，多的二百六十元。妻子说，文学能当饭吃？亲戚也说，只要你能利用文学挣到钱，你得养家糊口吧？

走在波涛汹涌的湖畔，那一浪一浪的波涛，也许就是人一生的波折吧。一波三折。你忘记了你的梦想了吗？你要挖掘自己，你就是财富，文人也不能穷一辈子。有人给我指点，你不能光写报纸副刊，你也得写故事，写《知音》杂志上的文章，那上面稿费多。我说，我愿意写小说。

离开瓦那湖时，太阳出来了。不是很强烈，但我能感受到它的温热。好像我的内心也逐渐变得强大起来。波浪在阳光的照射下，好像无数个碎银子闪闪发光。西湖岸的楼群，在些许的阳光照耀下，显得熠熠生辉。

离开了，湖水依旧喧哗着，骚动着。也许它有话要说。

初夏的瓦那湖

散居在瓦那湖前怀的一个渔家平房里，透过后窗，隐隐约约看见湖水飘渺着。远处的瓦那山，绵延着、朦胧着、透着雾白。可以说背对着湖水，也可以说临湖而居，因为在我的平房东南方向也是阔达的湖水，那里有最大的芦苇荡和红荷湿地。

诗意栖居在湖边，远离尘嚣，我内心世界里，多了一些沉静和思考。常常在湖边散步，沿着小径，在湖的东南角游走。刚过了谷雨，季节就到了立夏。

初夏的瓦那湖寂静，它一声不吭地卧在那里。太阳温热地照在湖面上，我小心翼翼地游走，湖水宽广，湖边的水涌动着，发出微弱的喧响。不时可以远远听到远处湿地上青蛙的鸣叫，一声，又一声。苍鹭展开白色的翅膀，在湖面上绕上几圈，打着旋离开。这时，我发现四只湖凫，贴着水面，展开翅膀，嘴里发出叽——叽——叽——叽的声音，有韵律地鸣叫着。燕子也赶来凑热闹，在湖面飞翔。湖一下活了，生动起来。

翠鸟在滩涂上，急急地行走，似飞又似走。干枯的湖蚌竖立在滩涂上，犹如向人类控诉着什么。湖水每年都在减退，湖蚌都会遭殃。水芹菜顶着黄花，一片片蔓延着。一片芦苇地，密密地在僻静处。一棵棵，好似麦苗。我走进，真的吃惊，不是芦苇，是麦苗。麦子已经抽穗，少许的苇苗也蹿出尺把高。空气中弥漫着湖水的腥气。

站在立夏的门前，远处瓦那村里的梧桐花绚烂着。杏花结了果实，桃花也有了果实，油菜花已经结荚，麦子已经抽穗。

不时，从湖野深处传来几声布谷鸟的声音。谷谷——谷谷。一只红腿鹭鸶，白胸，黑尾巴，在湖面上起起落落，发出很好听的声音。从湖不远的地方，鱼儿发出翻水的喧哗声，哗啦——哗啦，荡起一圈圈涟漪。也许是两只鱼儿在欢乐着，追逐爱情，嬉戏着。

滩涂地上的野蔷薇开了，开着粉色的小花，繁复着。野艾已经长过膝盖。用手掐一枝艾叶，一股浓浓的乡愁弥漫在我的感伤里。童年的气味，浮现在我脑海里。

近处湖边，凌乱地泊着几条小船。有四只船翻卧着，有一只船身上，全身都是桐油，发出一股刺鼻的气味。还有一只老船，船舱里留有积水，里面都有了水草。让我感到吃惊和心疼的是两只喜鹊，僵卧在湖边。也许它俩是夫妻，也许它俩在殉情。也许它们经受不住饥饿，或者是疾病，严寒，没有挨过春天以至初夏。

走在湖岸，发现一只有四五斤的鲤鱼，躺在沙里，已经腐烂，干枯着，也不知它遇到了什么不测，丢了性命。我的心感到一阵惆怅，怜悯之心弥漫着我的心胸。

我走在午后的瓦那湖，突然下起了雨。雨不是很大，我回到平房里。拿出那把湖蓝色的伞，独自向湖野深处走去。湖面上，雨滴砸在水面上，泛起朵朵浪花。走着走着，我竟然走进了一幅山水画里，沉浸在大自然里。我是一条走在岸边的鲤鱼？一朵荷花？一只喜鹊？一只苍鹭？一滴雨水？

初夏，午后的梦

游荡在瓦那湖畔的湖湾处，初夏阳光越来越薄。风，很强硬。湖水好像愤怒了，波涛一浪一浪地涌来，咆哮着。

波浪翻滚着，泛着亮光，一波一波地涌来，波浪是从西北方向涌来的，像一道道厚墙，又像一道道防线，拥挤着、喧嚣着，向岸边袭来。湖面像一块巨大的绸缎，那起伏的波浪，像缎面上起皱、凸起的缎布。

一湖暮春的水，被谁叫醒？骚动起来了。那高高的浪头，从西北方向来，一个接着一个，一个连着一个，一个过去了，另一个又来了，前赴后继，好像永远没有完结似的。仿佛我的灵魂，被浮起的波涛湮没。

我沉醉在波涛汹涌的喧哗声中，哗——哗——哗。那波涛的喧哗里，你是否听到了那是生命的喧哗？你是否听到了时间流逝的声音？难道这一湖暮春的水里，储存了大量的古老的时间，现在的、未来的时间？那游动的浪花，好像时钟的秒针正日夜不停地走动着，奔涌着。

在午后的梦里，我简直飞了起来，沿着湖面飞行，是那么地自由，是那么地清逸，是那么地阳光。在我的梦境里，没有黑暗，我体验到了飞翔的快感。飞，飞，飞呀，飞。

其实做梦就是探索自己，挖掘自己的灵魂。可梦醒了，可现实中的我，却是那么的无奈，那么的失败，那么的荒诞，那么的荒谬，那么的绝望，蒙受那么多的苦难和黑暗。我总是认为一切都是徒劳，连同那爱情。

走进浪花，我再也不想回到人世。水，水，你淹没我吧。浪花，浪花，你吞没我吧。水，水，你侵袭我吧。浪花，浪花，你带走我吧，连同我的生命。水，水，真想和你融为一体。水，水，我情愿和你死在一起，或者活在一起。

时间在悄悄地流逝。落日即将来临。一切都会变得昏暗，连同那瓦蓝色的湖面。灵魂的火，在瓦那湖的湖面上闪烁。那些许的微茫的光，显得是那么地坚毅和悲怆。一个人在黑暗的湖边，孤独游走着。在这飘渺的湖湾处，我在寻找着什么？离开了瓦那湖，湖水依旧喧哗着，骚动着，也许它有话要说。

红月亮

初冬的一个黄昏，我游走在芦苇坡和一节丢弃的荒河边。芦苇的叶子已经金黄，白里透灰的芦穗在微风中荡漾。这条荒河大约有十里长，河里全是蒲草和芦苇。流水只是些许地流动，有的简直就是死水。一会儿我在河南边的荒滩上游走，一会儿我在河北边的荒滩游走。荷花已经枯萎，有的耷拉着头，偶有莲蓬还挺立在枝头，有的荷叶散盘成一只圆碗的样子，碗里盛着水。我想象着荷花盛开时壮阔的样子，红艳艳的一条河，好像整条河燃烧的样子，远远望去，河里像一条粉红色的飘带。肯定是一河青蛙在鸣叫，苇鸟在枝头也在歌唱，野鸭子在河面上兴高采烈地展开翅膀，沿着水面飞翔，激起的浪花也连成一条波动的线。不时拿出手机拍照，不时大声地惊呼。这里简直就是原生态的湿地。

我骑着赛车游走在尚兰和欧兰两个村庄。先是经过尚兰，这时天空已经暗下来，我在盲目地游走，也不知道潜意识里在想着什么，似乎在寻找着什么。街道旁的小超市、卫生室、修车铺，在我眼前一晃而过。经过一段上坡，上坡两面是湖里的一节河流，河水好像在流动着，声音很小。经过上坡，我游走在欧兰的小巷里，隐隐约约可以看到不知谁家的院子外边还有大丽花在开放，可季节已经是初冬时节。

穿越几个小巷，我还是向村外的瓦那湖走去。也许这是我潜意识的游走。朦朦胧胧，那阔达的湖面就在眼前，湖的味道一下在弥漫开来。远远地看去，湖的北岸已经是万家灯火。我一个人走在湖的南岸，有点隔岸观火的意味。一只废弃的小船搁置在水边，芦苇在风中微微舞动，不时听到湖鸟的鸣叫声，这时湖水是安静的，没有喘息声。西边的夕阳，也渐渐地暗下去。先是红光四射，慢慢地只还有点点霞光。我在光线很暗的情况下，拿出相机，还是照了几张照片。看了看，光线暗，但画面效果不错。在一张画面上，突然看到了芦苇荡上的一抹红。像太阳。红太阳。我在现实里找那个散发出红光的太阳。往下望，太阳已经下山了啊。我往东一望，啊，啊，是月亮，红月亮。红月亮慢慢升起来了。

整个湖的南岸，几乎就我一个人。我看了看手机，下午五点五十分。看着慢慢升起的红月亮。我的意识一下子流动起来。想起童年时去别的村庄看露天电影时来回路上的月亮。想起少年时期，帮着父母亲在打麦场上看场时，晚上起来一抬头，突然看见了那个月亮，很大，也很红，一手就能摸到。想起青年时期，落榜那晚的月亮，我一个人走在通往村外的乡间小路上，路旁是一人高的玉米地，好像有什么声音在叫唤，走月亮，月亮走。茫然中，我竟然走到天亮，我的内心经历什么。苦难？诗意？想起在大学校园里的月亮，那时的月亮多么青春啊，爱情是那么甜美，感觉月亮都是有香味的月亮。我时常想起走在从金华到义乌的一段稻田地旁时的月亮，那是南方的月亮，静谧，诗意，还有蛙鸣。我时常想起在通往常熟大巴车上的月亮，那是个冬天，月色皎洁。大巴走，月亮也跟着走。我还想起那年我从温州坐喜鹊号轮船去上海时，海面上升起的月亮，激动得我一夜未睡。月亮，就是那个亮啊。亮。

一声苍鹭的鸣叫声把我从回忆中拉回现实。我被红月亮照在水中的影子所吸引。甚至是震惊。我认为此时此刻，2017年农历九月十六日下午六时，湖面升起的红月亮只有我一个人遇见。湖面上的红月亮，像一缕升起的旋转着的、金色的圆环状的光环，飘渺着，游动着，上升着。

刚才的隔岸观火，还真有点意味，我已人到中年。大学毕业后，我一直生活在城里。我一直偏执地认为，我是生活在城市里的蚯蚓。感觉水土不服，一直有着乡愁味道的人。我一个人在观看着红月亮。我内心孤独、荒凉吗？落榜那晚的月亮，今天晚上的月亮。隔了三十多年的月亮，还是那个月亮吗？我还是那个我吗？经历了什么？苦难、诗意。荒凉、孤独。我是和自己对话吗？还是和月亮对话？其实我还是和自己对话。刚毅、勇敢和失望、忧愁做斗争，在苦恼中保持平和。

望着这一湖水上的月亮，我苍凉的心一下子喜悦起来，月亮，月亮，红月亮，你就是我心中的另一个太阳。我热恋着你，一如热恋着我心中的理想。

大　雁

游走在瓦那湖南岸的湿地，在一个湖汊的拐弯处，有一道废弃的不长的涵桥掩映在芦苇深处，往北岸望去，就是一望无际的湖水。湖水应该是瓦蓝色的，比蔚蓝稍逊了一点。远远地看到一只小船在湖面上游动，还发出哪哪的声音。微风过后。芦苇荡中的芦花挺着雪白的头颅还在摇曳，飘舞，伸展，抖动，给人一种飘雪的感觉，让我内心感到一种素雅，宁静，宽广。

湖湾处，荷花已经衰败得不成样子，耷拉着头，垂向湖水。一棵挨着一棵，一棵挤着一棵，浩浩汤汤，几乎把整个河湾填满。我走进芦苇荡深处，也许是我弄出了响声，两只野鸭子猛地扑挞着翅膀，贴着湖面迅疾地飞翔，留在我脑海里的剪影，甚是美丽，诗意，壮阔。这时我发现一个画家在高处芦苇涵桥的一侧，一会儿望远处，一会儿在画架上描摹，正在写生或者画画，也许是个油画家。确实这个时节，这个风景，美得可以入画。

回到岸边，我骑着赛车沿湖的更远的南岸骑行。这是立冬前的一天的下午，比黄昏还早了一点。突然，我发现了东南方向天空中的大雁，高高地飞翔。我情不自禁地激动起来。啊，大雁，大雁。我感觉那大雁离我很远。我连忙迅速地骑车往东追去。我追着大雁跑，我跑，大雁也跑。大雁飞远了，是从西北方向飞来往东南方向飞去。大雁的身影远远地离去，变成一个黑点。我的内心忽然有了一地惆怅，也许这是昙花一现，也许如镜中的爱情。我继续在辽阔的大地上奔跑。就在这个时候，我听到了一声声鸣叫，我有点不相信，抬眼往天空望去，啊，真的大雁。大雁。正在我头顶往东北的方向飞行，不是很远也不是很近，我拿出相机，拍下了它们的身影。真的是排成"人"字形，只是把"人"字拉得很长，很长。我盯着这群大雁，唯恐跑了似的，不肯让它们离开我的视线。远处的环湖路上，依旧车来车往，唯有我一个人在沿湖岸疯跑。我看到了两只失群的大雁，远远地落在后面，大约有几百米吧。但它们还是拼了命地飞翔，兴高采烈地追赶。一如我陷入暂时的困境，失望，绝望，希望。那我还得追赶着时代的列车往前奔，一切会好的，理想就在不远处等着你，彼岸也在等着你，只要你像那两只落群的大雁，不放弃，就会到达远方，那里有温暖，那里有诗意，那里有远方的远方。那里也许就是天堂，那里也许就是你的家园。

正当我对人生的境遇感慨时，又听到了大雁的鸣叫声。这次在远望，吓了我一跳。满天空都是大雁。大雁。有三群，但各是各的群，隔着不是很远的距离，也许是三个家族吧。我拿出相机，追着大雁，快速地拍照。大雁，大雁，你从哪里来？从遥远的西伯利亚？还是从更远更远的地方？让我在这里遇见你。真的是人生的第一次遇见。新鲜，刺激，激动，战栗，惶恐。如同我第一次遇见的爱情。大雁还是走了，走得无影无踪。大雁走了，天空真的空了。大雁走了，一如我那次遇见的爱情，也走了。

我落寞地，惆怅地往回走。这时已经到了黄昏。我又回到那晚我看红月亮的湖边。我想再一次在同一个地方，看到红月亮。我在等月亮。等月亮。湖水被暗夜侵袭，大地暗了下来。初冬的风，也凛冽起来，芦苇叶也发出呻吟。不时还听到湖鸟的鸣叫声，既不是

声音，也不是沉默。我在冷风中等了一个小时，还是没有等到红月
亮。我怏怏地离开了瓦那湖。

回到家，打开相机，我看到了瓦那湖上空的大雁。照片很清
晰，真的是"人"字形，我查了一下，一个人字，就是二十七只大
雁。看着相机里的大雁，我的心情渐渐变得喜悦起来。大雁啊大
雁，真的希望我们再一次遇见，那就明年春天吧。

这天下午，两点二十分左右，我骑赛车前往瓦那湖。途中遇
到了我一个搞文学的同学，在路边我俩聊起最近的文学创作状况。
我作为一个独立作家、书评人，当然也是自由撰稿人，最近的境
遇也不好，工作也辞了，稿费收入也不多。在家读书，写作，写
小说，写书评，投稿。每天我几乎很早就起床，我头一天写下的
稿子，要投出去。然后，我就去读书。大约十点多的时候，太阳
会准时地照在我书房里，虽然已经立冬，还是感觉很温暖。十一
点多开始做饭，十二点多开始吃饭。然后午休，大概一点半，太
阳照在我的卧房里，感到暖洋洋的，也很惬意。下午，有时候去
湖边，远离那些人群，一个人游走，思考，孤独。有时候，去图
书馆。有时候约文友来喝茶。晚上写日记，写随笔，写当天读的
书评。一本大约十八万字的书，我大约用六个小时读完，然后晚
上用一个小时的时间写书评，第二天投出去。我的同学说，文学
有时候是害人的，都成了文学的炮灰，有的也昙花一现。最后跟
我说，写书评很浪费时间，连读加写，得需要一天的时间，况且
写的是别人的东西，不如写一篇自己的散文。我点头称是，但不
敢苟同。我偏执地认为，你对文学怎样，文学就对你怎样。你热
爱文学，文学也热爱你。文学就是文学，文学这碗饭很难吃，自
由撰稿更难。

我俩在芦苇坡附近的路边，大概聊了一个小时的时间，各自离开。我继续往瓦那湖骑去。十六点零七分，我突然看到往西北方向飞去的大雁，不是很多，不到一分钟的时间，消逝得无影无踪。我感觉有点迷惑，大雁怎么向西北方向飞呢？我继续在湖边游走。十七点零二分，我突然听到"啊，啊"的鸣叫声。我抬头一望，在东南方向，有五群。排成人字形，我感觉有点像"入"字形。有时候像三角形，箭头是朝前的。五群大雁，大约有上百只。一会儿就不见了踪迹。十七点三十分左右，我看到了一只正往西南方向飞翔的大雁，鸣叫着，"啊，啊"。也许它是在追赶刚才的那群雁？也许它是落群的？也许它是独立的？也许它是孤独的？难道我就是那只大雁？

天空慢慢暗了下来，在湖边遇到一个人。那时，我还在用相机拍那五群大雁。他停下车，问我，你是搞摄影的？我说是。他问，你在拍摄大雁？我说是。他说，看着你面熟。我说，看着你也面熟。我说，你是哪里的？他说，就是前面这个村子里的。我看他一直望着湖边的一个很大的荷塘，我就问他，这个荷塘是你的？他说，是老书记的。我说，你是新书记？他说，不是。

他向我讲述，从小就在湖边长大。现在的大雁很少了。那是上个世纪七十年代，一到立冬，成千上万只大雁来瓦那湖过冬，那时湖还是个野湖，湖里的鱼、湖蚌也很多。大雁没东西吃的时候，就吃湖边的麦苗。几百亩的麦苗，就会被吃光，渔民就会在麦苗上撒上农药，药死了不少大雁。有时候，渔民就用猎枪射杀大雁，杀死了不少大雁，然后煮着吃，那时还没有禁枪，看着让人心痛，但大雁每年还是来过冬。你不知道，大雁一听到枪响，成千上万只大雁，鸣叫着，呼扇着翅膀，在湖的上空盘旋。那是怎样壮阔的场景，总有一两只大雁落下来，嘴里噙着血，有的还没有死，也被吃掉。

最后村里没办法，只好任意把麦苗让大雁吃，本来湖边的麦地，也是渔民围湖造地，弄成的麦地。那时，周围很远的八一水库、七一水库、尼山水库，那里的大雁都来这里过冬。

这个人给我不轻不重地讲述，我认为这可是一个大的主题，甚至是人类的主题。人和动物的关系。和谐？人类命运共同体？回到家十八点二十分。用了四个小时。

会思想的芦苇

我是一个亲近自然的人。我的芦苇，像我的一个个亲人一样。我寄住在瓦那湖畔的一个村庄里，可以说依湖而居，多半时间我都在这个小渔村里度过，剩下的时间居住在小县城里。从城里往这个小渔村，得越过一座山，跨过一条河，才可以来到瓦那湖畔。大约有二十多里路，但我感觉不算远。

一年四季，我都和芦苇做邻居的。和我亲密接触的这片芦苇很大很阔，沿着湖岸绵延几十里路，浩浩汤汤，蔚为壮观。春天，夏季，秋天，冬季，白天，晚上，有月亮的晚上，没月亮的晚上，雨中，风中，雪中，我都来瓦那湖，都来看芦苇。

季节刚刚到小雪，天气还不是很冷。这天黄昏，我来到瓦那湖，湖水在朦朦胧胧之间，显得幽邃神秘。起风了，湖水开始喘息涌动，芦苇发出沙沙的声音，芦花屹立在枝头，开始摇曳，微微荡漾。我游走在芦苇荡中，听着野鸭子的鸣叫声，不远处湖上的渔民驾驶着小船开始回航。夕阳开始下山了。不经意间，我突然看到了芦花在晚霞照耀下的样子，隐隐有点感动。晚霞照拂下的芦花，随着微风的摆动，像燃烧的火焰，似殷红的绸缎，更像起伏的波涛，发着红光。

我在湖边等月亮，等月亮升起。我在游走，思考。光线慢慢暗了下来，大地变得静谧，只有湖水拍击湖岸发出的哗哗声，偶有湖鸟在湖面鸣叫几声又迅疾地远去。我终于看到了月光下的芦苇和芦花。感觉芦苇在冬日的月光下显得有点颓败，甚至有点萧瑟。月光下的芦花，雪一般白，朦胧，飘飘渺渺，让我的意识开始流动。春天的苇芽，带来春天的消息。冒着严寒冻土，不畏艰险，挣出地面，露出红红的苇芽。夏季的时候，清脆的苇叶散发出清新的气息，湖莺在芦苇秆上鸣叫几声，不远处的布谷也在离湖不远的田野鸣叫。青蛙也来凑热闹，呱呱地鸣叫着，这里的芦苇荡简直成了音乐的剧场。

苍鹭在湖面上留下美丽的剪影，红蜻蜓站在芦苇的顶尖，好像在等待着什么。蒲草和芦苇争夺空间，挨着芦苇也长了起来，芦苇也不生气。挨着芦苇一起成长的荷花先在水面长出几片羞涩的荷叶，慢慢好像胆子大了起来，越长越旺，不久荷花就盛开了。一湾一湾的芦苇，开始茁壮成长，在太阳的照耀下，疯狂地长大，一天比一天高。

很多时候，我会想起童年时期母亲给我做的芦花鞋，下雪的时候，穿上不冷。我还会想起父亲经常给我讲的《鞭打芦花》的民间故事，闵子骞催马随父外出，因寒战执鞭落地，其父怒以鞭打，衣破飞出芦花，再剥其弟之衣，内为上等棉花。其父知续弦妻所为，怒写休书。子骞跪求曰："母在一子单，母去三子寒。"感动了继母，一家和好。因此闵子骞也成了"孝"的楷模。

法国哲学家帕斯卡尔说:"人只不过是一根苇草,是自然界最脆弱的东西;但他是一根能思想的苇草。"

抛开喧嚣的人群,远离那些冷漠的面孔。孤独的时候,我一个人来湖边和芦苇说说话,倾诉生活中的一些苦难,荒诞,无奈,困境,失望,绝望,希望,理想,信念。芦苇虽然不会说话,它却给我启示。风中的芦苇,伫立在水边,像一个哲人,有了自己的思考。微风吹来,它会摇曳着,舞动着。它的舞姿是柔软的,一般不会被风折断,给人以柔韧、坚毅的印象。

十月瓦那湖上

十月,这个季节有时候会突然提前下雪,有时候一个冬天都没有雪,到了春天来了一场桃花雪,让人感到意外和惊奇。

这天,我游走在瓦那湖边,湖,一下子瘦了下去,岸越来越长了。湖边的芦苇、蒲草也一下子憔悴了,站在冬日的风中瑟瑟发抖。湖边的白杨树上的金黄色的树叶不见了,光秃秃的,显得没有了生机和诗意,那哗哗的叶子的絮语声没了,大地显得一切都沉静下来,湖好像一下子裸露起来,让我看到它的真实的面目,其实它是被植被掩藏起来,显得是那么壮阔、辽远,其实它也是卑微的,甚至是渺小的,不卑不亢,不悲不喜,沉默着,静卧着。有时候,我却又感到它是伟大的,不可抗拒的,它养育了很多依赖它的植物和动物,它改善了气候,为渔民致富提供了条件。

游走在湖野深处,那茂密的草甸子不见了,留给我的是发黄的乱草,匍匐着,干枯着。明年春天,它一定会和我见面的,那时它会向我撒娇的,先是露出很小的草芽,羞涩着,好像我第一次相亲时那个女孩害羞的样子。渐渐地，它在春日的照耀下，慢慢丰腴起来。到了夏日，它会疯长起来。甚至这里的草会长成树的样子，淹没了你。

　　睡莲，在夏日绽放的时节，是那么盎然，唯美，现在它已经消失了，腐烂在水里，不仔细看，你连它的身影都看不到。冬日的荷，毅然挺立在水面，给我一副不屈不挠的感觉，也许它在默默下定决心，来年夏天把整个湖湾挤满。

　　游走在湖的西北岸，远远地望去，整个瓦那湖，好像沉寂下来。三只大雁，啊啊地鸣叫着从湖面上升了起来，湖一下灵动起来，这让我感到意外，大雁来这里过冬了，是不是我打扰了它们的生活。我悄悄地离开那片水域，过了一会儿，那三只大雁又飞了回去，也许它们是一家人。初冬的时候，从西伯利亚飞来的大雁，每年都会从湖的上空飞过，它们排成"人"字形，或者"一"字形，有时候是雁阵，啊啊地鸣叫着远去。为什么这三只大雁在这里过冬？它们途中遇到了什么？其中的一位怀了孕，还是其中的一位生了病？也许它们感到这里冬日的温度适宜。

　　湖岸边不远处的麦地，在十月的天空下，给我一抹春的绿意。我游走着，观察着，思考着。突然两只美丽的雉鸡，鸣叫着，迅疾地掠过你的眼前，消逝得不见踪影。湖内的沙洲，隐隐约约地闪现着。这时，两只苍鹭，一只是白的，一只灰色的，翩飞在湖水之上，好像在追逐、嬉戏。渔民驾驶着机动的渔船，在湖面上滑行。他们会撒网、等待、拉网。湖里有很多的鲫鱼、鲤鱼、川子等。他们的收获颇丰，日子过得也很富裕。

　　这个季节，湖水一般不会结冰的，甚至大雪纷飞之后，湖水都不会结冰。有一年，大雪一场连着一场，温度下降到零下二十多度，持续了很长时间。湖上结冰以后，可以在上面行走、玩耍、滑冰。到了来年春天很晚的时候，湖水才能开始慢慢解冻。湖水解冻的时候，远远地你会听到咯吧咯吧的声音，很是微妙。

初冬的瓦那湖

远远地我们就望见了你，瓦蓝色天空下，你是那样的清澈、明净、蔚蓝，我们不敢大声地呼叫，怕打扰了你静谧的生活，只是惊喜着，哇，微山湖。你飘渺着，缭绕着，喘息着，你的波浪涌动着。在你的尽头，是隐隐约约的小高层楼房。原来那些小高层楼房都是围绕着你的，环湖路也是围绕着你的，你简直成了中心。

我们走进瓦那湖南洼的湿地，湖边芦苇微微荡漾着，蒲草长得跟人一样高。岸边的一只旧船吸引了我们的目光。每个人面对着这只船，都陷入了沉思。也许，这只船它的使命已经完成。也许它还在等待着再一次的远航。也许，它已经破败，不能再出湖了。也许，当微山湖上的月亮，明晃晃的时候，它还梦想着跟着主人一起乘风破浪。也许，它等待着我们的到来，给我们启示着什么？难道人生都是失败？难道人生都是命运的不可达成？那只船躺在岸边的样子，着实让我感到心疼。其实，哪个人一生都是成功的呢？但我隐隐地感到只要理想还在，一切都会好起来的。面包会有的，房子会有的，车子会有的。但我更认为，物质丰富之后的东西，应该是精神的富裕。

站在湖边，远远地望见一只白色的苍鹭在湖面上一起一落地飞翔，好像是滑翔，也不是，一起一落的，很有韵味。难道它也在寻找着什么？几只燕子沿着湖面，低低地飞翔，一会儿沾一下水，又迅疾地飞走了，来来回回，好像给我们表演似的。湖水的波浪，一浪一浪地涌来，湖水喧哗着，喘息着。远远地我们望见一只凫。逆流前行着，湖水，一荡一荡的，它吃力地往前游动。我突然感觉，它是真正的英雄。很多人都是顺水而行的，他们一生都是顺水、顺风的，求学、工作、婚姻等都很顺，这样他们就很快速地成长。难道生命只能承受生命之轻。可又有谁愿意在人生中承受生命之重啊，坎坷，挫折，磨难，离异，甚至失业。我认为只有那些逆流而行的人，才是内心坚忍不拔的人，他们坚定着自己内心的信念，一定会到达成功的彼岸。望着那只凫的背影，我微微地有些感动。其实人生也是这样的。

游走在瓦那湖南洼的湿地，一个不大的荷塘吸引了我们。四周都是小些的柳树丛，攀爬的眉豆、丝瓜等掩映着，如果你不细心，根本不会发现那个绿野深处的荷塘。说是个荷塘，其实它就是小海子。几只巨大的睡莲，让我们感到震惊。整个水面上，几乎让它覆盖住了。它简直太霸道了。一个同来的文友说，霸王莲。它巨大的身躯，浮在那里。它不言语。其实它告诉了我们，孤独就是孤独，遇见就是遇见。

那只霸王莲，也许在这里等待了我多年。它沉默的种子，在水里等待了多年，它发芽，它露出小小的尖，它的花朵是那种微蓝的红色，然后慢慢地扩张，阔达。也许和它的遇见，如同我初次遇见的爱情。纯洁而又世俗。

几个人正在用手扶车耕地，机械冒着黑烟。我知道这些渔民在干什么？他们承包了围绕着湖水的湿地。每亩100元，围湖造地。其实他们也没办法，也很无奈。湖水每年都在下降，造地还在继续行进。只是有一年，雨水丰盈，湖水漫上来，他们造的地，成了水面。他们眼巴巴地望着水面发呆。然而第二年，还在围湖造地，湖水漫上来，他们的地，又被湖水淹没。

我也在为瓦那湖祈祷，你一直是美丽着的。

鸟的天堂

大雪前夕的一个下午，天阴沉着，有点冬天的意味。我越过一座山，护驾山，跨过一条河，唐王河，穿越一条国道，104，经历四个村庄，依次是尚兰、欧兰、付庄、董岭。骑行大约 20 里地，来到瓦那湖。

瓦那湖迷蒙着，宽广着，飘渺着，如同梦境，又似仙境。深邃，缭绕。我来到的这片湖湾，一般人很少来，在瓦那湖的东南方向，也是湿地。这个地方，我认为是个福地。它给我带来很多的灵感、灵性、直觉，甚至是理性。

湖湾深处，连着一大片芦苇荡，浩浩汤汤，连成片。只是这个季节，芦苇已经枯萎，雪白的芦花在微风中摇曳。我一个人悄悄地靠近湖水，一个人悄悄地接近芦苇荡。也许是我走动的脚步声，惊起一只白鹭，它优雅地在灰蓝色的湖面上滑翔。两只大雁，头是白色，翅膀底部是红色，沿湖面低低飞翔着，鸣叫着。几只凫，也排成队，在水面上玩耍。不知名的湖鸟，发出"叽叽叽"的声音，嘹亮、清脆。一只小船走进了画面，一个人在船头，一个人在划桨。船头的人，敲击船帮发出"哚哚"的声音，整个湖湾就生动起来。

湖湾深处，我听到了大雁的鸣叫声。啊啊啊，喂啊。响彻整个湖面，巨大、喧响。我靠近湖岸，大声咋呼一声，又拍了一下掌，上百只大雁，突然惊奇、迅速地起飞。上百只大雁拍击翅膀的声音，凌乱、喧嚣，如同乱的黑云，起伏在湖的上空。它们飞得不是很远，又落在水面。湖面上就有了很多的黑点。一个一个的黑点，一个黑点就是一只大雁。也许还是那只白鹭，也来凑热闹，黑云当中出现了一抹白。过了一会儿，大雁也许认为打扰它的人走了。几只大雁，开始沿湖上空飞行，好像表演似的，一会儿是"人"字形，一会儿是"一"字形，让我感到意外。也许它们在欢乐，也许它们是在巡逻，我再一次大声咋呼、击掌。大雁根本不再理我。

太阳渐渐下山，凉气，湖水的湿气弥漫开来。还是那只小船，一人在划桨，一人立在船头，船头的人，手里拿着长杆子的渔网。我来到湖野深处，突然听到了大雁鸣叫声，让我感到惊奇，像小孩的哭声，啊啊啊，哇哇哇，又像是小孩的撒娇声。难道是大雁的求偶声？也许大雁也在恋爱。

太阳已经落山了。成千上万只麻雀站在芦苇秆上，叽叽喳喳，叽叽喳喳，好像在开会，又好像在作报告。也许是在交流一天的收获，谈感想、谈打算，叽叽喳喳叫个不停。我拿出相机，想拍出一个好的画面，麻雀听到我走动的声音，就会迅速地逃离枝头，我选准角度，很快按下快门，可惜它们又跑了。几次都不成，我索性拾起一块坷垃扔向芦苇荡中，呼的一声，哗一下子跑了。我摁下快门，拍出了我满意的镜头。我看到麻雀又回来了，一开始还有点抱歉，看到它们又回来，我心里也感到适宜。

芦苇荡，芦苇荡就是麻雀的家啊。芦苇荡，芦苇荡就是大雁的天堂。春天的芦苇荡生机盎然，翠绿一片。夏天的芦苇荡茂盛，连成片。秋天的芦苇荡丰盈，连成一条线。冬天的芦苇荡，也依旧丰韵。芦苇荡就是一切生灵的天堂，青蛙、鲫鱼、翠鸟，连同荷花、蒲草都是。我有点渐渐敬畏起这片芦苇荡来。

天已经黑了，我再一次看到了湖上升起的月亮。是红色，但不是深红，是浅红。浅红色的月亮倒映在湖面上的影子，那影子在湖水之上，还是那么飘渺着，只是颜色淡了一点、浅了一点，没有上次那么热烈、蓬勃，但依然像跃动的火焰，像飘舞的一缕燃烧的旗帜，在舞动、在飞扬。

离开瓦那湖，在一个荷塘边上，有人放火烧起了芦苇。这让我感到震惊，这不是犯罪吗？芦苇燃起的熊熊大火，像一片起伏的红云在飘动，又像一面红色的旗帜在舞动，我连忙用相机拍下芦苇燃起大火的样子。在相机里，我看见那巨大的燃起的火，像太阳一样。太阳也是由很多的苇火燃烧汇集起来的吗？可居住在芦苇荡的那些生灵呢？它们都安全地逃离家园了吗？我隐隐地有点担忧，害怕那些生灵遭到迫害，被迫离开自己的家园，被迫离开自己的天堂。

野火烧不尽，春风吹又生。芦苇，不就是一棵苇草吗？只不过它有了自己的思想。节气快到大雪了。我在等待一场大雪的来临，那时我就会踏雪寻湖，寻找诗意的瓦那湖。

湖上听雪

雪，还在下着。

沿湖湾游走，瓦那湖，好像一下子瘦了下去，水位退出去十余米远。远处的沙洲隐隐约约如同一条黑色的长线绵延着、朦胧着、飘渺着。远处的湖沿石上一片雪白，映得湖面白亮亮的。一只大雁，孤独地飞翔着，在离湖面上五六米的空中，高高地飞翔。一只凫，贴着水面滑翔，好像行走在水面上，托举着翅膀。我的钢笔突然掉在沙地上，笔尖上沾满了泥土，我用瓦那湖的湖水清洗，我的笔墨里就有了湖水，我的文字沾了湖水的灵动和灵气。整个瓦那湖，静谧、深邃、朦胧。

一个人静静地游走，听雪花曼妙的声音，落在我内心的深处。听雪花唱歌的声音，飘在我的灵魂深处。听雪花哭的声音，响彻在我内心的困境里。雪花，雪花，你就是我苦难的花朵，开在我灵魂孤独的原野上。雪花，雪花，你就是我幸福的花朵，千朵万朵，开在我尘世的烟火里。雪花，雪花，你就是我情人撒下的玫瑰花朵，千朵万朵，开在我迷蒙的幻境里。雪花，雪花，你真的像莲花一样，圣洁地开在我乌托邦的爱情里。雪花，雪花，你就是一个动词，扑簌扑簌地落下。

雪花飘舞着，好像它从遥远的时空赶来和我遇见似的。雪花落在我脖子上，落在我的笔记本上，落在我的钢笔上，落在我的相机上，落在我的眼睫毛上，落在我的手上。雪花，落在湖水上，立刻就融化了。雪花，落在我的羽绒服上，呈晶体状，六角形，瞬间变成雨水。雪花，落在芦花上，芦花好像顶着一小块白纱巾。雪花，落在我的笔尖上，洇湿了纸。雪花，落在我笔记本的墨水上，用手一摸，如同水墨画湿了一大片。

沿着湖湾游走，我发现了湖边有很多的湖蚌。湖蚌上的纹理，隐约可见它已经在湖水里生活了很多年。是谁将你抛在这里？也许是湖水退却的缘故吧。我捡拾两枚湖蚌，拿回来放在我的书房里，听它在远离湖水的地方歌唱，或者哭泣。

远处，湖面上，雾蒙蒙的。一只小船从薄雾中慢慢驶来。越来越近，是一个人用双手在划桨，好像很吃力的样子。十几只大雁一字形排开，浮在湖水上，不时还发出"啊、啊"的叫声。喜鹊在离湖水不远的杨树林的顶端，发出"嘎嘎"的叫声。

湖湾深处，我听到了大雁的鸣叫声。啊啊啊，喂啊。响彻整个湖面，巨大，喧响。我靠近湖岸，大声咋呼一声，又拍了一下掌，上百只大雁，突然惊奇，迅速地起飞。上百只大雁拍击翅膀的声音，凌乱、喧嚣，如同乱的黑云，起伏在飘着雪花的湖的上空。它们飞得不是很远，又落在水面。湖面上就有了很多的黑点。一个一个的黑点，一个黑点就是一只大雁。白鹭也来凑热闹，黑云当中出现了一抹白。过了一会儿，大雁也许认为打扰它的人走了。几只大雁开始沿湖上空飞行，好像表演似的，一会儿是"人"字形，一会儿是"一"字形，让我感到意外。也许它们在欢乐，也许它们是在巡逻？我再一次大声咋呼、击掌。大雁根本不再理我。

古人张岱，写下《湖心亭看雪》："崇祯五年十二月，余住西湖。大雪三日，湖中人鸟声俱绝，是日更定矣，余拏一小舟，拥毳衣炉火，独往湖心亭看雪。雾凇沆砀，天与云与山与水，上下一白。湖上影子，惟长堤一痕，湖心亭一点，与余舟一芥，舟中人两三粒而已。"作家雪小禅在一散文里写道："听雪的刹那，心里定会开出一朵清幽莲花来，也寂寞、也淡薄、也黯然。很多时候，它惊喜了一颗心。"

一个人，静静地在湖边听雪。雪扑簌簌簌地下着，越下越大，真的如同棉花团。一团一团又一团。静静地，我的灵魂如同远离了尘嚣，好像出世，又好像入世。一个人，寂然地游走。在这个雪花飘舞的时节，路上没有行人。偶尔从渔村里传出几声犬吠，好像有了人间烟火的感觉。我的灵魂随着雪花，在飞舞，飞舞，上下纷飞。我一次一次地游走，难道是我厌恶那些世俗的人群？还是我逃避着生活中的困境、无奈、失望、绝望、希望？

雪，还在下着，下着。

湖上听涛

瓦那湖，黄昏。湖湾处，一个人郁郁地走。抛开那些世俗的喧嚣，远离那些厌恶的人群，一个人来湖边走走，和湖说说话。这是雨水前的一天。

湖上，起风了。湖水在天空明亮的时候，会是湛蓝甚至是蔚蓝。光线渐渐暗下来时，却变成瓦蓝甚至是灰蓝。

此时此刻，湖水一半是湛蓝一半是瓦蓝。在湛蓝和瓦蓝之间有一道明晰的划线。线的北端是湛蓝，线的南端是瓦蓝。

湖水一浪一浪地涌来，在波峰和波谷之间，凝聚了巨大的能量，波浪一阵一阵地涌来，在风的推动下，是从湖的西北方向涌来的。

让我吃惊、感到意外的是，湖湾的最南端最边缘竟然有众多的冰块，冰封着，堆积在湖的岸边。晶莹剔透，在晚霞柔和的阳光下，显得是那样的纯洁。冰块，散发出温热的气息，一股湖水的气息弥漫在我的胸间。半个湖湾都是冰块。

大部分湖水是清澈、透明的。波浪，一阵一阵地涌来，推动，波及着冰块。冰块涌动着，挤挤挨挨地滑向岸边。波浪击打，敲击冰块的声音很是好听，清脆悦耳。波浪涌来的声音，好似排山倒海，只是声音没有那么浑厚。

我用手机录下湖水的波浪推击冰块的喧响，录了大约有半个小时。晚上，我就在我的书房里，关掉灯，喝着一杯冒着热气的绿茶，静静地听湖水推击冰块的声音，静静地倾听湖水发出的波涛声。反反复复地倾听录音。这让我想起黄果树瀑布的清秀，山西壶口瀑布的雄浑、磅礴；这让我想起浙江海宁县盐官镇海潮的隆隆声；这让我想起北戴河涨潮时的汹涌澎湃声。

湖上听涛。湖水的波浪，也似千军万马汹涌而来。那年春节后，我到山西壶口去看瀑布，远远地就听见河水的咆哮声。黄色的水，从高高的崖头跌落在龙槽里。那气势，那粗犷，那壮阔，那浩渺，那汹涌，那震天的吼声，让你突然感到黄河的雄浑、磅礴。让你感到自己的卑微、渺小。那一泻千里的黄水，那勇往直前的精神，让我们感到黄河的魂。郦道元的《水经注》中形容壶口瀑布"崩浪万寻，悬流千丈，浑洪赑怒，鼓若山腾，浚波颓叠，迄于下口"。

湖上听涛。湖水敲击冰块发出的声音，简直是一首美妙的音乐。我从中似乎听到了庙宇的禅音。那声音缓缓而来，是那么平和、那么谦卑、那么悦耳。那清音，竟然是那么寂静。

湖上听涛。波浪一阵一阵地涌来，让我想起钱塘江的海潮。那年中秋节的一个午后，我站在海宁盐官镇的海塘大堤上，听着从远处传来隆隆的声音。往东望去，那潮头从水天相接处飞奔而来，出现了一条白线。那白线在拉长、变粗，白浪翻滚着，在岸边形成一道五六米的水墙，翻卷着奔腾西去。潮头又倒回去，过一阵，又倒回来，渐渐地好久才平息。

在瓦那湖的南岸，倾听湖水击打冰块的声音，感慨万千。人生也是这样啊，青年时期的猛烈，中年时期的磅礴，老年时的平和。

暮色暗暗降下来。远远地我望见两只大雁，鸣叫着从湖水上升起降落，打着旋，嘴里发出啊啊的声音。不一会儿，又落下来。

在雨水过后的没几天，我再次来到瓦那湖的湖湾处，让我吃惊的是，所有的冰块一个也不见了。所有的冰块都被春天的太阳融化了。一湖春水，浩浩汤汤。湖水的波浪的方向也变了。雨水之前的波浪是从西北方向涌来的，此时此刻的波浪是从东北方向和东南方向涌来的。现在的波涛声，是蓝盈盈的，清清脆脆的，宛如一首轻音乐，是那么的平和、缓慢。

十二月瓦那湖上

十二月，这个季节有时候会突然下雪，有时候一个冬天都没有雪，到了春天来了一场桃花雪，让人感到意外和惊奇。

这天，我游走在瓦那湖边，湖，一下子瘦了下去，岸越来越长了。湖边的芦苇、蒲草也一下子憔悴了，站在冬日的风中瑟瑟发抖。湖边的白杨树上的金黄色的树叶不见了，光秃秃的，显得没有了生机和诗意，那哗哗的叶子的絮语声没了，大地显得一切都沉静下来，湖好像一下子裸露起来，让我看到它的真实的面目，其实它是被植被掩藏起来，显得是那么壮阔、辽远，其实它也是卑微的，甚至是渺小的，不卑不亢，不悲不喜，沉默着，静卧着。有时候，我却又感到它是伟大的，不可抗拒的，它养育了很多依赖它的很多植物和动物，它改善了气候的适宜，为渔民致富提供了条件。

游走在湖野深处，那茂密的草甸子不见了，留给我的是发黄的乱草，匍匐着、干枯着。明年春天，它一定会和我见面的，那时它会向我撒娇的，先是露出很小的草芽，羞涩着，好像我第一次相亲时那个女孩害羞的样子。渐渐地，它在春日的照耀下，慢慢丰腴起来。到了夏日，它会疯长起来。甚至这里的草会长成树的样子，淹没了你。

睡莲，在夏日绽放的时节，是那么盎然，唯美，现在它已经消失了，腐烂在水里，不仔细看，你连它的身影都看不到。冬日的荷，毅然挺立在水面，给我一副不屈不挠的感觉，也许它在默默下定决心，来年夏天把整个湖湾挤满。

游走在湖的西北岸，远远地望去，整个瓦那湖，好像沉寂下来。三只大雁，啊啊地鸣叫着从湖面上升了起来，湖一下灵动起来，这让我感到意外，大雁来这里过冬了，是不是我打扰了它们的生活。我悄悄地离开那片水域，过了一会儿，那三只大雁又飞了回去，也许它们是一家人。初冬的时候，从西伯利亚飞来的大雁，每年都会从湖的上空飞过，它们排成"人"字形，或者"一"字形，有时候是雁阵，啊啊地鸣叫着远去。为什么这三只大雁在这里过冬？它们途中遇到了什么？其中的一位怀了孕，还是其中的一位生了病？也许它们感到这里冬日的温度适宜。

湖岸边不远处的麦地，在十二月的天空下，给我一抹春的绿意。我游走着、观察着、思考着。突然两只美丽的雉鸡，鸣叫着，迅疾地掠过你的眼前，消逝得不见踪影。湖内的沙洲，隐隐约约地闪现着。这时，两只苍鹭，一只是白的，一只灰色的，翩飞在湖水之上，好像在追逐、嬉戏。渔民驾驶着机动的渔船，在湖面上滑行。他们会撒网、等待、拉网。湖里有很多的鲫鱼、鲤鱼、川子等。他们的收获颇丰，日子过得也很富裕。

这个季节，大面积的湖水一般不会结冰的，偶尔也只在边缘的湖湾处结冰，甚至大雪纷飞之后，湖水都不会结冰。有一年，大雪一场连着一场，温度下降到零下二十多度，持续了很长时间。湖上结冰以后，可以在上面行走、玩耍、滑冰。到了来年春天很晚的时候，湖水才能开始慢慢解冻。湖水解冻的时候，远远地你会听到咯吧咯吧的声音，很是微妙。

绍兴的水

梁孟伟

有人说，绍兴是漂在水上的一本书；有人说，绍兴是泊在码头的一艘船。

晚明文学家张岱说过："……余弟毅孺，常比西湖为美人，湘湖为隐士，鉴湖为神仙，余不谓然；余以湘湖为处子，眠娗羞涩，犹及见其未嫁之时；而鉴湖为名门闺淑，可钦而不可狎。若西湖则为曲中名妓，声色俱丽，然倚门献笑，人人得而媒亵之矣。"张岱之所以把鉴湖比作"名门闺淑"，大概是因为它自然而文静，典雅而端庄，更具古典文化气质的大家风范。

"黛瓦粉墙，深巷曲异，枕河人家，柔橹一声，扁舟咿呀。"有了鉴湖，使得绍兴家家临水，户户行船；水巷弯弯，流韵荡漾。据清《绍兴府城衢路图》所示，当时城内有桥梁229座，城市面积仅为7.4平方公里。一座原本可与威尼斯媲美的古城，小桥流水承载不了对"现代化"的狂热追求，纵横交错的河网覆盖上了马路高楼，一个江南水乡泯然成为千人一面的中型城市。幸亏还有小桥流水人家，幸亏还保留了水乡基本风貌，让人不得不发出"伤心桥下春波绿，疑是惊鸿照影来"的感叹。

水是流动的生命，船是水乡的精灵。绍兴的船，陆游早有描绘："轻舟八尺，低篷三扇，占断苹洲风雨。"低篷的样子，周作人在《乌篷船》里曾有介绍："篷是半圆形的，用竹片编成，中夹竹箬，上涂黑油。"两边的篷是固定的，中间的可活动。篷很低，高仅齐人胸腹；船也不大，坐在里面已处水平以下。下雨篷一关上，人就只能躺下，卧听桨声欸乃雨声滴答，"船底江声篷背雨，旅人听得最分明"。小乌篷船一人驾驶，手脚并用，前进之力主要靠脚躅（蹬的意思）桨，手划的桨主要用来把握方向。河道窄处，脚躅桨长，则用手划桨划。白天船行水上，摇晃出一种醉人的韵律和动感，浏览着两岸粉墙黛瓦的水墨长卷。晚上伴月夜游，就会产生"水枕能令山俯仰，风船解与月徘徊"的美感。

如果觉得古城局促，河道浅窄，你大可雇上一叶乌篷，泛波于碧波万顷的古鉴湖上。"镜湖俯仰两青天，万顷玻璃一叶船。"鉴湖湖面宽阔，水势浩渺，近处水似眼波，远处山如眉峰。如画的风光令无数迁客骚人竞折腰："镜湖水如月，耶溪女如雪。"李白对越州的山水风情发出由衷的赞叹；而"越女天下白，鉴湖五月凉"一句，可以看出现实主义诗人杜甫的风情和浪漫。还有贺知章的"稽山云雾郁嵯峨，镜水无风也自波"，还有陆游的"千金不须买画图，听我长歌歌镜湖……"

绍兴河流交叉纵横，石桥连街接巷，可谓"无桥不成市，无桥不成路，无桥不成村"。身处绍兴，出门见桥、上街穿桥、纳凉上桥、嫁娶过桥，在我们眼前流动着一座古色古香的"桥梁博物馆"：唐代的百孔纤道桥，宋代的八字桥，元代重修的等慈桥，明代的太平桥，清代的泾口大桥……它们有的典雅庄重，有的古朴粗犷，有的轻巧灵动。就这样千年默立，古风苍苍，阅尽世态炎凉人间冷暖，演绎喜怒哀乐离合悲欢："题扇桥"，因传王羲之在此给老妪题扇而得名；孟宅桥，为纪念太守孟尝而建。绍兴城南沈园附近的春波桥，乃据陆游怀念前妻唐琬的诗句而得名；内纺车桥，则与越王勾践卧薪尝胆励精图治，"身自耕作，夫人自织"的故事有关……每一座古桥一旦与史实传说相结合，给人的是一种怎样惊世骇俗的震撼。

绍兴的水绵长悠远，不但镌之桥上，还藏于波中。其中最有名的当属投醪河。此河地处城南，至今保存完整。勾践于公元前473年出师伐吴，越国父老敬献壶浆，祝越王旗开得胜，勾践"跪受之"，并投之于上流，令军士迎流痛饮。士兵感念越王恩德，同仇敌忾，战气百倍，终于打败了吴国。我们透过历史的云烟，从投醪河看到苏州的香溪河，那时被夫差宠幸的西施，与宫女们经常去溪边沐浴洗妆，脂粉水流入溪中，满河生香，经久不退，人们便把这条清澈的溪流称为香溪。绍兴苏州两条不同名称的河流，折射出历史的兴衰，不得不让人发出深沉的感叹。越国打败吴国后，范蠡被封为上将军，但他却带着西施泛舟而去。想必两人泛舟鉴湖时，思想像飞鸟一样自由，感情像彩霞一样绚烂，湖水为他们奏乐，鱼儿为他们起舞，清风为他们推船，明月为他们引路。随着桨声的咿呀，一直摇入荷花深处。"谁解乘舟寻范蠡，五湖烟水独忘机。"唐朝诗人温庭筠也欲步范蠡后尘，散发扁舟，归去来兮。

绍兴的水亲民便民。没有"淡妆浓抹总相宜"的艳丽，没有"直挂云帆济沧海"的苍茫，没有"高江急峡雷霆斗"的湍急，没有"浪淘风簸自天涯"的遥远，而是柔柔地流在你身边，静静地伏在你脚下。乌篷船主在它的上面唱出如歌的行板，农家妇女在它的上面洗皱如黛的远山，雪白的鹅鸭红掌划波昂首云天，乌黑的鸬鹚水

底追鱼快如闪电。老人们可以在它的旁边发出"逝者如斯"的慨叹，情侣可以在它的旁边寻觅到爱情的浪漫，商人可以在它的身旁发现商机的盎然，农夫可以在它的旁边畅想丰收的来年。最为惬意的是夏天，落日熔金，酷暑消退，劳作了一天归来的人们，舀取盆盆河水泼湿青砖道地石板路面，搬来桌椅板凳，端出喷香饭菜，一边抿上几口黄酒嘬上几颗田螺，一边欣赏着天上河中冉冉升起的两轮明月。待到酒足饭饱醉眼蒙眬，就爬上架在水边的竹榻，一边享受氤氲的凉意，一边奏响呼噜的鼾声，花脚蚊子的哼唱也惊醒不了他的酣眠。

　　绍兴的水多姿多彩。"春水碧于天，画船听雨眠"是一种颜色，"接天莲叶无穷碧，映日荷花别样红"是一种颜色，"十分秋色无人管，半属芦花半蓼花"又是一种颜色，"孤舟蓑笠翁，独钓寒江雪"更是一种颜色。绍兴的水不但随时序而变，也随着周围的环境而变。最美的当然是春天，青草芳甸会把鉴湖染得更蓝，油菜花把碧波镶上金黄的花边。粉红的桃花雪白的梨花，倒映着荡漾的春波，给人以朦胧神奇之感；就是香消玉殒，也会随着淙淙流水，长眠于碧波绿荷中间。夏天的鉴湖是一年中最热闹的所在，亮亮的清流经过抽水机的推送，欢快地奔向地头田间，迎来庄稼的芬芳，丰富人们的三餐。这时人们对鉴湖也格外地亲切，纷纷投身波谷浪间，热烈拥抱，尽情畅游。秋天它洗尽了春天的铅华，消退了夏日的热情，和皓月相辉映，与云影共徘徊，倒映着累累蔬果金黄稻田，倒映着树树秋色山山落晖，让人感觉到岁月的成熟和丰收的壮美。冬日的鉴湖无疑是寂寞的，散淡萧瑟，水光接天，偶尔的鱼跳水起，才弹动它记忆的琴弦，梦着春的到来，梦着夏花绚烂，梦着秋叶的静美。

绍兴的水是母亲的乳汁。俗话说，靠山吃山，在水吃水。一方水土养一方人。绍兴的水滋养了一方百姓，成就了鱼米之乡，发酵成了一坛千年佳酿——绍兴老酒。会稽山麓36条清流，由南向北蜿蜒入湖，澄清一碧，水质甘洌。10亿至14亿年前这里板块碰撞所形成的矿物给水带来不同的微量元素，再辅以泥炭层的净化作用及鉴湖、三江闸等水利工程对水质的淡化作用，才造成绍兴水非外地水可以替代的真正奥秘所在。绍兴酒历史悠久，大约起源于6000年前的河姆渡文化中期。文字记载当推《吕氏春秋》和《左氏春秋》，至少已有2500多年的历史。据对"古越龙山绍兴黄酒"的科学分析，绍兴黄酒内含多种氨基酸，总含量每升高达677.9毫克，尤其内含人体必需的、而人体本身又不能合成、只能依靠从食物中摄取的8种氨基酸达2550毫克，是啤酒的11倍，葡萄酒的12倍，其中尤其是人体发育不可或缺的赖氨酸含量达1.25毫克。绍兴酒国内外多有仿制，但即使全部照搬制酒处方，酒质仍无法与绍兴产的酒媲美，真是"惟有门前鉴湖水，春风不改旧时波"。绍兴黄酒成为生活的必需，还成为立国的条件。勾践杯酒可以兴国，他箪醪劳师，投醪河中，感奋士卒，一举灭吴。十年生聚时，把酒作为生育子女的奖品。据《国语·越语》载："生大夫（男孩），二壶酒，一犬；生女子，二壶酒，一豚。"黄酒可以成为文化的媒介，茂林修竹中，曲水流觞时，诞生了"第一行书"、千古美文——《兰亭集序》。还造就了不朽奇才徐渭。徐渭最喜醉中作画，杯不离手，手不停笔，边喝边画，酒醉画成。翻阅《徐渭集》，可以看到许多醉中作画诗。因此，他的诗文散发着酒的馨香，他的字画浸透着酒的醉意。

唉，品味不尽的绍兴水！

花开的村庄

王永军

一

大海退潮后，村庄好像被遗落了。

那里滩涂无涯，晒盐池纵横交错；那里荒无人烟，偶尔巨浪陡起陡落……

目光所及，禾苗盼甘霖而断颈，百姓望云霓而折腰。方圆百里，有时撞入一间茅屋，房间有灶台的痕迹，四面耷拉下的墙皮一层又一层垒起，估计是入住一拨人就泥一次墙，以盖住昔日的污迹，开始新一轮的生活。荒原上筑有无数这样的茅屋，给人的感觉是似乎他们刚刚离去。

偶尔，头顶掠过一朵乌云般的鸟影，水墨如丝般周旋，却始终找不着一茎落足的枝条。

与飞鸟有着共同感悟的先人，一定早就体验过内心的隐痛，或许永恒是相对的，但又是无止境的。对于后来者而言，却始终不能触及遥远的历史深处。人间的梦与醒，历史的虚与实，现世的显与隐，亦真亦幻，万千气象，无一不是生命经过千疮百孔之后的告白。

难道，这不是多情的错爱吗？

不！因为是我的故乡，既不爱她的贫穷与落后，更不爱她的荒凉与枯竭。假如命运是可以创造的，那是要自己承担一切，一辈辈接力般地奋然前行，或闯出一片天地，或留下无尽遗憾。只有生命，最柔韧、最坚硬、最贴近万物的生命，才能在这片土地上立足。

固守着一块地域，固守着一种精神，像远方的土地长出一座花蕾满枝的果园，现实只会让人以熟悉的方式醒来。

初春，荆棘上绽出的花粒，白天被烈日齐刷刷地晒落，然而到了夜里，又星星点点地长了出来。

春天的心是温暖、上进的，浓而淡，淡而又深，深而且远，到处盛开着芦苇、菖蒲、红柳、盐蒿的花朵，有的硕大，有的细小，有的招摇，有的低调；有的密密麻麻，有的丝丝缕缕，有的白如新雪，有的冷若秋霜。

二

有些季节，有些地方，花比叶子还多。

村庄地处鲁北平原，后依渤海湾南岸，前邻徒骇河，既是海的积淀、风的积淀，也是历史的积淀。有丘，有川，有草甸，有湿地。走进去，看一看，如画般壮丽；品一品，如书般耐读。

春分，又称"日中""日夜分"。有些风俗，譬如踏青、祭祖、划龙舟、赶庙会等，可以追溯到一两千年前。歌声飘浮的夜晚，又是怎样一番景象呢？我后悔来早了几天，乡亲在搭建戏台，准备赶排省级非物质文化遗产——渔鼓戏的剧目。岁月消逝了，历史更迭了，连故事都变老了，只有乡音依旧。

街道上，浓荫匝地。数百年古槐屏天而出的沧桑，老虬横枝，秀色翠绿。生命固有忧伤，所有的悲欢离合，似乎都与生俱来，如影随形，记忆中的痛苦已被岁月的风雨磨蚀殆尽。

曾几何时，这里发现了石油、石英、煤层、地热。这里热闹了，这里沸腾了。本地人这才听到自己的声音，原来盐末子味的方言这么难听。问题是乡人又死要面子，倘若哪个学说了两句普通话，便会被周围的人嘲弄得无地自容。

当然，女孩子胆大妄为，敢于为美而在脸上涂抹浓重的色彩，几乎把自己画成假人。那时的外地人，乍看到一张张色彩斑斓的花脸，往往目瞪口呆。

野花从地里钻出来，从草丛里挤出来，单调、执着，又不可或缺。比如，红蓼，就是狗尾巴花，浑身上下透着喜气，开花时，一小朵一小朵地往外挤。还有车前子，苞皆柔圆，根部青而涩，如窑内青瓷；瓣叶有美好的弧度，色泽是自然的乳白，微微张开，隐隐可见其中的蕊心。

记得，鸡血藤开过，婆婆丁开过，报春花开过，石楠花开过，各种果树的花朵次第盛开，四处一片和暖的、清新的景致。还有蜜蜂在飞，忘情地吮着春天的甘露，吸着春天的空气，守着春天的风情，整天整天与花蕊厮磨。

返途中，看见了一株打碗花，腰肢精细，叶子沾了零星的泥水。那花，几十朵一齐向上，像极了人生，纵觉自己已经竭尽全力，却尚有不够。是的，几次回头，都忍不住热泪盈眶。

曾经，在冬季的阴霾里，那些形若人生的芦苇，快捷地穿过昏冷和阴暗，虽枯萎消失却又在次年复苏。于是，只有到了春天，才在心里让一片明丽的光芒温暖肺腑……

村庄，多么温馨的字眼。它让人感动，又为这种感动而无奈，让人怀旧与痛彻，不知道这叫不叫残忍，或者生活的真实。

花朵的后面，就是父母生活、奋斗一生的地方，就是我流浪的心的永远的家园。

三

两间草楼，就像甩大泥巴随意甩出的。窗子也有，门也有，可是我，从来都是想从哪儿进就从哪儿进。

有时，我在炕席上躺着，与任何人的童年一样无忧。祖母喜欢卧息，除了日常饮食，安静得似乎没有听觉，处于一种人生最后的灰色状态。盛夏的蝉声高嚣，由近而远，或由远而近。

整个村庄裹着一团冬枣花的香气，径直往心里去。空气变成了神秘摆动的雾霭，瞬间明亮的凝视，人影、光线、色彩和枝叶也像水里忽隐忽现的鱼群，恰恰起于笔触终止处。

绿色的花蕾，能感受出内在的美；阳光流淌在心里，可以感觉到植物的呼吸，倾听到原野的萌动。盛开的枣花有一种淡雅的清香，怒放后则散落在树下形成花毯。不仅可观赏，还可入药，有清热解毒生肌之功效，每年母亲都要收集一些。

记忆中，冬枣的花期十分隆重，花蕾落在地上像千万粒芝麻散落，发出轻微的碎响。蜜蜂穿梭在枝叶间，又引起"啪嗒啪嗒"的声音，些微的碎响与稍后的声浪组成有趣的乐章。禁不住抬起头，仰视晶莹透明的花蕾，看见绿色正在露天舞台上欢快地跳舞。我静静地品听着生命里或急或缓或高或低的呼吸与絮语……

进入深秋，枣树上挂满了圆圆的果子，水灵灵的，煞是好看。叶子开始变黄，果子也由青黄变成深黄，渗着暗红，在收获的季节里炫耀着自己。

有一天，当我从梦中醒来，轻轻抱起枣花制作的枕头，手感光润轻密，更有岁月风尘砥砺人心的气韵。干燥的落花，得到了应有的升华。

乡邻依旧友善。随着亲人的去世，没有了可供倚靠的柴门，也没有了一缕炊烟。这是岁月，也是人生。

回家，可能有点愧疚，但会因亲情而释然。单调里自有一种亲切和温暖，使你怀想，使你难舍难离，却都使你来去自由，而期待任何一次新年的钟声。

返乡，就像尘埃回到大地，云彩回到海洋一样充盈。

我愿故乡永在。我愿花香常伴。在理想与现实之间，我们将继续前行，以执着的脚印谱写着切实相连的、并非梦的音符……

乡村塾师

刘恒杰

我六岁那年的秋天，母亲将我的开裆裤缝住，我就跟几位比我大三四岁的本家哥哥，走进了我们村子里的小学。当老师挨个在课堂上点我们的名字时，我们都觉得非常好奇。那些平时叫妮子小娃二狗子三毛的我们，你看看我我看看你，好像变得有点陌生了。从那时开始，我们就有了一个"官名"了。

在本村小学上学的时候，教过我的老师全都是我们村的。后来参加工作以后，我回家时有时也见到他们，见到他们，就不再叫他们"老师"了，而是喊他们大爷叔叔或者哥哥。虽然不都是一个姓氏，也不一定有姻亲上的血缘关系，但村里自有几百年延续下来的辈分和称呼。当时有一位教我们四年级算术的老师，姓张，按村里的辈分他应该叫我爷爷。我从乡村中学考到市里某机关工作以后，有一年夏天我回家时，在村西的小石桥上碰到了张老师。张老师那时已经去了邻村小学任教。张老师骑着自行车走来，看见了我，就从自行车上下来了。突然之间，我竟然不知道该怎么称呼他，他似乎也不知道怎么称呼我。还是张老师先开口了："回来了？"我赶忙说："回来了。你也下班了？"张老师说："下班了。"彼此又说了几句客气话，张老师就骑上自行车走了，而我则沿着村北小河边的小路回家。按说，我应该很自然地叫他一声"老师"，哪怕是一声"张老师"也好。"一日为师，终生为父"，这是中国人根深蒂固的传统观念，传统美德。

张老师家庭三代贫农，解放前，他的父亲张乐山还曾给外村一户地主干过长工，因此，他在村小学里上完了五年级后就直接留在学校当了教师。我记得他教我们时非常严厉，班里大部分同学的头上都有被他用教杆打起的疙瘩或血泡。他的教杆折断得很快，三两天就要换一根，那些教杆都是我们为了讨好他，放学后爬到各家屋后的杨树或者河边的柳树上折下来的。1981 年夏天我初中毕业时，作为民办教师的张老师还来和我们一起参加了那年的中专预选考试，但终因基础太差没有预选上，100 分的数学试卷他仅得了 6 分。没有预选上的张老师一个劲地埋怨他的父亲，说，前几年大队里推荐他去当工人，就因为他是家里的独子，父母非常溺爱他，说过几年也不晚，他那样的家庭，三代贫农，金字牌的，所有的亲戚也都是贫农，上大学当工人是迟早的事。谁知道后来形势变了，上大学上中专不再推荐了，连工人也当不成了。

我回到家乡中学当教师的时候，张老师还在我们村的小学任教，听说他的教学成绩很好，每次学区统考，他教的二年级两个班的数学成绩，总是排在学区八个小学的前三名。那天在村西的小石桥上，我没有叫他一声"老师"，绝不是一下子当了机关干部看不起他，也不是不尊重这位张老师，当时实在是因为那次突然的相遇和村里的辈分。如果是我喊他哥哥、叔叔或者爷爷，我一定会不假思索地脱口而出。我总不能叫他的名字吧？

除了张老师，我小学里的老师中还有三位给我留下了很深的印象，所受教益也比较大，特别是在我当了教师之后，他们的音容笑貌更是常常出现在我的眼前。那些点点滴滴的往事，深深地留在了我的记忆里，它们无时无刻不在提醒着我，无论在什么情况下，都要精心呵护那些幼小的心灵。

张子美老师是我刚走进小学大门时教过我的第一位老师。那时张老师大概还不到五十岁，他教我们语文。我就是从张老师那里学会了汉语拼音 a、o、e，i、u、y。张子美老师教了我们半年，也就是教完了我们一年级上册的语文后，他就到另外一个村的学校去了。张子美老师脾气非常好，说话时总是笑眯眯的，从来不曾打骂过哪个学生。

在班里我年龄最小，个子又矮，张老师就把我安排在了最前面中间的位置。这个位置离讲台最近，离讲课的老师当然也最近。那时，再调皮的学生见了老师也会远远地躲开，也没有学生愿意在离讲台最近的位子上。可是，张子美老师却使我们感到十分亲近。他上课时我们都很活跃，都争着举手。有一次，张子美老师让我们到黑板上默写"毛主席万岁"，我们争着举手要上去默写。我不但举了手，而且还站了起来。张老师就让我上去默写，同时还叫上去了另外一名同学。我迅速地跑到讲台上，很快就把那五个字写完，又跑回到自己的座位上坐下。我坐下后，看见和我一起到讲台上去的那个同学还没有写完。我抬着头看着黑板和张老师，喜滋滋地等着张老师的表扬。当那个同学从讲台上下来时，我突然听见教室里有人轻轻地笑了起来。我从他们的笑声里知道，那是笑被老师点名到讲台上去的同学出了差错，因为我也常常发出那样的笑声。我再看我写的那五个字，没错呀，再看另一个同学写的那五个字，也没错呀。后边发笑的人逐渐多了起来，笑声也大了。这时，我听见张老师笑眯眯地对我说："你看看你写的这些字，是不是全对了？"我再仔细看看，没有错啊。张老师又叫一个同学上讲台去，让他在我写的那五个字的下面把那五个字再写一遍。等那个同学写完了，我又仔细地对比着，哪有错呀。看着我茫然不知的样子，张老师还是笑眯眯地对我说："你看看，'毛主席'的'毛'第一画是一撇，你呢，写成了一横，这是不对的；'毛主席'的'席'这下面是个横折钩，这个'钩'你丢掉了，这也是不对的；还有'万岁'的'岁'字，这个字是上下结构，上面是一个'山'，这中间的一竖和下边的这一撇不是一笔下来的。"我这才发现，原来五个字我写错了三个。我红着脸，低着头。纠正完了，张老师抚摸着我的头，说："你再上来写一遍。"我慢慢站起来，重新走到讲台上去，又将那五个字写了一遍，写完了，又低着头走下来，坐下。张老师说："你真了不起，这回全写对了！"接着，张老师对全班同学说："来，我们一起为他鼓鼓掌。"说完，张老师就带头鼓起掌来，下面的同学也都鼓起掌来。

多少年以后，我常常想，当时张老师是那样细心地呵护了我的自尊心——岂止是自尊心，如果把我那次的"五个字写错三个"说成是故意的，那还怎么得了——以后的日子里，我每每想起这件事，都会惊出一身冷汗。在那个特殊的年代，有什么荒唐的事不会发生呢？

那时，我们发了新书，同学们大都会用粉连纸将书皮包起来，唯恐将书弄脏。也有用报纸包的，包的报纸脏了或者裂了，就会再换上一张报纸重新包好，但只有村干部、教师以及村里的医生和村里小卖部的人家的孩子才有报纸。我家没有报纸，我也没有用粉连纸将书皮包起来，因此，我的课本用不了几天，右下角就从书皮开始一张张地向上卷起来，而且越卷越大，再后来，那些卷起的角就会逐渐断裂掉下来。张子美老师发现了。有一天上午下了课，他让我拿着语文课本跟他到办公室去。我不知道他叫我去干什么。到了办公室，张老师接过我的课本，一张一张地将那些卷起来的书页舒开，然后又压在一摞作业本的下面。下一节是算术课。算术课后，张老师将我的语文课本拿来，那课本的书皮上已经包上了一层新报纸，而且那些卷起来的书页也都舒展开了，那些断裂的地方也都用糨糊粘好了。张老师又拿去了我的算术课本，也和语文课本那样包好了。

虽是同一个村子的，但自从张老师不再教我们以后，我却再也没有见到过他，只是我在上初中时，有一次和同村的几个同学闲聊，才听说张老师几年前已经去世了，是冠心病。遗憾的是，我所有在上小学时用过的课本一本也找不到了，当然，也包括张老师给我压得平平整整又细心包好的那两本书。

我们村的学校分在两处，一处在村子的东北角上，另一处在村子中间的一处旧祠堂里。村子东北角的那一处由于在村外，三、四、五年级的学生在那里上课，一、二年级就在村子中间的那一处学校上课。村子中间的那一处学校离我家很近，从我家大门走出胡同向东一拐，要不了多远就到。我读完二年级升到三年级时，就要去村外的那座学校去了。父亲说我小，让我再在村子中间的学校里上一年。我也乐得离家近，并不在乎成为一个"留级生"，因为我并不是因为学习不好而留的级，是因为我比同班最小的同学还小了两岁。

留级以后，教我们语文的是刘洪庆老师。刘洪庆是我们村刘姓中另一个支系的，我们是同辈人。留级后不久，我就听同学们私下里说，刘洪庆老师有一个"坏名字"，叫"刘广大"。我感到莫名其妙。后来，听班里一个年龄最大个子最高的同学说，刘洪庆上学时学习很不好，就连自己的名字也写不好，那个"庆"字，他老是写错偏，写成了"广"和"大"两个字，班里的同学就给他起了个名字叫"刘广大"。刘洪庆上完初中以后，因为父亲是个烈士，他家孤儿寡母，村里就让他到学校里当了校工，与下地干活的社员一样每天记10个工分。校工的工作就是每天给老师们烧几壶开水，到了上下课的时间吹吹哨子。我记得那时老师办公室里有一只啪嗒啪嗒响的马蹄表，那表的中间还有一只大公鸡，那公鸡的头随着那啪嗒啪嗒的响声一抬一抬的，似乎是在啄地上的玉米。刘洪庆似乎整天看着那个公鸡在啄玉米。这边小学里一、二年级的老师常常要到那边小学里去开会或者排练节目，那些老师走时，就让刘洪庆看着学生。老师走了，教室里就闹翻了天，刘洪庆喊破喉咙也没用。有一次，刘洪庆提着那只马蹄表来到一年级的教室里，坐在了讲台上，领着学生读起了课文，做起了算术题。学生们更加欢闹了，各种声调都有，各种姿势都有。再后来，上学的学生越来越多，小学一年级变成了两个班，村里要再找个教师，村支书看着刘洪庆不错，家庭更没问题，就让他不再干校工了，让他上课。

教我时，刘洪庆已经是做教师的第二年了。刘洪庆之所以给我留下了深刻的印象，是因为下面的两件小事。

我们二年级的语文课本里有一篇课文，题目是《泥塑收租院》。这是新增加的一篇课文，去年的二年级语文课本里没有。那时我只觉得收租院里的女孩子和她妈妈真可怜，特别是那幅插图，一个穿得破破烂烂的母亲，披头散发，满脸泪水，光着脚丫，背上背着一个孩子，一只手里还领着一个孩子……我们压根都弄不明白泥塑收租院是干什么的。学这篇课文时，刘洪庆老师让我站起来读了一遍，他夸我读得好，又让我领读，我读一句，同学们读一句。我们正在读着，刘老师却被外面的一个人喊出去了。我和同学们还是继续一句一句地读着，直到下课的哨声响了，刘老师又走进了教室。下一节课要上算术了，我去办公室搬作业，刚打了声"报告"进去，就见那个将刘老师喊出去的人坐在刘老师的办公桌前，嘴里在大声说着："你这是阶级立场问题，你不能让这孩子领读这样的课文！"我不知道这个人说的什么，慌乱中抬起头向他看去，那人正在看着我。我似乎明白了点什么，随即脑子里"嗡"的一声。又上课了，我听见南边办公室里传来那个人和刘洪庆老师的争吵声，我隐约听见刘洪庆老师说："大叔，小孩子知道啥？那孩子课文读得好，我就让他领读，我没想那么多……"那节算术课我不知道老师讲了些啥。以后，刘老师还是让我领读，不过，我却再也没有了原来的那种自豪感。那个不让我领读的人当时我只知道他姓许，没有老婆孩子。不久，全校师生召开了一次忆苦思甜大会，那时我才知道他是村里的贫协代表。会上，那个姓许的人声泪俱下地讲述了在旧社会他饱受剥削压迫的事情，还举起他的一只胳膊（我忘记了是左胳膊还是右胳膊）让我们看，那只胳膊上没有了手。他说，解放前他曾在邻村一家姓张的地主家扛活，有一次他和那万恶的地主给牛铡草料，那万恶的地主嫌他干活慢又吃得多，故意用铡刀把他的手铡去了。其实，村子里的大人都知道，他在那家姓张的人家干活时，曾看中了那村里的一个寡妇，某天夜里就跳墙去了那个寡妇的家中，恰巧那个寡妇家里还有另外一个男人，两个男人就打了起来，他的手就是在打斗中被那个人砍去了。为这事，他还牵走了那姓张的人家的一头牛和一头骡子。

那时，每到阳历年，大队里总会买一些炒了的花生（我们那里俗称为"扒果子"）送到学校去。这待遇仅限于一、二年级的小学生，那边学校里的三、四、五年级学生是大孩子了，大孩子就没有了。花生装在一个麻袋里，老师就用一个搪瓷茶缸均匀地分给每一个学生，学生们排着长长的队伍挨个向前去领。学生们欢天喜地地吃着，增加了许多节日的气氛。许多学生舍不得吃完，就装在书包里一些拿回家去。那一年的阳历年前我感冒了，一连两周没有去上学，一直到期末考试前的一天才回到学校去。那天上午，下了第一节课后，刘洪庆老师叫我去办公室。到了老师办公室，刘洪庆老师打开他办公桌锁着的抽屉，拿出一粉笔盒花生，递给我，说："阳历年那天你没来。这是你的，每个学生一份。"我双手端着那个粉笔盒转身走出了办公室。

我常常想起这件事。那时，阳历年已经过去十几天了，而刘洪庆老师还把那一粉笔盒花生给我留着。这件事使我幼小的心灵受到很大的震动，而他那个不懂事的学生接过那个装满了花生的粉笔盒的时候，竟然连一句感谢的话也没有说。

我上三年级以后，就到村外的学校去了，刘洪庆老师也不教我们了，而是留在原来的学校教一年级。从此，我就很少见到他，我参加工作以后，就基本上见不到他了。因为是一个大家族的，我还是听到许多关于他的消息。有人说，前几年许多民办教师都整顿下来了，就是刘洪庆"刘广大"没有料（教学水平不高），却没有下来；有人说，刘洪庆教了一辈子学，最高教到小学二年级，三年级就不会教了，可照样在教，一个月几百元的工资，家里的地也耽误不了种；后来又有人说，全市的民办教师都转成公办教师了，刘洪庆的工资一下子涨了好几倍，啥人啥福，刘洪庆一个月都能拿一千五六百元了，一千五六百元赶上我们一年种几亩地了。我还听说，曾经因种种原因被辞退的本村和邻村的几个民办教师还聚在一起商议，要去上访，要求恢复他们的教师身份，原因之一就是刘洪庆能干为什么他们不能干。

2001年中秋节的前一天，我回父母那里去。那天是星期天，午饭后我跟父亲去村东地里种蒜，在路上碰见也去地里种蒜的刘洪庆老师。这么多年来，刘洪庆老师一直教小学一年级，只是在我留级的那年教了一年二年级。他说："我教不了二年级，但一定要把一年级教好。"他教的一年级成绩也确实很好，我回家乡中学任教的那几年，每年教师节表彰时都有刘洪庆老师的名字，他还在学区上过示范课。他很公平公正地对待他的每一个学生，对学生态度也很和蔼，他知道自己没有多大学问，就在教学上兢兢业业，一丝不苟，因此很受学生的欢迎。

那天，刘洪庆老师说，他教龄三十年了，职称还是小教二级，他说他1989年时就取得了中师学历，问我能不能帮帮忙在他退休前聘上小教一级。我回城里以后，曾打电话问过镇教办的负责人。听了我的话，那位负责人很客气地说："这事还真的很难办，像刘老师这种情况的，全镇有十几个，上头给的名额又少，每到职称评聘时各项积分都很透明，教师们的眼睛瞪得比鸡蛋还大。刘老师教学成绩倒不错，主要是民主测评分低。"那天，那位教办负责人问我能不能从上面给他们多要几个名额，我当然没有去有关部门要什么名额，我没有那个能力，再说，我就是要了名额，那个教办负责人也不一定给刘洪庆老师。民主测评分因参与测评的评委的分数都不公开，只公布最后的测评结果，而结果只有负责人一个人知道，聘上的和聘不上的往往就是相差零点零几分，甚至更少。

那次见到刘老师后，又过去六年多了，我再也没见到他。他现在应该退休了。我不知道他的愿望实现了没有。

那时，我们村小学的校长叫张建义。身材瘦瘦个子高高的张建义是解放初期从县速师毕业的，是学校里唯一的公办教师。尽管当时全国上下都在学习"白卷英雄"张铁生，但张建义校长还是很注重老师们的教学和学生的学习。那时除了放寒假外，学校里每年要放两次农忙假，一次是麦收时放麦假，再一次是秋种时放秋假。除了这两次假期外，正常上学时村里还经常让学校组织学生去参加一些修路、挖水沟等劳动，有时也有生产队队长来学校请求帮忙，帮忙为他们沤肥、刨地瓜等。能在老师的带领下，排着队伍到田野里去，我们很高兴，尽管中午吃着自己带去的干巴煎饼，喝着也不知道有没有烧开的温水，但下午收工时，要我们去帮忙的那个生产队总要犒劳我们，发给我们每人一个苹果。但张建义校长不希望我们过多地去参加生产队里的劳动，而是尽量地推掉村里和生产队的一些请求，让学生有更多的时间学习。现在想想，在那样的年代，能做到这一点实属不易。

张建义校长是学生们最惧怕的人，这种惧怕不仅仅来自他作为一个校长的权威，也来自他对学生的严格要求。他担任五年级的历史课教师，虽然那时历史课不参加升初中的考试，但张建义校长依然对历史课的学习抓得很严。课程表上每星期有两节历史课，张校长上课时总是先提问上一节留下的思考题，然后再学习新内容。如果点名站起来的学生背不出正确的答案，张校长不打也不骂，而是会从那个学生的祖父甚至曾祖父开始一个一个数落起来。因为是一个村子里的，张校长对人家的家事知根知底，那口气就像是在述说他自己的家事一样，直说得那个学生头不敢抬气不敢喘，那滋味还不如头上重重地挨上几教杆舒服，哪怕头上起个大血泡。因为张校长全是揭的人家的短，又常用顺口溜，他说的人家的许多事情连那个学生自己也不一定知道，过后，他说的那些话常常会成为同学们取笑那个学生的话题。数落完了，张校长还会让那个背不上答题的学生站上一节课，有时也会让他到教室的最前面面向全班同学站着，或者到教室外面去站着。女学生也不例外。

我们最害怕上张校长的历史课。有一次，张校长像往常一样提问上一节留下来的答题，那节课提问的是"简述陈胜吴广的起义经过"。张校长刚说完，我心里就犯嘀咕，不对呀，上一节留下的问题是"秦始皇统一六国后采取了哪些措施加强中央集权"，"陈胜吴广起义"一节还没有学呢，又一想，莫非我和刘波去背对口词（准备元旦演节目）时缺了一节历史课？想想也没有呀，我们背对口词时那一节是体育课——正在我纳闷时，忽听张校长点到了我的名字。应该说，以前我从没有回答不上张校长提问的时候，不仅是回答上来，而且是很流利地回答上来，每次都会受到表扬，他总说我的回答就像放小爆仗一样，一挂小爆仗噼噼啪啪没一个哑的，我因此还得了一个"小爆仗"的绰号。我缓缓地站起来，站在那里一个字也说不上来。我几次张嘴，想说出上一节课不是布置的这个题目，可话到嘴边又咽了下去——张校长怎么会出错呢？我脑海里一片空白，直觉得脊背发热，额头上往外渗汗。也不知过了多长时间，我忽然觉得张校长拽了拽我的衣领，因为我坐在和讲台紧挨着的第一排，张校长只是伸一下手就能够到。我里面穿着一件当时常见的有领子的短袖海军衫，白条蓝条相间，外面穿着一件深蓝色的长袖褂子，海军衫的领子翻出来盖在褂子领子上。张校长说话了："小翻领，往外翻。大眼睛，忽闪闪。你算术得了一百分，你作文写了三页半。可这回——这回你怎么完了完？这回你怎么完、了、完！""啪！"他手里的教科书随着他嘴里说出的最后一个字，重重地打在了我的头上。教室里没有人敢笑，我只是听见有轻轻翻动书本的声音，他们都是怕提问到自己而在偷偷翻看书本。顺口溜说完了，张校长没有数说我的祖父乃至曾祖父，而是讲起了我的父亲。他说他和我的父亲从初小一直上到高小，那时他们的学校是在十几里路的旧寨村，来来回回他俩总在一起，每次考试总是我父亲第一他第二，每次考了试排出了名次，老师就领着他二人到各村去张榜。他还说了他与我父亲上学时的许多事情。他说了足有大半节课的时间，我清清楚楚地听见了他的每一句话，但那些话里没有一句是说我父亲的不好。这使我大感意外。张建义校长说的那些话我以前从没有听父亲说起过，甚至也不知道他和我父亲曾经是同学。

张校长大概还要领我们学习新内容，可能觉得已经过去大半节课了，就打住了他意犹未尽的话题，说："好了，小翻领，你站着，听听别人怎么回答。刘凤。"刘凤是个女同学，是班里的副班长，也是班里学习最好的同学之一。刘凤站起来，也没有像张校长期待的那样连珠炮似的回答问题，而是结结巴巴地说："老师，你提问的这个问题我们还没有学，我们上节刚学完秦始皇统一六国，接下来才学陈胜吴广起义。"听了刘凤的话，我突然如释重负，不禁偷看了讲台上的张校长一眼。张校长两只胳膊撑在讲桌的边沿上，右腿站着，左腿向后弯起，脚蹬在后面黑板下的墙上，正低头看着讲桌上的教科书。教室里很静很静。过了好一会儿，张校长才说："你俩都坐下。你们知道我为啥问你们这个问题吗？这样才会给你们留下深刻的印象。你们就不知道往下看看？那些故事多么有意思啊。你们先看一看，我再讲一讲，那你们就会学得更好。"那节课，张校长没有再继续提问，而是领我们学习了"陈胜吴广起义"那一节内容。下一节历史课，张校长还是先提问了我，提问的还是"简述陈胜吴广起义的经过"，我对答如流。

张校长说得没错，"陈胜吴广起义"的确给我留下了深刻的记忆，一直到现在，我对那个问题还能够背出来："公元前209年，陈胜吴广和九百多名贫苦农民被征发到渔阳去服役，走到大泽乡，遇到暴雨，道路冲毁，不能按期到达。按照秦朝的法律，误期就要杀头……"如果能翻出当年的历史课本对比一下，绝对是一字不差。

那天放学回家吃饭时，我问父亲，问他是不是和张建义校长是同学？他怎么当了校长呢？父亲久久不说话。快吃完饭时，父亲才说："我高小还有一个多月就上完，你爷就不在了，你奶奶也病了，躺在床上没人照应。我本来要跟人学先生（医生）的，唉，谁知先生也没有学成。张建义高小上完后就考到了县里的速师班去了。"父亲的声音低低的，似乎是在自言自语。

我不知道那一节课张建义校长是故意这样提问的还是他记错了我们学习的进度，我虽然也挨了数落，却一直感激一向严厉的张校长那一次没有像批评其他同学那样批评我，而且还有意无意地让我找到了一种新的学习方法。从那时开始，我学会了预习，虽然那时我还不知道什么是预习，因为我唯恐张校长再提问即将学习的那节课的内容。我还把这个习惯用到了其他的学科上。

一年秋天，我回家看母亲。午饭后，我走出大门，沿河边的小路向东走去，我想到东边的那座小石桥上去看一看。河岸上铺满厚厚的落叶，把那条小路遮盖得严严实实。一阵秋风吹来，两岸的杨树上又落下了一片一片枯黄的叶子。我抬头看去，树上的叶子已经十分稀疏了。我想，整个春天整个夏天那些杨树枝头的叶子曾是多么碧绿多么茂盛啊，可转眼间就化作了蝴蝶纷飞，"秋风吹渭水，落叶满长安"。我正在想着，突然听见身后有羊的叫声。回头一看，见有人赶着一群绵羊沿河岸走来。等那人走近了，我才看清是张建义校长。我停下了脚步。张校长也看见了我，他还叫出了我的名字。我看见他的脸又黑又瘦，头发也已经不多了，但精神矍铄。那群羊儿不肯停下，我也就和他边走边说话。张校长和我的父亲同岁，那年应该是 72 岁了。我问他，退休工资那么高，儿女也都有好工作，为啥不闲下来，享享清福呢？他说，在学校待了一辈子，闲下来难受，怕静。

那天，我真想问问他，四十年前的那一节历史课，他到底是故意的还是记错了我们学习的进度？但我终于没有说出口。

张校长教了一辈子的书，那节课他肯定忘记了。

马语（十章）

墨未浓

之一　走马看花

　　我是一直闭着眼睛，我不屑于去打扰那一份安静。在此之前我曾经睁开了一道迷离的缝隙，风太狂野，沙子打得眼睛生疼。相对于单调而寂寞的日子，这些花儿着实是不可多得的陪衬。她们怒放着，触须四扬，仿佛一根丝线牵着了她们的神经，轻轻地一拽，花蕊像一个圆球，弹飞虚幻的盛景。

　　我还是要闭上我的眼睛。我必须要闭上我的眼睛。这个世界上许多的花儿多彩纷呈，嗅觉惊醒的时候，我闻到了一股自远古飘拂而来的异香——鼻塞的我，愈来愈感觉到世界的澄明。

　　马在梦里，花在征程。挽着缰绳的双手多像两支在弦未发的箭镞，一次次鼓起的青筋迎风而立，翕张有合。摇摆的马缰，嘚嘚的马蹄，抖擞的马鬃，瘦削的马脸，坚挺的马尾，骨感的马腿，谦卑的马唇，油光的马身，尖厉的马鸣——众目睽睽之下形骸不羁的狂妄，在一朵花儿的冥思里，原形毕露。

　　草原之上，她放慢匆匆的羁旅，低下昂贵的头颅，轻轻地，轻轻地吻了一下露珠滚动的花蕊。

之二　马鹿易形

　　有一种画笔是无所不能的，它不是水墨的皴法，更不是工笔的精雕细描。它是一口气，徐徐吹来，马头上云雾缭绕，瞬间长出两排犄角；它是一阵雨，淋淋漓漓，湿透了的鬃毛，像日光抚摸过的云彩，斑斑点点。

　　流云飘渺，马在流云之上。四只筋骨玲珑的马蹄飞扬开，扬鞭之处，云蒸霞蔚。一道曳光划破了棉絮般的云层，划破了宁静的苍穹。

　　那是一笔豪放的泼墨，漫延开晶亮的色彩。那是一方浓重的神来之鸿印，盖在了欲说还休的嘴唇之上。这劲道的印泥像收缩可控的镣铐，禁锢着白天和黑夜。

　　马奔跑着，身后的云层上下翻卷。一会儿是白色的，一会儿是红色的，一会儿是黄色的，一会儿是蓝色的，一会儿是黑色的……这流动的云霭，愈来愈诡异，谁能懂得云的心意？

　　马还在那儿，云彩变了。遒劲的大笔一挥，墨色生香。黑还是白，是还是非，都在云雾里闪展腾挪。鹿的犄角忽明忽暗，一会儿看见，一会儿没有了踪影。

　　风扯着嗓子吹，吹不尽这多彩的云翳。

之三　快马加鞭

　　天不早了，月亮挂上了树梢。黄狗蹲在马厩旁摇着尾巴，马还没有抬起头。缰绳握在谁的手里，那个握缰绳的人还没有系上鞋襻子。去路凹凸邈远，天亮之前，能否听到急促的马蹄声渐趋渐近。

这些都不想了，马知道该怎么走，马的嘶鸣会送去好的消息。谁在那里等候，谁望穿秋水，谁盛上大碗的米酒在盼一个人，马默念心中。

鞭子搭在了肩上，很长的鞭梢垂到了地上，划出了一道深深的印痕。马不看鞭子，马不管鞭子的事情，马只管走自己的，马很自信。马知道路是走出来的，或者跑出来的。马很多时候低着头，马即使抬一下头，也不想看得太远。

马知道，只有看清脚下，才不会被绊倒。

马知道，前方太虚幻，雾气太重，眼光很难穿透。

天真的不早了，马走一步嚼一口嘴里的草料。脚下的绿草早已挂上了晶莹的露水，月光如纱，笼罩着夜行的马和它的主人。马走一步看一眼脚下的露水，露水像一面镜子，映照着马走动的影子。

鞭子在主人的肩上搭着，没有挥一下。马知道自己该快还是该慢，马能听得到主人的喘息。马走几步跑几步，在它心里有一杆无形的鞭子，调节着它的步伐。马比谁都清楚，在天亮之前，一定要到达那个地方。

之四　驷马难追

有一种对峙是波澜不惊的，一棵树注视着另一棵树。风儿吹不动树干，枝枝丫丫的摇曳成不了什么气候。

树是有思想的，树的思想在沧桑的年轮里。年轮里有盐，在树干的外边，在树皮的裂缝里，凝结成琥珀一样的冰晶。

冰晶是树的泪花，树也想说话，想来想去还是没有说。树怕说了不好，说了就凝结成琥珀一样的冰晶，像鼎一样矗立着。另一棵树能听得到，也能看得到。听到看到就记在心里了，抹也抹不掉。

所以树不说话，怕说不准，说准了又怎么样。

所以树很镇定，镇定得有些可怕，镇定得有些奸猾，镇定得有些顽固不化，镇定得有些唯我独尊，镇定得有些看破红尘，镇定得有些……唉，真有些像牵人魂魄的恐怖片。

风儿有些轻狂，风儿不怕事，风儿对树说："伟大的树啊，挺拔的树啊，茁壮的树啊，威武的树啊——你舞起来吧，你摇起来吧，你唱起来吧！你是老大，世界因你而自豪，你还有什么怕不怕？"

树依然岿然不动，树依然缄口不语。

树心里很亮堂。树知道，树要为马负责，树怕难为马，树怕累死马。

之五　求马唐肆

那道印痕深深地烙在舟上，谁也不知道水在走还是舟在动，所有的定律都枉然，剑不见了。

现在不是剑，现在是马。马有腿，马是活的。活的东西有主见，让它向东偏向西，不听使唤。

马逐草而居，夜草易嚼，而草不常有。马或者在路上，或者在马厩里，它的行踪就像一根飘忽不定的稻草，被愈来愈强劲的罡风吹得若隐若现。

光阴似箭，箭在弦上，弦若游丝，丝竹切切。循着深深浅浅的马蹄印，辨认着路旁细密柔实的叶片上的牙痕，那个人从草原的那边走来。

在草甸的尽头，野草像此起彼伏的马鬃，燃烧起万马奔腾般的绿焰。天地之下，绿色涌动。分不清哪儿是草，哪儿是马。或许马早就走了，草遮蔽着我们的眼睛。

那个人是来干什么的？他的脚步不紧不慢，好像内心有一个既定的目标。但看得出来，他的目光里有一种可怕的空洞。像一个千年的骷髅，发射着两股黑色的光芒。

马不会在那里等着谁，那里已经变得空旷，甚至连马的影子也没有。马停驻的地方有一片云，把那个人的目光焊接、熔铸——幻化成一片熊熊燃烧的火烧云。

之六　窗间过马

花格子里洒落着金飒飒的阳光，春天翘着脑袋向外瞭望。阳光像一把梳子，梳到哪里，哪里就是绿色的海洋。

万物静候着天马驮着鲜花君临，一路的奔波飘洒着馨香匝地。过往的世人拎着行囊匆匆走过，谁停下脚步看了一眼车马喧闹的街面？谁一边走一边看，把时光攥在手心里，让回忆像一朵花蕾初绽，鲜活了一生一世的期盼？谁弯下黄金般尊贵的腰肢，轻轻地拾起那朵凋零的心，放在香唇边嗅了嗅，悄悄地插在了丝丝缕缕的发簪之间？

时间是一架吱吱呀呀的老马车，不见了影子留下了回声。阳光是你嘴里含着的蛋黄，咽下去滑腻腻的，像吞下了一个春天的梦。

你在窗格子里面看世界，世界包容着你的狭隘。

你分不清哪是阳光哪是马，这一闪而过的光芒击伤了你的眼睛。如果此时揉一揉你的眼睛，马一如既往地走着，阳光也追不上了疾驰的踪影。

门窗洞开着，你插上翅膀蠢蠢欲动。

马刚刚走过去，缰绳在地上划过一道印痕，像琴弦上纤纤玉指弹出的乐音，渐趋稀疏、渺茫。

亲爱的，你打通隧道，能否追回那逝去的时光？

之七 一马当先

一匹马就是一匹马，一匹马永远不是两匹三匹或者更多匹。一匹马很威武，一匹马很英雄，一匹马很孤独，一匹马别无选择，一匹马没有退路，一匹马必须一往无前。

西风劲吹，烈马嶙峋，英雄醉饮古道。

残阳如血，壮志澎湃，世事参差人意。

大地如鼓，马蹄如锤，多少年的征程在路上。一直没有停歇的行走，敲打着寂寞苍凉的史册。

所有的声音都那么喑哑，所有的号啕都沉寂在隔世的狼烟里。等暮色四合，等秋意初染，在某一个角落里，有一双眼睛静静地输送着两注炽烈的光芒，打捞和拯救历史曾经的心跳。

土地还是那片土地，马已不是那匹马。微弱的灯光关照着的田野走进了黄昏的懵懂。时空幽幽，万物萧萧，一朵花沾染了俗世的媚态亲近夜行的马。马走在自己的内心里，置若罔闻。

更多的花伸出娇柔的触须，绽放如水的笑靥，盛开在马的辔头间和鬃耳旁。马目不斜视，一个激灵抖落尘埃般的羁绊，向着深邃而高廓的原野一声悲壮的嘶鸣，惊醒了入眠的星星。

马要走马的路，它的后面，有更多的马需要奔腾。

之八　天马行空

那一对翅膀划破夜空泼墨般的寂静，仿佛一股液态的黑在通亮的鱼缸里游弋，蝌蚪一样摆着尾巴四散而去。

赭石色的翅膀在云雾里扑闪着，阳光之下，像挽弓的后羿，吱嘎嘎拉开惊世骇俗的格局。

翅膀拉动着你五彩的梦，梦境嬗变着你拘谨而羞赧的自恋。你强劲的四蹄踏在了坚硬的石头上，石头陷落成天然的石臼。艳丽的花朵倏然之间盛开，像天池里长出的雪莲，虚幻而迷人。

等你的双翼愈见丰满，等你的鬃毛褪尽，你不再奔跑在素常的大地。你踏在了云层之上，你与云霄的距离愈来愈近，你甚至超越了云霄。你的每一步都迈动在你的内心里，你的内心就是一片汪洋恣肆的大海，腾飞与凌驾是你脑子里的一根筋。

这个时候你不会再想到降落，即使有一棵参天大树，你也不会去栖息。

栖息是栖息者的卑微，流连是流连者的坟墓。

或许，尘埃是沉重的。或许，高蹈是放荡的。如果你是剽悍的马，你会轻易去离开土地？如果你是一滴水，你还怕什么云蒸霞蔚？

之九　老马识途

寒风吹劲草，你嶙峋的骨架陡立着，像一面山峰巍然屹立。一幅油画铺展开，描摹不尽的细处是你临风抖动的鬃毛，瑟瑟有声。

老了。马嚼子是你一生的依恋，深深的勒痕铭记着你对生活的咀嚼。伤痛是甜丝丝的像含在嘴里的干草麻醉了路途的遥远。去日苦多，你目不斜视向前走，你永远在咀嚼，你的咀嚼斩钉截铁。

食粮都归了仓，那些散落在山野旮旯里的落英横亘着，像猎猎迎风的彩旗在岔路口等着你，等着你去亲近。即使不吱声，你也知道，该靠着哪一垛柴草去超度余生。

天黑下来，你的眸子直愣愣地瞪着。野花匝地，淹没了漆黑的路。风把高树连根撅出，宽阔的路一刀两断。你若无其事地溜达着，你不停地在咀嚼，路在你的咀嚼声里延伸着凹凸不平的线描。

现在，天越来越亮了，世界也变得澄明剔透。万物不改初衷，噤若寒蝉般的许多心灵都赶着去靠近太阳的温暖。雪照常在毫无防备的时候飘落，覆盖住大地的沟沟坎坎和人类的间歇性疼痛。

你是老了，两眼已经散光。你用嘴巴啃开雪路，你用嗅觉去发现路。你知道，只要是路人都走过，只要是路都有人味。

之十　马到成功

一根发丝系着的那轮磐石兀立在雄鸡啼鸣的晨曦里，马蹄声声震动着它的心弦。一道寒光劈开白天与黑夜，千钧一发的瞬间点燃生命的烈焰。

坚硬的磐石局限于纤弱的发丝，纤弱的发丝局限于烈烈的火焰，飞奔的马蹄局限于遥远的征程……

而这一切，都局限于无常的生死轮回。

在时光的端倪里，世事纷呈着流光溢彩的华丽外衣。转眼之间，那些朴实的抵达、真实的疼痛、如实的皈依都玄幻得出神入化，像一匹腾飞的马，驾起飘逸的云彩，飞入幽冥和魔幻。流年之灰像一场大雪，堆积、覆盖了青葱的大地。

尘埃落定，时光蓬松，巨大的孤独雕刻着我们的人生。

月光如纱，魂灵如影，是谁的鬃毛牵动着那颗磐石在走动？倚马千言的才情融浸在纤尘不染的夜色里，在清冽的月晕下，穿梭着谁一生一世忙忙碌碌的神经？

准备一把干草和一桶井水吧，马就要到了。时光的画卷铺展开，像鲜花密匝的金光大道，绵延着春天的憧憬。

请不要靠近，马饮一口凉水，吃一口干草，还要前行。

时光藏在草木里

罗拱北

鱼腥草

年关时节，我们像候鸟一样回到老家。冬天的农村没有什么事情可干，但是有一件事是我们几十年来乐此不疲的，那就是挖鱼腥草。

鱼腥草其实是书面语言，在我们老家那地方，它有一个很土的名字叫臭耳子，因为它的叶片像极了耳朵，那浓烈的气味让一般人接受不了；有的人还把它叫折耳根，因为它深藏在地下的根一节一节，曲曲折折，有的甚至能蜿蜒数米。在外漂泊的日子，在酒店里偶尔也能见到鱼腥草，但那种味道已经与家乡的吃法相去甚远。我们正宗的吃法是吃臭耳子的根，而不是它那暗红甚至已经发绿的叶子。

寒风肆掠，万物萧条，地面上还看不到任何春天的迹象，在哪里去寻觅臭耳子的身影呢？其实你根本不用担心，在川北，臭耳子是一种极贱却又有着极强生命力的野草，只要有土它就能生长，任何一个角角落落，沟沟坎坎，都有它倔强生长的身影，虽然只有初夏才能看到它碎碎的白花开遍原野的情景，但是在春节前，深埋在地下的臭耳子已经开始在积攒迎接春天的力量了，白居易的"离离原上草，一岁一枯荣。野火烧不尽，春风吹又生"，用来描述它再贴切不过。

我们心里暗藏着欢喜，拿了锄头撮箕，走到田间地头随便挖，一锄头把土块翻过来，绝对不会让你失望，在湿润的泥土的包裹下，白白嫩嫩的臭耳子根在泥土里纵横交错，暗红的芽尖似乎正要破土而出，向人们宣告春天的到来。这时候，你千万别急，只管静下心，把泥土一点点掰碎，那一条条臭耳子根就到了你手里，然后再挖下一块……不一会儿，小小的撮箕里就装满了春天的美味。

臭耳子的做法是极简单的，把它洗净切成小段，连葱姜蒜这些基本作料都不需要，只需放上盐和油泼辣子，一道让我们垂涎欲滴、有着故乡泥土气息的时令蔬菜就端上了春节的餐桌。一年的光景，就从急不可待的筷子尖上开始了新的征程。

车前草

"停下来，别走那么快！"她伸出羞怯的小手，拦在接踵而来的车轮前，轻声劝说着。

她纯真的手势，固执地比画着，而鲁莽的车轮，被更鲁莽的历史驱赶着，它顾不得留意路上的细节，它不在乎也不理解，那手势比画着怎样的深情，怎样的苦情。

它们呼啦啦碾过去了。冰凉的车轮咯噔了一下，又咯噔了一下，它们在连续的咯噔声中头也不回地驶远了。

　　时光冷漠的轮子，碾碎了多少温柔的心。

　　春夜，当我在远离故土的他乡读到李汉荣先生这段关于车前草的文字时，眼泪不由自主地流了下来——我从来没有想过，这小小的车前草竟然蕴含着如此催人泪下的乡愁。

　　关于车前草，我是再熟悉不过的：这是一种常绿的野草，故乡的山野路旁到处都是，它植株矮小，柔弱的身躯举着一只只翠绿的小手，别看它其貌不扬，却有着惊人的生命力，狂风吹不折它，严寒冻不死它，酷暑晒不坏它，甚至人粗鲁的脚掌一次次让它筋断臂折，它从来都只会匍匐而不会倒下，经过露水的疗伤，它又一次次在原野里举起它那柔弱的小手，但是我确实没有想过，它是想以自己的柔弱之躯一次次挡在滚滚车轮前、一再告诉人们"停下来，别走那么快"吗？

　　我甚至没有想过，它为什么要叫车前草。过去，在我的老家，那里山大沟深，交通不便，根本就不可能有供车辆通行的大路，只有一条条羊肠小道似乎可以伸到很远的地方。那些小路旁长满了一簇簇车前草。而我，当年就是沿着这些小路离开家乡，那时我太年轻，只顾向着未知的远方赶路，根本没注意到脚下的车前草，根本没注意它举着小手试图将我拦住，让我慢下来，别走得那么快。我甚至今天才感觉到当年我的脚底一定沾着它绿色的汁液走到了远方，尽管它的力量对车轮来说是螳臂当车，根本就阻止不了时光冷漠的轮子以及我们奔赴异乡的决心，但是它还是一次又一次固执地打着手势，让我们在故乡的怀抱多多停留几秒时光，即使自己遍体鳞伤也在所不惜。

"停下来，别走那么快！"她伸出嫩绿的小手，打着固执的手势，劝说着所有年代的车轮，她要挽留时光那一闪而过的鲁莽背影。

可是，没有一个人愿意因为她的挽留而放慢匆忙的脚步，年长的年轻的，男的女的，一个个在朝雾蒙蒙的早晨离开了村庄，离开了我们赖以生存的土地。只有车前草还年复一年绿满故乡的山川，长得那么茂盛和热烈，那紫色的花穗，多像母亲忧郁的泪水凝固而成，那些翠绿的叶片，多像母亲在故乡的小路旁踮起脚尖向我们招手："停下来，别走得那么快，再回头看一眼你的故乡！"

蒲公英

在乱石丛生的渭河河滩上，看到几朵娇黄的蒲公英从沙子中冒出来，我的心怅然了很久。

小时候，蒲公英是我们小孩子的最爱，无论是在放学回的路上，还是在打猪草的田边，只要发现有蒲公英张开降落伞一样的花穗，我就会轻轻地把它掐下来，然后举过头顶鼓起腮帮用力一吹，原来一个圆球一样的降落伞瞬间分成几十上百个更小的降落伞，洋洋洒洒向空中飞去。有的飘飞一阵就会掉到近处的草叶或泥土上，而有的恰巧被微风卷起，就不知道会落到哪里。这渭河滩上的蒲公英，会不会是当年那个不谙世事的小男孩一口气吹散的种子，其中有一粒经过几十年的迁徙，一路跋山涉水来到这里。而今日所见的这几朵开得明艳的黄花，几天之后就会变成新的降落伞，它的子子孙孙不知道又将飘到哪里去。那一把把小伞看似随风飘荡不问西东，实则多么像一驾驾时光的马车，在岁月的荒原上任意驰骋却又了无痕迹，人生的经历不就是这样被时光的马车一路抛撒、最后"零落成泥碾作尘"的吗？你能找出哪粒沙子是你自己呢？

越是卑微的事物越易让人忽视，越是常见的东西越会让人麻木。就拿时光来说，仿佛每个人不经努力都会拥有，当它一步一步弃我们而去的时候，我们也不会觉得疼痛或者可惜，甚至会像那些小花小草一样被肆意践踏。回想起自己半生的漂泊，当年的青丝如今已经花白，当年清晰可见的故乡如今只剩下依稀的影子，那些在春天会飞回去寻找旧垒的燕子早已换了人家，而我却还在烟雨苍茫的路上，忘了来路，更不知归期，甚至我觉得自己也许会和这朵蒲公英一样，会被风刮到更远的地方。

汪曾祺与书画

乌 人

汪曾祺先生小的时候，是很想当一名画家的。他认为"用笔、墨、颜色来抒写胸怀，更为直接，也更快乐"。这当然跟汪先生的父亲有很大关系。

汪先生的父亲是个令人倍感亲切的人物。汪先生在他的好几篇文章里，都一再称自己的父亲是"最聪明的人"。汪先生的父亲不仅精通金石书画，而且对音律也很有研究。家里的很多乐器，笙箫、管笛、琵琶、古琴、胡琴，样样都弄得很好。汪先生的父亲为了用色准确，把自己的那间画室裱糊得"四白落地"。每逢春秋丽日，汪先生的父亲就打开画室，尽情作画。这时，汪先生就非常兴奋地站在他父亲的旁边，聚精会神地看老人家作画，一看就是半天。汪先生还听从他父亲的建议，"写了写'张猛龙'"。这对汪先生的影响很大。直到四十岁时，汪先生还萌发过改行当画家的念头。

但汪先生最终还是没有当成画家，却成了一名蜚声海内外的著名作家。尽管如此，书画艺术还是伴随了汪先生的一生，并在他后来的作家生涯中扮演了一个不轻不重的角色。很多时候，书画作品竟成了汪先生寄托自己的期望，抒写自己淡泊名利的最好载体。

1983 年，我在《人民文学》上看到汪先生的《故里三陈》，篇末附注"急就"二字，就断定汪先生不像我先前听到的那样身体欠佳，便提笔给汪先生写了封问安的信。几天之后，汪先生在给我的回信中说："你是个细心人，从我的小说后面附注的'急就'二字，即推知我身体尚好！因此，我今天早起用浙江宣纸写了去年为友人题画的一首诗，以为报答。"

这首诗就是汪先生在他的《晚饭花集》的自序里自勉时提到的：

新沏清茶饭后烟，自搔短发负晴暄；枝头残菊开还好，留得秋光过小年。

从这首诗里，我似乎非常清晰地看到了汪先生那崇尚悠闲自在的生活，而对功名利禄又不屑一顾的精神状态。

这幅字画，后来在 1988 年汪先生到我家做客时，我对汪先生说："就是这幅条幅，您当初寄给我时，我的一位朋友非要出三百块钱买去，我说不卖。"汪先生说："这不是有题款么——有题款他还买？"我说："买！"汪先生就笑着问我："那你为什么不卖？三百块卖了，我还可以给你写嘛。"我说："不！"当时我就告诉他："甭说三百，就是三千、三万我也不卖！"

1987 年，我的一位在大同矿务局图书馆工作的朋友马立忠，在清理图书馆的藏书时，意外地发现了 1963 年中国少年儿童出版社出版的汪先生的《羊舍的夜晚》，就送给了我。我在这年夏天到北京时，把这本书带到了汪先生家。汪先生见了，非常惊讶地问我："咦！你怎么搞到的？"我把详情告诉汪先生后，汪先生提笔便在这本书的扉页上写道：

志强留念

    此近似海内孤本矣

                        曾祺

              一九八七年八月十九日后一日

之后，汪先生就愉快地和我谈了这本书的出版经过，并说："当时出版社的同志从我这里拿走书稿时，问：'找谁插图？'我说：'找黄永玉。'出版社的同志说：'啊呀！这个恐怕有一定难度。黄永玉不一定愿意给搞。'我当时笑着对他说：'他会答应的！你就说是我点名让他搞的。'结果出版社的同志找到黄永玉，说是有一本书想让他给搞搞插图，黄永玉拒绝了。后来一说是我点名让他搞的，黄永玉便欣然答应了下来。"

说到黄永玉，我问汪先生："您家里怎么没有黄永玉的画？"汪先生说："没有！我其实很想要一幅他的画，但我不好意思向他张口。"我问为什么？汪先生说："黄永玉的画现在值钱了。每幅画，拿到国外都能卖一万块钱。我和人家要一幅，不就是要人家一万块钱吗？"

汪先生的这点心愿，以后好多年，我都一直想做个中间人，给黄永玉去一封信，告诉他，但是，就怕这样会让汪先生不高兴，所以至今也没有做。我希望汪先生在九泉之下能够体会到我的这一矛盾心理。

就是这次在汪先生家，我得知过不了几天，汪先生将远行美国，参加爱荷华大学"国际写作计划"组织的活动。汪先生告诉我接到邀请后，有好几天他很为难。"美国有些熟人，还有聂华苓、安格尔夫妇，又是初次认识。总不能空手去吧？总得给他们带点礼品去。带什么呢？想来想去，中国最好的东西，大概要数瓷器了。可瓷器怎么带呢？又是易碎品，再加上这么远的路，怎么带才好呢？而且带多少才够呢？我心里没谱了。这时，负责外事的邓友梅对我说：'嘿！这有什么可愁的？你什么也不用带！你就把你的书画带一些过去，不是比其他东西更好吗？'一句话提醒了我。我就画了些画，写了几幅字。"说着，汪先生就从一个旅行包里，取出将近二十卷已经装裱好的书画，一幅一幅地给我打开，让我看。我看着那一幅幅抒发着汪先生胸怀的书画，心里真想全部窃为己有。

从北京回来，我因公到太原出差。《山西文学》的祝大同陪我到李国涛先生家，说起汪先生的书画，李国涛先生很向往地说："什么时候，我也找他要一幅画。"祝大同说："这事就交给乌人办好了，他是汪曾祺的座上客，还怕办不了。"我说："行！等汪先生从美国回来，我给去一封信。"

汪先生从美国回来后，我给汪先生去了一封信，把李国涛先生的这一愿望如实告诉了汪先生。

时间不长，汪先生给我寄来一封信。拆开信封，里面有一幅送给李国涛先生的画和一张汪先生在美国波士顿拍摄的彩色照片。内夹一张短笺。短笺上写道：

　　送你一张照片。

　　给李国涛画了一张画。我不知道他的地址，请你转交。

　　　　　　　　　　　　　　　　　　　　曾　祺

　　　　　　　　　　　　　　　　　　　　二月十一日

看了这封短笺后，我不禁浮想联翩。汪先生哪里不知道李国涛先生的地址，他这分明是想把我托付给李国涛先生，好让李国涛先生日后在我的创作上多多地予以指教。

后来的事实也证实了我的这一想法。

半年以后，我去汪先生家。汪先生问我："你在山西，谁能在创作上对你有所指导？"我说："没有。"汪先生说："李国涛呢？"我说："行，但总不如您。我觉得我和您，可以做到无话不谈。但和李国涛先生，我做不到这一点。"

汪先生听了这话，坐在那里，头仰在沙发靠背上，翻着白眼，眼神直瞪瞪地盯着什么地方，好久，好久，没说一句话……

又见炊烟升起

李北墨

夏末，午后。雨，淅淅沥沥，烟雨中的东风湖比任何时候都漂亮、静美和安逸。青青的山峰，绿绿的碧水，青砖黛瓦的民居，白墙红瓦的小楼，湖边垂钓的伞棚，还有湖面荡漾的小舟，构成一幅别具风韵的烟雨水墨画。

我撑一把伞，沿湖边小路边散步边看湖景、山色、村庄和人家。自从踏进东风湖的领地，这时光仿佛一下子慢了下来，没有了车水马龙，没有了急急匆匆，也没有了奔波、忙碌和焦躁。我很喜欢这样的环境，这样的天气，这样的漫不经心。

湖边有三三两两的垂钓者，他们比我更淡定、优雅和从容，无论鱼儿上钩不上钩，无论满载而归还是两手空空，他们都显出无比的泰然自若，仿佛他们只为守望而来，又像一个个在固定地点边看风景边坚守希望的过客，而我则更像一个掠夺者，把无限湖景山色尽收眼底。

雨，渐停。温润的湖风，一阵阵吹来，让人倍感舒爽。在快接近傍晚时，竟有一抹晚霞闪耀在蓝天白云之间，我不知道这是东风湖献给我的特殊礼物，还是高原天气特有的雨过天晴。总之，晚霞中的东风湖显得愈加清新、妩媚、灿烂和绚丽。

突然，眼前一亮，心猛一紧，一种久别的幸福和温暖，涌上心头——我看见山坡间的一户人家的烟囱里，冒出淡蓝色炊烟，袅袅升起，紧接着是另一家，又一家的烟囱，炊烟升起……

在煤气灶普遍使用的今天，平日里我是很难再见到这感人肺腑的袅袅炊烟的。在我的记忆中没有什么比炊烟更让我难忘、心酸、感动、幸福、踏实和安心了！我出生在社会主义建设初期的20世纪60年代中后期，当时全中国人的日子过得都不富裕，生在农村的人则更加贫困寒酸。

自我出生以后，母亲一直身体不好，仅凭父亲的一点工分在养活着我们，即使没有额外开支，以一个劳动力的收入也很难维持一家的日常开销，加上母亲常年多病需要寻医问药，这日子自然又比同龄人家清苦了许多。

我知道母亲是抱着"大病拖，小病挨，死了就往土里埋"的心在顽强活着，在与病魔做最坚决的抗争。母亲是个勤勉的人，只要她能下地走动，她都会拼了命地为家里做一些力所能及的洗衣、做饭、烧水、喂猪和缝补衣服。这些活计对于身体健康的家庭妇女来说算不得什么，但对一个体弱多病，抱病在床的人来说，简直是比登天还难！所以，只要在放学回家的路上能看到家里的烟囱在冒烟，我们的心里就很踏实，至少今天母亲没有病倒在床上，今天也不会饿肚子。

我们非常希望母亲能安心养病尽快康复身体，但母亲却常常硬撑着身子，说比昨天好些了，比前天好多了，放心吧，没事的。在我们面前装好人，等我们上学了，她又不得不再躺下来休息，常年如此。

那时，有句俗语叫"不看家中宝，就看垛上草"。日子过得殷实不殷实，一是看粮囤，二是草垛。粮囤在屋内不易看见，倒是堆在外面的草垛从侧面反映出一个家庭的基本情况。在计划经济年代里，粮草分配也是按劳动力所得工分多少来分配的，我们家只有父亲一个劳动力，自然分得的粮草也捉襟见肘。

都说穷人的孩子早当家，此话一点不假。我们兄妹除了用功学习之外，经常要帮家里做一些事情。节假日到生产队做一些捡麦穗、摘棉花、除杂草、采桑叶、铲草皮、施腊肥的农活，赚一点点零星的工分，补贴超支。上学前和放学后还要做一些打猪草、放牛、捡柴草、拔黄豆根、玉米根的体力活，还轮换着淘米、洗菜、做饭、熬药（熬妈妈喝的中药）、喂鸡、喂猪、洗锅碗、烧洗脚水洗澡水的家务活。

即便如此，我们的日子还是过得非常艰难，断米断炊也寻常，寅吃卯粮不说，迫不得已时还得厚着脸皮求亲戚接济，青菜、萝卜、红薯、土豆充饥也是常有的事，能吃上番瓜叶黄面饼、槐花麸面疙瘩汤、胡萝卜稀饭、高粱米薏仁稀饭都算非常好的生活了，纯白米饭一年也难得有几天，有时候连招待亲戚想要个面子都要不起来。这样的生活过了好些年，直到姐姐初中毕业辍学回乡务农，日子才真正有所好转。

说远了，回归炊烟。粮食紧缺一直是个短板，而升起袅袅炊烟所需的柴草则是另一个迫切需要解决的问题。生产队分的柴草非常有限，我们不得不另辟蹊径——兄弟姐妹各显神通地一起去拾黄豆根、拔棉花秆、挖玉米根、修桑树枝、割茅草、割芦苇、捡树枝，好歹也能凑合个自给自足。

最无奈的就是黄梅天，连日阴雨，柴草受潮或打湿，升起袅袅炊烟非常不容易。阴一天两天还好对付，阴三天五天就麻烦大了，要是连续阴十天半个月那是真的会要人命的。用报纸引火，用稻草引火，跪在火塘前引火，也都不是什么稀罕事。记得有一次实在没有可引火的材料了，我撕下前半册语文课本做了引火的"神器"（那时每篇课文我都能倒背如流，至今都无人知道我的语文课本是如何少了前半册的），要是黄梅天在外面打猪草回来，老远就能看到自家的烟囱在冒出袅袅炊烟，那心里就甭提有多高兴！

后来，日子渐渐好了起来，不但"粮满仓，柴满垛"，还还清了早年欠下的接济，也再不用为如何升起袅袅炊烟而犯愁了。母亲的身体也在医疗和调养中有了好转，倒是一辈子都没过过好日子，为家吃辛受苦的父亲，在58岁那一年离开了人世。

母亲在一件事上非常固执，虽然我们家用上液化石油气好多年了，但母亲却一直坚持用柴草烧菜做饭，哪怕是热一碗剩粥剩饭，母亲都要用柴草烧大锅去热。父亲去世后，母亲更是如此。兄弟姐妹都劝母亲说，年纪大了，就用煤气灶烧烧煮煮吧，花不了几个钱。一次，母亲被劝急了，带着哭腔说，你们知道个啥，我就是要让你爸爸每天在大老远的地方都看到自家的烟囱在冒烟，让他知道每天回来都有热汤热水的饭菜在等他，即使他不再会回来了，也要让他看到咱家袅袅升起的炊烟，这样他才会放心我一日三餐……

这袅袅炊烟反倒成了我们兄弟姊妹最感动、最幸福、最踏实的安心。但愿母亲这一日三餐的炊烟，每天都能袅袅升起，愿她老人家每一天都平安、健康、长寿！

看着东方湖畔冉冉升起的缕缕炊烟，我知道那是一个个母亲在忙碌，一个个家庭在欢腾，在歌唱。此时，我耳畔又响起邓丽君甜美的歌声：又见炊烟升起，暮色罩大地。想问阵阵炊烟，你要去哪里？夕阳有诗情，黄昏有画意……

犹记故园橘

黄爱华

又是一年橘黄时，母亲在电话里说，由于去年的橘子结得太多，今年的橘树就歇了枝，没结多少橘子。到时托人给我带几包来。我忙回绝：不用不用，这大街小巷到处都能买到橘子，费那么大周折带几个橘子来干吗。母亲哦了一声，声音很低。

不知怎的，买回的橘子总觉得差了些什么，如同一腔醇浓的爱，任由心头滋味百转千回，橘味却是极淡，似被冷水浇了般。

家中的那一亩三分橘园，便用一种深沉的颜色，时时浮在我的梦里。

父亲把心思全都栽到橘园里，在单位上班的父亲，却偏爱干农活。远的近的木料、好的坏的果木花草、十里八乡的瓜果种子，父亲一一带回家，栽得屋前屋后，坡上岭下，到处都是花草果木。以至有亲戚到我们家，都找不到地方。村里邻居们说，隔远只看到一团绿莹莹的，根本看不到你家屋顶。对于这些话，父亲只是笑笑。

父亲栽橘树时，费了一些周折，又是抽槽，又是卧肥。橘树槽高有一米多，我们把它当作战壕，在里面打得天昏地暗，一不小心踩了一棵还没栽的橘苗，父亲拿着那棵被我踩得脱皮折骨的橘苗，撵得我不敢归屋，从不动怒的父亲扬言要打我一顿，母亲从稻草堆里把我拽回家，母亲说，你爸吓你的，怎舍得打你。确实，我的记忆里，从未看到过父亲扬起巴掌，纵是怒气冲冲，都是咬牙切齿的爱。

父亲让我给那些橘苗施磷肥，我极不情愿地端一个铝盆，大一把小一把地抓着。给那些橘苗的肥分全凭个人喜好，顺眼的多丢一些肥料，不顺眼的就少丢点，也不知那些至今依然瘦弱的橘苗，是否还在怪我当年给它们施肥少了的缘故，而不肯努力生长？

初栽下的橘苗娇弱得很，总是三天两头地出症状，父亲那段时间从早忙到晚，我不太清楚父亲忙些什么，但很清楚父亲是在为什么忙。冬天来临，父亲抱来稻草，给橘苗盖上，并用绳子捆牢，生怕那些稻草被风掀了，冻坏了橘苗。有时，我从披着稻草的橘树身边经过，听得里面嚓嚓地响，我狐疑地看一会儿，走了。阳光大把，年少正当，对于生命的拔节，不太懂。

熬过了冬天，春风一吹，那些小橘苗攒足了劲生长，个个扬着绿油油的小脸，满树春意，不久后，树上便结了花苞，橘花的香味比栀子花还要香，空气就像浸在牛乳里，温润醇香，一呼一吸间，让人全身筋骨活络，惬意得很了。父亲的脸也在橘花香里舒展，背驼得跟橘苗差不多高。

雨打风吹后，满园落下碎碎的花瓣，铺盖一地浅浅的白，那些白让我的记忆清纯，这是从童年带来的色彩，未经渲染。

落下的花瓣，带来了另一个季节。橘树上挂满了小小的果，是那种很深很重的青绿，像一个人不太好看的脸色。我不管它高不高兴，只绕着橘苗一行一行地跑。一行跑出头，绕到另一行再跑——并没有其他动机，只觉得快乐。

父亲也很高兴，他忙忙地和大家交流栽苗心得，对了，我忘了说，整村的人都栽了橘苗，为了经济发展。有些人不以为然，果树嘛，施点化学肥，凭它自身自长就是，父亲不同意，果树要当孩子服侍。

一场秋风，一场秋雨，橘子慢慢红了。父亲却不让我们摘着吃，说是果树第一年的果子不能吃，要等第二年结的才能吃，我气鼓鼓地看着树上由青转黄、由黄转红的橘子，心里盘算着到底要偷摘哪一个。

冬天时，父亲把橘树上的果子摘下，全部埋了。继续了新一轮的施肥、剪枝、保苗。我再也不去橘园玩了，或许是长大了，或许是找到了其他快乐的事，我不记得了。

第二年的橘子，让我吃了个够，我家的橘个小、皮薄，水分足，甜得不像话，却没有卖相。别人家的橘子个大、皮厚，掂在手里分量足，很有卖相。在这场经济较量中，父亲输了。

我们家橘子好吃，周围人都知道，可我们家一直没有把橘子拿去卖，一来没有人手，父亲虽然爱劳动，但在单位上班，买卖方面又不擅长，而且我们家人多，小孩子天天吃，从橘子成熟时就开始吃，一直吃到来年的三四月份。母亲保存橘子也有一套方法，村里人很多人都不会保存，橘子一进屋就烂了，至于母亲的存橘方法，想来倒是不说的好。

年后的橘子，格外地甜，那种浸透了霜风雪雨过后的甜，让人莫名地忧伤，就像是在太阳底下，让人不得不眯起眼睛。

高中那年，我第一次卖橘子。为了交学校的试卷费，我和母亲一人背了一背篓橘子，天未亮就出发，走到离家二十几里的集镇上去卖，一路的上坡，逼仄、陡峭，感觉把人的呼吸都爬掉了，走到集镇已经累得虚脱。五毛钱一斤的橘子，母亲脸上的赔笑从早晨挂到下午，直至散集，在暮色里凝成不忍直视的僵硬，正逢着橘子大上市，通街的橘子，卖的人比买的人多几倍，我们的橘子未卖完，早上出门的两背篓，回家时还有一背篓。母亲摇头"这两天不好卖"，当然，我的试卷费也没挣到。那一次卖橘，成了我记忆里的永恒。熙攘的市场里，母亲轻弱的叹息，沉默着我年轻生命的酸涩和无奈。

从那以后，我们家再也没卖过橘子，而橘子价钱也一年不比一年，果贱伤农，村民们纷纷毁掉了橘树，倒不如包谷洋芋来得实在，人们或砍或挖，那些半人高的橘树，在锄头和斧头里挣扎几下，魂断身枯，炕成火粪时，叶子响得噼里啪啦，唱着壮烈的生命挽歌，几天后，这些粪土倒在洋芋窝子里，为土地增肥。

父亲到底是不忍，他曾偷偷地把别家挖掉的橘苗拿回家栽着，嘴里直嘀咕"可惜了，可惜了"，那样子，并不是为了自家多得到几棵果树苗，而是在抢救橘树，挽救生命。后来，母亲不让父亲捡橘树了，一是我家橘园实在是栽不下；二来也别让人家说闲话。

毁橘行动后，村里就算我家的橘园最大了。人们讥笑父亲，留着橘树要给女儿当嫁妆。对于这些，父亲只是淡淡地说，就当是栽的风景林了，我也不知为什么，心里竟有一种说不出的难过。

橘子少了，每年腊月，周围邻居都会到我们家，说是要买一点回家过年，不要多少，只要几斤。还有嫌自己家橘子不好吃的，也来我们家买。而父亲母亲都不会要钱，送人家几斤，让他们自己去树上摘。父亲说，橘子是自产的，又都是乡里乡亲的，平常也给我们家帮了不少忙，怎么能要人家的钱。

邻居们都不懂，栽法一样、土质一样，为什么我们家的橘子就那么好吃，这缘由，大概只有父亲知道。其实我也隐约知道，父亲从未用化学肥料，而是给果树施的农家肥。每逢正月，全家人玩得昏天黑地，父亲一个人默默地挑着粪桶，在橘园里忙进忙出。扁担在父亲的肩膀上从左换到右，吱吱呀呀地哼着难懂的调子。

那个时候，过年必须要有橘子，没有橘子的年，就少了味道。于是，我们家的橘子，就成了整个村的年味，多年未变。这一点，父亲很自豪。

橘园也成了我的风景。每次回家，都要去橘园转一转，看那一垄一垄，参差不齐的橘树开花、挂果、成熟，看世间芳华轮转，流年暗去。父亲高挽裤腿，在橘园里扯草、剪枝，有一搭无一搭地和我说话。天空湛蓝，泥土的味道悠徐而来。

多年后，一生不懂风水的父亲，突然有天指着门口的橘园，说这里以后就当他的墓地，母亲在旁不以为意，你懂什么，这里一坨白金刚泥，基挖不动，土盖不住，这哪是什么好地方？我们都不以为意，以为身体棒棒的父亲只是说着好玩，以为不懂风水的父亲是瞎指的一块地。以为日子长远，父母的百年归寿之地还来得及让我们慢挑细拣。

那年秋天，父亲以一种猝然的方式告别了我们，让我们什么都来不及准备，徒留我们的伤心、悔恨。为了给父亲找一块好地，我们特地请了风水先生，风水先生绕山跋水看了几圈，最后不偏不倚选中了橘园，选中了父亲指过的那块地。母亲幽幽叹息，原来他自己早就选好了。

父亲长眠在了橘园里。我依然像从前一样，每次回家，去橘园看看，看橘树，看父亲。橘园里，父亲的气息依旧。我的女儿、侄儿们也都喜欢到橘园玩，她们像我小时一样，绕着橘树一行一行地跑，欢快地打闹、嬉戏。橘树一年年开花、结果。我想，这些声音，父亲都能听到。

母亲的石楠

周火雄

炭火的毕剥撩拨沉封的记忆。隔着窗户，我听到寒风跑过巷子的脚步，枯寂而清寒。这样的夜晚，有关雪有关寒冷的信息，林林总总，细细碎碎，它们透过寒冷，写满无形的日历，密密麻麻，星星点点。这多像是母亲在世的絮叨。母亲害怕这样的寒冷吗？想到故园那片面水的山坡，想到那密密层层的石楠，心上倏然落满草叶，沙沙不绝……

一大早数着自己的心事，跑到母亲的墓前去看雪。原野空旷而静谧。天地如盖。四野失去了原有的色彩和轮廓。雪花静静地，静静地飘落，当它落在地上，是不带一丝声息的。石楠更显低矮。偶有树枝不堪重压的轻响，哗，抖落雪花，之后什么都没有，天地依旧恢复静寂。

隔着一湾碧水，在山的那一端，是母亲的娘家。只是，山湾里的人家没有了，慢慢地，它们随岁月迁走。于是，断壁残垣与记忆相伴，昨日与大山沉静，唯有太阳和星辰的辉光流泻在这里，衬托日子的悠长和琐碎。

雪光中母亲走来。母亲披着围巾，走过墓园小径，留下一串串脚印，弯弯的，仿佛随意抛掷在地上的珠串，精致而细密。你怎么能在下雪天这样乱跑呢？母亲拍打我肩上的雪花，哈出的热气凝成水珠，落在雪地，淅淅沥沥……

走吧，我们，你看这雪会越来越大。出租车司机催促的声音。这个落雪的天气，他害怕什么呢，他怕墓园突然跳出鬼魂吗？

母亲的墓前栽种着好多石楠。虽然没有花蕊，但是，我还是很喜欢这种植物。漫长的春天，我喜欢到原野看风景。野草还在土里轻眠，红叶石楠已然蓬蓬勃勃、兴致盎然。我记得，南街的那个小游园，种满这种植物。春天，它们竞相生长，那密密的嫩嫩的苔子，像是跳动的火焰，又与大红的花蕊相仿佛，它们如此轻狂，格外惹眼。万物萧瑟，这一团团、一簇簇嫩红，点燃心中的激情，所有关于冬天的沉闷和萧条还有颓废一扫而光，生机和阳气回归心田，这一切随阳光升腾、漫步、成长。

生命来自于自然，于是，不难理解人类喜欢四季、喜欢草叶果蔬的味道。一把新鲜蔬菜，可以烹饪出绝佳的味道，我们把姹紫嫣红和着阳光的芬芳一起咀嚼；一勺干茶，在沸水里煎熬，被我们甜津津喝下，你该知道，那杯子里蕴有自然的生趣、绿叶的芳华、阳光的热能；春有桃李，夏有杧果菠萝，秋有柿橘，冬有梨橙，最不济，还有大红的枣干，沸水一泡，细嚼慢咽，满嘴芳香。唐代诗人冯延巳确实好口福，老哥笔下的景致让多少后人流了口水：小堂深静无人到，满院春风。惆怅墙东，一树樱桃带雨红。哎哟哟，让人艳羡。我没有品尝过樱桃，但我想象得出它的甜酸和香脆。

曾经以为人生的路足够漫长。曾经以为母亲可以容纳儿子的万千怨愤和轻狂。渐渐明白事理的日子，竟然是母亲的季节深处。来日无多。来日无多。啊，季节，在你的轮回里，在所谓的成熟里，我轻易失落许多。

"寄蜉蝣于天地，渺沧海之一粟。"苏东坡在《赤壁赋》中如此感叹生命的短暂和渺小。

年复一年，踩着夜色，我行走在小游园的树荫下。常常，恍惚中觉得母亲就在身边，在杂乱的游人的脚步中。掰起指头，才知道她已离开好长好长一段日子。撇开肉身，那个吃斋拜佛的老人去了哪里？在梦里，我坚信她藏在深山。大山的女儿，与大山做伴，在芬芳的花草里劳作，在温暖的阳光下吟唱。她在经营，她在等待我的到来。

生命就像游园里的黑李一样，春天里开出花朵，一大片，一大片，轰轰烈烈，恣意而张扬。夏天，在你慨叹花朵零落的时候，果子已经萌发在枝头。盛夏的阳光一照，黑李发出耀眼的光芒，那富有质感的果色，那恬淡恬淡的果香，弥漫在园子里……

今人不见古时月，今月曾经照古人。夜晚，行走在树林深处，我聆听母亲熟悉的脚步。那刻骨铭心的声息怎肯作别人间！夜色中，石楠黑黢黢一片，来年，春上，那一串火红的苔子还会萌生，它们还会漫天漫地延拓，母亲必定在某个黑暗的地方微笑，她是喜欢红叶石楠的。是的，一定是。

父亲的土蜂蜜，甜甜的爱

吕映珍

父亲养了十来桶土蜂。蜂桶就放在老房楼上的阶檐下，每桶之间隔一米多远。

老房老，已有四十多个年头。坐落在鹿峰脚下，依山傍水。三间两层，大大的庭院，开窗见景，出门见绿，时不时听到几声鸟鸣。蜂，是野外留来的。四年前的一日，父亲锄地回家，见附近地场边的枇杷树上叮着堆蜂，牛屎般大。"蜂来，蜂来，发来，发来"，这预示着家里要发了，父亲乐得屁颠屁颠地跑回家。"留，要把这窝蜂留到咱家来，给咱做蜂蜜。"主意已定，父亲上楼找出旧蜂桶，擦洗干净后，在桶的内壁抹了些白糖水。母亲还特意从梁上找了张完整些的棕榈树皮，包在蜂桶口上。

蜂密密麻麻的，聚成一大团，少说也有上万只吧。母亲凑近树，小心翼翼地把蜂桶壁贴牢树干，把它罩在蜂的上面。为了让蜂儿快快从桶底爬进去，父亲用半湿的毛巾包着的手，轻轻地托蜂团的底部，鼓励、催促它们勇敢地往上挪。野蜂机灵，才不轻易听人"劝"呢。随着时间的推移，最上头的蜂终禁不住糖水的诱惑，开始慢慢地往上爬。然后，整个蜂团跟着开始蠕动。这样过了一两个小时，等蜂全钻进桶里，就可用米筛托住端回家了。这窝蜂，便在我家安家，在桶里生息，野蜂变成了家蜂。

留蜂不易啊。留的时间长，手托着蜂桶累不说，有时这蜂叮在树梢，还得架梯子呢。如若稍有闪失，哈哈，就有你好受的了。村里有个大伯，留了桶蜂，心想着反正蜂都牢牢地叮在桶壁上了，不要米筛托也没关系，就直接端着蜂桶回家了。结果就差一步到家门口了，"嘭"的一声，一窝蜂都砸地上了。这下好了，厨房里，房间里，如天兵天将蜂拥而至，赶也赶不走。这大伯也被蜂亲得成了个大胖子。据说，这大伯后半辈子再也没招惹过蜂了。

养蜂更辛苦。每次回老家，总听得一片嗡嗡声。父亲说是新蜂在"操练"呢，上午一回，下午一回。晒在平台上的白衬衫、床单上总会留下黄黄的蜜蜂屎，洗也洗不掉，恼人得很。特别是冬天，遇上个晴好的天气，这蜂也出来活动了，还总喜欢往晒着的被子里钻，喜欢留下点痕迹。另外，还一周两次要给它们搞卫生。蜂桶下面，时不时会有蚂蚁啊，虫子啊，你得用掸子给它掸干净。一周一次用蓬花熏蜂桶，给它们消消毒。如果蜂儿辛辛苦苦酿的蜜被虫子咬了，那蜜蜂生气了就不高兴来酿蜜了。

土蜂对环境的要求近乎苛刻，在广阔、优越的自然环境下，才能大量繁殖、生存。父亲有次准备用喷雾器给自留地里的青菜除虫，偷懒在门堂里的水槽边调农药，结果死了一大片蜂。原来闻闻气味，还真的就会死蜂的。除了蚂蚁、虫子、农药，土蜂还有天敌。一群乌蜂，不干活，总围着蜂桶飞来飞去，想偷吃蜂蜜。更可怕的是长脚蜂（马蜂），它个头比土蜂大几倍，攻击力极强，专门攻击土蜂，侵食土蜂的蜂蛹。这时要有人专门看管着，把前来侵略的第一只长脚蜂杀死，如果等它偷吃成功，带来整窝的长脚蜂，那就再也不用养蜂了。

给蜂"分家"，也是有技术含量的。蜂的王国是一个纯粹的"母系社会"，三万多只蜂里只有一只蜂王。蜂王寿命从三到五年不等，是蜂群中唯一能正常产卵的雌性蜂，受到整桶蜂的爱护和尊重，它走到哪里，众蜂都会给它让道。当新的蜂王产生的时候，得想办法把新的蜂王消灭在摇篮里，或者给它们分家。否则，等新的蜂王"翅膀"硬了，会带着它的一半子民远走高飞。

雄蜂寿命从二十八天到五十天不等，雄蜂生存的唯一价值就是同蜂王交配。在蜂群中，数量极庞大、最劳碌的是工蜂，肩负着采集花粉、吸吮花蜜、酿造蜂蜜、贮藏蜂粮的任务。为了寻觅到丰足的蜜源、花粉和水源，要不停地四处飞行，将采到的蜜放到蜂巢。然后彻夜用翅膀不停地扇动，把蜜中的水分去掉。据说，一只土蜂要采一千朵花才能酿造出一滴蜜，甚至连一滴都不到。

五月或十月，是割糖的季节。只见父亲起身从中央间的花橱里拿出一捆晒干了的蓬花，抽六七根抓在手里。这个我有印象，是熏蜂用的。父亲上楼走到蜂桶边，松开棕榈皮盖子看一下又绑上，他默不作声，一桶桶看过去，翻到最里面那桶时，父亲说，这桶可以割了。

父亲把蜂桶底板打开，我说不会蜇人吧？父亲说不会。他点了蓬花，把蓬花头子上的烟对着蜂吹过去。嘘——他吹一口气，蜂往上挪一点，再吹一口气，再挪一点。过一阵子我看到了蜂巢，白色的，金黄色的，褐色的。父亲拿起准备好的专用的钩刀，沿着蜂桶的四壁依次割下去，割完最后一刀，一块四方的蜂巢就取下来了。他重复着这套动作，一会儿割了满满一脸盆。父亲说，够了，不能再割了，留一部分给它们吃吧。

父亲合上蜂桶底板，从碗橱里拿一双筷子出来。你试试，那种白色的是最好的。我夹了一小块放进嘴里，一股带着花香的甜在我的舌尖上缭绕。父亲没有问我味道如何，他已经从我的笑容里找到了答案。父亲说，放在山上养的可以搬动的那种，是摇糖，一年最少可以摇四次，糖里水分和花粉多，比起这种，味道营养都差远了。这种是老式的养法，一年只能割一次。

用勺子捣碎蜂巢，用白纱布包裹过滤。这样的蜂蜜，是集蜜、花粉、蜂巢、蜂蜡、蜂王浆等等所有蜂产品为一体的混合物，营养价值非其他蜜可匹及。且土蜂酿蜜的周期长，采的是山林里的百花，蜂蜜中含有的活性酶、矿物质、微量元素的种类和数量也都多于普通蜂蜜，因此被誉为"贡蜜""蜜之珍品"。《本草纲目》书中提到的药引子的蜂蜜，就是这种土蜂蜜。

不知什么时候，天落起雨来，雨把整个小山村洗得清清亮亮。山上的栀子花开到疯狂，花香若隐若现，一派清幽空旷。蜂们没有因雨的原因而停歇，依旧钻出那道窄窄的缝隙，飞过瓦檐，消失在远处的山影里，丢下密集的嗡嗡的叫声。

空气湿润，青山重叠，溪水潺潺。老房子的门堂里，台门外，弥漫着蜂蜜的清甜。人间千般累，山中一日好。一时间竟觉万物光辉长。

静听桃花落雨

张修东

俗语说，清明杏花，谷雨桃花。随着春日的飞逝，只是一转眼间，各色花儿依次竞相开放，显得秩序而有条不紊，扮靓了矿山的每个角落。"桃之夭夭，灼灼其华。"桃花，依旧在开，不论是处在成长期还是处于茂盛期。而桃花雨，打桃花开放的那一刻起，就一直下个不停，如果说雨量有区别的话，只能是数量的多寡，还有环境的助力，以及人为的因素。有时零落几瓣，有时铺天盖地。听桃花落雨，这时，真的成了一种享受。

有人说，每一朵花儿都有生命。我说，每一棵桃树，就是一个生命体，朵朵艳丽无比的桃花，应该是它的子孙后代，果实的鲜压群芳，应该是它有趣的繁衍方式，这样才造就了它的千年美丽。花系里，我最喜欢桃花和桃花的花瓣，脸蛋红扑扑的，啥时候欣赏都觉得它这时候激动的心情像个小姑娘，碧绿的叶子是它的小裙子，花瓣锦簇组成的新家，啥时候看都是清新的，年年岁岁花相似，岁岁年年瓣不同。在众多的桃花赞美诗句中，最是喜欢这首："去年今日此门中，人面桃花相映红。人面不知何处去，桃花依旧笑春风。"确实，桃花的开放，定是年年增添了许多新意。它们用积攒了一个季节的情感，聚集了三个季度潜伏的力量，才迎来了这一次花的灿烂，很是不容易的。而温柔的春风吹过，花瓣还要离群，骨朵还要离家，去完成亲吻大地，滋润泥土的任务。谷雨前后，桃花璀璨夺目，别样桃花映红，牵绊着暖湿的气流，还有阳光的炙烧，到处是桃花飞逸的神情，洒脱的舞姿。这时，飘落的不只是寂寞，飞舞的不仅是放肆，在桃花的眼里，所及之处盈盈青春，所到之处处处是家，唯有这时接手花瓣的大地显得大度明朗。夜未央，昼之上，流离的花儿曾是你的衣裳，以及引以为豪的漂亮的包装。

这个时节，耐不住性子的，按捺不住喜悦的，都应该是桃花。似雪片，从天而降；是柳絮，自如顺意；像碎银，光亮鲜明；恰春雨，星星点点。有结伴而行的，有孤独留影的，有集结冲锋的……都演绎了光辉的一页。这时的我，蹲在树下，聆听花落的声音，欣赏花落的姿态，觉得它很像人生。花落如雨，体味哀愁，愈发知晓花开不是永恒；感受昔日的灿烂，那也不过是一个个美妙的瞬间；圆梦，一定是在昨夜，这，遍地花红，已是桃花的大限。人类，也只是一趟趟的无序单程旅行，有兴盛期自会有衰败期，宠辱总是伴随着生存的每时每刻，而最终的集聚还是"落花不是无情物，化作春泥更护花"。

生长在孕育千年"佛桃"的肥城这片热土，自是热爱佛桃，尤甚更爱桃花。俗语道，天上蟠桃，人间肥桃。生于斯，长于此，人们大都知道佛桃的传说。在肥城，佛桃历史悠久，距今已有1200多年的历史，据记载，明清时代佛桃就被定为皇室贡品，尔后更是成为上贡的上品，桃熟时刻，只一根吸管足矣，轻轻插入其中，桃汁甘甜，液态浓重，味道鲜美，回味无穷。记得前几年，去桃园采摘桃子时，就亲口尝到有的桃子几乎能达到这样的效果，但终究与史书上描写的有些差距。桃花，意蕴美满，更是幸运的代名词。"桃园三结义"，凝结成千古不灭的故事；桃之夭夭，成为千年仙境美谈；灼灼其华，更显桃花的绚烂；东晋文人陶渊明的《桃花源记》，世外桃源的梦中景象，更是人们不间断的向往。佛桃树下，相爱的人们结缘成亲，桃花雨下，寓意丰收的春曲在唱响。我想，桃花是陪伴，也是预示，更是大自然对人类的恩赐。地上桃花鲜艳，地层深处乌金滚滚，煤炭，又给这片土地赋予了新的内涵。物质的丰富，带来了精神的富足，这才是人类前进的动力所在。

听桃花落雨，几乎没有声响，它是在向人们证实，花瓣凋落而不凋零，花团奔走而不呼号。不一会儿，花儿围裹在树木周围，跳入小溪，成就了桃花溪。这时再看，简直是一幅美景在胸。"桃花尽日随流水"，飞上河沿，爬上田埂，在街道旁，花池内，麦地里……到处都是它们矫健的身影。它们，随风飘逸着，肆意舞动着，躲藏着阳光的热度，躲避着行人的践踏，完美铺就着人间的桃花雨胜景。

萤火虫的情话

张思建

上了年头的黄炽灯光线是暗的，柔得像是黄昏，灯光下的窗花近了，风吹动时映在窗外沙地上的影子也就不那么凝实。那些忽闪的影子好似要活过来，扭动着浅浅的身影借着灯光或月光，看看夜晚的宁静。夜色有夜色的精灵，萤火虫只在开心的时候跳舞，只在清凉的夜出来在天空中散散步。

提着薄的纸灯笼，发着幽幽的绿萤火，舒眼的萤火绿只存在于萤火虫，在夜色下显得朦胧。不是山野间的磷火那般凄然，冷冷的怪吓人，会叫人起一身的鸡皮疙瘩，怕着传说中的鬼怪。但，萤火虫是可爱的精灵，至少在夜色下给人的感官是这样。不属于白日，不属于光亮的它们，如果不是有了它们，清凉的夏夜也就还是单调，但有了它们的夜晚不说美得像诗，也幻得像梦。把夜衬得更幽了，夜的黑褪浅了，似轻纱扰动着风。夜的黑分出了层次来，随萤火虫的飞舞把夜一点点地点化。远山是浓墨的深黑，一团地聚起，山上的树木是浓墨溅起后的发散。天空是混合的色彩，蓝得发黑却被加了水，均匀地淡了，色彩浓烈了可不适合夜色，星星甘做夜美人黑发上的点缀。宽广的大地是黑色的大床，睡着所有的疲惫。

　　想象着，那是一片广袤的草原，平荡荡的没有我所习惯了的山的遮拦，我美丽的萤火虫在那又是怎样的让人痴迷。草原上平躺，看着漫天的星光，萤火虫舞着，招来清风明月，萤火虫越聚越多，点燃整个草原的夜色，草原上的躺着的人跟着它们飞起来，思绪自由地游荡。忘记了是因什么烦心的人或事才一个人躺在夜色的草原，忘记了孤独或被人称作寂寞的时候，是不是要默默流泪才能舒缓伤悲。萤火虫，只用它的轻灵的绿萤火告诉你，有它的夜不适合伤悲，伤心的人会把伤心遗忘，夜色下的野草没有锋芒，放心地躺在草原上吧，没人会来打扰，连孤狼也不例外。不会像西川看到的，青草像群星疯狂地生长，青草只会包裹你，结成一个绿色的大茧，茧子外是星光和飞舞的萤火虫，一切只为了你做一个好梦，这样的夜晚不能被心事辜负。

　　或是你不想睡着，要对萤火虫和夜色仔细欣赏。那你就跟着萤火虫走吧，追不上了就开始想象。想着萤火虫代替你飞过的山林，飞过的河流，代你飞到潮水声声的海边，那里有一轮更大的明月，那里叫作大海，海里也有会发光的水母，像萤火虫一样，不过是幽幽的，蓝蓝的，而萤火虫是轻轻的，绿绿的，天和海交汇了。你什么都放下，如果是梦，你一定还会骑着白鲸，飞到天上。

　　萤火虫给你的，你不能给它，它要求的只是你要对它一直有美好的想象。只是别急着拥有，就打破了夜的规则，夜的美在朦胧的轻纱下。萤火虫只要求你，别想着捉住它，把它真的关在灯笼里，别想着把它握在你的手心。一旦这样，萤火虫就成了丑陋的虫子，哪里还会有夜色下动人的情话。若按照人的标准，萤火虫就是绝对的丑陋。被人捉住后就不会发光，一张虫子的脸，没有美丑的分别，只有丑和恐怖的区分。为什么会这样？这不符合你的想象。

萤火虫属于夜色，你，凡俗的人捉住了，就传染给它不能想象的丑陋了。

烦了都市，就往山山水水、偏远小镇或村落走一走吧，这是萤火虫早就选择的地方。萤火虫远离繁浊的都市，那里没有月色，没有干净的水和青草，甚至连一棵健康的大树也没有。若在那没有夜的地方，萤火虫会死了的，那里也不需要它那荧荧弱弱的光，霓虹会腐蚀它们的翅膀。空气里有毒，所以没逃离都市的萤火虫死了，活下来的是失去荧光的虫子，人们说它们丑陋。都市里养不活的清灵，寻到了偏远之境，做着夜色下的隐者。

若你真的感激它，就别想着把你的一切和它分享，若你真的感激它给了你柔柔的夜色，你就学着别人一样，试着给萤火虫写一首诗吧。"银烛秋光冷画屏，轻罗小扇扑流萤"，原来，不只你曾对它好奇。"昼长吟罢蝉鸣树，夜深烬落萤入帏"，原来，萤火虫喜欢造访熟睡人的梦，不是偷窥，而是为给你的梦多一点荧光。"雾柳暗时云度月，露荷翻处水流萤"，原来，和我梦见想见的一样，萤火虫和流动的水、流动的夜色有着神秘的联系，该不会萤火虫为水中倒映的自己给沉迷了吧。

夜色为幕的欢欣，持续得不久，但消减白日的喧闹是足够了的，这山这水和白日里失意的人，在夜里不用其他的什么安慰，安静地想，也安静地融入夜的舞蹈，那节奏是萤火虫的飞舞。绿色荧光铺就开来，融透了夜色，你的伤心事，萤火虫都知道，但不会过问，你的秘密，萤火虫也都知晓，但它只对夜色和梦说话。

悲伤，也只会在夜色和荧光里融解，古朴的夜里只剩下月光、星光、灯光和荧光，却只有萤火虫有生命，会和孤独的人说话。

诗歌卷

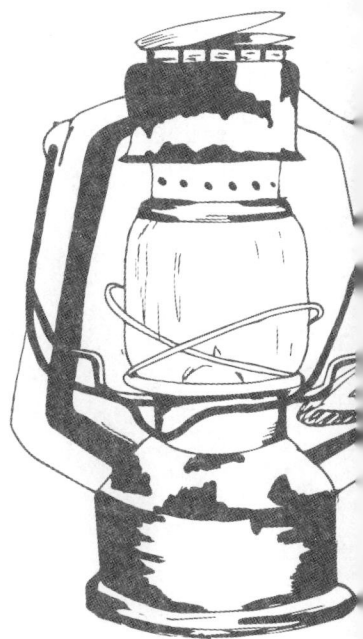

春天的疼痛

立　夫

照亮

这个春天

桃花在你的诗里开放

茂盛的抒情小诗

像桃树，簇拥在南山上

这个春天

太阳远远地燃烧

跳动的蓝色火焰

像马灯，照亮你的故乡

今夜

今夜，灯火明亮

我捧读你的诗行

就像握住一束麦子

甘愿被严重地烫伤

等你，我带来白酒和粮食

黑夜从大地上升起

记忆堆在灯火之上

今夜，热泪盈眶

你把痛苦交给铁轨

你的背影幸福而忧伤

在一座遥远的酒馆

我看见，你头上插满鲜花

左手握诗，右手牵马

转回了故乡，转回了故乡

醒来

海子，枕着铁轨睡了

天堂里多了一亩麦田

人间灿烂着你的诗篇

你在梦里，守望平静的家园

人间三月，我读着你的诗

对太阳膜拜对田野关爱

对面朝大海春暖花开的缅怀

在你纯粹而热烈的诗句里

种植春天种植太阳，或者

劈柴、喂马，关心粮食和蔬菜

人间三月，风在读你的诗

大地伤了，远方的铁轨流着血

春天伤了，眼前的桃花流着血

三月的大风，刮过心头

那是风，在缝合春天的伤口

三月的大风刮过心头

海子睡了，我惊醒着

桃花睡了，四姐妹都醒着

在这个春天，苍白的春天

我读你的诗，重新感到疼痛

复活

海子，幸福的海子

大地记得你的模样

我们记得你的模样

你是麦田，你是太阳

你孤独地生来，彷徨地生长

海子，幸福的海子

田野记得你的模样

我们记得你的模样

你是田垄，你是村庄

你的诗地种满了黄金的光芒

海子，幸福的海子

众神记得你的模样

我们记得你的模样

铁轨的血迹早已风干

诗歌里的花香被列车带到天堂

海子，幸福的海子

春天记得你的模样

我们记得你的模样

左眼深情向海，右眼桃花盛开

你用诗歌的火把点燃每一寸春光

海子，幸福的海子

桃花记得你的模样

流水记得你的模样

光明的景色唱着你的诗歌

春天，十个海子全都复活

陇中物语（组诗）

周志权

感触父亲关节里的风雨

岁月把风雨扎根到

父亲的关节里不动声色

父亲把岁月里的疼痛

藏得很深，很深

每逢天阴下雨

父亲的关节炎

比天气预报还灵

老了的父亲才知道

年轻时渗进关节里的风雨

会一瞬一瞬地痛

我望着满腿疼痛的父亲

不面对父亲疼出的汗珠

就不会知道父亲的硬气

不解剖岁月里的风雨

就不可能知道

父亲的关节里原来会

渗进去了那么多的风雨

老物件和旧工具

老物件也会说话，说一些

旧时光里的话

老物件站在老房子里，盯着这些老家具

往事云一样地飘过，这些留有故去父辈们

手印和岁月里的物件

老房子旧物件之间，说的话没人能懂

只有夹杂其中的那些旧情怀

方可解密

旧物件上刻着老木匠的名字

老木匠曾经说过，能像家具一样生活

才是真正有耐用持久性的

学会尊重老了的物件

它们来到世间的秘密

像一段段旧了的时光一点一点

增加了人性

我要重新返回　重新热爱旧的事物

旧的物件　旧的一些工具

这些旧工具的劳作

曾听命于一位故去老木匠，父亲简要的木匠史

在父亲离世后　工具，回到了工具箱里

都是些考物件，旧工具了

老物件旧工具好像还说着当年父亲

说过的一些深陷木工行业制作时的专业术语

这就是老物件和旧工具宿命的一生

老物件和旧工具谁更沧桑

老物件像是父亲遗像里的那张脸

旧工具像父亲干瘦的手　看着这些东西

父亲把自己勤劳的一生躬身前行

一生为村人靠力气和手艺制作了许多的家业

这些旧工具也受惯了父亲的拿捏

父亲一生也没有离开过它们

苦荞的苦

在陇中的乡下

有一种农作物会把自己的果实生长出苦来

这么多年来，很多农作物

都快要绝种，只有这种农作物不惧寒秋

仍然和黄土高原保持着难得的信任
我们陇中人叫它苦荞，有的也叫它绿荞

无论经历过多少风雨，苦荞会把一些
苦的味道　留下来
这么苦的农作物竟然没有名气
据说与黄土高原的风有关
苦荞生长的时候会更低一些
像匍匐在黄土地上，时时刻刻
都要接受风的搜查，我清晰地看到
一阵又一阵的风进入了苦荞的身体
生长的过程从未间断地接受着季风

我所爱的苦荞，荞含着笑，花悄悄地开
花开花落　年年岁岁
垄上有很好的阳光照进苦荞的身体
却照不见苦荞身体里装的那么多的苦

苦荞开花，会开得很努力
蜜蜂和蝴蝶是苦荞的朋友
它们会把苦荞翻译成一味中成药
苦荞是日月的恩赐
只有患上高血压和糖尿病的患者
才能深切地体会到
苦荞面在他们身体里稳压过的疗效

陇上的农人，会把来年播种苦荞的地留着
像父母为出远门的儿女保留着他们居住的房间
心在一起的地方，才叫故乡

乡愁，都是愁出来的

回得去的家乡
能穿梭出城乡之间的
那个愁
留得住青山那个不老的模样
至今还留存着蓝天的，那个蓝

乡愁承载的
不仅是乡村文明
更是出门在外的那些游子
感恩回报家乡父老乡亲的深情厚谊

乡愁里的秘密
用根系着，除了避寒暑
御风雨等一系列的暖和功能之外
还能天人合一
在华夏的传统节日郑重其事地
做一些仪式，延续家乡原有的风俗

心是唯一可以

定格终老天年故去的那一方蓝天

是晴朗的地方，永远看不到雾霾的地方

唯一定格早已包容

从人间落进土里的先祖们

占据的那一方黄土塬，黄土塬能包容一切

包容外人眼里不够完美的那些沟沟岔岔

城市不能容忍的，那一方黄土塬

都能够替你包着，并善待你在城市里

城市不能善待你身上的那些缺缺点点

月亏月盈（组诗）

田　君

1999 年 12 月 3 日夜　河南郑州花园口

冬夜的河舒缓、萧飒而安谧　悄无声息

一次不期的相遇。流水、残月、冷风和我

四个背井离乡的游子黄河的四兄弟

团聚在今夜的花园口、局部的花园口

从相认开始以相知结束

四颗孤独的心在今夜合而为一

在黄河的大背景下苦思、冥想、筑情为堤

患得于泥沙又患失于泥沙

一条大智若愚的河

承担了多少辈人的生离、死别，来世和今生

开门是黄河闭门也是黄河

夜半辛劳了一天的大河儿女的炕头、梦中

翻滚的还是那个黄河

黄河啊……

黄河。你今夜只属于花园口

只属于今夜的黄河四兄弟

今夜那颗四合一的心脏被时光之手安放在我的体内

一汪枯水期的水流、一片如钩的残月

还有这初冬无所适从的冷风

在今夜一起从我的心中掠过

它们要借我的肉身、情感和嘴

释放它们对一条河的情欲、感恩和诉不尽的

衷肠、依恋……

1997 年 10 月 13 日夜　上海至郑州 466 次列车上

列车该以怎样的速度离去才算适合……

一片飞扬的手势中没有属于我的花枝

我只能带走苏州的丝绸杭州的白菊

我只能将一个外乡人随身携带的好奇和感动再随身带走

繁华只好留给上海了

黄浦江只好留给上海了

还有这夜我只能带走她身体的一小部分

你的追随需要怎样的勇气从出站开始

你一会儿在车体之左一会儿在车体之右

速度恰好和我似箭的归心相似

体积也恰好和我家乡去年九月初九的那盏明月相似

从苏州到南京我们隔窗相望

感觉距离是那么的近

你眼中流露的关切仿佛出自我最亲的人

从一更到三更隔着一层玻璃、两层大气

我逐渐读懂了你远在三十八万公里处时隐时现的担心

一路有你什么都不再陌生

一生有你任谁也载不走我片刻的乡情

2000 年 11 月 8 日夜　越南海防市海滨

这是谁家的灯？谁家的海？谁家的月呀？

这么红。这么绿。这么白

这是谁家的涛声？节奏？姿色？

拍打的又是谁家的海岸、心率和眼睛？

越南海　你敞开的胸襟里

摆放着多少这样的商埠、赌场、红灯区？

在美元、法郎或人民币的诱惑下

越南海　你被谁出卖？又被谁收买？

那似曾相识的月啊　你是谁家的孩子？

你是否弄清了一个汉语者反复的表达和询问

那似曾相识的肤色、眼神和体温

是源自同胞的东南亚黄土

还是源于海防今夜暧昧的海风

漫步在这凌晨两点钟的海滨之城

眼中满目春光心中一片汪洋

1998 年 9 月 18 日夜　福建厦门港仔浦海滩

正赶上涨潮正赶上一次月的牵引

那一进一退之间海的表达无懈可击

像是自言自语你那一问一答之间

多少人的童年、青年、壮年和暮年

被你一一品尝和赏玩并说出他们的滋味

而我只是一个慕名而来的食客、观众

我只能咽下你命里的鱼以及藻类的水生植物

却无法领走你的肉体和涛声

睿智的海啊我在你的身边从黄昏一直坐到天明

却始终没有探明你的深浅弄清你的芳龄

也许在你的眼里我还是个学语的小儿

只是你不该趁我走神的时候

穿走我搁在沙滩上的鞋子

海啊海，你淘气的时候怎么也像个孩童

1998 年 6 月 19 日夜　河南信阳

月亮抿紧嘴唇时的样子很美

月亮每次抿紧嘴唇都让我感到爱着的日子真好

今晚的傻月亮啊

你空中的行走是否也有街衢和巷陌

你满怀渴望准时赴约而来

那沿途不断流露的星光一树槐花般开放

而我只能兑现这几支曲子、半个晚上

相对于周围熟悉的街景和你无法掩饰的初夏

我今夜注定只是一个匆忙的过客

匆忙得甚至来不及听完这短暂的美好

分手是命里注定的我们注定各有各的归属

在此之前请你保持这样的姿态

别动、别看、别出声

就让我认真地忽略一次自己偷偷地爱一小会儿

我这样请求的时候

一阵风紧贴着你紧抿的嘴唇拂过

那瞬间的慌乱像初吻

像一株植物一样活着

月若初见

像一株植物一样活着。多好

向泥土，向天空，自由伸出所有触角

汁液饱满，如水流汩汩涌动

春天的喜悦，一叶一叶长出来

秋天的忧伤，一叶一叶凋零

风霜留下的切口，冬日凝结成疤痕

以枝蔓的柔韧去忍耐。静看

大大小小的切口，从生命里层深入打开

然后取出不自知的，新的模样

让那些凸起与凹陷，那些明明暗暗

成为静谧岁月里，无法替代的辉光与质感

不再是，光滑如塑料的样子

月亮

曾小霞

我躲藏在黑暗里
我不孤独
四处没有光
我需要自由

隐蔽处
一场盛宴正在举行
除了草丛的虫鸣，无人理会
这里曾经发出种种奇特的声响
在每个月下独行的人看来
非同寻常

夜色，更加深沉
黑暗，把灵魂释放
我所爱的一切正从银河走来
我已没有更多的时间去爱

黎明很快醒来

光芒即将普照大地

荒芜更加荒芜

希望仍旧长有翅膀，盘旋上空

它们是我深爱的一切

在我闭上眼睛之后

必将消失无处可寻

而如今

它已死去，先于自己

春日雨歇（外二首）

清心如云

春日雨歇

把身体放平或铺展，再打开一扇窗子

安静的内心，雨水会停下来

阳光会照进屋里，那么多毛毛虫

从草垛爬上树顶，墙头，桃花说开就开了

听不到二月的风言风语

剪刀切开岁月的暗疾，与皱裂音节里

挖出体内的毒素，堆满院子

母亲依旧收拾破铜烂铁，天空愈加空旷

你突然发现多年的积物中

几件木雕，陶器，或是刻刀与笔墨

所浸入自己的血色，有些惋惜

黄昏的时候，所有事物都静默

宋　煜

黄昏的时候，所有事物都静默

席克氏彩草，大大小小，保持安静的姿势

剪去花冠的天竺葵，蟹爪莲，以及它的近亲

被嫁接在叶仙上的令箭荷花

即使在我不注意的时候，悄悄长出一个花苞，也毫无声响

毫无声响，积蓄打开的力量，向晚的风中

虚拢着，是一只微微透光的灯笼

啊！所有事物都静默。在黄昏，任何声音

都多余。任何悲伤，都失去重量

在这顶层建筑的护栏之外，被一层金黄

温柔弥补，颜色斑驳的墙壁，无声飞过的小鸟

被天空捧在掌心，云的心事。以及

所有道路，都是河流；所有行人，都是船只

它们纷纷走向各自的时光。

包括多年之后的我们，花朵和果实，在黄昏

都静默。

周庄的雨巷（外二首）

杨龙美

性子很慢的江南雨

轻轻拍打着骨架很轻的花布伞

流连于光阴深处的长长的影

洒下一路的咏叹

被青石板研磨成记忆里的琼浆

1086，慢生活街区

借一杯酒

清理一颗宁静的平常心

倚栏，打捞时光里的倒影

以诗性的淡雅的心境

轻轻叙说光阴深处的故事

不问咸淡与曲折婉转

悲喜都如这江南微波荡漾的流水

只在心底留下一丝淡蓝的光

一切都沉下来——

脑门舒展，灵光闪现

就让光，从开始荒芜的土壤处

照下来。给自己

在奔波的路上

制造星辰

宗　教

孩子一本正经地问了三个问题

这是一个大的、老的哲学话题

宗教里早就回答了

而我现在就是孩子的宗教

每一句措辞，须慎之又慎

我举重若轻，指了指眼前的书本

只要好好读书，等你再大一些

就会找到你想要的答案

说完这些，我的世界

急剧地，莫名地

沉重起来

刀　锋

锈蚀的刀，划了一下
依然锋利。我用手指
继续探了探

在坚硬的生活里
锋芒无处不在
是躲闪不掉的单一和执着

疼痛让人变得麻木，但依然可以
抚慰和冲抵
这即将来临的衰老
赶走青春时
那剧烈伤感的别离

二　宝

"婴儿的啼哭
让时光变得娇嫩起来"

忽然想到这句
烦躁的心绪很快吹散
我搂着娃，静静地看着窗外

仿佛自己

就站在青春的中心

脚下

仿佛有匹马在飞跑

却不敢

慢下来

树意（外二首）

树吾冲三晚

树　意

我无法走近你，无法走进你的内核

直觉告诉我，无须任何理由

天空一直蓝到心痛，谁能找出那个伤口

鸟类，飞虫，环形的山峦，我的目光

抹去就会痊愈

昏沉的天空下，摇曳坚不可摧的钢板

你梦幻的身体在风中凝固，打开内质的纹理

一道无法打开的栅栏。正如你，风干消失

那柄钥匙永远赶不上一场落寞的花事

一抹阳光

躺在沙发上，多重玻璃反光，如飞刀反弹射。

对面高楼兀自忧伤，孤寂如夜降临。

鸟的翅膀瘦成一个符号

标在微微上翘的目光里

白云缓缓上升，越过尘土与神祇

汹涌的影子集中在一扇打不开的门里。听，有乳汁流响

想象无数河流攀沿而上。旋转大厅静候一场暴风雨的来临

此时，许多的眼睛打开昏睡的窗户。炫目，火爆

楼脚的桂花树一字排开，好在没有爵士。如热闹后被冷藏
　的礼服

辽阔天空下，几个孩童在阳光下搬运岁月的赏银

一截朽木，一剪树叶，一折目光。

在路的拐角处

燃烧天空

一杯茶

一杯茶，平常得寂寞，影子瘦干

热气一如毒蛇滚动发着绿光。归来的人

嘴边的烟卷微微转身，食指禁锢金色的爱情

走近桌旁，脚步如羽翼刺伤低沉的餐桌，

一些修饰

如墙壁，圆形灯盏，赛跑的风扇。在一句话里搁浅了

她的香甜是一块翠玉，佩在胸前。摇曳的时间一块一块地
　剥落

她拾掇着茶杯的分泌物。并不粘手，而是粘在心里

整个黄昏，我坐在一张虚构的桌旁，审视昏睡的杯盏

那缓慢上提的美，凄厉地穿透我所有的苦痛

失散的牛羊（外二首）

绝　也

草原不美，你不美

走失的牛羊不美

我的春天不美

有一株草把我称作父亲

他很矮

静静地生长

静得不美

而我也不美

我走失在一群牛羊背后

牛羊的背后也不美

绿意被踩在脚下

微风高过头顶

我不美

是因为他们都不美

平淡无奇

提起秋思的画笔，举着酒和火

你如水，容颜如水，而我

成了戏里的主人，倾倒杯中

注进你的双唇

挑尽七彩，你来自什么样的颜色

在深夜如此平静

栈道尘土，马车遥遥，那金桂

依着风尘，湿了单薄的衣襟

那夜色、桥头，你去得

恍若来世。去不得，身在途中

而我，在一叶扁舟里温酒、泼墨

做一个似醉非醉的书生

或许真的会有明年。春天

道路坦平，你将水一片一片地运回

我依然醉在舟上

唤一声，我便应一声

那　刀

抱着南国的美人饮酒，站在空旷的北国舞刀

或者在长安，或者在江南，做一个侠客

快意恩仇。而那都是年少时候的事，经年的经年
至如今，只认识徐娘手中的胭脂、对面铁匠铺的菜刀
只会为一文钱与卖油翁大打出手。我笑

却笑不凋路边的野花，笑不老青楼里的姑娘
笑不掉右手里刀上的锈

祭（节选）

韦兴生

1. 年祭：永恒年份

今夜，在高原哲学以上

谁将在美学的黑暗里

刻写爱情简单的碑文

谁又将翻越自由的栅栏

仰望空旷，安静的黎明

拾起阳光绚丽的余荫

温暖时代，燃烧的骨髓

谁将眷恋的名字

默写在远方的窗口

让沉默的光低下头颅

让岁月记起悼念

让脸庞绽放笑靥

行走在岩背上的我们
把对错放在母亲的胸口
河流之外，将温柔的指尖
放在一个关键的年份
赋予相思，红色的美
满地红豆，干净的含义
我们把人类的幸福
放在代名词的口袋
把半边荒芜的世界
放在诗人，纯净的心

当我们，坦诚相对
回眸已经远去的风口
青春的切割已经完成
秋天的锤炼已经成型
冬天的洗礼已经告终
在同样的，黄道时辰
同样地抬头，审视
是否会，还是不会
说出：曾经的那年

今夜，平静的母亲河
捂不住喜欢流浪的孩子
他的饥饿与冷暖
找不到隐退的春天

她的悼词与情语

今夜，唐朝的月色

拧瘦婉约的日子

不会褪色的心事

不曾和光的情诗

誓言在时间之上

一行一行，匍匐着

等待蓓蕾的讯息

问：是否兑现

一双绣花鞋

一个吻迹

年说：把日子串起来吧

把每一细枝末节

从开始的发丝悸动

从贫困的语言坟头

从虚弱的小说情节

从斑驳的诗意放逐

从苦涩的宋词韵脚

从干瘪的记忆

从指尖滑落的火种

从永葆春色的守候

我一直相信，一米阳光

已经在酝酿，在路上

今夜，请给我一个允许

捅开从未公开的秘密

我是这个消瘦的年份

最后孤独的孩子

驻足在一个有情人

她飘荡的摇篮

我是这个丰收季节

她唇边的一颗痣

安静守望一个有情人

她平凡的笑容

我是这个欢喜日子

她胸上的一块怀表

一嘀一嗒，如反弹琵琶

奏一曲咫尺天涯

2. 笔祭：以梦之名

以生活失败者的名义

以感情流浪者的字号

信笺穿越黎明的宁静

走过遇见的午后

其实她，从呢喃的子夜

就开始写起，微凉的夜幕

就开始压下冬天

小寒浅起的忧伤

听说远方，保留着

一场久违的雪

其实，这场雪早就留着

从开始的地方

开始的时候开始

在黄道日子里

珍藏的经典爱情

在黄金岁月上

酝酿的不朽记忆

经历生存的狂风

淋过命运的苦雨

我从爱情的栖息地

从月老苍凉的疆域

从逐渐单薄的年轮

用痴情喧嚣的方式

用人类的尖锐眼睛

见证人类的欲，与其他

诗人，其实我父亲

一直如此认定

我是一个小偷

乳名无赖

或许南盘江的空壳

月色淡下去时

谁家的眼睛

穿越道德的栅栏

抵达爱情狼狈的现场

弄清事实坎坷的真相

一路向地平线的狼影

撕裂来临的春天

用简单的蝌蚪文

描述所有的风化骨骼

与凋零花朵

其实，无数个春天

早已支离破碎

只剩下，西江月一阕

相信未来的，当坟墓

没有被命名为纪念碑

当幸福的种子，没有落在

咱家的土地，当怀念

成为诗歌的一部分

我们将以梦之名，等待

一千个太阳的盛开

一千个良人的归来

一千个夜，同时孕育

指尖的冰，笔尖的凉

是为祭祀，以梦之名

小说卷

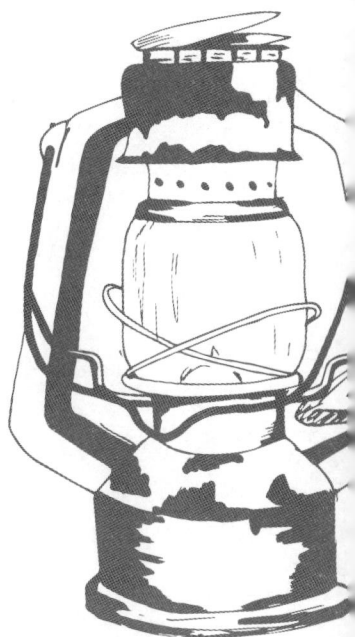

断竹续竹

羊　毛

1

汤芒果说她活够了想死。于是，在一句话里，她连用了"孤注一掷、铤而走险、垂死挣扎、狗急跳墙、破釜沉舟"五个成语，催促丈夫曹大麦为儿子曹子墨就业的事到城里去求林云。五个成语就像霸权国家的五艘航母，让曹大麦感觉到沉重的压力和浓烈的硝烟味。

曹子墨大学毕业，因为是二本，找了好长时间工作没有着落。汤芒果对曹大麦说："怎么样？谬之千里，本科和本科不一样，凡事总要有个三六九等。"曹大麦道："人靠本事吃饭，文凭歧视不会有市场。"汤芒果说："迷途还不知返，想出头归根结底还是上名校。"万般无奈之下，汤芒果想到林云。

林云是曹大麦高中的女同学，在城里一个单位当科长。其实，汤芒果早些时候一提起林云就会醋意大发，她知道林云读高中时曾追求过曹大麦。

曹大麦近二十年没有见过林云，他怕人家已经认不出他，就提前给赵艳红打电话。赵艳红是人民医院泌尿科的副主任医师，曹大麦经常与他联系。赵艳红虽然有个女性化的名字，但他却是男的，也是曹大麦高中同学，老家和曹大麦所在的村庄相邻，两人平时走得近。

林云衰老的脸上残留着过去美貌的痕迹，她兴奋地和曹大麦疯聊往事。林云道："大麦，我都想不起来了，当时为什么喜欢叫你曹子建？"曹大麦说："子建是曹植的字。"林云道："还记得当初我送给你的留言？"曹大麦说："我是江南第一燕，为衔春色上云梢。"林云笑了，忽然想起席慕蓉的一句诗，自嘲道："在水边清香的阴影里，还留着我无邪的心。"得知曹大麦来意，林云脸上的笑容立刻刹车，向曹大麦诉起苦来。

林云告诉曹大麦，自己的儿子其实也正在找工作，高不成低不就，比找对象难多了。林云还将与儿子通话的一条微信找出来给曹大麦看，印证自己没有讲假话。曹大麦见话说到这份上，就找个理由告辞。

林云说："老同学，哪能走呢，怎么说晚上也要留下来喝几杯。"曹大麦推辞道："晚上还早，这下能找到你，以后喝酒机会多呢。"林云意识到自己将上午当成了下午，不好意思道："大麦，你酒量可以吧！"还没等曹大麦回答，林云接着说："不过还是不喝酒好，你看我昨晚灌多了，到现在还没醒酒。"

曹大麦抬腿出门，听林云又叫他。林云从办公桌上拿起一个信封，塞到曹大麦手中。曹大麦吃了一惊，他以为信封里也许是卡什么，就难为情道："林子，我空手来，哪能要你东西！"林云脸上挤出个笑容说："拿着吧，一张体检表，我整天泡在酒精里，扔掉也可惜。"

曹大麦看时间还早，就绕道去人民医院找赵艳红，想再请赵艳红为曹子墨就业的事支招。曹大麦到赵艳红工作的泌尿科转了一圈，负责排队秩序的女护士说："赵主任这两天身体不舒服，不会过来。"曹大麦问："赵主任怎么啦？"女护士没有回答。曹大麦关心赵艳红，就给他打电话。赵艳红告诉曹大麦，他因为医闹又被人打了。曹大麦赶紧说要去看他，赵艳红说自己其实在外地旅游散心，对曹大麦说你看不着。曹大麦口中嘀咕："日你大，这么好的医生也遭打！"曹大麦弯腰系松开的鞋带，这时口袋里的信封掉到地上。

曹大麦想到汤芒果充满期待的眼神，他很快打消立即回家的念头。曹大麦想在城里找个地方，哪怕多停留一段时间，这样汤芒果美好的梦想才能多活一会儿。

曹大麦于是走回去，向那个女护士打听如何体检。护士问："早饭吃了没？"曹大麦想了想，想起自己早晨急着进城，还没有吃饭。林云曾拿起一个纸杯准备给自己倒水，可她忙着说话，空纸杯后来一直拿在她手里，到现在肠胃也没沾过一滴水。

林云送给曹大麦的体检表，检查项目很全面，一整套流程结束，时间到了下午。本来曹大麦不想等检查结果，结果对他来讲丝毫不重要。汤芒果娘家的那个村里，不久前就有两个得癌症的中年人，家人不死心四处求医，最后都是人财两空，每家都落下一屁股的债。曹大麦的观念是，如果自己得了该死病，那就一门心思等死。

曹大麦看天色还早，本想为儿子的事再找找人，但想来想去感到两眼乌黑。他是高中生，但高中也只是在乡下就读，林云和赵艳红在同学中最有出息。除了林云和赵艳红，曹大麦实在想不出第三个可找的人。曹大麦想干等也是等，就等着看一下体检结果。

体检处的人员告诉曹大麦，胸部 CT 检查发现，曹大麦肺部有个黑点，为了筛查黑点是否是肿瘤，建议做进一步复查。曹大麦乍听到这个消息头皮发麻，双腿发软，他判定肿瘤就是癌症。待他颤抖着向电梯走去，看到一个挂着双拐的少女顽强地移动身体，胆子又壮起来。曹大麦嘀咕道："日你大，也许是弄错了！"

曹大麦不怕死，他认为人也不过是一季庄稼，早晚要等着上帝收割。他只是不甘心，自己就像考场里的小学生，交卷的铃声将无情地敲响，但面前还有很多题没答。

2

曹大麦虽然是农民，但他会贴瓷砖。这手艺是他第一次外出寻找曹子墨，在工地上打工学会的。曹大麦被黑点笼罩，想到也许很快就要死，思子之情甚切，急切地想看曹子墨一眼。但歪打正着，儿子没找到，曹大麦却学会了贴瓷砖。

曹大麦第二次外出找儿子，又学到一样新鲜东西。这时他已渐渐忘掉黑点。一天，曹大麦走在大街上，他看到地上有张纸，就弯腰将纸捡起来。曹大麦将纸揉成团，准备扔到路旁的垃圾桶，忽然他好奇地将纸团展开。

瞬间，曹大麦感觉像有一股电流穿击全身，他被纸上的文字吸引。纸上内容是一首小诗，题目是《我和死神相视而笑》。曹大麦念着念着，竟舍不得将纸扔掉。从此写诗成为曹大麦的嗜好，因为曹子墨那时迷恋当歌星，曹大麦很想出把力，能帮儿子写歌词。

"阿——嚏……"朝阳刚露出地平线，曹大麦和"小钢炮"在湿地公园忙着贴瓷砖，冷不防打了一串喷嚏。"小钢炮"叫石鹏程，是曹大麦新收一年的徒弟，又矮又瘦，说话嗓门大，曹大麦喜欢喊他"小钢炮"。曹大麦前后收过好几个徒弟，徒弟手艺一精，就离开他单独干。别人劝曹大麦再收徒弟要留一手，可曹大麦不介意徒弟和自己抢饭吃。

小钢炮脖子上挂着根手指粗的仿金项链，后脑勺发根隐隐可见"牛 B"两个字造型。小钢炮一边干活，一边跟着耳麦哼唱："明天我要去邻居家再借点钱／孩子哭了一整天／闹着要吃饼干……"听到曹大麦突如其来的喷嚏声，小钢炮摘下耳麦道："大爷，您像是感冒了。"

一大群早起的鸟在天空盘旋。曹大麦张大嘴，对着太阳的方向仰着脸，高大的身影在地上拉得很长。景区的空气格外清新，曹大麦做了次深呼吸，待他确认再打不出喷嚏，向小钢炮道："日你大，真漂亮！"

小钢炮听出曹大麦是在夸远处的湿地，却故意调侃说："大爷，您是夸喷嚏还是夸我？"曹大麦道："黄狗身上白，白狗身上肿。还没说你胖，你就喘得慌！"曹大麦有个特点，就是容不得别人差评家乡的湿地，否则他总会急。小钢炮故意嘿嘿干笑说："大爷，您别自恋，天下漂亮地方多哩。"曹大麦说："日你大，哪地方比得过咱这里！"小钢炮这次说话就像机关枪："你比得了昆明湖？你比得了西湖？你比得了玄武湖？"曹大麦道："它们生在富贵之家，就成为公主，咱这湿地，如果也长在大城市，不知要甩开它们几条街，街，阿嚏……"曹大麦还未说完，接着又打起一串喷嚏。

小钢炮心疼道："大爷，您感冒了。"曹大麦说："感什么冒？这是有人念叨。"小钢炮道："谁念叨！'太子'哥和芒果大姨？"停了片刻，小钢炮继续道："对了，也可能是郝回忆。"小钢炮习惯称汤芒果叫"大姨"，关于称曹子墨叫"太子"，则是因为羡慕曹大麦对儿子的疼热劲。汤芒果一直追随曹子墨在外打工。听小钢炮提起老婆孩子，曹大麦心头一热，嘴上却说："郝回忆念叨我什么？"

小钢炮道："郝回忆不是想叫您写诗？！"曹大麦平时一直淡化自己写诗的事情，说："日你大，别提写诗，他那是比喻，你也相信？"小钢炮道："大爷，您写诗藏不住，况且又哪里丢人！"曹大麦说："写诗不丢人，但大爷是农民，不合适。"小钢炮道："农民怎么啦？大爷您是真正捣鼓诗，很多人把诗挂在嘴上，那叫叶公好龙。"曹大麦笑了，说："日你大，这话我爱听。"

小钢炮道："大爷，诗和远方好浪漫，您说这诗究竟是什么？"曹大麦说："日你大，诗是小桥流水，诗也是毒蛇，会咬人。"小钢炮不解道："大爷，您说得玄乎。"曹大麦说："大爷一天不写两句，心里憋得慌，这不是遭蛇咬？"小钢炮道："大爷，我也想被蛇咬，我也想写诗。"曹大麦说："这我教不了你，我只喜欢写诗，你是想当诗人。"小钢炮冲曹大麦做了个鬼脸，又捏着腔调唱道："明天我要去邻居家再借点钱……"曹大麦说："呜哇呜哇，整天钱钱钱。"

小钢炮道："凹凸！这歌叫《父亲写的散文诗》，大爷没听过？"小钢炮是奶奶带大，父亲石金宝在外打工，和一个当地女人好上组成新家，母亲离婚后就气走了。曹大麦说："日你大，你大浑蛋，可你心里还是你大好！"小钢炮道："我唱的是您，我爸哪会写诗！"曹大麦说："日你大，你这样奉承我，我现在倒不知写的是不是诗？"

曹大麦写诗没有多少人知道。除了小钢炮和他之前的一个徒弟鲍富强，知道曹大麦会写诗的人，只有他的同学赵艳红。因为曹大麦为了修改一首诗，曾经向赵艳红求教。赵艳红被曹大麦的诗感动过，甚至激动得流下眼泪。赵艳红对曹大麦说："大麦，你这哪是诗？"曹大麦被说得一愣，赵艳红道："大麦，你这诗是你流出的心血，字里行间全是庄稼、湿地、老婆和儿子，满满的家国情怀，比诗还诗！"曹大麦央求说："赵主任，你文学功底好，帮我改一改。"赵艳红打趣道："我只会瞧病，不会瞧诗。"

郝回忆是景区销售部经理。郝回忆把曹大麦称为诗人，是有次他带着客人考察，看到曹大麦与小钢炮正在用青竹竿拼接一幅唐诗风景画，就操着半生不熟的普通话向客人说："断竹，续竹，飞土，逐宍，劳动出诗人。"曹大麦自然听出郝回忆说的意思，小钢炮却惊讶道："郝经理，您读过我师父的诗？"郝回忆被逗乐了，说："看过看过，景区到处都有你师父的作品。"

此后有次在洗手间碰面，郝回忆笑着对曹大麦说："老曹，会写诗，那可要好好写，有空给湿地写几首。"曹大麦对郝回忆的话没有思想准备，应道："郝经理见笑，我庄稼都种不好，哪会写诗！"郝回忆说："别谦虚，谁没有诗和远方？"其实，曹大麦早就开始为湿地写诗。

小钢炮撇着普通话念："大爷，请听诗朗诵——《呼吸》。"曹大麦吃惊地问："日你大，你从哪偷来这首诗？"小钢炮说："大爷，您这诗发表了。"小钢炮见曹大麦一脸狐疑，深情诵道：

> 天空有群白鹭
>
> 是否曾经西塞山前飞
>
> 桃花流水鳜鱼
>
> 一起都在做深呼吸
>
> 神圣的地球之肾
>
> 佑护我们活着

生命繁衍原是一口气在接力

……

曹大麦听小钢炮念完，说："日你大，谁和我撞诗？"小钢炮神秘兮兮没有答话。曹大麦道："鹏程，我这口头禅，嘴里每天一百次日你大，你不要有意见。"小钢炮说："大爷，您这骂人话也原生态。"曹大麦笑道："日你大，哪有这样恭维？"小钢炮说："这怎么是恭维？您是诗人，您骂我但我听着像诗。"

曹大麦被小钢炮逗乐了，直起身子再次问："这首诗你在哪看到？"小钢炮说："大爷，杂志的名字叫'梦'。"曹大麦沉思片刻笑了，说："日你大，什么时候又偷听了我的梦话？"

3

曹子墨读大学前，一直上的是名校。曹大麦对学校的名气并不在乎，他常说，"赵艳红不就是在村小读的书？照样考取医科大。"汤芒果虽然不识字，可她却认为，好学校对孩子至关重要。汤芒果奋斗的目标，就是没条件创造条件也要让儿子上名校。

汤芒果到城里摆摊卖藕，结识了卖菜的王桂香。王桂香表姐在实小当副校长，汤芒果就苦苦哀求王桂香帮儿子转学。王桂香见汤芒果为人实诚，告诉汤芒果她的表姐最喜欢吃毛刀鱼，让汤芒果在湖边买上几斤送礼。结果，汤芒果买了结结实实两麻袋的毛刀鱼。王桂香用这两麻袋毛刀鱼，外加自己奉送的一大捆菠菜，让曹子墨从村小转学到城里。

汤芒果因为曹子墨，渐渐疏远了田野庄稼，开始忙碌地奔跑。

在城里租房子陪读，辅导功课批改课外作业，每个周末，汤芒果还会带曹子墨去学小提琴和跳舞。儿子上学后，汤芒果就摆摊卖水果。为了签名，汤芒果请王桂香手把手教自己，终于学会了写"汤芒果"三个字。曹子墨小学毕业，汤芒果不仅认识上千个汉字，而且成为成语达人。后来汤芒果说出每句话，都会习惯至少用上一个成语。

曹子墨小学即将毕业，一天放晚学，汤芒果去接他。汤芒果见染着蓝头发的丁姐正和几个人嘀嘀咕咕，丁姐是曹子墨班上同学丁高峰的母亲。汤芒果认识丁姐，缘自她在一次接儿子时占了丁高峰的位置。丁姐笑话汤芒果目不识丁，汤芒果并不懂什么叫"目不识丁"，也搞不懂丁姐为什么也姓丁。丁姐逗汤芒果道："我姓丁，儿子姓丁，这有什么奇怪！"汤芒果道："儿子跟你姓，丁姐？难怪一看你就是有本事人！"

丁姐说："芒果，儿子哪是跟我姓？"汤芒果道："丁姐，您不姓丁？"丁姐说："我男人也姓丁。"汤芒果不禁豁然开窍。丁姐见汤芒果为人实诚，反倒和她成了好朋友。原来丁姐正在家长中动员，想找人结伴报考省城的一所中学。汤芒果又动心了，她也想让曹子墨到省城就读。结果，曹子墨缴了两万元择校费被压线录取，丁高峰却落榜了。

汤芒果卷起行囊，陪着儿子辗转到省城。曹子墨上了名校，对老师布置的作业却经常答不上来。经常晚上十一点多了，汤芒果还在急得咆哮。月底检测，曹子墨几门功课刚好勉强及格。汤芒果像热锅上的蚂蚁四处打听，方知道课堂上老师一般不讲课本，讲的都是拓展内容，曹子墨原来早就跟不上班。汤芒果通过打听还发现，多数学生原来课后都要到补习班补课。

课外辅导要支付高额的补课费。为了挣钱，汤芒果先是在学校附近的饭店打工，在联系校外补课时，汤芒果认识了补习机构的老浦。老浦看中汤芒果厚道，让她帮助在家长中宣传招生。汤芒果像一台不知疲倦的机器，不耻下问学会了登 QQ，又学会使用微信和支付宝。除了照应曹子墨一日三餐，每个周末，汤芒果会骑着电动车驮着曹子墨，奔赴补课机构帮儿子补习。有一次，汤芒果忙着卖水果，害怕延误接曹子墨，慌忙中电动车骑翻了造成左臂骨折。曹大麦得知后提醒汤芒果别太累，汤芒果教导曹大麦说："断个膀子算什么？教育的本质是一棵树撼动另一棵树，一朵云推动另一朵云，一个灵魂唤醒另一个灵魂。"曹大麦被汤芒果近乎专业的语言弄得哭笑不得。

丁姐是汤芒果的微信好友。丁高峰和曹子墨一起到省城考试落榜，但丁姐通过关系，也将儿子转到省城一所私立学校就读。曹子墨读高中后，在丁姐的提醒下，汤芒果开始忙着带曹子墨四处参加学科比赛。看着曹子墨成天一副没睡醒的样子，汤芒果鼓励曹子墨，说比赛这就好像在玉米地掰棒子，掰多了棒子才会有好收成。但汤芒果的名校梦最终还是破碎了，曹子墨高考分数差了三分，没有跨过名校自主招生门槛，结果只上了一个普通的二本院校。

曹子墨大学毕业，按曹大麦的设想，是让他回家找工作。曹大麦说："日你大，干哪行容易？赵主任那么好的医术和为人，还经常被人打。"可汤芒果不甘心，依然支持曹子墨外出闯荡。汤芒果道："燕雀安知鸿鹄之志？回家无非就是砸土坷垃'修地球'，在外面至少还拥有梦想，至少还有诗和远方。"但曹子墨开始厌烦汤芒果，因为他每到一个地方，汤芒果都会悄悄跟踪他打工。为了曹子墨，汤芒果与曹大麦常常斗嘴。曹子墨就在他们一次斗嘴后离家出走。

想到自己不停地奔跑，竟换来儿子在外漂泊，汤芒果伤心地哭了。曹大麦心疼地安慰汤芒果："谁叫你名字叫芒果？生来还不就是为了忙碌！"曹大麦言者无心，汤芒果为此却委屈地回了趟娘家。汤芒果陪着年迈的老父亲喝了几杯酒，装着若无其事地问他，瞎忙活没有果实，干吗给自己起了个"芒果"的名字？父亲笑了，张口说出实情，"芒果"对他来说，并不是水果，只是当年一种香烟的牌子。汤芒果听了哭笑不得。

汤芒果外出打工，一般都要兼职几份工作。对汤芒果而言，时间就是收入。汤芒果除了到补课机构找工作，还会当钟点工挣钱。此外，她还忙里偷闲流动卖水果。

"城管来啦！"在一所学校的大门附近，听到一声高喊，汤芒果慌忙收拾水果摊，和几个卖早点的摊主一道，推着三轮车跑起来。没跑几步，忽然听人喊："谁咋咋呼呼，城管的鬼影也没见！"汤芒果停下脚步，跟随着几个摊主又往回撤。刚将水果摆好，天空却噼里啪啦下起豌豆大的雨点，汤芒果又慌忙收拾水果摊，推着三轮车在雨中飞跑。

4

"阿——嚏……""阿嚏"是"曹子墨"手机发出的闹铃声。太阳升起，霞光从城市缝隙爬进窗户。"曹子墨"睁开惺忪的双眼，他正沉浸在刚才的梦境。睡梦中，他饰演剧中男一号，从春秋时代穿越而来，与一位当红名模谈情说爱，被闹铃声惊醒。"曹子墨"翻了个身，迷迷糊糊臆想，想用手去摸赵飞燕，可是摸了个空。

"曹子墨"叫贾鹤立，与曹子墨长得像。贾鹤立带着几分失落爬起身，他感觉尿胀。在去洗手间的途中，贾鹤立打起喷嚏。贾鹤立很快来了创意，打喷嚏故意攒足劲，喷嚏声在空气中显得肆无忌惮。贾鹤立用手机自拍，制作了一段"抖音"视频，然后很快发到网上。贾鹤立上传完视频立即有一种成就感，心想保不准哪天就会走红。

赵飞燕是一名非洲女孩，到底是哪个国家，贾鹤立并不知道。贾鹤立唯一能确定的，就是赵飞燕是他认识不到一个月的女友。贾鹤立与陌生女孩在网上会聊得风生水起，但一旦面对面，又紧张得不知道说什么话题。两天前，贾鹤立突然涨红了脸，十分冒昧地提出，要与赵飞燕发生关系，赵飞燕就从出租屋吓走了。赵飞燕崇拜中国文化，这名字是她给自己起的，至于赵飞燕原来叫什么名字，贾鹤立也不知道。

贾鹤立与曹子墨长得很像，曹子墨在做流浪歌手期间两人认识，就结为朋友。曹子墨为了摆脱曹大麦与汤芒果纠缠，突发灵感让贾鹤立冒充自己，并通过快递公司送给他一部苹果手机用于联系。曹子墨害怕贾鹤立露馅，用手机聊天时对他进行了一番培训。曹子墨告诉贾鹤立，他老家的村庄叫曹后传，旁边有一个湿地风景区。贾鹤立说这地方他知道，并且还去过。曹子墨听了很高兴，感觉仅围绕湿地这个话题，就能基本应付曹大麦的盘问。

曹子墨对老家曹后传也并没有多少记忆，他一直不明白，村庄为什么会起这个蹩脚的名字。虽然曹大麦曾给曹子墨讲过无数次村史，甚至把祖先传奇经历描绘得像史诗，可曹子墨记不住，也懒得去听，他不喜欢田地和庄稼。因此，贾鹤立除了村庄和湿地，也只记住几个重要信息，例如曹大麦爱说"日你大"，爱把打喷嚏说是"有人想"，并开始喜欢写诗。汤芒果呢，则是个成语达人，每句话不离开成语，她还会不要命地忙着挣钱。

　　曹大麦和小钢炮的工作地点转移了，他们在为景区的卫生间修理背景墙。小钢炮用刀劈着毛竹，嘴里念念有词："断竹续竹。"他忽然忘记了下一句，问道："大爷，飞什么来？"曹大麦没有回答小钢炮的问题，似乎想起了什么，说："鹏程，你说这村庄为什么叫村庄？"小钢炮一边贴瓷砖，一边跟着耳麦哼唱，听了曹大麦的话，小钢炮摘下耳麦。曹大麦说："村庄村庄，咱农村人这日子是要靠撑着过。"小钢炮想想道："大爷，村庄村庄，这'装'也很重要，人不装B难！"曹大麦望了望小钢炮，小钢炮脖子里拇指粗的仿金项链和"牛B"的造型格外惹眼。小钢炮继续道："咋啦？大爷，我这造型，昨天蒋芷若在微信上还为我点赞。"蒋芷若是小钢炮在网上追的一个女孩。小钢炮说完，望曹大麦做了个鬼脸，又将耳麦放到耳朵里听歌。曹大麦本想教导小钢炮，没想反受到一番抢白，找碴说："日你大，一心二用，你就不能专心干活？"小钢炮对答道："大爷凹凸，你没看电视上那人，一心还五用哩！"曹大麦看看小钢炮贴好的瓷砖，没发现什么毛病，就没有出声。小钢炮忽然摘下耳麦道："大爷，我好佩服'太子'哥，我这辈子命运，都拴在他身上。"

　　曹大麦说："马屁精，子墨有什么值得你佩服？"小钢炮道："大爷，子墨哥成了歌星，我也就能跟着走红。"曹大麦说："日你大，都走红，谁来种地？谁来贴瓷砖？"小钢炮道："大爷，放下走红不谈，起码子墨哥有诗和远方。"曹大麦说："人走路要两条腿，除了诗和远方，还有一条腿，叫脚踏实地。"曹大麦越说越激动："就是诗和远方，把他魂勾跑，日你大诗，日你大远方！"小钢炮不解曹大麦为什么来气，讨好道："大爷，每一个不曾写诗的日子，都是对片一片倒伏的麦子，曹大麦心里疼痛，双腿发软一屁股跌坐在地。

麦收时节，曹大麦给小钢炮放了麦假。为了在马拉松比赛前完工，曹大麦一个人加班加点，在景区整整忙活了一周。工程完工，比赛却延期了。这样，曹大麦就没有来得及在大雨来临前收割。除了小钢炮帮他抢收了几亩地外，余下十几亩麦子孤零零地站在田野里。黑狗看到主人难过，老老实实趴在地上，不时用眼睛打量着曹大麦。

村里的曹老慢吹着口哨走过来，曹大麦站起身与他打了个招呼。曹大麦问："老慢，麦收结束了？"曹老慢有口无心的一句话，说得曹大麦无地自容。曹老慢慢字慢调说："早结束了，就这一点地，哪里搁住收种？"曹大麦道："那就好，那就好！"曹老慢说："好什么？哪能伴你，麦子值几个钱？你这十几亩地都扔掉，也不过就一个月手艺钱。"曹大麦苦笑着，想跟曹老慢辩解，话到嘴边又咽下去。

麦子不值钱，但曹大麦热爱庄稼，每一棵麦子都经他亲手播种。他不忍心丰收在望的庄稼人为减产。曹大麦是侍弄田地的好手，年轻时用牛拉着木犁穿沟笔直笔直，全村人家都喜欢请他帮忙。曹大麦看曹老慢转身离开，轻轻叹了口气。却听曹老慢嘴里说："都说我慢，总算有人落在后面。"

曹老慢走后，曹大麦又想起了汤芒果和曹子墨。为了"诗和远方"，两人远离了村庄和田野。就是在麦收季节，曹大麦一连几个电话催促，汤芒果也没有回家。汤芒果给曹大麦算了一笔账，往返路费赶上一亩地收入，再加上高考前补课旺季，每天能挣到手的钱，远超过半季庄稼收入。

曹大麦打了串喷嚏，吐出一大口秽物。他见脏污中带着血丝，不由吃了一惊，赶快用草棒拨开看。曹大麦又想起了那个黑点，这个秘密他一直在心中保守。曹大麦没有将"黑点"的事情告诉汤芒果，他怕汤芒果害怕。忽然曹大麦笑了，他找到了出血原因，自己喷嚏打得猛，牙齿把嘴里的肉碰破了。曹大麦如释重负，骂道："日你大，胆小早被吓死！"

天色渐晚，天空落起小雨，几只燕子在空中斜飞。曹大麦眼前仿佛又出现曹子墨小时候的情景，自己将他顶在头顶上，在田野里巡视庄稼长势。曹大麦口中傻傻地念道："燕燕于飞，差池其羽。""老土"用嘴去咬曹大麦裤脚，提醒主人回家，曹大麦郁闷地站起身。路过村头，小漂和几个打工回来收庄稼的年轻人正围着两只泰迪犬嬉闹。小漂手中牵着一只用绳子拴着的老鼠，看到老鼠两只泰迪犬吓得四处奔跑。"老土"要过去捉老鼠，被小漂挥手赶开。小漂对曹大麦说："麦叔，你那'老土'过时了，什么时候也弄只泰迪玩玩。"曹大麦道："日你大，过什么时？这才是正宗的狗！"小漂讥笑说："'老土'想狗拿耗子。""老土"停下来赖着不走，羡慕地观望着老鼠和泰迪犬戏耍。

曹大麦回到家，发现电饭煲已经接上电源，一大碗热腾腾的饺子坐在饭锅里。曹大麦猜想饺子一定是小钢炮受他奶奶安排送过来的。曹大麦饥肠辘辘，但毫无胃口，他先是想起了汤芒果和曹子墨，后来又想起了"老土"。"老土"贪图看热闹，没有跟曹大麦回家。端出来的饺子又被曹大麦回放到饭锅里。

曹大麦倒头一觉睡到天亮，醒来后想起昨晚构思好的那首诗。曹大麦将诗誊写到纸上，刚放下笔手机响了。小钢炮哭着告诉曹大麦，早晨起床发现奶奶死了，她是在睡梦中不知不觉睡死的。曹大麦很悲伤，小钢炮的奶奶活了八十四岁，一辈子最疼爱孩子，她的梦想是也能活一百岁，村庄里已经有了五个百岁老人。

曹大麦帮小钢炮料理丧事，安排打了一圈电话通知亲友。小钢炮的父亲石金宝失联，号码已停机。曹大麦看着跪在冰棺旁呜呜哭泣的小钢炮，破口大骂石金宝，气得将手机狠狠地摔到麦秸上。

6

烈日炎炎，麦场晒满金黄的麦粒，这时忽然乌云密布，天空下起大雨。曹大麦急得满头大汗，从床上猛地坐起身。原来一大滴雨水滴到脸上，让曹大麦从睡梦中惊醒。曹大麦帮小钢炮操劳丧事，几天来累得够呛，本想将没有誊抄完的诗整理一下，歪在床上就睡着了。曹大麦看看手机上的时间，天亮还早，但他再也无心安睡。

房子是他和汤芒果结婚前翻建的红瓦房，如今已经破败不堪。虽然小修了几次，但还是经不住大雨敲打，意想不到的地方竟然漏雨。曹大麦想给房子动大手术，但汤芒果斥责他老脑筋，给他洗脑说还是省点钱，留给儿子将来在城市买房子是正事。

曹大麦关了灯，在心里浮想联翩。忽然，他听到黑狗一声哀叫，就唤道："'老土'！"黑狗没有出声，曹大麦慌忙穿衣下床。曹大麦顺着门缝看去，月光下黑狗躺在院子里，一个黑影正准备用麻包装黑狗。"有贼偷狗！"曹大麦很快反应过来，在门后抄了根棍子，悄悄开门来到那人背后。曹大麦大喝一声，一脚将偷狗贼踢翻在地。黑影被突如其来的袭击吓得翻身跪在地上，曹大麦仔细一看，原来竟是村里的曹老慢。

曹老慢哭哭啼啼告诉曹大麦，自己这是第一次偷狗。原因是他被逼得没办法，儿子十万块彩礼钱东凑西凑，还差三千元，万般无奈才想到偷狗。曹大麦看到"老土"已经被毒药害死，本想报警，但看曹老慢说得哀切，狠狠教训了他一顿，就软下心打开院门送他走。

天亮后，曹大麦骑着电动车，拉着"老土"来到田地里，将心爱的黑狗埋葬。回到家，曹大麦整理房间，发现几本诗稿被雨水淋湿。太阳冲过云层终于出来了，曹大麦第一件事是忙着晒诗，他将诗稿一页一页翻开，放到院子里的磨盘和青石上。院角的梅树挂满了梅子。晚间风雨交加，加上曹老慢偷狗时，攀着树下来，梅子被晃落了一地。曹大麦触景生情，想起《诗经》中几句诗，念道："梅子落地纷纷，树上还留七成。有心求我的小伙子，请不要耽误良辰。"曹大麦正在深情朗诵，忽见小钢炮走进门来。

曹大麦道："日你大，吓我一跳！"说完这话，曹大麦就后悔了，道："鹏程，你看我这臭嘴，心里早就提醒不说这句口头禅，可还是管不住。"小钢炮的孝帽还戴在头上，见曹大麦自责，安慰说："大爷，我喜欢听您这句话，奶奶死了，如今这世上，能骂我的只剩下您一个人。"曹大麦听了小钢炮的话，心里酸溜溜的，说："鹏程，别难过，人总要死，活着就要好好撑下去。"小钢炮点点头，坚强地笑道："大爷，刚才那首诗是刚写的吧！写得越来越牛。"曹大麦道："《摽有梅》哪是我写？是老祖宗留下的。"小钢炮道："哦，但我觉得和大爷的风格好像。"曹大麦感叹说："老祖宗留下的东西，都是精华。"

小钢炮看到满院子的诗稿，向曹大麦道："大爷，您这是干吗？"曹大麦说："晒一晒，这诗孬好也是大爷种出来的庄稼。"小钢炮道："别人都是在微信上晒诗，还有大爷您这样晒的，我要帮大爷出书！"曹大麦说："鹏程，我只想写诗？我可不想当诗人。"小钢炮道："大爷，当诗人怎么不好？您成大诗人了，诗可以授权给我改编歌曲。"

曹大麦岔开话题问："鹏程，这么早过来什么事？"小钢炮道："大爷，主要是谢您！"曹大麦说："谢什么？我不是你师父，也还是你大爷，有话就说。"小钢炮道："大爷，您不问，我都不好意思说出口。"曹大麦说："跟我害什么羞！"小钢炮吞吞吐吐道："大爷，鲍富强说我奶奶死了，这下能走开，劝我去跟他干。"鲍富强是曹大麦的另外一个徒弟，因为家境较好，跟曹大麦学贴瓷砖，手艺没精就出师了。曹大麦脱口说："好啊，开什么条件？"小钢炮道："'包子'跟他表哥开装潢公司，让我带人贴瓷砖，承诺能帮我加入乐队，两年后还能包我在城里买房。"

曹大麦沉吟片刻，摇头晃脑说："摽有梅，其实三兮。求我庶士，迨其今兮。"小钢炮对曹大麦说的东西一头雾水，红着脸解释道："大爷，您可千万别气，我不会背主求荣，还没答应他。"曹大麦对自己念叨的内容翻译说："梅子落地纷纷，枝头只剩三成。有心求我的小伙子，到今儿切莫再等。"小钢炮道："大爷，您这诗念得我心里酸溜溜。"曹大麦说："只要有好前程，跟谁干我都不怨你。"小钢炮张嘴还想解释，曹大麦说："日你大，我正要出去找子墨，这下我也无了后顾之忧。"

小钢炮再次动情地流下热泪，说："大爷，村庄村庄，你天生是吃'撑'这碗饭，我命中注定，定是要吃'装'这碗饭。"曹大麦被小钢炮逗乐了。小钢炮感到心里还是不踏实，说："大爷，包子的话，我可没答应他。"曹大麦安慰道："日你大，放心去吧，苟富贵，勿相忘。"小钢炮还想解释，曹大麦已经不再搭理他，自顾念叨："梅子纷纷落地，收拾要用簸箕。有心求我的小伙子，快开口莫再迟疑。"小钢炮临走突然想起黑狗，道："大爷，'老土'呢？"曹大麦想为曹老慢偷狗的事遮掩，说："'老土'不知什么时候走丢了，可能它也想去很远很远的远方。"

广袤的田野、孤独的麦子、冷清的丧礼、漏雨的老屋、毙命的"老土"、满地的落梅，还有时隐时现的黑点，充满了曹大麦整个内心世界。曹大麦毅然决定，他要第三次外出找曹子墨。

7

根据小钢炮分析，从朋友圈发出的微信看，曹子墨所处位置应该在一家影视基地。待曹大麦前脚赶到小钢炮锁定的地方，贾鹤立后脚已经离开。

曹大麦给曹子墨打电话，贾鹤立严格遵守曹子墨的交代一概不接。曹大麦四处打听，有人告诉他，前几天的确见过一个小青年，长得与曹大麦描述的很像。这样更加坚定曹大麦的方向，他决定在基地蹲守。

这天，他正在津津有味地看剧组拍电影，这时导演走过来，与他热情打了个招呼。导演是个瘦挑的男人，穿着绿马甲，留着像女人一样的长头发。长头发导演说："嘿，老哥，过来等角色？"曹大麦开始没有听清，等长头发导演拍了拍他肩膀，他才明白是和自己说话。曹大麦以为导演问自己是否在等人，支支吾吾道："是是是，都等几天了。"长头发导演看中曹大麦，是想让他饰演剧中一个农民，因为面试了好几个演员都不满意。

曹大麦听了导演的话，心中顿觉好笑，在心里嘀咕道："日你大，我就是农民，这还用演？"曹大麦爽快地答应了，因为他知道曹子墨现在爱上演戏，自己多认识几个圈内人，也许碰巧就能打听到曹子墨。

曹大麦为了面试能给导演好印象，特地到发廊将乱七八糟的头发修理一番，又狠心花钱买了套新衣服。曹大麦按照导演的通知，早早就到指定的地点等候。时间到了，曹大麦看导演正四处张望，猜测他是在等重要人物，就没敢上前打招呼。等了十几分钟，曹大麦心想一定是自己换了新衣服，导演没有认出来。曹大麦走过去说："嘿嘿，导演，我来了。"导演上下打量曹大麦，过了片刻才认出来，对曹大麦脱胎换骨大失所望。曹大麦看导演一直摇头，只好心有不甘地转身走开，并小声自嘲道："日你大，一定是他认错人了。"

基地共有二十多个剧组在拍戏，曹大麦已经寻访了十多家，每天他都抱着巨大希望去找曹子墨，但最后都是无限失望返回。曹大麦为了省钱，在一个老旧的公园找到一张供自己栖身的长条椅。曹大麦不死心离开，想把剩下的几家剧组寻访完。

曹大麦将新衣服甩下来，又换上自己皱巴巴的工作服。曹大麦刚走进基地，忽然有个姓乙的年轻姑娘叫他。原来，长头发导演试镜几个人都不满意，就又想到曹大麦。小乙对曹大麦说："大爷您终于来了，刁导让我等你半天。"小姑娘将曹大麦带到刁导跟前。刁导又开始上下打量曹大麦，忽然拍了拍曹大麦的肩膀道："哦，这不又回来了，昨天在哪弄那一身破衣服？"曹大麦辩解说："导演，怎么是破衣服？昨天那行头，买它我花了三百多块。"刁导和围观的人都笑了。

曹大麦在剧中饰演的角色，深受刁导好评。刁导拍的这部电影，本来已经杀青即将送审，但他对剧中几个配角演出效果很不满意，于是就紧急补拍。刁导爱好喝酒，喜欢说："没喝酒时是蒋干，酒一喝后成周瑜。"刁导酒一喝高就会表扬曹大麦。曹大麦对刁导

印象最深的一句话是："你们看曹老师，什么叫真？就是从他身上，你完全看不到表演。"拍摄任务完成，刁导留住曹大麦，想让他在另外一部新开拍的戏中再饰演角色。可曹大麦没答应，他想自己的任务是找儿子，儿子的影子都没见到，哪有心思演戏？看到曹大麦拒绝刁导，在场的几名年轻人一脸惊讶。一个小伙子说："曹老师，您不会是还没醒酒！被咱刁导看上，想不火都不行。"曹大麦嘿嘿笑道："知足了，我已经过了戏瘾，可不想一辈子当演员。"

曹大麦走出影视基地一筹莫展，看眼前似乎都是曹子墨在远方留下的足迹，但却找不到他任何一个脚印。这时，曹大麦看到大门前一阵骚乱。一个水果摊旁一名中年妇女躺倒在地上。曹大麦开始以为是剧组在拍戏，仔细一看，躺在地上的人竟然有点像汤芒果。曹大麦慌忙拨开人群往里钻，这时围观的好心人，有的在打急救电话，有的在掐妇女的人中。

晕倒在地的妇女果然是汤芒果。汤芒果由于天气炎热中暑，在众人救助下慢慢睁开眼醒过来。曹大麦一屁股坐在地上，将汤芒果抱在怀中。原来，汤芒果也侦查到贾鹤立的行迹，一路跟踪过来。可汤芒果根本不认识贾鹤立，甚至当时与贾鹤立擦身而过。

发生中暑晕厥这件事，汤芒果深受震动。她不再像从前那样支持曹子墨在外漂泊，转而认同曹大麦的观点，一定要把儿子找回家。汤芒果渐渐体会到三句话：离开家，原来家就是远方；心中有诗，原来人人都可以写诗；人生除了诗和远方，也还有苟且带来的平安和幸福。

汤芒果除了一门心思帮曹大麦找儿子，就是打听丁姐。原因是她将省吃俭用攒下的二十万元，几年前全部转账给丁姐。丁姐答应给她不菲的利息，但丁姐的手机号码不知什么时候换了。汤芒果在心里悄悄算计，这二十万元连本带息，早应该翻倍，一旦曹子墨在城市落脚，就拿回来为儿子按揭新房。

8

汤芒果为了跟踪曹子墨，与人在一家小旅馆合租了半间房子。曹大麦将汤芒果刚送回旅馆，汤芒果好像想起来什么，摸摸口袋忽然急得直跺脚。汤芒果说："纸条呢？纸条怎么丢了？"纸条是当初丁姐打的借条。为了防水，汤芒果将纸条用塑料纸包好，用针线缝在自己的外衣口袋里。曹大麦看汤芒果捏着口袋，脸上冒出一滴滴汗珠，帮她回忆说："难道是在基地门口弄丢了？"汤芒果道："可能是吧！"曹大麦赶忙返身回基地，正一路小跑，汤芒果给他打电话，说是纸条找到了，原来口袋绽线纸条掉到了下面的衣角。

为了让汤芒果好好休息，曹大麦提出等几天再上路。曹大麦对汤芒果说，既然曹子墨现在爱上演戏，说不准就能在基地碰见，只是时间问题。汤芒果道："守株待兔，哪有那么多兔子能撞到树桩上！"曹大麦一边等曹子墨发动态，一边上网搜索附近的城市。

与丁姐失联后，汤芒果常常以泪洗面。曹大麦对贾鹤立的微信终于研究出一点眉目，与汤芒果收拾东西转移。这时，汤芒果眼睛却忽然看不见东西。曹大麦急忙送汤芒果到医院，原来是视神经有问题需要住院治疗。住院一段时间，汤芒果视力略微有点恢复，但看眼前的人，只是个模糊的影子。医生说，视力能不能全部恢复，还要等休息一段时间碰运气。就医花去不少钱，为了增加收入，曹大麦本想去找刁导演戏，但想到已经毅然辞掉，怎好意思再回头？于是，曹大麦就到一家建筑工地干零活。

汤芒果叫唤着要出院，她一想到高额的住院费用就心疼。依照汤芒果心愿，她还想继续跟踪曹子墨。曹大麦对汤芒果说："你现在找路都难，怎么找人！"汤芒果道："没眼睛，那我还能乞讨，要饭也是门路。"曹大麦激她说："莫给儿子丢人，这样找到他也不会跟你回家。"这样汤芒果才不再坚持，勉强同意跟曹大麦回家养眼。

回到老家，汤芒果因视力障碍，更加思念曹子墨。汤芒果每每听到电视里有大学生被骗的消息，都不禁心惊胆战。汤芒果问曹大麦："听说有人丧心病狂，专门偷器官是真的吗？"曹大麦安慰她，有的骇人消息只是谣传，况且曹子墨不是隔三岔五发微信？汤芒果这才稍稍安心。

小钢炮脸上贴着一块创口贴来看望汤芒果，顺便给曹大麦捎来了一本书。曹大麦说："鹏程，你的脸是怎么回事？"小钢炮道："帮芷若跟人干仗了。"曹大麦问："什么大不了的事？"小钢炮说："说起来屁大的事，是两派粉丝产生的恩怨。"曹大麦道："鹏程，你说人家明星都不着恼，你们何必拿刀动枪！"小钢炮道："大爷，这你不懂，我上次给你说的一件事，一个女大学生，因为穿同款衣服，还被人暴打一顿。"曹大麦憎恶地哼了一声，说："鸟多了，什么毛都有。"

小钢炮问："大爷，这段时间有没有粉丝电话？"曹大麦不解。小钢炮将手中的书交给曹大麦，告诉他把诗稿交给鲍富强，鲍富强花钱请人出版了。曹大麦看着自己写的诗变成了铅字，眼睛湿润了。曹大麦说："鹏程，出书就是诗人？我可不想当诗人。"小钢炮笑道："大爷，那您就只顾写，以后署我名字。"曹大麦对小钢炮充满感激，问："鹏程，这得花多少钱，你用什么和人家交换？"小钢炮道："大爷，我不是城里人，我不想在城里买房，我只想让大爷当诗人。"曹大麦哽咽着把小钢炮揽到怀里。

小钢炮听了曹大麦说的演戏经历,钦佩道:"大爷,您每次外出都有收获,第一次学会贴瓷砖,第二次学会写诗,这一次又学会演戏。"曹大麦道:"别奉承,大爷不会演戏,我是农民。"曹大麦很少在朋友圈发微信,这次听从小钢炮的话,将拍戏花絮在朋友圈晒出来。果然立马就有重大收效,贾鹤立代表曹子墨破例"点赞"。但等到曹大麦询问曹子墨在哪里,贾鹤立慌了,意识到自己原来不是曹子墨。

不久,曹大麦收到一条对他来说十分有价值的微信。曹大麦告诉汤芒果,儿子马上就要回来了!缘由是贾鹤立想投靠刁导,想请曹大麦为他引荐。贾鹤立打电话给他刚认识的一个朋友,这人给刁导剧组跑过龙套。当曹大麦在微信上发出的照片得到印证后,贾鹤立思虑再三,感到十分有必要暴露自己。

曹大麦除了照顾汤芒果,会隔三岔五到景区接零活。别处的工钱会更高,但曹大麦喜欢在景区干,他迷恋湿地的风光。曹大麦为湿地陆陆续续写了一组诗,这天鼓足勇气去找郝回忆。交了诗稿,曹大麦看回家做饭时间还早,就来到高速路出口。曹大麦看到贾鹤立发的微信,每天都会到高速路出口转一圈。曹大麦说:"日你大,不管真假,咱就守株待兔!"这天,曹大麦站在路边一个不显眼的地方,认真观看来往车辆,忽然听到警报声大作。

一辆警车领着一辆半新的"宝马"出现在高速路出口,几位男女警察从路边早就守候的警车上猫腰走下来,指令"宝马"停到路边接受调查。曹大麦嘴里嘀咕道:"日你大,麻烦了!"

贾鹤立鼻梁上架着墨镜,染着一头蓝发,脖子里戴着根金项链,慌忙从车里钻出来。曹大麦看眼前的人好像是曹子墨,慌忙拨开人群，他害怕警察马上把儿子带走。等到他定定神，才看清眼前的年轻人并非曹子墨。

警察厉声问："受害人呢？"贾鹤立莫名其妙地挠着头。两名警察将"宝马"车后座的车门打开，窦婉约搂着迪士尼，抱着手机津津有味地看剧，正看得忘情，忍不住吻了一下屏幕里的男主人公。看到面前的警察，窦婉约抬了抬眼皮。领头的警察打量着窦婉约雌雄莫辨的打扮，道："别舔屏了，美女，你和他什么关系？"

贾鹤立紧张地望着窦婉约，他担心窦婉约犯了事，忽然心中很后悔自己的草率。窦婉约迟疑一下，皮笑肉不笑地道："没关系！"一位警察看了看贾鹤立和窦婉约的身份证，抬头问道："没有关系，那怎么坐在车上？你到底是他什么人？"窦婉约指了指怀里的迪士尼，冷冷地道："女人。"

问话的警察以为迪士尼是个小女孩，听了窦婉约的话，初步判明这是一个小家庭。一位警察又伸头看另外一边车窗，摇上去的玻璃夹着一件白色文胸飘在窗外。经过警察盘查，曹大麦才明白，原来是车窗里飘出文胸，路上行人报警，引起了一场误会。看到窦婉约不紧不慢地将内衣收起来，领头的警察尴尬地笑了。警察开始撤退，曹大麦隐约听有人低声说，"队长，一定是同性恋！"

曹大麦一脸小心看着警察离开，忽然一只手伸过来扯他衣服。曹大麦一看，原来是小钢炮。小钢炮道："大爷，您看子墨哥回来了！"曹大麦道："扯什么，人呢？"小钢炮等贾鹤立将车开到一旁，过去寒暄几句后喊曹大麦。曹大麦说："鹏程，你认错人了。"小钢炮道："大爷，这位是子墨哥的扮演者，贾鹤立贾老师。"

原来，小钢炮通过与贾鹤立用微信聊天，早就得知了曹子墨"曹冠贾戴"的情况。听了小钢炮的一通话，曹大麦直摇头："鹏程，怎么感觉这就好像在演戏。"曹大麦不情愿将贾鹤立带回家，小钢炮道："大爷，难道您不想让芒果大姨和儿子团聚？"曹大麦呆住了。小钢炮道："大爷别担心，我会交代贾老师装哑巴。"

曹大麦与贾鹤立打了招呼。贾鹤立指着窦婉约介绍说："这是小窦，窦婉约。"曹大麦道："哦，窦娥的窦！"贾鹤立纠正说："人家是窦唯的窦。"窦婉约向曹大麦冷笑道："也是窦娥的窦，穿越来的。"窦婉约说完搂紧迪士尼，又开始全神贯注看剧。

9

贾鹤立的到来，让汤芒果异常欢喜。汤芒果摸着贾鹤立的脸，心疼道："个子长高了点，可脸瘦了，鼻子还有点塌。"曹大麦说："鼻子塌是打喷嚏打的，整天还搁住念叨？"汤芒果让贾鹤立喊声"妈"，小钢炮说："大姨，子墨哥这几年又演又唱，声带坏了刚做的手术，医生交代，一个月都不能讲话。"

让汤芒果格外惊喜的是，儿子还带回来一个女朋友。带回女朋友也是小钢炮给贾鹤立特意开出的条件。曹大麦向汤芒果介绍说："人家姓窦，小窦。"汤芒果道："哦，什么豆？"曹大麦说："宝盖头，下面有个卖字。"汤芒果道："哦，记住了，小麦。"窦婉约听了又好气又好笑。汤芒果激动地去试探窦婉约的身高，当她触摸到窦婉约的牛仔裤，对裤子上一个个破洞吃了一惊，埋怨贾鹤立道："子墨，看你怎么照顾的？小麦的裤子招哪上了？扯成这样！"曹大麦说："芒果，你也见过世面，人家就是那样的牛仔裤。"小钢炮解嘲道："子墨哥，看你们露破绽了吧！"

汤芒果交代曹大麦，晚上到景区大酒店一家人好好吃上一顿。

曹大麦看着面前陌生的"儿子",虽然心里很不是滋味,但他向来热情好客,就翻箱倒柜找酒店的订餐名片。曹大麦推出电动车准备带上汤芒果,让贾鹤立不要开车,一起搭乘小钢炮用滴滴打车叫来的出租车。小钢炮扶着汤芒果上车,这时,一位戴着眼镜的年轻人从村东方向走过来,向他打听哪位是曹老师。年轻人自我介绍叫丁长吉,因为读了曹大麦的诗,几次慕名前来拜访,不想都没有见上一面。小钢炮高兴道:"大爷,怎么样?您的粉丝。"丁长吉上下打量曹大麦,惊讶道:"没想到这就是曹老师,不敢想象不敢想象。"曹大麦招呼丁长吉一起到酒店就餐。

大酒店坐落在水上。大家到了酒店在包间里坐好,宴席开始,先上的是"湿地四珍",分别是金针菜、刺槐花、地皮菜、马齿苋四个冷菜。曹大麦开始滔滔不绝地介绍家乡的美食。窦婉约戴着耳机,眼睛盯着手机,直到贾鹤立用手抵了她一下,她才惊觉到开始用餐。小钢炮将"曹子墨"和窦婉约为丁长吉做了介绍。听曹大麦再次说"窦"字的写法,汤芒果笑道:"婉字我认识,这个窦字,我一直以为念麦。"小钢炮打趣说:"大姨,窦姐的名字,您该不会读成卖碗勺!"

随着醉虾、莲子、藕片、蒲菜等四个凉菜陆续上桌,这时,服务员端上来一盘毛刀鱼炒青椒,小钢炮道:"哎,服务员,我怎么嗅到一股臭味,毛刀鱼可新鲜?"服务员是个胖乎乎的大男孩,听了小钢炮的话道:"店里的毛刀鱼新鲜,都是渔民刚送过来。"小钢炮道:"你使劲闻闻。"胖男孩果真使劲用鼻子嗅了嗅。小钢炮道:"怎么样?"胖男孩说:"还真有点,我端下去换一盘。"

一会儿,胖男孩将新换的菜端上来。小钢炮用鼻子嗅了嗅,道:"这盘好像也有味道。"胖男孩在桌子边走了一圈,生气说:"还味道呢，味道在这里。"原来，贾鹤立脱着一只脚跷在另一条腿上，臭味正是从他的鞋窠里散发出来。窦婉约用眼斜着看贾鹤立，贾鹤立慌忙将臭脚穿到鞋里。

贾鹤立被特意安排保持沉默，窦婉约在盯着手机。小钢炮看了眼贾鹤立，开始与丁长吉谈诗。小钢炮说："丁大哥，我还以为大爷的书没人看，你是怎么读到曹老师的诗？"鲍富强为了收回出书成本，将曹大麦的诗集全部用来抵账了。丁长吉道："我是工地上的保安，有一天，我在工地上看到这本诗集，就拜读到曹老师的诗。"曹大麦说："叫老曹，老师用在我身上糟蹋了。"

丁长吉道："曹老师真低调。"小钢炮对贾鹤立和窦婉约说："听到了没？莫看大爷是农民，可是实力派，不仅演过戏，还是大诗人。"见贾鹤立眼神中充满敬重，小钢炮继续道："丁大哥，你被曹老师的诗电到了没？"丁长吉说："电到了，曹老师的诗里，满是汗水和泪水。"曹大麦道："过誉过誉，我只是写着玩，哪里配出书！"小钢炮说："大爷谦虚，别人是想当诗人，咱曹老师只是想写诗。"小钢炮说完，对丁长吉道："其实大爷这句话，我不是很懂。"

曹大麦被小钢炮和丁长吉捧得头皮发麻，就起身出门找洗手间。曹大麦看着洗手间门上标注的英文，心里嘀咕道："日你大，显什么摆？没看到一个老外，这我要给郝经理提！"曹大麦正在东张西望，这时一个人拍了拍他肩膀。曹大麦一看，竟是老同学赵艳红。赵艳红晚上也在大酒店赴宴，为了躲酒赵艳红借故接电话溜出来。曹大麦将"曹子墨"归来的事告诉赵艳红，硬是拉着赵艳红跑个场，说什么自己也要好好敬他两杯酒。

曹大麦将赵艳红带进包间，尚未介绍，却听赵艳红忽然惊喜道："鹤立，你怎么在这里！"原来，贾鹤立竟然是林云的儿子。林云曾爱慕曹大麦，老公老贾长得与曹大麦特别相像。贾鹤立迷恋在外闯荡，林云常常苦苦哀求他回家，甚至让赵艳红帮助做工作，贾鹤立都是置之不理。赵艳红与贾鹤立都没想到，二人却在这里相见。贾鹤立指了指汤芒果，冲着赵艳红慌忙摆摆手。

汤芒果显得十分着急，问曹大麦道："大麦，谁来了？"曹大麦道："是赵艳红赵主任。"小钢炮见此急中生智，冲丁长吉使眼色。丁长吉道："阿姨，赵主任是跟我说话，我们俩认识。"小钢炮示意丁长吉起身告辞，并将他送出门外。在赵艳红和小钢炮帮衬下，一顿尴尬的晚餐好不容易圆满结束。曹大麦酒量小，敬了赵艳红两大杯酒，头脑就有点晕乎乎。

饭后，赵艳红把贾鹤立喊到一边说："鹤立，你妈想你想得太可怜，抽空回家看看吧！"贾鹤立道："谢谢叔叔，我知道你是为我们好，但你看我现在，功不成名不就，哪有脸回家？"赵艳红道："鹤立，什么叫成功？平安健康就是成功。既然回来了，一定要回家看看。"贾鹤立没有出声。赵艳红转身走开，贾鹤立冲着他背影说："叔叔，请您一定不要和我妈说这事。"

赵艳红没有说谎，林云真的生病了。林云到医院看医生，医生让她平时注意休息，特别是要保持良好心情。林云开玩笑说："谁不想有好心情？可是臣妾做不到！儿子在外打工两年都没沾家。"医生告诫她说："从健康档案看，你几年前肺部的黑点消失了，但并不意味着不会反复。"医生的话将林云说得一愣，她怎么也不会将送曹大麦体检表的事与医生的话对应起来。林云知道医生好心，大都会劝病人注意保养，听他说了黑点的事，又感觉是医生吓自己，就没有耐心听下去。虽然没有查出大毛病，但林云经常偏头疼，人开始变得憔悴。

宴席散后，窦婉约伸出手钩住贾鹤立的胳膊，边走边看手机。贾鹤立忽然想给林云打个电话，就悄悄脱离窦婉约的手。窦婉约低头沉浸在手机里的剧情中没有察觉，竟又钩住身旁曹大麦的胳膊，吓得曹大麦酒醒了一大半。

10

清晨，曹大麦起床后，汤芒果已经在厨房和面做饺子馅。曹大麦道："芒果，你眼睛看不清楚，包什么饺子？"汤芒果对曹大麦道："永生难忘，子墨小时候，最喜欢吃菱角秧做馅的水饺。"曹大麦想起曹子墨，不禁叹了口气。汤芒果很快将饺子馅忙活好，曹大麦奇怪道："芒果，人家打字会盲打，你这么短时间就学会盲干。"汤芒果忽然推开面前的面团，哭泣着说："掩耳盗铃，大麦，别再瞒我，子墨到底发生了什么事？"曹大麦道："没有啊，子墨只是嗓子做了个小手术。"汤芒果说："大麦，你不要小看我，有事就告诉我，我能挺住。"曹大麦道："芒果，你鼻子尖，嗅到了什么？"

汤芒果说："瞒天过海，大麦，你学会演戏了！"曹大麦吓得赶紧盯着汤芒果看。汤芒果说："重见天日，大麦，我昨天听到儿子回来后，眼睛就好了。"曹大麦又惊又喜，汤芒果道："为了不破坏你们心情，我就一直看你们表演，包括那个你的崇拜者小丁，我总觉得面熟。"曹大麦将信将疑，指着手机上的信息考问汤芒果。

饺子包好后，曹大麦要喊贾鹤立和窦婉约吃饺子。汤芒果道："大麦，还是不要喊，孩子们在外面太累，让他们再睡会儿！"贾鹤立睡在床上正酣，这时手机"阿嚏阿嚏"响了两声。贾鹤立懒洋洋地拿起手机看了看，是曹子墨给他回的一条信息。曹大麦听到动

静，看窦婉约休息的房间房门大开。窦婉约靠在床上读书，宠物狗
"迪士尼"驮着手机在屋里踱步。只听窦婉约道："女儿过来。"曹
大麦叹了口气，他对窦婉约让狗驮手机帮她计步，以及只穿半截袜
子、脚跟露在外面，一副雌雄莫辨的打扮很是看不惯。

　　看到汤芒果视力已经复原，依照曹大麦的意思，动员贾鹤立早
点回家去看林云。提到林云，汤芒果道："两小无猜，大麦你给我老
实交代，这个小贾演的戏，是不是你和女同学串通好？"曹大麦赶
快坦白说："芒果，这个小贾，我哪知他是林云的儿子？"汤芒果
说："一面之词，谁知道你说话真假？女同学，女同学的故事多！"
曹大麦道："芒果，现在什么不被恶搞？小姐、老师、女同学，多好
的词都被糟蹋了。"汤芒果说："大麦，不管怎么说，人家不走，咱
们可不好往门外赶。"

　　早饭后，曹大麦说："芒果，老片子了，客人来了带去湿地看一
看。"曹大麦喜爱湿地，安排客人参观游玩是他的待客之道。汤芒
果说："你们去，我在家看门！"曹大麦道："芒果，湿地变化可大
啦，你要一起去。"汤芒果说："大麦你忘了？我可是瞎子，你想让
我盲人摸象！"曹大麦道："芒果，游大湿地，做深呼吸，呼吸也不
需要眼睛。"贾鹤立正在考虑如何让曹大麦向刁导引荐，见曹大麦
兴致勃勃请自己游玩，就爽快地点头答应。

　　湿地公园，游人如织。"游大湿地，做深呼吸。"头发自然蜷曲、
胖乎乎的导游马小意领着一群游客，走在通往游船的路上，他竭力
避免口吃的毛病，神采飞扬地向客人推介。曹大麦搀扶着汤芒果，
贾鹤立、窦婉约夹杂在游客中，两人不停地用手机拍照。

　　游客在游船坐定，引擎的轰鸣声响起。贾鹤立与窦婉约并排坐
在船上，只是彼此离得稍远。游船在水中行驶，两旁是无边的芦苇

丛，水鸟习惯了游人，听到浪花涌动马达轰鸣也不惊飞，淡定地在水中沼泽地挪地方。贾鹤立听着马小意解说，情不自禁道："没想到，湿地变化真大！"说完，贾鹤立紧张地看了汤芒果一眼。马小意道："这里空气新鲜，风光旖旎，现在不光外地游客，连本地人没事都喜欢到湿地休闲。"随着马小意的解说，游船在水中穿梭。贾鹤立本来在心中暗暗记着路线，没想到一段行程走过，就感觉眼花缭乱。贾鹤立只记得游船过了时光通道，经过二龙戏珠，至于置身何处，很是茫然。

忽然，眼前出现一大片荷海，荷花含苞待放，荷叶铺天盖地。马小意道："好啦，现在我们来到了采莲池。"采莲池入口处竖立着十块巨幅宣传牌，上面印着古往今来脍炙人口的《采莲曲》。唐代大诗人王昌龄的诗歌排在首位："荷叶罗裙一色裁，芙蓉向脸两边开。乱入池中看不见，闻歌始觉有人来。"

马小意道："虽然还不是采莲时节，但到这儿大家也不虚此行。因为这儿有个水上游乐场，大家可以参与'隔水抛莲'的游戏。"听了马小意的介绍，大家这才看明白眼前热闹的场面原来是水上游戏场，很多情侣双方分处两只船上，仿若抛绣球似的由男方隔水抛莲，女方拿着篓子在对面接。马小意望着贾鹤立和窦婉约道："你们愣着干吗，这游戏你们也玩玩。"贾鹤立没敢说话，按马小意安排和窦婉约分别登上两只游船。贾鹤立向窦婉约抛了十朵莲，结果，他抛出的十朵莲全部落在窦婉约的篓子里，窦婉约脸上红若桃花。

离开隔水抛莲游戏场，游船在水中继续前行。这时，只见前方一片水域聚着很多游船。游客忽然惊呼："不好，有人落水了！"贾鹤立循声望去，只见两人掉落在水中，围观的游船上游人指指点点，竟没有一人下水相救，都在看一位小伙子摆好姿势，正在犹豫着下水怎么救人。一名游客道："现在人太冷漠了，都怕惹事。"有人道："这景区怎么管理的，竟然存在这么大安全隐患。"大家正在议论，忽听"扑通"一声，一个身影奋不顾身跳入水中。贾鹤立顾不上装哑巴，不禁大声惊叫道："小窦，小窦！"跳入水中救人的，正是窦婉约。

贾鹤立正在担心，却听游船上马小意笑道："这儿是情景剧场，人家那是演戏，赶快上来！"窦婉约在水中听马小意一解释，这才明白过来。原来，就"母亲和老婆落水先救谁"主题，景区在这儿搞了个情景游乐场，专门供感兴趣的游客做游戏。窦婉约明白了事情来龙去脉，对自己擅自插一杠子，搅了人家的游戏非常抱歉。曹大麦看着窦婉约，他怎么也捉摸不透，那个酷爱追剧和舔屏的姑娘竟会奋不顾身下水救人。

曹大麦吃晚饭时很高兴，原因不仅是他对窦婉约见义勇为产生好感，而且缘于窦婉约谈吐中对湿地大加赞赏。窦婉约道："不身临其境，真不知道地球上还有这么美的湿地！"贾鹤立见汤芒果去厨房添饭，小声说："小窦，你的心里不是只有额尔古纳、巴音布鲁克湿地吗？"曹大麦一直在认真听窦婉约对景区的评价，听了贾鹤立的话，责怪道："莫打岔，你让人家小窦说。"窦婉约道："这块湿地抵挡住外来侵蚀和破坏，让我们看到了原生态之美。"

曹大麦听了窦婉约的话，心里像吃蜜一样受用。窦婉约继续说："景区注重人景融合和互动，真让人心旷神怡。"曹大麦听到这里，忍不住插话道："说得真好。"贾鹤立说："人家小窦可是研究生，正准备出国深造。"曹大麦道："都研究生了，还要拿文凭！"贾鹤立说："大爷，小窦学古代汉语，她正准备把几大箱子书带到美国去读。"曹大麦道："为什么？"贾鹤立说："这你不懂？那样身价不一样，如果她再回国，不就好像镀了一层金！"窦婉约听曹大麦与贾鹤立对话，不禁笑了。见汤芒果摸索着返回餐桌，窦婉约小声道："我也是胡说一通，仅凭感受罢了。"

晚饭后，曹大麦与汤芒果闲聊。曹大麦说："哎，芒果，小窦这孩子，好像比来时要漂亮！"汤芒果道："老不正经，什么都注意。"曹大麦说："原来小窦今天没有化妆，本来一个漂亮的姑娘，怎么涂涂抹抹后就不好看了？还是原生态好。"

窦婉约出门遛狗，曹大麦带着贾鹤立在村外闲转。曹大麦道："子墨，我给你说一说曹后传村的历史。"贾鹤立说："大爷，我是小贾，不是曹子墨。"曹大麦叹了口气，道："小贾，这里是我们世世代代的家，子墨的衣胞就埋在那儿。"贾鹤立被曹大麦喋喋不休闹得心烦，问："大爷，刁导的电话打通了？"曹大麦说："打是打通了，但我不知道怎么说，说句话就挂了。"贾鹤立遗憾道："唉，我马上给您写一个稿子，您就照稿子念。"月光下，贾鹤立看到田块里一畦一畦旱秧，问道："大爷，这是什么？好像是韭菜。"

11

"阿嚏……"午后的阳光下，曹大麦躺在湿地广场草地上睡着了，继而他被自己突如其来的喷嚏声惊醒。

一大早，贾鹤立衣服还没穿整齐，就急着告诉曹大麦："大爷，您知道了？"曹大麦道："知道什么？我不知道。"贾鹤立说："刁导拍的电影上映，您演的小配角太火了，微信上都已经有表情包！"曹大麦惊喜交加，哭笑不得。正说着话，一个陌生的外地号码给曹大麦打过来。曹大麦接听，原来是有家卫视想请他做节目。曹大麦不知所措，吓得赶快将电话挂断了。

贾鹤立道："曹老师，您做得对，您这下成了名人，后面的邀请多呢，一般小台小报可别轻易答应。"曹大麦说："什么名人？我是农民，吃不上花哨饭。"两人正说着话，郝回忆忽然给曹大麦打电话，说是想登门拜见。曹大麦道："郝经理，您日理万机，还是我到景区找您。"

吃过午饭，曹大麦如约去景区找郝回忆。郝回忆告诉曹大麦一个好消息，景区准备拍一首宣传湿地的歌曲，宣传部很看好曹大麦写的诗，想请曹大麦配合宣传部把它改编成歌词。曹大麦唏嘘道："郝经理，这个这个，怎么会是这样？宣传应请名人，我怎么配！何况我写的还不知叫不叫诗？"郝回忆说："老曹，你出的诗集我也看了，很棒！"曹大麦揉揉眼，有点怀疑自己是不是在做梦。

郝回忆被曹大麦的神情逗笑了，道："老曹，不管你能不能称诗人，但你对湿地的爱和你写的诗最接地气，完全符合景区的选材要求。"看曹大麦仿佛还有点不相信，郝回忆说："老曹，本来我推荐你的诗，也有不同声音，但看到你在刁导电影中的精彩演出，这下完全统一了意见。"曹大麦道："郝经理，那我有个请求。"郝回忆一愣，说："哦，老曹，我差点忘了主动问你，你开个价吧！"曹大麦道："郝经理，其实也没大的请求，就是署名时，能不能不署我。"郝回忆吃了一惊，问："那署谁？"曹大麦说："你们随便署个笔名。"郝回忆道："老曹，这名气很重要，别人想出名都出不了，你怎么还想藏名？"

曹大麦告别郝回忆，一个人没事就在景区转悠，忽然接到赵艳红打来的电话。赵艳红首先恭喜曹大麦，然后告诉曹大麦，因为他答应小贾替他对林云保密，但请曹大麦务必劝说贾鹤立能回家看一看林云。曹大麦挂了电话，忽然陆续又有十几个陌生的号码打过来。曹大麦估计是贾鹤立说的那样，电话都是冲着自己意外走红这件事。曹大麦心头有种说不出的滋味，他看到整齐划一的草坪，索性关了手机，躺到草地上闭目养神。

曹大麦眼一睁，见小钢炮将衣服盖在自己身上，正盘腿坐在一旁听歌。曹大麦掏出一张皱巴巴的餐巾纸，擦着嘴角的口水问："鹏程，我怎么在这里？"小钢炮道："大爷，您手机怎么关了？我还以为您躲我。"曹大麦说："鹏程，我哪天躲你？关机最多两小时。"小钢炮蹲下身，冲曹大麦脸上亲了一口道："大爷，您火了，让我跟您做经纪人吧！"曹大麦说："鹏程，你怎么也在这里？"小钢炮道："鲍富强差我找您，我尾着您到这里，看见您躺在草地上吓了一跳。"曹大麦将小钢炮的上衣还给他，说："鹏程，小鲍找我做什么？"

小钢炮道："鲍富强想买断您诗集的版权，想请您开个价钱。"曹大麦说："他搞他的装潢，他又不懂诗。"小钢炮笑道："大爷，他不懂诗，但他懂经济。"见曹大麦犹豫着未搭腔，小钢炮解释说："大爷，其实鲍富强很关心您，但他说手艺没学好，不好意思见您。"曹大麦道："我没怪他，学什么不是逼的？就他家那么好的条件，他还没到贴瓷砖的地步。"小钢炮说："大爷，那您没气他？"曹大麦打了个哈欠说："气他干吗？鹏程，刚才我又做了个梦。"小钢炮道："大爷，是梦见上电视吧！"曹大麦说："我好像梦里在写诗。"小钢炮咧嘴笑了。曹大麦问："想听吗？"小钢炮道："想。"

曹大麦用抑扬顿挫的语调，念道："阿嚏阿嚏……"小钢炮拿出手机录音，曹大麦清清嗓子，继续念道：

阿嚏阿嚏

有个人在临风打喷嚏

不快的事统统不要提

不管有人咀嚼你

还是亲人在惦记

阿嚏阿嚏

索性打你的喷嚏

有话就说别怕人骂放屁

阿嚏阿嚏

有屁就放别怕人瞧不起

阿嚏阿嚏

何必羞答答打喷嚏

能吃能喝能撒能拉是真谛

打个喷嚏也没让谁脏兮兮

常开心能喘气才是硬道理

阿嚏阿嚏

谁不曾临风打喷嚏

不快的东西统统快抛弃

生活并非和谁过不去

心不浮躁就能和和气气

阿嚏阿嚏

有话就说别怕人骂放屁

阿嚏阿嚏

有屁就放别怕人瞧不起

无论仇人诅咒还是亲人惦记

阿嚏阿嚏

别笑我放肆打喷嚏

有家有国才能长相忆

打个喷嚏哪要你偷着去

开心喘气是生活对我们笑嘻嘻

……

　　小钢炮见曹大麦声情并茂，顷刻间被感染。小钢炮说："大爷，东西到你眼里，怎么都是诗！"曹大麦道："鹏程，我也不知道这是不是诗，你说诗就是诗。"小钢炮说："大爷，还没有粉丝打您电话？"曹大麦道："鹏程，你给我说实话，那个丁长吉是什么人？"小钢炮说："大爷，您不知道了吧，是您的粉丝！"曹大麦道："鹏程，你骗我。"

　　小钢炮说："大爷，那我实话实说，小丁是我新收的徒弟。"曹大麦听呆了。小钢炮道："大爷，我在下一盘很大的棋，当时我不知您会这么火，您看小贾反被您彻底征服了。"曹大麦说："征服他干什么？"小钢炮道："大爷，他是钥匙，专门开子墨哥那把锁，下一步就要让他帮找子墨哥。"曹大麦望着小钢炮，忽然又打了串喷嚏。小钢炮道："大爷，诗是您有感而发，我想把您这首诗谱成曲唱出来。"

曹大麦沉默良久说："鹏程，诗不是生活的全部，今天不谈诗了，我对你讲的那句话可记着？"小钢炮道："大爷，您的教导我怎么能忘了？还不就是工匠精神！"曹大麦道："日你大，有你这话我放心。"小钢炮听曹大麦又用口头禅骂他，开心地笑了。

12

在曹大麦规劝下，贾鹤立没有继续纠缠曹大麦引荐，而是决定回家去看看。窦婉约本不愿和他同行，经贾鹤立再三请求，才答应帮他再冒充女友。曹大麦送走贾鹤立和窦婉约，与汤芒果反复商议，准备再次外出找子。曹大麦说："芒果，等看了湿地马拉松比赛再走吧！"汤芒果道："大麦，平步青云，不过就是跑步，有什么看头？"曹大麦说："芒果，你不知道，这次比赛延期，就是因为参加的人多，外地人都来给景区造势，我们怎么能错过这盛会？"

比赛这天，曹大麦与汤芒果早早来到景区大道观看。曹大麦一路上指指点点，告诉汤芒果哪个跑道是新增的，哪块地方有自己留下的手艺。忽然，汤芒果一声惊叫，他看到贾鹤立在一位非洲女选手前面助跑。叫声刚落，她的眼睛又像放电一样。在比赛的队伍里，汤芒果看到曹子墨正望着自己做鬼脸，于是对曹大麦说："快看，子墨参加比赛来了！"曹大麦道："芒果，你咋呼什么？一定是看花眼了。"曹大麦顺着汤芒果的手指方向看，果然是曹子墨。他不仅认出了曹子墨，还看到窦婉约也在跑步的人群中。

比赛结束，颁奖典礼开始，一位漂亮的女歌手登台，深情演唱了一首动听的歌曲，歌词正是曹大麦的诗歌《呼吸》改编。曹子墨和窦婉约虽然没有得到名次，曹大麦和汤芒果还是异常欢喜，因为宋梦溪获得了第八名。宋梦溪是曹子墨带回来的女朋友，非常喜欢跑马拉松。

宋梦溪竟然也和窦婉约认识，窦婉约喊她表姐。窦婉约的一番叙述，让曹大麦和汤芒果好像置身在电视剧里。原来，曹子墨几经辗转，到一家食品厂打工，与宋梦溪相识并确定了恋爱关系。宋梦溪在与曹子墨相处过程中，无意中发现他与贾鹤立联系时鬼鬼祟祟。表妹窦婉约主动请缨，决定通过贾鹤立对曹子墨深入考察。得知此事，大家都笑起来。

为了庆祝曹子墨归来全家团聚，汤芒果和曹大麦一致决定，再到大酒店摆上一桌。曹大麦打过订餐电话，又给小钢炮和贾鹤立打电话。曹大麦想了想，接着又给林云和赵艳红打电话，请他们全家都来聚会。酒宴开始，小钢炮对曹大麦道："大爷，还是窦姐厉害，原来她在玩潜伏。"贾鹤立看一眼窦婉约，戏谑说："何止卧底？人家是情探。"宋梦溪接话道："还不感谢婉约，不是婉约，这个曹公子不知道何时归家！"

饭后，林云想起心头惦记的事，急忙向曹大麦打听黑点情况。因为医生告诉她，从理论上讲，黑点可能是当时肺部病变长了肿瘤。赵艳红道："一定是搞错了，大麦一直好好的，也许是他当时又将体检表送给了别人。"曹大麦为了不让林云和赵艳红担心，微笑着点点头。赵艳红说："大麦，人生除了生死都是小事，健康快乐才最重要，你和芒果要增强健康意识，经常去体检。"林云关切道："怕花这钱，体检表我还能奉送起。"

宋梦溪对湿地风光、田野和庄稼都十分好奇。曹大麦、汤芒果带上曹子墨，陪着宋梦溪和窦婉约游玩了湿地景区，又领着她们到自家的田地里参观。一路上，曹大麦眉飞色舞，像导游一样滔滔不绝地讲解。途经曹老慢家的地块，窦婉约忽然叫道："哎，你们看那可就是传说中的稻草人？"曹老慢的秧田里，一个逼真的少女不伦不类滑稽地站在田中央。曹老慢为了防止白鹭偷吃秧苗，竟将贾鹤立扔在垃圾堆里的充气娃娃做成了稻草人。

曹大麦在曹子墨和小钢炮的陪同下，到人民医院又做了一次全面体检。体检结果，肺部的黑点奇怪地消失了。医生说："人体还有很多奥秘没有解开，就拿恶性肿瘤患者来说，有很大一部分人是被吓死。"曹大麦道："医生，我喜欢湿地，长年在湿地干活，黑点消失了是不是与那里的生态有关？"医生见曹大麦说话时神采飞扬，点点头道："也许吧！"小钢炮拍手称赞说："大爷，您钻一行成一行，说不准哪天，您又会成为医学家！"

13

稻谷快要熟了，田野一片金黄。小钢炮为了选择演出场地，带着丁高峰和贾鹤立一个田埂一个田埂转悠。小钢炮很开心，在地区首届工匠技能大赛中，他获得了"最有创意工匠"称号。经宋梦溪提议，小钢炮准备将自己乐队的小伙伴们请来，在田野里搞一场声势浩大的演唱会。

丁高峰对小钢炮道："师父，我跟汤阿姨全都说了。"小钢炮笑着训斥说："混账，你怎么也喊汤阿姨！"丁高峰立马纠正道："师父教训的是，下次一定改口。"小钢炮问："你跟汤阿姨怎么说的？"丁高峰道："我把经过告诉她，并把我妈的话也转达了，我妈说母债子还。"小钢炮问："你妈的病情怎样啦？"丁高峰说："自从被骗后得了脑血栓，讲话含含糊糊，现在好多了。"小钢炮问："汤阿姨跟你说了什么？"丁高峰道："汤阿姨听了我叙述，愣了半天说，'原来改名了，你是丁姐的儿子？'她说借出的钱早已不准备要了，还说抽空一定要去看望我妈。"

小钢炮听了丁高峰的话后点点头，忽然，他又对远远落在身后的贾鹤立道："贾老师，你打算什么时候定亲？别忘请我们喝喜酒！"贾鹤立苦笑着说："唉，这事怎么说呢，选择难哪，天下那么多好女子！"丁高峰打趣道："贾老师，你可不要太贪心，想和普天下漂亮女子，都能在网上恋爱一场。"贾鹤立说："哎，如何才能讨一个外国老婆？我来上网搜搜看。"

曹子墨再次归来，不仅与宋梦溪在曹后传老家举办了婚礼，而且还在家乡动工兴建一个稻米小食品厂。窦婉约没有出席小钢炮的演唱会，她放弃了出国，而是在国内一所著名高校攻读博士学位。窦婉约坐在绿茵上，正一边读书，一边低头盯着手机屏幕，她在观看小钢炮的演出视频。演唱会开始了，田埂上坐满了黑压压的人群。丁高峰主持小钢炮的演唱会，贾鹤立、曹子墨友情客串。

小钢炮戴着墨镜，依然还保留着自认为很酷的发型，因为台下就坐着他的女友蒋芷若。全场演唱的歌曲，全部是由曹大麦的抒情诗改编。小钢炮先唱了一首《呼吸》：

　　天空有群白鹭

　　是否曾经西塞山前飞

　　桃花流水鳜鱼

　　一起都在做深呼吸

　　神圣的地球之肾

佑护我们活着

生命繁衍原是一口气在接力

……

接下来，贾鹤立和小钢炮合唱了一首《爱如喷嚏》：

阿嚏阿嚏

别笑我放肆打喷嚏

有家有国才能长相忆

打个喷嚏哪要你偷着去

开心喘气是生活对我们笑嘻嘻

……

曹大麦忽而沉浸在歌声里，忽而幸福地抬头远眺。看着一望无际的田野，曹大麦诗兴大发，他想起了小时候骑在牛背上放牧的情景，想起了"牧童骑黄牛，歌声振林樾"的画面，想起了郝回忆曾说的远古时代的诗歌，人们一边劳作一边口中念道"断竹续竹、飞土逐宍"。曹子墨问曹大麦："老爸，这稻子究竟什么时候能开镰？"曹大麦道："顶多一个星期，稻子就能收割。"曹子墨说："哦，知道了。"曹大麦望了一眼曹子墨，看到他的肩膀日渐宽厚，心情大好，嘀咕道："日你大，断竹，续竹，飞土，逐宍！"

加娜的春天

牛的草原

苟苟苏的春天今年来得特别早。

广阔的大地上厚厚的积雪已经融化成清澈的小溪，悄悄地融入土地里。一片片绿草钻出了地面，在温暖的阳光下吐露着春意。

一辆从苟苟苏乡开往阿勒泰市的长途班车犹如一只欢快的小羊羔，在绿毯似的草原上蹦蹦跳跳地前行。

哈萨克姑娘加娜头靠在被太阳烘烤得微微发热的车窗玻璃上，眼睛望着前方不断闪过的草原、牛羊和村庄，享受着春天的暖意。

加娜是苟苟苏乡中学的音乐老师。她今天特意向卡斯木校长请了假，到阿勒泰市参加师范学院的同学、也是自己过去的恋人努尔兰和阿依屯古丽的婚礼。

穿越中国、哈萨克斯坦和俄罗斯最后注入北冰洋的额尔齐斯河从源头阿尔泰山脉奔涌而出，在山脚下一片平坦的草原上自由舒缓地流淌，形成了水草肥美的草原湿地。这里天空蔚蓝，空气清新，河水倒映着蓝天，竟然奇迹般地呈现为蓝色。这片湿地因此得名苟苟苏。苟苟苏是哈萨克语，意思是蓝色的水。

长途班车跳跃着前行。加娜渐渐沉浸在往事之中……

六年前，生长在草原的加娜高中毕业，以优异的成绩考入了地区师范学院音乐系。她的理想是做一名音乐教师，每天在悠扬的歌声和优美的旋律中度过。

走入大学的加娜秉性依旧，性格温柔还有点腼腆，见到陌生人会略显羞涩。她，长着一头乌黑的头发，圆圆的脸庞，不算大的眼睛里透露出淳朴善良的光芒。

刚刚跨入大学的几个晚上，宿舍里几个哈萨克姑娘兴奋得睡不着觉，纷纷谈论着自己的家乡和高楼林立的现代化边城阿勒泰市。

睡在加娜上铺的哈丽卡突然改变了话题，用神秘的口气问道："喂，姐妹们，你们说咱们班哪个男生最帅？"

心直口快的帕提曼大声叫道："当然是努尔兰了！"

"哎哟，这么直白。不害臊！"几个姐妹故意起哄起来。

帕提曼从床上一跃而起，侃侃而谈："本来就是嘛。你看努尔兰，高高的个子，像白杨树一样挺拔。大大的蓝眼睛，高高的鼻子，牛奶一样洁白的皮肤，还有那动人的板栗色头发，多像俄罗斯电影明星！你们说呢？不许装假！"

几个姐妹不得不佩服帕提曼的眼力，连连表示赞同。

加娜静静地听着姐妹们的议论，没有参与发言。她觉得帕提曼说得很正确，但是又觉得努尔兰仿佛是画中的人，离自己非常遥远，就像那可望而不可即的阿尔泰山一样。

哈丽卡见加娜不说话，开玩笑地问道："加娜，你睡着了吗？不会在做努尔兰的美梦吧？"

黑暗中，加娜感觉到自己满脸通红，急忙反击哈丽卡："讨厌鬼哈丽卡！你再胡说八道，将来嫁个哑巴老头！"

"哈哈……"姑娘们银铃般的笑声在黑夜里飞扬。

入学的第二个周六，学校组织全校学生到城市边上的骆驼峰上植树。骆驼峰地势高险，岩石嶙峋，只有一条陡峭的上山小路。

充满朝气的各民族大学生们扛着铁锹和树苗，快乐地向山头进发。

不知道哪个男生提议大家开展比赛，谁先爬到山顶谁就是英雄。班里的男生立即行动起来，甩开脚步争先恐后地往山上冲。女生们也不甘落后，叽叽喳喳地喊叫着，紧跟在男生的后面。

眼看前面的人就要爬到山顶了，大家一个个也累得气喘吁吁，感觉心脏都要从嘴巴里跳了出来。突然，有人喊道："不好了！努尔兰晕倒了！"

加娜听到喊声后吃了一惊，马上加快脚步，超过前面好几个男生，赶到山头上。早到的几个男生惊慌地围成一圈，手足无措，通红的脸庞也吓成了惨白色。

加娜用手拨拉开前面的人，只见努尔兰躺在地上，口吐白沫，四肢抽搐，表情十分痛苦。

加娜急忙招呼大家快点散开，让空气流通起来。她然后麻利地从小树上折下一段干树枝，使劲掰开努尔兰的嘴巴，把树枝夹在他的上下牙齿中间，最后用大拇指尖使劲地掐努尔兰嘴唇上部的人中穴位。

不一会儿，努尔兰停止了抽搐，慢慢睁开了眼睛，迷惘地看着大家。

"哇！太棒了！""佳格斯！佳格斯！（哈萨克语好的意思）"大家惊喜地舒缓了一口气。

同学们把努尔兰扶起来，让他坐在石头上休息。

身材丰满的班主任努尔尼沙喘着粗气也赶了上来，看到努尔兰情况好转，高悬着的心才放了下来。她双手捂着胸膛，一边喘着粗气，一边表扬加娜："加娜，你平时乖得像只没有嘴巴的绵羊，关键时候还懂急救知识啊？"

加娜腼腆一笑："以前看到有人也像他这样，我奶奶就这么救活了病人。我也就学着奶奶的方法试一试。"

哈丽卡大声嚷道："加娜，你真是英雄救美人啊！"

"哈哈……"骆驼峰上爆发出欢快的笑声。

努尔尼沙老师安排生活委员阿肯护送努尔兰下山。

加娜看着虚弱的努尔兰下山的背影，不禁想到他慢慢睁开眼睛的时候，那双蓝色的眼睛十分特别，就像……对了，就像蓝色的宝石。

长途班车忽然停住了，也打断了加娜的思绪。

原来，一大群从冬窝子转往夏牧场的绵羊慢悠悠地横穿公路，挡住了汽车的前程。

羊群慢悠悠地走远了。长途班车继续跳跃着前行。加娜又沉浸在往事之中……

上骆驼峰植树的第二天，努尔兰和他的父母来到加娜的宿舍，亲自当面感谢加娜的救命之恩。

见到恢复了英俊模样的努尔兰和城市人穿着打扮的努尔兰父母，加娜既紧张又羞涩，手都不知道往哪里放。

努尔兰的母亲从精致的手提包里拿出一条印着葡萄蔓儿、富有民族色彩的围巾，轻轻地把加娜搂在怀中，然后把围巾戴在加娜的脖子上，一边轻声夸奖道："看看，真的更加漂亮了。"

努尔兰幸福地看着母亲和加娜，高兴得嘴巴都合不拢。

努尔兰一家热情地邀请加娜到家里去做客。

加娜急忙摆手谢绝了。她认为自己只是随手帮了点忙，就好像挑水时水桶里漾出的水珠洒到了路边，无意中滋润了路边的小草一样，没有什么值得大惊小怪的。

从此以后，努尔兰和加娜开始有交往了。努尔兰经常找加娜聊天，谈论中外音乐趣闻和当下的流行时尚，还多次邀请加娜看电影或者去饭馆吃饭。

加娜虽然和努尔兰渐渐熟悉了，也有了不少话题，但是她绝对不肯接受努尔兰的感谢，因此每次都拒绝了努尔兰的单独邀请。

一个星期天，加娜正在宿舍洗衣服。

哈丽卡风风火火地跑了进来。她拉住加娜湿漉漉的双手，大声说道："快别洗了！我的加娜小姐。解放路一家西餐厅今天开张，全部八八折。我请你美餐一顿。"

加娜扑哧一笑："我还是喜欢草原上的奶茶和宝儿萨克（哈萨克族一种油炸的菱形面食）。"

哈丽卡笑着骂道："好！好！就满足你的要求。你这个乖巧的小羊羔，这阵子毛病越来越多了！"

加娜和哈丽卡头顶着漫天飞舞的雪花，来到了金山路一家哈萨克风味的饭馆。

这个时间不是饭点，饭馆里没有客人。老板热情地请加娜和哈丽卡坐下，向她们介绍自己的拿手好饭："清水羊羔手抓肉，真正没有结过婚的小羊，保证好吃。货真价美的马肉肠子。天气这么冷，吃了我的马肠子，秋裤不用穿……"

哈丽卡礼貌地打断了老板的推销，点了一壶奶茶、一盘宝儿萨克、一盘手抓羊肉和三份马肠子纳仁（哈萨克族的一种宽面片）。

加娜好奇地问道："怎么要了三份纳仁？"

哈丽卡神秘地一笑："一会儿你就明白了。"

加娜笑着瞪了哈丽卡一眼："你呀整天神秘兮兮的，标准的格格巫！"

加娜话音刚落，饭馆又进来一位客人。

加娜一下愣住了：努尔兰头上戴着灰色的羊羔绒无檐帽，身穿一件裁剪合体的浅灰色大衣，潇洒地站在前面。

不等加娜和哈丽卡开口，努尔兰微笑着说："真巧啊。如果不介意，我和你们凑一桌吧？"

哈丽卡把手一挥："帅哥快坐。我请客，你买单。"

努尔兰爽快地答应："麻大没有（没有问题）。"

三个人一边喝着热乎乎的奶茶，一边聊天。

努尔兰绘声绘色地讲述高考结束后到北京国家大剧院观看歌剧《卡门》的经历。

加娜认真地听着，心中不禁走入了努尔兰描述中的世界：卷烟厂的女工，大街上的小贩，爱憎分明的吉普赛女郎卡门……

突然，加娜发现去卫生间的哈丽卡很久都没有回来，准备起身去催哈丽卡。

努尔兰拦住了加娜，微笑地说："哈丽卡聪明得像只猴子，肯定走了。"

加娜顿时不好意思："死猴子。看我回去怎么收拾她。"

努尔兰诚恳地说："你总不给我机会。人家哈丽卡都看不过去了，所以才这样安排的。我真的想和你天天在一起……"

加娜害羞地低下头，心中瞬时涌上一股暖流。她渴望这样的关爱，又莫名其妙地恐惧。她感到兴奋，又觉着矛盾，十分为难。

努尔兰大胆地握住加娜的手，用蓝色的眼睛深情地看着加娜。

加娜挣脱努尔兰的手，急忙起身往外走。

努尔兰一边在后面追她，一边喊道："加娜，相信我！我是真心的！"

饭馆老板也在后面喊道："喂，小伙子，买单。你们还没有买单。"

在加娜眼里，努尔兰帅气、活泼、高雅，有着贵族般的气质。这些都是草原上愣小子们缺少的东西。这些东西让她怦然心动，也让她迟疑不决。她翻来覆去考虑，总是觉得自己和努尔兰之间有一座翻不过去的大山。

在努尔兰眼里，加娜淳朴、单纯、文静、真实、温柔和执着，身上没有一点儿城市姑娘的任性、清高和做作。这些对在城市里长大的努尔兰产生了巨大的吸引力，让他茶饭不香、夜不能寐。

热心的哈丽卡私下一再追问加娜是否愿意做努尔兰的女朋友。看到加娜犹豫不定的样子，她打趣道："人家努尔兰可是白马王子。你再磨蹭磨蹭，别人就像套马儿一样把他牵走了。"

加娜笑着回答："猴子哈丽卡，把他送给你，你去牵吧。"

哈丽卡故作认真的样子说："这话当真？"

加娜低下头，笑而不语。

元旦晚上，班里组织了迎新年聚餐会。同学们在学校餐厅跃跃欲试，各自做了自己拿手的饭菜，然后请班主任努尔尼沙进行评比。餐厅里欢笑声此起彼伏，十分热闹。

聚餐结束后，加娜和哈丽卡、帕提曼等回到宿舍收拾打扮，准备参加十点开始的新年联欢晚会。

突然，帕提曼喊道："姑娘们，快一点，我都听到联欢会的音乐了！"

哈丽卡抹着脸上的洗面奶嚷嚷道："叽叽喳喳的小喜鹊，联欢会十点准时开始。现在才九点！"

帕提曼继续喊道："你们仔细听听。我骗你们干什么？"

她们的宿舍是一楼。帕提曼使劲推开冻住的窗户，随着扑面而来的寒气，果然有熟悉的音乐和歌声传了进来：

> 可爱的一朵玫瑰花，塞地玛利亚。
>
> 可爱的一朵玫瑰花，塞地玛利亚……

加娜、哈丽卡等挤到窗户边，向窗外望去，只见明亮的路灯下面，努尔兰和几个男同学站在雪地里，每人抱着一把吉他纵情歌唱：

> 那天我在山上打猎骑着马
>
> 正当你在山下唱歌
>
> 婉转入云霞
>
> 歌声使我迷了路
>
> 我从山坡滚下
>
> 哎呀呀
>
> 你的歌声婉转入云霞……

联欢会还没有开始，他们跑到这里唱什么？加娜感到既奇怪又好笑，只好跟着大家一起唱起来：

> 今天晚上过河请你到我家，
>
> 喂饱你的马儿带上你的冬不拉，

等到月儿升上来，

拨动你的琴弦，

哎呀呀，我俩相依唱歌在树下。

　　在大家的歌声中，努尔兰突然拿出一大束鲜红的玫瑰花，大步走到窗户前，优雅地行了一个骑士礼，把玫瑰花递向了加娜。

　　加娜的大脑瞬间变成了一片空白。在姐妹们羡慕的欢叫声中，在帕提曼和哈丽卡的推搡下，加娜机械地接过了玫瑰花。在玫瑰花的辉映下，加娜的脸庞就像秋天红彤彤的苹果，美丽动人。

　　努尔兰的这一招果然奏效。

　　加娜获得了一个女人最隆重也是内心最渴望的表白，也让她面对同学们的热情欢呼而无法拒绝努尔兰。从本性来说，她或许更喜欢哈萨克人委婉、含蓄的表达方式。

　　迎新年的联欢晚会是怎么开始的，又是怎样结束的，加娜全都不记得了。她只记得炫丽的灯光和自己滚烫的脸蛋。

　　全校的女生都知道英俊的努尔兰属于加娜了。全校的男生也都知道温柔的加娜属于努尔兰了。从此，学院里没异性再来打扰他们了。

　　加娜行事十分低调，再三叮嘱努尔兰不要张扬，更不能影响学业。努尔兰爽快地答应了。于是，加娜小心翼翼地和努尔兰开始了恋人式的交往。

　　时光飞逝，转眼冬去春来。

　　三月二十一日是哈萨克等新疆和中亚地区一些民族的民间节日努肉孜节。这一天，意味着春天的开始，也意味着辛苦劳作的开始。

努尔兰兴冲冲地跑来找加娜，手里举着一盒影碟告诉加娜："我借到了美国大片《泰坦尼克号》。咱们一起看吧。"

加娜问道："没有 DVD 机，怎么看呢？"

努尔兰回答："到我家去。我爸爸妈妈到布尔津县看望我外公外婆了。"

加娜高兴地说："好的。我们早去早回。"

演员演绎的爱情故事哀恸天地，尤其是一对恋人在冰海中的真情告白深深地打动了加娜和努尔兰。

努尔兰把加娜抱在怀里，用手替加娜擦去脸上的泪珠，嘴巴凑到加娜的耳朵边，深情地说："加娜，你就是我的露丝女王。"

加娜幸福地闭上了眼睛。

突然，加娜觉得不对劲，急忙睁开眼睛，使劲挣脱了努尔兰的手。但是，在努尔兰充满力量的臂膀下和那迷人的蓝色眼睛注视下，加娜头有些晕了，渐渐失去了抵抗的力量……

长途班车又停下了。加娜仰起头，眼睛打探着前面发生了什么。

司机下了车，往前面走了几步，蹲在地上目测了一会儿前面的小桥。然后，他又回到车上，告诉大家前面的小桥地基下陷，所有的人必须下车步行过去，以免压塌小桥。

加娜跟随着乘客走过有点凹陷的桥面，重新登上了班车，继续前行……

看完电影《泰坦尼克号》以后，加娜足足有一个星期不敢正面面对努尔兰，更不敢和他说话了。她自幼在草原上长大，受到的教育是祖祖辈辈传下来的做事公道、做人善良、坚守贞操等传统观念。加娜记得，草原上有个叫帕迪霞的女人在婚前失去了贞操。人们对她议论纷纷，指责她是一个无耻、放荡的女人。没有男人愿意娶她做妻子。她的几个兄弟因为家族的荣誉将她赶出了家门。帕迪霞如同一个幽灵在草原上游荡，最后去了远方的铁列克村。

加娜一想到帕迪霞的遭遇，头皮顿时都发麻了：从小温顺、听话、乡亲们交口称赞的加娜，你怎么会变成这样不知羞耻的女人？羞愧、愤怒、自责、怨恨、痛苦充满了她的内心，让她心神不定、魂不守舍。好几个晚上，她梦见自己变成了帕迪霞，在草原上像一股乌云随风飘荡。她拼尽全力挣扎着，呐喊着："我不是坏女人！我不是坏女人！"

加娜的梦魇吵醒了宿舍的姑娘们。大家都以为加娜生病了，有的给她测体温，有的给她倒开水，忙活了好一阵子。

为了家族的荣誉和名声，为了不做草原上的游魂，加娜思前想后，心中唯有一个念头，将来和努尔兰结婚，做他贤惠的妻子。她觉得只有这样才能救赎自己的灵魂，才能像一个正经的女人一样心安理得地生活下去。

加娜犹豫了好几天，最后终于鼓足了勇气约努尔兰见面。

等她见到努尔兰时，千言万语却不知道怎么开口，双手插进口袋，默默地走在前面。

努尔兰追上去，轻轻地牵起加娜的手，走在枝条上长满额芽苞的白桦林中，仿佛在寻找春天的踪迹。

加娜看到前面有两棵紧紧贴在一起的白桦树，一下找到了话题："努尔兰，你看那两棵白桦树，它们一起生一起长，彼此多么忠诚啊！"

努尔兰温和地说："加娜，你是左边那棵白桦，我是右边那棵白桦，我们是同根共生的一对白桦树，永永远远不分开。在天愿为比翼鸟，在地愿为连理枝。"

加娜郑重地问道:"努尔兰,你确定永远不会分开?"

努尔兰不假思索地回答:"向天发誓,我要变心就遭天打雷劈!"

加娜心中涌起一阵暖流,紧紧握住了努尔兰的手。

甜美的日子过得飞快,加娜和努尔兰转眼升到了二年级。

刚开学,作为学生会的干部,加娜和努尔兰一起到汽车站迎接一年级的新生。

从哈巴河县开来的长途班车进站了。加娜、努尔兰拿着新生名单迎上去。他们要接待来自哈巴河的哈萨克族女生阿依屯古丽。

车门刚打开,一个穿着牛仔服、背着双肩包的姑娘蹦蹦跳跳地飞下了车,睁着一双大眼睛四处张望。这个姑娘大方、活泼,浑身散发出哈萨克姑娘少有的泼辣、爽快。

努尔兰迎上去:"请问你是地区师范学院的新生阿依屯古丽吗?"

阿依屯古丽肯定地点点头:"是啊。你是来接我的?"

努尔兰回答道:"欢迎你选择了我们学校。我是努尔兰。这是加娜。你的行李呢?"

阿依屯古丽笑了起来,口齿伶俐地回答:"学长,行李当然在行李箱里啊。"

他们一起拿上行李,一边聊天,一边朝学校的方向走去。

阿依屯古丽显得特别兴奋:"阿勒泰市变化真快啊。我半年没来,楼房又盖了这么多!学长,你长得真帅!比我哥哥都帅。"

努尔兰谦虚地摇摇头:"过奖了!过奖了!哎,你哥哥是谁?"

阿依屯古丽哈哈一笑:"我哥哥是木拉提,地区文工团的台柱子。"

努尔兰和加娜吃惊地叫道:"哇塞,你是木拉提的妹妹?"

木拉提是地区文工团著名的哈萨克族民歌独唱演员,知名度很高,在这个城市和广大的草原家喻户晓、妇孺皆知。

加娜不禁多看了阿依屯古丽两眼。她觉得这个女孩自信、现代、可爱，也很单纯，和努尔兰一样都有一种天生的优越感。

阿依屯古丽故作认真地说："是的，亲亲的妹妹，一个爸爸妈妈生的。"

说完后，阿依屯古丽放声大笑起来。清脆、动人的笑声传到了很远很远。

欢迎新生的联欢晚会开始了。除了两三个高年级学生表演，大多数节目是新生向大家展示自己的才华。

在激情四射的《伦巴达》音乐声中，阿依屯古丽上场表演了。她穿着一条大红色的无袖长裙，乌黑的长发披散下来，上面还别着一朵艳丽的玫瑰花。阿依屯古丽没有其他新生的拘谨，剧烈地扭动着腰肢，猛烈甩动着长发，充满了吉普赛女郎的野性之美。

观众们被她的激情瞬间感染了，一边打着节拍，一边发出一阵阵欢叫声和口哨声。

加娜也随着大家打着节拍，无意中转头看到了旁边的努尔兰。

努尔兰张着嘴巴，蓝色的眼睛专注地盯着阿依屯古丽的身姿，陶醉在舞蹈意境当中，甚至有些发呆。

加娜心里闪过一丝不悦，轻轻拍了一下努尔兰。

努尔兰没有反应。

加娜加重了点力气又拍了他一下。

努尔兰才从迷恋中回过神来，疑惑地看着加娜，不知道发生了什么。

加娜没有说话，悄悄走出会场，在夜色阑珊的校园里独自徘徊。

加娜和努尔兰继续交往着。随着时间的流逝，他们约会的次数渐渐地变少了，而且时间间隔也越来越长了。即便在约会的时候，努尔兰也开始心不在焉，话语也没有以前多了。

加娜生怕两人的感情出现裂隙，但是由于自身的秉性和性格又不好直白地说出来，只有心中暗暗着急。

二年级第二学期快要结束了。大家都在抓紧时间复习，准备期末考试。

哈丽卡突然腹痛难忍。

大家急忙把她送到医院。经医生检查，原来哈丽卡是急性阑尾炎，必须马上做手术。

班主任努尔尼沙看着手术后的哈丽卡没有什么大碍，便安排加娜留在医院照顾哈丽卡，带着其他同学回学校了。

加娜一边照顾哈丽卡，一边和她一起复习功课，倒是两不耽误。

星期六闷热的中午，加娜和哈丽卡昏昏欲睡。突然，加娜的手机响了。手机里传来加娜姐姐急促的声音："加娜，奶奶快不行了，想看你一眼。你快点回来吧。"

加娜急忙打电话向班主任努尔尼沙请了假。

哈丽卡不等换班照顾自己的帕提曼到来，就催促加娜赶紧回学校，收拾一下马上出发。

加娜安顿好哈丽卡，匆匆走出医院大门，正碰上旁边隔壁金山电影院午间电影散场。观众三三两两地从影院出来，走在加娜的前面。

加娜恍惚中忽然看到一个熟悉的身影——努尔兰？

她不敢相信自己的眼睛。他不是上午发来短信说在家里休息吗？怎么会在这里？

加娜定睛细看：努尔兰果然亲密地搂着阿依屯古丽的腰，一边走路，一边低声说着什么。

加娜顿时感觉到一股热血涌上了头顶。她浑身颤抖，心脏剧痛，几乎无法呼吸。她最不愿意也最不敢想象的事情竟然发生了……

长途班车又停住了。原来，车上一位老奶奶要下车方便。

加娜看着老奶奶在孙女的小心搀扶下下车、上车，心中不禁想起自己已经在天国的奶奶来。

长途班车继续前行。加娜的思绪又回到了从前……

那个闷热的星期六中午，在金山电影院门口，加娜不知道该如何处理眼前突发的事情，也没有时间和努尔兰理论。她赶上了最后一班班车，在焦虑和悲愤中回到了家乡，和慈祥的奶奶告别。

处理完奶奶的后事，加娜该返回学校了。她实在不愿意再回到那座城市、那个学校了，也不愿意再见到那个负心的努尔兰了。

一路上，加娜的眼泪像断了线的珠子流个不停。她哀恸失去了疼爱自己的奶奶，哀恸失去了自己的初恋，哀恸失去了自己最宝贵的贞洁。她想到了可怜的帕迪霞，想到了草原上的游魂。

痛定思痛，她决心像锋利的钐镰割草一样，坚决斩断自己的情思，忘记努尔兰，忘记那个浑蛋，好好地读书。

回到学校的那天，乌云低垂，暴雨将至。加娜在第一时间约到努尔兰，一把把努尔兰母亲送给自己的围巾甩到了努尔兰的脸上，话还没有出口就泪如雨下。

努尔兰一脸的委屈，急忙哄劝加娜。

加娜使出全身力气推开努尔兰："拿开你的脏手！"

努尔兰说："加娜，你听我解释嘛。"

加娜泣不成声："不要。"

努尔兰说："加娜，我必须对你说真话。你很好，我真心地喜欢过你。但是阿依屯古丽身上有你没有的东西。如果告诉你我的真实感受，对你是伤害；如果我继续说爱你，那又是在欺骗你。我也不知道自己该怎么办才好！"

"轰隆隆！"天空响起了雷声。

加娜坚毅地抬起头，用手指着努尔兰："你说过，谁变心就遭到天打雷劈。你、你……"

加娜飞快地跑走了。

努尔兰一个人在滂沱的大雨中徘徊。

从此，加娜变成了另外一个人。除了上课、自习、睡觉，她几乎不和别人打交道，更不要说谈情说爱了。她锁闭了自己的情感世界，像一个苦行僧一样执着地做着自己的功业。

大学即将毕业，同学们纷纷到市区的各个学校去实习、面试，希望留在城里工作。

任凭班主任努尔尼沙和哈丽卡、帕提曼好心苦劝，加娜坚决不肯留在城里。她打算去一个遥远的、谁都不认识的地方去当一名音乐教师。

一天，加娜接到地区第一中学让她去面试的电话。加娜奇怪地问道："面试？我没有向你们学校求过职啊！"

对方肯定地说："我们的名单上有你。初审已经通过了。你快点过来吧。"

加娜没有去面试，也不知道是谁给她报的名。

过了两天，努尔兰突然出现在她面前："加娜，你为什么不去地区一中面试？别人打破头都挤不进去呢。"

加娜这才明白怎么回事了。她依旧极其厌恶这个背叛自己的人："我的事不要你管。"

努尔兰："加娜，我知道你还在恨我。但是你要为自己未来和幸福考虑。不要再固执了。"

加娜双眼直视着努尔兰："未来？幸福？努尔兰，是你让我变成了一个死魂灵！告诉我，我的未来在哪里？我的幸福又在哪里？在哪里？"

努尔兰："加娜，现在都什么年代了，你还用陈旧的观念绑架自己，何苦呢？"

加娜两眼冒火："你走开！我不想看到你！"

最后，加娜来到了最偏远的苛苛苏乡中学，当了一名音乐教师。努尔兰则通过了公务员考试，进入机关工作。

在苛苛苏，加娜每天给孩子们教音乐知识，和孩子们谈天说地。平淡的岁月、孩子们的笑声和音乐的旋律磨损着加娜内心的苦楚。

加娜离开阿勒泰市后，再也没有回去过。她几乎和过去的同学断绝了来往。每年的同学聚会，她都是找各种理由推辞。她不想再走进那个让她痛心疾首的城市了。

校长卡斯木和老师热心地给加娜介绍对象，有乡政府的干部，有学校的老师，还有医院的医生。

加娜都婉言谢绝了。在她的情感世界里，那扇早已关闭的大门依旧紧锁着，长出了点点锈迹。

人们不知道她究竟要找一个什么样的对象。

这几年，努尔兰没少给加娜打电话，关心加娜的生活，请求得到加娜的原谅。他说，如果加娜不原谅他，他会终生背着沉重的罪恶，心灵不得安宁，也绝不和阿依屯古丽结婚。

加娜没有和努尔兰说一句话就挂断了电话，还把他加入到黑名单里。甚至有一次，努尔兰自己开车来到苛苛苏，希望和加娜面谈。加娜避而不见。努尔兰痛苦地回去了。

自从来到苛苛苏乡，加娜养成了傍晚到河边散步的习惯，看着流逝的河水和绿色草原，听着鸟鸣蛙声，她那受伤的心灵会好受一点。

一天傍晚，加娜又来到额尔齐斯河畔散步。她忽然看到巴哈提古丽老师正弯着腰在草丛中寻找什么，于是好奇地上前问道："巴哈提古丽大姐，你在找什么？"

巴哈提古丽直起身子，笑吟吟地说："是加娜啊。采草药呢。专家说草原上的这种草治疗风湿关节炎有奇效。"

加娜说："没听说你有风湿关节炎呀？"

巴哈提古丽回答道："是巴扎尔别克的妈妈腿不好。"

巴扎尔别克是巴哈提古丽去世的丈夫。

加娜刚来到苛苛苏就听说巴扎尔别克和别的女人有染。据说就是和那个女人喝酒幽会回来的路上掉进河里溺亡的。巴哈提古丽含着眼泪埋葬了巴扎尔别克，一直照顾着公公婆婆。

加娜不解地问道："你又不欠他的，是他背叛了你。难道你不恨他吗？"说到最后，加娜有些激动，甚至是愤怒。

巴哈提古丽想了一下说："当然恨他呀。可是，加娜，怎么说呢？你看这流淌的额尔齐斯河，当它遇到土坡阻拦的时候，它没有硬拼，也没有留在原地痛恨土坡，而是从旁边绕了过去，继续快乐地奔向自己的远方。"

"在我和巴扎尔别克结婚最困难的时候，我们互相鼓励挺了过来。最让我感动的是我怀第一个孩子的时候特别想吃西瓜。大冬天的，巴扎尔别克骑着摩托车冒着风雪跑到阿勒泰，给我买回来一个海南岛的西瓜。"巴哈提古丽带着一丝甜蜜说着，"后来，他出现了问题，有他自己的责任，我也有责任。可是我不能在怨恨中浪费自己的时光。原谅了他，等于原谅了自己。"

巴哈提古丽走远了，留在草原上一道长长的身影。

加娜若有所思地看着流逝的河水，回味着巴哈提古丽的每一句话。她由巴哈提古丽联想到自己的经历。她没有想到极其平凡的巴哈提古丽能说出震动自己内心的话来。她心中不禁荡起了一道道涟漪。我也该好好思考一下自己的过去、现在和未来了，加娜告诉自己。

第二天，加娜从手机的黑名单里找到了努尔兰的电话号码，拨通了他的手机："是努尔兰吗？我是加娜。这个周末如果你有时间，可以来一趟苛苛苏吗？"

电话里传来努尔兰惊愕的声音："是你吗？加娜。我都不敢相信自己的耳朵了。有时间！我一定去！"

周末，努尔兰开着小车来到了苛苛苏。

加娜带着努尔兰走在草原上，走在额尔齐斯河畔。

清风吹拂，河水荡漾，绿草茵茵，鲜花朵朵。

很久很久，他们都在默默地走路，没有说一句话。

加娜终于停下了脚步，看着努尔兰，郑重地说："努尔兰，我原谅你。"

努尔兰百感交集："加娜，我让你受苦了！"

加娜平静地说道："是我把自己封闭在错误中，久久不能释怀，自己没有得到幸福，也阻挡你和阿依屯古丽得到幸福。今天，我说出来原谅你，感觉自己的灵魂已经救赎了。你解放了，我也解放了。"

努尔兰激动地说："加娜，你没有错。错的是我！这些年，我一直在自责和痛苦中挣扎。如果得不到你的祝福，我一辈子也不会结婚。即使结了也不会幸福的。能得到你的原谅，我的罪责也得到了救赎。"

加娜接着说道："我们过去都是道德上的罪人。现在你我都是灵魂的再生。"

加娜慢慢地转过脸去，遥望着远处美丽的苕苕苏，心灵像额尔齐斯河水清洗了一样，光鲜、清亮、温润。

随着一声鸣笛，长途班车陡然一个急转弯，驶出了山间的盘山公路，前面豁然开阔：高耸的骆驼峰下，高楼林立，绿树成荫。

加娜心中一阵欣喜，阿勒泰市到了……

故人犹未还

梦蝶书生

人生，有太多生离死别，而每一次，都将注定在时间的长河留下伤痕。

离别，期盼重逢。离别太久，那就会有太久的等候。

——题记

1

天蒙蒙亮。

远空泛着冷灰，寒风漫卷，屋檐下模糊的角落，几根松针从柴堆上飘落。

大门拉开半边，门轴发出尖涩的细声。

一只黑灯芯绒老棉鞋跨出门槛，头顶毡帽戴眼镜的中年人走出来，跟着，头发花白的姑父，艰难挪动着残疾的腿，努力要跨过门槛，前面中年人转过身，轻轻托住姑父的双肘。

"慢点慢点……大冷天的，您就别送了！"

姑父接过身后父亲递过来的木棍，费力挂着："我们有十多年未见面了吧！难得，怎么不送？"

隔河对岸，村场上，有人正举着松脂火把将铁皮桶里冻成冰的柴油烤化，准备发动那台老式拖拉机。

"还记得十几年前，您去我们村指导工作……"中年人很激动，取下眼镜，擦掉镜片上的水雾。

"一晃十多年，要不是这次你们来囤木材，我又恰巧在山里，怕再难见面。"姑父也很感慨。

"可是总忘不了您老在我们村里的时光呢！"

"难为你们还记得我！"

天际的蛋青色泛开，四野渐渐清晰，冷风时而掠过，村场上扬起一阵阵草屑。

柴油化了，人们手里的松脂火把也早已熄灭，两个破袄汉子握着曲柄摇动机器，拖拉机于是发出"突突"的轰鸣，喷吐出滚滚浓烟，淹没了面对面两个激动人影的对话。

拖拉机手跳上驾驶座，按下手柄，机器低低压抑着吼声。

中年人从厚棉套里抽出手伸过来。姑父从拄着的木棍上也伸出手。

两双故人重逢的手紧握在一起。良久，松开。

"我们还会有机会见面的！"姑父说。

中年人满怀激动："一定会的，而且，再过两年就是您六十大寿，我一定要去给您老拜寿！"

天变得通透，不远的河堤，男人们起早担水。空气中传来哐哐的声音，风中弥漫着柴火的味道。

"秦史同志，再见！"

"彭同志，再见！"

上世纪某个寒冷的清晨，两位故友重逢又离别时在村场上的对白。对许多人来说，这又算什么呢？然而，这平凡而平淡的背后，却饱含着曾经如此质朴而火热的心呢！

那个冬天，那个叫秦史的姑父的朋友偶然路过，偶然与姑父重逢，临别之时，相约再聚，然而，却再也没有消息了。

因为，两年后，姑父告诉我，那个叫秦史的朋友走了。而他们的相约，这一世，画上永远的句号。

2

千年前的某个清晨。

风卷狂沙。

远野，绵延起伏的沙丘一望无涯。

隐约有驼铃的碎声，寥落，却声声入耳。

易水宛如苍莽深处飘过的素带，带着远方深秋的萧瑟，水面浮起的白雾，仿佛天空撕碎的云絮。

此刻，燕太子丹、高渐离正率众随从，玉带长剑，白衣素冠，立在河边官道旁。

众人对面的是一位中年汉子，头戴宽边箬笠，额束白巾，着一袭葛麻束袖短装，脚蹬双耳兽皮木屐，打着齐膝绑腿，腰佩青铜短剑。

太子丹脸色异常严峻肃穆，目光与中年汉子默然对视。

良久，太子丹缓缓抬了一下右手，身后便有一人执青铜卮，一人托漆盘，盘中三觚。

太子丹说声："倒！"

青铜卮倾，混浊的液体盛满盘中铜觚。

太子丹从盘中取一觚，递给中年汉子："荆轲先生，请！"

荆轲双手捧觚："多谢太子！"

复取一觚，转身递给身后另一白衣人："渐离先生，请！"

高渐离左手挽筑，屈膝接过酒觚："多谢太子！"

太子丹双手持觚，看看荆轲，又看看高渐离，语带悲声："秦人铁骑铜戈，兵燹四顾，民饥而岁馑，宫中亦无他物可待先生，仅有先王窖藏果酒，本为牺牲祝祷，然宗庙社稷一旦毁于虎兕，国破家亡，则谁为守九原？幸荆先生激于义愤，将舍身刺秦，血溅十步之内！丹，感先生义举，请满饮此觚！"

太子丹双手举觚齐额，仰脖，一饮而尽。

荆轲对着太子丹屈身再拜："承蒙太子盛情，轲决意舍身一搏，纵粉身弃沟壑亦不悔！"仰头一饮而尽。

酒渍顺着荆轲嘴角淌落。荆轲振袖抒干唇角。

高渐离随即亦将觚中酒一饮而尽。

身后随从递上两个包裹。

太子丹双手颤抖接过包裹，数次抚摸，又颤抖着递给荆轲："此是督亢图，还有……还有樊於期先生首级……"太子丹声音颤抖着再也说不下去了。

荆轲从太子丹手中接过包裹，禁不住流下眼泪："樊先生为国已先捐躯，荆轲舍身在后，此去必取秦王首级为樊先生殉葬！"

远处官驿，一辆马车缓缓驰近。在荆轲身边停下。

荆轲转身走向马车。

太子丹身后挥手送别："荆先生保重！我和渐离还在易水边等你功成归来！"

保重！保重！保重！

高渐离愤而击筑，为羽声慷慨，响遏行云。众人激昂悲歌："风萧萧兮易水寒，壮士一去兮不复还！"

马车向前，终于越来越快，官道上扬起漫漫黄尘。易水忽作奔涌。

无比痛惜的是——

荆轲血洒秦殿，渐离奋筑而亡，而那位太子丹已成异乡孤魂。

那条空寂官道可在？那驾送别的马车呢？

唯有易水河，千年不息，犹在等待……等待……

3

记忆里，与姑父的最后道别。

那个周末，回县城的我特意去看望姑父。

午餐时，姑父的饭菜是单做的。

姑父的饮食一改往日的艰涩节俭，变得很丰盛。我很奇怪老两口的生活忽变得慷慨。

姑父坐在桌前不停咳嗽，因为咳嗽，双手开始颤抖。

我关切地问是怎么回事，姑父随口说是肺部的老毛病又犯了。

姑父咳嗽的毛病显然比之前严重得多。仔细打量，整个人也比之前消瘦了许多，看姑父无心举箸的样子，很明显食欲也不太好。

匆匆吃过饭，趁姑妈收拾碗筷工夫，我坐下来陪姑父闲聊。

姑父又在不停地咳嗽、喘息。我递过水杯，姑父喝过一口水，突然对我说："你还年轻，虽然从前吃过不少苦，但往后生活上要注意，咸菜一类的东西今后要少吃！"

姑妈走过来坐下："医生说你姑父就是吃多了这些东西伤肺！"

　　我默然看着姑父和姑妈，在老两口身上，无不深深铭刻着一个时代的苦难印迹。曾经多灾多难的岁月，姑父一家也是在饥寒交迫中苦度年华，拖家带口，末了，还要接济更为蹇涩的我们一家。

　　突然，电话响了。

　　听见电话铃声，姑父脸色变得舒展起来："我猜，不是你大表姐就是你小表姐打来的！"

　　姑妈起身去接电话，姑父冲着房间幽默地笑着大声说："她们就是来问我是不是还活着，告诉她们，我还好好地活着，还没有进土！"

　　电话是远在南方某市的大表姐打来的，得知我也在场，表姐于是让我接电话。

　　电话里，表姐突然压低声告诉我，医院诊断姑父肺癌晚期，而且最多也就几个月时间了！

　　手握电话，我瞬间惊呆。

　　电话那端，表姐千叮万嘱我千万不能让姑父知道。

　　放下电话，我木然来到客厅，姑父看着电视，饶有兴味地品评着剧中人物情节。

　　想起前一年我还宽慰姑父，七十三，八十四，圣人难过关，孔子七十三逝，孟子八十四终，他们都是大圣人呢，您老过了七十三这个关口是要添福增寿的。姑父也很快活和得意。可是眼前……

　　姑妈还在喋喋不休地说着家长里短，可我却不知说什么。姑父也在说什么，我一句也没听进去。耳边只回响着两个字：肺癌。

　　想想姑父的一生，风雨飘摇，苦难坎坷是多么的不容易，临到暮年却遭受疾病摧残，这是生命的悲哀抑或命运的不公？人生何其寥落和凄清！回首过去时光，无论何时我遭受挫折，姑父总是第一个站出来鼓励我，让我坚强起来，面对人生风雨，勇往直前。想想这几十年来，姑父对我们一家的无私帮助。想想姑父对生活一如既往乐观向上的人生态度……我觉得他其实已成为我人生的一个坐标和楷模，有很多地方，和姑父比起来，还那样脆弱失色。

为什么世上会有生离死别呢？我多么希望姑父能挺过这一关呀，真的！

临离开，姑父强撑着虚弱的身体送行，我劝姑父好好坐下。但老头很倔强："这一次，一定要送你到门边！"

姑父这句话让我倍感意外和惊诧。

终于到门边，我转过身要道别，姑父突然冲我伸出手，霎时，我愣住。

"孩子，这可能是我们在这个世界上最后一次见面了，来，握个手吧！"姑父面带微笑。

我的心开始颤抖，原来姑父其实自己早就知道得了绝症！无法想象的是，自始至终，姑父却表现得泰然自若，在姑父瘦弱的身体下，该是一颗怎样坚忍而淡然的心！

我迟疑着伸出手，和姑父的手紧紧握在一起。好久！

姑父在背后目送我走下楼梯，将要拐过楼梯角的时候，姑父最后朝我挥手："再见！再见！"

再见，其实是世间多么美好的期盼，因为，离别期待重逢；而再见，又是人生何其无奈的自慰，因为，一别或成隔世。

此生一别，或者，会有来世吗？

这一别，确定是永诀！是的，一月后，接到姑父去世噩耗。

许多年后的今夜，想起这个其实无比快乐的老头，想起老头子坐在那张竹躺椅上绘声绘色讲他民国师范的往事，想起老头子在我遭遇挫折时的安慰和鼓励，想起老头子看着窗外夕阳，岁月苦难沧桑的脸上漾起的微笑……

老头子走了。有一天，还会回来吗？

我确信，他会回到我们中间的。

4

雨后的下午，四野纤尘不扬。

官道上驶来一队马车。中间的马车在道边一棵巨大槐树下息驾。前后马车随之住步。

一群使者簇拥着一位衣冠齐整的男子从中间那辆纹饰华丽的车上下来。

这位男子便是久负盛名的吴公子季札。

随从递上水袋，季札摇摇头，一个人踱至官道对面。

青草犹带着雨后的娇绿，叶尖上悬着的水滴在雨后的阳光里散射着璀璨光芒。

季札看着远处绵延的丘峦，翠色苍茫起伏。沿着官道，再过两个山头，前面就进入徐国地界了。此次，奉吴王之命出使鲁、齐、郑、卫、晋诸国。虽任重道远，却结识了许多奇人异士，也为吴国在各诸侯国面前树立了德行和典范。

犹记出使鲁国那一次，鲁人为演周乐，从《小雅》至《商颂》，复观舞，《象箾》至《韶箾》，惊为天籁而叹为观止！那一次对周乐的点评，季札卓荦的感受力和脱俗的见解让人为之赞叹！

下一站该到访郑国了。

前面的徐国便是通往郑国的必经之地。

看着远处的徐境，季札不禁轻轻叹口气，如今的徐国，历经劫难，国势式微，几近日薄西山。

此去免不了要拜访徐君，虽说仅是借过，但诸侯间礼仪必不可少。

想到这里，季札回身上车。

驷马奋蹄。很快就到了徐国王城外。

早已得知季札将过境的徐君，已率国中一干随从在城门外迎接这位素负"孔子之师"盛名的贤德公子。

一干人见面礼毕。

徐君和季札彼此打量。徐君为季札之儒雅倾倒，而季札也为徐君坦荡称慕。

徐君请求季札前往国馆小憩以解旅途之乏，同时要吩咐属下准备酒筵想宴请季札一行。

季札看看天色，着急赶路，又担心可能会出现的风雨，委婉谢绝徐君盛情。吩咐随从取出关牒交与徐君验视。并请徐君予以方便通过。

徐君看过关牒，握住季札的手："以公子盛名，不说关牒，便是公子本人，徐国当为公子扫路放行。"说着话，徐君的目光突然停留在季札腰间佩剑上。

季札愣了一下，随即一笑："徐君觉得在下佩剑如何？"

徐君显得很难为情："久闻贵国铸剑奇人异士辈出，干将镆铘更为拔萃，技艺已臻炉火纯青，可否……可否借公子佩剑一观？"

季札慷然解下佩剑，双手递与徐君，徐君接过，喜不自禁，望着手中那柄青铜剑，楠木镶边剑鞘，清秋垂钓镂饰，古朴典雅，惟妙惟肖。金丝缠柄，赤金吞口，剑鞘合一，如虹贯日。拔剑出鞘，但见寒芒四射，剑刃在光影下熠熠生辉。

徐君不由脱口赞道："好剑，果真圣人王者气象！美轮美奂！若得此剑相伴，愿闲云野鹤，何等逍遥自在！"

还剑入鞘，摩挲把玩良久。看看季札，似欲言又止，最后恋恋不舍将剑递还季札。

季札看看徐君，挂好佩剑，向徐君再拜告辞。

身后徐君突然传来剧烈咳嗽声，季札转身关切地问："徐君身体可染恙？"

徐君冲季札摆摆手："此痼疾，只是近来略重……不碍事，不耽误公子上路……"又咳嗽起来。

车队于是启程。

车上季札低头看剑，陷入深思。徐君甚慕此剑，本有心送任徐君，奈何有使节之命在身，非佩剑不成礼仪，也罢，待使郑返回，再将此剑赠徐君不迟。

匆匆月余，使郑圆满结束，季札一行原路返回。

车近徐国王都，这次迎接季札的竟是新君。

原来，徐君在季札离开不久，竟一病沉疴，数日故去。

季札无比伤痛，想起徐君生前对此剑的爱慕之情，十分后悔当初何不赠剑徐君？纵失使节礼仪，于故人却无遗憾。然斯人已逝。

徐君墓前，望着蔓生荒草，季札禁不住黯然垂泪。

季札取过车上随带的水囊，以水代酒，凡三酹。又为焚香祝祷，再拜。

拜毕，季札解下腰间佩剑，悄然挂在徐君墓上一处树枝上。又悄然离去。

往事如尘，岁月成殇。

那柄千年前悬挂墓前的公子剑，徐君地下有知否？会否又一次看见剑出鞘的冷冷锋芒？

艾米莉·迪金森说，请允许我，是你的夏季，当夏天的日子已经飞离，你的音乐依然，当北国的夜莺和黄鹂——已悄无声息！我将跳出坟墓为你绽放！

杨柳起秋色，故人犹未还。何当一相见，语默此林间。

是的，我在原地等待，而你，你们，生命中的故人可会重来？

马谣

雪夜彭城

世全的棋是靠走马吃饭的。

走双马。两匹马相依为命，河这边河那边都一样。敌人有时被其中一匹马伤了，恼羞成怒，下决心要出双车杀马，又常常只能是叹一声了得，因为另一匹马就在棋网里一个最妙的地方卧着，来敌胆敢伤其兄弟，它血眼一瞪，快如闪电，先置敌于死地。

一局下来输赢不说，十之八九世全两马俱在。

那年早秋，明律绅士下乡收租，船泊在河下，带来个贩烟土时结识的徽商。明律绅士把世全请去了，金砚子、银砚子随行，在咀头山脚下比棋。

咀头山原是个繁华去处，有好几家打金店，从南昌、饶州还有信江过来下长江的船常常走后湖里来过夜。早先有个汤姓住家，后来二都里过来了个打渔的刘万镒，把汤姓人挤对走了。这地儿就叫万镒咀，明律绅士是他的十四世孙。

不知哪个吃屎的好佬在咀头山下动了筑坝的念头，这就坏了风水。也就动了个土，翌日天麻麻亮，有人看到一红一白两匹马腾空东去，眨眼无影无踪。此后，发人瘟，闹灾荒，一切都衰败了。

"要说都是命——"夫人打着扬州来的桃花纸扇，很认真地说：
"再精神的人也不知这个乌鸦打架的地方是凤凰山，要知道，谁还
不把红马、白马当祖宗奉？"

"妇人家知道什么！"明律绅士打断夫人的言辞，对已经开始
落子的徽商说："那样的双马，要占好大的气运，一般人也驮不住。"

这徽商是个快车手，无论谁先，他反正开局时象、士、炮不
动，这个意思下棋人懂得，就是不设防。一心走车，这车走得确实
娴熟，一下、两下，看棋人刚刚打完一个哈欠，徽商的车就开始过
关斩将。

世全的棋路还是老样子，象、士、炮六子中首先是要选两子稍
微动动的，很快，双马出栏，跋山涉水，战旗猎猎。

就是开始一两脚保家卫国的俗棋，给了徽商难得的主动权，很
快世全死炮、折兵，一挂车被杀死在库里，四面楚歌。

世全的双马也在不停地腾挪。它们好似并不急于和敌人正面作
战，跳来跳去好似玩日字游戏。徽商乐了，觉得这厮浪得虚名，臭
棋而已。心一松懈，就抽了口水烟，呷口茶，准备开始抽车吃。所
谓抽车，就是阴谋设计好一个局势，忽然一个恶势要奔对方的主帅
而去，对方主帅一躲闪，则恶狠狠地把对方的车生吞了。这一着太
狠毒了！人家已经丢了一车，那车尸骨未寒，竟然又害人家兄弟，
双车一丢，这棋就不用下了。

徽商举反手边一车，"将——"尾音拖得太长，后音无力。有
着长长甲壳的两个手指夹着车停在了空中，徽商的眼睛往自己的军
营瞟了一眼，再瞟了一眼世全的那两匹不歇脚的战马。

"好热！"徽商说。

夹棋子的手没动，右手从马褂里摸出汗巾，很斯文地擦了汗，

明律绅士的夫人盯着那方喷着花露水香味的丝质汗巾，想开口让明律下次跑下江贩烟时买一方这样的货。

"我输了。"

徽商把汗巾斯文地折了，放回衣兜，安静地宣布。

一般人看不出，原来那两匹马摆成的阵势，徽商的帅营在劫难逃。

这是第一盘。后来金砚子的娘来取走了半箩粟子，是夫人施舍的，夫人看大汉子家断了粮，看天面，捎信叫大汉子老婆来取一箩人家交租的籼粟，这女人胆怯，只敢取半箩。

"过得这么苦，还让两个儿子学棋，不知道大汉子是伤了哪根脑筋。"夫人不知学棋是明律绅士的主意，就管自念叨。

金、银二砚就有些尴尬，看棋时也就走心，下棋的人也有点皱眉，时间过得也就有点混乱。终局，还是师傅赢了。

明律绅士笑了，对徽商说："我叔公这马棋没遇到过对手。"

徽商对世全作揖："见教见教。"

第三盘棋下得久了，远处传来鸡叫，水里的游鸭子没了影子，船板上热得像蒸笼，毒日头从船篷的旧篾缝里钻出，明律绅士的府绸长衫也显出了湿印迹。

西南方向传来了三声铳响。

什么铳，声气这么脆？世全皱了皱眉头，继而目光投向明律，问："是枪声吧？开始抓丁？"

"下棋，下棋！"明律绅士没正面应答，"什么鬼风？对面还是东风呢，咋就变卦了？"

"我输了。"世全收手。

四双眼睛把盘上的局势看了又看，世全的局势尚可，没到兵败的时候。

"先生兄弟有几？"徽商为世全斟茶，显得非常恭敬。

"一条香炉脚。"世全面色显出些许的难看。

"哦？得罪！"徽商鞠躬致歉，"先生这盘棋本不至于输，但先生义字为先，每次必全双马，宁输棋不折一马，也就难免万中有一掉势。"

"哪里，是先生的棋道高超，在下心悦诚服。"世全松了口气，看天天是蓝的，看水水是清的，身子骨舒坦，觉得过瘾，好久没有这样的对手。走车棋也不易，以攻为守，家门口哨兵不到位，好似一门炮，一匹马，甚至两个卒也可以直奔其帅营夺旗。但人家这快车手吃车饭，两挂车纵横驰骋，相互呼应，见山开路，遇水架桥，所向无敌；顺我者活，逆我者死，自己没有半点闪失；敌方官兵哪里还有夺人帅旗的胆略和气力？双马棋，遇到这样的棋道，愈能释放马棋的精妙。

妙，走得好车。世全打起肚官司：比起咱的双马棋，那是还要走软的，不信再看，这棋在金砚子面前充不得好佬。

金砚和银砚是双胞胎兄弟，大汉子有福，三十多岁得崽，一下得俩。民国八年的事，明律的儿子花癫痫，官名叫闻达，生相斯文，分装头，细皮白肉，眼小如豆。书读到县里去了，习不得英文和算学，国文好得死，写一手好楷书。明律精明，知道这娃将来没啥出息，也就随其声色犬马，不闻不问了。一次下乡和佃户议事，路过曹书尧先生的私塾学堂，绅士问先生可有好苗子，先生答后排那两个是读书的料。那是绅士堂兄大汉子明标的两个儿子。

后来大汉子明标没银子交学费，想让俩儿子跟他们娘去挖黄豆地，明律绅士就把话撩明："哥，那个大的（闻达）没书份，这俩娃我来送三年书，纸笔墨砚和先生的束脩都由我出，你就管口吃的。"

送三年书是兑现了的，两个娃也都天资聪颖，各自写得一手好字，算盘打得噼啪响，说是肚子里一百副对子撸出来就是，看相、看地也都到了赚饭吃的份上。但大汉子本分，两个娃也就还只是做挖黄豆地的勾当。

到丁丑年春上，明律先生在鸠集街上传过话来，乡公所有个账房的缺口，金砚子早晚过那边去学几个月，等老账房退下就顶上。这之前，两个人都跟世全老叔公学棋。

大汉子不悦，俩孩子都十九岁了，不学打铜打锡，也不学行船跑马，学那闲死血的勾当做什么？大汉子也不喜欢妖里妖气的世全，整天屁事不做，照样吃香喝辣，娃儿跟他，不定变成什么恶物。

但大汉子家里的事，明律先生说了算。何止大汉子家？就说这附近三刘，先生说了不算的也少吧？

世全非常乐意教娃儿下棋。说实话，附近早已没有好棋，鸠集街上那边过来几个主真不是对手，世全闭着眼睛下那几个也赢不了棋。早几年港头那边来过一个，下连环炮的，有几着险棋有嚼头，但也都是江湖上的花妙功夫，没有筋骨。如今那人也早已没了音信，说恶话客死他乡了也未可知。所以世全就只能自己跟自己下棋。此外也就是九川里的江水子。这癞痢子也有好长时间没来了。

那就教这两个娃娃下，要说灵泛、德行，附近也真没人胜过这两个。

这两个也属马，正是双马的说头，世全的棋走的就是双马，棋道上谁人不知谁人不晓？

金砚子比银砚子早出世屙泡尿的工夫，都是子时算命，一样的八字。但金砚子比弟弟要灵泛不少。这个世全是看在眼里的。

学不过数月，就有了戏。

金砚即可让弟弟一匹马。就是说，金砚一匹马不出栏即可和弟弟平手，最差三盘也必有一胜。就是，任凭战事多么吃紧，金砚子反手一匹马只在家里吃死食，纹丝不动。当然跟别人下棋，那就是师傅的衣钵，两匹马相依为命，不离不弃，互为掎角之势，从出栏到攻入城池再夺敌帅旗都是一样。绅士来访，世全就赞赏有加，但有一句话始终不开口。世全感受到了某种不悦。觉得自己的某种权威受到了威胁，这个威胁正是来自金砚子。

原来，金砚子虽然下棋还不能胜过世全，但他和别人下没有输过。九川里江水子是都昌名棋，这次寻道来找世全下棋，三盘棋世全输了首盘。但接下来是金砚子和江水子下，五盘棋全是金砚子赢。

江水子心有不服，气鼓鼓的饭也不吃走人了。世全把金砚子那棋在脑子里过了一遍又一遍，忽然心惊，烦躁不安。天哪，这娃，竟然有个自立的规矩，每次夺人帅旗的马是交替着的，这次反手马夺人帅旗，下盘必然是顺手马夺人帅旗。细数去，两天赢人九盘棋，必然是反手马夺帅旗五次，顺手马夺敌帅旗四次。

世全没教过这个道道，也从来不用这个道道。天下高手如云，真不曾见不曾闻有哪个如此下棋。

这人哪，怕是各人都有些自己的规矩，任凭世事变化，规矩不改。这规矩也只在自己心中，不亢不卑不在发酒疯时胡吹。

血肉之躯，终归尘土，要说那金贵的，就是自守的规矩，规矩好歹没有一定的尺度，任凭世人说云说雾，金贵之处在于为心中那点东西忍辱负重，必要时血荐轩辕，规矩纹丝不动。

"喝口茶吧。"明律绅士看世全心思跑到棋盘外面去了，清个嗓，打了个礼貌的叫口。

世全还在思考那娃自定的规矩。世全赢徽商的两盘，夺敌帅旗的是反手马还是顺手马，世全也是糊涂的，当然一步步还原是可以记起来的，但谁似那娃，不言不语不经心，绝不乱了心内的方寸。

后来几盘都是徽商主动要和金砚子下，如世全所料，平分了输赢的秋色。最后一盘，徽商动了真功夫，金砚子的双马也就略欠了以往的处子之风，显得些许烦躁，到底也逼近了徽商的帅营，徽商恶从胆边生，双车搏马！要杀金砚子顺手出栏的马。本来反手马还是顺手马没有区别的意义，但徽商只下两盘棋就发现这孩子的古怪，就故意出双车一心杀这顺手出栏的马。

"金砚子输了！"世全说。

"谁输了？"明律一脸惊愕。

"金砚子输了。"世全重复。

"下，下，你师傅吓你呢。"徽商安慰金砚子。

金砚子不下了，也不承认输棋了。

"我哥没输！"银砚子憋红了脸，怒气冲冲地吼了出来。

这孩子平时不说话，今日一反常态，把世全和明律都吓了一跳。

明律绅士脸色变得难看起来，眼睛瞪大，忽然咳嗽不停，夫人忙递上手绢。明律从座椅旁拾起文明棍，待举起，却停住，眼看着船窗外边不转珠。

不远处湖滩上走来了三个人，两个穿土黄色衣服，背着枪，分明是两个兵，一个秃头矮子，是保长康毛。

明律叹口气，不再有训斥银砚子的念头，跟徽商说："得罪先生了，这一程到处抓丁，看样子仗是真要打了，日本人也真不是东西，有个兵屙泡屎走丢了，赖中国人下了恶手。这年月，走丢个人不就是芝麻点大的事吗？不定就是一个人到婊子院打茶围去了呢。这倒好，动不动炮轰，这，这，这叫什么事嘛？子曰……"

保长爬上船一脸严肃，碎步前趋，直接跟明律绅士打起了耳语。

"不行！"明律愤然出声，打起江湖上学来的稀声气话，大概是故意说给外面的兵听，"我大汉子哥哥就这两个娃，大的已在乡里学做文书，算是为党国效力吧？这老细是一根筋，笨似人的卵，是打仗的料吗？"

保长不敢明地得罪明律，讪笑着说："绅士不是不知，我也是传个话而已，你说不去我巴不得也说不去，这征兵的任务，又不是我定的。绅士天天跟二先生一起打牌，省里的文件那是您眨眨眼就晓得的，两丁抽一，今年是铁定的！日本人都过了卢沟桥，委员长都慌了筋，这个不去，那个不去，谁去？"康毛瞟了一眼明律，把话势缩了缩："总不能叫我这样的老骨头去吧？"见无人接话，干脆把下面的凶词儿一块说了："陶家湾，鼎贵的儿子，样事都说好了，上了马背临时不肯去，跑了，跑得过红子吗？红子这边太阳穴进，那边太阳穴出，一地个血……"

"鸱鸟屁！"明律夫人打个寒噤，脸色发白，继而怒色满面，一手去后脑抚弄一下鬏巴，一手把桃花扇收得整齐，很有分寸地用扇身轻点，有条有理地数落康毛，"保长先生，都是自家人，大汉子也没得罪过你吧？他买你那块茶丛，你嚼什么价，他给什么价。你说吃亏，我当家的还偷着塞了你两块袁大头。我家是你的大路，管吃管喝少吗？到关键时刻，咋就翻脸不认人了呢？乡里乡亲的做张做势不好。早先百衣先生，穿家机布长衫，当兵的做张做势，狗眼看人低，百衣先生不跟当兵的计较，把个连长叫来，当面扇连长三个耳光，不也白扇?!"

"毛叔公，我看这事就这样，"明律接过话头说，"我客人在，您就莫念诵，指标的事我跟二先生说，保证减少两三个，说话算数，您跑一天也辛苦，这几块钱你就带那两个弟兄去鸠集街吃盘猪头肉，樟树佬店里有老酒，尽管喝，写我账上就好。我这里就不管你伙食了，我等是苦命人，吃惯了芥菜粥的。"

"我去！"说话的是银砚子，他站起身，脸色憋得通红，看大家诧异，再说，"我去当兵！"

忽然想起什么，走到棋盘跟，把金砚子这边的马进了一日。

徽商明白过来，微笑了，赶紧杀了对方的顺手马。银砚子擦了眼泪，果断偏将，待对方车赶来，举反手马，非常果断地喝道："将军！"

徽商好似轻了担子，开心地总结那盘棋："就是，我杀你一匹马，你偏帝，再将我闷宫，我就输了嘛。"

银砚子、金砚子眼泪汪汪。

银砚子一改往日的木讷，擦泪正衣，一脸坚毅，在明律和夫人面前跪拜，起身对保长说："男子汉保家卫国，理所当然！"

"我也去！"金砚子也挺起腰杆，朗声说："愿和弟弟一起从军，我们从小一起长大，谁也没有离开过谁。"

保长横着的面皮放松，笑了，转脸对绅士说："先生您看——"

明律转过头去，好一阵哽咽。

良久，叹口气，摇摇头，示意夫人张罗好纸笔墨砚，写起端方四正的楷书。

> 士毅吾兄：
>
> 见信如面，南京一别已是三载……

封好信，又叫夫人去取四十块钱，一并交金砚子，很伤感地说："我儿有报国之心，愚叔自是欣然，看样子你俩都是从军报国的命，你叔你婶断无阻山阻水之意。经管好此信，命在信在，一路下长江，去南京，找南京政府军政次长刘士毅将军，将军会安排你们去读军校的，好好读书练武，尽忠报国，吉人自有天相！"

徽商也感动得眼泪汪汪，取出一包银钱，交给银砚子："孩子，这些钱，算我的学棋钱，给你爹，家里没有帮手，日子过得艰难。"

世全拈着胡须站在一边，似点头，似摇头；似疑惑，似感悟。念念有词："一马出栏，另马相随；躲开边角，掎角之势……自古名士曰忠曰义，尽忠耶？取义耶？"

这是丁丑年七月里的事。

没有人知道明律绅士是怎样孤身一人去了鸠集街的，也不知道他到底如何发了大财，只知道他家的院子和省主席曹浩森（派名明魏）的弟弟二先生家的院子毗邻，两家关系那是好得没法说。

绅士做过很多花脑筋的事，比如刘家人和箬莛人争湖港，又比如万镒咀人和新屋里人争山林权，他都旗帜鲜明地站在自己家族一边，出了大力。浩森老家是箬堑人，新屋里的祖人和万镒村的祖人也只是隔了件汗褂儿，这就有点那个。人死后，有说他认家义，重友情；也有人说他做人如下棋，机关算尽，但天道不可违，就没了好下场。

民国三十六年冬，明律绅士病死，葬在鸠集下街大柿树下。

祁门那边过来个旧友奔丧，闻达先生识得他是当年和父亲一起贩烟的商人。那人再三要叫船过后湖来咀头山，闻达也就全程陪客。那夜，两个人在船上喝慢酒。皓月当空，寒风瑟瑟，祁门佬拿腔拿调地歌起诗来：

> 故人哪，西辞，黄鹤楼啊
>
> 烟花那个三月哪，下扬州——
>
> 孤帆远影呃，碧空尽哪
>
> 唯见长江啊，天际流

诗毕，闻达摇头晃脑地赞叹：吃价，吃价。一时兴起，毕竟记得戴孝在身，就用散花的调子唱了：

> 昔人那个呃，已乘啊，黄鹤去哦
>
> 此地那个噢，空余哟，黄鹤楼
>
> 黄鹤一去是噢，那个不复返哪
>
> 白云那个千载呀，空悠悠呃……

第二天两人去了刘乾利的墓前，祁门佬要来纸笔认真抄录了墓志铭：刘公乾利，字东山，号银砚，生于民国八年六月初五子时……南昌会战时授陆军少校营长，随陈宝成将军忠勇杀敌，于莲塘后起陈家遭敌重兵围困，激战三昼夜，弹尽粮绝，英勇殉国……

此时，世全公也刚谢世不久，其也多年丢了下棋的行径。马棋已成旧话，被风吹到鄱阳湖上去了。

金砚子随大汉子在浮梁做篾。

那年，兄弟俩租成家广松的船去下江，在镇江地面过夜时遇了劫匪，船老板广松被杀。兄弟俩跳水逃命，风急浪高，又是伸手不见五指的夜里，九条命的猫也该绝命。天可怜见，金砚子被一棵漂浮的死树挂住，漂到天亮，一上水贩瓷器的罗塌子船老板喜欢清早观风，发现了蹊跷，命人靠船察看，发现那人尚有气息，救得上船。由是金砚子捡得命回。可怜银砚子尸首不见，音信全无。金砚子心存惭愧，从此心如死灰，也不去乡公所干事，丢了下棋的行径，随大汉子学了篾匠的手艺，去莲塘，去浮梁。

南昌会战之时，大汉子随和全子（大名也叫世全）在莲塘县打谷箩。目睹了那场恶仗。和全子说：足足一个月没停火。师长陈宝成死在莲塘陈家山，他的尸体旁，有个只剩下一条胳膊一条腿的营长。整理遗体时，发现其上衣兜里有两枚棋子，都是马。

传出那个死难营长是二都人，先祖来了六都，居后湖万镒咀。

天哪，这是哪里的话，哪里话呀？

两个人漏夜逃回万镒咀，遇公船有差先到，那是运回了抗日英雄刘乾利的尸骨。一夜灯火通明，为亡人做罗天大醮。

大汉子夫妻哭得死去活来：天哪，这是俺家苦命的银砚子啊……

祁门佬回船，耳濡目染世间许多沧桑，感慨万千，正欲歌诗一首，湖滩那边传来瞎子讨饭的鼓点，鼓点停，道情腔袅袅而来，如泣如歌：

一马呃
离了哦
西凉界耶

群山回响

秋高鹿鸣

清明时候，老天爷好像不愿意放弃千百年来的习惯，阴雨连绵的，把南方的大地笼罩在一片朦胧之中，远山隐去了，近景也模糊着。烟雨中传来远远近近的鞭炮声，噼噼啪啪地告诉人们，一年一度的扫墓祭祖活动正在进行着。

陈家源带着他的大儿子陈国强、二儿子陈国威；大儿子陈国强带着他的女儿陈翘燕，二儿子陈国威带着他的儿子陈高，一大早就融入这烟雨之中。

陈家源挑着两个箩筐，里面放着"三牲"、纸钱、香烛、鞭炮等用品。箩筐上盖着簸箕，簸箕上铺了雨布，里面的"三牲"、纸钱、鞭炮等物品，也就防范了那飘洒着的烟雨。陈国强和陈国威荷着锄头，陈翘燕和陈高，手里拿着砍刀。他们穿着雨衣和雨鞋，雨衣下摆沾满了泥巴，雨鞋的鞋底，沾踏有厚厚的泥团，走起来笨笨的，重重的，已经很费力了。

从早上七点出门，到现在已经是下午三点了，这中间，他们只吃了几个面包和一瓶矿泉水，饥饿和疲惫挑战着他们。

先人的墓地已经拜祭完毕，在最后的一个墓地上，陈家源把

"三牲"等物品收进箩筐，孙子陈高问："是回去吗？累死我了！"陈家源说："祖先都拜祭了，但还有一个人，我们要为他扫墓，虽然他跟我们不沾亲的。"孙子听了，一丝的不高兴表露出来，一脸的无奈。但爷爷说的话，他只好服从。

为什么要为这个人扫墓，陈高和陈翘燕谁都不清楚，但每年清明，都要拜祭他。这次因为太饿太累了，陈高试探着问是否可以回家了，他是希望不去拜祭了。要知道，这个人是睡在一座颇高的山的半腰上，上去的路崎岖陡峭，荆棘多着呢！

陈家源的眼睛搜索到孙子的不乐意，他略一沉思，挑起担子，对陈高和陈翘燕说了："让你们的父亲告诉你们吧，我们为啥要去拜祭他！"

说过以后，挑着担子，顶着飘洒的烟雨，带头走在了前面。

陈家源是从战场上下来的兵，残酷的战争给他背上留下了一个弹疤，战争结束后，他把弹疤和一枚军功章一起带回了家乡。他的家乡是在小县城的边上，进城去就是十多分钟的事情。

刚复员回家的时候，美女爱英雄，山区里的李芳，在别人的介绍下认识了陈家源，第一次见过陈家源，仔细看了那枚金光闪闪的军功章，吃了一片香喷喷的鸭肉，就帮陈家源搓洗那绿色的军装了。隔了三天，李芳再来到陈家源家，陈家源说："多住几天吧！"李芳轻咬着唇，慌乱的目光扫过陈家源，用几乎听不见的声音答应了。陈家源一个暗示，到房间里去。李芳看到了，迟疑着，最后还是挪动脚步慢慢地跟了进去。在那房间里，李芳就是陈家源的人了。

第二天一早，李芳赶回家里，怯怯地跟父母说了，父母说，自己的事，自己拿主意吧。得了父母的话，她就到乡里把证明开出，下午，与陈家源一起，脸上带着羞涩，心里藏着喜悦，低着头，到民政那里办了结婚手续。没有摆酒，也没有告诉亲戚朋友。陈家源的父母，宰了一只鸡，买了一斤肉，摆在案头上，点上香，烧过纸钱，向陈家的列祖列宗禀报后，就顺利地办结了人生大事。

婚后不久的一天晚上，陈家源亲热了李芳，说："村里的十多亩鱼塘要发包，我们一起养鱼吧？"李芳摸着陈家源背上的弹疤说："行，你是英雄，我跟着你！""那鱼塘离家较远，我们得住在塘边的小瓦屋里，你惯不惯的？"陈家源对她说。李芳用力紧抱着陈家源，头埋在他耳边，悄悄地说："这更好，我们亲热，就不用害怕闹出大动静来了！""好，我们去养鱼吧！"陈家源高兴了，一个翻身，将李芳压在了身下，手又动起来了。李芳用手背贴在嘴上，笑着问："又要？"陈家源看着她的眼睛说："高兴的事就要让它经常发生！"李芳咯咯地笑起来，用手捂着拢不了的嘴巴。

他们就住在那塘边养起鱼来了。小瓦屋建在塘基上，不高，两米左右，连着三间过。一间铺了床，晚上睡在那儿，一间做喝茶吃饭用，一间是厨房了。隔着不远，还有一排小瓦房，小瓦房住着一个五十多岁的孤寡老头，老头是做豆腐脑的，日常挑到城里卖，以此为生。他的瓦房前面有一口水井，陈家源他们用水也到这口井里挑。

陈家源他们住过来，这老头也高兴，说："晚上有个伴，不再荒凉荒凉的了！"老头姓张，叫张万顺。张万顺父母早亡，没有兄弟姐妹，他早年是有过老婆，但没有生育，几年前老婆也死了。老婆死后，张万顺才搬到鱼塘边住的，跟陈家源是同一个村的。晚上吃过晚饭，张万顺也常过来坐上一会儿，说说话，抽几顿水烟，便回去泡豆，泡完豆就上床休息。凌晨五点，起床，将泡好的黄豆磨成浆，去渣，倒进锅里煮沸，然后舀到一个水桶大的瓦缸里澄成豆腐脑，一直忙到快九点了，吃过早饭，便挑着豆腐脑进城去卖，下午五点左右，卖完了，便回来，日日如此。

安营扎寨地养鱼了，陈家源夫妇白天有说有笑地劳作着。陈家源撑一张竹排，李芳就在排头撒料，鱼儿忽地浮上来，衔着鱼料，忽地又沉下去，水面上荡出了一圈圈的涟漪，看着涟漪，他们的幸福也就一圈圈地荡漾起来。晚上，吃完饭，坐在那里喝茶、说话，待张万顺回去了，盯着他那灯灭了，笑着对一下眼睛，便起来洗洗上了床。

这样的日子还未过够，大儿子陈国强就来到了他们的中间，隔开了他们的恣意欢乐。一年半后，二儿子陈国威也报到来了，陈家源和李芳之间的欢乐，只能等哥弟俩熟睡后进行，那过程就像电影上摸据点一样，小心翼翼的，不能发出一丁点响声！又过三年，他们盼望的女儿陈乔乔也出生了，自此，小瓦屋热闹了起来。日子在劳累和繁忙中日出日落地过着。夫妻间的亲热，只能放在后半夜里进行，每次都像救火一样，急急忙忙的。说实在的，李芳因劳累和睡眠的不足，对亲热已不太渴望了，只是陈家源雄心壮志还在，红旗不倒。这亲热，李芳纯粹是为了陈家源的，牺牲三五分钟时间消泄他那心头上的火，要不，他翻来翻去到天明呢！

人口多了起来，生活的担子也重了起来，到了孩子们全都入学，这副担子就更加地压肩了！再有，养鱼的人多了起来，大片大片的土地挖了鱼塘，鱼的价格掉下来，可是喂鱼的饲料，价格却往上涨着。陈家源掉到了财务的窟窿里去了。这一年，陈家源的父母患重病，年头年尾相继离去，漏屋偏遇连夜雨，又一笔大大的债务缠在了他的身上。陈家源的压力大了，夫妻间的亲热，也明显地少了起来。翻来翻去想的不是亲热的事，而是人民币的事情了！

一家子五口人的嘴张着，十多亩鱼塘几万尾的鱼，口也张着，陈家源被逼得头崩额裂的。他只好向张万顺开口，借些钱来周转度

日。张万顺卖豆腐脑，多年来有一些积蓄，听陈家源说了，二话不说就借给了他。待捉鱼卖了，陈家源马上还他，然后到了过不去的关头，再向他借。如此地循环着，把日子艰难地过着。

这一年的冬天，天气奇寒，南方也下起雪来。这是百年以来未曾有过的事情。李芳翻出了陈家源退伍的时候，部队发给的几条纪念品的毛巾，连缀一起为女儿做一个被褥，女儿大了，也要自己一床了，但是还没有单独的被褥，于是，李芳找了一块旧布和那几条毛巾，用针线为女儿缝制。陈家源见了，发了脾气，用从没有过的吼叫对着李芳："那是我的纪念品，你怎么敢动它！"李芳一怔，幽幽地说："你那纪念品放在那也是晾着，女儿可是没有被褥，你让它给女儿暖和暖和吧，女儿嫁了，拆了还你，还不是纪念品吗？"陈家源听了，转过头去，大颗大颗的眼泪珠子，从男子汉的脸上滚落下来，摔到了地上。

这年奇寒的天气，给陈家源他们造成极其残酷的损失，寒冻过后，天气暖和了，鱼塘上漂浮了厚厚一层白花花的鱼。看着这痛心的景象，陈家源摇摇晃晃的，差点儿倒了下去。

烟雨朦胧中，陈家源他们来到了山脚下，大儿子陈国强接过父亲的担子，让父亲休息一会儿。他们艰难地向半山腰爬去。陈国强中学毕业后，外出打工，后来从小工头变成了老板，并在那城市定居了，每年这时候，都带女儿回来扫墓拜祭先人。二儿子陈国威在大哥陈国强的支持下，念了大学，毕业后进入了县里的政府机关，成了公务员，每年也相约带儿子回来扫墓拜祭先人。三女儿陈乔乔最有出息，清华大学的博士，现在在美国做访问学者。

二儿子陈国威抬头望了望颇高的山，然后回过头来对陈高和陈翘燕说，你们跟上，走在前面，我在后面给你们讲这个故事。陈高和陈翘燕走在了前面，陈国威一步一步地把后面的故事讲述出来：

那时候，你爷爷欠了一身的债，鱼塘的收益也不好，我们长期喝稀饭，就着那几根红薯。红薯是你奶奶在塘边种下的，我们主食也就是它了。我们没有早餐吃，空着肚子上学，到了第三第四节课，眼睛冒黑的。现在我们要去拜祭的这个人，叫张万顺，他见我们饿得眼睛塌下去了，就把他做豆腐脑隔出来的豆渣拿过来给你奶奶，要她放些盐，加上一些切碎的韭菜，放在锅里煎饼给我们吃。我们吃了，美味得很！张万顺养有一头猪，这豆渣原是喂猪的，见我们吃得香，他就把那猪卖掉了。

有一天放学，我们回来了，张万顺招手让我们过去，过去后，他从瓦缸里舀出一人一碗的豆腐脑给我们吃，每碗豆腐脑多加一匙黏黏的红糖水。我们高兴无比，飞快地把那豆腐脑吃了，并用舌头把整个碗舔遍。你奶奶走过来，张万顺笑着对奶奶说："卖剩下来的，不吃就馊了！"奶奶听了，不再说什么了。从此以后，张万顺回来，我们都能吃到一碗卖剩下来的豆腐脑。

吃的多了，我们觉得奇怪，为什么张万顺总有卖剩的豆腐脑？你奶奶也发现了这个现象，问张万顺。张万顺说："市道不好了，卖不出去了呢！"

我们不信，不可能天天卖不出的吧？

为了弄个明白，一天放学后，我们来到张万顺卖豆腐脑的地方，悄悄地看他卖豆腐脑。卖了一会儿，他就准备收摊了，有两个人走过去要买豆腐脑，他笑着说："卖完啦，你们来迟一步了，要吃，等明天吧！"我们想，今天，张万顺可是彻底卖完了豆腐脑，没有卖剩的了！

可是，当我们回到家里，张万顺又招手把我们叫了过去，他打开用白布包扎着干禾草做保温的瓦缸盖，从里面舀出了白白嫩嫩的、还冒着热气的豆腐脑给我们！我们心里一热，眼泪出来了，掉到豆腐脑的碗里去，这碗豆腐脑，吃着，咸咸的、甜甜的！我们终于明白了卖剩的豆腐脑是怎么回事了！

我们吃着豆渣和豆腐脑慢慢地长大了，从小学到了中学，张万顺和我们也像一家人了。有一天早晨，太阳老高了，还不见张万顺出来，你爷爷过去瞧他，见他静静地躺在床上，你爷爷以为他病了，唤了他几声，没有反应，摸了他，硬硬的，过世了。你爷爷清理他的遗物，发现枕头下压着一个油纸包，打开一看，包着的是人民币，一共有三万八千块，面额是一百块的，还有一张字条，上写着：陈家源，用这钱帮我办理后事。剩下的用来给孩子读书！"

听完这故事，陈翘燕已泣不成声，泪水伴着烟雨，流淌在那年轻的脸上，陈高则对爷爷说："爷爷，您让一下，我到前面砍开荆棘，为伯伯开路！"陈家源让开了，陈高拿着砍刀，走到了最前头去。

到了张万顺长眠的地方，陈翘燕接过锄头，用极不熟练的动作锄着杂草，陈高挥动砍刀，将荆棘杂树砍去。陈家源打着伞，遮着那雨，让陈国强、陈国威将"三牲"摆在拜台上，然后斟上三茶五酒，点上香烛。三炷青烟飘起、散开，渐渐地融入到烟雨中去。据说，这青烟可飘到天国去。

拜祭完毕，陈国强、陈国威把茶、酒洒在地上，然后收拾好其他物品，准备下山。陈家源从另一个箩筐里拿出一卷爆竹递给了陈高，待陈高把爆竹挂在坟头儿上了，陈家源说："点燃吧，让鞭炮声告诉万顺，他不会冷清的，每年清明，我们都会来看他的！"

噼噼啪啪鞭炮声响起，烟雨朦胧的群山又传回来了噼噼啪啪的回响。这鞭炮声传得很远，又从很远的地方再传了回来！

理发店的故事

郑 磊

一、三千烦恼丝

到了一定年龄，能改变的就只有头发而已了。

当然，能变的还有衣服。但是衣服到底是身外物，经得起失败，也就不那么慎重。而做头发是一锤子买卖，接受也得接受，不接受也得接受，就显得有点悲壮了。

有选择、能改变反倒是自寻烦恼。烫弯了嫌看起来老，拉直了又觉得呆板；长发时看着短发爽利，剪短了又觉得成了假小子。头帘往哪边分，便是关乎接下来几个月心情好坏的大事，选择染发的颜色那就更要大费周折了。

把头发称作三千烦恼丝，真是一点也不假。

说到底，做头发，就是把自己交出去，交给一个陌生人，交给命运，是好是坏，都随你了。不舒服，多半是觉得失去了控制，没来由地气恼和无奈。可是有些人一生所求，就是把自己交出去。在命运里载沉载浮，听天由命，无所谓好，也无所谓坏。水流到哪里，船就漂到哪里；风吹到哪里，云就浮到哪里。

所以，人们来到发廊，多半是快乐的，即使这快乐转瞬即逝，可至少抓住了当下。

二、小萍

发廊做的是女人们的生意，理发师却大多都是男的。不知从什么时候开始，理发师的称呼从"师傅"变成了"老师"，让这些二十多岁的小伙子们透着神气。他们多带一股阴柔气，得做小伏低，得委曲求全，得陪着这些女客东拉西扯，聊些家长里短。跟他们聊天是安全的，因为你明明知道，他们对你说的话完全没兴趣，只是想讨你欢心。不用担心反驳，更不用担心他们会记住你的私事到处传闲话。这里自成一统，是个世外桃源，不知有汉，无论魏晋。你走出去后，就像关了电视开关，曲终人散，再不相识。

发廊也缺不了女孩子们，她们一般都当不上理发师，只能当个小工，给人洗洗头、递递工具、卷卷发卷、打扫一下卫生。理发师要讨好顾客，这些女孩子们还得讨好理发师。她们都是没有姓的，小敏、玲玲地叫着。没有了姓，也就没了来历，所有人好像都一样，让人觉得面目模糊。

在某一个发廊里，有这么个女孩子，正是这万千女孩子中的一个，我们姑且叫她小萍。这个名字带着乡土气，细想又是美的。荷叶浮萍，不仅漂亮好看，还有股流离落魄的意思在里面。世间万物，单单漂亮好看还称不上美，必得先让人伤了心，才能觉得美。其实所有乡土气的字，都是漂亮的。就是因为漂亮才招人，喜欢的人多了，叫来叫去，就叫俗了，再没有原来的风味。

叫这个名字的女孩子，可能上面还会有个哥哥或姐姐。因不是头一个孩子，年轻父母的那股新鲜劲儿已经过去，又是女孩，没多少期望寄托，起名字也就不需要十分小心，不用备了厚礼把有学问的先生、批八字的大仙请来，也不用一页一页地翻书翻字典想些生僻的字眼。但是如今孩子又少，这个二丫头没准还是罚款或者托关系才能出世的，小家小户的女儿也看得娇贵，于是从父母头脑中储存不多的字里，选个自己觉得够美的，就给了她。

小萍必然不会难看。发廊不会请难看的女孩子砸自己的招牌。在她的乡亲们看来，她也算多半个美人儿了。在家的时候，左邻右舍不是没有小伙吹过口哨，走在田间总会有人帮着提一把水桶。可是这美离生活太近了，不那么值得珍惜。特别是在发廊里，最是争奇斗艳的地方。

刚到发廊的时候，小萍的心气还很高，每天看起来普普通通的头发眉毛衣服，发梢的一点弯曲，衣角的一点花边，都是暗地里花了不知多少心思。可是比美不仅要比心思，比钱财，比时间，还得比天生的底子。这底子不光是外面能看见的，还有内里看不见的。于是，几个回合下来，小萍知道自己拔不了尖，渐渐地心气也就泄了。没想到这反而成全了她。漂亮女孩子们一扎堆，就像高手过招，你高一尺，我就得高一丈，一来二去，不知不觉就会用力过度。当局者自己身在此山中，天天看着不觉得，外面的人闯进来，免不了吃一惊。泄了心气的小萍，在一片姹紫嫣红里，低眉顺眼，让人心里微微一动。

三、未来

理发店的门脸再小，也有个美容部。美容部都在里间，要穿过一地细碎的头发，曲曲折折地拐进去。如果是大一点的店铺，就要随着个斜斜的楼梯上去，楼梯狭窄陡峭，一步一步踩在上面，要十分的小心，所有心思都放在脚下，心无旁骛地走。人还没到里面，扑面先是一股腻糊糊的香味，一股脑迎上来，太过热情，让人觉得却之不恭而又受之有愧。待到登堂入室，灯光昏黄，帘幕低垂，空气都变得黏稠起来。

女孩子们多愿意学美容。跟理发相比，美容的技术含量要低一些，几个月就能上手。做上两三年，精明一点的，摸清了里面的门道，如果家里再愿意给点钱，就可以自己顶下个小门脸，开门营业。先不管前景如何，摊子支起来，高兴一回再说。店长总嫌现在的女孩子们野心太大，干不长。可放眼望去，女孩子们的选择太多，这也不算是野心，反倒是个踏踏实实的奔头。

小萍却不愿意学美容，说进了屋里觉得喘不上气。有人觉得她跟别人不一样，问她学美发有什么打算，她就笑笑不说话。倒也不是故作神秘，二十出头的年纪，还顾不上想将来。那在月光里照着、流水里漂着的将来，未免太过遥远，似乎永远不会到来。在美发部，每当她迎着玻璃门透过来的阳光，清扫地上丝丝缕缕的头发，看着细小的灰尘在阳光下旋转，偶尔会有一瞬间，觉得自己也跟着飞舞起来。可是她却忘了，这些头发，这一绺、那一绺，长的短的，粗的细的，黑的黄的，任凭曾经是谁的，如今全在尘土里，缠绕不清，化为一体。

不知是人选择命运，还是命运选择人。也许，根本不必在每个岔路口纠结，终点早就在前面静静等候。我们被时光拉着跑，被命运推着走，不断告别，渐渐遗忘，最终百川入海，殊途同归。不如现在，用全部的心思，来选择头发的颜色、刘海儿的长度，只有这些是我们能做得了主的。

四、等待

做头发最磨人的，是等待的过程。

看着对面镜子里，头发丝丝缕缕地掉下来，剪刀在头上咔嚓咔嚓地响，仿佛钟表在咔嚓咔嚓地走，不知最后会是个什么结局，自己却只能木偶般坐着，真是听天由命。

等到全部剪完了，电吹风在脸边热呼呼地吹着，带着点知情解意的体贴，又带着点不容分说的霸道，告诉你，就是这样了。

镜子里的人，跟一开始想象的不一样。就像所有的梦想，最终总是要变形的。可要说完全不是自己想要的样子，细看又那么有模有样，每个边角都是事先说好的，凑到一起却不是那么回事。你也不能说不喜欢这个样子，不管怎么说，这就是你等得海枯石烂，等得望眼欲穿，终于等到的那个结果。它长在你的身上，扎根在你的心里，它分明是你自己。你如果厌恶它，就是厌恶你自己。

只有小萍自己知道，自己每天都在等待，等一个人。

那个人是理发店的常客，差不多一个月来一次。每次来发廊，都先放眼往里一扫，看到小萍后，一扬下巴说："你来洗头吧。"如果小萍不在，或一眼没寻见，他也不刻意寻找，随便谁洗都行。洗头时，大部分时间是沉默的，有时候也有一搭没一搭地聊天。好像相熟，又好像陌生。

一开始，小萍还当这等待是个玩意儿。在漫长的日复一日里，总得找点念想打发无聊的时光。可慢慢地，到了他可能会来的那几天，小萍就开始煎熬，又得把这煎熬压下去，找个地方妥善地藏起来，压到深处，藏到深处。煎熬这个词造得真好，一颗心可不就像在火上煎着熬着，站不住脚，定不下神，滚滚地沸腾起来，嘶啦啦地疼，非要等到熟透了、焦透了，剩下干巴巴的一片，才算消停。

给客人洗头的时候，她会默默地在心里算计，要是现在的分针指的是双数，他今天就会来，单数就是不会来，然后吸一口气，抬头去看墙上的钟表。坐着跟人聊天的时候，她会看着门口想，要是下一个进来的是男客，他今天就会来，女客就是不会来。收毛巾的时候，她会数着毛巾想，要是白色的比蓝色的多，他就会来，要是蓝色比白色多就是不会来。

如果得到的结果是不会来，心就会往下一沉，又有些不甘，心想肯定不准。如果得到的结果是他会来，虽然有些高兴，可同样也不敢相信，怕的是希望以后的那个失望。每次预测完了，小萍就会摇摇头，觉得自己无聊可笑。过不了多久，又忍不住找个别的由头再测试一番。

小萍的等待还有一层不确定。理发店是轮休的，每人每周上六天班，休息的那一天不固定是星期几，按照店长的排班，赶上哪天是哪天。也就是说，那个人有可能会在小萍休息的那一天，已经来理过发了。即使他来过，也没人会记得住；即使碰巧有人记住了，也不会巴巴地去告诉小萍。而小萍也不愿因此而不休息，怕被人看出端倪。因此这一轮等待到底有没有指望，她是不知道的。

整个等待就是这么可笑。她不知道那个人的名字和身份，夜晚闭上眼睛，甚至勾勒不清他的面容。她也并没有想过，到底要等来个什么结果。等待似乎已经像吃饭睡觉一样，成了她生活中必不可少的一部分。

五、梦境

黑夜会放大欲望和恐惧，白天那些距离我们很远的、想象中的场景事物，此刻借着夜色的掩护，活色生香全到眼前来，却又抓不住、留不下、带不走。

白天收拾起心情，照常洗头聊天，吃饭追剧，谁也看不进谁的心里。最怕的是晚上，时间被割裂成一秒一秒，咔嚓咔嚓每一响都敲到枕边，敲得意乱情迷，敲得头疼欲裂。她仿佛置身无涯旷野，放眼望去，天地玄黄，宇宙洪荒，没个可以落脚依靠的地方，不知怎样才能挨到天明。

她多想纵身投入黑甜乡，睡到天昏地暗，神鬼不知，一觉醒来再世为人。可是不行，好容易合上眼，也全都是恍惚迷乱的梦境。

梦见他的朋友来叫她，她心中犹疑窃喜，不知究竟是朋友找她，还是他要找她，话到嘴边却问不出口，只得低了头跟着走。一拐角却跟丢了人，抬眼只见两旁高楼大厦似曾相识但不辨东西，脚下是细碎泥泞的砖瓦路，踩下去就碎成一片一片，没法回头。

梦见他微笑，允她绕过椅子走近前来。她欣喜太过，趔趄摔了一跤，碰到椅子角。椅子瞬间变大，布面纹理越来越宽，幻化成一条汩汩河流，他的面目在河那边渐渐模糊。

梦见瓢泼大雨中没带雨伞，慌忙中想要寻一处避雨场所。一辆汽车疾驰而过，泥水四溅，急刹停在距她不远的前方。细看是他的车牌号，待到疾步上前，那车却又一骑绝尘而去。

梦见说好等他的电话，每次电话铃响起，要么是手上拿着丢不开的东西，要么是脚扭了迈不开步，要么是接起电话却说不出话。

嘟嘟的忙音充斥整个梦境。

所有的梦都拒绝给她安慰，甚至比青天白日下的现实还要摧心肝，可见她从根本就知道自己的妄想有多虚幻。半夜惊醒，呼吸都是屏住的，生怕被人发觉。

六、女伴

做头发这件简单的事情，却包含着多少埋藏最深的心愿，左右犹疑，狼狈不堪，柳暗花明，只能跟最亲密的女伴一起来，连家人都不行。女伴之间的分享，往往比夫妻亲子间更要私密体贴。

女伴之间的关系也很奇特，不论多好的朋友，就连亲生的姐妹，也会互相嫉恨，互相攀比，互相较劲；却又从心底里互相同情，互相可怜，互相体贴。她们免不了使些小心眼和小花招，但都无伤大雅。她们在做头发时互相给的建议，是毫无保留的，发自内心的。可是见到对方在吹风机下面出来个美丽的发型，却又暗自心惊，黯然伤神，好像从不知道人家竟然这么美。当一起走在路上时，又觉得这美丽也有自己的份，跟着神采飞扬起来。

按理说，小萍这样没什么心气却又不难看的姑娘，最不愁没有女伴了。拔尖的女孩子喜欢她，甘于当自己的陪衬。不拔尖的女孩子也喜欢她，做朋友不失体面。可是因为她自己心里先存了个秘密，不由得要跟别人疏远。女伴之间交换秘密是个重要的仪式，是投名状，是保证书，是古代歃血为盟的那滴血，是互相掏心掏肺的那个底。收到了别人的秘密，就得回报一个自己的秘密，不然这友谊就危险了。

偏偏有个悦悦，几乎是追着小萍兜售自己的秘密。二十出头的女孩子，秘密自然不过是些风花雪月的事情。其实悦悦的秘密也不算秘密，整个发廊的人都知道悦悦喜欢小于老师。不过，悦悦既然当件秘密悄悄地说给小萍听，它就是个秘密，就不能轻视它，就得慎之又慎地保存好。

平心而论，悦悦和小萍都是挺好看的女孩子。可两个人在一起，悦悦吸引的目光要多一些。小萍是从别人的眼中和嘴里知道自己好看的，需要时时靠别人确认一下，因此穿衣打扮上顾虑重重，最重要的是别出错，又因为泄了心气，有时候乍一看甚至是黯淡的。悦悦却是从心底里觉得自己好看，优点自然是优点，缺点则是特点，万紫千红都敢往脸上身上招呼，不怕会出错，就怕不出彩。

悦悦跟小萍好，就免不了想指点她的打扮，话说多了，更免不了会得罪小萍。被得罪的那个已经冷了两天脸，得罪人的那个还不觉得，一如既往地往前凑。趁着吃饭的时候，结伴去洗手间的时候，悄悄地说，哎你说小于老师今天为什么要请大家喝饮料啊，哎小于老师今天穿这件格子衬衫可真帅，哎听说有人给小于老师介绍女朋友没成功。再互相分享一点零食、参谋一下衣服，于是被得罪的那个也就只好既往不咎。女伴之间的友谊就是这么一次次地好了又坏，坏了又好，经过一层层地修补涂抹，虽然到处疙疙瘩瘩，但还是逐渐变得深厚坚固起来。

七、贪心

谁能应承你，留个模特的发型，就能长成模特的模样了呢？这世上，谁学谁也学不像。

有些二十出头的小姑娘，甩着乌黑油亮的马尾走进来，执意要剪成短发。这边一剪刀下去，那边眼泪就啪嗒啪嗒掉了下来。有些三四十岁的女人，在烫头发的电罩子下面，盯着对面的镜子使劲看，看来看去看出一声叹息。有些女人猜不透年龄，从头到脚全副武装，妆容搭配一丝不苟，坐在椅子上翻来覆去地看自己红艳艳的指甲，面无表情。

各人有各人的蓝天白云，各人有各人的万丈深渊。

小于老师天生是个快乐的人，从这一点上看，他和悦悦是相似的。他虽不是店里的首席技师，但也有几个熟客每次来必要等他，也时常有人夸他手艺好。其实未必手艺真的有多好，有的是爱听他理发时哼的小曲，有的是爱听他突然冒出来的一句笑话，有的单纯是看见他就觉得高兴。内心里快乐，从精神到物质都会慷慨大方。一说请客，大家就会想到小于老师。小于老师也从不让大家失望，极难熬的暑天里，总能变出雪糕冷饮；下班回宿舍的路上，时不时会来几串羊肉串。

但是悦悦发现，小于老师虽然爱开玩笑，跟小萍说话的时候，却总是特别的严肃正经；但凡请客，肯定是有小萍在场的时候。小萍自己似乎并没上心，可现在不上心不等于以后也不会上心。悦悦缠着小萍谈小于老师，有那么点提前宣布主权的意思。

喜欢的人不在意自己，对二十多岁的女孩子来说，实在是天大的事。如果再有旁人无意中知道这件事，这天肯定是塌下来了。可悦悦是不背人的，几乎是故意让所有人都知道。在众人闪烁的目光下，她越是紧追不舍，小于老师就越是游移躲闪。虽说悦悦的乐观自信是天生的，可也禁不住这么反复琢磨。哪个女孩子在二十几岁的年纪，没有偷偷在被窝里掉过眼泪呢？

半夜辗转反侧的不只悦悦，当然还有小于老师。睡不着，是因为心里有所求。小于老师的这份所求，当然对的是小萍，怕小萍知道，怕小萍不知道，怕小萍知道又假装不知道。这份所求里，也有悦悦的份，下意识地怕悦悦看见，怕悦悦不高兴，怕悦悦对自己的那点心思渐渐变淡。瞧，人都是这么贪心。

八、不算结局

家里来电话了。

小萍挂了电话，脸色不太好。

不，不是你们想的那样，不是家里催她回去相亲结婚，也不是家里欠了债让她还钱。不算难看的乡下女孩子，来到大城市，家里就跟当她嫁了人是一个样。对象不能再一厢情愿地给张罗了，银钱上也得分开。真心盼她好，又真心不敢问，即便问也问不出什么，即便问出什么也不知如何作答。

电话是小萍妈打来的，说是有个老乡在另一个城市新开了一家发廊，现在正急着请人，开的价钱比现在能翻一番。小萍有点动心，一瞬间却想起了那个人。

小萍妈那边又劝道，要是能过去的话，一是能多挣一些，二是老乡之间毕竟彼此有个照应。年纪不算老，说话却很啰唆，这两句话的意思，翻来覆去说了半天。

小萍不耐烦起来，说钱钱钱，你们就知道钱，我是专门给你们挣钱的吗？其实她这句话是说给自己听，替自己委屈，怎么就那么看重钱，还不是因为缺钱花。要是不缺钱花，哪里还用这么想来想去；要是不缺钱花，谁还在这发廊待着。

小萍妈不知道这句话所为何来，电话那头的声音都变了，厉声说你自己挣自己花，我们从来没要过你一分钱，你别不知好歹，以后你的事，我一件都不管。

小萍守着嘟嘟的忙音听了很久，像是要听出点意犹未尽的意思来。

日子还是要过，又过了几天，眼看就要春节放假了，这也是店里生意最兴旺的时候。按照老习惯，店长请大家聚餐。饭馆虽是个小饭馆，但点了一桌子菜，再加上一些酒，年轻人在一起，倒也热闹喜庆。

小萍兴致一直不是很高，她已经决定去另外那个城市那家发廊了。小萍妈虽然口口声声说再不管她的事，还是又来了电话，连说带骂地让她记下了老乡的电话号码。这次聚餐，对小萍来说，心底里其实是默默当成个告别的，跟这个发廊告别，跟自己的等待告别。因此吃完饭悦悦叫她一起去逛商场的时候，小萍更想和大家一起走走。悦悦拉着她快点走，她却总回头看落在后面的一帮人，说再等等再等等。悦悦在心里暗暗猜她想等谁，不高兴了，拉下脸来说别等了，再等就来不及了。

这句话不知怎么惹了小萍，眼圈顿时红了，先是不出声啪嗒啪嗒掉眼泪，渐渐变成啜泣，后来干脆哭出了声，索性蹲在路边把头埋在臂弯里哭个痛快。赶上来的大家不知发生了什么事，面面相觑，想起平日里的细节，都拿眼去看小于老师。就连小于老师自己，也觉得跟小萍的眼泪脱不了干系，面色通红。

哭到后来，小萍心里恍恍惚惚，自己也分不清到底为了什么哭。她替自己委屈，想到家里的电话，又替妈委屈。看到悦悦尴尬的表情，再看看小于老师，又替悦悦委屈。连带着，也替小于老师委屈，甚至也替"那个人"委屈。想来想去，便觉得这世上所有的人，没有谁是不委屈的。眼里的泪光是委屈，眼角的细纹是委屈，分叉的发梢是委屈，发廊的音乐里唱着委屈，洗发水的芳香里嗅着委屈，空气里的灰尘飘着委屈。人生在世，实在是来受委屈来了。

城市的冬日深夜，空气里一些温暖油腻的味道夹缠不清，此时的小萍有些怀念起乡下的寒冷凛冽。路灯光犹犹豫豫地洒下来，把委屈哭泣的人拢在怀里……

白勇是在什么时候变老的

朱东润

　　人是在什么时候变老的呢，白勇在洗头的时候思考着这个问题。低着头冲水，白勇看到一根黑色的头发顺着洗发泡沫落进下水道，随后，一根接着一根，黑头发们相互簇拥着，乘着白色的泡沫涌进下水道。关上水龙头，水池里就剩下浮着的一些泡沫，白勇盯着那儿发了好一会儿的愣。白头发至少没有，值得骄傲，白勇洗完头安慰自己道。走到客厅拿起吹风机，他看到镜子里的脸其实没有多么的苍老，就是腮边的肉多了几道纹路，算不上沟壑纵横，不过也颇有几分岁月的味道。

　　在单位里的人对白勇的称呼从小白变成老白时，白勇心里还颇有几分得意，熬了多年不算呼风唤雨也算小有成就，可是"老白"这个称呼后来就没怎么变过，也没加上后缀，慢慢地老白也看开了，乐天安命，等着退休的时刻到来，不久了，就还五六年了。前几年的时候可没觉得自己老，跟小年轻们称兄道弟，那是什么时候老的呢？白勇一边吹着头一边理着头发，他在下班后会跟着单位里的年轻人打打篮球，球有时会到自己手里，他有时也会投篮，不过主要是跟着跑，然后跑完跟着喘，用老婆的话讲，你身上的肉就算是抖抖也算锻炼了。其实年轻的时候白勇骑着自行车带着儿子骑上三四十公里也不会喘，那时候嘴里头哼着《好汉歌》，走在林荫马路上，阳光透过树荫星星般洒在路上，满路光斑，他觉得自己可以这样一直骑下去，骑到世界的尽头也可以。可现在不骑自行车了，开车走在拥堵的马路上，每路过一个门头店，每按一次喇叭都像是在世界的边缘来回移动，令人心神焦躁，痛苦万分。

白勇吹着头发想起自己刚参加工作的时候，带着儿子上学，那天在汽车站等公交，下着雨，公交人满为患，他就带着儿子拦下一辆载客的三轮车，车内潮湿，带着雨水的腥气，他把儿子抱上去，自己又踩着个边蹬了上来。司机以为人齐了拧拧油门就起步了，但后边有一个腿瘸的老婆子跟着，白勇拍了拍司机让他停下，接了那个老婆子上车。上车后，老婆子絮絮叨叨地开始说话，说自己腿做了手术，是来医院复查的，说自己儿子忙，没办法来接她，她就自己坐公交来的县城；说真是遇上了好人，不然这个天去哪里才能找到车；说车费咱得平摊啊，说着掏出了那个装钱的小塑料袋。白勇或许在那时候是善良的，也或许只是想给儿子呈现一个善良的世界，也或许没有想那么多，没收那个老婆的钱。这种事情就像一个个脚印一样散落在白勇的记忆里，他顺着脚印一步步走过来的时候才发现自己已经变老了。

生活里的种种事情就像一把钝刀子，白勇开始时想把这把钝刀子隔绝在家庭之外，他也是这样做的，可他总会处在家庭工作两相尴尬的境地，这时候，他就会慢慢地发出声无可奈何的叹息，古有猿鸣三声泪沾裳，今有白勇叹息愁断肠。生活就这样在两相尴尬中一点点地把白勇磨了出来，磨着磨着就变老了啊，白勇叹口气，吹完头发，坐在沙发上泡起茶来。这几年，白勇喜欢拿着些小茶壶、小茶杯泡茶，他也不是喜欢喝茶，就是在泡的时候盯着茶杯里袅袅升起的水汽会让他心里安静，这时候再摁开电视，舒舒服服地抿一口，这滋味不算高兴，至少不愁了。

年轻时愁工作、愁房子、愁职称、愁孩子上学，白勇的叹息一个接着一个。后来叹息渐渐少了，可愁的事情依旧没少，事情就像海浪一样一个接着一个，只是一开始不习惯诸事加身的状态，后来慢慢就不再叹息了，那是最没有用处的。不过在最愁的时候他还是免不了发出几声哀叹，还要偷偷地，不让人听到。白勇买的房子在郊区，儿子去上学会经过一片建筑区，那时候还是荒草丛生，走在路边是臭水沟和家属区垃圾堆的味道，白勇当时不知道自己会在这里住多久，可一转眼就小几十年过去了，大概人买了房子就会开始变老吧。想到儿子，白勇又叹了口气，他在身上看到了自己的重重影子，吵架时的语气也一模一样，罢了罢了，就这样随他吧，孩子大了也该自己掌事了，就是婆姨想不大开，老把他当作孩子，这还是得说一说啊，想到这儿，白勇又叹了口气，哪里都不是省油的灯。

白勇窝在沙发里捧着小茶杯开始愣神，儿子上学早就走了，老婆中午不回来，这是难得的属于他的世界，水汽慢慢在眼睛上氤氲成一团雾气，茶几上的花瓶上插着一束玫瑰花，儿子带回来的，已经有了枯萎的迹象，过几天就会枯吧，白勇想着又放下茶杯去阳台上给自己几盆花浇了水。

回到沙发又窝了几分钟后，白勇看了看墙上的表，拿起一边的夹克，套上鞋，打开门去骑那辆电动车，门自动带上。客厅里，那杯没喝完的茶还冒着水汽，慢慢地，终于，不冒了。

接班

碧海莲心

一

一个夏日的午后，知了在吱吱地叫着。老牛吃过晚饭，坐在自家院子的大槐树下，吧嗒吧嗒地抽着闷烟，一声不吭。老伴在屋子里收拾着家什，也没有一丝笑意。原来呀，这两天，他们在为儿子牛富的工作操心哩。

老牛叫牛新民，今年已经五十七岁了，在山坡乡供销社上班。再过两三年他就可以退休了。他没啥文化，也不爱凑热闹，但为人实在。年轻时因一个偶然的机会，被招到本乡供销社去上班，因为车把式好，主任就让他每天套着马车挨村去代销店送货。这一干居然就是一辈子，寒冬暑夏的，他从没叫过苦，不管是里面的同事还是乡亲们，谁有什么事情要他帮忙，他是一叫就到。所以在单位和村里人缘还是不错的。

这不，前两天，单位的王会计就悄悄告诉他，说现在有个让孩子顶替接班的机会，主任的一个亲戚正在办理呢。王会计看他的儿子也没有什么正经职业，在家里种着两亩地，这要是能接上班，儿子生活不愁，对老牛来说也是个好事。老牛一听心里顿时乐开了花，心想这可是天大的好事。他就这一个儿子，为人老实，有点憨憨的不爱说话，还有点倔强。二十好几才娶了媳妇，婚后添了一个儿子。那小孙子倒是聪明伶俐，招人喜欢，老牛把他当成自己的眼珠子一样疼爱。现如今，国家改革开放都十来年了，政策好得很，家庭包产到户，提倡勤劳致富，有的人靠经商做买卖成了万元户，有人想法跻身成了非农，吃上了商品粮。那儿媳长得不错，心灵手巧，当初媒人说合时，本没有看上他的儿子，也是在父母劝说下才勉强同意的。那还不是因他老牛在供销社上班吗？大小他也是正式职工哩。而且生产生活上有个什么需要，也方便不是？老牛每月四十块工资按时领到手里，每当兜里揣着那一沓崭新的票子，心里总是美滋滋的，感到那么知足。回到村里，见到乡亲们，他总是笑眯眯地掏出纸烟，分散给老少爷们儿。然后回到家里，对着老伴一张一张地再过一遍，攥在手里真舍不得松开。但是他明白，儿子没有啥本事，仅靠那两亩地过日子，生活不会好到哪里，他还要接济他们一把呢。因此，他常常在领了工资后，除了留下他们两口子的基本花销，剩下的一多半都给了儿子，这样，儿子的小家才过得像个样子，儿媳也对他们恭敬不少，爹呀娘的叫得亲切。

可眼前这机会，如果能把儿子的工作解决了，这可是真正去掉了老牛的一块心病。这样自己即使老了，埋到黄土地里，儿子还可以由国家这个铁饭碗管着呢！那他还有什么担忧的呢？只是他听那王会计说，想接班也不是很容易的事，需要到退休年龄才行，而且还必须是工人身份，当干部的反而没有这个机会了。并且强调说，这可是最后一次机会了，必须把握住。不然，过了这村就没有这店了。老牛一想，自己赶了一辈子马车，每天早出晚归，纯粹是个实实在在的小职工，而且这些年风风雨雨，也给自己积攒了一些小毛病，不是腰酸就是腿疼。这一年中就连主任也见不了几次，只是在开大会的时候，才见上一面。就是这年龄，王会计告诉他，让他找找主任，好好给主任说说，提前退休让儿子顶替，主任给用用力，或许就能办成了呢！

可他心里有点空得慌，这么多年，他没有因自己的私事找过领导，也不知道该怎样给领导说。给领导说了后，领导会不会同意，他的心里没有底。可这次是为自己的儿子找前途呢，即使豁出这张老脸也要让领导答应下来。

二

这天早上，在王会计的提醒下，老牛瞅准一个空，来到主任办公室。正好里面就主任一个人。老牛轻轻地关上门，站到主任对面，主任让他坐下，可他还是站在那里。声音有些颤抖地说明了来意。主任听后沉默了一会儿，说："老牛啊，你是咱单位的老职工了，你有这个想法我非常理解，可是，你还没到退休年龄，按规定那是办不了的。"老牛一听就慌了，心里就像有块石头堵住了一样，呼吸都显得有些困难。他张着嘴不知该怎样和主任解释。主任看他这个表情，就安慰他说："老牛，你别急，你这不一两年就退休了，到时候我准给你办。好不好？"老牛一听，更加心急火燎，心里说，王会计都告诉我了，这是最后一批了，如果错过这机会，我退休儿子还能接上班吗？你这是在给我打马虎眼呀。为了儿子的前途，老牛突然横下了心。他对着主任突然扑通一下跪到地上，说：

"主任，我在咱单位干了这么多年，工作上再苦再累从没说过啥，也没给你添过麻烦。可这次关系到我儿子的命运。我求你看在我这张老脸上帮帮我，我一辈子都不会忘了你。"主任没想到老牛冷不防地会来这一手，他慌忙走过来拉起老牛，对老牛说："老牛哥，你咋这样呢？这我可承受不起呀。"老牛说："你要不答应，我，我这张老脸就不要了，我今天就跪在这里了。"主任一看这样，心想，要是被别人看到了影响也不好，于是赶紧对老牛说："老牛哥，你快起来。我答应你。这样子可不好。"老牛见主任吐口答应了，这才从地上站起来，对主任又鞠了一躬。主任告诉他，等有消息就会通知他。老牛这才从主任屋里走出来。来到院里，王会计正在办公室门口等着他。他连忙朝王会计走过去。王会计正瞪着那疑惑的眼神，想要从他的脸上找到答案。把老牛让到屋里，王会计急迫地询问他："老牛，主任答应了？"老牛对王会计点点头。王会计嘴上说："好，好。老牛啊，你是个有福气的人。儿子的事总算有着落了。"但心里却有种酸酸的味道。他虽然是会计，名义上是个好差事，可上次因为自己的一个亲戚想要到供销社上班，他以为主任能答应，偏偏碰了一鼻子灰。主任说条件不够，现在不行，等以后有机会再解决吧。王会计心里不舒服。他从上面的一个熟人那里了解到，主任正在为自己的一个亲戚办招工手续。心里不免生起嫉恨，哼，你自己的亲戚就能办，我给你说就不行，你也太不地道了，不给你找点麻烦，你也太不把我当回事了。他于是想到了老牛，这老牛和他是邻村，平时他有点啥事总找老牛帮忙，老牛也总是很热心。他于是就拿这事卖个人情，显得两人亲近些。他知道，这样的事如果搁在那些有本事有门路的人身上也许算不得什么大事。可老牛他清楚，没有什么关系，也不会去奉承领导。他觉得即使给老牛说了，这事主任也不会答应的。可是，主任偏偏就答应了。他的心里不免又增添了一丝火气。但脸上又不好表露出来。只是对老牛说，这事要盯紧，可不要把好事再办黄了。

老牛嘴里谢了又谢，自然也不会对王会计说出那跪求主任的情节。只是说主任很好，知道他的情况后，对他很关心，答应给他想想办法。成不成还在两可呢。

从王会计屋里出来后，老牛赶着马车，走在乡间的道路上。这时他的心里不知充满了什么滋味。是高兴，也有一丝酸楚。他走到一个没人的地方，停下车，抚摸着那匹与他相伴的老马，突然，眼泪哗哗地流了出来。他一动不动，任那泪珠顺着脸颊滚落到下颌，再一滴滴地洒落在黄土地上……

三

这个下午，老牛的家里喜气盈盈。老伴和儿媳在和面捏饺子。饺子馅是大葱配肉。牛富坐在灶火旁，用力地拉着风箱。他应该才是这个家里最快乐的人。那锅里的水上下翻滚，他却没有觉察，依旧不停地用力地拉动着风箱，好像打了鸡血似的。直到他的媳妇大声地冲他喊叫，他才从梦里醒过来。他朝媳妇嘿嘿地笑了一下。媳妇打开锅盖，把那饺子噼里啪啦地下到锅里，那饺子也似乎被打了兴奋剂，在水里折腾个不停。旁边的小孩子跑来跑去不停地叫着："吃饺子喽，吃饺子喽！"

饺子煮好后，大家围坐在一起，牛富站在大门口等着父亲回来。孩子有些馋得坐不住了，伸出小手拿起一个要往嘴里放，他妈妈朝他的手上轻轻地打了一下，说："就你馋，等一会儿爷爷回来再吃。"小孩又把饺子放回到盘子里。倒是奶奶心疼孙子，连忙对媳妇说："不等爷爷了，我孙子先尝尝，看饺子好吃不？"说完给孩子夹了几个放到小碗里，让孙子先吃。儿媳拽了拽儿子耳朵，嘴里佯怪着说："吃吧，小馋猫。"脸上却露出满意的笑容。

老牛回来了，儿子牛富赶紧迎过去，给父亲倒上洗脸水，等老牛洗过后，大家坐在一起，这才开始吃饭。在昏黄的灯光下，儿子不免又问了一声："爹，我的事有眉目了吗？"大家也都停下筷子，一起朝老牛望去。老牛慢慢地把嘴里的饺子咽下去，又喝了一口汤，才对儿子说："这事心急不得，我今天听王会计说，主任好像正在给上边的部门说呢。啥情况还不清楚。"他接着又说："王会计要我买些东西，到主任家走走。说那样事情可能会快一些。"儿媳也在一旁提醒说："我爹也听一个亲戚说，这事要办好，最好给主任送个礼，那事情就会好办了。"老牛听了点点头，说："我这两天就去办这事。"

吃完饭后，老牛把孙子叫到身边，拉着他的手说："亮亮，走，爷爷给你买糖去。"

四

这天，老牛回来得有点早。老伴看他的神情有些沮丧，连忙给他倒了一缸子水，问他："咋的啦，出啥事了？"老牛坐在炕头唉声叹气，过了一会儿，喝了口水才对老伴说："我这不是想让孩子的事能快点办好，就跟王会计商量着买了一条烟、两瓶酒和几盒罐头，趁着主任在家的空当，给他送过去。可是没过几天，就听单位有人传说，主任收受礼品被人告了。听说这事上边正查着呢。"老伴一听，心也不由得沉了下来，对老牛说："这事咋这么寸呢？不会是因为你送的礼，主任才被查的吧？"老牛说："不会，我给他提的东西，他一样也没留。现在还在我宿舍的柜子里锁着呢。我寻思着以后或许还能用得上，就没拿回来。"他喝口水又接着说："咱和主任平时接触不多，但听里面的伙计们说，主任工作多年，虽然有点架子，但为人正直，作风正派，是个讲公道的人。主任还为送礼的事说了我几句。他说：'老牛啊，你是咱单位的老职工，你怎么也搞起了这个？'我给他解释，听说这是最后一批接班的机会了，所以才这么急地找他。他听了以后说，好像有传这个消息，但要以上面政策为准。他又跟我说：'现在你要求办理儿子接班的事，虽然有点不符合政策，但也要根据实际情况，具体问题具体分析嘛。你是单位的老职工，勤勤恳恳一辈子，风里来雨里去，弄得身体也不好。想提前让儿子接班，这是人之常情，谁不想让孩子过得好一些呢？你儿子的事组织上会认真考虑的。总不能让老实人吃亏呀。'并对我说已经给上面领导说了儿子接班的情况，领导答应给办。他还说，我干了这么多年，任劳任怨，没有出过差错。按道理早该给我调换工作了，这是他的失误，他还要向我道歉哩。我听了心里真是有点激动，没想到会遇到这样的好领导。临走时他还安慰我说，不要再来回跑了，他会尽力办理的。还说办成了让我好好请他喝一回就行。可是，这刚没几天，就出了这档子事。你说烦心不？"

老伴听了说："那既然你没有给主任送东西，主任被人揭发就和你无关了。"老牛点上一支烟，叹了一口气："可事情没有那么简单，我听单位里的人说，这次告主任的那人把那情况写得清清楚楚的，什么烟什么酒和多少罐头，那名字多少和我送的一模一样。你说怪不怪？并且，还说主任以权谋私，不按规定办理有关手续，私自招录职工。"

老伴一听瞪大了眼睛："这事你都和谁说过？"

老牛摇摇头说："就和王会计商量来着，可是，不可能是他呀！是他告诉我接班的事，这送礼也是他叫我这么做的。他为什么去揭发主任，再坏了我们的好事？我和他也没有什么瓜葛，平时他有事总叫我帮他，我也对他挺上心的。"

"那这事还真有点奇怪。"老伴插口说。

"这话可别乱说，要是传出去可不好，儿子的事恐怕就不好办了。王会计还说找人给咱帮忙呢。"老牛吸了一口烟说道。

"知道，不就是咱在家说说吗？给别人提这个干啥？"老伴应和着说。

五

不知不觉，一个月过去了。主任又回来上班了。而几乎同时，王会计却调走了。但听说是被降职处分后调离的，什么原因没有人告诉他，老牛心里不免有些难过。王会计和他也算是老乡了，对他儿子的事一直很关心。尤其在主任出事这段时间，他几次对老牛说，他找到一个熟人，正为老牛办理这事呢。可王会计现在调走了，他心里觉得少了一个指望。

他去送王会计时，王会计的表情似乎有些不自然，尴尬地笑着，对老牛说："工作交流，在一个地方干久了就要换换地方，这是正常现象。"并说以后记得去他那个新单位找他好好聚聚。老牛虽然有些不舍，但也无可奈何。看着那王会计推着车子向大门外走去。

当他扭转身时突然感到有些不对劲，王会计要走了，怎么没有人送送啊，这是人之常情，可是似乎只有他立在那偌大的院子里。

主任把他叫到屋里，让他坐下，对他说："老牛啊，你是个实在人，这大家都清楚。可你有时也太好心了，这样往往会被人利用。"

老牛一时觉得有些晕乎乎的，不明白主任为什么讲这个。

主任接着说："这次我被查，就和这个王会计有关。他在给上级的反映信上说我收受礼物，还以权谋私，为不符合条件的人走后门安排工作。信里就是说你的档案问题。说你是干部身份，按要求不能让儿子接班，可是我违反规定，为你办理了手续。"老牛一听，当时头都大了。连忙对主任说，他赶了一辈子马车，从来没有人告诉他他是干部身份，怎么现在快退休了他却成了干部了？主任解释说，这是以前留下的问题，他给领导解释了，但上级正在调查，恐怕他儿子接班的事要往后推推了。

老牛不由得瞪大眼睛，直直地望着主任。对于王会计的事，他的心里并不是没有一点思想准备，这在他听到那些消息时心里就有那种感觉，可他总不愿意相信，他还是幻想着王会计是个很热心的大好人。

然而更难过的还是儿子接班的事，就这么黄了。而且是被那个曾为他出谋划策的人搅黄的。

老牛的心里就像扎了一把刀，他的脸涨得通红。他不说一句话，慢慢地走出主任的办公室。就连主任安慰他的话，他一句也没听进耳朵里。

他突然恨起那个他一直感激的王会计。他没有想到，他会是那样的人。他既然当初告诉他这个好消息，可又为什么坏他的好事呢？真是人心隔肚皮，做事两不知呀。"他奶奶的，处分他，开除他才好呢！"他有些愤愤地在心里骂道。

可他转眼又想到儿子的事，该怎么给儿子媳妇一家人说呢？他们可都在盼着这个好消息呢！现在，这一直盼望的好消息竟然又成了坏消息。儿子听了会怎么办呢？他能接受吗？就他那脾气。唉，回去后再说吧，大不了还像以前那样，安安稳稳地过生活。他想着，居然不自觉地走上回家的路。

听到这个消息，儿子傻了，一声不吭，他想劝劝他，却又不知道说啥好。儿媳在一旁抹着眼泪，又一声声地咒骂那可恶的两面人。儿子突然大声地喊叫："我要宰了他！"

这可把老牛吓了一跳，老牛赶紧和老伴去安慰他。千万不要做傻事，上不了班还可以照样种地过日子，以后有机会还可以再争取。这么多年咱不是一直就这样过来的吗？

儿子没有再说什么，闷着头回到自己的屋里。老牛不放心，让儿媳好好守着，别让他再出什么事情，他知道儿子的秉性。儿媳瞪着哭红的眼睛，嘴里嘟囔着："那个不安好心的人，咋不早死呢？"又接着说，"我们以后这日子可咋过呀？"

六

第三天早上，老牛正要上班去，儿媳突然跑过来告诉他，牛富不见了。原来这两天儿媳妇怕他出事，一直跟着他。后来牛富对媳妇说，没事，他想开了，还要好好跟她过日子呢。媳妇看他没有什么过激的想法，也就放松了警惕。可是这天早上，当媳妇起来一看，牛富不见了。连忙在屋里屋外找个遍，也没有牛富的影子，媳妇这才着了慌，跑过来告诉老牛夫妇。

老牛一听也着了慌。两口子一起四处打听。后在路口听说，牛富早早地出村了，至于到哪里就不得而知了。

老牛赶紧发动街坊邻里到附近的村子打听寻找。没过多久，就传来一个惊愕的消息：牛富在王会计的家门口上吊了。村里已经通知了乡里和派出所。他们正在处理这事呢。老牛夫妇一听这话，顿时眼前一黑，瘫倒在地上。

这个打击对老牛太大了，他整整昏睡了两天两夜。当他慢慢睁开眼睛，四周一片洁白。他像从另一个世界回来似的，对眼前的一切那么的陌生。他的头有些疼痛，胸口有些憋闷。他想抬起胳膊，被一只手按住了，他在打着点滴。除了一个自家的兄弟，主任就坐在他的旁边，看他醒来后连忙安慰他。他想到自己的儿子，刚刚三十岁，在人生最美好的年纪，却以这样的方式离他而去，扔下儿媳和那个可爱的小孙子。这以后的日子可咋过呀！他不由得又陷入一种悲痛之中，眼泪哗哗地流了出来，顺着脸颊往下淌。嘴角抽搐着，哽咽得一句话说不出来。

主任好像看出了他的心事，为他擦去泪珠，安慰他说："老牛哥，你要想开些，这事已经发生了。咱们还是好好想想以后的事情咋办才是个正理儿。这一家老小还等着你支撑着过日子呢！"老牛一听这话，顿时冷静了许多。是呀，自己要是倒下了，这个家还怎么往下过呀？我不能倒，为了我那死去的儿子，为了那个可爱的小孙子，为了我这一家子人，我还要好好地活下去！

主任接着说："老牛哥，咱单位根据你的情况，开了个领导会，就你的情况进行了研究。你辛辛苦苦干了一辈子，这退休年龄也很快就到了，现在又出了这档子事，你的身体也需要休养一段时间。为了解决你的实际困难，大家一致同意，向上级打报告，让你提前退休。牛富虽然走了，就让你的儿媳代替牛富去单位上班。这样，他们孤儿寡母也好过日子不是？"

老牛一听这话，那眼泪又止不住地流了下来。他张张嘴，想说一句感激的话，那嘴像不听使唤似的，只是在不停地颤抖。他想坐起来，给主任施个礼，被主任按住了。主任劝他好好休养，待康复后就给儿媳办手续。

一个月后，儿媳终于成了一名正式的职工，要到供销社上班了。这天早上，老牛两口子领着五岁的小孙子，站在大门口和孩子的妈妈告别。看着儿媳远去的背影，老牛久久地注视着，那憔悴的面容里，闪出一丝凄凉的微笑。

红日从东边慢慢升起，天边的霞光正散布天际。新的生活又要开始了。

后记

选集分上下两册，收录散文、诗歌、小说作品共85篇，全部选自中国作家网投稿平台，这些自然来稿大多在中国作家网"新作品"栏目有所展示。由于出版时间所限，所选作品截止至2018年10月。由于选集容量和编辑力量所限，难免留下遗珠之憾。我们尽最大努力将这一年来中国作家网原创文学作品的总体面貌以选集方式呈现给大家，也是我们为长期以来关心和支持中国作家网的广大基层写作者准备的一份新年礼物。

选集从策划、编辑到出版离不开各方面的支持与鼓励。在此，向为本书的编选工作付出劳动、提出建议的作家李唐、刘云芳、卢静、余良虎、范墩子表示真诚的感谢，他们以对文字的敬畏和审美能力，帮助我们遴选出这些闪耀着美好之光的作品。

选集的出版得到了中国作家出版集团的大力支持。对作家出版社及责任编辑袁艺方为确保本书顺利出版、发行而付出的努力，在此，也一并表示诚挚的谢意。

特别需要说明的是，我们对入选稿件逐篇进行了校勘，在尽量保持作品原貌的前提下，对一些方言俚语和表述等进行了删改，纰漏与不足在所难免，敬请谅解。不妥之处，也欢迎作者和广大读者批评指正。

再次向中国作家网原创作者表示感谢。祝愿大家坚守文学的初心，再创佳作。

中国作家网

2018 年 12 月

图书在版编目（CIP）数据

大地上的灯盏：中国作家网精品文选·2018：全2册/王婉，崔庆蕾编.—北京：作家出版社，2018.12

ISBN 978-7-5212-0333-2

Ⅰ.①大… Ⅱ.①王… ②崔 Ⅲ.①中国文学—当代文学—作品综合集 Ⅳ.① I217.1

中国版本图书馆 CIP 数据核字（2018）第 301194 号

大地上的灯盏：中国作家网精品文选·2018

编　　者：王　婉　崔庆蕾

责任编辑：袁艺方

装帧设计：丁奔亮

出版发行：作家出版社有限公司

社　　址：北京农展馆南里 10 号　　邮　　编：100125

电话传真：86-10-65067186（发行中心及邮购部）

　　　　　86-10-65004079（总编室）

E-mail:zuojia @ zuojia.net.cn

http://www.zuojiachubanshe.com（作家在线）

印　　刷：北京明月印务有限责任公司

成品尺寸：152×230

字　　数：470 千

印　　张：41.25

版　　次：2019 年 1 月第 1 版

印　　次：2019 年 1 月第 1 次印刷

ISBN 978-7-5212-0333-2

定　　价：88.00 元